世界最好看的

微型小说

一百多年，两百多位著名大师的经典之作
每一篇都让人久久回味，难以忘怀

疏影◎编著

北方妇女儿童出版社
·长春·

图书在版编目（CIP）数据

世界最好看的微型小说/疏影编著．—长春：北方妇女儿童出版社，2014.11

ISBN978－7－5385－8803－3

Ⅰ．①世…　Ⅱ．①疏…　Ⅲ．①小小说－小说集－世界　Ⅳ．①I14

中国版本图书馆 CIP 数据核字（2014）第 265011 号

世界最好看的微型小说

SHIJIE ZUI HAOKAN DE WEIXING XIAOSHUO

出 版 人　刘　刚
策　　划　师晓晖
编　　著　疏　影
责任编辑　王天明
开　　本　787mm×1125mm　1/10
印　　张　60.8
字　　数　520 千字
印　　刷　北京龙跃印务有限公司
版　　次　2014 年 11 月第 1 版
印　　次　2014 年 11 月第 1 次印刷

出　　版　北方妇女儿童出版社
发　　行　北方妇女儿童出版社
地　　址　长春市人民大街 4646 号
邮　编：130021
电　　话　总编办：0431－85644803
发行科：0431－85640624

定　　价　78.00 元

前　言

微型小说又叫小小说，它以篇幅短小、立意新颖、情节严谨、结局新奇而著称。微型小说出现于20世纪初，其名称正式出现源于美国。美国作家欧·亨利被认为是微型小说的创始人。他的近300篇作品情节生动、笔调幽默，结局出人意料，读来令人大快朵颐。经过一个多世纪的发展，世界涌现出了很多著名的微型小说家和优秀的微型小说作品。

微型小说或主题新颖，或意蕴动人，或构思精巧，或文字颇有蕴味，它能用简短的笔墨捕捉纷繁世事的一个点，绘制人情冷暖的一幅画，勾勒出百态人生，让人们在瞬间感受一种美、一份力量，发出一声赞叹，领悟一种智慧，获得一些启迪。微型小说短小精悍，长不过三两千字，短则只有几百字，就能将一个故事的来龙去脉交代清楚，易读，好读，只占用人们日常的一点儿空余时间即可，非常适合现代人快节奏的生活。

一直以来，市面上的微型小说可谓泥沙俱下、鱼龙混杂，既有值得典藏和细细回味的稀世珍品，也有生活琐事胡乱堆砌成的无聊之作，缺乏深刻的内涵与让人回味的魅力。这就需要我们睁大慧眼，去寻找、甄别好看的微型小说，用好看的精品充盈我们的精神生活。

好看的微型小说最大的优势，一是容易看，浅显易懂。它文字质朴、不晦涩，行文简约而不简单，一气呵成，让人能够轻松阅读。二是引人入胜。别看它短小，却甚是曲折、热闹，亮点和包袱不断。微型小说通常在短小的篇幅中呈现了一段完整的故事，情节不复杂却也总是千回百转，结局更是出乎意料，能从头到尾吸引读者的注意力。

好看的微型小说给读者提供了认知世界的新视角和对世界的新认知。每一篇好的微型小说背后都有作者对生活的感知、对世界的认识、对人生的把握，作者正是通过作品把这些传达给读者。不管这种认知是褒是贬，是臧是否，读者都能从中感受到世界的多样和纷繁，从而更深刻地了解和认识这个世界。

好看的微型小说是繁忙生活的调味剂，是难得的艺术瑰宝，也是让人获益良多的人生导师。它呈现了一个故事，又不止呈现故事，更重要的是将深刻的道理寓于故事当中，让人感慨万千。当然，它没有枯燥的说理，没有冷面孔的教训，而是让读者自己从故事中去发现、去感悟。著名教育家苏霍姆林斯基曾说过，能够激发人进行自我教育才是最好的教育。那么，阅读微型小说无疑恰恰是促进人自我教育的有效手段之一。

好看的微型小说具有反思的力量。它能瞬间击中人的神经，让人有所顿悟；它更是能让人长久品玩，如同黄昏炊烟袅袅，让人在掩卷之后，忍不住回味咀嚼，感受其中绵绵无尽的弦外之音。笑过之后可能是泪，泪的背后又折射着绵绵的情思和坚定的信念，韵味十足——这就是微型小说。它可能在潜移默化中影响我们的人生信条，改变我们的人生轨迹。

世界小说浩如烟海，一个人要想在短暂的一生中遍读小说大师们的短篇佳作，既不现实，也不科学。鉴于此，我们阅读了万余篇世界微型小说，以好看作为挑选的唯一标准，从中遴选了近300篇精当的世界微型小说，辑录成此书，为的是使广大读者能够用宝贵的时间来阅读经典之作，以收获最多最好的人生体验和感悟，以此滋养我们的心灵和生活。阅读其间，你时而在惊险悬疑的案件中悚然而惊，时而为体察入微的真情潸然泪下，时而又涌动着想针砭时弊的激情……掩卷而思，人性的美丑，世事的善恶，人生际遇的变幻无常不禁让人感慨万千。

除了精彩的选文，本书的一大特色是每篇小说后面还设置了“与你共品”板块，为读者提供了一个切入和反思故事的角度，以期达到抛砖引玉的效果。读故事、品人生、悟哲理，阅读的过程也是启迪心智、陶冶性情的过程！

希望这本《世界最好看的微型小说》能够成为你的良师益友，在你寂寞的时候给你慰藉，在你烦躁的时候给你宁静，在你无所事事的时候给你充实，在你激情奋斗的时候给你力量！

目　录

第一辑　拍案叫绝

第二辑 醍醐灌顶

第三辑 入木三分

第四辑　会心一笑

第五辑　微妙心绪

第六辑 情深意长

第七辑　咄咄怪事

第八辑　成长时分

第九辑 智术深长

第十辑 大德泽远

第十一辑　振声激扬

第十二辑　耐人寻味

第一辑

拍案叫绝

他的脸涨得通红，帽子推到后脑勺上，头发揉得乱蓬蓬的。他攥紧拳头，狠狠地朝马莎小姐摇晃。竟然向马莎小姐摇晃。

女巫的面包

［美］欧·亨利/著　佚　名/译

马莎·米查姆小姐是街角上那家小面包店的女老板（那种店铺门口有三级台阶，你推门进去时，门上的小铃就会丁零丁零响起来）。

马莎小姐今年四十岁了，她有两千元的银行存款、两枚假牙和一颗多情的心。结过婚的女人可不少，但同马莎小姐一比，她们的条件可差远啦。

有一个顾客每星期来两三次，马莎小姐逐渐对他产生了好感。他是个中年人，戴眼镜，棕色的胡子修剪得整整齐齐的。

他说的英语带有很重的德语口音。他的衣服有的地方磨破了，经过织补，有的地方皱得不成样子。但他的外表仍旧很整饬，礼貌又十分周全。

这个顾客老是买两个陈面包。新鲜面包是五分钱一个，陈面包五分钱可以买两个。除了陈面包以外，他从来没有买过别的东西。

有一次，马莎小姐注意到他的手指上有一块红褐色的污迹。她立刻断定这位顾客是艺术家，并且十分穷困。毫无疑问，他准是住阁楼的人物，他在那里画画，啃啃陈面包，呆想着马莎小姐面包店里各式各样好吃的东西。

马莎小姐坐下来吃肉排、面包卷、果酱和红茶的时候，常常会好端端地叹起气来，希望那个斯文的艺术家能够分享她的美味的饭菜，不必待在阁楼里啃硬面包。马莎小姐的心，我早就告诉你们了，是多情的。

为了证实她对这个顾客的职业猜测得是否正确，她把以前拍卖来的一幅绘画从房间里搬到外面，搁在柜台后面的架子上。

那是一幅威尼斯风景。一座壮丽的大理石宫殿（画上这样标明）竖立在画面的前景——或者不如说，前面的水景上。此外，还有几条小平底船（船上有位太太把手伸到水面，带出一道痕迹），有云彩、苍穹和许多明暗烘托的笔触。艺术家是不可能不注意到的。

两天后。那个顾客来了。

“两个陈面包，劳驾。”

“夫人，你这幅画不坏。”她用纸把面包包起来的时候，顾客道。

“是吗?”马莎小姐说，她看到自己的计谋得逞了，大为高兴。“我最爱好艺术和——”（不，这么早就说“艺术家”是不妥的）“和绘画，”她改口说。“你认为这幅画不坏吗?”

“宫殿，”顾客说，“画得不太好。透视法用得不真实。再见，夫人。”他拿起面包欠了欠身，匆匆走了。

是啊，他准是一个艺术家。马莎小姐把画搬回房间。

他眼镜后面的目光是多么温柔和善啊！他的前额又多么宽阔！一眼就可以判断透视法——却靠陈面包过活！不过天才在成名之前，往往要经过一番奋斗。

假如天才有两千元银行存款、一家面包店和一颗多情的心作为后盾，艺术和透视法将能达到多么辉煌的成就啊——但这只是白日梦罢了，马莎小姐想。

最近一个时期，他来了以后往往隔着货柜聊一会儿。他似乎也渴望同马莎小姐进行愉快的谈话。

他一直买陈面包。从没有买过蛋糕、馅儿饼，或者她店里的可口的甜茶点。她觉得他仿佛瘦了一点，精神也有点颓唐。她很想在他买的寒酸东西里加上一些好吃的东西，只是鼓不起勇气。她不敢冒失，她了解艺术家高傲的心理。

马莎小姐在店堂里的时候，也穿起那件蓝点子的绸背心来了。她在后房里熬了一种神秘的榅饽和硼砂的混合物，有许多人用这种汁水美容。

一天，那个顾客又像平时那样来了，把五分镍币住柜台上一搁，买他的陈面包。马莎小姐去拿面包的当儿，外面响起一阵嘈杂的喇叭声和警钟声，一辆救火车隆隆驶过。

顾客跑到门口去张望，遇到这种情况，谁都会这样做的，马莎小姐突然灵机一动，抓住了这个机会。

柜台后面最低的一格架子里放着一磅新鲜黄油，送牛奶的人拿来还不到十分钟。马莎小姐用切面包的刀子把两个陈面包都拉了一道深深的口子，各塞进一大片黄油，再把面包按紧。

顾客再进来时，她已经把面包用纸包好了。

他们分外愉快地扯了几句。顾客走了，马莎小姐情不自禁地微笑起来，可是心头不免有点着慌。

她是不是太大胆了呢？他会不高兴吗？绝对不会的。食物并不代表语言，黄油并不象征有失闺秀身份的冒失行为。

那天，她的心思老是在这件事上打转，她揣摩着他发现这场小骗局时的情景。

他会放下画笔和调色板。画架上支着他正在创作的图画，那幅画的透视法肯定是无可指责的。

他会拿起干面包和清水当午饭。他会切开一个面包——啊!

想到这里，马莎小姐的脸上泛起了红晕。他吃面包的时候，会不会想到那只把黄油塞在里面的手呢？他会不会——

前门上面的铃铛恼人地响了，有人闹闹嚷嚷地走进来。

马莎小姐赶到店堂里去。那儿有两个男人，一个是叼着烟斗的年轻人——她以前从没有见过，另一个就是她的艺术家。

他的脸涨得通红，帽子推到后脑勺上，头发揉得乱蓬蓬的。他攥紧拳头，狠狠地朝马莎小姐摇晃。竟然向马莎小姐摇晃。

“笨蛋!”他扯开嗓子嚷道，接着又喊了一声“千雷轰顶的!”或者类似的德国话。

年轻的那个竭力想把他拖开。

“我不走，”他怒气冲冲地说，“我非同她说个明白不可。”

他擂鼓似的敲着马莎小姐的柜台。

“你把我给毁啦，”他嚷道，他的蓝眼睛几乎要在镜片后面闪出火来。“我对你说吧，你是个惹人讨厌的老猫!”

马莎小姐虚弱无力地倚在货架上，一手按着那件蓝点子的背心，年轻人抓住同伴的衣领。

“走吧，”他说，“你骂也骂够啦。”他把那个暴跳如雷的人拖到门外，自己又回来。

“夫人，我认为应当把这场吵闹的原因告诉你，”他说，“那个人姓布卢姆伯格，他是建筑图样设计师。我和他在一个事务所里工作。”

“他在绘制一份新市政厅的平面图，辛辛苦苦地干了三个月，准备参加有奖竞赛。他昨天刚上完墨。你明白，制图员总是先用铅笔打底稿的。上好墨之后，就用陈面包擦去铅笔印。陈面包比擦字橡皮好得多。”

“布卢姆伯格一向在你这里买面包。嗯，今天——嗯——你明白，夫人，里面的黄油可不——嗯，布卢姆伯格的图样成了废纸，只能裁开来包三明治啦。”

马莎小姐走进后房。她脱下蓝点子的绸背心，换上那件穿旧了的棕色哔叽衣服。接着，她把榅饽和硼砂煎汁倒在窗外的垃圾箱里。

与你共品

小说讲述了马莎小姐出于好意给布卢姆伯格的陈面包涂上黄油，却毁了布卢姆伯格花了三个月才设计出来的建筑图的故事，极其深刻地揭示了社会中所存在的戏剧性的生活情景。

小说的戏剧性来源于马莎小姐在对布卢姆伯格毫不了解的情况下做出了鲁莽的决定，这样的决定却往往与我们预期的结果相悖。因此，我们要想获得他人的好感，真诚的沟通远比过于含蓄、未经调查就作出的盲目示好更加稳妥。

赠人玫瑰，固然会手留余香。但在我们给予别人帮助时，须三思，不要自作主张，而要先弄明白事情的来龙去脉，才能够以正确的方式将事情办好，不然会适得其反。

（曾小桃）

这里温度极低，炉子里的火只够烧几个小时，火一灭谁都受不了，而且也没吃的，达克绝望了："你太狠了，我只是诈了你一加仑汽油的钱，你却要我以生命来抵偿！"

油价涨了

［美］希区柯克/著　佚　名/译

这是一个北风呼号、大雪纷飞的冬夜，屋子里只住着达克一个人，他是单身汉，这里又十分偏僻，没什么好消遣的，达克正坐在火炉前看杂志。

"咚咚咚"，有人敲门，十分急促，达克刚把门一开，一个"雪人"连同雪花一起被卷进了屋里。达克连忙插上门，回头一看，进来的那人穿着一件很厚的羽绒服，脚上穿的是雪地靴。他进来后在火炉前烤了好一会儿才说："我叫莱可，我的汽车没油了，在 8 里外熄了火，需要油，我走了很远的路才来到这里，太太还在车里呢……而且我只需 2 加仑就够了……"

"你先别着急嘛！"达克不紧不慢地说，"我记起来了，我的卡车坏了后就把汽油抽了出来，或许可以卖一些给你。"莱可一听大喜，忙问："那汽油要多少钱？"

达克盯着莱可的包，说："今晚这样的天气认识您算咱俩有缘，就算 50 元一加仑吧！"

莱可一听简直不敢相信自己的耳朵："多少？50 元一加仑？你这是在抢劫！"

达克平静地说："现在油价涨了，再说，您想想，像这样的风雪天，人在外面很快就会冻死的，您的太太在车里肯定也快受不了啦……"

莱可实在没法，他开始数包里的钱，可钱包里只有 60 元，只够买一加仑，莱可愿把手表一起留下，但达克不答应给 2 加仑的油，他说："我不需要您的手表，这样吧，您先把一加仑油拿回去，如果您太太带着钱，你们可以再来加油，要是没带钱，我这里可以为你们提供最便宜的食宿。"达克一边说着，一边接过了钱，走进里屋加油。一会儿，莱可便拿着仅装了一加仑油的罐子，快步走出屋门，消失在暴风雪中——他还得来，他必须从太太那儿拿了钱，再回来加一加仑的汽油！

不知过了多少时候，“嘀嘀”，门外响起了汽车声，达克上前开了门，只见莱可扶着他的太太海伦从车里走出来，她显然已被冻得快支撑不住了，他们进了屋，在炉子前依偎着坐下。

海伦对达克说：“我丈夫说了有关汽油的事，幸好我这里还有一点儿钱，我们还想买一加仑汽油。”

达克连连点头：“完全可以，不过现在油价又涨了，65元一加仑。”

“没问题，我们买了！”海伦说着，打开了随身带着的皮包，取出了一沓钱，朝着达克扔了过去：“这足够了吧！”

“够了，够了……”达克弯腰去捡地上的钱，突然，他发现这些钱上面都标着香柏银行的字样，号码是连着的！他十分吃惊，但等他抬起头来，莱可的手枪已经顶到了他的额头，莱可的声音是冷冰冰的：“我们的车里还有好多这样成捆的钱……”

“这么说你们抢劫了香柏银行？”

“你很聪明，但既然你已知道了，我们就不能让你活着。”莱可说着情不自禁地笑了起来，“本来我们是不想杀你的，但你的油价太高，为了再要一加仑的油，我们只能回来，而且也只能给这些香柏银行的钱！”

莱可找来了绳子，把达克的双手结结实实地捆在椅子上，使他连站都没法站起来。这种偏僻的鬼地方几天之内都不会有人来，这里温度极低，炉子里的火只够烧几个小时，火一灭谁都受不了，而且也没吃的，达克绝望了：“你太狠了，我只是诈了你一加仑汽油的钱，你却要我以生命来抵偿！”

“是吗？你不是说油价涨了吗？它的价格足以和你的生命相比。”莱可说完就走出了屋子，和海伦一起开车走了，汽车渐渐远去，没人能听到达克绝望的呼救声……

与你共品

充满悬念、惊险曲折的故事情节给读者展现了一场不断增长的贪欲心的斗争。达克不断地以“油价涨了”为借口想获取利益，不料想莱可夫妇是抢劫犯，达克最终被莱可夫妇绑在偏僻的地方，用生命来抵偿油价的上涨。

在我们现实生活中的某一个角落，总有一些像达克这样的人，拥有着永远满足不了的欲望与贪心。也正是这该死的欲望，它使人们抛弃了快乐，使人们步入悲惨的人生结局，亦如达克步入生命的终点。

人生最需要的是理想，最可怕的是欲望。欲望过重，贪心如火；贪则望利而奔，巧取捷径，最终导致悲惨的结局。

（曾小桃）

她停顿了一下，意味深长地说，“爱的契约不是签订在纸上的，它只能体现在情人的相互体谅和关怀之中。”

爱的契约

［美］威尔·斯坦顿/著　徐伯钧/译

我和玛吉结婚的时候，经济上很拮据，且不说买汽车和房子，就连玛吉的结婚戒指还是我分期付款购置的。可是如今却大不相同了，人们结婚不但讲排场摆阔气，而且还聘请婚姻顾问，签订夫妇契约。听说有些学校还要开设什么婚姻指导课呢！

我真希望我和玛吉也能领受一下这方面的教益，这倒并不是说我们的夫妻生活不和睦。不，绝非如此。要知道，我们在婚前就有了一个共同点——玛吉和我都不爱吃油煎饼。瞧，这不是天生的一对？然而我们结合的基础仅此而已。

我想，签订一份契约也许会使我们的家庭生活走上正轨。于是，我决定和玛吉谈谈。

“玛吉，”我说，“婚姻对人的一生至关重要。可是我们结婚的时候……”

“你在胡扯些什么？”她不由得一愣，手里的东西掉了下来。

“瞧，香蕉皮都掉在地上了。”我有意岔开她的话题，“垃圾筒都满了。要是你及时去倒，就不会有这种事了。”

“四个孩子，十间房间，你关心的却是香蕉皮。”她生气地说。

我从口袋里掏出一本名为《婚姻指南》的手册：“这本书是我从药房里买来的。”没等我说完，玛吉已拎起垃圾筒赌气地往外走去。没关系，结婚教会我最大的秘诀就是忍耐，忍耐就是成功。她回到屋里后，我接着说：“这里有一份夫妇契约的样本，是由一对名叫莫里森和罗沙的夫妇签订的，它适用于任何夫妇。”

玛吉显然对这话题感兴趣，“讲下去。”她催促道。

我打开书念道：“第一，分析每对夫妇过去的生活——是否有遗传病或精神病史，是否有吸毒嗜好和犯罪历史，是否有……”

“别说了，我不想再听下去。”她失望地说，“只有傻瓜才会和这种人结婚。”

“当然，”我解释说，“这并不是说莫里森和罗沙也有过这类事情。但是，了解情人的过去总要比蒙在鼓里一无所知好得多。这样蜜月结束后，即使碰上令人难堪的事情，你也不会感到束手无策了。”

“这些对我们来说已经为时过晚了。”

“怎么会为时过晚呢？一切可以从头开始。要是我们现在也签订一份契约的话……”

“签订什么？”玛吉吃惊地问。

“签订契——约。”我故意拖长了音调。

“为什么？”玛吉疑惑地问。

“因为契约有着一种不可抗拒的约束力。另外，它还能合理地分配我们之间的责任和权利。”我停顿了一下，建议说，“让我们也签订一份契约吧！比如每逢单年由你决定到哪儿去度假，双年则由我说了算。”

“要是轮到我作主时，正碰上手头没钱，那我们不是只能待在家里了吗？”她反问。

“不错，但这只不过是一种特殊情况。”我说，“另外，契约也不是一成不变的，我们可以酌情处理嘛。”

“如果契约可以随意改变，那它还有什么用处呢？”玛吉反驳说。

“言之有理。”我说，“想不到你还知道这些基本常识。”

“如果你也懂得这些常识，就不会提出签订什么契约了。”

“要知道，女人经常喜欢谈论平等和自由。一张契约至少可以解决这方面的问题。”我辩解说。

“你不懂，亲爱的，”玛吉两眼紧盯着我的脸，激动地说，“平等对女人来说无关紧要，关键是男人是否值得她们爱。要是一个女人真心爱上了一个男人，她就会做一切事情来使他快活。这决不是那张该死的契约所起的作用，而是她自己情愿这样做。”她说完便转身走进隔壁的厨房。

没想到玛吉竟懂得这么多的道理。我终于认输了。

“要喝咖啡吗？亲爱的，我刚煮了一壶。”玛吉探出半个身子温柔地问道。

“咖啡？太好了。”我转过身来看见她嘴里咀嚼着什么，“你在吃啥？”

“油煎饼，想尝尝吗？”她笑着问。

我的天啊！我和玛吉共同生活了十七年，难道她还不知道我讨厌油煎饼？她自己也是一看到油煎饼就会呕吐的，这到底是怎么回事？我走进厨房。

“玛吉，你喜欢吃油煎饼？”我不解地问。

“是啊，怎么啦？”她神秘地眨了眨眼。

“记得我们第一次约会，我给你要了杯咖啡，问你是否要油煎饼，你拒绝了，说是你不喜欢。”

“是的，你记得不错。”她爽快地说，“可是当时你口袋里只有五角钱，还是向别人借的。”

“可油煎饼只需要一角钱呀！”

“别打肿脸充胖子，那样你回家的车钱就没啦。”说着，她忍不住大笑起来。

这下我哑口无言了。“哎——”我窘迫地长叹了一声。

接着，玛吉诙谐地说：“莫里森和罗沙的契约可能是一纸空文。今后我们生活中也许会遇到许多问题，因为罗沙肯定不曾替莫里森考虑过是否有回家的车钱这类事。”她停顿了一下，意味深长地说，“爱的契约不是签订在纸上的，它只能体现在情人的相互体谅和关怀之中。”

这时我才恍然大悟。玛吉真是个好妻子，谁能像她那样初恋时就如此了解和体贴我啊！我坐在她身边，贪婪地吃着热腾腾的油煎饼，嘿，味道还真不错哩！

过了会儿，我也从包里拿出两只油煎饼——早晨我瞒着玛吉买的，递给她一只说：“我以前不吃油煎饼，但我可以从头学起！”

与你共品

爱的契约是夫妻的相互体谅和关怀，心甘情愿地为对方做一切事情，并不是签在纸上的分配夫妻责任与权利的契约。

小说以第一人称的视角，对话式的语言展开了夫妻的平凡生活。随着对话的深入，体现出了“我”与妻子之间对爱情婚姻的不同看法，亦道出了爱情的真谛是相互理解、体谅，而在爱的面前，契约就如一张空文。

真正的爱、真正的幸福其实不是让我们刻意地约束对方的行为与责任，也不是刻意去剔除对方身上那一点点微不足道的瑕疵，而是要我们把握好自己手里的那一颗实实在在的真心，相互理解与体谅，学会包容与珍惜，然后，才能从彼此心灵的和弦里感受到真正的爱与幸福。

（曾小桃）

这人开着一辆簇新的黄色凯迪拉克前往墨西哥，汽车音响放着刺耳的摇滚乐。这种故意把音量放到最大的做法，使彼得想到魔术师表演节目时分散观众注意力的伎俩。

神秘的凯迪拉克

［美］阿·尼科鲍姆/著　李家渔/译

彼得·拉夫在美国和墨西哥边境的一个海关工作。每天有数以千计的车辆从这个口岸进出。彼得的工作经验相当丰富，在大多数情况下，他迅速查验来往司机的证件后，就放他们走，只在有人引起他的怀疑时，他才会去察看可疑人的车。当然，彼得这种靠直觉作出的判断，也有失误的时候。

彼得第一次见到约翰·维尼时，心里就产生了怀疑。这人开着一辆簇新的黄色凯迪拉克前往墨西哥，汽车音响放着刺耳的摇滚乐。这种故意把音量放到最大的做法，使彼得想到魔术师表演节目时分散观众注意力的伎俩。

彼得记下车号，打算等它返回时对它进行检查。可直到他下班也没见凯迪拉克回来，他把问题向接班的同事做了交代，就回家了。

他几乎忘记黄色凯迪拉克那档子事了。可到了下一个星期六，却又看见了它。仍然是出关。从美国前往墨西哥。车里依旧大声地放着摇滚乐。彼得急忙跑去给边境另一侧的墨西哥边防站打了电话，让他们仔细搜查那辆凯迪拉克。彼得远远地看见车子靠边停下，墨西哥的海关人员开始检查车子。车主维尼站在一旁若无其事地抽烟。他身材又高又瘦，衬衫和领带都同样花哨得刺眼，以至于从远处看去，活像路口的红绿灯。

半小时后，维尼开车离去。彼得心想，既然在墨西哥入境时没有发现任何可疑的东西，等他回到美国时，肯定带着走私物品。于是，他决定推迟几个小时下班。可是凯迪拉克迟迟没有出现，那辆车仿佛消失了，后来几天都没有从墨西哥返回。

下一个星期六的晚间，彼得正常当班时，惊讶地发现黄色凯迪拉克又出现了，依旧是前往墨西哥方向。彼得马上意识到，黄色凯迪拉克肯定是每次从这个口岸出关，在别的口岸入关返回。

彼得向海关关长反映了自己对维尼的怀疑，关长立即通报了所有的边境口岸，请他们注意，一旦发现维尼的黄色凯迪拉克从墨西哥返回，便仔细对其进行检查，可是，彼得和他的同事们并没有收到任何有关检查那辆车子的情况通报。

又到了星期六，彼得再次看见了黄色凯迪拉克开往墨西哥方向。他判断，维尼肯定是运输走私物品，从美墨边境线的什么地方偷渡入境。他想，维尼和黄色凯迪拉克的秘密通道必须尽快查明。

海关人员查出了维尼在圣地亚哥的住址，开始日夜对其监视。维尼消失几天后终于回家，他把车子开进车库。以后几天，维尼没有任何异样的表现。到了星期六的傍晚，他才坐到方向盘前，开动汽车直奔边境。一辆边防警察的车悄悄跟在他后面。

开始是一切都很顺利，可后来，到了墨西哥边境城市的一个十字路口时，维尼突然一打方向盘，从边防警察的视野中消失了。

警察们确信维尼是故意暴露在他们面前，然后又狡猾地把他们甩掉的。气愤之下，他们申请了一张搜查凯迪拉克轿车的许可证。彼得征得上司同意，同警察们一道前去搜查。

维尼是星期三回家的。看到带着搜查证前来的警察，他感到很惊讶，但并不害怕，因为他清楚地知道自己的车里没有任何违禁物品。

警察们把车子翻了个底朝天，每个角落，每个螺钉都查遍了，可是一无所获。然而，临走时，警察察觉到维尼露出一丝不安的神色。他知道这次搜查绝非偶然，从此之后，他的每个举动都会受到警察的监控。

星期六，彼得看见维尼的凯迪拉克车又过了边境。进入墨西哥后，他把车子停在靠近边防检查站的美国领事馆前，下车走进楼里。后来，美国海关人员通过他们的情报人员了解到，维尼请求有关当局为他办理定居墨西哥的手续。短时间内不可能再回美国。果然，黄色凯迪拉克再没从那个边防口岸进出。

彼得又一次见到维尼，是一年半以后。当时，他到墨西哥去观看快艇比赛，在人群中，他的目光偶然被一个又高又瘦的男子吸引住了。他的衬衫和领带都花哨得刺眼。彼得认出他就是维尼，便向他走去。

“你好！你还记得我吗？”

维尼的脸上露出惊异的笑容，可当他终于认出这位海关关员时，神情立即显得不安起来。

“你不用担心。”彼得安慰他道，“我并不是为了你才到这里来的，我感兴趣的只是快艇比赛。”

维尼心中一块石头落了地。两个人一同观看赛艇，然后到一家咖啡馆去吃东西。维尼告诉彼得，他在附近的小城里开着一家饭店和一个赛艇俱乐部。他到这里来就是为了买两艘赛艇。他甚至还邀请彼得到他那里去做客。

“你的饭店和赛艇都是用你走私所得的钱财买的吧？”彼得直截了当地问。

维尼显得局促起来。他尴尬地笑笑：“你猜对了，朋友。”

“你还在干走私的勾当吗？”

“我早就洗手了。”

“难以想象。”彼得摇摇头说，“一般说来，如果没有充足的理由，生意红火的走私者是不会收手的。”

“可我有这样的理由。你们盯得我太紧了，因此我决定放弃。”

“既然都是过去的事了，你能不能告诉我，当时所有的边境口岸都接到了通告，都在等待你从墨西哥回来时将你和车子人赃俱获。你是怎样顺利地回到加利福尼亚而没有被发现的？”

“那时我连自己的汽车都没有，当然也不运送任何走私货物。我或者步行，或者乘坐长途汽车，或者搭别人的车从墨西哥回国。我从墨西哥带回国的可以当做物品的只是我的汽车牌号。因为，我当时干的是一种特别的走私——把从美国偷到的黄色凯迪拉克牌高级轿车弄到墨西哥去。我每星期开一辆偷窃的汽车到境外，你们却以为那是我的车子……”

与你共品

现实生活中的人们，往往容易被一些习惯了的东西所捆绑住，而不能发挥出自己最大的潜能，其最根本的原因就是没有冲破思维定式，而是把自己束缚在一个原有的框子里。

小说中的彼得与他的同事们一直坚持着以前的惯性思维苦苦调查维尼，殊不知原来维尼走私的却是从他们眼皮底下开走的黄色凯迪拉克。规则是用来打破的，思维是要发散的。因此，在生活中，我们要学会打破自己的思维定式，仔细观察周围事物，寻找最有效的解决方法。

思维定式往往会使人们思想僵化、墨守成规，是一种扼杀创新精神的可怕习惯势力。自觉打破思维定式的障碍，将会为成功找到一条捷径，也定能抓住发展和创新的机遇。

（曾小桃）

陈乔被老人的行为激怒。他觉得老人在故意向他炫耀。于是，陈乔也决定向老人炫耀一下。

回家路上

［不丹］萨姆费尔·诺布/著　郁　葱/译

陈乔从小离开父母，在印度由叔叔养大。18年之后，他要回到廷布自己的家。

他从边境城镇奋特休岭乘坐杜鲁克捷运公司的微型公共汽车，与他同座的是一位干瘦的老人。一路上，他们谁也不对谁说话。老人不想打扰看上去有些疲倦的年轻先生，年轻人则受过不与陌生人交谈的教育，不管是老者还是少者。所以，他们都沉默不语。

当他们来到桑塔拉卡，汽车停下稍事休息。老人下车去买橘子。回到车上，老人客气地递给年轻的同行者一个橘子。陈乔感到有点受辱。接受一个社会地位明显比自己低下者的食品，是不可理解的。于是，他明确地拒绝了老人的施舍。

老人歉意地笑了笑，自个儿剥开一个橘子，将一个橘瓣放进嘴里吧唧吧唧吃起来，吃完把籽从车窗里吐出去。

陈乔被老人的行为激怒。他觉得老人在故意向他炫耀。于是，陈乔也决定向老人炫耀一下。

在下一站盖都，陈乔将一个卖苹果的叫过来，买了一些苹果。卖苹果的告诉他要10个努扎姆，但陈乔扔下一张面值50努扎姆的票子，连不用找钱都懒得对卖苹果的说。他拿出刀子，把一个苹果切成块，然后，将其他苹果全部扔掉。通过眼角，他对邻座脸上惊奇的表情感到满意。这就是给他的颜色！他想。

车到楚卡，他们停下吃午饭。老人说："年轻先生，如果我有什么冒犯你的话，请你原谅。我可以知道年轻先生要去哪里吗?"

陈乔把老人的话看做是一种假惺惺的恭维，认为是在拍他的马屁。"廷布。"他粗暴地回答说。

"能与年轻先生同行，是我有幸。"老人继续说，"你能赏光与我共进午餐吗?"

"不，谢谢您!"陈乔说，"我不饿。"

当他们抵达廷布时，老人问年轻先生要去哪个区。当陈乔回答兹鲁卡时，老人说他也去同一个区。

"既然我们都去一个区，"老人主动地说，"那我们可以同乘一辆出租车。"陈乔对老人的提议进行了认真考虑。由于他新来乍到，地理不熟，他勉强地接受。"但得由我来付车费。"他傲慢地说。

出租车把他们拉到兹鲁卡。老人下车时，问陈乔住在谁家。陈乔说出了他爸爸的名字。"库尔托的阿帕·皮马拉。"

"我就是库尔托的阿帕·皮马拉。"老人惊奇地说。

与你共品

回家的旅途中，从小不在父母身边的陈乔，因为世俗心作祟，看不起一个处于社会底层的老人，不料，这个被自己打心眼里看不起的老人，居然是自己的亲生父亲。

小说以巧妙的情节安排，极其深刻地折射出了人们在为人处世时实际存在的戴有色眼镜看待人的丑陋现象。现实中很多人总喜欢用社会地位来衡量一个人，总把自己拥有的那一点资本向别人炫耀，亦喜欢给别人套上身份地位的标志。殊不知，为人处事最重要的是平等、尊重与真诚。

在这个世界，每个人都是平等的。世界，既不是有钱人的世界，也不是有权人的世界，它是有心人的世界。人有两只眼睛，全是平行的，因此我们应当平等看人，真诚地与他人沟通，不要因为别人的社会地位而区别对待。

（曾小桃）

突然，他心头一怔，走上前去问米雪太太："您看到的哈丽娅的那个情人穿的的确是雨衣？"

穿雨衣的人

［法］皮埃尔·贝勒玛尔/著　张志红/译

4月的一个早晨，米雪太太像往常一样站在她家半拉的窗帘一侧，注视着街上发生的一切。她每天的大部分时间都是这样度过的，因为她是一个寡妇，又没有孩子，而且还住在这样一个小县城里，除了琢磨邻里之间的琐事外，她还能干什么呢？

米雪太太家的对面有一幢单门独院的住宅，主人叫卡罗尼。卡罗尼是这个小城里的知名人物，他狂妄、野蛮。每个周末，他都开着豪华轿车到首都跟他的情妇幽会。

卡罗尼的夫人哈丽娅，显然是一个受害者，在她丈夫看来，她这样的模样，谁还能看得上呢？再说，他们也没有孩子。城里人都知道哈丽娅是一个安分守己的人。

但是，一个星期天的早晨，米雪太太却目睹了一件特别的事：就在卡罗尼先生去巴黎刚走不久，一辆出租车停到了他家门前，一个穿雨衣的矮小男人从车里走了下来。哈丽娅一人在家，他来干什么？手里为什么拎着一只提箱？

米雪太太还没有完全从惊讶中清醒过来，却又见这个矮小男人居然还有卡罗尼家的门钥匙！米雪太太拿起电话正准备报警，突然又住了手，她恍然大悟："哈丽娅也有情人！"

半年之后，一个星期天的早晨，这位神秘的穿雨衣的矮小男人已经第三次出现在卡罗尼的家门前。他每次都利用卡罗尼去巴黎的时机乘出租车来，自己拿钥匙开门，而且整个周日都待在那儿，从不出去。只是哈丽娅有时外出两三次去采购东西。

米雪太太的嘴巴是从不饶人的，全区的人很快都知道了这个秘密，有的人愤怒地斥责哈丽娅，有的人却又为她感到喜悦：她以这种方式对待不忠诚的丈夫也是理所当然的。

可是10月25日这一天却异乎寻常，米雪太太简直不敢相信自己的眼睛——

6点左右，正是黄昏时分。刚才，也就是10分钟以前，哈丽娅从家里出去采购东西，可就在这时，那个穿雨衣的矮小男人来了，可是这一次，卡罗尼先生在家！

米雪太太紧紧盯着这个矮小男人的一举一动：他步态跟往常一样自信，他会掏出钥匙开门吗？不，这一次他却按了门铃……时间一秒一秒地过去，一会儿，卡罗尼先生来开门了，瞬息之间，只见穿雨衣的那个矮小男人从口袋里掏出什么东西，紧接着响起两下枪声。米雪太太惊魂未定的时候，这个矮小的男人已逃得无影无踪……

米雪太太浑身哆嗦，战战兢兢地拿起电话报警。几分钟后，地区警察局局长赶到了现场，他凝视着卡罗尼的尸体自言自语："两颗子弹都打中了心脏，真是干脆利索。"

米雪太太用失真的声音回答警察的问话。"您说是哈丽娅的情人开的枪？""是的，我敢肯定，在卡罗尼先生不在家的时候，他来过 3 次，我是从窗户里偶然看到的。"

警察一边记录一边说道："您能给我描述一下这个人吗？"

"身材矮小，棕色头发，每次来都穿一件雨衣。年龄有四五十岁，不过这很难说准，因为我只是从远处看到的。"

正在这个时候，哈丽娅从超市采购东西回来了，她双腿跪在丈夫的尸体旁，悲恸欲绝地自言自语："米歇尔……真的是你吗？"

警察局长问："米歇尔是谁？""我的情人，我也不知道他的真名实姓……"

哈丽娅吞吞吐吐地诉说着她和米歇尔交往的经过：

去年 12 月，卡罗尼对哈丽娅说，他想单独一个人和客户到冬季运动场去度圣诞。事实上，哈丽娅知道，他是想跟情妇在一起。这一次，哈丽娅没有像往日那样吵闹，等卡罗尼走后，她独自来到突尼斯的一个俱乐部，准备度过一个星期的时光。就在那儿，哈丽娅结识了米歇尔。米歇尔从不让哈丽娅知道他的真名实姓，他只是说已经结婚了……

哈丽娅苦涩地笑了笑，继续说道："我丈夫不在的时候，米歇尔来过 3 次。米雪太太就住在我家对面，她又有这方面的爱好，我想，她肯定把在窗帘后看到的，全告诉您了。他最后一次来是在一个月以前，他对我说，以后他将要离开了。他没有告诉我去哪儿，就在那一天，米歇尔对我说：'我可怜的哈丽娅，我必须帮助你，我要送给你一件告别礼物……'他就这样走了，以后我再也没有见到他……"

警察局长惊讶地说道："您的意思是说，谋杀您的丈夫，这是米歇尔送给您的……告别礼物？"

警察局长于是离开客厅到了小花园，他无意间抬起头来，只见晚霞满天。突然，他心头一怔，走上前去问米雪太太："您看到的哈丽娅的那个情人穿的的确是雨衣？"

"是的，他每次来都穿雨衣。"

"米雪太太，您看见过哈丽娅和她的情人待在一起吗？"

"我确实没有见到他们两个人在一起，我每次都是分别看到他们……可这又有什么区别呢？"

警察局长飞一样地扑进房间。哈丽娅还拎着购物袋。警察局长抢过袋子，将里面的东西全倒在桌上：一件雨衣、一个男人的假发和一支手枪。哈丽娅本想躲进房间销毁证据，想不到警察局长的动作比她还快。她彻底认输了，她只是愤愤不平地诉说了原委："你们可知道，卡罗尼这个伪君子他让我承受了多大的痛苦！我一直希望能有一个情人来为我报复，但一直没有，于是我只好自己来扮演这个角色……太遗憾了，如果真有一个米歇尔就好了……"

说到这里，哈丽娅那苍白的脸颊上淌着眼泪，眼睛里充满了绝望……

与你共品

当爱情已经变质的时候，往往容易转化为恨。哈丽娅为了发泄心中的恨，而选择了极端的手段，报复是哈丽娅为自己挖的一个坟墓。

爱情可以让人幸福，同样也可以让人陷入绝境。面对绝望的爱情，哈丽娅的思想已经发生了极端的变化。什么时候开始她已经不再希望她的丈夫回头？什么时候她开始了杀人的计划？也许就在她对爱情已经绝望的时候吧。缘起缘落不是我们自己可以控制的，当爱情已离去，勉强挽留和选择报复都不如早点放手。放开也许让自己更加幸福！

失去爱情也许并不是人生中的最大遗憾，失去高贵的灵魂才是最大的遗憾，面对无法挽回的爱情要选择正确的方式来处理。

（肖锦欣）

经过一番艰苦的筹划，总算赶在赏樱时节之前把漂亮的厕所修建好了，连告示牌也是拜托和尚制作，是中国式的，非常庄雅——租用厕所一次八文。

厕中成佛

［日］川端康成/著　叶渭渠/译

这是很久很久以前的岚山的一个春天……

京都大户人家的太太、小姐，花街柳巷的艺妓、妓女，她们身着华丽的服装，来到这山野观赏樱花。

"对不起，借用一下洗手间好吗？"

京都的女游客在肮脏的农家门口，羞红着脸，微微欠欠身子说了一句，绕到屋后，上了一间又旧又脏的小茅厕……春风摇曳着草帘，她的肌肤不由得痉挛起来，耳边传来了孩子们哇哇的喧嚣声。

看见京都仕女的这副窘态，贫穷农民兵卫便动脑筋，修盖了一间干净的厕所，挂上一块告示牌，上面写着几个黑油油的字：

租用厕所一次三文

赏花季节，游客拥挤，出租厕所非常成功，转眼间出租者发了大财。村里有个人忌妒八兵卫，对妻子说：

“近来八兵卫出租厕所，转眼间就赚了一笔钱。今年春上，俺们也盖一间出租，要赚得比八兵卫还多，怎么样？”

“这个主意不好。即使俺们的出租厕所盖好了，可八兵卫是老字号，人家有老主顾。俺们是新字号，游客不光顾，岂不是鸡飞蛋打，穷上加穷吗？……”

“胡扯什么呀。这回，俺所设想的厕所，不像八兵卫的那样肮脏。听说近来京城时兴茶道，俺打算盖个茶室式的厕所。首先是，四根柱子。用吉野圆木不够气派，要用北山的杉木。天花板用香蒲草，钉上水蛭形钉子，悬挂上吊锅的锁链替代使劲时候用的绳索。这主意不错吧。窗户开落地窗，踏板用榉树的如轮木，便池前挡用萨摩杉。便池四周涂黑漆，墙壁涂两遍油漆，门户用白竹夹扁柏制成的长薄板，房顶用杉树皮葺成，再用青竹子压住，系上蕨草绳，修成大和式的。放鞋的石板用鞍马石做，旁边围上栽有青竹子的方眼篱笆，洗手盆用桥桩式的，装饰用的松树也配以多姿的赤松。不论哪个流派，诸如千家、远州、有乐、逸见的精华，都兼收并蓄……”

妻子听呆了。“那么，租费多少呢？”

经过一番艰苦的筹划，总算赶在赏樱时节之前把漂亮的厕所修建好了，连告示牌也是拜托和尚制作，是中国式的，非常庄雅：

租用厕所一次八文

就算是京都仕女，也觉得过分奢侈，钦佩之余，望而却步。你瞧见了吗？妻子敲着榻榻米说。

“我早说叫你别盖，搭了这么多本钱，结局可怎么得了啊！”

“不要唠叨嘛。明儿只要到客人那儿去转一圈，保证光顾的人会像蚂蚁成群而来。我明儿要早起，给我准备好盒饭。只要转上一圈，保你一定门庭若市。”

丈夫非常沉着。可是第二天，他比平时都贪睡早觉，上午十点才醒过来，一把将后衣襟掖在腰带里，把饭盒挂在脖颈上，带着几分哀伤的神情，回头冲着妻子带笑地说：

“孩子他娘，俺这辈子所作所为，你总是横挑鼻子竖挑眼的，说我傻瓜，说我做梦、做梦的。今天要让你瞧瞧，俺只要到客人中转上一圈，保你顾客车马盈门呀。粪缸满了，你就挂上个‘暂停使用’的牌子，拜托邻居次郎兵卫挑走一担两担的。”

妻子纳闷。丈夫说到客人那里转转，是不是到京城去游说，宣传出租厕所呢？她一筹莫展的当儿，一个姑娘往钱箱里投放了八文钱，租用了厕所。尔后进进出出的，租用的客人源源不断。妻子十分惊异，瞪大眼珠子看守着。不久，挂上“暂停使用”的牌子，忙着要把粪便挑走……终于到了傍黑时分，厕所租金达八贯之多，粪便挑走了五担。

“莫非俺家老头子是文殊菩萨的转世？真的，他所说梦一般的事，有生以来头一次变成了现实。”喜形于色的妻子买来了酒等待着丈夫，不料抬回来的竟是他的尸体。

“他长时间蹲在八兵卫家的厕所里，可能是被沼气熏死的。”

丈夫走出家门以后，立即缴付三文走进了八兵卫家的厕所里，从里面上了锁，有人想推门进去，他就“咳、咳”地佯装咳嗽，连声音都咳嘶哑了。春天白日长，他蹲得连腰都直不起来了。

京都人听了这个故事，议论纷纷：

“真是风流人物的沦落啊！”

“他是天下第一的茶道师啊！”

“这是日本有史以来的成年人自杀啊！”

“厕中成佛，南无阿弥陀佛。”

众人异口同声地称赞不绝。

与你共品

小说中的丈夫为了谋取私利，选择了违反规则，在最后他也受到了应有的惩罚。从中我们可以得到一个教训，人不可过度贪婪，更不可采用不法的途径获得利益。

一个心灵扭曲的人他的思维方向是与常人不同的，面对困难所做出的选择往往容易忽视他人的利益，有时也会选择饮鸩止渴。损害别人的利益或者是只看到眼前利益而无视其他后果的行为，终究会导致自食其果，走上一条不归之路。

无论是从商还是做人，都必须是通过不断强大自己来打倒对手，而不要试图走不法的道路。走旁门左道的人结果只会是损人不利己。

（肖锦欣）

“他们起先也蒙住了我，”他说，“不过他俩俯身看图时，我一眼便瞥见了他们肩上的手枪皮套。”

咖啡店

［美］约翰·塞维奇/著　雪　莉/译

夜色已深。我驾车行驶在得克萨斯西部的公路上，不知不觉中阵阵倦意向我袭来，于是我决定停车喝杯咖啡。

我歇脚的小店整洁、清爽，但此刻只剩下掌柜先生。他40来岁，显然，属于那种诚实本分的人，我顿时便为他感到些许悲哀。在这个险恶的世界上，一个人过分温雅永远成不了赢家。

热气腾腾的咖啡端来了，正在这时，门外一辆小车戛然而止，两个男人径直走了进来。那高个子说：“来两杯咖啡。喂，我说伙计，你这儿有没有行车交通图？”

“我想有吧。”柜台后的男人边答着话边端来了咖啡，不到两分钟，他拿着一张地图过来了：“这张地图可能有点过时。”俩人展开图，俯身看去。

高个子手指沿着里约格兰河滑移，随即他摇了摇头：“我看这边没有什么路可通向墨西哥。”

“你们是想找南行的最佳路线吗？我或许能帮点忙。”店主人开口了。他转身又翻起那叠东西来，“我好像还有一张更新点的图。”他说，“更新点的图会标明哈克特桥……”

“哈克特镇在这里，”高个子对着地图说，“就在河边，挺小的镇子。”

“现在可不小了，自从建好了桥，哈克特镇面积已增加了一倍。”

“这条路那头怎么样？”矮个子问。店主说：“相当不错，直通墨西哥。”

高个子喝完咖啡，将图放进口袋，站了起来，“你的图归我们了。”他说。

店主显得十分诧异，然而，他耸了耸肩，说：“请便。”

俩人朝外走时，耳语了几句。突然，他们转过身来，拔出了手枪。“你坐在那儿别动，”高个子指着我喊，“还有你，”他命令男主人，“靠墙站着。”

然后，矮个子走到收款机旁，将现金全部倒出。高个子则把电话机扔到地板上，将电话线拉了出来。接着，俩人匆匆钻进小车，一溜烟儿地开走了。

店主脸色苍白，可他片刻也没浪费，俯身修起了电话机。我对他说：“对别人好心好意并不总是有好报的。”他一笑，说：“那又不费什么。”仅仅5分钟，电话机便修好了。他拨通电话，向警察描述了那两个人和他们的车。

我摇摇头说：“真没想到。这两个家伙开始看上去还不坏呢。”

“他们起先也蒙住了我，”他说，“不过他俩俯身看图时，我一眼便瞥见了他们肩上的手枪皮套。”

“既然你知道这两个家伙不对劲，干吗还要帮他们上路呢？”

他又一笑，说：“这个世界太险恶，不是吗？”

“要是我肯定不会跟他们讲那座桥的。假如你嘴巴紧点，至少还有希望抓住他们？”

“其实没有……”

“是的，一点希望也没有了，”我说，“瞧瞧他们那辆开起来像飞一样的车。”

“我不是说没有机会抓住他们，”他轻轻一笑，“我是说那里根本没有桥……”

与你共品

表面看似懦弱的咖啡店店主原来早已识破了两个男人的抢劫意图，却不动声色地撒了个谎，使那两个男人落入了他预设的圈套。

现实社会中，太多的包袱，太多的羁绊，使得人们无法冷静地面对所遭遇到的困难和绝境，只能被动的接受现实。而小说中的店主在遭遇抢劫时，没有惊慌失措而是积极地想办法，编造了一个谎言来解决危难，最终化被动为主动。小说结尾戛然而止，言已尽而意无穷。让我们在对抢劫犯的结局猜想中流连不去。

很多人往往都喜欢以貌取人，想当然的自以为是，殊不知，在这个世上，“道高一尺魔高一丈”，大智若愚的人很多。他们往往低调做人、高调做事。毛羽不丰时，懂得让步。低调做人，往往是赢取对手的资助、最后不断走向强盛、最终反使对手屈服的一条妙计。

（苏淑婷）

杉田看着那纽扣，突然想起了十几年前死去的母亲。

纽　扣

［日］内海隆一郎/著　佚　名/译

在路边上有个无人售货亭。杉田把自家种的萝卜、小油菜、胡萝卜等蔬菜摆在约有半张席大小的货架上。

蔬菜一袋从一百元到二百元不等，买菜的人把硬币投到用铁丝吊着的空罐头盒里即可。到无人售货亭来买菜的多为农田前面小区或对面公寓里的人。因为这里的蔬菜比站前超市便宜得多，所以每天摆出的蔬菜从来没剩过。

“嗨，又有一个。”

黄昏时，杉田从铁皮盒往外倒硬币时说。他的手指闪着一个比百元硬币大一圈的黑色圆形纽扣。这颗纽扣好像用黑色贝壳做的，中间有呈“井”字状的4个穿线孔。放在明亮处，纽扣闪着美丽的光泽。

“真不像话，用纽扣代替钱。”

这一个月以来，已经发现3颗同样的纽扣。虽然没什么用处，但扔掉可惜，所以用胶带纸粘在墙上。这是第4颗。

在此以前，发生过几次拿走菜不给钱的事。杉田贴了张纸条，上写“拿菜不付钱就是小偷”！从那以后，再没有丢过菜。

“肯定是看错了。”杉田生气地想。

用纽扣来换精心种养的蔬菜不合道理。

“准是那个老太太。”

他眼前浮现出在田里干活时经常看到的那个老太太。她清瘦，高个，有点驼背，拄着手杖，摇摇晃晃地走着。从那走路的姿态，可以看出，她以前是个风姿绰约的女人。

可是，只要她来买土豆、胡萝卜，钱盒里肯定有纽扣。“她是怎么想的，难道以为纽扣是百元硬币？”

话虽然这样说，但总不能在她往钱盒里投纽扣的刹那间把她抓住。

“也许她真把这纽扣当成了百元硬币。”

杉田看着那纽扣，突然想起了十几年前死去的母亲。

——妈妈在处理旧衣服和衬衫时，总要把扣子剪下来。各种各样的扣子装了整整一点心盒。

也许这个老太太把扣子盒误认为贮钱箱了！

当杉田平静下来时，许久不见的女儿回来了。

“嗨，这是怎么了？”

女儿兴致勃勃地指着墙上的扣子说。

女儿从设计专科学校毕业后结婚，现在在一家室内装修店打工。

杉田阴沉着脸把事情讲了一遍，女儿两眼闪光。

“给我吧。”

“这是卖菜的钱，一个相当一百元。”

“我给你四百元。”

“什么？扣子值那么多吗？”

“这是用黑蝶贝做的纽扣，雕工也好。原来肯定是用在高级礼服上的。”

“这么贵重？”

“现在买，一个的价钱就吓你一跳。这样高级的扣子，可以卖……”

杉田边听边想起了那个老太太走路的姿态。

与你共品

老太太的纽扣勾起杉田对已逝世母亲的回忆，在得知真相后，杉田谅解了老太太以纽扣当菜钱的行为，并以一种感恩的心去怀念老太太。

杉田对纽扣的理解是一个过程，对老太太的情感态度的变化也是一个过程，故事就在“误会”的过程中展开。一颗普通的纽扣，却装载着杉田对已逝世母亲的美好回忆，同时包含着老太太的那颗善良的心。

“滴水之恩，当涌泉相报。”我们要学会做生活的有心人，以感恩的心去对待他人。当我们接受了别人的“无声”帮助时，必须要及时发现，然后把这个“无声”的恩惠铭记于心，并要等待机会去奉还。

（汤怡红）

他微微地提起右手，只见一副闪亮的“手镯”正把他的右手腕和同伴的左手腕扣在一起。年轻姑娘眼中的兴奋神情渐渐地变成一种惶惑的恐惧。

心与手

［美］欧·亨利/著　佚　名/译

在丹佛车站，一帮旅客拥进开往东部方向的BM公司的快车车厢。在一节车厢里坐着一位衣着华丽的年轻女子，身边摆满有经验的旅行者才会携带的豪华物品。在新上车的旅客中走来了两个人。一个年轻英俊，神态举止显得果敢而又坦率；另一个则脸色阴沉，行动拖沓。他们被手铐铐在一起。

两个人穿过车厢过道，一张背向的位子是空着的，而且正对着那个迷人的女人。他们就在这张空位子上坐了下来。年轻的女子看到他们，脸上即刻浮现出妩媚的笑颜，圆润的双颊也有些发红。接着只见她伸出那戴着灰色手套的手与来客握手。她开口说话的声音听上去甜美而又舒缓，让人感到她是一位爱好交谈的人。

她说道："噢，埃斯顿先生，怎么，他乡异地，连老朋友也不认识了?"

年轻英俊的那位听到她的声音，立刻强烈地一怔，显得局促不安起来，然后他用左手握住了她的手。

"费尔吉德小姐，"他笑着说，"我请求您原谅我不能用另一只手来握手，因为它现在正派用场呢。"

他微微地提起右手，只见一副闪亮的"手镯"正把他的右手腕和同伴的左手腕扣在一起。年轻姑娘眼中的兴奋神情渐渐地变成一种惶惑的恐惧。脸颊上的红色也消退了。她不解地张开双唇，力图缓解难过的心情。埃斯顿微微一笑，好像是这位小姐的样子使他发笑一样。他刚要开口解释，他的同伴抢先说话了。这位脸色阴沉的人一直用他那锐利机敏的眼睛偷偷地察看着姑娘的表情。

"请允许我说话，小姐。我看得出您和这位警长一定很熟悉，如果您让他在判罪的时候替我说几句好话，那我的处境一定会好多了。他正送我去内森维茨监狱，我将因伪造罪在那儿被判处 7 年徒刑。"

"噢，"姑娘舒了口气，脸色恢复了自然，"那么这就是你现在做的差事，当个警长。"

"亲爱的费尔吉德小姐，"埃斯顿平静地说道，"我不得不找个差事来做。钱总是生翅而飞的。你也清楚在华盛顿是要有钱才能和别人一样地生活。我发现西部有个赚钱的好去处，所以——，当然警长的地位自然比不上大使，但是——"

"大使，"姑娘兴奋地说道，"你可别再提大使了，大使可不需要做这种事情，这点你应该是知道的。你现在既然成了一名勇敢的西部英雄，骑马、打枪，经历各种危险，那么生活也一定和在华盛顿时大不一样。你可再也不和老朋友们一道了。"

姑娘的眼光再次被吸引到了那副亮闪闪的手铐上，她睁大了眼睛。

"请别在意，小姐，"另外那位来客又说道，"为了不让犯人逃跑，所有的警长都把自己和犯人铐在一起，埃斯顿先生是懂得这一点的。"

"要过多久我们才能在华盛顿见面?"姑娘问。

"我想不会是马上，"埃斯顿回答，"我想恐怕我是不会有轻松自在的日子过了。"

"我喜爱西部，"姑娘不在意地说着，眼光温柔地闪动着。看着车窗外，她坦率自然，毫不掩饰地告诉他说："妈妈和我在西部度过了整个夏天，因为父亲生病，她一星期前回去了。我在西部过得很愉快，我想这儿的空气适合我。金钱可代表不了一切，但人们常在这点上出差错，并执迷不悟地——"

"我说警长先生，"脸色阴沉的那位粗声地说道，"这太不公平了，我需要喝点酒，我一天没抽烟了。你们谈够了吗？现在带我去抽烟室好吗？我真想过过瘾。"

这两位系在一起的旅行者站起身来，埃斯顿脸上依旧挂着迟钝的微笑。

"我可不能拒绝一个抽烟的请求，"他轻声说，"这是一个不走运的朋友。再见，费尔吉德小姐，工作需要，你能理解。"他伸手来握别。

“你现在去不了东部太遗憾了。”她一面说着，一面重新整理好衣裳，恢复起仪态，“但我想你一定会继续旅行到内森维茨的。”

“是的，”埃斯顿回答，“我要去内森维茨。”

两位来客小心翼翼地穿过车厢过道进入吸烟室。

另外两个坐在一旁的旅客几乎听到他们的全部谈话，其中一个说道：“那个警长真是条好汉，很多西部人都这样棒。”

“如此年轻的小伙子就担任一个这么大的职务，是吗？”另一个问道。

“年轻！”第一个人大叫道，“为什么——噢！你真地看准了吗？我是说——你见过把犯人铐在自己右手上的警官吗？”

与你共品

一位警长为了维护罪犯在朋友面前的尊严，向对方谎称自己是罪犯，编造出一个善意的谎言。故事揭示了人人都应该有尊严，即使罪犯也不例外的人道主义精神。

从小说的开头到结束，事情从假象到真相的过渡，这样的结局反差，极易给人的心灵带来震动。原来女士的那位朋友不是警长而是真正的罪犯，而那个自认为是罪犯的人才是真正的警长。警长洞察人类的弱点，并且勇于站出来为人类的弱点遮丑，甚至为一名罪犯掩饰。这种为他人着想，并非刻意而为之，也不是因人而异，而是人性深处的美好，充分体现了人性中真善美的光辉。

美国著名的人际关系学大师戴尔·卡耐基说过：“人与人之间需要一种平衡，就像大自然需要平衡一样。不尊重别人感情的人，最终只会引起别人的讨厌和憎恨。”不懂得维护别人尊严的人，别人也必将无视其尊严。

（苏淑婷）

文件说，如果你花这笔钱时，显示了你的聪明和无私，就让我再给你十万元；但是，如果你乱花了，那么这十万元就给他朋友的女儿玛丽·海顿小姐。

遗　产

［美］欧·亨利/著　思　进/译

“这是你的钱，”律师冷冷地说道，“一千美元。”他对查理没有多大好感，不喜欢他。

查理·奥林接过薄薄一沓钞票，笑道："我真不知这笔钱该怎么花。当然啰，我可以找一家高级旅馆，像王子一样住上几天；也可以辞去事务所的工作，而去干我想干的事情——画画儿，画上几个星期没问题，可以后怎么办呢？工作也丢了，钱也用光了，靠什么过日子呢？索性钱再少一点，我倒好买一件新外衣或一台收音机，要不，请几个朋友吃上一顿；反之，数目再大一点，我就能辞去事务所的工作，专心致志地画画儿了，然而这笔钱就是这么不上不下。"

"注意，我要宣读你叔父的遗嘱了。"律师说道，"遗嘱上有关他遗产的处置方法，我必须请你记住一点：你叔父说过，当你把钱用掉之后，必须立刻交给我一份书面报告，如实地说明你是如何用这笔钱的。这是你叔父的遗愿，我希望你能按照他的嘱咐去做。"

"行，我会这样做的。"年轻人说。

查理·奥林不是个坏青年，也不笨，但他就是不喜欢在事务所里工作，他真正喜爱的是画画儿，画得挺好的，可靠画画儿是挣不了钱的。他没有存钱的习惯，随便什么时候，那位阔叔父一给他钱，一转眼就用掉了。他常说："攒钱有什么用呢？"所以那位阔叔父老是说他："你是个傻瓜。连钱都不知该怎么用。"

查理来到老朋友布莱逊家里，发现他正在打瞌睡，一张报纸盖在他的脸上。

"我刚从我叔父的律师那儿来，"查理叫醒布莱逊说道，"他只留给我一千块，而且花掉后还得告诉律师是怎么花的。一千块该怎么用呢？这笔钱真是说少不少，说多不多。"

"我原以为你叔父是个大富翁，少说也有五十万呢。"

"有倒是有的，"查理说，"可他没留给我。他给每个佣人一百块和一枚金戒指，给我一千，其实呢，我想，都给了医院或者福利会之类的慈善机构。你看，一千块能干些什么呢？"

"难道说，你叔父没有别的亲戚了吗？他的钱没给他们一些吗？"布莱逊没有直接回答，而是反问道。

查理想了一会儿说道："有一个姑娘叫玛丽·海顿，是我叔父一个朋友的女儿，她住在他家里，得到了一百元和一枚金戒指——跟其他佣人一样。但愿我也像他们一样：一百元和一枚金戒指，我倒能请几个朋友吃上一顿，这事也就了了。得啦，你老是盯着我，告诉我，一个人拿了一千块该怎么办？"

布莱逊摘下眼镜擦了起来。稍停片刻，他才慢条斯理地说道："一千元嘛，不算多，也不算少啰。可以用来购一所住宅，当然是一幢又小又破的房子，不过，好歹也算是一所住宅了；还可以请一个好大夫给自己的妻子看病；这笔钱可能在几秒钟内输得精光，要是去蒙特卡洛的话（世界著名赌城，在摩纳哥），也可能买到一幅名画或是一颗绚丽耀眼的宝石；这笔钱可以供一个聪明好学的孩子在走读学校里念几年书，也可以为一本不太厚的学术著作付印刷费。”

“我可没有请你来给我上课，只请你告诉我，该怎么花这一千块。这么说吧，你要是遇上这事，怎么办?”

“你应该这样，就是把这笔钱送给一个穷人，他会很好地用这笔钱的，会从中获得幸福的。至于你呢，钱送掉之后，就立刻把这事忘了，像以往一样生活下去。”

查理·奥林站在布莱逊的别墅外寻思：“虽然我能买一块宝石给一个美丽的女人，比如说，送给那位歌星克娜娜，可她戴的宝石价值都起码五千，一千块钱的宝石她才不稀罕呢；我也能把钱送给事务所的看门人，我问过他一旦有了钱想干什么，他说要开一家酒店，这好像也不能算把钱用在了正道上；我还能把钱送给在广场上乞讨的瞎子，但人们给了他许多钱，听说他在银行里的钱有好几千——他不急需这一千块。”

突然，查理好像想起什么，赶紧跳上一辆公共汽车，回到了律师那儿。

“告诉我，”他说，“除了一百元和一枚金戒指外，我叔父还留给海顿小姐什么没有?”

“没有。”律师回答道。

查理来到他叔父的家，海顿小姐还在那儿，她正坐着写信，一见查理，便慌忙把信纸翻过去，还把手按在上面。

“我刚从律师那儿来，”他对海顿小姐说，“他又查阅了一遍文件，发现遗嘱还有一个附件，是立完遗嘱后补充的。我叔父留给你一千元，钱在这儿，你数一下吧。”

他把钱放在桌上。

“哦!”她叫了一声。

“我希望……”他支支吾吾地说，“我想……”他说不下去了，他的目光注视着她——一张多么亲切可爱的脸，一双多么和善的眼睛啊！接着，他环视了一下这个漂亮的房间，高雅豪华，富丽堂皇；他不禁想起了自己远在郊外的小屋。向她求婚？不，不行，她是得不到幸福的。

他赶紧走了。

查理又回到律师那儿。他在一张纸条上写道：“我把一千元赠给了世界上最善良，最可爱的姑娘，只有她才能从中获得最大的幸福。——查理·奥林”

他走进律师的办公室，拿出条子，放在桌子上。

“我把钱花了，”他说，“这条子也写了，它说明我这笔钱是怎么花的……今天天真好，是吗？真是春意盎然。”

律师起身，没有拿起条子就走出了房间。过了几分钟，他拿着一大张纸回来。

“奥林先生，”他说道，语气十分庄重，“这张纸是你叔父给我的。他嘱托我要等你用完那一千元并告诉我之后才能宣读这份文件。文件说，如果你花这笔钱时，显示了你的聪明和无私，就让我再给你十万元；但是，如果你乱花了，那么这十万元就给他朋友的女儿玛丽·海顿小姐。现在，让我看看你写了些什么。”

律师伸手去拿纸条，但查理的动作稍快一点，他抓过条子塞进口袋。“别看了，”查理说，“我去赛马场把大部分钱输掉了，剩下的钱是吃光喝掉的。”

“太蠢了，多蠢的年轻人!”律师不无遗憾地叹息道。

“我要见奥林先生，”玛丽说，“他就在这儿工作，我有封信给他。”

查理从他的办公室走了出来，玛丽·海顿小姐等着见他。

“查理，”她说，“你来看我时，我正在给你写信。我写完了，你最好现在就看一下。”

“亲爱的查理：

你叔父已经去世了，我自由了，愿意干什么就干什么。我心里明白，你想让我嫁给你，但你又不愿求婚，你是怕我当不了穷人的妻子。亲爱的查理，我不怕，——如果你也不怕跟我这么一个爱着你的穷姑娘结婚的话。因为我知道你是真心爱着我的。

……玛丽”

“我已经告诉律师，你是怎样花那一千元的，”玛丽说，“所以，我依然贫穷。除了一百元和一枚金戒指外，什么都没有。”

与你共品

查理把叔父留给他的一千元交给了玛丽，显示了他的聪明与无私，最后爱情财富两丰收。

故事情节一波三折，充满“意外”。查理得到一千元后，与朋友布莱逊谈论如何使用才有意义，最终决定把钱交给玛丽，以示爱慕，于是那一千元发挥了应有的价值。高潮部分巧妙揭露了遗书里叔父对查理的寄托，查理也发掘了人生的真正意义。

生活的意义不在于拥有钱财的多少，而在于它所用的地方；生命的价值不在于拥有，而在于付出。总之，生活很奇妙，无处不充满意外。我们应该做一些真正有价值的事，用真诚对待朋友，以敬畏的态度对待生命。

（汤怡红）

在她目前心智特别清明的一刻里，她看清楚：促成这种行为的动机无论是出于善意还是出于恶意，这种行为本身都是有罪的。

一小时的故事

［美］凯特·肖邦/著　佚　名/译

大家都知道马拉德夫人的心脏有毛病，所以在把她丈夫的死讯告诉她时是非常注意方式方法的。

是她的姐姐朱赛芬告诉她的，话都没说成句，吞吞吐吐、遮遮掩掩地暗示着。

她丈夫的朋友理查德也在她身边。正是他在报社收到了铁路事故的消息，那上面“死亡者”一项中，布兰特雷·马拉德的名字排在第一。他一直等到来了第二封电报，把情况弄确实了，然后才匆匆赶来报告噩耗，以显示他是一个多么关心人、能够体贴入微的朋友。

要是别的妇女遇到这种情况，一定是手足无措，无法接受现实。她可不是这样。她立刻一下子倒在姐姐的怀里，放声大哭起来。当哀伤的风暴逐渐减弱时，她独自走向自己的房里，她不要人跟着她。

正对着打开的窗户，放着一把舒适、宽大的安乐椅。全身的精疲力竭，似乎已浸透到她的心灵深处，她一屁股坐了下来。

她能看到房前场地上洋溢着初春活力的轻轻摇曳着的树梢。空气里充满了阵雨的芳香。下面街上有个小贩在吆喝着他的货色。远处传来了什么人的微弱歌声；屋檐下，数不清的麻雀在嘁嘁喳喳地叫。对着她的窗的正西方，交错的朵朵行云之间露出了这儿一片、那儿一片的蓝天。

她坐在那里，头靠着软垫，一动也不动，嗓子眼儿里偶尔啜泣一两声，身子抖动一下，就像那哭着哭着睡着了的小孩，做梦还在抽噎。

她还年轻，美丽。沉着的面孔出现的线条，说明了一种相当的抑制能力。可是，这会儿她两眼只是呆滞地凝视着远方的一片蓝天。从她的眼光看来她不是在沉思，而像是在理智地思考什么问题，却又尚未做出决定。

什么东西正向她走来，她等待着，又有点害怕。那是什么呢？她不知道，太微妙难解了，说不清、道不明。可是她感觉得出来，那是从空中爬出来的，正穿过洋溢在空气中的声音、气味、色彩而向她奔来。

这会儿，她的胸口激动地起伏着。她开始认出来那正向她逼近、就要占有她的东西，她挣扎着决心把它打回去——可是她的意志就像她那白皙纤弱的双手一样软弱无力。

当她放松自己时，从微弱的嘴唇间溜出了悄悄的声音。她一遍又一遍地低声悄语："自由了，自由了，自由了！"但紧跟着，从她眼中流露出一副茫然的神情、恐惧的神情。她的目光明亮而锋利。她的脉搏加快了，循环中的血液使她全身感到温暖、松快。

她没有停下来问问自己，是不是有一种邪恶的快感控制着她。她现在头脑清醒，精神亢奋，她根本不认为会有这种可能。

她知道，等她见到死者那交叉着的双手时，等她见到死者那张一向含情脉脉地望着她、如今已是僵硬、灰暗、毫无生气的脸庞时，她还是会哭的。不过她透过那痛苦的时刻看到，来日方长的岁月可就完全属于她了。她张开双臂欢迎这岁月的到来。

在那即将到来的岁月里，没有人会替她做主，她将独立生活。再不会有强烈的意志迫使她屈从了，多古怪，居然有人相信，盲目而执拗地相信，自己有权把自己的意志强加于别人。在她目前心智特别清明的一刻里，她看清楚：促成这种行为的动机无论是出于善意还是出于恶意，这种行为本身都是有罪的。

当然，她是爱过他的——有时候是爱他的。但经常是不爱他的，又有什么关系！有了独立的意志——她现在突然认识到这是她身上最强烈的一种冲动，爱情这未有答案的神秘事物，又算得了什么呢！

"自由了！身心自由了！"她悄悄低语。

朱赛芬跪在关着的门外，嘴唇对着锁孔，苦苦哀求让她进去。"露易丝，开开门！求求你啦，开开门——你这样会得病的。你干什么哪？看在上帝的份儿上，开开门吧！"

"去吧，没把自己搞病。"没有，她正透过那扇开着的窗子畅饮那真正的长生不老药呢。

她在纵情地幻想未来的岁月将会如何。春天，还有夏天以及所有各种时光都将为她自己所有。她悄悄地做了快速的祈祷，但愿自己生命长久一些。仅仅是在昨天，她一想到说不定自己会过好久才死去，就厌恶得发抖。她终于站了起来，在她姐姐的强求下，打开了门。她眼睛里充满了胜利的激情，她的举止不知不觉竟像胜利女神一样。她紧搂着姐姐的腰，她们一齐下楼去了。理查德正站在下面等着她们。

有人在用弹簧锁钥匙开大门。进来的是布兰特雷·马拉德，略显旅途劳顿，但泰然自若地提着他的大旅行包和伞。他不但没有在发生事故的地方待过，而且连出了什么事也不知道。他站在那儿，大为吃惊地听见了朱赛芬刺耳的尖叫声；看见了理查德急忙在他妻子面前遮挡着他的快速动作。

不过，理查德已经太晚了。

医生来后，他们说她是死于心脏病——说她是因为极度高兴致死的。

与你共品

小说细腻描写了马拉德夫人在获悉丈夫死讯后一个小时内的一系列行为和心理变化。本是令人悲痛不已的丈夫死亡的噩耗，对马德拉夫人而言，却是从此获得自由的喜讯，而丈夫回来的刹那，却是马拉德夫人死亡的时刻。不过，还好，她是带着对自由的极大期许离开的，她死于极度高兴引发的心脏病。

匈牙利作家裴多菲曾有诗云：生命诚可贵，爱情价更高，若为自由故，两者皆可抛。马拉德夫人对于自由的追求超过了爱情，超越了生命。丈夫的死换来了她对生的希望，而丈夫的生为她带来的却是死亡。我们跟随马拉德夫人经历了悲——喜——悲的情感起伏之余，也在这种跌宕起伏中体验了作者高超的象征和反讽手法。

《泰戈尔评传》说："生命之河在它的一条岸边享有自由，在另一条岸边受到约束。"在纷繁复杂的当今社会，我们找不到一处可以绝对自由的地方。真正的自由是思想的独立而已。

（何清华）

比得士不断地左右顾盼，唯恐随时会有人对他偷袭似的。"此地不便说话，回头和我联络，约定个会面的地方。"

韩米顿的烦恼

［英］鲍威尔/著　佚　名/译

每逢探监日，我便恶心，我希望媚黛待在家里，但我知道她将会一如往昔，按时前来，而后隔着纱屏，勇敢地摆出笑容，唱着那句老调："亲爱的，他们待你还好吗？"

哎，这是监狱，她以为他们会怎样待我？像白金汉宫的贵宾吗？我落得今天这个下场都怪她不好。自然，我自己的一时糊涂，也不能说与此无关，不过，追根究底，真正负责的，还是她。

她每次探监，总是坐在那里，装模作样的。她一生也是那样，我初遇她时，她才初入社会，便在报纸上引起过一番骚动。几年后，她以一个富家女的身份，不顾家庭的反对，选择了爱情，嫁给一个不名一文的马球员——因而风头十足。

如今，在她丈夫倒霉、受谤和入狱的当儿，她又装作一个敢于面对现实的妻子，故意显示她的坚贞。

她的亲朋好友无不说我是为了她的财富才娶她的。其实，我没有这种想法。

婚后第二年，她的表妹嘉娣在我家小住。嘉娣长得也实在不错，而且较媚黛热情。她在短短的六个星期中，和我处得非常融洽。媚黛从未起过疑心。在她的心目中，以为我已有一个年轻富有和美丽可爱的妻子，只有糊涂虫方会另怀野心。好，偏偏我就是糊涂虫。

嘉娣表妹像霞光一闪，照耀了我阴暗的生命的一角。她离去后，我又回到活受罪的日子中——每周和她那些高不可攀的家人共餐一次；又无休止地参加那些高不可攀的朋友的宴会，他（她）们全把我当做敌谍看待。有一天下午，我和罗登玩完手球，从球场出来，撞在一个彪形大汉身上。"韩米顿先生，我想和你谈谈。"他低声说，同时将一张肮脏的名片塞到我手里。

我与他素不相识，想不起有什么可谈的。我望望名片，上面写着：职业摄影师比得士。地址是市郊一个很窝囊的地区。比得士不断地左右顾盼，唯恐随时会有人对他偷袭似的。"此地不便说话，回头和我联络，约定个会面的地方。"

我不想拍照，所以把他忘得一干二净，可是，他可没有忘记我。第三天晚上，他打电话来了。"你没有和我联络，"他语气中略带责备口吻，"我这里有一张照片，韩先生，你一定会发生兴趣的。""什么照片？"

"我不会在电话里谈生意的，一小时后到15街的胡克酒吧会面好了。"

我开始忐忑不安，悄悄地拨个电话给一个报馆的朋友。"你听到过一个名叫比得士的摄影师吗？""缩骨比得士吗？你在哪里碰上这种人的？他常在一些下等夜总会里混饭吃，警方认为他是个靠勒索过活的人。"我觉得衣领忽地缩紧起来，"警察们为何那样想？"

"噢，他们有他们的理由，但他们还没有抓着他的把柄。举个例子来说，他在夜总会里拣上些不愿意让床头人知道夜生活情形的冤大头偷拍些他（她）们不愿公开的照片，拿来向他（她）兜售。老友，你出了麻烦吗？""不，不是我，"我有气无力地说，"是一个朋友。"

那张照片是比得士在夜总会停车场中偷拍的，我认得我的车子，我没有吻嘉娣。嘉娣倒是亲了我一下，她的热情当时令我飘飘若仙，如今想来，还有点热辣辣的。"你要多少代价？"

比得士呷了一大口啤酒，然后现出他两天前的那种鬼鬼祟祟的态度，咧嘴而笑，"底片的价钱是一万元。"我打了个寒噤，"我还以为你是做小生意的呢。"

"那要看和谁打交道了，我是望风张帆的。"他仍然笑容满面，"别想告诉我这张照片没有什么。尊夫人看了，她会怎么想?”“很可惜，就算你将蒙娜丽莎卖给我，我也没有一万元给你。别看我一副财神相，其实我是个穷光蛋。”“随你喜欢，我把照片拿给尊夫人，也不难，”比得士提醒我，“你休想杀我的价钱，你的车子有游艇那么长，你的朋友是罗登之类的银行家，还装什么穷!”“说罗登是我的朋友，倒不如说是我太太的朋友，我太太有钱。我父亲多年前就已破产，他留给我的是一屁股的烂债。”

我很不愿意将我的家世告诉比得士，但我此时实在无计可施，“我连身上这套行头，都是媚黛付的钱，但她每给我一个子儿，便追问清楚我是怎样花的。我若向她要这么大一笔钱，又不能找个好借口，那是休想。”比得士咧嘴一笑："好吧，这有点出乎我意外，我还以为你和尊夫人一样阔气。这样吧，五千好了——一个子儿不能少。明晚付款，否则，我便和尊夫人打交道了。”

第二天早晨，我将银行的存款悉数提出，才三千多元。比得士肯不肯先行收下，很难说。罗登是我唯一可以求援的人，于是向他借了两千元，并求他千万保密。我循着名片上的地址来到一幢龌龊的公寓。门上贴有一张同样脏的名片。这家伙显然是个吝啬鬼。我去敲门，无人答应。走廊的另一端出来一位染红发的女人。“比得士日夜外出，在家的时间很少。”她嫣然一笑，“你可以到我这里来等他，我的咖啡是有名的。”

比得士回到了公寓。他的房间至少有一个月未曾打扫。一张破旧的沙发，旁边一张桌子，上面堆着一沓邮寄照片用的棕色信封。他从中拣出一封，丢过来给我。我将信封打开，检查了一下，里面是那张底片和一张十英寸的照片。于是，我将钞票交给他，他又笑了。“你很喜欢你的工作，是不是?”我说。

“遇到像阁下这种人的时候，是的，”他愈来愈开心，“欢迎下次惠顾。”他似乎言外有意。第二天，媚黛从街上购物归来，无意中将钱袋掉在地上，口红和钥匙等撒落在地——还有一张脏兮兮的名片，上面印有“比得士”三个字。“这张名片你从哪里得来的?”我问她。“一个男人递给我的。他说要和我谈谈，但我没有理他，看他那副德性，我才懒得和他打交道。”我顿时恍然大悟，比得士将那张照片多印一张“副本”或底片，拿了我的钱，便转过头来动媚黛的脑筋。我再回到他的公寓时，他一见我便面露惊讶之色，但仍强作镇定。等我将手枪掏出来时，他才开始紧张起来。“想将你的钱拿回去吗?”

“别要把戏了，比得士先生。”

“另外那张照片，你是说，尊夫人告诉了你？哟，我真想不到。”

“快拿来——那张照片和底片，别再奸笑了。”他将一个信封丢过来。我俯身去捡时，他一跃而起，用他的双臂紧紧将我钳住，“居然敢到太岁头上动土！快将枪丢掉!”他强壮如牛，我双臂无法施展，肋骨剧痛，我一挣扎，便撞到沙发里，我们一起跌倒，手枪砰然一响。他当场翘了辫子。我将信封拾起狂奔而出，在走廊中和那位红发女郎撞了个满怀。后来在警察面前指证我的便是她。媚黛以高价延聘的一大群有名律师也无法从牢中将我解救出来……媚黛隔着纱屏笑道："他们待你可好?"

"好极了。"往事在我脑海中再度浮现，我又想起当我打开那第二只信封，看到那张照片的感觉。照片上的一对男女竟然不是嘉娣和我——却是媚黛和罗登。"你可以宽恕我吗，亲爱的?"她恳求着，她的眼睛湿润了。

"当我知道你冒着生命危险全是为了使我不受那卑劣的家伙的勒索，结果落得这个下场时，我是多么难过啊!"

与你共品

男主人公为了拿回与妻子的表妹的暧昧照片，错手杀了人，锒铛入狱后，才意外地发现妻子也在出轨。

如何对待爱情和婚姻，这个问题看似简单，却始终困惑着一对对、一双双有情眷属，宿命鸳鸯。爱情来临时，我们需要理智，当爱情离去时，理智更应该是我们评判进退的一个基本准则。

日本著名作家池田大作曾经说过：结婚是青春的终点，也是奔向幸福人生的出发点。为了让它结出美好果实，千万不要着急，要慎重，要有诚意。所以，一旦选择了，就应该懂得彼此去珍惜与维护。

（何清华）

"当我不得不保护自己的财产的时候，我有我自己的法律。"他现在说话的那种腔调就好像一条大狗在向另一条前来抢肉的狗狂吠一样，她熟悉这种声音，厌恶这种声音。

我的私有财产

［美］德米勒/著　佚　名/译

秋天，满山的树叶都变黄了，唯有枫树像春天的花朵一样，呈现一片红色，阳光灿烂，空气清新凉爽，没有一丝风。山脚下的湖水清澈平静。但由于水凉已不能游泳了，就是说到了该离开避暑山庄返回都市的时候了。

贾德森的妻子马西亚正在卧室里打点包裹，贾德森自己站在室中端详着手中的一瓶酒。

“我收拾完了，”马西亚在卧室里边说，“亚历克取钥匙回来了没有?”亚历克住的地方离这别墅不远，冬天由他代为照管别墅。

“他到湖边弄船去了，大约半小时后就回来，”贾德森回答说。

马西亚进屋来拿她的皮包，当她看见丈夫手中的酒瓶时，愕然地停住了脚步。“贾德森!”她大声叫着他的名字，“你怎么上午就喝起酒来了?”

“不，亲爱的。”他望着她笑眯眯地回答道，然而她并不喜欢他这种笑脸。“你错了，我不是想往外倒酒，而是要往里面放点什么。”他张开手让她看手中的一些白色粉末，他的笑容收敛了，脸色变得十分严峻。这使马西亚感到有点害怕，尽管她还不清楚自己究竟怕什么。从他说话的声调，她感觉出一定要有可怕的事情发生，她对他不曾判断错过一次，因为每当他要打什么鬼主意的时候，总是那样说话，不知这次他又要打什么人的算盘。

“毒药，”贾德森镇定自若地回答，“我们每次春天回到这里，我总发现瓶子里的酒在减，肯定是有人进来偷喝了酒。这个贼！这就是我要往瓶子中放毒药的原因，我们走后那个偷酒喝的贼还会来的，这回让他再喝!”

女人的脸刷的一下变白了。“使不得，贾德森!”她大声地说，“太可怕了，那要出人命的!”

“要是我毒死了一个用暴力进入我的住宅的贼，按法律不能定我犯有杀人罪吧，”他回答道，“我们的别墅上了锁，如果有谁撬门进来喝酒的话，那我可就不管了。”

他把粉末倒进瓶子里，然后将瓶子和一个杯子放在桌子上，他看着瓶子笑起来，“看上去真馋人。”

“不能那样做，贾德森，”她又说了一遍，“法律也不能判一个小偷死刑啊，你有什么权力。”

“当我不得不保护自己的财产的时候，我有我自己的法律。”他现在说话的那种腔调就好像一条大狗在向另一条前来抢肉的狗狂吠一样，她熟悉这种声音，厌恶这种声音。

“他们充其量不就是喝了你一点酒吗?”她说，“那可能是附近滑雪的孩子们干的，他们又没有拿别的东西。”

“我管不了那么多，”他说，“假如一个人截住我，抢我五元钱或是五百元钱我认为都是一样的，贼就是贼!”

她还是想劝阻丈夫不要那样做，“我们明年春天才能到这里来，把这个瓶子放在这里，怎么能让我安心睡觉呢?你且想想，要是我们出了什么事，别人又不知道，那不可怕吗?”

贾德森又说了一遍他管不了那么多，而且斥责她不要再说废话了。她知道再多说也没用，他一向心狠手辣。她朝门口走去，一边走一边说她要去和亚历克的妻子玛丽告别。她决定把酒瓶子的事告诉给玛丽，玛丽是能理解她的，她会从亚历克那里拿到钥匙，将瓶子中的酒换掉。马西亚离开了别墅。过了一会儿，贾德森出去取他晒的猎靴，他看见马西亚下山朝亚历克的家走去，亚历克正从湖边上山来，贾德森喊亚历克快一点，然后便拿起靴子回屋。走着走着，一不小心绊倒了，他因为脑袋撞到门框上面而昏了过去。过了一会儿，他半睁开眼睛想弄明白自己到底是怎么了。他听见亚历克说："你只是摔了一跤，老爷，不要紧，喝了这个马上就会好的。"说完将一杯酒递给了他，他迷迷糊糊地连眼睛都没睁就喝下去了。

与你共品

心狠手辣的贾德森在将要离开避暑地返回都市的时候，为了防止别人偷喝他的酒，在酒里下毒，本是为了惩罚偷酒的贼，最后自己却喝下自酿的毒酒。

为了保护自己的私有财产，贾德森准备用自己的法律去残害偷喝酒的贼，却不料死于自制的法律之下。别人侵犯了你的财产，是他的不对，"以恶制恶，以暴制暴"恰是一瓶毒酒，自酿自饮，害人终害己。

法律是公正、严明的，不管出于何种原因，都不能打着法律的旗号去危害别人的生命，否则将会自食恶果。

（周虹虹）

"我已经想尽了办法，"凡艾克气喘吁吁，直搓着冰冷的双手，"可是有人在半路上截住了我，抢走了我的车。黑顿医生，孩子现在怎么样了？"

雪夜出诊

［美］比利·罗斯/著　佚　名/译

夜，大雪飘飞。将近晚上 9 点的时候，医生正在家里看书，电话铃响了。

"请找凡艾克医生。"

"我就是。"医生回答。过了一会，凡艾克听到话筒里传来另一个人的声音："我是格兰福斯医院的黑顿医生。我们刚接到一个男孩，他的脑袋被子弹打中了，现在非常衰弱，也许活不长了。我们得马上给他动手术，可是你知道，我不是外科医生。"

"我这儿离格兰福斯 90 多公里，恐怕——"凡艾克犹豫了一下，"对了，你请过马萨医生没有？他就住在你们镇上。”

“我们去过电话，他今天碰巧外出了。”黑顿答道，“那孩子伤情危重，他是自个儿玩弄火枪时不小心出事的。”

“哦！可怜的孩子。无论如何，我会尽快赶到你们医院。现在正下着雪，大概12点左右我就可以赶到。”

“请慢，凡艾克医生。还有一点我得告诉你，孩子家很穷，我想他们不会给你多少报酬。”

“这没有什么。”凡艾克说完，挂上电话，几分钟后便驾着他分期付款买来的小汽车出发了。

崭新的小汽车在雪地里艰难地行驶。刚到郊外，车前突然窜出一个身穿黑大衣的男人，凡艾克急忙刹车。车未停稳，那男人已经敏捷地打开车门钻了进来。

“请你马上下车！”男人低声命令道，“我有枪。”

“我是医生，”凡艾克很镇静，“我现在要赶去抢救一个情况危急的——”

“别废话！”裹着破旧黑大衣的人粗鲁地打断他的话，“你赶快下去，别惹我生气。”

凡艾克被迫下了车，眼看着车子飞驶而去。他在雪地里站了好一会儿，愣愣地看着大雪把车轮印重新覆盖，才猛地清醒过来，急忙到附近寻人家。用了将近半小时，他才在一户人家找到电话，召唤出租汽车。

也不知过了多久，一辆出租汽车终于来到了。凡艾克立即钻进汽车，催促司机全速前进。

凌晨一点多，凡艾克到了格兰福斯医院。黑顿早在医院门口等候，他的神情已经不是那么着急了。

“我已经想尽了办法，”凡艾克气喘吁吁，直搓着冰冷的双手，“可是有人在半路上截住了我，抢走了我的车。黑顿医生，孩子现在怎么样了？”

“谢谢你！凡艾克医生。我知道你已经竭尽全力。”黑顿拍拍对方身上的雪花，“孩子一小时前死了。”

两位医生走到候诊室门口。凡艾克倏地惊呆了：门边的长板凳上，坐着一个裹着破旧黑大衣的男人，头深深地埋在两只手掌里。听见有人来，他抬起头，目光呆滞。突然，他像发现了什么，死死盯着凡艾克。

“亨尼汉先生，”黑顿指着凡艾克，对那男人说，“他就是我请来的凡艾克医生。可惜他中途被歹徒抢走了汽车，所以迟到了。他本想赶来抢救孩子，他已经尽了全力，可惜还是晚了。”

与你共品

医生凡艾克雪夜出诊，却不料在途中被黑衣人劫车，因耽搁了抢救时间，孩子遗憾地离开了人世。

小说通过绵密的细节，精巧的构思，层层揭开了这份遗憾的始作俑者——黑衣人，也就是孩子的父亲。在很多时候，飞来横祸会使家庭成员陷入茫然无措的境况，但不管什么情况，也不能为此做出沦丧道德的事情，因为，你不知道，是否有一条生命正在等待救援。

医生的仁慈和尽职，反衬了黑衣人的自私和作为父亲的失职。在危难紧迫的情况下，自私可能会带来一时的满足，但无形中会积酿恶果，也许不经意中你会熄灭希望之光。

（周虹虹）

父亲抬起手摸了摸脸，叫道："那么她是去过了！因为我没有到，所以她嫁了别人！"他沉默了一会儿，说道："也好。我希望她快乐，她似乎很快乐。"

父亲失约

［美］罗扎克斯/著　佚　名/译

事情发生在丹麦的一个富有画意的客栈里。这种客栈专逢迎游客，通用英语。我和父亲这次旅行既是办事，也是游乐，空闲的时候，玩得很痛快。

父亲说："可惜你妈不能来。如果能带她来逛逛，多好。"

父亲年轻时到过丹麦。我问他："从你上次来，有多久了？"

"哦，差不多三十年了。我记得那时就住在这家小客栈里。"

父亲四下望望，回忆道："那些日子真美……"他忽然住口不言，脸色转白。我顺着他的眼光看去，只见房间那边有个女人正端着托盘在客人面前上酒。她从前可能很美，但是现在已经发胖，头发也很乱。我问父亲："你认识她吗？"

他说："从前认识。"

女人走到我们的桌前。问道："要酒吗？"

我说："我们要啤酒。"她点点头，去了。

父亲掏出手巾擦额，低声说道：“她真变了！谢天谢地，幸而她没认出我来。我认识她在你的妈妈之前，那时候我是学生，假期旅行到这里。她年轻漂亮，非常可爱。我爱她到了极点，她也爱我。”

我很不高兴地冲口问道：“妈晓得她的事吗？”

“当然知道。”父亲略感不安地望着我。我都替他难为情。

我说：“爸爸，你用不着……”

“哦，我要告诉你，我不要你乱猜。她的父亲反对我们相爱。我是外国人，又没有好前途，还要依靠父亲。我写信给父亲说要结婚，父亲就不寄钱来。我只好回家。但是我又和她见了一次面，告诉她我要回美国去借结婚的钱，过几个月就来找她。”

“我们知道，”他接着说，“她父亲可能会拆看我们的信件，所以商量好我只寄给她一张纸，上面写个日期，那是要她在某处和我见面的时间，然后我们就结婚。后来我回家去，借到钱把日期寄给她。”

“她收到了信，回信道，‘我准来。’但是她没来。后来我才知道她已在两个星期前嫁给一位当地客栈的老板了。她没有等我。”

父亲又说：“感谢上帝，她没有等我，我回家去，遇见了你妈妈，我们始终极为快乐，常把这一段年轻时的恋爱作为笑谈。”

那个女人把啤酒送到我们面前。

她问我：“你们从美国来的吗？”

我说：“是的。”

她笑道：“美国是好地方。”

“是的。那边有许多你们的同胞。你有没有想过要去？”

她说：“我不想，现在不想。我想过一次，那是很久以前的事了，但是我留在了此地。此地好得多。”

我们喝完啤酒就出来。一出客栈，我就问父亲：“爸，你叫她等你的日期到底是怎样写的？”

他停下来，拿出一个信封，在上面写了几个字。他说：“这样写的，12/11/13，这当然是1913年12月11日。”

我叫道：“不对！在丹麦和欧洲任何国家都不是这样写的！他们先写日子，后写月份。所以那个日期不是12月11日，而是11月12日！”

父亲抬起手摸了摸脸，叫道：“那么她是去过了！因为我没有到，所以她嫁了别人！”

他沉默了一会儿，说道：“也好。我希望她快乐，她似乎很快乐。”

我们再往前走时，我又脱口说：“幸而如此，不然你不会遇见妈妈。”

父亲伸手搂着我的肩膀，很温暖地向我笑道：“小伙子，我是锦上添花，要不然我也不会有你了。”

与你共品

一份错过的姻缘，成就了两个人的快乐人生，也谱写了两个家庭幸福美满的篇章。

因为搞错日期，两个曾经相爱的人错过了彼此，各自组建了家庭。“有缘千里来相会，无缘对面不相逢”，在现实生活中，有好多情侣因为各种各样的原因错过了彼此，但是能够以父亲那样豁达的胸襟去看待失去，心怀祝福和感恩，才能真正领悟幸福的真谛。

相爱不一定要在一起，错过不等于永远失去。只要彼此都快乐就是幸福，如果一味地活在过去，势必会失去现在的美好，谁能否定“失之东隅”不会“收之桑榆”呢?

（周虹虹）

这个记号是刻在树上的一个图案：一颗心上面插着一支箭。这支箭的箭羽，上面是四根毛，下面是三根毛。

刻在树上的记号

［日］都筑道夫/著　佚　名/译

六年之间，东京已变成到处都是汽车。而且，居然会有汽车开到人行道上来，这是万万没有想到的。就在这大吃一惊的一刹那，想躲已经来不及了。林田幸造，紧紧地搂住吉冈，仰面朝天地摔倒在地。好容易才服满了刑期，但是，在刚刚成为一个自由人，还不到三个小时的当儿，却又变成一个不能自由行动的人，这真是一个极大的讽刺。看来吉冈只不过是脚部骨折，而林田，他自己也明白，伤势是十分严重的，就算在医院动手术也需要很长的时间。

“我是要死的了，但是，就这样死掉，我是死也不瞑目的。听到我说话吗？吉冈，你大概很快就会好起来。我有个最后的请求，请一定要答应我。”

在夜深人静的病房里，林田一面强打精神，一面吃力地同邻床悄悄地说。

“在名古屋，我有个女儿，就这么一个女儿。你要是能把我的钱送到她手里，就分给你三分之一。即使三分之一，也有一百三十三万。这里有一张纸条，上面写着我女儿的住址。”

林田拿出那张字条。吉冈用手接过来说：“这么多钱，放在什么地方?”

“埋在地下，用油纸包着，分做两包，总共有四百万。虽然是埋在繁华的东京，但那里和乡村一样，十分偏僻，要走很远的路，是一个有梅林的地方。”

林田详细地交代了埋钱的地方之后说道：“钱是埋在梅林中的一棵树根底下。树上已经做了记号，你就放心吧。即使是细心的家伙看到也不会产生怀疑。这个记号是刻在树上的一个图案：一颗心上面插着一支箭。这支箭的箭羽，上面是四根毛，下面是三根毛。这就是识别记号的标志。”

“四百万，是一万元一张的钞票，四百张吗?”

“是一捆一捆的四十捆。那个时候既没有一万元一张的，也没有五千元一张的钞票。”

“这就是你犯案因而被捕的那笔钱吧？一直藏到现在，真了不起啊！我可以把钱送给她，但是，要分给我一半。”

“没有办法，就这样吧，不过，要是你不送去，我就变作厉鬼来找你算账。不信，就试试看。”

林田的声音，充满了信心。这是一笔让他朝思暮想，死也忘不了的钱。原来是两人合伙抢来的。他的同伙在作案的第二天，因为拒捕被开枪打死了，他这次不过是为了搞到远走高飞的路费才去作案的，但是没有成功。实际上，真正独吞这笔巨款的人正是林田本人，而已死的同伙是无法在法律上提出异议的。

“好吧，我一定给你送到。”

就这样，吉冈答应了林田。但是吉冈的伤却一直没有治好，好容易才出院，却正赶上一直以为自己受了重伤的林田也在同一天出院。林田一出院马上就说：“前些日子，咱们讲的那些话，你就把他忘了吧!”但是吉冈不同意。当天晚上，他们住在一个简易旅馆里，第二天匆忙地赶往车站，在旅馆里，在路上，林田又一而再，再而三地不断哀求吉冈，可是吉冈却一边甜甜地笑着，一边坚持非要一半不可。在车站的站台上，他说：“难道分一半还不行吗？这笔钱，我要是想全部恭领，也不是办不到的。”

冷不防，林田一下子把面带奸笑的吉冈推倒在铁路上。不消说，他是瞄准了火车进站的那个时刻。在一片混乱之中，林田溜出了车站。当他按照计划好的路线，走到目的地的时候，已经接近黄昏了。然而，非但没有发现自己做的记号，就连梅林本身也没有找到。他向过路的人很随便地打听了一下。回答是：“啊，你问的是挖出巨款的那一片梅林吧。瞧，盖了新房子的那一带，就是原来的那一片梅林。”

六年之间，东京已经到处盖满了房子。

与你共品

林田幸造和吉冈都是刚出狱的自由人，为了埋藏在梅林地的一笔巨款，两人互相厮杀，到头来却是竹篮打水一场空，而吉冈还为此赔上了性命。

小说用个性化的语言描述了两人的对话，揭示了两人都为了一己私欲，最后什么也捞不到的下场。这笔巨款折射出人性之陋，在这个物欲横流的社会中，钱是必需的，但不是万能的，取之有道才不会走上违法犯罪之路。

世界是千变万化的，没有什么东西永远属于谁，尤其是抢来的，本不属于你的东西最终也不会是你的。

（周虹虹）

原来，从早上九点钟起，他就一直在等死，都等了一整天了。

等待的一天

［美］海明威/著　佚　名/译

我们还睡在床上的时候，他走进屋来关上窗户，我就看出他像病了。他浑身哆嗦，脸色煞白，走起路来慢吞吞，似乎动一动都痛。

“怎么啦，沙茨?”

“我头痛。”

“你最好回到床上去。”

“不，没事儿。”

“你回床上去，我穿好衣服就来看你。”

可是等我下楼来，他已经穿好衣服，坐在火炉边，一看就是个病得不轻，可怜巴巴的九岁男孩。我把手搁在他脑门上，就知道他在发烧。

“你上楼去睡觉吧，”我说，“你病了。”

“我没事儿，”他说。

医生来了，他给孩子量了量体温。

“几度?”我问他。

“一百零二度。”

在楼下，医生留下三种药，是三种不同颜色的药丸，还吩咐了服用方法。一种是退热的，另一种是泻药，第三种是控制酸的。他解释说，流感的病菌只能存在于酸性状态中。他似乎对流感无所不知，还说只要体温不高过一百零四度就不用担心。这是轻度流感，假如不并发肺炎就没有危险。

回屋后我把孩子的体温记下来，还记下吃各种药丸的时间。

“你要我念书给你听吗？”

“好吧，你要念就念吧，”孩子说。他脸色煞白，眼睛下面有黑圈。他躺在床上一动也不动，似乎超然物外。

我大声念着霍华德·派尔的《海盗集》（美国作家、画家、插图家，为杂志工作多年，作品大多取材美国殖民地时期及内战时期史实及传说，除撰文外，并亲自作画）；但我看得出他不在听我念书。

“你感觉怎么样，沙茨？”我问他。

“到目前为止，还是老样子，”他说。

我坐在他床脚边看书，等着到时候给他吃另一种药。本来他睡觉是轻而易举的，但我抬眼一看，只见他正望着床脚，神情十分古怪。

“你干吗不想法睡一会儿？要吃药我会叫醒你的。”

“我情愿醒着。”

过了一会儿，他对我说，“要是你心烦就不用在这儿陪我，爸爸。”

“我没心烦。”

“不，我是说如果叫你心烦的话，就不用在这儿陪。”

我以为他也许有点头晕，到了十一点我给他吃了医生开的药丸后就到外面去了一会儿。

那天天气晴朗寒冷，地面上盖着的一层雨夹雪结成的冰，因此看上去所有光秃秃的树木、修剪过的灌木、全部草地和空地上面都涂上层冰。我带了一条爱尔兰长毛小猎狗顺那条路，沿着一条结冰的小溪散散步，但在光滑的路面上站也好，走也好，都不容易，那条红毛狗跳一下滑倒了，我也重重地摔了两跤，有一次我的枪都掉下来，在冰上滑掉了。

一群鹌鹑躲在悬垂着灌木的高高土堤下，被我们惊起了，它们从土堤顶上飞开时我打死了两只。有些鹌鹑栖息在树上，但大多数都分散在一丛丛灌木林间，必须在长着灌木丛的结冰的土墩上蹦几下，它们才会惊起呢。你还在覆盖着冰的、富有弹性的灌木丛中东倒西歪，想保持身体重心时，它们就飞出来了，这时要打可真不容易，我打中了两只，五只没打中，动身回来时，发现靠近屋子的地方也有一群鹌鹑，心里很高兴，开心的是第二天还可以找到好多呢。

到家后，家里人说孩子不让任何人上他屋里去。

“你们不能进来，”他说，“你们千万不能拿走我的东西。”

我上楼去看他，发现他还是我离开他时那个姿势，脸色煞白，不过由于发烧脸蛋绯红，像先前那样怔怔望着床脚。

我给他量体温。

“几度?”

“好像是一百度，”我说。其实是一百零二度四分。

“是一百零二度，”他说。

“谁说的?”

“医生说的。”

“你的体温还好，”我说，“没什么好担心的。”

“我不担心，”他说，“不过我没法不想。”

“别想了，”我说，“别急。”

“我不急。”他说着一直朝前看。显然他心里藏着什么事情。

“把这药和水一起吞下去。”

“你看吃了有什么用吗?”

“当然有啦。”

我坐下，打开那本《海盗集》，开始念了，但我看得出他没在听，所以我就不念了。

“你看我几时会死?”他问。

“什么?”

“我还能活多久才死?”

“你不会死的，你怎么啦?”

“哦，是的，我要死了。我听见他说一百零二度的。”

“发烧到一百零二度可死不了。你这么说可真傻。”

“我知道会死的。在法国学校时同学告诉过我，到了四十四度人就活不成了。可我已经一百零二度了。”

原来，从早上九点钟起，他就一直在等死，都等了一整天了。

“可怜的沙茨，”我说，“可怜的沙茨宝贝儿，这好比英里和公里。你不会死的。那是两种体温表啊。那种表上三十七度算正常。这种表要九十八度才算正常。”

“这话当真?”

“绝对错不了，”我说，“好比英里和公里。你知道我们开车时车速七十英里合多少公里吗?”

“哦。”他说。

可他盯住床脚的眼光慢慢轻松了，他内心的紧张也终于轻松了，第二天一点也不紧张了，为了一点小事，动不动就哭了。

与你共品

发烧到一百零二度的沙茨坐以待毙，等待着死亡的到来，后来才知道，原来是无知让自己饱受病痛和煎熬。

三十七度和九十八度，好比公里和英里，都是不同国家的度量单位。和小沙茨一样，很多人可能都不知道，也只会愚昧地等待。实践出真知，等待并不能解决问题，只有在实践中不断探索才能获得真知，而愚昧只会慢慢扼杀生活和生存的希望。

与其坐着等待死亡，不如去寻找真知。在生活中，无知带给我们无形的压力，无所事事地等待只会增加痛苦，我们要寻找释压的良方，才不会自寻“死”路。

（周虹虹）

“如果你等得足够久，”我说，“总有一天你会看见她走上这个台阶的。”

如愿以偿

［美］吉尔博特·莱特/著　佚　名/译

坐在联合火车站的检票室内，我能看清走上台阶的第一个人。

我左侧杂志亭的主人托尼研究概率学，因为他喜欢赌赛马。他宣布根据他的理论可以算出，如果我在这儿再工作 120 年，我就会看见世界上所有的人。

于是我得出这样的结论：如果你在像联合火车站这样的大站停留足够长的时间，你将看到旅行的每一个人。

我将我的理论告诉给许多人，可除哈里外没有人为之所动。他 3 年前来此，接 9：05的火车。

我还记得第一次见到哈里的那个晚上。当时他很瘦，很焦急。他穿戴整齐，我知道他在接他的恋人，而且见面马上就结婚。我不用解释我是怎样知道这一切的。

如果你像我一样在观察人们等在台阶尽头中度过 18 年，你也会很容易地得出上述结论。

瞧，旅客们上来了，我得忙一阵儿。直到 9：18 的车快到时，我才得闲看一眼台阶尽头，令我吃惊的是那年轻人还在那儿。

9：18 的车过去了，她没来。9：40 的车也过去了。乘 10：02 的车的旅客来了，又纷纷离去了，哈里绝望了。他来到我的窗前，我问他，她长的是什么样。

“她小个儿，有点黑，19岁，走路很端庄。她的脸，”他想了一下说，“看起来很精神，我的意思是她会发疯，但从不持续很久。她的眉毛中间皱起一个小疙瘩。她有一件棕色皮装，不过也许她不穿那件。”

我不记得见过那样的人。

他给我看他收到的电报：星期四到，车站接我。爱你爱你爱你爱你。梅。发自纳伯拉斯卡州的奥麦哈。

“那么，”我最后说，“为什么不给你家打电话？也许她先到了。”

他不自然地看了我一眼。

“我到这儿才两天。我们打算见面后去南部，在那儿我有一份工作。她，她没有我的地址。”他指着电报，“我收的是普通邮件。”

说完他走向台阶的尽头，查看乘11：22的火车到来的旅客。

我第二天上班时，他又在那儿，他一看见我就走了过来。

“她有工作吗？”我问。

他点点头：“她是个打字员。我给她以前的老板发过电报，他们只知道她辞了工作去结婚了。”

这就是我们相识的开始。以后的三四天，哈里接每一辆火车。当然，沿线做了查找，警察也参与了此事，但是没能帮上忙。我看得出，他们都认为梅显然是愚弄了他。但不管怎样，我从不相信。

大约两星期后的一天，哈里和我闲聊。

“如果你等得足够久，”我说，“总有一天你会看见她走上这个台阶的。”

他转过身看着台阶，就像我们从未见过面似的，但我仍继续解释着托尼由概率学得出的结论。

第二天我来上班，哈里就站在托尼的杂志亭柜台后面。他难为情地看着我说：“你瞧，我总得有份工作，是不是？”于是，他成了托尼的伙计。我们再也没有说起梅，也没有提到我的理论。但我注意到，哈里总是看着走上台阶的每一个人。

年底，托尼在一次赌博的争吵中被杀了，托尼的遗孀将杂志亭交给哈里经营。

过了一段时间，她又结婚了，哈里便买下了杂志亭。他借钱安装了苏打水机，不久他的生意便初具规模。

昨天，我听到一声惊叫，接着是很多东西纷纷掉落的声音。惊叫的是哈里，哈里跃过柜台时碰掉了许多布娃娃和其他东西。他冲过去，一把抓住一个离我的窗口不足10码处的姑娘。她小个儿，有点黑，眉毛中间皱出一个小疙瘩。

好一阵子，他们相互拥抱着，笑着，叫着，语无伦次。她似乎说：“我原本指的是汽车站……”他吻得她说不出话，告诉她为了找她他做了许多事。显然，3年前梅是乘汽车而不是乘火车，她电报中指的是汽车站而不是火车站。她在汽车站等了很多天，为找哈里花掉了所有的钱，最后她找了一份打字的工作。

“什么?”哈里说，“你就在镇上工作？一直都是?”她点了点头。

“噢，天哪，你为什么不到火车站来?”他指着他的杂志亭，“我一直在那儿，那是我的，我能看见走上台阶的每一个人……”她的脸色有些苍白。好长时间她都看着台阶，并用微弱的声音说：“我，我以前从未走上这个台阶。你知道，我昨天才为了业务上的事走出这个镇子……噢，哈里!”她用双臂搂着他的脖子，真的哭了起来。

过了一会儿，她退一步指着火车站的北端说：“哈里，3 年了，整整 3 年啊，我就在那儿，就在这个车站工作，打字，就在站长办公室。”

对我来说，惊奇的是概率学对这对有情人如此苛刻，最终使梅走上台阶竟需要如此长的时间。

与你共品

男孩苦等了女孩三年，一天，他们戏剧性地重逢了，原来女孩也在同样等着男孩，他们坚守着心中的“车站”，却让彼此错过了三年的时光。

小说的情节引人入胜，而出现戏剧性的相逢一幕只因--个坚守着火车站，另一个坚守着汽车站。其实在生活中，当我们走进死胡同的时候，有时不必死守着心中的想法，换种心情，尝试新的思路与方法，或许能更快找到自己想要的答案，而不必像主人公那样遗憾的错过了三年的青春年华。

在遇到问题时，我们要像爱迪生发明灯泡那样，千方百计地尝试各种方法，而不要抱有“一把钥匙开一把锁”的思路，人的创造力无限，解决方法也应多种多样。

（黎佳源）

巴萨绝望地随着妻子跑去，在跑进甬道之前，他猛地站住朝我喊：“我猜对了?”

情节谜

［俄］叶·吉克/著　佚　名/译

新婚夫妇巴萨和阿拉正在返回麦蒂市的途中，他们在那里租赁了一处独门独户的房子。

“想不想玩游戏？”我想借此消磨旅途中的时间。

两个旅伴爽快地答应了。

“我给你们描述一段情节，你们要设法解释它，可以向我提任何问题，而我只回答‘对’或‘否’。”

新婚夫妇对此热心起来，于是我便开始讲起我的游戏。

“夜阑人静，一个男人正在睡觉，突然响起了电话铃声。他醒了，摘下听筒，却没有人说话。男人挂上了电话，又睡着了。请解释一下情节。”

年轻人显然很感兴趣，没过多久就开始提问了。

“是女人打来的电话？”巴萨自作聪明地问。

“为什么偏是女人？”阿拉皱眉了。

“女人认识他？”巴萨紧追不舍，看得出，这个年轻人是个真正会玩游戏的人。

“你干吗缠着这女人？”阿拉发火了。

“男人结婚了？”情绪激动的阿拉问道。

“对。”我宽慰地说。

“你满意了吧？”她揶揄丈夫说。

“但打电话的，大概不是妻子吧？”巴萨以一种见多识广的口气说。

阿拉的脸刷地红了，我实事求是地肯定，这不是妻子打的。

“这样看来，她只在晚上打电话？”巴萨迅速的追近情节的谜底。

“瞧他那样子，”阿拉声音颤抖地喊道，“好像无所不知似的！”

“亲爱的，”年轻的丈夫温情脉脉的微笑道，“家庭生活中无奇不有嘛！”

阿拉也微笑了，但这笑容带点鄙夷的神情。

“好啊，那又怎样？”

如果巴萨有经验的话，他可能会到此打住，但夜半铃声的情节完全吸引了他，他无暇留心爱妻的语调。

“这个女人，她很漂亮？”他孤注一掷的问。

“对。”我答道。于是巴萨笑逐颜开了，毋庸置疑，每个人都会为发现自己具有演绎推理的才能而感到高兴的。

“那么，”他得意扬扬地问，“那女人是想证实一下他的情人是否在家？”

“太卑鄙了！”阿拉喊道。

“否。”我坚决地回答。

巴萨皱起眉头，沉思片刻。

“他使女人痛苦了？”他问。

“对。”我答道。

“太好了！”巴萨喊道。

“你听见了吗?”阿拉问我，“一提到男人使女人痛苦，他就开心了。”

“等等,”巴萨说,“别打岔……”

“啊！我打岔……”

“等等，我跟你说,”巴萨得意地说，“一切都很清楚，这是暗号。”

“我也一切清楚了,”阿拉站起来走向车门口，正好电气列车在一个站台边停下了。

“阿拉！我们是下一站下车!”

“那是您下一站下车,”阿拉傲然回答，说罢便消失了。

巴萨绝望地随着妻子跑去，在跑进甬道之前，他猛地站住朝我喊：“我猜对了?”

“没有!”我大声回答。

小伙子脸上流露着失望的神色。电气列车徐徐开动了，他挥了一下手，便消失在门外。

打那以后，我再也没有遇见巴萨和阿拉，也不知道小两口是否言归于好了。须知阿拉不应平白无故地（说实话，这种事是屡有所闻的）怀疑自己的丈夫，情节的谜底出奇地简单：

男人睡觉打鼾，鼾声吵醒了隔壁的女人。为了把邻居弄醒，她拨了他的电话号码。确信折磨她的人醒了以后，她挂了电话。事情就是这样。

与你共品

一对新婚夫妇玩猜情节谜的游戏，但最后的结果却是妻子负气出走，原来是因为她从丈夫的情节解释中怀疑丈夫出轨，这未免有点可笑，只听只言片语就妄下定论。

小说以人物对话的形式展开叙述，一个普通的情节谜在妻子眼里却演绎成丈夫出轨的证据，荒诞的理由，荒诞的出走。生活中藏着太多的迷雾，要想找出事实的真相，往往不能只靠片面的语言就做主观的胡乱臆测，胡乱定下结论，因为这样得出的结论往往距离真实还很远很远。

在生活中，当你决定要做某事时，要以客观条件作为行动依托。试着走出主观遐想的空间，拥抱真实的客观条件，会发现事情的结果往往会更有意义。

（黎佳源）

可是您丈夫之事要是在社会上宣扬开去，就不怎么体面了。不但警察，便是税务局也不会袖手旁观，无动于衷的。所以，为了保守这一秘密，夫人您不管付多少钱也不会在意吧？

给S夫人的报告

［日］星新一/著　佚　名/译

大门铃响了。靠在长椅上心不在焉地看着电视的S夫人踌躇地站了起来，顺手关掉电视机开关，出去迎接来客。

“我是接到您的电话后从信用所来的。”一个手拿提包，看上去颇为诚实的青年彬彬有礼地说道。

“蒙你立即赶来，真是过意不去。请进吧。”

青年跟着夫人走进客厅，四下环顾，禁不住感叹道：“真是间考究的屋子啊！”

宽敞的屋子里样样齐备。进口的大型电炉向各个角落递送着舒适的暖气，壁上挂着一幅浓墨重彩的抽象派油画，地上铺着一张厚厚的大地毯，边上静静地躺着一只暹罗猫。

“丈夫外出挣钱，所以才……”

她做了个恰如暹罗猫似的漂亮的手势，示意青年坐下。

“我真羡慕您的丈夫，能和像夫人这样年轻美貌的女人结婚，过着如此美满舒适的生活。我不知道什么时候才有这份福气。”

他靠在椅背上，显出一副羡慕的神情。但马上转入了正题：“夫人到底委托我去调查些什么事呢？”

“我是想麻烦你调查一下我丈夫的行踪。”

一听这话，青年颇觉意外：“什么？难道您丈夫不爱夫人了吗？”

“他非常爱我，我喜欢的他都给我买。向他要钱时，他绝无二话，也从不问用途。我晓得他是真正爱我。”

“那，还要调查什么呢？”

“可是，女人只有在丈夫爱着自己一个人的时候才会感到心满意足。”

“您已经发现什么了吗？”

“就是他常常回家很晚。”

“可能是因为工作什么的脱不开身吧?”

“但究竟是什么样的工作呢?这可不清楚。问他吧,只回答说是重要工作,闪烁其词,支支吾吾。看来他肚里好像有什么见不得人的东西,我一直非常担心。”

“这倒也是。”

“我想他也许另有新欢了吧!像我丈夫那样挥金如土的人,是会干出这等事情来的。”

“但我难以理解,家里有像夫人这样的女人,他还会去寻花问柳?”

“可我就是担心。我不愿让丈夫内心深处存有半点隐私,得让阳光将他的内心世界的每个角落都照个透亮。因此,我想请你,来彻底调查一下。”

“这是我们的工作,只要有委托就办理。”

“那么就劳驾了。”

两个星期后,信用所的青年给S夫人带来了调查报告。

“让您久等了,总算调查清楚了。”

“可真花了不少时间哪!那么,我丈夫到底在外面和什么样的女人乱搞呢?”

他从皮包里取出调查册:“看了这报告,一切就会清楚了。不是什么男女情事!”

“那是什么呢?快让我瞧瞧。噢,先得付钱!”

“不,没关系,先看吧!”

夫人接过报告看着,美丽的脸颊上呈现出一丝复杂的表情。

“您的丈夫,确实是在干重要工作!”

青年说得不错,但她丈夫所干的实在难以称之为体面工作。这“工作”就是看准了别人的要害处进行要挟,每月定期地敲诈一定的金钱。

“这种事情,还是不知道得好。”夫人自言自语道。

“为了填补对夫人的爱情,您的丈夫正在干这种‘工作’呢!”

“是啊,真不该怀疑他。我不知道为了我他竟在干这种事!”

“这钱……”

“我付。”

“怎么样,以后能否每月定期向您要!”

“你说什么?”她惊叫了起来。

“迄今我还不知道世上有这么好的活计呢!我自己也得试试,因此我想先在您这儿开个头。”

“真是岂有此理!”

“可是您丈夫之事要是在社会上宣扬开去,就不怎么体面了。不但警察,便是税务局也不会袖手旁观,无动于衷的。所以,为了保守这一秘密,夫人您不管付多少钱也不会在意吧?”

“无论你怎样说，我总得……”

“我不会硬要您付很多的。我全调查了，夫人向您丈夫要多少钱都会如愿以偿，您只要将其中一部分让与我便行了。这样，一切将会平安无事。反之，要是您认为即使现在这美满殷实的生活彻底崩溃也在所不惜的话……”

S夫人斜靠在椅子上，向屋内环视了一眼。回答是不言而喻的：不能同优裕的生活告别，更不能同深深地爱着自己的丈夫告别。

“没法子，就按你说的办吧！”

看到S夫人无可奈何地点了点头，青年高兴地提高了嗓门：“托您的福，这下我也可以结婚了，娶像夫人一样出色的女人。”

与你共品

S夫人怀疑丈夫对她不忠诚，于是找信用所的人调查丈夫。原本只想要找出丈夫对自己不忠的证据，不成想，反而让别人抓到把柄，成为被勒索的对象。

这篇小说展现了当代婚恋夫妻的现状。迫于经济压力，夫妻双方因缺少时间交流而引发猜疑。也正由于夫妻间缺少交流让“有心”之人趁虚而入。信任对维护一个家庭的和谐是如此重要。

当今社会，夫妻之间信任感的降低，沟通的缺失，能引发一个家庭的动荡甚至破裂。一个和谐的家庭需要建立在相互信任与相互体谅之中。学会真诚相待，学会相互信任能让你活得更自在。

（吴思惠）

女人困惑地看着这张白纸，昨天明明发送的是“离婚协议书”啊，难道这是上苍的安排，我们注定不能分开？

白色的回忆

［日］加藤康男/著　佚　名/译

放在传真机上的待发送文件是一份“离婚协议书”，下面签着女人的名字。

女人深深吸了一口气，仿佛怕自己会后悔似的，迅速按下了“发送”键。那张薄薄的“离婚协议书”开始缓缓移动，很快传真机的屏幕就显示“发送成功”。

女人心想，这真是一个方便的时代。在这么普通的宾馆，也有如此方便的自助传真服务。如果打电话的话，拿起话筒听到他的声音后，自己难免会变得犹豫不决。现在，只要轻轻按下按钮，根本容不得自己犹豫，"离婚协议书"就迅速传到了他那边。现在只要等他在"离婚协议书"上签了字，一切就都结束了。

女人回到了自己的房间。这一夜她辗转反侧，难以入睡。结婚以来的一幕又一幕不断地浮现在她的脑海。现在他已经回家看到传真的文件了吧？他会是什么反应呢？以前也曾经多次离家出走和他闹过离婚，但这次是真的要和他说再见了。想到这里，女人禁不住泪流满面。

怎么和他走到了今天这一步呢？第一次见到他的时候，他的成熟沉稳，他的翩翩风度深深地吸引住了自己。也曾有过热恋中的花前月下，也曾有过新婚后的甜蜜幸福，可是随着时间的流逝，他的缺点越来越显露无遗。他总是好高骛远，直到现在还没有一份稳定的工作。面对现实，他总是怨天尤人，认为自己怀才不遇。还有，他那些讨厌的生活习惯，不爱干净、丢三落四……不过，他也不是没有优点。他体贴、温柔，容忍我的坏脾气。他懂得浪漫，总记得我的生日、我们的结婚纪念日……哦，结婚纪念日。还记得我们结婚那一天，他亲手采来一束百合送到我的手中，我穿着洁白的婚纱走在他的身边，觉得自己是世界上最幸福的人。当时，我问他："你知道我为什么穿白色的婚纱吗？"

他傻傻地答道："亲爱的，表示你像白色一样纯洁无瑕吧。"

我笑了，回答道："傻瓜，白色表示新生。从今天开始，以前的我消失了，我将作为你的妻子开始新生。白色就表示一切将重新开始，我们将拥有美好的明天……"

他喃喃地重复着我的话，兴奋地把我抱了起来……

啊，那个时候我是多么爱他啊。现在，我真的将离他而去吗？不，我还是爱他的。虽然他一直没有稳定的工作，可是他并没有放弃过努力啊。至于那些讨厌的生活习惯，又有几个男人不是如此呢？明天一大早，我就回家，回到他的身边，再也不离开他了……

女人这样想着，沉沉睡去……第二天一早，女人听到了急促的敲门声，开门一看，男人出现在她的面前。

"你怎么来了？"

"我收到了你发的传真。"

女人心里一惊，糟了，他肯定已经在"离婚协议书"上签字了。天哪，一切都晚了。

男人急促地说道："我有话要对你说。"

"我也是。"

"昨天收到你的传真后，我认真考虑了一夜。"

"我也是。"

“你的传真件让我想起了咱们婚礼的那一天。”

“什么？我也是。”

“我明白了你传真件的意思，我答应你！”

“不，其实我已经后……”

不等女人说完，男人激动地说道：“我想起了我们婚礼上你的话，白色代表着新生，我们将重新开始一切。”

女人不解地看着男人，男人继续说道：“刚开始看到你发来的这张白纸，我百思不得其解。想了一夜，我才明白，婚礼上你说过‘白色就表示一切将重新开始，我们将拥有美好的明天’。从今天起，我将去找一份稳定的工作，一定让你过上幸福的生活。”

男人把手中的传真件递给女人，果然是一张干干净净的白纸，上面没有任何字迹。女人困惑地看着这张白纸，昨天明明发送的是“离婚协议书”啊，难道这是上苍的安排，我们注定不能分开？

男人和女人激动地拥抱在一起。

一阵清风吹过，吹落了桌子上的“宾馆设施使用说明”，其中一条是“发送传真时，请务必将带有文字的一面朝下”。

与你共品

女人因为容忍不了男人的缺点，利用传真机把签了字的离婚协议书传给男人。原本是一张离婚协议书，却因为失误变成一张白纸。但也正是因为这次失误，挽救了一场濒临破裂的婚姻。

小说体现了女人对这段婚姻的矛盾，也体现了当今社会众多婚后的年轻夫妻在磨合中出现的矛盾。激情过后终归于平淡。也许，爱情要经过考验才能现真心，也许，柴米油盐酱醋茶的生活更能让爱情持久永恒。

佛说：“前世五百次的回眸，才能换来今世的擦肩而过”。既然缘分让两个人相爱，就要学会宽容与体谅。相爱容易，相处难，千万不要因为一时的冲动而错失彼此。

（吴思惠）

1983年的这一天，不知怎的他把相簿取下来，随意翻看，看到一张褪了色的照片，照片上有个女人，背景是普通家居的庭院。

安娜的照片

［荷兰］迈克尔·凯斯特弗/著　佚　名/译

我外祖母奥玛·杨洁年轻时，有一天，好友安娜·瑞克夏格送她一张照片。照片里的安娜站在家中庭院里对着拍摄者微笑，照片背面写了几个字：安娜摄于1925年。

奥玛问："为什么给我这张照片？"安娜回答："因为我就要远行，你或许再也见不到我。"

几个星期后，安娜收拾行李，乘火车到阿姆斯特丹，然后登船赴荷属东印度群岛巴达维亚（即现在印度尼西亚的雅加达）。安娜答应会经常写信给奥玛，还说环境不好的话就会返回荷兰。可是，奥玛从此没有接到她的音信。

奥玛把安娜的照片贴在相簿上。1952年，她坐火车去阿姆斯特丹，再和家人登上轮船赴加拿大。几个星期后，又乘火车到达阿尔伯达省的山城爱特蒙顿，从此在这里定居。奥玛从行李中取出相簿，放在书架上。

直到多年以后，有一天，家父取下相簿，一页页翻看。这一天，我外祖母奥玛才知道安娜出国后的遭遇。

安娜乘轮船到了巴达维亚，嫁给一个从未谋面、长期侨居海外的荷兰人。原来这个名叫乔汉纳斯的男人在朋友家的壁炉架上见到安娜的照片，一时惊为天使，便写信请她到巴达维亚见面。他说，只要安娜考虑嫁给他，他就负担旅费；如果最后不愿下嫁，他也会支付安娜回荷兰的盘缠。

安娜一下船，就有个30来岁的男人迎面而来。他高大健硕，蓄金色小胡子，戴圆框眼镜，眼神深邃忧郁。安娜一见倾心，不久，就答应嫁给他。

乔汉纳斯很富有。荷兰统治东印度群岛将近300年，成就了一个特权阶级。乔汉纳斯在爪哇岛马兰城拥有多家公司，生意兴隆，居室豪华，有一班佣人、花匠、厨师侍候，在社会上备受尊敬。

安娜也许经常思念荷兰，只是从来没有透露过她的乡愁，她努力在异乡建立一个温暖的家，把一切整理得井井有条。她和乔汉纳斯生了六个小孩，全都是金发碧眼。

1942年，日军入侵东印度群岛，推翻了荷兰殖民政府。全国各地都张贴海报，海报上有一对蓝色大眼睛，附注文字说明："敌人的眼睛"。北欧裔居民统统被捕，关进集中营。几天之内，安娜和乔汉纳斯就由豪宅主人变成阶下囚。

日军后来规定，家庭成员要按男女分开囚禁。从此，乔汉纳斯失去了踪影，安娜再也没有见到他，也没有听到他的消息。

安娜被押解到一个靠海的集中营，她的一个女儿和两个小儿子跟在身边，另外三个儿子则关在5公里之外的男集中营。有时，他们都被押到田间工作，在烈日下迷蒙的蒸气中遥遥挥手打招呼。安娜有时会以为那只是海市蜃楼，只是幻象；有时又希望一觉醒来，发现自己其实是躺在荷兰家中的床上。但命运注定她永远不能回乡了。

1945年8月，在盟军解放集中营的前几天，安娜·瑞克夏格因饥饿去世。她常把配给自己的饭和水分给两个孩子，自己的粮食于是更加不足。

三个小孩都活了下来。其中有一个差点熬不过去，他叫亚伦，排行第三，瘦削羸弱，有哮喘病，自幼就在鬼门关徘徊。最初大家都以为他会死在集中营里，但他活下来了。

战后，瘦骨嶙峋的亚伦和兄弟、姐姐一同被送到锡兰（今天的斯里兰卡）。他们在难民营住了一段时间，然后登上轮船前往荷兰。

荷兰战后疮痍未复，无暇理会这些从印度尼西亚来的孤儿。当地居民告诉他们说："印度尼西亚毕竟是个温暖的地方，阿姆斯特丹的街头却还有无家可归的人在挨饿受冻。"

几个孩子没有作声，他们把创痛埋藏在心里，学习在这片陌生的土地上生活。

亚伦当上了自由摄影师。他喜欢通过相机看世界，仿佛镜头可以把痛苦滤掉。

1952年，亚伦厌倦了荷兰，乘火车到阿姆斯特丹，登上赴加拿大哈利法克斯的轮船。他原本想回印度尼西亚，只是怕触景伤情，于是又坐火车到爱特蒙顿，孤苦伶仃，混迹于贫困的荷兰侨民社区。他星期天早上会去荷兰文教堂礼拜，通常坐在后排，回味小时候上教堂的情景。

教堂的一名女主持是个瘦小妇人，光亮的长发在脑后绾成一个髻。她见到亚伦，虽然不清楚他的来历，感觉却不错。她自己有六个孩子，都快到嫁娶年龄了，于是她鼓励大女儿："邀亚伦来喝杯咖啡吧。"

大女儿对性格羞怯的亚伦没有兴趣，但她妹妹亚茉莉雅却对亚伦很有好感，邀他来访。不久，亚伦就成为他们家中的常客，他们开始约会，3年之后结婚，后生了八个孩子。我排行第三。父亲在我外祖母家里喝咖啡已不知有多少回，但从没留意茶具柜上方书架上的那本相簿。1983年的这一天，不知怎的他把相簿取下来，随意翻看，看到一张褪了色的照片，照片上有个女人，背景是普通家居的庭院。

他愕然地说："呀，那是我母亲！"外祖母笑道："不是，不可能的。那是我的朋友安娜，1925年去了印度尼西亚，之后就没了消息。看！"她把照片取下，递给我父亲，照片背面上的笔迹仍清晰可见：安娜摄于1925年。父亲说："那正是家母安娜·瑞克夏格。"

我外祖母瞪着我父亲，一时似乎无法明白，随即泪盈于眶。她一直不知道老朋友的下落，现在终于有了答案。安娜的儿子做了她的女婿，人间际遇之奇，多少减轻了死别的伤痛。

与你共品

久无音讯的朋友，多年以后，在机缘巧合之下，因为一张照片而再一次地连到了一起。这世间境遇之奇，不禁让人感叹。

一份真挚的友情，虽然随着时间的推移慢慢变淡甚至相互失去了联络，但曾经一起度过的青春年少，却值得一生回味，正如外祖母和安娜之间的友谊。真正的友情不会用时间来衡量，时间越长，回味越甘醇。

意大利文艺复兴标志人物薄伽丘说过："友谊真是一样最神圣的东西，不光是值得特别推崇，而是值得永远赞扬。"友情不是人生的全部，但它让全部的人生盈满难忘，真诚，快乐。无论生活如何变化，埋藏于心底的友谊仍能唤起你心灵的感动。

（吴思惠）

说到这，警察停了一下。莫理森想也许现在他要讲到那件事了。可是自己一句话也说不出来，两眼直瞪瞪地望着那警察，嘴唇微微发颤。

厨房中的谋杀

［英］米尔沃·肯尼迪/著　傅国兴/译

罗伯特·莫理森现在是一位富翁，可是他年轻时却干过不少荒唐、甚至违法的事。

只有一个人知道他的底细，那就是他学生时代的伙伴乔治·马宁，他有几封十分要紧的信至今攥在马宁手里。这位马宁熬过了几年铁窗生涯，出狱之后决计敲莫理森一笔竹杠。他料定莫理森会出一大笔钱来换取自己对往事的缄默。然而他却不知道，现在的莫理森早已今非昔比了。在给了马宁一些钱之后，莫理森决定事情应该打住，到此为止了。

经过一番周密计划，莫理森在一天晚上来到马宁居住的那所小房子。他把一包安眠药放进了威士忌杯子里。当马宁失去知觉后，莫理森就把他的头放入煤气灶膛内，准备按计划打开煤气开关。这样一来，不管事后谁发现，都会以为马宁是自杀的。

一切顺利，莫理森伸一伸腰，长出一口气。他环顾了一下这间小小的厨房，又扫了一眼躺在地上的马宁。他又往马宁头下放了一块垫子。他也拿不准这样做有没有破绽。他觉得一个人要是自杀，应该弄得舒服些。

莫理森事先已经脱掉了鞋子，所以在屋子里走动没有一点响声。所有的窗帘都拉得严严的，即使打开全部电灯也不用担心会被外面的人发现。他立即着手实施自己的计划：任何表明他与马宁有关系的东西都无论如何不能留下。邮局送来的这个包裹怎么处理呢？那上面的地址是寄给莫理森的，可是却交给了马宁，也许是投递员搞错了吧。先放在一边，等会儿再做决定。

马宁把那些信放在哪儿了呢？他是个马大哈，不可能把东西藏得那么严。呵，在抽屉里。莫理森要找的六封信全部都在这儿。他看着这些信，两颊紧张得发红。

这些信对他具有极大的危险性，决不能再让别人弄到手。他年轻时真是个笨蛋，怎么会……不过当那天马宁突然出现在他面前漫天讨价时，他至少还能记起这几封信来。

马宁也是个傻瓜，就不知道打听一下如今的莫理森是何等样人。

莫理森戴着手套，要把这六封信装入上衣内兜不容易。不过不用急，反正他有的是时间。马宁没几个朋友，更不会有人来拜访他。他有个佣人，那是个老太婆，住在挺远的村子里，要到明天她才会来。

可是他必须处处小心，事事做得恰到好处，一点也不能疏忽。他还没有想好一通谎话来应付警察。如果一切谨慎从事，他想那就根本用不着了——要是没有理由怀疑马宁是被杀的，谁还会问到他莫理森呢？人们只知道许多年以前他们上学时曾经是朋友，但是现在并无来往，谁也不会怀疑他的。

他察看了两间卧室，感到很满意。一切都是乱糟糟的。回到起居室之后，他再一次环视周围：有邮局送来的那个包裹，当然还有两只酒杯。不，应该是一只才对。他走进厨房，把两只杯子冲洗干净，一只放回橱柜，另一只仍然放回桌子上，再倒上一点威士忌。莫理森小心翼翼地把马宁的手指往酒杯上一按，这样杯子上就只有他一个人的指纹了。一切停当。现在酒杯摆在桌子上，旁边是差不多空了的酒瓶。马宁今天无疑是喝得太多了，以致连莫理森往酒杯里放药一点都没有觉察。是不是药放得太多了？那样整个计划可就全部告吹了。不过不要紧，放到煤气灶以前他检查了马宁的脉搏——跳动正常。

还有最后一件事，他得把那半张纸放在桌子上，要折成一封信的样子才会引人注意，莫理森心里想："真是无巧不成书。这半张纸上的几句话实在太恰当不过了。"那还是几个月之前的事。他一从马宁手里接到这封信，立刻就想到将来要派上大用场。

那上面写的是：我厌倦了。谁能责备我做得这么轻而易举呢？于是我微笑着……乔治·马宁。可是，马宁信上的意思是微笑着把钱取走，绝不是微笑着让煤气把自己毒死。

莫理森把所有的窗户关闭，然后打开了煤气开关，重新穿上鞋子，从后门溜了出去，手里只拿着邮局寄来的那个包裹和他的手杖。

回家的路上一个人也没遇上。他把那六封信和包裹一股脑儿烧掉，余灰倒入厨房的下水道里。最后他才真正松了一口气。

他知道警察会向他询问这件事，他现在是村子里的重要人物，并且曾跟马宁打过几次招呼（他跟村里所有的人见面时都打招呼，正因为如此，大家都喜欢他）。

他打算对警察说，上次他和马宁见面时，那个可怜虫好像病了，心情十分烦躁不安。

第二天一早，一名警察真的来找莫理森了。当然，莫理森早已做好充分准备，甚至连怎样微笑都事先练习过了。

“是的，我认识他，但不很熟。”他几乎想说：“我过去曾经认识他。”可是没有说出。还是更仔细点好。

“您能认出这件东西吗？先生。”警察问。

天哪！他手里举的是什么？那是一只蓝色钱包，上面有两个金色字母“R. M.”(罗伯特·莫理森的缩写)，他摸了摸内兜，里面是空的。难道是往兜里装信时把钱包弄掉的吗？

他伸手去拿钱包，一句话也说不出。可是奇怪，那警察竟任凭他把钱包拿去，一点不加干涉。他不能说那钱包不是他的，只是傻呆呆地瞪着它。

警察在说什么呀？他简直听不懂……“昨天晚上，一个邮递员从邮局来，先生，他把一件包裹送错了地方。后来他回想可能是送到了马宁家。今天早晨他就赶到那儿想把包裹追回来。他敲了半天门，可是里面没人答应，他就奔了后门。后门开着，他走了进去。当然，他不应该这样做，不过……”警察说的都是些什么呀？他到底是什么意思？莫理森差不多要吼叫了：“接着讲下去！我受不了啦！”

“厨房里亮着灯。马宁躺在地板上，头伸进煤气灶膛里。那可怜的伙计吓得要死，赶忙找到我，用自行车驮我一溜烟地赶到现场。我发现了这个钱包，认为应该通知您，您知道，这个马宁蹲过监狱。对这样的人我们总得提防着点才是。”

说到这，警察停了一下。莫理森想也许现在他要讲到那件事了。可是自己一句话也说不出来，两眼直瞪瞪地望着那警察，嘴唇微微发颤。

“您没有给他这个钱包，先生？也许您是偶然掉到地上的吧？”莫理森再也受不住了。他一点也不明白到底发生了什么事。警察接着说：“问题还不仅仅是他曾经蹲过监狱，这个马宁真是不可思议。我想也许您能帮助我们一下，他似乎是要自杀，是吗?”

“是……的，我想是这样的。”莫理森十分费力地咕哝着，那已经几乎不是他自己的声音了。

“今天早晨我们赶到现场时，桌子上有一瓶威士忌，差不多已经喝光了。也许这就是他为什么会……”当莫理森听到这里时，他差不多紧张得要死了。警察想要说“会”怎样？他们怎么弄清的事情真相?

“嗨！我们也不知道他究竟是喝醉了，还是发疯了。我们也弄不明白。他怎么会把自己的头伸进煤气灶里，而竟然忘记了因为付不起煤气费，他的煤气供应早在两星期之前就已经卡断了。他好像根本不记得昨晚的事，也许都是那瓶威士忌的缘故？今天早晨我看他仍然醉醺醺的。可是——先生！您怎么啦?”

罗伯特·莫理森已经倒在地板上了。

与你共品

为了不让昔日的伙伴抓住自己的把柄，影响自己现在的生活，富翁有计划地预谋了一场自杀，想借此除掉这个耽误自己前程的障碍。可是，他怎么也没有想到会出现一个意料之外的结局。

这一场有计划的谋杀案件所引发的荒诞，令人发笑不已，但在这笑声的背后却隐含着阵阵的心寒。小说通过这个匪夷所思的案例，形象地折射出了当前社会人性的缺失，为了自身的利益，竟可以不顾他人的生命，随意对其进行残害。

美国第三任总统托·杰弗逊曾说过：“理智、正义和平等都没有足够的力量统治地球上的人类，唯有利益有这种力量。”那些将自己的幸福建筑在别人的痛苦之上的人们，注定要被仇恨的锁链锁住，而且绝不可能挣脱那些锁链。

（杨宛玲）

他嚷道：“是我对这个外国佬有所抱怨！他三次把我当做白痴，警官！三次他毫不留情地侮辱我！我要讨个公道，警官!”

外国佬

［美］弗朗西斯·斯蒂格穆勒/著　佚　名/译

如果不是我打电影院出来时正在下雨，我早就走路回家了。我住的公寓就在附近，路也很容易走——顺着大道一直走，过两条街，在第三条街右转就是格伦奈路，往前走一半就到家了。可是，因为下雨，我拦了辆计程车，上去不到半分钟，我就感觉到这名司机，一个红光满面的老头子，好像有股怪僻与焦躁随时要发作似的。

“不对！不对！”看他开始往第一条街圣多明尼可路上转弯时，我叫了出来：“还有两条街呢！”他口中咕哝了几声，又摇摇晃晃地朝大道驶去，不一会儿又转入了第二条街凯沙斯路。

“不是！不对呀！”我又喊道：“下一条，拜托了！下一条才是我住的地方，格伦奈路！”他听了，转了回来，狠狠地瞪了我一眼，向前疾驶，根本没有转入我住的街路，却一去不返似的飞速驶上了大道。

“你看，现在你又开过头了！”我嚷道：“你应该按我说的，往右转呀！请掉头开到格伦奈路三十六号。”

让我大吃一惊的是，这老头子一个回转，车子吱的一声，驶上了湿滑的人行道，猛地往后一倒，越过大马路，一个急刹车，停在我住的街角上。

“下去！”他简直是吼了起来，满脸气得涨红：“立刻滚出我的汽车！我绝对拒绝再载你一步！三次了，你把我当做白痴！三次你毫不留情地侮辱我！我的汽车是不载外国佬的，我告诉你！立刻给我下去！”

“这么大的雨？”我喊道，火气也上来了：“我才不干呢。我一次也没侮辱你，别说三次了，先生。你心里有数，我只是拜托你载我回家，可是显然是白费工夫了。现在请你好好载我回去，我会给你小费的，”我又低声下气地加了一句：“大家好聚好散。”

我话还没说完，他又吼了起来：“下去！滚出去，我告诉你！你侮辱我太过分了，你非下去不可！”我瞟了一眼外头的大雨。

“我绝不下去，”我说。

他的态度阴险地平静了下来。

“你要么走出我的汽车，”他镇定却嘶哑着嗓子说道：“要不我把你带去派出所，要求你赔偿对我的羞辱。你自己选择吧！”

“在这样的天气下，”我答道：“我没有选择的余地。尽管去派出所吧。”

他把我载到了派出所。派出所离我住的地方隔了不过几户人家，我并不陌生。我以前去过几次，为的都不是什么麻烦事；我与计程车司机并肩进入空洞洞的派出所时，警官孤寂岸然地坐在办公桌后面，像熟人般地跟我打了招呼。

“午安，××先生，”他称名道姓地对我说：“可以效劳吗？有何贵干？”可是这个老头子——警官不过对他点了个头——却根本没有给我说话的机会。

“是我有贵干！”他嚷道：“是我对这个外国佬有所抱怨！他三次把我当做白痴，警官！三次他毫不留情地侮辱我！我要讨个公道，警官！”警官瞪了他一眼，脸上并无表情。我觉得他与我一样正在怀疑这老头子的神智到底处于什么样的状况，之后，他转过头问我，是否不嫌麻烦愿意作个笔录。他取出一只蘸水钢笔，打开一本空白的大记事簿，我开始陈述的时候，他行云流水地疾笔记下了我的陈述：我给了司机我的住址，他两次转错弯，一再地抱怨，错过我住的街道，他发火，又下最后通牒。这一切警官都以法国人称之为史宾塞的字体不停地记载下来。一两次他打断我的叙述，训诫这名计程车司机，他在我作证的不同阶段在一旁咕哝不已。我说完之后，警官继续写了一会儿，结尾处还特别华丽地挥了一笔，用吸墨纸在最后一行上蘸了一下，谢了我。然后他转身粗声地对司机说："现在该你了。你也说说看，我好对这个烦人的问题下个决定。"

然而，这个老头子并没有什么可以陈述。

"三次！"他粗鲁、暴怒的嗓门所能喊出的也仍然是这句话，对着警官张牙舞爪的，对我仍是狠狠地瞪着。

"三次呀！警官！三次，他把我当成个白痴，三次我被这个外国佬毫不留情地羞辱！没人忍得下的，警官！"警官将他的指控一五一十地记下之后，略略看了一下，抬起头来对他说："但是这都是在什么情况之下发生的呢？把你载这位先生时发生的一切详详细细地叙述一遍。如果他刚才陈述的有不实在的地方，"他带着歉意地看了我一眼："你可以改正。"

可是，又来了。

"三次！"我的指控者能说的还是这句话。警官轻快地将钢笔放在桌上，语气十分明确地对我说："十分明显，先生，你是这个事件的受害者，我非常愿意作个决定，要求这个人不收任何车资将你送回你家门口。如果先生不嫌麻烦大略看看这份笔录，这是法定手续，然后我立刻把这件事情结案。先生，请拿身份证给我看看。"

我的心像块铅锤般地沉了下去。我在心里看见家中书桌上放着，我忘了带出来的，法国法律规定外籍居民必须随身携带着身份证件。

"由于天下大雨，先生，"急中生智，我认为这是唯一的说词："我把身份证件放在家中了，以免会被这种天气弄湿，说不定还会整个淋烂的。明天一早我就带给你，先生，我希望这能合乎你们的规定，我知道规定很严格也是必要的。"

但是我已经犯了无可原谅的错，大势已去，一切都完了。

"这不合规定，"警官严峻地说，脸色像块石板："固然明天早上你可以把身份证件带来，但是以目前的情况来说，我别无他策，只有依法改正我对这次事件的裁决。由于现在雨还没停，我请这位先生载你回家，但是我要求你不仅要付他从头到尾的全程车资，而且要补偿他到派出所来的时间损失。我猜想，先生，"他对老头子说："你的车表仍然在跑吧？"司机点了点头，警官站起来身来。

"那么，再会了，先生们，"他不带笑容地说："明天早上你不会忘记吧，先生。"

一如进入派出所时，我们并肩走了出去。当裁决改变时，我注意到我的指控者的眼中闪出了一丝喜光，但除此之外他并未表露任何胜利的痕迹，就连此刻也始终都没有：他一言不发，开车送我回家。直到车抵家门，我仔细点算将车资如数拿给他时，他才开了口："先生准是忘了您答应过的，好好给点小费，我们好聚好散吧！"

与你共品

一个回家的雨夜，为了不至于淋湿自己，一位外籍居民搭了辆很普通的计程车，却没有料想到会遭受种种责难和不平等待遇……

小说真实地重现了"我"对司机是怎样进行被司机称为所谓的"侮辱"的全过程，并通过细致描述"我"的无奈、司机的愤怒和警察的随意等情绪表现，揭示了司机敲诈勒索的卑鄙本质。

法律面前人人平等。可是为了谋求利益，竟然滥用低下的手段来诬陷无辜的外籍者。这些行为一方面体现了法国本地人对外籍者的歧视，另一方面也说明了法国的法律还不够完善，才使得某些人有机可乘。

（杨宛玲）

第二辑

醍醐灌顶

那人打量了他一眼，微微一笑说：“您家还有许多箱子要运走，您不知道？这些箱子都是您虚度的日子。”

虚度的时光

［意大利］布扎蒂/著　佚　名/译

埃斯特·卡西拉买了一幢豪华的别墅。此后，他每天下班回来，总看见有个人从他花园里扛走一只箱子，装上卡车拉走。

他还来不及叫喊，那人就走了。这一天他决定开车去追。那辆卡车走得很慢，最后停在城郊的峡谷旁。

卡西拉下车后，发现陌生人把箱子卸下来扔进了山谷。山谷里已经堆满了箱子，规模、式样都差不多。

他走过去问：“刚才我看见您从我家扛走一只箱子，箱子里装的是什么？这一堆箱子又是干什么用的？”

那人打量了他一眼，微微一笑说：“您家还有许多箱子要运走，您不知道？这些箱子都是您虚度的日子。”

“什么日子？”

“您虚度的日子。”

“我虚度的日子？”

“对。您白白浪费掉的时光、虚度的年华。您曾盼望美好的时光，但美好时光到来后，您又干了些什么呢？您过来瞧瞧，它们个个完美无缺，根本没有用过，不过现在……”

卡西拉走过来，顺手打开了一个箱子。

箱子里有一条暮秋时节的道路。他的未婚妻格拉兹正在那里慢慢走着。

他打开第二个箱子，里面是一间病房。他弟弟约苏躺在病床上等他归去。

他打开第三只箱子，原来是他那所老房子。他那条忠实的狗杜克卧在栅栏门口等他。它等他两年了，已经骨瘦如柴。

卡西拉感到心口被什么东西夹了一下，绞疼起来。陌生人像审判官一样，一动不动地站在一旁。

卡西拉说："先生，请您让我取回这三只箱子吧。我求求您。起码还给我三天吧。我有钱，您要多少都行。"

陌生人做了个根本不可能的手势。意思是说，太迟了，已无法挽回。说罢，那人和箱子一起消失了。

夜幕悄悄降临，把大地笼罩在黑暗之中。

与你共品

人们常说："一寸光阴一寸金，寸金难买寸光阴。"小说里的卡西拉正是在事业有成后，遗忘了珍贵的亲情、爱情和友情，当他开始醒悟，不惜一切想要挽回时，虚度的时光已经逝去，无法挽回。

小说一开始就设置悬念，一步步引人入胜，最后出其不意地解开谜底，不禁让人恍然大悟"谁对时间最吝啬，时间对谁越慷慨。要时间不辜负你，首先你要不辜负时间。放弃时间的人，时间也放弃他。"但是现实中又有多少人能做到呢?

也许卡西拉的故事可以带给我们更多的警示与启发：莫要再让虚度的箱子在你的悔恨中被运走，珍惜你的每一分每一秒吧！

（刘碧艳）

"是的，在某种意义上，它会。"老人告诉他，"那个礼物可以让你获得许多种不同的财富，但它的价值并不是金钱所能衡量的。"

礼　物

［美］斯宾塞·约翰逊/著　刘祥亚、潘　诚/译

老人和孩子相识有一年多了，两人很喜欢在一起聊天。

有一天，老人对孩子说："有一样东西之所以叫礼物，是因为在你能收到的所有礼物中，你会发现它是最珍贵的。"

"为什么它这么珍贵呢?"孩子问。

老人解释说："因为收到这个礼物之后，你会变得更快乐，无论每天做什么事，也都能做得更好。"

"哇!"孩子兴奋地叫起来，虽然他并不完全明白老人的话，"我希望有一天会有人送我这样一个礼物。"

老人笑了。

他不知道这个孩子要过多少个生日才能领悟礼物的价值。

老人很喜欢看孩子在附近玩耍。

老人常常看到他在附近的树上荡秋千，看到他灿烂的笑脸，听到他欢快的笑声。

孩子过得很快乐，无论做什么事都非常投入，别人光是看着他，都会觉得开心。

孩子渐渐地长大了，老人一直有意无意地留心着他做事的方式。

星期六的早上，他偶尔会看到他的小朋友在街对面修剪草坪。

孩子一边干活儿，一边吹着口哨。似乎不管做什么，他都能做得很开心。

一天早上，孩子看到了老人，想起老人曾对自己提起的那个礼物。

孩子当然对礼物非常熟悉，比如上次过生日得到的自行车，还有圣诞节早晨在圣诞树下找到的那些礼物。

但是仔细想想，他发觉那些礼物带给他的快乐都不会长久。

他好奇地想：那个礼物究竟有什么特别的地方呢?

到底是什么使它比其他礼物更棒呢?

什么东西才会让我觉得更开心，做事更顺利呢?

他想不出答案，于是穿过街道去问老人。

他的问题非常孩子气，“那个礼物是不是像魔杖一样，能让我实现所有的愿望?”

“不，”老人笑着回答，“那个礼物跟魔杖和愿望没有关系。”

孩子还是不明白老人的话，回去继续修剪草坪时还在想着那个礼物。

时光飞逝，孩子长成了十几岁的少年。

他开始对周围的一切越来越不满。在感觉不耐烦的时候，他会梦想外面未知的世界。他的思绪不由得飘回以前与老人对话的时候，他发觉自己越来越想弄清那个礼物到底是什么。

他又去找老人，问：“那个礼物是不是能让我变得非常富有?”

“是的，在某种意义上，它会。”老人告诉他，“那个礼物可以让你获得许多种不同的财富，但它的价值并不是金钱所能衡量的。”

少年更加迷惑了。

“您跟我说过，得到那个礼物后就会变得更快乐。”

“是的，”老人说，“你还会变得更有效率，能把事情做得更好，从而变得更成功。”

“‘变得更成功’是指什么呢?”少年好奇地问。

“变得更成功就是指得到更多你需要的东西，”老人回答，“任何你觉得重要的东西。”

“在人生的不同时期，我们对成功的定义可能也会发生变化。”

“现在对你来说，成功可能就意味着跟父母相处得更融洽，在学校里得到更优秀的分数，体育活动表现得更出色，或者在课余得到一份兼职，并因为工作出色而加薪。”

“再过些时候，成功可能意味着更有成就更富足，或者不管发生什么事，都能保持平和的心态和良好的自我感觉。”

“对您来说，成功是什么呢?”少年问。

老人笑了起来：“到了我这个年纪，成功就是能笑口常开，爱得更深，更好地服务他人。”

少年马上反问道：“您觉得这些都是那个礼物帮您做到的吗?”

“没错!”老人回答。

“哦，我从没听其他人说起过这样一个礼物。我想它可能并不存在吧?”

老人回答道：“噢，它确实存在。不过，我想你可能还没弄明白。”

突然，他想到了什么。原来如此!

他知道那个礼物是什么了……知道它过去是什么，也知道它现在是什么。

礼物就是把握此刻，全神贯注于正在发生的事，珍惜和欣赏每天得到的东西。

与你共品

小说以小男孩的成长经历为线索，并用小男孩与老人的问答来推动情节的变化与发展，层层设下悬念，使人不断思考礼物是什么，最终在一片疑惑中向我们揭示答案。

随着礼物的揭晓，我们愕然：原来快乐就是这样的简单。它的秘诀就是要好好珍惜自己所拥有的一切，认真、负责任地对待自己身边的人和事。珍惜就是福，而知足会让我们获得更多不一样的幸福。

人的一生短暂又漫长，“只有快乐的人，才珍惜今天，也只有珍惜今天的人，才是快乐的人。”这是美国威廉姆·拉尔夫·英奇的名言。诚然，人生不如意事十之八九，只有懂得把握当时的人才能及时享受幸福，不断调整心态才能知足常乐。

（刘碧艳）

什么享乐、爱情、名望、富贵，它们只不过是永恒的现实中一时遮掩痛苦、悲伤、羞愧、贫穷的假面。

生命的五个恩赐

［美］马克·吐温/著 佚 名/译

1

在生命的早晨，善美的仙女挎着篮子走过来说：

“这是给你的礼物。拿一件，把其余的留下。要当心，要用智慧挑拣；呵，用智慧挑拣！因为其中只有一件有价值。”

礼物有5件：名望、爱情、富贵、享乐、死亡。年轻的生命迫不及待地说：

“无须考虑。”就拿走了享乐。

他走出家门，到世界上寻找年轻的生命追求的种种享乐。然而每每到来的享乐都是转瞬即逝而令人失望，徒劳一场而荡然无存；每一次都把他捉弄一番而悄悄溜走。到了最后，他说：“这些年华我都浪费了。只要我能再次挑拣，我一定用智慧挑拣。”

2

仙女来到面前说：

“礼物还剩下4件。再挑拣一次吧；呵，记住——时光正在飞逝，而其中只有一件是珍贵的。”

成年人考虑了很久，然后拿走了爱情；他并不理会那涌上仙女眼中的泪水。

许多许多年之后，那人守着空荡荡的家，坐在一具灵柩旁。他默默地自言自语道：“她们留下我，一个接一个地走了；现在，她躺在这里——我最心爱的，也是最后的一位。我一次又一次忍痛哀伤，为了那奸诈的商人——爱情——卖给我的每一小时幸福，我都付出了1000小时悲痛。我刻骨铭心地诅咒他啊！”

3

“再挑拣吧。”这是仙女在说话，“岁月已把智慧教给了你——想必一定是这样。还剩下3件礼物，其中仅有一件有价值——记住我的话，小心地挑拣吧。”

那人考虑良久，然后拿走了名望。仙女叹息着走开了。

若干年过去；她又来了，站在那人身后——他正独自坐在暮日里，思绪万千。她明白他在想什么——

“我的名字充满了世界，每一个人都对它赞不绝口，然而顺风如意就那么一阵子。多么短暂的一阵子啊！接踵而来的是妒忌，然后是贬损，然后是诽谤，然后是仇恨，然后是迫害，后来是嘲笑——终局的前兆，最后到来的是怜悯——名望的葬礼。哎，又苦又惨的名誉啊！声名大振时诽谤的目标，声名狼藉时蔑视与怜悯的对象。”

4

“再挑拣一次吧。”传来仙女的声音，“还剩下两件礼物，但不要失望。一开始就只有一件是珍贵的，现在它还在这里。”

“富贵——富贵就是力量！我真瞎了眼！”那人说，“哎，到头来，毕竟不枉此生。我要花，我要挥霍，我要炫耀。这些嘲笑和看不起我的人都将在我面前的脏土地上爬行，我要用他们的艳羡来满足我那饥渴的心房。我将拥有人所珍视的一切奢华、欢心、销魂之乐，一切肉体的满足。我将要买，买，买！买来尊重，买来仰慕，买来敬畏，买来崇拜——买下这个庸俗的世界所能提供的一切虚伪荣耀。我已经失掉许多时间，在此以前挑拣得太糟糕，但是，让它去吧，我那时太无知，只会看着什么最好就拿什么。”

短短的3年过去了，这一天终于来到——那人坐在一贫如洗的阁楼上瑟缩一团。他形容枯槁，苍白无力，两眼深陷，身着破衣烂衫，他一边嚼干面包皮一边咕哝着：

“那些该诅咒的世间的礼物啊，全是愚弄人的货色，镀金的谎言！并且都叫错了名字，件件如此。哪里是什么礼物，全都是债。什么享乐、爱情、名望、富贵，它们只不过是永恒的现实中一时遮掩痛苦、悲伤、羞愧、贫穷的假面。仙女的话千真万确，在她收藏的所有物品中，最珍贵的只有一件，其余全是毫无价值的。我现在明白了，与那件珍贵、甘美、仁慈而将折磨肉体的痛苦、将吞噬理智与热诚的羞愧和悲伤统统送入无梦长眠的无价之宝相比，其余那些竟是多么可怜、低劣而又鄙陋不堪！把它带来吧！我厌倦了，我要永远安息。”

5

仙女来了，又带来4件礼物，唯独缺少死亡。她说：

“我把死亡给了一位母亲的爱子，是个小娃娃。他不懂事，只是相信我，请我为他挑拣。你却没有请我挑拣。”

“噢，多么凄惨的我呀！那么为我留下了什么？”

“你应得而尚未得到的：恣意亵渎的老年。”

与你共品

仙女带来了五样礼物，分别是名望、爱情、富贵、享乐、死亡。让一个人挑选，不同年纪的他分别选择了不同的礼物，可是到最后，他竟什么也没得到，得到的只是一个恣意亵渎的老年。

小说分小节来叙述，有层次感，阅读起来方便自然。生命中的五个恩赐，给每个人都是相同的，关键是看你怎样选择。许多人总被现实中的那些功名利禄所蒙蔽了双眼，就是不选择死亡。到头来什么名望、爱情、富贵、享乐，都只是过眼云烟，剩下的只有那曾经让我们遗忘的死亡了。

名望、爱情、富贵、享乐也许有价值，但不具有永恒价值。看清楚死亡，才能够懂得怎样活着，怎样让现实的东西充分发挥它们的价值。

（程彩华）

爸爸说："不要怕，勇敢一点，你只要跳那么一次就行了。我要你留下深刻的印象，免得你以后长大了，容易上人家的当。"

梯　子

[新加坡] 周　粲

年轻的爸爸和他的儿子一起在后花园放风筝。小小的园地，小小的风筝。

小小的风筝飞呀飞的，就飞到了墙头上。墙头上的野花，把风筝紧紧地缠着。

于是爸爸说，必须去拿一架梯子来。然后爬上梯子，取下墙头上的风筝。

爸爸要爬上梯子，但是儿子说："爸爸，让我来吧！"

爸爸看了看九岁的儿子，想了又想，终于说："也好，让你来就让你来。"

猴子一般地，儿子爬到梯子的最高一级了。

儿子转过头来，嘻嘻地笑。他的笑声，像用早晨的牵牛花吹出来的。

解开了风筝绕在野花上的线，正要下来，爸爸却用一只大手和一个声音制止了他。爸爸说："慢着！"

儿子停住了，望着爸爸，用眼睛问爸爸："怎么啦？"

爸爸说："我先讲个故事给你听完，你再下来。"

于是儿子笑得更开心，他一手抓住梯子，一手拿着风筝，等爸爸讲故事。爸爸讲的故事，没有一次是不好听的。

爸爸说："从前有个爸爸，告诉他那个站在一架很高很高的梯子上的儿子说：'你跳下来，你一跳下来，爸爸一定会在下面把你抱住。'听见爸爸这么说，儿子很放心，就像游泳时跳进水里去一样，纵身一跳。哪里知道当儿子就要投进爸爸的怀抱里的前一秒钟，爸爸的身体一闪，站在一旁。儿子扑了个空，掉在地上，屁股差一点开花。哭哭啼啼地站起身来，儿子问爸爸为什么要骗他。爸爸说：'我要给你一个教训，连你爸爸的话都靠不住，别人说的话，更不必说了。'"停了一停，爸爸继续说，"我们也来照着做一次好不好？"

儿子一听，脸都变白了。

爸爸说："不要怕，勇敢一点，你只要跳那么一次就行了。我要你留下深刻的印象，免得你以后长大了，容易上人家的当。"

但是儿子显然并没有被爸爸的话所说服。他脸上惊愕的表情，丝毫没有消退，然而他还是不敢违抗命令。他站在那儿，动也不敢动。

爸爸开始发号施令了："听着啊，我喊一二三，喊到三的时候，你就跳下来，然后我就把伸出去假装要接住你的手缩回来，让你跌一个屁滚尿流！"

站在梯子上，儿子的脸像一个还没有熟透的橘子。

爸爸喊了："一……二……三！"

咬紧牙根，忍着泪，儿子从梯子上跳下来了。他等待着自己的身体像一个南瓜，噗的一声，摔得支离破碎……

然而，好奇怪！爸爸的手竟然没缩回去，他的身体也没移开。他还是定定地站在原来的地方，把掉到他两手中的儿子，牢牢固固、结结实实地接住了、抱住了。

儿子虽然不曾受伤，但是他的神情，比刚才还要疑惑，睁大了眼睛，他问："爸爸，你为什么骗我？"

爸爸笑出声来。爸爸说："爸爸要让你知道：即使是别人的话，有时也是可以信任的，何况是爸爸的话呢！"

所有的玫瑰花，都回到儿子脸上。他搂住爸爸，不住地吻爸爸的双颊。

爸爸和儿子拉着风筝，向后园的一角跑去。

与你共品

即使是别人的话，有时也可以信任的，更何况是爸爸的话呢！小说通过爸爸与儿子的对话，来表现父亲对儿子的教育。

前后对比，这是小说的亮点。文章通过朴实的语言、细腻的心理，把故事叙述的淋漓尽致，深刻地教育了我们应该如何待人接物。即使是你很亲的人，也可能会出卖你；即使是陌生人，他也可能会帮助你。所以，我们要看清世事，细心揣摩，三思而后行。

我们待人接物，不能走极端、两极分化，要学会综合，更不能一竹篙打死一船人。有时看似错的，其实是正确的，对我们有用的；有时恰好看似正确的，却隐藏着危险。

（程彩华）

直到此时，西奥才惊恐万状地发现，自己用打字机打好的讲稿不知什么时候不翼而飞了。

聘　任

［英］埃克斯雷/著　陈伟雄/编译

西奥·霍迪尔先生身材修长，面庞消瘦，两鬓斑白。他生性温和，平日寡言。研究学术问题时，他精力充沛，记忆力惊人，而对日常生活的琐碎小事，却不甚了了。

坎福特大学需要聘请一名工作人员，上百人要求申请该空缺位置，西奥也递上了申请书，最后，只有西奥等十五人获得面试的机会。

坎福特大学地处一个小镇上，周围仅有一家旅店，由于住客骤增，单人房间只好两个人同住了。跟西奥同住的是一位年轻人，叫亚当斯，足足比西奥年轻二十岁。亚当斯自信心甚强，且有一副洪亮的嗓音，旅店里时常可以听到他朗朗的笑声。这是一个聪明伶俐的人，这一点是显而易见的。

校长及评选小组对所有的候选人进行了一次面试。筛选后只剩下西奥和亚当斯两人了。小组对聘请谁仍犹豫不决，只好让他俩在大学礼堂进行一次公开的演讲后，再行决定。演讲题目定为《古代苏门人的文明史》，三天后开讲。

在这三天工夫，西奥寸步不离房间，废寝忘餐，日夜赶写讲稿。而亚当斯却不见有任何动静——酒吧间里依旧传出他的笑声。每天他很晚才回来，一边问西奥的讲稿进展情况，一边叙述自己在弹子房、剧院和音乐厅的开心事。

到了演讲那天，大家来到礼堂，西奥和亚当斯分别在台上就座。直到此时，西奥才惊恐万状地发现，自己用打字机打好的讲稿不知什么时候不翼而飞了。

校长宣布说，演讲按姓名字母排列先后进行。亚当斯首当其冲。情绪颓丧的西奥抬头注视着亚当斯——只见他神情自若地从口袋里掏出窃来的讲稿，对着在座的教授们口若悬河、振振有词地讲开了。连西奥也暗自承认他确有超人的口才。亚当斯演讲完毕，场内爆发出雷鸣般的掌声。亚当斯鞠了一个躬，脸上露出微笑，回到座位上去。

轮到西奥了。他的一切东西都写在稿子上面，由于心情不好，要另开思路是不可能的了。他觉得脸上火辣辣的，唯有用低沉而疲乏的声音，逐字逐句重复亚当斯刚才振振有词的演讲内容。等他讲完坐下来时，会场上只有零零落落的几下掌声。

校长及全体评选小组成员退出会场，去讨论该聘任哪位候选人。礼堂内的人仿佛对决定的结果早已有了数。

亚当斯向西奥探过身来，用手拍了拍他的背，微笑着说道："厄运呀，老兄。没办法，两者只选其一。"

这时，校长及小组成员回来了。"诸位先生，"校长说，"我们做出了选择——聘请西奥·霍迪尔先生!"

所有的听众都惊呆了。

校长继续说："让我把讨论的情况向诸位披露吧。亚当斯先生口才过人，知识渊博，我们大家都深感钦佩，我本人也为之感动。但是，请不要忘了，亚当斯先生是拿着稿子去作演讲的。而霍迪尔先生呢，却凭着记忆力，把前者的演讲内容一字不漏地重复了一遍。当然啰，在这以前，他不可能看过那份讲稿的一字一句。我们缺的那项工作，正需要有这样天赋的人!"

大家陆续走出了会场。校长走到西奥面前，见西奥面上仍然挂着那副惊喜交集、不知所措的样子，便握着他的手，说道："祝贺您，霍迪尔先生。不过我得提醒您一句，日后在咱们这儿工作，可要留神点，别把重要的材料到处乱放呀!"

与你共品

亚当斯窃取了西奥的稿件，最终被人识破，西奥却靠自己的真才实学获取了成功，这其中的原因不得不让我们深思。

这篇小说中最令人称道的是它的精巧构思。作者在一条主线"坎福特大学聘任事件"之外，又安排了三条支线。三条支线齐头并进，此起彼伏，最后聚焦在"谁是被聘者"这一核心上。小说中的对比手法运用纯熟，颇见功力。围绕着西奥与亚当斯的竞聘，小说展现了多处对比，从两人的年龄、个性、应试前的准备到讲演过程、观众反应等，可谓于对比中显性格，于对比中蕴结局。

在激烈的社会竞争中，投机取巧只会弄巧成拙，只有脚踏实地、依靠真才实学才能在竞争中立于不败之地。

（罗晓平）

他已经扔掉了小刀解除了武器。他太虚弱了，再也不能爬过去取刀子。现在只能听任尼马克的摆布了，而且尼马克也非常的饥饿。

浮冰上的两者

［丹麦］哈夫·B·卡威/著　佚　名/译

饿到第三天的晚上，诺尼想到了尼马克。在这座漂浮着的冰山上，除了他们两个以外，再也没有别的有血有肉的生灵了。

冰块裂开时，诺尼失掉了他的雪橇、食物和皮大衣，甚至失去了他的小刀。冰山上只留下他和他那忠实的雪橇狗——尼马克。现在，他们两个卧在冰上，睁大眼睛注视着对方——双方保持着一定的距离。

诺尼对尼马克的爱是真真实实——就像这又饿又冷的夜晚和他伤腿上的阵痛一样的真实。但是，村里的人在食物短缺的时候，不都是毫不迟疑的杀犬充饥吗？

“尼马克饿久了也要寻觅食物的。我们当中的一个很快就要被另一个吃掉。”诺尼想。

空手他可杀不死尼马克，这畜生身强体壮，现在又比他有劲，所以他需要武器。

诺尼脱去手套，解下了伤腿的绷带。就在几个星期以前，他摔伤了腿，用两块小铁片和绷带捆扎固定。

他跪在冰上，把一块小铁片插入冰块的裂缝中，把另一块铁片紧贴在上面，慢慢地磨。

尼马克看着他。诺尼觉得犬的两眼似乎闪着异光。诺尼仍然磨着铁片，尽量不去想磨铁片干什么。铁片的边缘薄了，小刀磨好了。诺尼从冰块中拔出小刀，用拇指尖轻轻试着刀锋。太阳光照在小刀上，折射到他的眼里，使他一时看不到东西。诺尼硬起心肠来。

“来，尼马克。”他轻声叫着犬。尼马克迟疑地看着他。

“过来。”诺尼叫道。

尼马克走上前来。诺尼从那畜生盯着自己的眼神里看到了恐惧，从它的喘气声中和缩头缩脑的样子感到了饥饿和痛苦。他的心在流泪，他恨自己，又竭力压制这种感情。

尼马克越走越近，他已经意识到了诺尼的意图。诺尼感到了喉咙的哽塞，他看到犬的眼里充满了痛苦。

好！这正是动手的时候了！

一声痛苦的抽噎使诺尼跪立的身体一阵震颤。他诅咒小刀，紧闭两眼，摇摇晃晃地把刀子扔得老远。然后，他张开空空的双手，蹒跚地扑向尼马克，他倒下了。犬围着诺尼的身体打转，嗅叫着。这下诺尼感到了极度的恐慌！

他已经扔掉了小刀解除了武器。他太虚弱了，再也不能爬过去取刀子。现在只能听任尼马克的摆布了，而且尼马克也非常的饥饿。

犬围着他转，然后从后面扑了上来。诺尼可以听到这畜生喉咙里的吞咽声。

诺尼闭上眼睛祈祷着攻击快些结束。他感觉到犬的爪子踩着他的大腿，犬呼吸时喷出的热气冲着他的脖子。他随时都要放声尖叫。然而，他感觉到犬滚烫的舌头直舔他的饿脸。

诺尼睁开眼睛，他张开手，抱住尼马克的头。头靠着头，他轻轻地笑了……

一小时后，一架直升飞机出现在北边的天空。飞机上一个海岸巡逻队的小伙子俯视着下面，他看到漂移着的冰山上有什么东西在闪光。

这是太阳光折射在什么东西上面，而且一闪一闪地在动。他让飞行员降低飞机，看到冰峰的阴影下有一个黑而不动的像人一样的黑影。

他把飞机降落在一块较平的冰面上，然后上了冰山，黑影是——一个小男孩和一条爱斯基摩雪橇犬，小男孩已昏过去，但还活着。那条犬无力地哀叫着，已经衰弱得一动也不能动了。

吸引了飞机上巡逻队员注意力的闪光物体是一把粗糙的小刀，刀尖向下插在不远的冰面上，在风中摇曳着……

与你共品

被困在浮冰上的小男孩诺尼在面临生存危机的时候，在生存还是死亡的问题上，进行了激烈的思想斗争。最终因为自己对爱犬的那份情，他选择了放弃生存的机会。

作者通过一系列动作、神态的描写，生动地向我们展示了人物矛盾的心理活动。而各种细腻的心理描写则生动逼真地向我们展示了人狗之间的那份无法割舍的情。最终是尼马克那痛苦、哀伤的表情唤起了小男孩人性中的爱，就是这份深沉的爱战胜了他求生的本能和对死亡的恐惧。

人性是善良、高贵、伟大的，而爱是人世间一种不可战胜的力量。

（罗晓平）

“达地安娜，”她说，“啊呀，你真叫我吃惊！难道你真的不喜欢你儿子吗？你怎么还有这样好的胃口？你怎么还能够喝着白菜汤？”

稀薄的白菜汤

［俄］屠格涅夫/著　佚　名/译

一个农家的寡妇死掉了她的独子，这个二十岁的青年是全村庄里最好的工人。

农妇的不幸遭遇被地主太太知道了。太太便在那个儿子下葬的那天去探问他的母亲。

那母亲在家里。

她站在小屋的中央，在一张桌子前面，伸着右手，不慌不忙地从一只漆黑的锅底舀起稀薄的白菜汤来，一调羹一调羹地吞下肚里去，她的左手无力地垂在腰间。

她的脸颊很消瘦，颜色也阴暗，眼睛红肿着。然而，她的身子却挺得笔直，像在教堂里一样。“啊，天呀！”太太想道，“她在这种时候还能够吃东西！……她们这种人真是心肠硬，全都是一样！”这时候太太记起来了：几年前她死掉了九岁的小女儿之后，她很悲痛，不肯住到彼得堡郊外美丽的别墅去，她宁愿在城里度过整个夏天。然而这个女人却还继续在喝她的白菜汤。

太太到底忍不住了。“达地安娜，”她说，“啊呀，你真叫我吃惊！难道你真的不喜欢你儿子吗？你怎么还有这样好的胃口？你怎么还能够喝着白菜汤？”

“我的瓦西亚死了，”妇人安静地说，哀伤的眼泪又沿着她憔悴的脸颊流下来，“自然我的日子也完了，我活活地给人把心挖了去。然而汤是不应该糟蹋的，里面放着盐呢。”

太太只是耸了耸肩，就走开了。在她看来，盐是不值钱的东西。

与你共品

本文通过记叙一农家寡妇死了儿子后还一调羹一调羹地吞下有盐的白菜汤这件事，深刻地揭示了农民的穷困和苦难，和他们那种不屈不挠的精神。

小说通过对农妇的神态、肖像、动作、语言的描写，生动形象地写出了农妇失去独子后内心的惨痛和生活的悲惨。通过这些细腻的描写，我们深刻感悟到就是因为贫穷，她再也没有什么东西能够放弃了。结尾的回答，让人为之一震，因为它沉重地向我们揭示了农妇喝白菜汤的真正原因仅是她不能“糟蹋”“加了盐”的白菜汤。

人生中那么多的爱断情伤，生离死别，该做的只能是冷静地面对现实。失去的已经失去，而得到的就应该珍惜，哪怕只是一点点“盐”。人可以放弃任何东西，但是不能放弃生存的权利。

（罗晓平）

“我得走了，”他说，“我把这些书留给尼尔斯和其他孩子。这里是一张我所欠房租的支票。夫人，对您的好心款待，我深表谢意。”

妈妈和房客

［美］凯·福布斯/著　佚　名/译

妈妈在窗外贴出“租房启事”，海德先生应租而来。这是我们家第一次出租房屋，所以妈妈忽略了弄清海德先生的背景和人品，也忘了让他预付房费。

“房子我很满意，”海德先生说，“今晚我就送行李来，还有我的书。”

他顺顺当当地住进我家。平时，他好像没有固定的工作时间，常和善地与我家的孩子逗趣。当他走过我妈妈坐着的大厅时，总是礼貌地弯弯腰。

我爸爸也喜欢他。爸爸喜好回忆迁居美国前住过的挪威。海德去过挪威，他能与爸爸起劲地聊在那儿钓鱼的野趣。

只有开客栈的杰妮大婶不欣赏我们的房客。她问：“什么时候他给你们交房租呢?”

“向人要钱总难开口，他会很快付清的。”妈妈答道。

但杰妮大婶只是哼了两声：“这种人我以前见过，”她一本正经地指教道，“别指望借给人一件新外套，回来还是好的。”

妈妈笑笑：“兴许你说得对。”她递上一杯咖啡，止住了杰妮大婶的嘟囔。

雷雨天里，妈妈担心海德的屋子夜里冷，就让爸爸邀请他到暖和的厨房和我们一起坐。我的两个姐姐、哥哥尼尔斯、还有我在灯下做作业，爸爸和海德靠着炉子叼着烟斗，妈妈在洗盘子或是在小桌上静静地工作。

海德能辅导尼尔斯的高中课程，有时还帮他学拉丁文。尼尔斯渐渐对学习产生了兴趣，分数高起来，他再不求爸爸让他停学做工了。当我们作业做完了，妈妈坐在摇椅上拿起针线时，海德就给我们讲他的旅游奇遇。噢，他知道的可真多！那些美妙的历史和地理，便随他走入我们的屋子和生活。

有天晚上，他给我们读狄更斯的书，很快，读书成了我们生活的一部分。我们写好作业，海德就夹一本书来高声朗读，一个神奇的新世界向我们洞开。

妈妈也像我们孩子一样爱听古挪威侠士传奇。"太好听了!"

以后我们的房客还朗读莎士比亚的戏剧。海德悦耳的男低音，听起来像是大演员。

即使在天气暖和的晚上，我家的孩子们也不再出去玩耍，妈妈对此很欣慰，她是不喜欢我们天黑上街的。而最值得高兴的，还是尼尔斯几乎不再掺到街旮旯的孩子堆里。有天晚上，孩子们在街上闯了祸，而尼尔斯正和我们一起听《孤星血泪》的最后一章。

就在我们急于听完一个骑士的传奇时，一封信送到了海德手里，他将信很快读过，放入口袋，我们再不能听完那个故事了。翌晨，他告诉妈妈要离开。

"我得走了，"他说，"我把这些书留给尼尔斯和其他孩子。这里是一张我所欠房租的支票。夫人，对您的好心款待，我深表谢意。"

我们伤感地看着海德先生去了，同时，又为能在厨房继续读书感到兴奋。那么多的书啊!

妈妈精心地清理了书堆："我们可以从这里学到很多东西。尼尔斯能代替海德先生读书，他也有一副好嗓子。"我看得出来，这使尼尔斯很自豪。

妈妈向杰妮大婶亮出海德的支票："你看，收回的还是一件好外套。"

几天后，开面包铺的克瑞波先生来我家，糟糕的是他向我们怒气冲天地诉说时，杰妮大婶也在场。

克瑞波喊道："那个海德是个骗子，瞧他给我的支票，全是假货。银行的人告诉我，他早把款兑光了。"

杰妮大婶得意地点着头，那神态分明是说："看，我不是提醒过你们了吗，你们不听嘛。"

"我敢打赌，他也欠了你们家许多钱，是不是?"克瑞波不无希望地探问道。

妈妈转过身向着我们，她的眼睛长久地停留在尼尔斯身上，然后走到炉子边，把支票投入炉火。

"不!"他向克瑞波先生回答道，"不，他什么也不欠。"

与你共品

房客海德先生与房东一家人和睦相处，甚为开心，但结局却出人意料：他是一个骗子。

本文一波三折，情节起伏。海德先生礼貌、健谈、学识丰富，但是让人想不到的是他竟然是一个骗子，更让人出乎意料的是妈妈的反应，她“把支票投入炉火”，并且说：“不，他什么也不欠。”跌宕起伏的情节深深地吸引了我们，就在我们翘首以待时，结局却峰回路转，让我们深受感染，引发思考：原来，是海德先生引领孩子们走进知识的殿堂，引导他们走上正途的，而这正是一个母亲所梦寐以求的。

知识和正确的人生是无法用金钱来衡量的。

（罗晓平）

他惬意地深吸了一口气，说：“每当人们谈起婚姻大事，约翰尼·林哥花费8头奶牛娶莎丽塔做妻子的事，就会被人们提起，而且将永远被人们记住。”

价值8头奶牛的妻子

［印度］K·穆默德/著　佚　名/译

吉尼瓦塔岛的居民告诉我，如果你想到邻近的努瓦班迪岛上待几天，约翰尼可以给你提供食宿；如果你想买珍珠，约翰尼能帮你买到最便宜的。岛上的居民对约翰尼·林哥评价很高，可奇怪的是，一旦谈到他，人们总会流露出一种带点揶揄的微笑。

“可是，他有什么值得可笑的呢？”我问岛上一个旅馆老板。

“只为一件事。”老板说，“这个月前，约翰尼·林哥来到吉尼瓦岛上，娶了一位姑娘，他付给她父亲8头奶牛。”

我对岛上的风俗比较熟悉。两三头奶牛就可以娶一位中等身份的妻子，四五头奶牛就可以娶到一位地位高贵的妻子。

“哎呀。”我感到惊讶，“8头奶牛，那姑娘一定是貌若西施了。”

“她不算丑，”老板微微一笑，“但是与漂亮的女人相比较，莎丽塔就相貌平平了，她父亲萨姆·凯罗就怕她在身边嫁不出去。”

“可是，后来萨姆·凯罗不是从他女儿身上得到了8头奶牛吗？”

“萨姆·凯罗从前连想都不敢想。”

“我说‘相貌平平’，还是友好的。她弱不禁风、骨瘦如柴、走路时弯着腰，从不抬头，她甚至害怕见到自己身体的影子。”

“这究竟是怎么回事呢？”

“没有人知道，可是每个人都想知道。开始，萨姆·凯罗的堂兄堂妹都叫他先要

3头奶牛的价格，然后以2头奶牛的价格出手，然而，约翰尼来到萨姆·凯罗家说：‘莎丽塔父亲，我愿意用8头奶牛换你的女儿’。”

第二天下午，我上了努瓦班迪岛。

我询问到约翰尼·林哥家去的路时，并没有引起这个岛上人们神秘的微笑，人们都很敬重他。

终于，我见到了身材颀长、表情严肃的约翰尼·林哥，我们攀谈起来。

“你是从吉尼瓦塔岛上来的？我妻子就是从吉尼瓦塔岛上来的。”

“这我已经知道了。”

“他们谈到过她？”

“谈了一点点。他们说，你用8头奶牛……”我停了一下，“我想知道这其中的原因。”

“吉尼瓦塔岛上的人都知道这8头奶牛的事？”他兴奋得眼睛发亮。

他惬意地深吸了一口气，说：“每当人们谈起婚姻大事，约翰尼·林哥花费8头奶牛娶莎丽塔做妻子的事，就会被人们提起，而且将永远被人们记住。”

答案原来就是虚荣心，我想。

莎丽塔出现在我面前。我见她走进房间在桌子上放了一些花，静静地站了一会，朝坐在我旁边的约翰尼莞尔一笑，就轻轻地飘出去了。

她是我见到的最漂亮的一个女人，高挑的双肩、明亮的眸子、甜美的笑容、轻柔的步态……这一切表明，她拥有谁都无法否认的美丽。

“你觉得她怎么样？”

“太美了。”我说，“可是我听说她并不好看。”

“你也认为8头奶牛太昂贵了吗？”他的嘴唇上掠过一丝微笑，“你想过没有，当女人知道她的丈夫是以最低价把她换过来做妻子，这对她来说意味着什么；这可不能发生在我的莎丽塔身上。”

“你那样做只是为了使你的妻子幸福吗？”

“是的，我希望她幸福。但是，我的愿望比这更重要。你说她变了，这是真的，许多机缘无论是萌生于内心世界还是滋生于外部环境，都能改变一个女人，但至关重要的还是她怎么样认识她自己。在吉尼瓦塔岛上时，莎丽塔觉得她自己一钱不值，低人三分。现在她相信，她比这个岛上其他任何一个女人都更有价值。”

“那么，你想……”

“我想娶莎丽塔，我爱她胜过爱任何人。”

“可是……”我似有所悟。

“更何况，”他平静地说，“我需要一个价值8头奶牛的妻子。”

与你共品

约翰尼用八头奶牛把只需两三头奶牛的妻子娶过门，成为别人的笑话，但他也因此次“壮举”为人们铭记。

这是他的虚荣心在作怪吗？其实不然。他爱妻子，希望妻子幸福。他要让妻子认识自己，看到自己的价值。其实人就是这样，当你认识自己，看到自己价值的时候，就会活得更自信。自信让生命更有价值。

是的，关心别人就要维护他们的尊严，并站在被关心者的角度去发现和考虑问题，帮助他们解决问题。更须切记的是，千万不要让被关心者觉得你是在怜悯他们，否则他们只会产生更多的心理压力。

（黄晓英）

“嗨，拉拉，”他说，“你现在没有负担了。房子受到保护，家人也过得很好。是上天堂的时候了。”他打开笼子，向鹦鹉伸出手。

不愿上天堂

［印度］哈里希·约哈里/著　佚　名/译

从前有个名叫拉拉的商人，他的乐善好施远近闻名。每当圣徒经过他的城镇，他都提供衣食钱物。

一天，一位道行高深的圣徒来到城里，受到了拉拉的热情接待。拉拉以美食招待，并请他留宿家中。圣徒很高兴，临睡前对他说：“拉拉，你的义行为你在天堂赢得了一席之地。”“谢谢你这样说，大师，”拉拉说，“也许有一天我会准备好。”“今天就可以，”圣徒说，“我马上就能带你上天堂。”拉拉看起来很痛苦：“哦，那是我最大的愿望，但是现在恐怕不可能。”“为什么?”“如你所知我没有妻子，她几年前去世了。我儿子才10岁，还需要我照顾。还需要些时间他才能长大到接管我的生意，到那时我会很高兴接受你的邀请。”“你要多长时间才能准备好?”拉拉想了一会儿说：“15年后他25岁，该能打点生意了。那时我就可以去了。”“就15年吧，”圣徒说，“到时我会返回，履行我的诺言。”

15年后，圣徒返回拉拉家。门前躺着一条看门狗和一群小狗，当他敲门时，狗摇着尾巴欢迎他。拉拉的老仆一开门，立刻认出了圣徒。“欢迎您，先生!”仆人说，

“这么多年过去了。我的老主人不在了，现在是他的儿子照料生意。”“拉拉在哪儿?”“5 年前他死于心脏病。但是请进，先生，这房子跟从前一样，门永远为圣徒打开。进来吃顿热饭吧。”圣徒进了门，狗也跟了进来。圣徒坐着等候时，想到没能送拉拉上天堂，感到非常悲哀。他闭上眼睛冥想，他突然意识到拉拉已投胎为身边的母狗。“拉拉!”他说，“你在干什么?”“儿子 20 岁时，我死于心脏病发作，”拉拉说，“当时他的新婚妻子怀孕了，虽然他生意做得很成功，我担心没有人保护房子和他的家人，所以决定回来做条狗。”“我理解，”圣徒说，“现在你准备跟我走吗?”狗叹了口气：“非常感谢你返回履行你的诺言。我极想跟你去，但恐怕现在不行。这些小狗全靠我，两年后它们会长大，能保卫房子。那时我就自由了。”“好的，”圣徒说，“两年后我会返回。”两年后圣徒重返拉拉家，三个孩子正在和几只狗、还有笼中的一只鹦鹉玩耍，宅子显得生机勃勃，一派祥和气氛。圣徒四处寻找，却找不到拉拉投胎的那只狗。老仆迎接他时，圣徒问：“这些狗的母亲哪去了?”“一年前被贼杀死了，先生。”仆人说，“你不知道它死前是怎样英勇地战斗。请进来吃饭吧。”仆人将狗和孩子们从圣徒身边赶开，去盛了碗饭。只剩下鹦鹉在圣徒身边了，它突然开口说：“嗨！欢迎回来。嗨！欢迎回来。”圣徒陷入冥想，他确定拉拉投胎成了鹦鹉。“嗨，拉拉，”他说，“你现在没有负担了。房子受到保护，家人也过得很好。是上天堂的时候了。”他打开笼子，向鹦鹉伸出手。

“请别带我走!”拉拉说，“我在这儿挺好。儿子儿媳都很喜欢我，他们会想我的。孙子孙女们喜欢和我说话，用手给我喂食。非常感谢你记得你的诺言，但我不想离开这个世界上天堂。这个笼子就是我的天堂。很遗憾让你白跑一趟，我不再想要任何不属于我的东西了。如果无牵无挂没有责任，那我干吗还存在?”

圣徒感到震惊，但他尊重拉拉的愿望，不再返回找这个没有时间上天堂的商人。

与你共品

由于牵挂和责任，拉拉一次次祈求圣徒给他时间去完成自己的使命：保护亲人和家庭。为了这一使命，他甚至放弃了平凡人内心最大的愿望——上天堂。

其实父母都是这样，儿女和家庭就是他们的全部。保护家庭是他们一生的工作，是他们肩上永远的负担，亲人的幸福是他们操劳的最大安慰。就在他们付出的同时，他们已经深深体会到了温情和幸福，找到了属于自己的天堂。

天下的父母都是可敬的，为了儿女他们可以牺牲一切。希望为人子女的我们要善待老人，孝敬老人，让他们在晚年尽享天伦之乐，帮他们找到人间的天堂。

（黄晓英）

不单单是那只获救的小海龟急急忙忙地奔向那安全的大海，无数的幼龟——由于收到一种错误的安全信号——都从巢穴中涌了出来，涉水向那高高的潮头奔去。

自然之道

[英] 迈克尔·布卢门撒尔/著　佚　名/译

鲁莽相助，往往只会适得其反。

在加拉巴哥群岛最南端的海岛上，我和7位旅行者由一位博物学家做向导，沿着白色的沙滩行进。当时，我们正在寻找太平洋绿色海龟孵卵的巢穴。

小海龟孵出后可长至330磅。它们大多在四五月份时出世，然后拼命地爬向大海，否则就会被空中的捕食者逮去做了美餐。

黄昏时，如果年幼的海龟们准备逃走，那么这时就先有一只小海龟冒出沙面来，做一番侦察，试探一下如果它的兄弟姐妹们跟着出来是否安全。

我恰好碰到了一个很大的、碗形的巢穴。一只小海龟正把它的灰脑袋伸出沙面约有半英寸。当我的伙伴们聚过来时，我们听到身后的灌木丛中发出了瑟瑟的声响。只见一只反舌鸟飞了过来。

“别作声，注意看。”当那只反舌鸟移近小海龟的脑袋时，我们那位年轻的厄瓜多尔向导提醒说：“它马上就要进攻了。”

反舌鸟一步一步地走近巢穴的开口处，开始用嘴啄那小海龟的脑袋，企图把它拖到沙滩上面来。

伙伴们一个个紧张得连呼吸声都加重了。

“你们干吗无动于衷？”只听一个人喊道。

向导用手指压住自己的嘴唇，说：“这是自然规律。”

“我不能坐在这儿看着这种事情发生。”一位和善的洛杉矶人提出了抗议。

“你为什么不听他的？”我替那位向导辩护道。“我们不应该干预它们。”

一位同船而来的人说：“只要与人类无关，也就没什么危害。”

“既然你们不干，那就看我的吧！”她丈夫警告着说。

我们的争吵声把那只反舌鸟给惊跑了。那位向导极不情愿地把小海龟从洞中拉了出来，帮助它向大海爬去。

然而，随后所发生的一切使我们每个人都惊呆了。不单单是那只获救的小海龟急急忙忙地奔向那安全的大海，无数的幼龟——由于收到一种错误的安全信号——都从巢穴中涌了出来，涉水向那高高的潮头奔去。

我们的所作所为简直是愚蠢透了。小海龟们不仅由于错误的信号而大量地涌出洞穴，而且它们这种疯狂的冲刺发生得太早了。黄昏时仍有余光，因此，它们无法躲避空中那些急不可耐的捕食者。

只见刹那间，空中就布满了惊喜万分的军舰鸟、海鹅和海鸥。一对加拉巴哥秃鹰瞪着大眼睛降落在海滩上。越来越多的反舌鸟群急切地追逐着它们那在海滩上拼命涉水爬行的“大餐”。

“噢，上帝!”我听到身后有一个人叫道。“我们都干了些什么!”对小海龟的屠杀正在紧张地进行着。年轻的向导为了弥补这违背自己初衷的恶果，抓起一顶垒球帽，把小海龟装到帽子中。只见他费力地走进海水里，将小海龟放掉，然后拼命地挥动手中的帽子，去驱赶那一群接着一群的军舰鸟和海鹅。

屠杀过后，空中满是刽子手们饱餐之后的庆贺声。那两只秃鹰静静地立在河滩上，希望能再逮住一只落伍的小海龟来做食物。此时所能听到的只是湖水击打加德勒海湾白色沙滩的声音。

大家垂头丧气地沿着沙滩缓缓而行。这帮过于富有人情味的人此时变得沉默寡言了。这肃静也许包含着一种沉思。

与你共品

出于好心，人们想要帮助小海龟，但是由于无知愚昧和冲动鲁莽，反而害了它们，并造成了悲剧。这正好告诫我们：鲁莽冲动会使结果适得其反，凡事要三思而后行。

本文还为人类敲响了警钟：人类应遵循自然之道，否则就会给自己甚至周围的事物造成严重的后果。现实生活中就是存在这样一些人，他们以自己能改变自然为傲，其实这种做法是十分愚昧的，正应了“聪明反被聪明误”的说法。

我们应明白，干预自然就是破坏自然规律。为了防止悲剧再次发生，我们是时候反思了。我们必须学会保护自然，遵循自然规律，包括接受自然界中的优胜劣汰的残酷现实。因为过多的人为干预最后破坏的只是生态平衡。

（黄晓英）

他拿出钞票为小男孩凑足了花钱。小男孩很快乐地说："谢谢你，先生。我妈妈会感激你的慷慨。"

花

［美］诚若谷/著　佚　名/译

他在为工作埋头忙碌过冬季之后，终于获得了两个礼拜的休假。他老早就计划好要利用这个机会到一个风景秀丽的观光胜地去，泡泡音乐厅，交些朋友，喝些好酒，随心所欲地休憩一番。

临行前一天下班回家，他十分兴奋地整理行装，把大箱子放进轿车的车厢里。第二天早晨出发前，他打电话给他母亲，告诉她去度假的主意，母亲说：

"你会不会顺路经过我这里，我想看看你，和你聊聊天，我们很久没有团聚了。"

"母亲，我也想去看你，可是我忙着赶路，因为同人家已约好了见面时间的。"他说。

当他开车正要上高速公路时，忽然记起今天是母亲的生日。于是他绕回一段路，停在一个花店门口，打算买些鲜花，叫花店给母亲送去。他知道母亲喜欢鲜花。

店里有个小男孩，正挑好一把玫瑰，在付钱。小男孩面有愁容，因为他发现所带的钱不够，少了10元钱。

他问小男孩："这些花是做什么用的?"

小男孩说："送给我妈妈，今天是她的生日。"

他拿出钞票为小男孩凑足了花钱。小男孩很快乐地说："谢谢你，先生。我妈妈会感激你的慷慨。"

他说："没关系，今天也是我母亲的生日。"

小男孩满脸微笑地抱着花转身走了。

他选好一束玫瑰，一束康乃馨和一束黄菊花，付了钱，给花店老板写下他母亲的地址，然后发动车，继续上路。

仅开出一小段，转过一个小山坡时，他看见刚才碰到的那个小男孩跪在一个小墓碑前，把玫瑰花摊在碑上。小男孩也看见了他，挥手说："先生，我妈妈喜欢我送给她的花。谢谢你，先生。"

他将车开回花店，找到老板，问道："那几束花是不是已经送走了?"

老板摇头说："还没有。"

"不必麻烦你了，"他说，"我自己去送。"

与你共品

文中的小男孩深深地打动了"我"。小男孩爱他母亲，爱得刻骨铭心，他清楚地记得母亲的生日，就算母亲已不在人世。从文章的字里行间中我们知道，母爱是可以穿越时空、刻在心底的。

和文中主人公一样，很多人每天都在为工作而忙碌着，没有时间和家人沟通。作为儿女的我们，在不停地追求自己目标的道路上，往往忽略了父母。现在就出现一种普遍的现象：很多父母虽然有儿女，但儿女都不在身边，老人常常感到孤单寂寞。

天下所有的母亲都是伟大的，她们为了家庭牺牲一切，无怨无悔，不求丝毫回报。她们是值得所有儿女敬仰和膜拜的。作为儿女的我们，要学会感恩，常回家看看，多陪陪亲人。

（黄晓英）

四个彪形大汉下车就来追我。我见状撒腿就跑，我的天使在我的头顶上边飞边喊："别把希望都寄托在别人身上，你记住啦?"

我的保护神

[俄] 阿纳托利·特鲁什金/著　佚　名/译

有一天晚上，我快到家的时候，看见院子栅栏上有一个像鸟又像人的东西。说他像鸟，是因为他长着鸟的翅膀和尾巴，说他像人，是因为他打着领带，还长着一张人的脸。

这个家伙耷拉着翅膀，歪扎着领带，表情狡谲，全身一股酒气。

我惊讶地停住了脚步。

这时，那只鸟先开口对我说："你跑哪去了，尼古拉?"

他竟然知道我的名字！我目瞪口呆，问道："你是谁?"

“什么我是谁，我是你的天使，你的保护神。”

“我的保护神？”

“对。”

我的眼泪一下子涌了出来。我勉强控制住自己说：“你这么多年跑哪儿去了，你这个讨厌的家伙？”

“什么时候？你说得具体点。”

“比如说，我结婚的时候你去哪儿啦？我本以为我老婆是部长的女儿，可她原来是个打工的。”

“我暂时离开了。而且你也别总指望着部长什么的，应该靠自己。”

“那 1998 年那次金融危机你为什么也不提前告诉我一声？我一夜之间就一无所有了。”

“我们谁也没提前通知，不允许通知。”

“怎么谁也没通知？那怎么有那么多骗子的钱一点也没损失，还大赚了一把？”

“那不是天使干的，是魔鬼干的，就是他们搞的金融危机，而且他们提前通知了自己人。”

我不想再理他了，转过了身。这时，我发现我家旁边的赌场已经灯火辉煌。

“你等一会儿，”我说，“我马上就来。”

我上了楼，带上最近这几年攒的钱下了楼。

“走吧。”我说，“咱们去赌场。这次你要是能帮我，我就原谅你。”

他蹲到了我的右肩上，除了我，谁也看不见他。我们进了赌场，我拿出所有的钱，问他：“在哪儿下注？”

“就在十二那儿下吧。”

我押了十二，可开局是二十一。转眼间我所有的钱都化为了乌有。

我们出了赌场，来到街上。他立刻飞了起来，说：“我说的数字对，一和二。只不过是位置没搞对而已。”

我也记不清我手里的石头是从哪儿捡来的。我朝他挥舞着。

“别，别，别这样。咱们就是这样，一出了事，就认为是别人的错，从来不反省自己。我们总是把希望寄托在别人身上，却从不想靠自己。”

我瞄准他，使出全身力气，把石头扔了出去。但他躲开了。可这时不知从哪儿突然开过来一辆凌志车。那块石头“啪”的一声正好砸在了凌志车前窗的玻璃上！

四个彪形大汉下车就来追我。我见状撒腿就跑，我的天使在我的头顶上边飞边喊：“别把希望都寄托在别人身上，你记住啦？”

“记住了，”我气喘吁吁地回答。

“什么事都得靠自己，你记住啦?”

“我现在还能记不住嘛!”我已经上气不接下气。

我看见左边好像有一片小树林，我刚要往那儿跑，我的天使就喊了起来：

“往右跑，你这个傻瓜!”

是啊，他从高处往下看肯定看得更清楚。我马上往右边跑了过去，可前面却是个死胡同。那四个彪形大汉一步步朝我走了过来……

生活就是这样一次次地教训着我们，可还是一点用也没有，我们还总是把希望都寄托在别人身上。

与你共品

我们都依赖着自己的守护神，以为他会帮助我们渡过一切难关，而结果往往是不尽如人意的。其实由始至终我们都错了，只有自己才是自己的守护神。

小说写了一个被自己的守护神多次“捉弄”的倒霉鬼，运用反复举例的方法说明守护神不能帮助我们什么，生活的不幸大多来自我们过于相信守护神。多次引出例证为的只是映射出一个生活中我们耳熟能详的现象：人，一旦出现不如意，总会将希望寄托在别人身上，从不想依靠自己，这样的结局是可悲的。

生活时时事事都教训我们，把希望寄托在别人身上，我们永远只能在困境中埋怨而无法逃离。

（肖晶晶）

他决心要忘却的一切都记录在这张纸上——半张小纸上的一段人生事迹。

半张纸

［瑞典］斯特林堡/著　周纪怡/译

最后一辆搬运车离去了，那位帽子上戴着黑纱的年轻房客还在空房子里徘徊，看看是否有什么东西遗漏了。没有，没有什么东西遗漏，没有什么了。他走到走廊上，决定再也不去回想他在这寓所中所遭遇的一切。但是在墙上，在电话机旁，有一张涂满字迹的小纸头。上面所记的字是好多种笔迹写的，有些很容易辨认，是用黑黑的墨水写的；有些是用黑、红和蓝铅笔草草写成的。这里记录了短短两年间全部美丽的罗曼史。他决心要忘却的一切都记录在这张纸上——半张小纸上的一段人生事迹。

他取下这张小纸。这是一张淡黄色有光泽的便条纸。他将它平铺在起居室的壁炉架上，俯下身去，开始读起来。

首先是她的名字：艾丽丝——他所知道的名字中最美丽的一个，因为这是他爱人的名字。旁边是一个电话号码，15，11——看起来像是教堂唱诗牌上圣诗的号码。

下面潦草地写着：银行，这里是他工作的所在，对他来说这神圣的工作意味着面包、住所和家庭——也就是生活的基础。有条粗粗的黑线划去了那电话号码，因为银行倒闭了，他在短时期的焦虑之后又找到了另一个工作。

接着是出租马车行和鲜花店，那时他们已订婚了，而且他手头很宽裕。

家具行，室内装饰商——这些人布置了他们这寓所。搬运车行——他们搬进来了。歌剧院售票处，50，50——他们新婚，星期日夜晚常去看歌剧。在那里度过的时光是最愉快的。他们静静地坐着，心灵沉醉在舞台上神话境域的美及和谐里。

接着是一个男子的名字（已经被划掉了），一个曾经飞黄腾达的朋友，但是由于事业兴隆冲昏了头脑，以致又潦倒到无可救药的地步，不得不远走他乡。荣华富贵不过是过眼烟云罢了。

现在这对新婚夫妇的生活中出现了一个新东西。一个女子的铅笔笔迹写的“修女”。什么修女？哦，那个穿着灰色长袍、有着亲切和蔼的面貌的人，她总是那么温柔地到来，不经过起居室，而直接从走廊进入卧室。她的名字下面是L医生。

名单上第一次出现了一位亲戚——母亲。这是他的岳母。她一直小心地躲开，不来打扰这新婚的一对。但现在她受到他们的邀请，很快乐地来了，因为他们需要她。

以后是红蓝铅笔写的项目。佣工介绍所，女仆走了，必须再找一个。药房——哼，情况开始不妙了。牛奶厂——订牛奶了，消毒牛奶。杂货铺，肉铺，等等，家务事都得用电话办理了。是这家女主人不在了吗？不，她生产了。

下面的项目他已无法辨认，因为他眼前一切都模糊了，就像溺死的人透过海水看到的那样。这里用清楚的黑体字记载着：承办人。

在后面的括号里写着“埋葬事”。这已足以说明一切！——一个大的和一个小的棺材。

埋葬了，再也没有什么了。一切都归于泥土，这是一切肉体的归宿。

他拿起这淡黄色的小纸，吻了吻，仔细地将它折好，放进胸前的衣袋里。

在这两分钟里他重又度过了他一生中的两年。

但是他走出去时并不是垂头丧气的。相反的，他高高地抬起了头，像是个骄傲的快乐的人。因为他知道他已经尝到一些生活所能赐予人的最大的幸福。有很多人，可惜，连这一点也没有得到过。

与你共品

半张淡黄色的便条纸，记录了这位刚刚丧妻的年轻人人生中的婚姻生活，从相恋、订婚、婚后细细碎碎的生活之事，到妻子难产而死……温馨和忧伤，都洒落在一张小便条上。

小说就像一部泛着旧黄色调的胶片电影，用蒙太奇、倒叙等手法将一对年轻夫妇温馨甜蜜的生活一幕幕展现在读者眼前，一种恬淡自然的生活气息，始终洋溢于纸上。纸片上一个个看似平淡的词语符号，细细咀嚼，漫溢出一丝丝甜蜜，一丝丝苦涩，这不就是爱情的味道吗？

忽然想起王菲那句歌词，“相聚离开，都有时候，没有什么会永垂不朽”。其实，无论是两个人的幸福，还是一个人的落寞，都是人生的一个过程，想开了，便也坦然自在。

（温晓霞）

游行示威吧！他，托比亚斯·阿庆基，已上了年纪，只能坐在板凳上观望。在这种时期，作为一个旁观者也实在有趣得很哪！

阿庆基

［芬兰］本蒂·韩佩/著　佚　名/译

一条板凳安放在路旁，只要行人累了，就可坐下来休息。累了！是的，难道这还有什么奇怪的吗？一个人在七十个岁月里要跨出多少步子啊——短的、长的、急的、慢的。板凳被发明和制造出来正是为了人们能够坐它，或许这条板凳还有别的目的，因为冷饮亭就在它的旁边……

托比亚斯·阿庆基多次感到奇怪，这条板凳看来完全是普普通通的板凳，仅仅是在散步途中想让腿脚歇上一歇时，才意识到了它的存在。

托比亚斯·阿庆基坐在板凳上，他的头发斑白，但精神却很矍铄，他用大拇指托着烟斗，完全沉浸在往事的回忆之中。没过多久，越来越近的歌声唤醒了他，立刻使他想起，现在是生活在动乱时期。罢工、骚乱……打吧！吵吧！有的是理由……可是这么干难道有助于问题的解决吗？如果像被拴着鼻子的小牛犊那样发疯似的挣扎，能行吗？托比亚斯·阿庆基已经七十岁了，现在世道是不是变了？也许是吧，也许人们的眼界有所不同。可是生活是不是好过些了？嗯，他们应当尽可能过得更好些。这就有足够理由去进行斗争……

他听见一个过路人说，罢工工人在游行示威。

游行示威吧！他，托比亚斯·阿庆基，已上了年纪，只能坐在板凳上观望。在这种时期，作为一个旁观者也实在有趣得很哪！

游行队伍过来了，人不少，除了两旁土路，整个街道都挤满了人群。

他们唱的歌中有激烈的词句：

“法律骗人，政府压人。”

“到了明天，普天之下皆兄弟……”

游行队伍走过去了，托比亚斯·阿庆基朦胧地感觉到，他们在按照自己的愿望，向着遥远的未来走去……他们在前进，先头部队消失在转弯处的建筑物后面。后来那里发生了阻塞，尽管后面的队伍还在前进。突然“砰”的一声枪响，划破了夏末晴朗的天空。托比亚斯·阿庆基被子弹的呼啸声惊呆了。这似乎是不应该的……然而后来他还是平静了下来，觉得自己反正是坐在板凳上的旁观者。

游行队伍一下散开了，犹如受到旋风袭击似的扬起了漫天尘土，人们掉转头纷纷跑了。托比亚斯·阿庆基看到警察握着步枪和皮鞭在紧紧追赶着人群。刺耳的枪声继续在响着，皮鞭抽在了跑得慢的和摔倒了的人身上……

接着，托比亚斯·阿庆基看见一个跑近的警察扬着鞭，正在寻找示威的人，可是游行示威者都跑散了。这时，警察突然发现坐在板凳上发呆的托比亚斯·阿庆基。

“你放什么哨？”警察大喝一声。

托比亚斯·阿庆基只张了张嘴，还没来得及解释自己仅仅是坐在板凳上休息的旁观者，皮鞭已抽到了他的身上。他发现自己陷入了不可解脱的困境，不禁顿时火冒三丈。这怎么可能呢？要知道他只不过坐在板凳上……可是愤怒却是再次招致皮鞭的抽打，托比亚斯·阿庆基只得拔起僵硬的大腿一逃了之。

但事情并没有完结，他确实陷入了解脱不了的困境。不久，他被捕了。受讯、受审，最后被带到被告席上受到了“参与造反罪”的控告。

托比亚斯·阿庆基怎么也不能理解，他仅仅是在板凳上坐了一会儿而已。而这条板凳看来完全是条普普通通的板凳……他对警察咆哮起来，他怎么也难以接受警察的指控，他难道会热昏了头脑干下这等事！可怜虫……怎么会想得出来：他是狡猾地假装坐在板凳上，企图逃过劫难，实际上是个瞭望放哨的人，或者是工运首脑……

警察就是认定他有罪，一口咬定：你身上有紫血块，你挨了打，你就是参与了造反……

托比亚斯·阿庆基搔了搔头皮，觉悟过来：也许世界上从来就没有为旁观者准备的板凳！

与你共品

散步中的阿庆基坐在一张普普通通的板凳时遭遇游行队伍，本是抱着一种看客心态的他竟然被当成是瞭望放哨人而被打，被捕，受审，甚至被控告。这是一场怎样的飞来横祸？

文章语言叙述不温不火，情节出人意料。工运是为使生活更好些，但又有多少人理解？认为事不关己高高挂起的阿庆基，也许也是工运发起的获益者，虽然没有直接参与，但人以群分，他的被捕也就有了合理的支撑点。有时，世上之事，你不理解并不代表你可以置身事外。

世间有很多事我们都不愿掺合，尤其是尚未直接与自身有关的事，但没有谁是可以做冷眼的旁观者。一旦被别人认定了，你就很难置身事外。

（肖晶晶）

天使安慰他："我正是为此而来。我完全承认自己的过错。我尽力弥补，为您效劳。我给您送来的，不仅是智慧，而且是大智大慧！"

大智大慧

［前苏联］盖冒克利德哉/著　王志冲/译

安德莱耶维奇手拿报纸，坐在沙发上打盹儿。突然，有人急促地敲窗，这使安德莱耶维奇有些不知所措，因为他住在八楼，而且他这套房间是没有阳台的。起初，他只当是自己的幻觉。但是，听，敲窗声再次传来。陡然，窗户自动打开，窗台上显现出一个男子的身影，这人穿着长长的白衬衫。

安德莱耶维奇惊恐地暗想："是个梦游病患者吧，他要把我怎么样？"只见那男子从窗台跳到地板上，背后有两个翅膀摆动了一下。接着，他走到沙发跟前，随便地挨着安德莱耶维奇坐下，说："深夜来访，请您原谅。不过，这是我的工作。有人说，我们天使逍遥自在，终日吃喝玩乐，其实那是胡言乱语。实际上，他对我任意欺压，刻薄着呢。"

安德莱耶维奇一下子没弄懂，问："这个'他'是谁呀？"天使压低声音回答："我告诉你吧，是上帝！""哦，明白了，明白了。那么，上帝或者您，找我有事儿吗？"天使说："您要知道，我是奉他的命令来找您的。我负责分配上帝所赐的东西，也就是智慧。每个人都应该分配到智慧，或多或少罢了。可是昨天我查明，我一时疏忽，使您遭到了不公正的待遇，也就是说，我忘了分配智慧给您。"

安德莱耶维奇怒气冲冲，从沙发上一跃而起："什么，什么！您怎么能够如此粗心大意！快把我应有的一份交给我！别人的我管不着，可我的一份，劳驾，快交给我吧。哼，难道我低人一等？"天使安慰他："我正是为此而来。我完全承认自己的过错。我尽力弥补，为您效劳。我给您送来的，不仅是智慧，而且是大智大慧！"天使从怀里取出一只小塑料袋，里面五颜六色，流光溢彩。安德莱耶维奇接过小塑料袋，藏进床头柜的抽屉里，转身说："谢谢您想起了我！要不然，我就会这么一点智慧也没有、傻头傻脑地混一辈子啦！""如今全安排好啦！我真为您高兴！现在，您将享受到苦苦怀疑的幸福！""什么，什么？怎样的怀疑？""苦苦的怀疑。""这是为什么？非苦不可吗？""那当然。此外，您还将猛猛的摔跤，飞速地升迁？"安德莱耶维奇没听清楚："飞速地升迁？那好哇，还有什么？""猛猛的摔跤！"安德莱耶维奇警觉起来："唔，那么，还会怎么样？""您还会由于暂时不被理解的孤立而感到一种崇高的自豪。"

"暂时不被理解？您不骗人？的确是暂时的吗？""当然，暂时的！不过，这段时间可能比您的一生还长得多，但是您将经常具有一种创造的冲动！"安德莱耶维奇皱眉蹙额地说："创造的冲动？还有什么？您全爽爽快快说出来吧，别折磨人了。""哦，还有呢，也许，甚至要为所抱的信念而牺牲生命，死而无憾！""一定得……得死吗？""要有充分的思想准备。这是获得人们敬仰的、万世流芳的伟大幸福的必经之路。"

安德莱耶维奇沉默片刻，使劲地握握天使的手，说："喔，好吧，谢谢您，感谢之至！"等天使飞出窗户，安德莱耶维奇就从抽屉里取出小塑料袋，准备丢进垃圾通道。

转念一想，又下了楼，走进院子，找了个阴暗角落，把一塑料袋大智大慧深深地埋入土中。

与你共品

这是人和天使的对话，对天使送来的大智大慧，从刚开始的迫切想接受并小心收藏直至最后的丢弃。大部分人都不明白，为何要将智慧丢弃呢？那是人类一直追求的东西啊。原来答案就在对话中。

人们一直都羡慕、追求智商高，鄙视愚笨。小说却写了一个将大智大慧深埋入土的故事。原来大智大慧者要忍受苦苦的怀疑、猛猛的摔跤、暂时不被理解……这些苦难正是一般庸人所不能接受的。我们总是羡慕那些聪明人的伟大成就，甚至嫉恨与不忿，认为那些成就自己也能做出，却忽视别人内心所承受的一切。

每个人都渴望得到聪明才智，但却不是每一个人都有勇气做一个大智大慧的人。

（肖晶晶）

小丑问公主："月亮怎么能够同时挂在天空和你脖子上呢？"

数不清的月亮

[美] 詹姆斯·瑟伯/著　朱伟文/译

小公主雷娜生病了。御医们束手无策。国王问女儿想要什么，雷娜说她想要天上的月亮。国王立刻召见他的首席大臣张伯伦，要他设法把月亮从天上摘下来。

张伯伦从口袋里掏出一张纸条，看了看，说："我可以弄到象牙、蓝色的小狗、金子做成的昆虫，还能找到巨人和侏儒……"

国王很不耐烦，一挥手，说："我不要什么蓝色的小狗。你马上给我把月亮弄来。"

张伯伦面露难色，一摊手，说："月亮是热铜做的，离地6000公里，体积比公主的房间还大。微臣实在无能为力。"

国王大怒，让张伯伦滚出去。尔后，他又召见了宫中的数学家。这位数学大师头顶已秃，耳朵后面总是夹着一只铅笔，他已经为国王服务了40年，不少难题一到他手中便迎刃而解。可这回他一听国王的要求便连声推托，说："月亮和整个国家一样大，是用巨钉钉在天上的。我实在没办法把它取下来。"国王听后很失望，挥手让数学大师退下。

接下来被请去的是宫中的小丑。他穿戴滑稽，全身上下还挂着一串串铃铛。他连蹦带跳，叮叮当当地跑到国王面前，问："请问陛下，有何吩咐?"国王又将事情的原委说了一遍。小丑听后沉吟良久，方才慢慢地说："陛下，您的大臣们都是具有远见卓识的智者，但月亮究竟是何物，你们的说法不一。不妨问问雷娜公主，她以为月亮是何物。"国王表示同意。

小丑连忙去问雷娜公主。小公主躺在床上，有气无力地说："月亮比我手指甲小一点，因为我伸出手指放在眼睛前便挡住了月亮。月亮和树差不多高，因为我常见到月亮停在窗外的树梢上。"

小丑又问月亮是由什么做成的。公主说："我想大概是金子吧。"

小丑连忙让工匠用金子打造了一个小月亮，送给公主。小公主欢天喜地，病也好了。第二天便下床在院子里玩耍。

可天近黄昏时国王又开始发愁了，心想："女儿见到天上又升起个月亮岂不又要闹腾?"他连忙又将首席大臣和数学大师请来商议对策。

首席大臣说："给公主戴副墨镜如何？戴上墨镜公主就看不见月亮了。"

国王不同意，说："公主戴上墨镜，走路会摔倒的。"

数学大师在房间里来回走着，低头沉思，忽然他止住脚步，说："有办法了，陛下。放鞭炮！放鞭炮和火花，把黑夜照得如同白昼一样，不就看不见月亮了吗?"国王摇摇头，说："鞭炮声太响，肯定吵得公主睡不着觉。"

这时，月亮已经升上树梢。国王只好再去请教小丑。

小丑这回也没细想，胸有成竹地说："陛下，我们还是问问雷娜公主吧。"

小丑走进小公主卧室内时，她已经静静地躺在床上了，但还没睡着。

小丑问公主："月亮怎么能够同时挂在天空和你脖子上呢?"雷娜公主笑了，说："你真傻，这有什么奇怪？我掉了一颗牙齿之后便又长出来一颗新牙齿。采掉一枝花朵后又会长出新的一朵花。白天过后是黑夜，黑夜过后又是白天。月亮也是这样，什么事都是这样。"小公主的声音越来越低，慢慢合上了眼睛，脸上浮出了甜甜的微笑。

小丑给公主盖好毯子，轻手轻脚地走出了房间。

与你共品

一个难倒了一群智者的问题，却被一个滑稽小丑解开。其实，在大人眼里看似复杂的事物，在小孩子的眼里却变得无比简单。

这个充满童趣的小故事，带我们进入了童话般的意境，孩童的心总是纯粹简单的，只是大人们有着过于纷繁的想法罢了。小丑通过了解公主的内心世界，公主的问题也就随之迎刃而解。现实生活中就是这样，我们总是习惯把一些简单的问题想得过于复杂，众里寻他，蓦然回首，竟发现答案一直就在眼前。

其实每个人心中都有一个月亮，但心中的月亮却是因人而异的。这个故事告诉我们，不要以自己的想法代替别人的想法，遇到问题的时候，要找到问题的根源和关键，这样才能轻而易举地找到问题的最佳解决方法。

（温晓霞）

第三辑

入木三分

“好哇，你敢打人？畜生！”姆济娅抢起洋娃娃，狠狠地打在弟弟头上。她打得那样厉害，玛穆卡的两眼当即闪出了泪花。

预　演

［苏联］杜姆巴泽/著　佚　名/译

我们是老同学，当时我们俩并排坐在最后一排课桌。当老师转身在黑板上写字的时候，我们常一起冲着老师的后背做鬼脸儿。我们还一起参加期末补考。

那是十五年前的事了。十五年来我们一直没有见过面。今天，我终于怀着激动的心情登上了四层楼……

不知道他是否还能认出我来？

我毅然按了一下电铃。

“不怕烂掉你的臭爪子，可恶的东西！震得整个房子嗡嗡响。什么时候你才能改掉这个坏习惯？”里面传出一阵叫骂。

我羞得满面通红，连忙把手塞进口袋。前来开门的是一个淡黄头发的女孩，看上去约摸有八九岁。

“努格扎尔·阿马纳季泽在这儿住吗？”

“他是我爸爸。”

“你好，小姑娘，我是绍塔叔叔，是你爸爸的老同学。”

“噢，您请进来吧！……玛穆卡！爸爸的同学绍塔叔叔来了。”女孩朝里边喊了一声，领着我向屋子里走去。

迎面冲出一个六岁左右的小男孩，浑身是墨水污迹。

“你们的爸爸妈妈在家吗？”

“不在。他们很快就会回来的。”

“你俩在做什么呢？”我问。

“我们在玩‘爸爸和妈妈游戏’。我当爸爸，姆济娅当妈妈。”玛穆卡对我说。

“你们玩吧，我不妨碍你们。”我一面点着烟，坐在沙发上。“不知道努格扎尔过得怎么样，”我寻思着，“生活安排得好不好，是不是幸福？”

孩子们尖利的喊叫声把我从遐想中唤醒过来。

“喂，孩子他妈！今天做了什么好吃的?”玛穆卡问道，显然是模仿某个人的腔调。

“吃个屁！我倒要问问你，我拿什么来做饭？家里啥也没有!”

“你的嘴可真厉害，骂起人来活像个卖货的娘儿们!”

“你怕什么！在饭馆一坐，就能吃个酒醉饭饱……可我怎么办?”

我顿时出了一身冷汗。

“昨天夜里你跑哪儿逛去了？说!”姆济娅握着两个小拳头，叉腰站着。

“你管不着!”

“什么，我管不着？好吧，我叫你和那帮婊子鬼混!”

“你疯啦?”

“我受够了！够了！今天我就回娘家去，孩子统统带走!”

“不准动孩子，你自己爱上哪儿就上哪儿!”

“没那么简单!”

“把儿子给我留下!”

“不行，我已经说了!”姆济娅高声叫道。

“你听着：把儿子留下！要不然……”玛穆卡抱起枕头，一下子砸在姆济娅身上。

“好哇，你敢打人？畜生!”姆济娅抡起洋娃娃，狠狠地打在弟弟头上。她打得那样厉害，玛穆卡的两眼当即闪出了泪花。

我跳起来把他们拉开。

“孩子，真不知道害臊。这是什么游戏哟!”

“放开我，尼娜!”姆济娅突然朝我喊道。“你们这些邻居不知道他是什么玩意儿！我整天受他的气，没法跟他过下去了，我的血全被他吸干了，可恶的东西！你们瞧，我瘦成了什么样子!”姆济娅用纤细的指头戳了戳她那玫瑰色的脸蛋儿。

“别信这个妖婆的鬼话!”玛穆卡冲我说。

“不要吵了!”我实在控制不住，向他们大吼了一声。孩子们恐惧地盯着我。我喘过一口气，勒令两个孩子向我发誓，保证往后不再扮演他们的爸爸妈妈，然后便步履蹒跚地离开了这个家。

“看来，我的朋友生活得蛮‘快活’的!”我一路上想着姆济娅和玛穆卡，他们在我面前表演了一幕未来家庭生活的丑剧。

与你共品

游戏中的“爸爸”与“妈妈”相互讽刺、挖苦、辱骂，上演了一场粗俗不堪的唇枪舌剑，也预演了一对父母的家庭生活丑剧。

小说以一种“不写而写”的表现技巧，从一个新颖奇特的角度揭示了不良的家庭生活对孩子心灵所造成的严重污染，反映了家庭环境，尤其是父母的生活方式对孩子的成长的影响之深刻。《易·蒙》曰："蒙以养正，圣功也。"家庭教育追求的是一种春风化雨、润物无声的效果。父母以身作则、营造健康良好的家庭环境对孩子的健康成长有着不可估量的作用。

教育乃国之根本，不单是教育界该思考的问题。父母作为孩子的第一任教师，如何胜任这个角色，也是每个人都必须深思的问题。

（陈碧霞）

其实很简单，只要女士将婴儿出生证、儿童律师的许可证、护照、所得税申请报单和22000克鲁赛罗（巴币）的存寄收据交给我们，婴儿就可以出境了。

非法入境的婴儿

［巴西］卡·埃·瑙瓦埃斯/著　佚　名/译

一位名叫罗泽玛丽的阿根廷妇女从布宜诺斯艾利斯出发，路经巴西前往纽约与丈夫团聚。不巧，她的儿子就降生在巴西巴拉那州贝伦机场。直到我撰写本文时，婴儿仍被扣留在官僚主义的尿布中。这一事件导致英国领事馆出面干预，巴西外交部和阿根廷大使馆分别发表声明。我甚至确信，要使海关当局释放这个婴儿，必须召开一次联合国安理会的紧急会议……

故事得从头说起。罗泽玛丽女士在飞行中感到阵阵腹痛。她不忍将孩子生在飞机上，而想在陆地上分娩。然而谁能料到这一选择竟招来比分娩更大的痛苦。DC－10客机在贝伦机场紧急着陆，一个新的生命就诞生在机场大楼内。罗女士在医院里度过了两个昼夜，出院后等候她的却是一个张着血盆大口的老妖魔——官僚主义。罗女士带着同行的其他两个孩子来到机场，准备继续旅行，但一位海关工作人员却扣留了她。这位官员查对了三份护照，经过无数次反复核实，发现初生的婴儿竟没有任何证件。他便带着官僚主义特有的那种腔调问道："他是怎么样入境的？"说着用手指了指婴儿。

"从我的肚子里。"

罗女士的回答简明扼要，但这个官僚主义却不能明白这最简单的道理，仍然不慌不忙地重复着他那已背熟悉了的术语：

“那么，请问女士是否在行李申请单上填写了腹部携带孩子一个？”

“我没有申报，但大家都看得见的。”

“这种理由是不充分的。”他接着说，“我只能表示遗憾。但既然如此，孩子怎样入境就怎样出境吧！”

“我的先生，请你原谅我吧……”

他好像现在才明白过来，他终于发现自己言行的荒诞不经。但是，为了表明他的思维敏捷，他马上建议说：

“好吧，女士，我们就这么办吧！为了不给彼此带来任何麻烦，请你把婴儿装在一个皮箱内带出境，我就装作没有看见。”

罗女士听罢，呆若木鸡。官僚主义看对方不说话，又接着说：“如果您不愿这么办，我只好宣布你是走私。因为没有任何证件能证明这婴儿就是你的孩子。谁知道你是不是在做婴儿走私的勾当呢？这个问题是严重的，我的女士，看来我只能把你扣留在此。”

罗女士听后只觉得头晕目眩。她要求见机场场长。场长来了，他满面笑容，尽力安慰她，并推说那位工作人员是个新手，保证一切都会顺利解决。

“其实很简单，只要女士将婴儿出生证、儿童律师的许可证、护照、所得税申请报单和22000克鲁赛罗（巴币）的存寄收据交给我们，婴儿就可以出境了。”

“22000！这太荒谬了……”

“得了，得了，我的女士……”场长打断了她的话，“你应该知趣了，要是个三胞胎，结果会是怎么样呢？”

罗女士竭力申辩，并把事情的来龙去脉重复了一遍：在这里停留，仅仅是为了让孩子出生，离开布宜诺斯艾利斯的目的是去纽约与丈夫团聚，场长听后大笑一声说：

“好，好极了！为何女士不早说呢？这样，情况就不同了，问题就好解决多了。你只要办理一份布宜诺斯艾利斯的居住证，一份阿根廷政府的证件，证明你确实要移居加拿大，一份结婚证书，一份纽约警察局的证明，确认你丈夫在那里生活，你丈夫的两张免冠照，还有一份加拿大政府的公函，证明你们将定居在加拿大。对了，你们将居住在哪一个城市呢？”

“蒙特利尔市。”

“是这样，那我们还得要一份蒙特利尔市政府的确认证件。还有，你们住别墅还是公寓？”

“住公寓。”

“那就别忘了再带一份公寓的草图来。”

罗女士不得不抱着初生的婴儿开始朝拜各级官僚办事机构。

“办理护照？必须先准备一份免疫证书、选举证、身份证、申请书和三张穿礼服、系领带的照片。”

“但是，孩子出生仅30天。”

“这没关系。女士，在我们这里，法律面前，人人平等。”

办理护照，必须持本人身份证，而领取身份证就必须先办理一份良民证，领良民证则需要出示工作证，办理工作证更需要无数的资料和证件，如果没有服务税证明，这一切都是无效的；办理护照还需要持本人的选民证，在领取选民证前，必须先领取一份居住证，并附一份煤气结账单，还需准备两张免冠照片和健康证；最后还要一份所得税申报单存根，然而谁知道领取上述申报单存根究竟还需要什么证件呢。

“请他亲自填写一份表格就行了。”

“他还不会写字，但必须先办理一份委托书。”

罗女士无可奈何，只得抱着这个名叫马里奥的孩子四处奔波，她终于发现自己已经陷入了迷魂阵，无所适从。然而她从中也得到一种实惠，这就是，当孩子哭闹时，她就威吓他：“你再哭，我就把巴西官僚主义叫来。”

时间流水般地流逝。一天，罗女士的丈夫居然在纽约收到儿子马里奥的一封信。信中写道：亲爱的爸爸，我和妈妈还在为巴西政府要求的各种证件四处奔忙（妈妈还是习惯性把我抱在怀里）。我想，当我们把所有证件办妥后，恐怕只能海运到加拿大了。我给你写信，是为了使你放心。看来，我们见面的时刻为期不远了。明天，如果一切都顺利的话，我就可以拿到最后一份证件——我的服役证明。”

与你共品

一个新生命的诞生，是令人高兴的，但由于不幸碰上“官僚主义”这个老妖魔，再美好的事情似乎也只能演变为不幸。

小说并没对“官僚主义”的危害进行直白的说教，而是让读者从罗女士的遭遇中直接体会。讽刺和批判意味尽显无遗。不从实际出发，不考虑具体情况的官僚主义作风使无数的公民陷入迷魂阵中晕头转向。那种形式化、机械化、低效率的办事方式不仅给公民带来了危害，同时也使政府的威信大打折扣！要知道，一个没有威信，不得民心的政府是无法在历史潮流中立足的！

思想如果僵化，行动就会碰壁！现实生活中的程序化令人窒息，完全不知变通的教条主义更禁锢着个人甚至整个社会的发展！

（陈碧霞）

库兹金娜这时正坐在演员化妆室里，心想："啊！我期望的正是这样的成功啊！激动人心，以自己的天才使人们变得高尚起来……"

天才的力量

［苏联］左琴科/著　佚　名/译

演员库兹金娜取得一鸣惊人的成功，观众们使劲跺脚，嗷嗷地吼，简直发了狂。崇拜者们把鲜花朝台上扔去，喊叫着："库兹金娜！库——兹金娜！"

一个机灵非凡的崇拜者想穿过乐队挤上台去，被观众拦住了。他于是向门上写着"闲人莫入"的房间冲去，一下就不见了。

库兹金娜这时正坐在演员化妆室里，心想："啊！我期望的正是这样的成功啊！激动人心，以自己的天才使人们变得高尚起来……"

这时，有人敲门。

"喂，"她说，"请进。"

一个人飞身走了进来，这就是那位机灵的崇拜者。他的动作是那么麻利，女演员甚至连他的脸都没有看清。

这人"扑通"一声跪在她面前，嘟哝着说："我爱……我倾倒……"，他捡起扔在地上的一只皮靴就一个劲儿地吻起来。

"对不起，"女演员说，"那不是我的皮靴，那是滑稽老太婆的……这才是我的。"

崇拜者又疯狂地抓起女演员的皮靴。

"还有一只……"崇拜者跪在地上一边爬一边嘶哑地说，"还有一只呢?"

"天哪!"女演员暗自想，"他是多么爱我啊!"她于是把另一只皮靴也递给他，怯生生地说："在这儿……那儿是我的束腰带……"崇拜者抓起皮靴和束腰带，非常庄重地把它们贴在自己胸前。

库兹金娜仰面坐在扶手椅上，她想："天哪！天才的力量是多么惊人呀！它使人抑制不住自己的感情……成功了！是多么成功啊！崇拜者们闯到后台来，吻她的靴子……多么幸福，多么光荣!"

她越想越激动，连眼睛都闭上了。

"库兹金娜!"导演喊，"上场!"

女演员猛地醒了过来。崇拜者和皮靴都不翼而飞了。后来才查清楚：除了皮靴和束腰带以外，化妆室还丢失了一盒化妆品、假发。滑稽老太婆的一只皮靴也不见了，那个崇拜者没有找到另外一只，另外一只在扶手椅底下。

与你共品

聪明的小偷用可笑的方式既满足女演员的虚荣心，又达到了自己的目的。让我们不禁对女演员嗤之一笑而对小偷惊呼：天才的力量可真强大啊！

法国哲学家亨利·柏格森说过：“虚荣心很难说是一种恶行，然而一切恶行都围绕虚荣心而生，都不过是满足虚荣心的手段。”有很多人被一时成功的虚荣蒙蔽了双眼而失去了判断是非、看清前路的冷静与智慧，而这个时候却让居心不良的人有机可乘。

虚荣心容易生烦恼！不要让虚荣心占据你的心，否则，你的人生将充满灰色！

（刘小梅）

如今，婚礼都得大操大办！结婚礼服，长头纱，出租汽车，每辆车上还要挂上洋娃娃、彩球、彩带。

大操大办的婚礼

［俄］济斯金德/著　佚　名/译

一个青春再现的女人，梳着一头难以用笔墨形容的发式，满面春风地闯进我的房间，用电视播音员宣布穆斯利姆·马戈马夫耶夫的节目时那样庄严隆重的声调说道：“阿列克谢·帕雷奇，明天我就要结婚了！”

“恭喜恭喜，衷心恭喜你！”我紧握新娘那颤抖的手，庄严隆重地说。

“谢谢！谢谢！您是我的朋友和邻居，我想您一定能赏光的……”她娇声媚气地说道。

“当然，当然！”我点了点头。我明白，明天这一天就算从我的一生中白白地勾销了，而应邀的则是我们俩——我和我那辆久经风雨的“莫斯科人”小轿车。说实话，我被邀请显然是由于我有这辆车。

“那么……十二点在婚礼宫举行结婚仪式，然后休息。晚上在‘小铃铛’餐厅举行喜宴。二楼乙厅……”

“请坐会儿吧！”我客气地请她。

“哎呀，这哪儿行，我现在一分一秒的空闲时间都没有。”新娘说着，在椅子上坐了下来。“我跟你说，婚礼规模很大！真不是闹着玩的，我那‘小铃铛’就得花一千二百卢布！”

“多少？”

“一千二百啊！”新娘叹了口气。“有九十位客人！每人一份小吃，每人一份烤羊肉或者烤鸡，这个那个，没完没了，吃了冰激凌，还得喝汽水。白吃人家的酒宴，人们可能吃啦！”

“是啊！你这婚礼要花费很多钱。”我摇了摇头。

“有什么办法呢，眼下就时兴这个。早先我第一次出嫁时，人们办婚事都不是这么闹哄哄的，都挺简朴。第二次也是这样。如今，婚礼都得大操大办！结婚礼服，长头纱，出租汽车，每辆车上还要挂上洋娃娃、彩球、彩带。”

“真不得了！”

“有什么办法呢？薇拉奇卡·科兹洛图罗娃结婚时，有六十个客人……我难道不如她？我的朋友比她少还是怎么的？顺便告诉您，她也要来的。”这位高傲的新娘调皮地向我挤了挤眼。“让她开开眼。瞧瞧别人是怎样结婚的……”

“你们最好是登记一套合资住房。”

“用不着！工厂在十一月七号以前会给我丈夫一套住房的。”

“家具呢？”

“家具也会有的。我们说好了，他由厂工会给一个电冰箱，我——要一部电视机。我丈夫的同事们凑份子买沙发床，我的女朋友们送台落地灯。家具会有的！”她压低嗓门说：“老实说，我们就连婚礼也想花别人的钱。所以，不管怎么心疼，我们这一千五百卢布就算飞了，完了！”这位可怜却又老练的新娘叹息道。

“是啊，你们搞这么大的排场……”

“眼下时兴这个。您知道斯捷潘可夫夫妇吗？喜事办得倒是简单朴素……结果呢？大伙儿都骂他们是守财奴、吝啬鬼。而洛博格列伊金两口子的婚礼却让全市的人至今记忆犹新，夸个不停。”

“可是我听说，他们已经离婚了……”

“是离婚了，结婚时欠下的债至今没还清。可是这才真叫婚礼呐！满堂花烛！可我，您可别跟人说，要给每个客人送份纪念品：郁金香绢花，一卢布一枝。可是效果——会使大家惊喜若狂！这是从来没有过的事啊！”

我的女邻居站起来，向门口走去。

“那么，请您一定光临！”她微笑着说，并装作是顺便提起似的问道：“您是开您那辆‘莫斯科人’到婚礼宫吧？”没等我回答，她又添上一句：“我丈夫的父母和我的理发师要跟您一块儿去，在婚礼车队中，您的汽车是第六辆！”

“好吧！”我沮丧地同意了。

“噢，还有最后一点！我完全把它忘了，请带上二百到二百五十个卢布。”

“为什么？”

“以防万一啊……万一钱不够，您就伸手救救急，互相帮助嘛。”

“好吧！”我答应着，把这位精明强干的新娘送出家门。

与你共品

本是一场接受万千祝福的婚礼，却变成了一种获取物质的手段。当这位新娘为她的婚礼涂满了功利铜臭的色彩时，她还妄想得到众人美好的祝福吗？

这不是一场简单的婚礼，它不仅揭露时下功利、虚荣、自私等不良世态，而且折射了人们普遍存在的价值观扭曲的问题。如果浮华之风日益猖獗，如果人与人之间的交往不再单纯，如果社会都围绕着“利”而运转着，我们的生活将变成什么样？

人一旦没有了正确的价值观，就如海上航行的船没有了罗盘，没有了正确的方向，结果只能误入歧途！

（刘小梅）

我刚要说明我只是来探望朋友的，早有两个护理员推着一辆轮椅来到我跟前。他们把我按到轮椅上，顺着走廊推起就走。

医院需要病人

［美］阿·巴彻沃尔德/著　佚　名/译

近来，医院的效率越来越高了。病人住院根本无须久等，因为医院的床位过剩。为了经营下去，医院就得尽力避免病床空闲。这既是好事，似乎也不是好事。

前些天，我到医院探望一位住院的朋友，我先到了问讯处，那里兼办入院手续。没等我开口问及我朋友的病房号，值班小姐便拿出一份表格，记下了我的姓名、年龄、职业，按了电铃。我刚要说明我只是来探望朋友的，早有两个护理员推着一辆轮椅来到我跟前。他们把我按到轮椅上，顺着走廊推起就走。

“我没病！”我嚷了起来，“我是来看朋友的。”

“你朋友一来，我们就带他去你的房间。”一个护理员说。

“他就来了。”

“那好，等我们把你安置到病床上，他就可以来看你。”

我发现自己被带到了一个写着“私人病房，未经护士许可不得入内”字样的小房间。护理员扒光了我身上的衣服，递给我一件古怪的、背后系带的短睡衣和一个水罐，然后打开了悬吊在天花板上的电视机，对我说：“需要什么就按一下电铃。”

“我要我的衣服!”

“噢，你放心好了。”护理员说，“哪怕发生最不幸的事情，我们也会把你的东西全都交给你那可能成为寡妇的妻子的。”

正当我设想着怎样从窗户逃出去的时候，威德大夫带领他的几个学生进来了。

“谢天谢地，你们可来了!”我说。

“你疼得厉害吗?”他问。

“我一点儿也不疼!”

威德大夫显得十分忧虑：“如果你不觉得疼，那意味着情况比我们预料得还要严重。起初是哪里疼?”

“哪儿也不疼!”

威德大夫同情地点了点头，转身对他的学生们说：“这是最难对付的一种病人，因为他拒不承认自己有病。在他打消自己根本没病的错觉之前，他是不会痊愈的。既然他不肯告诉我们什么部位有病，我们就只好做个外科检查手术来找出毛病。”

“我可不想动手术。”

威德大夫摇了摇头：“没人愿意动手术，但治病还是宜早不宜迟啊!”

“我没病可治！我一切正常!”

“如果你一切正常，”威德大夫填写着病历卡说，“就不会到这儿来了。”

次日早晨，他们剃光了我的胸毛，并且拒绝给我开早饭。

来了两个护理员把我挪到一辆担架式推车上，护士长在旁随行，一个牧师殿后。

我环顾四周想寻求救援，但是我失望了。

最后，我终于被推进了手术室。“等一等，”我开了口，“我有话告诉你们。我是病得很重，但是我还没有加入医疗保险，交不起麻醉费。”

麻醉师关掉了麻醉仪器。

“当然，我也没有钱付手术费。”于是，大夫们纷纷放下了他们手中的手术刀具。

接着，我转向护士说：“我甚至连交住院费的钱也没有。”

没等我明白过来，我已换上了自己的衣服，被最初把我送进病房的那两个护理员赶到了清冷的大街上。我又去问讯处打听我朋友的病房，值班人员盯着我，冷冷地说：“我们再也不愿在本院看见你，你不正常。”

与你共品

医院里的护士、医生的态度“大转身”，上演了一场荒诞滑稽的丑剧，酣畅淋漓地把金钱利益面前的丑陋嘴脸刻画得惟妙惟肖。

小说让人有点哭笑不得，笑过之后却是对现实社会的严肃思考。金钱是多么深刻地影响着人与人之间的关系，甚至腐蚀人类的灵魂的！人与人之间如果能去除掉利益关系，少点算计，那么社会也将会多点温情和暖意。

法国著名作家巴尔扎克说：“黄金是这世界上的人要顶礼膜拜的力量。”如若真如此言，那人与人之间存在的就只剩下坑蒙拐骗、巧取豪夺！

（陈碧霞）

于是他便坐在那儿，日复一日，年复一年。其间他做过多次尝试，请求人家放他进去，搞得卫士也厌烦起来。

法律门前

［奥地利］卡夫卡/著　杨武能/译

法律门前站着一名卫士。一天来了个乡下人，请求卫士放他进法律的门里去。可是卫士回答说，他现在不能允许他这样做。乡下人考虑了一下又问：他等一等是否可以进去呢？

“有可能，”卫士回答，“但现在不成。”

由于法律的大门始终都敞开着，这当儿卫士又退到一边去了，乡下人便弯着腰，往门里瞧。卫士发现了大笑道：“要是你很想进去，就不妨试试，把我的禁止当耳旁风好了。不过得记住：我可是很厉害的。再说我还仅仅是最低一级的卫士哩。从一座厅堂到另一座厅堂，每一道门前面都站着一个卫士，而且一个比一个厉害。就说第三座厅堂前那位吧，连我都不敢正眼瞧他呐。”

乡下人没料到会碰见这么多困难。人家可是说法律之门人人都可以进，随时都可以进啊，他想。不过，当他现在仔细打量过那位穿皮大衣的卫士，看了看他那又大又尖的鼻子，又长又密又黑的鞑靼人似的胡须以后，他觉得还是等一等，到人家允许他进去时再进去好些。卫士给他一只小矮凳，让他坐在大门旁边。于是他便坐在那儿，日复一日，年复一年。其间他做过多次尝试，请求人家放他进去，搞得卫士也厌烦起来。时不时的，卫士也向他提出些简短的询问，问他的家乡和其他许多情况；不过，这都是些那类大人物提的不关痛痒的问题，临了儿卫士还是对他讲，他还不能放他进去。乡下人为旅行到这儿来原本是准备了许多东西的，如今可全都花光了；为了讨好卫士，花再多也该啊。那位尽管什么都收了，却对他讲："我收的目的，仅仅是使你别以为自己有什么礼数不周到。"

许多年来，乡下人差不多一直不停地观察着这个卫士。他把其他卫士全给忘了；对于他来说，这第一个卫士似乎就是进入法律殿堂的障碍。他诅咒自己机会碰得不巧，头几年还骂得大声大气，毫无顾忌，到后来人老了，就只能够独自嘟嘟囔囔几句。他甚至变得孩子气起来，在对卫士的多年观察中，他发现这位老兄的大衣毛领里藏着跳蚤，于是也请跳蚤帮助他使那位卫士改变主意。终于，他老眼昏花了，但自己却闹不清楚究竟是周围真的变黑了呢，或者仅仅是眼睛在欺骗他。不过，这当儿在黑暗中，他却清清楚楚看见一道亮光，一道从法律之门中迸射出来的不灭的亮光。此刻他已经生命垂危。弥留之际，他在这整个过程中的经验一下子全涌进脑海，凝聚成一个迄今他还不曾向卫士提过的问题。他向卫士招了招手，他的身体正在慢慢僵硬，再也站不起来了。卫士不得不向他俯下身子，他俩的高矮差已变得对他大大不利。

"事已至此，你还想知道什么？"卫士问，"你这个人真不知足。"

"不是所有的人都向往法律么，"乡下人说，"可怎么在这许多年间，除去我以外就没见有任何人来要求进去呢？"

卫士看出乡下人已死到临头，为了让他那听力渐渐消失的耳朵能听清楚，便冲他大声吼道："这道门任何别的人都不得进入，因为它是专为你设下的。现在我可以去把它关起来了。"

与你共品

一位乡下人渴望进入一扇"为你敞开、而又不允许你进入"的"法律大门"，为此不惜等待一生。在这一过程中，他徘徊在希望与绝望的边缘，最终也没有踏入那扇门。乡下人在"法律大门"前的极大悲剧，映射了现实中的法律执行的弊端。

小说通过守门人和乡下人二者的对话及行为的精彩描写，引出了作者对一系列相关法律问题、以及对公平、正义的思考。我们要高呼：老百姓走不进法律大门的现实问题亟待解决！

当"法律大门"成为"地狱之门"，当法律面前不再人人平等，人们的权利将用什么来保证？人们的信仰将如何屹立不倒？

（刘小梅）

“爸爸，我有个问题弄不清楚，”维佳突然向父亲发问，“请你给我解释一下，怎么有些人会吵嘴的?”

身教言教

［前苏联］勃罗多夫/著　佚　名/译

阖家三口儿围坐在一张铺着天蓝色桌布的圆桌旁。爸爸在翻阅报纸，妈妈在绣座垫，八岁的维佳在看书。

“爸爸，我有个问题弄不清楚，”维佳突然向父亲发问，“请你给我解释一下，怎么有些人会吵嘴的?”

“这不难，”老爸把报纸放在一旁说了起来，“打个比方，我们的房屋管理员与庭院清扫工之间有了意见……”

“没有那回事!”妈妈打断了爸爸的话，“房屋管理员与庭院清扫工相处得很好。”

“这是我举个例子嘛。”爸爸辩解道。

“你不应该凭空瞎举这样的例子!”妈妈提高嗓门喊了起来。

“那就有劳你向孩子解释解释……”

“你总是把责任推到我的身上。”

“不是我推卸责任……是你爱找碴儿……”

“是我爱找碴儿?”

“是的，是你……”

“不对，是你……”

“别吵了，”维佳插嘴说，“我明白了。”

与你共品

儿子的一个简单的问题出乎意料地引起了父母二人的争吵。而小说里的父母用他们的实际行动不仅给孩子的问题做了一个最鲜活的回答，也给出了天下父母如何育人的答案。

小说简短质朴却饱含深意，用三人对话的形式揭开了小说言传身教的主旨。法国社会学家塔尔德曾说过：“社会就是模仿。”对于有着强烈模仿心理的孩子而言，父母就是孩子的一面镜子。父母对孩子最深刻的教育就是用以身作则的方式在平淡如水的生活中做孩子无声的榜样。

孩子只是一块璞玉，而父母是第一个雕琢的匠人。是匠心独运，还是随意为之，这是匠人们的选择，却都有可能影响玉石一世的命运。

（赵圣洁）

“不错，”彼得粗鲁地打断了爷爷的话，“对一个被赶出家门的老东西来说，单人毛毯已经足够了。爸爸，咱们把另一半儿留着，将来会有用的。”

毛　毯

［美］戴　尔/著　韩黎霞/译

让爷爷滚蛋，彼得简直不相信这会是爸爸干的事儿，可这条毛毯的确是今天爸爸买来送给爷爷的，因为明天一早，爷爷就必须滚蛋了。这将是他们共度的最后一夜。爸爸出去会女朋友，这样祖孙俩就可以在一起聊聊天儿了。

这是九月里一个晴朗的夜晚，祖孙俩坐在门廊上。“我去把小提琴拿来，”爷爷说，“给你拉几首老曲子。”可爷爷拿来的却是一条毛毯，这条毛毯很大，双人的，红色上面带有黑色的条纹。

爷爷说话的时候，尽量做出心平气和的样子，好像是他自愿到孤老院去的。

彼得站起身来走进了屋子。他不是那种爱哭的孩子，而且他已经十一岁了，彼得进屋是给爷爷拿提琴的。

皓月当空，微风徐徐。彼得以后再也听不到爷爷拉小提琴了，爸爸也会离开这儿，搬进新房子去。

小提琴突然停住了。爷爷说：“你爸爸要娶的那位姑娘也还不错。有那么一位美丽的妻子，你爸爸肯定会重新焕发青春的。可是有我这么个讨厌的老东西，整天在他们眼皮底下碍手碍脚的，那可怎么行！而且他们很快就会有孩子，我也不愿意一天到晚生活在婴儿的哭闹声中。”

爸爸和他那位面容娇美的女朋友不知何时走上了门前的小径，一直等他们走到门廊前，祖孙俩才听到姑娘的笑声，于是音乐便像是受了惊吓似的，突然一下停住了。还没等爸爸开口，那姑娘便走上前来，妩媚地对爷爷说：“明天早上我不能来给您老人家送行了，所以今晚特意赶来看看您。”

“那可真要谢谢你了。”爷爷说着，垂下了眼睛。看到了地上的毛毯，他便弯腰捡了起来，不无尴尬地对姑娘说：“你看看，这毛毯是儿子送给我的，让我带走的。”

姑娘一动不动地盯着毛毯，“还是双人的。”她不无责备地对父亲说，“不管怎样，他也用不着一条双人毛毯!”说完便顺着门前的小路跑走了。

爸爸呆望着她的背影，一副疑惑不解的神情。

“她是对的。”彼得冷冷地对爸爸说，然后递给爸爸一把剪刀，“把毛毯剪成两半儿吧。”

“这主意倒不坏，”爷爷温和地说，“我是用不着这么大的一条毛毯。”

“不错，”彼得粗鲁地打断了爷爷的话，“对一个被赶出家门的老东西来说，单人毛毯已经足够了。爸爸，咱们把另一半儿留着，将来会有用的。”

“你这是什么意思?”爸爸不解地问。

“爸爸，我要把另一半儿毛毯留给你，等将来你老了，我也让你滚蛋。”

一阵沉默。爸爸走过去，坐在爷爷面前，一句话也没说，可爷爷已经懂了，他把一只手放在了爸爸肩上。彼得望着他俩，只听爷爷低声对爸爸说：“没关系，孩子，我知道这不是你的意思……”这时候，彼得再也忍不住，哭了起来。

不过这次不要紧——因为他们三个都哭了。

与你共品

亲情是人间最美的情感，也是人类永恒的话题。这篇小说通过对祖孙三人的巧妙描写，唤起了读者对亲情的深思，给了读者一次不同寻常的心灵洗礼。

苏联著名作家高尔基有句名言：“时间可以让人丢失一切，可是亲情是割舍不去的。”在时间的长河里，永远有一颗星闪亮着，那就是亲情。就是这样宝贵的感情，小说里的爸爸却要为了所谓的“爱情”而舍弃它。娶妻舍父，是一种不完整的幸福。这种幸福终究不会长久的。好在儿子彼得的一句话点醒了深陷泥淖的父亲。

家庭是爱、温暖与欢笑的圣地。血浓于水，走得再远，心中难舍的还是那份浓浓的情。

（赵圣洁）

按常理，祖父的确已经去世，但政府当初正是以“虽说是依靠医疗器械维持生命，但只要有一个细胞还有存活的可能性，便可认为生命依旧存在”来答复祖父的。

长生不死的祖父

［日］渡边浩二/著　于晓野/译

祖父是一位巨富，他仅靠一代的奋斗便构筑起现在数亿万日元的家业。可是他在刚过花甲之年，打算将家业传给他的儿子，也就是我父亲的时候，被查出患了癌症。

由于内脏的癌肿瘤摘除手术十分成功，所以虽然还会有复发的可能，但是医生说，只要依靠药物抑制就无大碍。

可是祖父似乎并不满足这一点，继而提出一项令人出乎意料的要求，那就是用别的健康人的内脏来替换自己所有的器官。但不能是死人，而是活人的内脏！

于是，他开始四处寻找植物人，然而几乎是空手而归——植物人的家属拒绝拆除维持亲人生命的医疗器械。

为此，祖父想方设法，经过多次协商，终于以高额的补偿金换回了一个植物人的身体。

就在这时，政府却出面干涉了。国家法律认为，植物人虽说处于死亡状态，但仍是活着的人。因此，夺取他们的脏器，无异于杀人害命。所以，祖父的行为可以说是购买人体，甚至也可能构成杀人罪！

祖父并不因此而断念，他有自己的主张——植物人的躯体，即使不卖给我，也是必死无疑。那么，趁活着的时候将肉体提供给需方，结果不都是一样吗？

而政府告诉祖父，只有在拆除医疗器械之后，才能摘除脏器。但祖父不同意这一做法，将政府告上了法庭。

判决在传媒界引起很大的争论。焦点集中在“若脑死亡不是生命的结束，那么，何种状态才可称为死”这一问题上。祖父仍然固执己见，认为靠机器维持生命的植物人可以认定为死人。

祖父对此事所持有的热情令全家都感到吃惊。他已经上了年纪，即使接受了那种手术，恐怕也不会延寿多少年。并且，已决定隐居静养的他，无论如何也不像对“生”有如此强烈的愿望。

判决花费相当长的时间，最终以祖父败诉而告终。

司法界的结论，仍是依据常识，认为靠医疗器械“维持生命的植物人并非死人”。

虽说是依靠医疗器械维持生命，但只要有一个细胞还有存活的可能性，便可认为生命依旧存在。只有在拆除维持生命的医疗器械、所有细胞都死亡时，才可以称其死亡并允许进行脏器移植手术……这就是判决书上写着的最终结论。

审判刚刚结束，祖父便去世了。或许是让人担心的癌细胞扩散所致，但祖父也的确到了寿终正寝的年纪。

可在这之后，却引发了小小的骚动。祖父的律师开始采取行动。律师们拿出祖父临终时托付的文件，对给祖父下死亡定论的医师提出死亡证明无效的起诉。

令人费解的是，祖父在生前，将手术中摘除的一部分癌肿瘤寄放在某研究所的仪器中了。

那是具有特殊作用的仪器，其功能就是维持细胞的生命力！

众所周知，癌细胞不同于一般细胞，只要不断汲取养分和氧气，它就会无限地分裂下去。也就是说，它是长生不死的细胞！

我去看过那些细胞，在玻璃容器中，仿若一片牛肉。然而，那却正是“长生不死的祖父”的形象。

律师们提出，只要有一部分细胞还存活，祖父就没死。

司法当局一定不知如何是好。

按常理，祖父的确已经去世，但政府当初正是以“虽说是依靠医疗器械维持生命，但只要有一个细胞还有存活的可能性，便可认为生命依旧存在”来答复祖父的。因此，政府不得不承认，祖父仍旧活着。

只要不拆除医疗器械，祖父……祖父的癌细胞就会永远活着。并且，祖父嘱托家人不能拆除医疗器械。也就是说，我们必须要奉养祖父直到永永远远！

那么，祖父为何要这样做呢?

读到这里，不知有人能否破解这个谜。我也是看了祖父的遗书（不，因为他并没有死，所以正确来讲不应称之为遗书），才恍然大悟的。

祖父并不是对“生”留恋不舍，而是为我们子孙后代设计了一步很巧妙的棋。试想一下祖父打下的江山和积累的巨额资产，就会晓得由于他的死，我们将缴纳多么大数额的继承遗产税。但只要祖父一直这样活下去，我们家族就再也不必缴继承遗产税。

我们一家的巨额财富，将永远这样得到保障，不必缴一分一厘的继承遗产税！

与你共品

白手起家的富翁祖父在手术后费尽心思，终于用他的聪明才智为子孙后代留下了一大笔免于缴纳的遗产税。让人看出了一位富人对待财富的心态。

财富，在富人的想象中，就是坚固的堡垒。美国作家詹姆斯·拉塞尔·洛威尔有句名言恰如其分地表现出了祖父微妙的心理："财富可以成为一件宝物，因为它意味着权力，意味着安逸，意味着自由。"与祖父相同的大多数富翁，应该都不愿意缴纳这一大笔的遗产税。白手起家的艰苦经历使他们比常人更珍惜自己赚取的一分一毫。

人都是自私的个体。然而钱财是无法带到冰冷的坟墓里使用的。在这个物欲横流的现代社会里，只有笑对生死，潇洒一生的人才是真正的富翁。

（赵圣洁）

我们想出来的桶是透明塑料的，洁净得像水晶玻璃。它像大酒杯上粗下细，很讨人喜欢，永远不会生锈，桶底有什么东西也逃不过人的眼睛。

捞奖金的桶

［加拿大］M·维连斯基/著　佚　名/译

在设计处我们左思右想，终于想出来了：用塑料桶来取代镀锌桶，这样可以大大节约金属。

当然，塑料桶在这之前就有了，但不知道为什么还没有在我们日常生活中扎下根来。我们想出来的桶是透明塑料的，洁净得像水晶玻璃。它像大酒杯上粗下细，很讨人喜欢，永远不会生锈，桶底有什么东西也逃不过人的眼睛。

好啦，我们把我们的发明带到制桶厂，厂里的人看了看，问道：

"这样的桶多少钱一个？"

"比你的铁桶便宜10倍。"

"你说什么？"厂里的人惊叹不已，"不行！"

"为什么不行？"我们万分惊奇。

"就是因为太便宜了。"

"要知道，这正是它的优越性。而且很美观。请看一看，多漂亮，美极了！"

"有人对它大为赞赏，有人却会因它而大遭亏损哩！"厂里的人叹息说。

"谁会大遭亏损？"

"我们。"

“这是为什么呢?”

“因为产值计划是以卢布计算的。我们现在计划要生产出价值一百万卢布的产品，如果生产你们的透明小桶，我们要达到十万卢布都成问题。这样，是没有人来赞扬我们的。”

“可是节约了多少金属啊!”

“也节约了我们的奖金。不，朋友，随你们想出什么样的桶来，条件只有一个，就是我们的奖金不能丢，而奖金，请不要忘了，是从完成多少卢布的计划中开支的。”

还有什么好说的呢?我们回到科研所，心里很不痛快。大家想来想去，终于想出来了：给我们的透明塑料桶的提手做一对纯金套环。这样一来，桶就比老式的铁桶贵16倍。

我们就这样办了：把金套环铆在透明桶上，再把塑料提手嵌到金套环里。

我们来到工厂。

“这下子你们该喜欢了吧?”

“这是什么?”

“这不是普通的套环，是金的。这样，请原谅，新桶比你们的老式铁桶贵16倍。”

“上帝啊，干吗要请原谅呢!你们为我们做了一桩皆大欢喜的事。这样一来，我们得的奖金就要是原来的16倍了!”

于是他们做好了安排：生产我们的桶——透明，而且带金套环的。

过了一段时间，我们决定到工厂去一趟，去查看一下生产进展情况。师出有名：发明者的监督。这个差事落到了我的头上。

我来厂里找到了总工程师：

“喂，你们的新桶生产得怎么样了?行吗?”我问。

“太棒了，真高兴得不行。我们得到各种各样的奖金。”

“究竟怎么样?”

“是这样的，第一，完成了计划产值；第二，节约了金属；第三，节约了黄金；第四，生产实现了合理化。”

“你们怎么节约黄金的?”

“很简单，一个套环做成金的，另一个做成铁的。这就是合理化。”

总工程师满面笑容，好像太阳照进了办公室；工程师满口金牙，大概是因为节约了黄金。

与你共品

制桶厂为了产值和奖金的数量拒绝生产拥有诸多优点的塑料桶，反而满意地接受了画蛇添足后价格上升的桶。鲜明的对比把制桶厂的弊端揭露得淋漓尽致。

这场令人哭笑不得的丑剧暗讽了当前社会企业的不良风气：企业的金钱至上观念与不合理的利益理念。而一心只考虑自己的利益却置产品的作用与质量于不顾的员工或企业管理者迟早会被市场淘汰的。要知道，利益建立在合理的状况上，才会赢取更多的利益，否则，一切都是徒然。

为了眼前短暂的利益，忽略潜在的利益，这只会丢失更大的财富。

（吴艺芳）

“有时候，”女孩子继续说，“我想，如果我有朝一日爱上一个男人的话，我要爱一个普通的人。——你的职业是什么？”

汽车等着的时候

［美］欧·亨利/著　筱　越/译

夜幕初降的时候，这位身穿灰色衣服的女子又来到那宁静的小公园里的宁静的角落里。她坐在一张凳子上，开始看书。她的衣服灰色朴素，她的脸蛋非常漂亮，前一天和再前一天，她都在同一时间来到这里。有一个年轻人知道这件事。

这个年轻人走近前来。就在这一刹那间，她的书滑出了她的手指，落在地上。那年轻人捡起来，有礼貌地将书还给那女孩子，说了几句关于天气的话，然后就站在那里等着。

那女孩子看看他朴素的衣服和平凡的脸。

“如果你愿意的话，可以坐下，”她用女低音说，“光线太差了，不宜看书。我倒愿意谈谈。”

“你知不知道，”他说，“你是我见到过的最漂亮的女孩子。我昨天就看见你了。”

“不管你是谁，”那女孩子用一种冷冰冰的语气说，“你必须记住我是一个有身份的女人。”

“请原谅，”这个年轻人说，“这是我的不是，你知道——我的意思是说在公园里有些女孩子，你知道——当然你不会知道，但是……”

“让我们换一个话题吧。当然，我知道。好吧，请你给我说说这些来往的人群。他们都上哪儿去？他们干吗这么匆匆忙忙？他们快活吗？”那年轻人不明白他应该扮演个什么样的角色。

“我跑来坐在这儿，是因为只有在这里我才可以接近群众。我跟你说话，是因为我要跟一个自然人，一个未受金钱玷污的人说话。哦，你不知道我多么讨厌它——钱，钱，钱！还有那些包围我的男人。我讨厌享受，讨厌珠宝，讨厌旅行。”

“我一直认为，”年轻人说，“金钱一定是一样很好的东西。”

“当你拥有几百万几千万的时候！兜风，宴会，戏院，舞会，晚餐！我讨厌这一切。”这位年轻姑娘说。

小伙子颇有兴趣地看着她。

“我一直喜欢，”他说，“读到或是听到有关富人生活的情况。”

“有时候，”女孩子继续说，“我想，如果我有朝一日爱上一个男人的话，我要爱一个普通的人。——你的职业是什么?”

“我是一个非常普通的人。但是我希望出人头地。当你说你能够爱一个普通人的时候，你是当真的吗?”

“我确实是当真的。”她说。

“我在一家餐厅工作。”他说。女孩子缩了回去。“不是当跑堂的吧?”她问。

“我在那家餐厅里当出纳员，也就是那家你现在看得到的有着耀眼的电灯招牌的‘餐厅’。”

女孩子看看表，站了起来。“你怎么不上班呢?”她问。

“我上夜班，”小伙子说，“我得一个钟头之后才开始工作。我还有希望再见到你吗?”

“我不知道，也许。我必须快走。哦，今晚还有一个宴会和一个音乐会呢。也许你来的时候注意到一辆停在公园拐角上的白色汽车了吧?”

“是的，我注意到了。”年轻人说。

“我总是坐那辆车来的。司机在那里等我，晚安。”

“可是现在天色挺暗了，”年轻人说，“公园里坏人多。我能陪你走到汽车那边吗?”

“你得在我走后再在这条凳子上坐十分钟。”她去了。在她走向公园的入口时，年轻人看着她那优美的身材。然后他站起来，跟着她。当她走到公园门口时，她转过头来看看那辆汽车，在它边上走过，穿过大街，走进那有着耀眼的电灯招牌的餐厅。一位红发女郎离开出纳员的桌子，这位穿灰色衣服的女子接替了她。

年轻人把手插到口袋里，慢慢地沿大街走去。然后他跨进那辆白色的汽车，吩咐司机说，“亨利，俱乐部。”

与你共品

一对年轻的男女相互欺骗对方。女孩掩饰自己的低下身份，扮演富家女儿；男孩则不动声色地帮女孩圆谎，不显示真实身份。

小说采用充分的铺垫和伏笔，让故事情节发展处于情理之中，而出乎意料的结局给人心头一击。小说辛辣地讽刺了那些爱慕虚荣，极端向往奢侈的富人生活却极力表现出对财富的不屑的人的虚伪面貌。其实，贫穷不是罪，追求财富也不是罪。但如果只活在对财富的变相向往中而使灵魂扭曲时，人生将会是灰暗的。

别人世界里的幸福终究只是镜中月，水中花。而如果我们硬是要活在那虚无的幻想中而迷失了自我，最终也会失去自己真正的生活，也注定要受尽痛苦与挫折。

（吴艺芳）

信上请我寄一支竖笛给他，因为他在大衣里发现了一本《竖笛入门》，于是想学吹竖笛，可是在澳大利亚买不到竖笛。他还说，奇怪的是大衣变长了，要不他变矮了。

浅灰色大衣

［德］沃·希尔德斯海默/著　雪　声/译

两个月前，我正坐着吃早饭时，收到了我表兄爱德华的一封信。我表兄爱德华是12年前一个春天的晚上离开这幢屋子的，据他说，他要把一封信投进信箱里。他一去就没有回来。从那以后，谁也没有听到过他的消息。这封信是从澳大利亚的悉尼寄来的。我拆开信，读了起来：

亲爱的保罗：

你能把我的那件浅灰色大衣寄给我吗？我现在需要它，因为这儿常常很冷，尤其是夜里。在大衣左边的口袋里有一本《采蘑菇者手册》，你可以把它取出来，保存起来，因为这儿没有可食用的蘑菇，预先向你多多致谢。

致以最衷心的问候

你的爱德华

我妻子正在用热得快煮鸡蛋，我对她说：“表兄爱德华从澳大利亚寄来了一封信。”她问：“真的吗？他信上怎么说？”

“他说，他要那件浅灰色大衣，还说，在澳大利亚没有可食用的蘑菇。”

“那就叫他吃些其他的东西。”

“你说得对。”我说道。

过了一会儿，钢琴调音师来了。他是个有点腼腆和心不在焉的人，甚至有点不通世故，但他人不错，当然也很爱好音乐。他不仅给钢琴调音，而且修理弦乐器，还给人上竖笛课。他叫科尔哈斯。当我从餐桌边站起来时，我已听到他在隔壁房间里奏出和弦。

在衣帽间里，我看见一件浅灰色大衣挂在那儿。这么说，我妻子已把它从储藏室里取出来了。这使我感到很惊讶，因为她通常只有在事情做不做都变得无关紧要的时候才会做。

于是，我小心地把这件大衣包起来，带着它上邮局寄走了。突然我想起忘了把那本采蘑菇的书取出来。还好，我不是一个采蘑菇的人。

我又散了一会儿步才回家。走进家门，我看见钢琴调音师和我妻子正在房间里急得转来转去，一会儿看看橱里，一会儿看看桌子底下。

“我能帮什么忙吗?”我问道。

“我们在找科尔哈斯的大衣。”我妻子说。

“哎呀，”我恍然大悟地说，“我刚才把那件大衣寄往澳大利亚了。”

“为什么寄往澳大利亚?”我妻子问道。

“是因为弄错了。”我说道。

“那我就不再打扰了。”科尔哈斯先生说。他虽然没有感到特别惊异，但有点尴尬。我马上说：“您等一下，您可以把我表兄的大衣穿走。”

接着，我上了储藏室，在一只布满灰尘的箱子里找到了我表兄的那件浅灰色大衣。大衣有点皱巴巴的——毕竟它放在箱子里已有12年了——但仍完好如初。

我妻子动手把大衣熨平，而我则同科尔哈斯先生喝着雪利酒，他边喝边讲着他给哪些钢琴调过音。后来他穿上大衣，对我们说了声“再见”便走了。

几天后我们收到了一个包裹，里面是可食用的蘑菇，约有1000克重，还夹着两封信。我拆开第一封信，读了起来：

亲爱的霍勒先生（这是我的名字）：

您真客气，把一本《采蘑菇者手册》放在衣袋里送给我。为表示感谢，我给您寄上我第一次采的蘑菇，但愿您吃得有味。此外，我在另一只口袋里发现一封信，也许您弄错了，把它给了我，现一并寄回。

致以最衷心的问候

您的A. M. 科尔哈斯

他提到的这封信也许是我表兄当时想投进信箱里的那封，显然，我表兄后来把信连同大衣一起忘在家里了。信是写给伯恩哈德先生的，据我回忆，这是我表兄的一位朋友。我拆开信封，一张戏票和一张字条掉了出来。字条上写着：

亲爱的伯恩哈德先生：

我给你寄上一张下星期一“枞树之家”的戏票，这张戏票我用不着了，因为我要出门旅行，以便休息一段时间。也许你有兴趣去欣赏。施密特·霍尔韦克将演唱《伊丽莎白》。你对她的升G调总是那么津津乐道。

致以衷心的问候

你的爱德华

吃中饭时添了一道菜：炒蘑菇。“这些蘑菇是我在桌上找到的。它们到底是从哪儿搞来的?”我妻子问道。

“是科尔哈斯先生寄来的。”

“他真好。其实完全没必要。”

“没必要，”我说道，“但他人很好。”

“但愿这些蘑菇没有毒。此外，我还找到一张戏票。究竟演的是什么戏?”

“你找到的这张戏票，”我说道，“是‘枞树之家’的戏票，可它是12年前的票!”

“哦，”我妻子说，“上‘枞树之家’看戏，我反正不太感兴趣。”

今天早晨我又收到爱德华的一封信，信上请我寄一支竖笛给他，因为他在大衣里发现了一本《竖笛入门》，于是想学吹竖笛，可是在澳大利亚买不到竖笛。他还说，奇怪的是大衣变长了，要不他变矮了。

“爱德华又来了一封信。”我对妻子说。她正在磨咖啡，问道：

“他信上怎么说?”

“他说，在澳大利亚买不到竖笛。”

“那就叫他玩其他的乐器。”她说。

“我也这么认为。”我说道。

我妻子是个具有令人折服的实事求是精神的人，她的回答虽然客观，但也详尽。

与你共品

贫穷潦倒的表兄，以委婉的书信方式向表弟寻求物质帮助。表弟夫妇却不动声色，冷漠对待，不给以任何帮助。这不得不让人感叹：人性的冷漠。

冷漠似冰，寒冷你我；关爱似火，温暖你我。冷漠永远都是伤害别人的武器。主人公夫妇的冷漠行为，让表兄需要帮助和关爱的请求落空，不得不令人遗憾。其实，把别人的幸福当成自己的幸福，你会更幸福。关爱并不会因为给予而减少，反而因给予而增多。

生活中少不了关爱。每个人都应学会关爱他人，让爱像阳光一样洒满每个角落，温暖别人的心田，这样的世界才会更美好。

（吴艺芳）

我见人就说："我的妻子阿连娜跟我们警察局长伊凡·阿历克塞伊奇·扎里赫瓦特斯基姘上了。"

在邮政支局里

［俄］契诃夫/著　佚　名/译

前几天我们给我们老邮政局长斯拉德科佩尔采夫的年轻妻子送殡。我们送那个美人入土以后，按照祖辈和父辈的风俗，动身到邮局去"为亡人祈祷安息"。

等到油煎薄饼端上来，年老的鳏夫就悲伤地哭泣，说："这些油煎薄饼同去世的人一样红喷喷！一样漂亮！一模一样哟！"

"是啊，"参加祈祷的人同意说，"您的妻子确实是美人……绝色佳人啊！"

"是的，先生们。……大家瞧见她，都不住地惊叹。……不过，诸位先生，我爱她倒不是因为她长得漂亮，也不是因为她性情温和。这两种品质，是女人全部天赋里本来就有，在尘世极为常见的。我爱她是因为她的灵魂另有一种品质。换句话说，我所以爱她，这个去世的女人，求上帝让她升天堂吧，是因为她尽管生性活泼而调皮，对她丈夫却忠实。虽然她才二十岁，而我快满六十了，她对我却是忠实的！她对我这个老头子是忠实的！"

助祭正跟我们一块儿进餐，这时候发出响亮的哼鼻子和喉咙咳嗽的声音，借以表示怀疑。

"这样看来，您不相信？"鳏夫对他说。

"我倒不是不相信，"助祭慌了，"而是觉得……如今那些年轻的女人实在太那个。……什么约会啦，蛋黄油（西菜的调味汁，例如拌沙拉用）啦……""您怀疑，那我就给您证明一下！我用尽各种方法来维护她的忠实，那些方法，可以说，具有战略的性质，类似筑垒工事。由于我的行动和精明的性格，我的妻子就不可能在任何情况下对我变心。我用巧计来保卫我们夫妇的床。我知道一种近似咒语的话。我一说出那种话，就万事大吉，不用担心忠实问题，可以放心睡觉了。……"

"是些什么话呢？"

"简单极了。我在全城散布不好的流言。这种流言你们一定都知道。我见人就说：

'我的妻子阿连娜跟我们警察局长伊凡·阿历克塞伊奇·扎里赫瓦特斯基姘上了。'这句话一传开，就够了。再也没有一个人敢向阿连娜献殷勤，因为谁都怕警察局长冒火。大家一看见她，撒腿就跑，免得扎里赫瓦特斯基起疑。嘻嘻嘻。要知道，跟那个留着长唇髭的蠢材一打交道，往后你的日子可不好过，他会把你那儿的卫生情况打五个报告上去。比方说，他看见你的母猫上街了，就打个报告上去，倒好像那是脱了缰的牲口似的。"

"原来您的妻子没跟伊凡·阿历克塞伊奇勾搭上呀?"我们大吃一惊，问道。

"没有，那是我使的巧计。……嘻嘻。……怎么样，我巧妙地诓了你们吧，年轻人？事情正是这样唉。"在沉默中过了三分钟。我们坐在那儿，一句话也没说。我们想到这个红鼻子胖老头那么狡猾地弄得我们上当受骗，又是怄气，又是羞愧。

"哼，求上帝保佑，你再结一次婚看看!"助祭嘟哝说。

与你共品

拥有一个美丽温柔、忠贞不渝的妻子，对于一个丈夫而言，无疑是一份令人向往的幸福。然而，主人公却扼杀了原本属于自己的幸福。

主人公斯拉德科佩尔采夫以为天衣无缝的"谎言"会是美满婚姻的防弹衣，不料却成为埋葬婚姻的坟墓。这种荒谬可笑、缘木求鱼的行为举止，不仅使主人公葬送了年轻美貌的妻子，失去了朋友对他的信任，而且也摧毁了自己的一生。其实，爱情无需刻意去把握，越是想抓牢自己的爱情，反而越容易失去自我，失去原则，失去彼此之间应该保持的宽容和谅解。

和谐的婚姻爱情需要彼此的信任，彼此的宽容，彼此的空间，只有这样你才能将幸福经营得更久，更醇，更美!

（黄彩珍）

"回答他啊，"芬克巴顿太太说，"他想知道呢。"

奥斯加要知道

［美］迈克·奎因/著　王　青/译

方加斯·芬克巴顿先生舒舒服服地在一张他喜欢的椅子上坐下来，戴上眼镜，打开了当天的晚报。

“爸爸，”小奥斯加说，“机会是什么意思？”

“玩你的小电车去，不要来打扰我。”方加斯说。

“回答孩子啊，”芬克巴顿太太说，“他是你的儿子，是你的继承人，你不能这样对他说话呀。”

“你干吗给他穿成这副样儿？”方加斯先生说，“我一看见他就心烦。”

奥斯加穿着一套小福特莱劳公爵装，一对斜视眼，戴一副大眼镜。

“可是，他穿上这套衣服，看起来就和别人家的小孩大不相同了。”芬克巴顿太太说，“你应该为他感到骄傲才对呢。”

“爸爸，”奥斯加又说，“机会是什么呀？”

“机会就是赚钱的机运，好了，玩球去吧。”方加斯先生说。

“爸爸，你是怎么赚钱的？”奥斯加又问。

“回答他啊，”芬克巴顿太太说，“孩子想知道呢。”

“我靠做生意来赚钱。”方加斯先生一面说一面还想继续看报。

“爸爸，是不是谁都可以做生意？”

“当然谁都可以。”

“如果人人都做生意，他们都会当老板吗？”

“是的，儿子，如果他们都做生意，他们就都是老板。”

“那么谁去做工呢，爸爸？”

“看在老天爷的份儿上，艾米里娅，叫孩子去玩他的球吧，我想看一下杜威的演说。”

“回答他啊，”芬克巴顿太太说，“他想知道呢。”

“那么谁去做工呢，爸爸？”奥斯加又问。

“总不能人人都做生意，”方加斯说，“这是不可能的。”

“但是你说了可以的。”奥斯加一个劲儿地坚持。

“我没有说过这种话。”方加斯说。

“你说过的，”芬克巴顿太太说，“答复孩子呀。”

“好了，好了，那么他们不能。”

“为什么不能呢，爸爸？”

“因为他们没有钱。”

“如果他们有钱，他们能不能呢？”

“当然能啦。”

“那么，如果他们都有钱，他们全都做生意，是不是他们都能当老板呢？”

“是的，他们都能当老板。”

“艾米里娅，如果你再不把这孩子叫去骑小脚踏车，我就要淹死他啦！”

“回答他吧，方加斯，他在渴求知识呢。”

“谁做工呢，爸爸?”奥斯加问。

“他们不能够全都做老板。”方加斯生气地说。

“就是他们有钱也不行吗?”奥斯加问。

“就是有钱也不行。”方加斯说，“总得有人做工，而且能够做的生意也是有限的。”

“有多少人能做老板呢，爸爸?”

“哦，也许1000人或500人中间有这么一两个吧。要知道，孩子，如果你没有工人，你就不能当老板，所以每个老板都有10个到100个或者1000个工人。”

“你们有多少工人，爸爸?”

“嗯，我们是一个大公司，奥斯加，我们有一万个工人。”

“那么大多数人都没有机会了，是吧，爸爸?”

“你在说些什么呀！在美国人人都有均等的机会。”

“但是，爸爸，如果只有少数人能当老板，其余的人怎么办呢?”

“如果他们有创业的才能，他们也可以当老板的。”

“但是你说过，只有少数人可以，大多数人都得做工人。”

“好了，好了，不谈了，孩子，去看好玩的书吧。”

“那么大多数的人是工人，而且老是做工人，这样就是他们想做老板也不行，是吗，爸爸?”

“但是他们自然能够……不，我想他们不能。你这些想法是从哪儿来的，孩子?”

“那么，如果大多数人都是工人，而且老是做工人的话，那他们永远都不可能赚钱了，是不是?”

“嗯，如果他们挣到足够的工钱……如果……艾米里娅，是孩子睡觉的时候了吧?”

“如果大多数人是工人，而且老是做工人的话，那他们赚钱的办法只有一个，就是挣到高一点的工钱，对不对呀，爸爸?”奥斯加问。

“艾米里娅，”方加斯说，“我不愿相信——就是说，我不想说——他是个孩子。他简直是个梦魇，如果他是我的儿子，好……”

“回答他的问题呀，”芬克巴顿太太说，“孩子要知道，他在渴求知识呢。”

与你共品

小说中极少对人物的外貌、人物的动作、人物的心理等一一铺开呈现，篇章大都是由人物对话构成，这是小说的主要特色。

小说以爸爸与儿子的精彩对话为线索层层展开，爸爸极力地掩护资本家的虚伪，然而却被儿子的追问将之一层一层地戳穿。由此可见，现实社会虚伪的面具总会有被撕破的一天。著名作家臧克家曾说过："一千句谎言盖不住一个事实。"是的，虚伪总经不起良心的拷问，一不小心便会露出狐狸尾巴。

在社会的虚伪的荒漠里，我们应当像小奥斯加一样通过表面洞悉事物的本质。否则，我们也会渐渐卷入虚伪的旋涡，淹没了最纯真的心灵绿洲！

（黄彩珍）

"您那一位真好，"护士安慰他道，"每天都送东西来，您还觉得不够吗？你们男人就是不知足！"

前　妻

［前苏联］鲍里斯·克拉夫琴柯/著　佚　名/译

他每天都要收到家里人送来的与众不同的东西。

他满意地笑了，搓搓手说："这就是说，我找的女人好。"

医院里定量配给的食物大家都吃腻了，因而，他用家里人送来的美味可口的馅饼来款待我们。他不知多少次给我们讲述了他与前妻离异的经过，原因是她爱挑他的毛病，一点也不理解他。

"然而"，他向上伸出一根又短又粗的像小灌肠一样的手指头说，"在她身上，有着某种人道主义气质，她拒绝接受抚养费。"

他这一段经历大家都听得厌烦了，但他款待我们的食物，我们照样是要吃的。

"只过了一个月，我就结识了另一个女人，她叫菲古尔卡。靠上帝保佑！还没有登记，我们就同居了。话又得说回来——登记也不过是一种形式而已。一般来说，我是赞成废除这种形式的。如果一定要登记，那我也主张采取日本的做法。一个月也好，三个月也好，都由你自己决定。要是双方觉得合适，那就来吧，那就终生为伴，白头到老。"

"没有这种做法，"不知谁持怀疑的态度，"不能这样草率，生活就是生活。""我骗你干吗？我亲自读到过，只是记不起来在哪本书上。"

"你讲点关于你新婚妻子的事情给我们听吧，"我说，"你有一位这么好的天使。"

"嗯，天使倒说不上，可是，女人就应该这样。"

"那为什么她连一张便条也不给你写来呢？随便写几句，表示一下关心也应该呀!”我们面面相觑。这也是真的，近半个月来，没有任何人给他送来过一张便条。

他十分窘迫地环视了我们一遍，就转身向着墙里了。

每天从中午12点开始，是病房向我们转交探访物品的时间。今天他第一个收到了家里送来的物品。他看看我们，于是请求护士说：“劳驾，姑娘，请告诉她，要她给我写几句话，随便写些什么都行。再告诉她，我真想她呀。”

“好的。”

“你们等着瞧，”他说，“马上就会送来便条的。”

不久，护士就回到了病房。

“她说，没有什么好写的，只是祝你早日恢复健康。”

不知是谁轻声笑了一声，他的脸立即就红了。

“您那一位真好，”护士安慰他道，“每天都送东西来，您还觉得不够吗?你们男人就是不知足！也真是难为她，大热天从老远跑来，况且，她还那么胖……”“谁那么胖?”他连忙追问，“您大概把人搞错了吧，姑娘!”护士噗哧一声笑了。她说：“您到窗口来看，不就是她吗?”他走到窗口，我们也跟着走去。

一位个儿不高、身体肥胖的妇女，正走到住院大楼前的院子里。她低着头，步履从容，手中拿着一个网袋。

“多么轻盈优美的体态呀!”我笑着说。

他未置一词，拖着脚步沙沙作响地走回床边，躺下了，闷声闷气地说了一句：“这是我的前妻。”

与你共品

人们总习惯于追求不曾拥有的东西，却对于身边的点点滴滴的亲情或爱情熟视无睹。殊不知最美的事物往往是那么的平淡无奇。

在爱情婚姻里，有一种感动叫相濡以沫，有一种关心叫不离不弃，有一种思念叫默默无闻。“他”抛弃辛勤耐劳的前妻，却娶了心仪的妻子。然而，在患难中，“他”才看到了好女人的真实面目。其实，真正的爱情是一种糅合了柴米油盐酱醋茶的爱情，无论贫穷或富贵，生病或健康、卑微或显赫、低贱或高贵、失意或成功，两人都会相互搀扶、相濡以沫，在平静、关心甚或争吵中走向每一个岁末，走向白发苍苍的暮年。

平淡的生活也是幸福爱情的一部分。只要我们用心去体会，用心去经营，爱便会像流水一般，涓涓细流，长久不断！

（黄彩珍）

“是的，舅舅，多谢您的指教!”麦立克向他的老舅舅深深地鞠了一躬。

经验之谈

［美］威廉·萨洛扬/著　佚　名/译

麦立克要坐火车从佛勒斯诺去纽约旅行。临行前，他的老舅舅嘉乐来看他，并告诉他一些旅行的经验。

“你上火车后，好生选一个位置坐下，不要东张西望，”嘉乐告诉他的外甥，“火车开动后，会有两个穿制服的男人顺甬道走来问你要车票，你不要理他们，他们是骗子。”“我怎么认得出呢?”麦立克不解地问。“你又不是小孩，会认得的。”嘉乐似乎有点埋怨。“是的，舅舅。”麦立克点了点头。

“走不到二十里，就要有一个和颜悦色的青年来到你跟前，敬你一支烟。你就说我不会。那烟卷是上了麻药的。”“是的，舅舅。”麦立克微微一怔，但照例点了点头说。

“你到餐车去，半路上就有一个漂亮的年轻女子故意和你撞个满怀，差点儿一把抱住你。她一定左一个对不起，右一个很抱歉。你的自然的冲动一定会要跟她交朋友。但是，你要理智地走远些。那女子是个拆白。”“是个什么?”麦立克似乎没有听清楚。“是个婊子。”嘉乐提高声音说，“进去吃饭，点两个好吃的菜，要是餐车里人挤，要是有一个美貌的女子与你同桌，与你对面而坐，你别朝她看。要是她逗你说话，你就装个聋子。这是极好的摆脱之道。”嘉乐认真地告诫他的外甥。“是的，舅舅。”麦立克不禁有点惊讶，还是点了点头。

“你从餐车回到座位去，经过吸烟间，那里有一张牌桌，玩牌的是三个中年人，手上全戴着看来很值钱的戒指。他们要朝你点点头，其中一人请你加入，你就跟他们说，说—不—来—美—国—话。”“是的，舅舅，”麦立克又点了点头。

“我在外边走得很多了，以上并非我无中生有的胡说。就告诉你这些吧!”

“还有一件，”嘉乐好像又想起了什么，叮咛道，“晚上睡觉时，把钱从口袋里取出来放在鞋筒里，再把鞋放在枕头底下，头在枕上，别睡着了。”“是的，舅舅，多谢您的指教!”麦立克向他的老舅舅深深地鞠了一躬。

第二天，麦立克坐上了火车，横贯美洲向纽约而去。

那两个穿制服的人不是骗子，那个带麻药烟卷的青年没有来，那两个漂亮女子没碰上，吸烟间里也没有一桌牌。第一晚麦立克把钱放在鞋筒里，把鞋放在枕头下，一夜未合眼。可是，到了第二晚他就全不理会那一套了。

第二天，他自己请一个年轻人吸烟，那人竟高兴地接受了。在餐车里，他故意坐在一位年轻女子的对面。吸烟间里，他发起了一桌扑克。火车离纽约还很远，麦立克已认识车上的许多旅客了，而客人也都认识他了。火车经过俄亥俄州时，麦立克与那个接受烟卷的青年，跟两个瓦沙尔女子大学的学生组成一个四人合唱队，大唱了一阵子，获得了旅客们的好评。

那次旅行对麦立克来说是够快乐的了。

麦立克从纽约回来了，他的老舅舅又来看他了。

“我看得出，你一路没有出什么岔子，你依我的话做了没有？”一见面，嘉乐就高兴地问麦立克。“是的，舅舅！”麦立克还是那样地做了回答。

嘉乐脸带笑容，微微地转过身去，眼望远处自言自语地说：“我很快活，有人因我的经验而得益。”

与你共品

一个人的经验并不是对每个人都受用的。麦立克是个聪明的孩子，他并没有把舅舅的话全盘照收，而是根据实际情况做出取舍，并使得自己收获快乐，而同时也没有让舅舅的好意落空。

什么是经验呢？怎样的经验才是适合自己的呢？现实中很多事情都是随时而变的，我们不能预料下一刻会发生什么，但我们可以选择相信自己，使主观与客观相结合，正确指导我们的行为和生活。

有时候，过往的经验会成为我们毕生的财富，但如果只是刻舟求剑般地照搬他人以往的经验，忽略了事物的运动变化性，只会让我们的生活困死在经验的牢笼里。

（王璇）

“因为也只有他们才买得起金喇叭，”斯洛鲍布解释说，“其余那些全不过是些干活的粗人罢了。”

雅普雅普岛的金喇叭

［美］迈克·奎因/著　佚　名/译

大名鼎鼎的探险家艾麦利·霍恩斯奈格尔博士在他最新出版的《雅普雅普岛上部落的奇风异俗》这本书里，提到了一些关于言论自由的趣闻，这是他在这个默默无闻的岛上土著居民当中观察到的。

雅普雅普岛的斯洛鲍布（斯洛鲍布就是部落的酋长）伊吉·布姆布姆有一次在宫里设宴招待霍恩斯奈格尔博士，谈话中间，这位探险家问道："岛上法律准许不准许居民自由和公开地发表自己的意见？"

"当然准许，"斯洛鲍布说，"我们岛上的居民享有充分的言论自由，政府也严格执行人民的意志。"

"这在实际上是怎么实行的呢？"霍恩斯奈格尔问道，"您怎样判断公众对各种事情的意见呢？"

"这很简单，"斯洛鲍布解释道，"要决定任何重大问题的时候，我们就把全岛居民召集到我的宫廷前面来。大僧正先根据羊皮纸手稿宣布要讨论的问题，接着我细听金喇叭的声音，这样我就知道人民的意志了。"

"金喇叭又是什么玩意儿？"霍恩斯奈格尔问。

斯洛鲍布说："金喇叭是表达公众意见的唯一工具。我把右手举过头顶，宣布说：'凡是赞成的，请吹喇叭！'马上，所有赞成那个提案的人就全都吹起金喇叭来。接着我又把左手举过头顶，宣布：'凡是反对的，请吹喇叭！'这时反对的人就吹金喇叭了。吹得比对方响亮的那一边当然是多数，问题就按照他们的意思来决定。"

"照我看来，"霍恩斯奈格尔博士说，"这是我所听说过的最完善的民主方式了。我很想参加这样表达民意的盛会并且照几张相片。"

到第二天下午，霍恩斯奈格尔博士就亲眼看到这一切了。全岛居民都被召集到斯洛鲍布的宫廷前面来解决一个重大问题。这儿一共有将近3000人，要是不把他们身上的臂布算上的话，全都是赤条条的。可是在隆重地宣布开会之前，又有4个大人物到场了。他们衣着华丽，是乘镶上珠宝的轿子来的。这4个全身珠光宝气、熏香四散的大人物当着全场的人在丝绒椅垫上坐了下来，仆从们用孔雀羽毛扇子替他们扇着。

"这些人是谁？"霍恩斯奈格尔问。

"他们是本岛最最有钱的人。"斯洛鲍布回答。

一等有产阶级到场后，大僧正就开始宣读羊皮纸手稿。随后斯洛鲍布走上前来，把右手举过头顶。

"凡是赞成的——请吹喇叭！"他喊道。

4个财主拿起金喇叭，使劲吹起来。

于是斯洛鲍布又把左手举过头顶。

"凡是反对的——请吹喇叭！"他喊道。

广大人群里鸦雀无声。

"决议通过！"斯洛鲍布宣布。

于是大功告成。

霍恩斯奈格尔跟着就问斯洛鲍布，为什么只见到4个财主吹了金喇叭。

“因为也只有他们才买得起金喇叭，”斯洛鲍布解释说，“其余那些全不过是些干活的粗人罢了。”

“在我看来，这压根儿说不上什么言论自由，”霍恩斯奈格尔说，“归根结底，只有少数几个阔人吹他们自己的喇叭。在我们美国，人民是有充分的机会来表达自己的意志的。”

“当真?”斯洛鲍布叫起来，“那么，在美国是怎么样的呢?”

霍恩斯奈格尔说：“在我们美国不用什么金喇叭，我们用的是各种报纸、杂志和广播电台。”

“这倒挺有意思，”斯洛鲍布说，“可是是谁占有这些报纸、杂志和广播电台呢?”

“有钱人。”霍恩斯奈格尔回答说。

“这就是说，也还是跟我们岛上一个样儿，”斯洛鲍布说，“在你们那里也净是有钱人吹自己的喇叭，所有的声音都是他们发出的。”

与你共品

只有买得起金喇叭的富人才能真正拥有民主，而那些“干粗活”的穷人们毫无民主权利可言。雅普雅普岛的金喇叭民主，实际上只是少数有产者的民主，不是真正意义上的民主。

文中荒谬的“金喇叭民主论”令人不禁付诸无奈的一笑，笑这残酷不公的制度，笑一己之力的无用。在披着民主的外衣，而内里却是专制不公的政治制度统治，话语权只能属于那些有权有财之人。真正的民主尚存？答案不言而喻。

我们要的民主不是形式上的一纸公文，而是落实到实处的现实。不可否认，当今许多国家在民主制度上存在着诸多弊端。我们热切地期待这一现象被改变的一天！

（王璇）

将军做出一副哭丧相，摆了摆手。“哎呀，您简直是跟我开玩笑，先生!”他说完，就走进去，关上他身后的门。

一个官员的死

［俄］契诃夫/著　佚　名/译

在一个挺好的傍晚，有一个同样挺好的庶务官，名叫伊国凡·德密特里奇·切尔维亚科夫，坐在戏院正厅第二排，用望远镜看戏：《哥纳维勒的钟》。他凝神瞧着，觉得幸福极了。可是忽然间……在小说里，常常遇见这个“可是忽然间”。作家是对的：生活里充满多少意外的事啊！可是忽然间，他的脸皱起来，他的眼睛眯缝着，他的呼吸止住了……他从眼睛上拿掉望远镜，弯下腰去，于是……“阿嚏!!!”诸君看得明白，他打喷嚏了。不管是谁，也不管是在什么地方，打喷嚏总归是不犯禁的。乡下人固然打喷嚏，巡官也一样打喷嚏，就连枢密顾问官有时候也要打喷嚏。大家都要打喷嚏。切尔维亚科夫一点也不慌，他拿手绢擦了擦脸，而且按照有礼貌的人那样，往四下里看一看：他的喷嚏究竟搅扰别人没有。可是这一看不要紧，他却慌张起来了。他看见坐在他前面正厅第一排的一个小老头正在拿手套使劲擦自己的秃顶和脖子，嘴里嘟哝着。切尔维亚科夫认出那个小老头是卜里兹查洛夫，在交通部任职的一位文职将军。

“我把唾沫星子喷在他身上了!”切尔维亚科夫想，“他不是我的上司，是别的部里的，不过那也还是难为情。应当道个歉才对。”

切尔维亚科夫咳了一声，把身子向前探出去，凑近将军的耳根小声说：

“对不起，大人，我把唾沫星溅在您身上了……我一不小心……”

“不要紧，不要紧……”

“看在上帝的面上，原谅我。我本来……我不是故意要这样的!”

“唉，请您坐好吧！让我看戏!”

切尔维亚科夫窘了，傻头傻脑地微笑，开始看戏。他看啊看的，可是不再觉得幸福了。他开始惶惶不安，安不下心来。到了休息时间，他走到卜里兹查洛夫跟前，在他身旁走了一会儿，压下自己的胆怯，喃喃地说：

“我把唾沫星子喷在您身上了，大人……请您原谅……我本来……出于无意……”

“唉，够啦……我已经忘了，您却说个没完!”将军说，不耐烦地撇了撇他的下嘴唇。

“已经忘了，可是他的眼睛里有一道凶光啊，”切尔维亚科夫怀疑地瞧着将军，暗想，“而且他不愿意说话。我应当对他解释一下，说明我完全无意……说明打喷嚏是自然的法则，要不然他就会认为我有意唾他了。现在他固然没这么想，以后他一定会这么想！……”

一回到家，切尔维亚科夫就把自己的失态告诉他妻子。他觉得他妻子对这件事全不在意；她光是有点惊吓，可是等到听明白卜里兹查洛夫是在“别的”部里任职以后，就放心了。

“不过呢，你也还是去赔个不是的好，”她说，“要不然他就会认为你在大庭广众中举止不得体了!”

“说得就是啊！我已经赔过不是了，可是不知怎么他那样子挺古怪……一句话也没说。不过那会儿也没有工夫说话。”

第二天切尔维亚科夫穿上新制服，理了发，上卜里兹查洛夫家里解释……他一走进将军的接待室，就看见那儿有很多来请托事情的人，将军本人夹在他们当中，正在接受他们的请求。将军问过好几个请托事情的人以后，抬起眼睛来看着切尔维亚科夫。

“要是您记得的话，大人，昨天在阿尔卡琪娅，”庶务员开口讲起来，“我打了个喷嚏……不小心喷了您……请原……”

“真是胡闹……上帝才知道这是怎么回事！您有什么事要我效劳吗？”将军对下一个请托事情的人说。

“他不肯说话！”切尔维亚科夫暗想，脸色惨白了，“这是说，他生气了……不行，不能照这样了事……我要跟他说明白才行……”

等到将军跟最后一个请托事情的人谈完话，正要走进内室去，切尔维亚科夫就走过去跟在他后面，喃喃地说：

“大人！要是我斗胆搅扰大人，那只是出于一种可以说是悔恨的感觉！……那不是故意做出来的，请您务必相信才好！”

将军做出一副哭丧相，摆了摆手。“哎呀，您简直是跟我开玩笑，先生！”他说完，就走进去，关上他身后的门。

“这怎么会是开玩笑？”切尔维亚科夫想，“根本就没有开玩笑的意思！他是将军，可是他竟不懂！既是这样，我也不愿意再对这个摆架子的人赔不是了！去他的！我给他写封信好了，我再也不来了！皇天在上，我说什么也不来了！”

切尔维亚科夫这么想着，走回家去。给将军的信，他却没写成。他想了又想，怎么也想不出来这封信该怎样写才好。他只好第二天亲自去解释。

“昨天我来打搅大人，”等到将军抬起询问的眼睛望着他，他就喃喃地说，“可不是照您所说的那样是为了开玩笑。我原是来赔罪的，因为我在打喷嚏的时候喷了您一身唾沫星子……我从没想到要开玩笑。我哪儿敢开玩笑？要是我们沾染了开玩笑的习气，那可就会……失去……对人的尊敬了……”

“滚出去!!”将军忽然大叫一声，脸色发青，周身打抖。

“什么？”切尔维亚科夫低声问道，吓得呆若木鸡。

“滚出去!!”将军顿着脚又喊一声。

切尔维亚科夫的肚子里好像有个什么东西掉下去了。他什么也看不见，什么也听不见，退到门口，走出去，到了街上，一路磨磨蹭蹭地走着……他信步走到家里，没有脱掉制服，往长沙发上一躺，就此……死了。

与你共品

通过描写身份低微的切尔维亚科夫因为打了一个喷嚏，而引来的一系列的心理斗争和惹人发笑的行为，深刻地揭示出生活在底层的人们自身的自卑心理和对上层阶级的阿谀奉承的现实。

打喷嚏纯属人的生理本能，但谁又会想到能因此遭“飞来横祸”呢？一切都只是卑微的心理观在作怪。深受上层打压的人们已经习惯性地低下头颅，认为循规蹈矩才是他们的态度。他们生怕惹出事端，于是行为变得小心翼翼、敏感脆弱，因为现实的压迫早已让他们的人格扭曲了，让他们成为只懂点头哈腰的灵魂空壳了。

卑微者总习惯性地把自己看得太低，而从来没有想过要站起来从理性的角度审视自己。人，需要被别人尊重，更需要学会自我看重。

（王璇）

他原来很强壮，现在变得瘦弱，一用力就喘气。也就是从那个时候起广告开始把他的小命断送了。他相信自己有病，他按照广告上开的良方医治自己。

广告的受害者

［法］左　拉/著　佚　名/译

我认识一个诚实的小伙子，他去年才去世，他一辈子可以说是受尽了折磨。克洛德从他懂事的年龄起，就抱定了这个主张：“我的生活计划已经定了。我只要闭上眼睛接受时代的恩赐。为了跟得上文明的进步，过上美满幸福的生活，我只消每天早晚看看报纸和广告，准确地按照这些无比崇高的导师的指点去做。这是真正聪明的办法，唯一可能得到幸福的办法。”从这一天起，克洛德把报纸上登的和墙上贴的广告当做他的生活法典。它们变成了帮他解决一切问题万无一失的指南。凡是广告上没有大力推荐的，他都一概不买或者不做。这个不幸的人就是因为这个缘故，生活在一个真正的地狱里。

克洛德买了一块地产，土是从别处运来的，他只能在桩基上盖房子，这所房子是按照最新的建筑方法盖的，一刮风就晃悠，一下大雨就一块块往下掉。房子内部呢，壁炉里装着结构精巧的除烟器，冒出来的烟可以把人呛死。电铃不管您怎么摁，它就是不肯响。厕所是按照一个极好的式样造的，变成了一个可怕的臭屎坑。抽屉和橱门装的是特别的机件，开了关不上，关上了又开不开。

尤其是那架自动钢琴，不过是一只糟透了的手风琴。还有保险箱，撬不开，烧不着，在一个冬夜里，被几个贼轻轻松松地搬走了。

不幸的克洛德，他不光是财产上受到损失，身体上也吃尽了苦头。他刚到街上，衣服就裂缝了。他是从那些清理存货举行大拍卖的公司里买来的。

有一天我遇见他，他的头完全秃了。他是想把他的金黄色的头发变成黑色，这又是受他对文明进步的爱好的驱使。他刚用过一种药水，金黄色的头发就全部脱光，他非常高兴。因为照他自己说的，他现在可以涂一种油膏，一定可以使他长出一头比以前的金黄色头发多两倍的黑头发。

他吞服的各种药品，我就不一一详谈了。他原来很强壮，现在变得瘦弱，一用力就喘气。也就是从那个时候起广告开始把他的小命断送了。他相信自己有病，他按照广告上开的良方医治自己。他看到每种药品都受到同等的赞扬，拿不定主意，于是为了使疗效更好，他同时服用几种药品。

广告把他的智力损害得更厉害。

他把报纸上推荐的书籍摆满书架。他采用的分类法是最奇妙的：他把一本本书按照价值的大小排列。我的意思是说，按照出版商花钱叫人写的那些评论文章的热情程度的高低顺序排列。当代的所有愚蠢和下流无耻的书籍都集中在这儿。还从来没有人看到过有谁收集了这么多伤风败俗的东西。克洛德很仔细地把介绍买书的广告贴在每本书的书脊上。

这样他每次打开一本书，就可以事先了解他应该按照规定表达的是哪一种感情，是笑还是哭。有了这一套办法，他完全变成了一个白痴。这出悲剧的最后一幕是令人悲痛的。

克洛德看到有一个女梦游者能治百病，于是连忙去请她医治他其实没有的毛病。这个女梦游者十分热心，要帮助他返老还童，把能回到16岁的秘方告诉了他。其实方法也很简单，只要用某种水洗澡之后再内服一种药水就行了。

他吞下了药水，钻到洗澡水里，他变得非常年轻了，年轻得半个钟头以后别人发现他已经死在澡盆里。

克洛德甚至在死了以后，也是广告的受害者。他在遗嘱中嘱咐，要把他装在一口能够很快就起防腐作用的棺材里。这种棺材是一位药剂师新近取得专利权的，棺材刚抬到公墓，就裂成两半，这个可怜虫的尸体滚到烂泥里，只好和碎棺材板混在一起埋了。

他的坟是用硬质纤维板和人造大理石砌的，头一个冬天，雨水就把它淋坏了，很快就在他的墓穴上变成了一堆叫不出名堂的破烂。

与你共品

就因为听信于广告，克洛德的一生就这样荒唐地结束了，真是令人触目惊心！

随着社会的发展，广告成为了人们生活中重要的一部分。广告是信息传播的使者，是企业的“介绍信”，在一定程度上是有助于人们的生活和社会经济发展的。但是虚假的广告带给人们的只是伤害。这伤害不仅是物质上的，还是精神上、生命上的！可悲的是，这种虚假广告在市场上到处可见。

在这种情况下，我们强烈呼吁健全的广告管理制度，迫切需要社会有力的监督，坚决杜绝虚假广告，还市场一份真实和纯净。而我们自己也要在广告美丽的光环下保持清醒的头脑、冷静辨别，以免落入了虚假广告的圈套！

（陈丹红）

我胸有成竹地脱口而出：“您是我们的大脑啊！伊凡·彼得洛维奇同志。”

大　脑

［前苏联］赫木克里特/著　佚　名/译

这天刚到办公室，头头伊凡·彼得洛维奇就把我叫去，商讨人事变动问题。他说：“昨天，我和莫斯科一些部门领导者闲聊，有人说有一家直属企业的经理退休了，他们问我，想不想推荐自己的一位副手去接替这个位置？我想这是好事嘛，所以我找你来商量商量，看让谁去合适，让库列金去，怎么样？”

我几乎是不假思索立刻说：“库列金绝不能去，那是不容置疑的，您忘了，他可是您的右手啊，他专门负责替您写报告，正是那些报告使您受到了上级领导的信任，您离了他怎么行呢？”

“那，符吉诃夫可以吗？”伊凡·彼得洛维奇问道。

“啊呀，亏您想得出来，”我惊呼，“您没有符吉诃夫行吗？他是您的双脚啊，他不停地为您奔走，给您弄来上级批文，给您弄来大笔拨款，没有他，员工的奖金您都会发不出，更不用说去给上级领导送红包了。而如果不送红包，不用说升迁了，您能坐稳现在这个位置吗？”

伊凡·彼得洛维奇一拍脑袋，“还真亏你提醒，他的确不能走。那么，让伯莱斯基去怎么样？”

“上帝啊，您怎么会想到他？伯莱斯基是您的脊梁啊！当需要有人承认错误、承担责任时，他总是为您挺身而出。”

“那么让贝利金去得了。”

“万万不可，”我几乎要叫出来了，“贝利金是您脊背以下的部分，凡是毫无疑义而又必须参加的会议，总是他代表您去坐着。”

“还真不能少他，”伊凡·彼得洛维奇叹口气，“我们的主管部门那么多，他们的这些会一个也不能不去。那么就让伊里奇去吧，他似乎没那么重要。”

“您千万别轻率做结论，伊里奇怎么不重要？他可是您的耳朵啊！谁说了您什么，谁对您不忠？都是他负责打听的啊！”

“那么西多夫是什么呢？”

“您的眼睛啊！”

“那看来只有让尼基塔去了。”

“伊凡·彼得洛维奇，您冷静点！”我听了差点晕倒，“尼基塔是您的舌头，凡需要滔滔不绝发议论的场合，总是他一展所长，您离了他行吗？”

伊凡·彼得洛维奇又一次长叹，忽然像是想起了什么，很有几分恼怒地说：“听着，你的这番议论，好像都有道理，但这会引出什么结论呢？一个是手，一个是脚，又一个是什么脊背以下的部分，你把我置于何地？我本人算什么呢？似乎毫无用处了！”

我胸有成竹地脱口而出：“您是我们的大脑啊！伊凡·彼得洛维奇同志。”

他立刻微笑起来，兴奋起来，“还真是这么回事！”他站起来，在房间里踱着步，好一会儿才转身问我：“你瞧我这记性，我找你来是谈什么事情来着？”

与你共品

文中的“我”频发“高见”，处处为上司“着想”，并夸他为不可或缺的“大脑”。这一切不为别的，就因为“我”自己想当经理。

现实中，有很多人为了达到自己的目的，不惜想法设法排挤其他人而巴结讨好对自己有利的人。而这种做法正迎合了那些昏庸、没有主见，万事都依赖别人的上司和领导的胃口。这些现象正是社会不良之风、不合理制度的恶果。

只要你是有能力的，你不需要靠阿谀奉承过活，安安心心、坦坦荡荡地做好自己，你这匹千里马终有一天会遇到伯乐的。

（陈丹红）

第二天，杜朗布瓦太太也来到这座城市里，不过是经过马里尼安来的。她乘的是飞机。对啦，她在“跟踪”自己的丈夫？

可笑的悲剧

［法］科　蒂/著　佚　名/译

怎样不失尊严地招募一名职业刺客呢？您会对我说：至少可以认为这是一个荒唐的问题。不过，既然创造一个世界需要一切，那我就试着给你们解答这个问题吧（当然没有政府的保证）。

首先，如果您住在……比方说巴黎吧，您就应该到马赛去。仔细听着。如果您住在马赛，您就应该到巴黎去。如果您是波尔多人，您就去里昂……以此类推。您明白我的意思了吗？因为，您显然不能请同住一层楼的邻居为您干这件事，尽管您出很大的价钱，并且答应以同样的方式回报对方。谨慎小心！小心谨慎！这是成功的一半。为了不使这些我不大习惯的语言过分地刺激您，我非常友好地请您听听下面这个故事：杜朗布瓦夫妇间的关系有些不大妙，已经有一阵子了。先生对太太已经“够好的”了，太太对先生也是如此，我的话没错。共同生活了25年，这太长了。这就像天天吃鸡或者天天过穷日子一样。

所以，他们互相厌倦了。此外，一年之中有三个月还得忍受太太的母亲，这三个月对先生来说如同服苦役；一年之中有三个月还得忍受先生的母亲，这三个月对太太来说像是在地狱中度过的。“那么，他们已经到了这种地步，干吗不离婚呢？离婚又不是为狗准备的。”您说得对，不过，因为有一个“不过”，杜朗布瓦先生和太太在他们众多的朋友中享有很高的威望，离婚会引起公愤。想想看，先生是好几家大公司的总经理，又是首都最显贵的街区之一的堂区的财产管理委员。至于太太嘛，她主持本区所有的宗教和世俗的慈善事业，从“改过自新的妓女”到“发誓往自己酒里掺水的酒鬼”她都管。

您瞧，是贵族就得行为高尚。我还要补充一点，杜朗布瓦先生和太太没有孩子，只是先生有一个躲躲藏藏的情妇，太太有一个偷偷摸摸的情夫。当然，没有任何人知道，除了我……和您。先生告诉太太他要出去几天。像他们现在这种关系，先生自然不会告诉她出去的原因和要去的地方。

太太听到这个消息后，好像松了一口气。我们看见她第二天一大早也离开了她的住所，手里还提着个小箱子……这两个人同时外出，这就是所谓的心灵感应吧？“马赛·圣——夏尔到了，请旅客全部下车！”杜朗布瓦匆匆离开车站，走到一个出租汽车司机跟前，与他低声交谈。司机用甜美的南方口音回答他：“明白，布尔乔亚！”随之发动汽车向港口驶去。这个地方可不缺少咖啡馆和酒吧间。它们之中有规规矩矩的，也有不那么“正派”的。这对任何人也不是秘密。杜朗布瓦审视着店铺的门脸，可以说他是在用鼻子嗅……这样持续了很长时间。他究竟在找什么呢？终于，他下了决心，走进一家外表不那么光彩夺目的店里。但里面坐满欢快的乐天派人士，他们大概不会在工作时经常脏了手吧。他在里面待了很长时间，喝开胃酒，还吃了晚饭，和几位常客聊天。午夜时分，他和一个名叫热热纳的人一起出去。两人热烈握手后分开，热热纳对杜朗布瓦起誓不折不扣地执行他刚刚得到的命令。“不过，我得需要一定的时间，”他说，“因为我觉得这件事一定要办好。”“好吧！”先生回答他说。

第二天，杜朗布瓦太太也来到这座城市里，不过是经过马里尼安来的。她乘的是飞机。对啦，她在“跟踪”自己的丈夫？不对，因为她比他晚一天到达。令人难以相信，但的确是这么回事：杜朗布瓦太太也惊动了一个出租汽车司机，和他低声交谈，我们在港口上见到她……她在付车钱时丢掉了身份证，是出于激动，因为一看就知道她异常激动……一个行人捡起了身份证，看了一眼，跑着追上太太把证件还给她。真是太巧了，这个行人就是热热纳！他破釜沉舟了，说道：“太太，我有极为重要的事要告诉您。请到我家里来，不远。我向您发誓，您不会后悔走这一趟路的。”她感到惊讶，但又有点儿好奇。换了别人，即使是比这更小的事，也会这么干的，杜朗布瓦太太跟着热热纳去了。一到他住的房子里，他就单刀直入地说：“昨天，您的丈夫指使我杀害您。为了这项‘工作’，他给了我一千五百万现金。不过，您一定会想到我绝不会干这种事的，我甚至这就准备去警察局告发他。”“别这么干，我的朋友。一件丑事，不论它发生在巴黎……还是在马赛，都会影响我的生活！拿着，为了奖赏您的诚实，我签一张同样数目的支票。如您愿意杀死我的丈夫，而不是我，那您就放手干吧。这样您就帮了我的大忙了。倘若如此，我还要给您增加一笔小小的酬金。”“我完全同意，太太。热热纳说话算数，就和起誓一样！”杜朗布瓦太太立刻返回了巴黎。有一个人愣住了，此人就是热热纳。这样的好运气，一生只会有一次！如果他不动这两个人一根毫毛，他们俩会说什么呢？当然什么也不会说。看不出他们会到法院去控告！是这么回事，不过，这样对热热纳来说可就是失去了信义。他答应了丈夫，可是也答应了他的妻子！这真是进退维谷！您得承认做个正派的人并非总是件容易的事。

上面谈到的事已经过去半个来月了。热热纳还没有下定决心。他睡不安枕，食不甘味，常常忘了喝他的茴香酒。他肯定会闹出病来。最后，像人们常说的“知难而进”，他北上巴黎，作为一个守信用的“供货人”去“交货”。昨天晚上，杜朗布瓦先生和太太一块被热热纳送进了天国。他处于最佳竞技状态，将两人用匕首刺死在他们各自的房间里。没有声响，没有损坏偷盗任何东西（热热纳不会同意自己这么干，人家已经付过他钱了）。所以，一无偷盗，二无破门而入（热热纳有钥匙），警方考虑可以结束调查了。这可能是一桩情杀案，不过，还不大确定吧？此案发生在这么体面的人家里！在警察的编年史中又增添了一个不解之谜……至于热热纳嘛，他可没在首都久留，他迫不及待地赶回家中。有了三千万法郎，他决心改邪归正（他给吓怕了），并且像“做一个家里的好父亲”那样生活。这是我鼓足勇气说出来的。然而，他却一直是条光棍汉……结婚实在太危险了……为了明白这个道理，别人还给了他钱呢！他甚至打算参加下一届的市议员竞选，甚至参加议会选举，如果他当选，他将致力于保护寡妇和孤儿的事业。他答应了，发过誓。啊，一个人想洗心革面、重新做人时，只要意志坚定，没有做不到的事！

与你共品

杜朗布瓦夫妇先后找同一刺客谋害对方，结果，同时在家中被害。可笑的悲剧都是因为他们既要维护自己的身份又要达到自己不堪的目的。最终两人都被毁灭了，讽刺和批判意味尽显无遗！

一日夫妻百日恩。是什么让夫妻一定要置对方于死地？是什么深仇大恨吗？不是！只是因为他们要维护自己的面子而不敢坦坦荡荡地离婚。在这个熙熙攘攘、浮华的世界里，很多人为了外在的东西而舍弃了自己内心真实的渴望。为了保持所谓的名声和面子而付出了或多或少的代价的人更是不可胜数。

有什么比让自己的心得到真正的幸福和快乐更重要的呢？误入歧途的人啊，请擦亮你的眼睛吧！

（陈丹红）

所有在这个时间内走过的人，我一个也没有数。这两分钟是属于我的，完全属于我一个人的，我不让他们侵占去。

在桥边

［德］伯　尔/著　佚　名/译

他们替我缝补了腿，给我一个可以坐着的差使：要我数在一座新桥上走过的人。他们以用数字来表明他们的精明能干为乐事，一些毫无意义的空洞的数字使他们陶醉。整天，整天，我的不出声音的嘴像一台计时器那样动着，一个数字接着一个数字积起来，为了在晚上好送给他们一个数字的捷报。当我把我上班的结果报告他们时，他们的脸上放出光彩，数字愈大，他们愈加容光焕发。他们有理由心满意足地上床睡觉去了，因为每天有成千上万的人走过他们的新桥……

但是他们的统计是不准确的。我很抱歉，但它是不准确的。我是一个不可靠的人，虽然我懂得，怎样唤起人们对我有诚实的印象。

我以此暗自高兴，有时故意少数一个人；当我发起怜悯来时，就送给他们几个。他们的幸福掌握在我的手中。当我恼火时，当我没有烟抽时，我只给一个平均数，或更低的数字；精神愉快时，我就用五位数字来表示我的慷慨。他们多么高兴啊！每次他们郑重其事地从我手中把结果拿过去，眼睛闪闪发光，还拍拍我的肩膀。他们什么也没有料想到！然后，他们就开始乘呀，除呀，算百分比呀，以及其他我所不知道的事情。他们算出，今天每分钟有多少人过桥，10 年后将有多少人过桥。他们喜欢这个未来完成式，未来完成式是他们的专长——可是，抱歉得很，这一切都是不准确的……

当我的心爱的姑娘过桥时——她一天走过两次——我的心简直就停止了跳动。我那不知疲倦的心跳简直就停止了突突的声音，直到她转入林荫道消失为止。所有在这个时间内走过的人，我一个也没有数。这两分钟是属于我的，完全属于我一个人的，我不让他们侵占去。当她晚上又从冷饮店里走回来时——这期间我打听到，她在一家冷饮店里工作——，当她在人行道的那一边，在我的不出声音、但又必须数的嘴前走过时，我的心又停止了跳动；当不再看见她时，我才开始数起来。所有一切有幸在这几分钟内在我朦胧的眼睛前面一列列走过的人，都不会进入统计中去而永垂不朽了，他们全是些男男女女的幽灵，不存在的东西，都不会在统计的未来完成式中一起过桥了……

这很清楚，我爱她。但是她什么也不知道，我也不愿意让她知道。她不该知道，她用何等可怕的方式把一切计算都推翻了，她应该无忧无虑、天真无邪地带着她的长长的棕色头发和温柔的脚步走进冷饮店，她应该得到许多小费。我在爱她。这是很清楚的，我在爱她。

最近他们对我进行了检查。坐在人行道那一边数汽车的矿工及时地警告了我，我也就分外小心。我像发疯似地数着，一台自动记录公里行程的机器也不可能比我数得更好。那位主任统计员亲自站在人行道的那一边数，然后拿一小时的结果同我的统计数字相比较。我比他只少算了一个人。我心爱的姑娘走过来了，我一辈子也不会把这样漂亮的女孩子转换到未来完成式中去；我这个心爱的小姑娘不应该被乘、被除、变成空洞的百分比。我的心都碎了，因为我必须数，不能再目送她过去，我非常感激在对面数汽车的矿工。这直接关系到我的饭碗问题。

主任统计员拍着我的肩膀，说我是个好人，很忠实、很可靠。“一小时内只数错了一个人，”他说，“这没有多大关系。我们反正要追加一定的百分比的零头。我将提议，调您去数马车。”

数马车当然是美差。数马车是我从来没有碰到过的运气。马车一天最多只有25辆，每半小时在脑中记一次数字。这简直是交了鸿运！

数马车该多美！4点到8点时根本不准马车过桥，我可以去散散步或者到冷饮店去走走，可以长久地看她一番，说不定她回家的时候还可以送她一段路呢，我那心爱的、没有被计算进去的小姑娘……

与你共品

表面上看，这是一篇表现爱情对于一个处境堪忧的小人物所具有的强大精神力量，而深层则是揭示德国战后重建中偏重物质而缺乏精神关怀的这一问题以及小人物在这种历史背景下的精神状态。

小说以有限的视角，展示出了“制度”下人物的渺小。在物质与精神的极度不平衡下，很多人犹如行尸走肉般地活着，犹如机器般的运转着。人生没有了追求，生命就像干涸的荒漠、灵魂就像枯萎的枯藤。正如法国思想家蒙田说的：“物质上的不足是容易弥补的，而灵魂的贫穷则无法补救！”

物欲横流的现实中，枯竭中的灵魂正渴望得到精神关怀的滋润，正渴望着重新焕发生命的“新绿”。

（陈碧霞）

S先生无力地从总经理办公室走出来，心想：“哎呀，糟了。这次又得连夜逃走了，又要重新找工作了。”

保护色

［日］星新一/著　佚　名/译

在某个办公室角落的一张桌子前，S先生正在认真地工作。他的衣服非常朴素，领带也非常朴素。如同他普通的外表一样，他在公司的地位也非常普通，没有任何职务。

突然，有一位女职员走过来说：“S先生，总经理找你。”

S先生满腹狐疑地站了起来，不解地朝总经理办公室走去。

会是什么事情呢？总经理竟然点名要见自己这样的普通职员。肯定不是什么好事吧？迄今为止，自己没做过什么有损公司形象的事情啊！不过，好像也没做过什么对公司有贡献的事情。是不是什么地方得罪总经理了？还是情况更糟？

S先生摇摇头，想驱散掉脑子里冒出的不良预感。他战战兢兢地走进了总经理办公室。

总经理满面笑容地对S先生说："别那么拘谨，快坐下。"

"噢，请问您有什么吩咐？"

"是这样的。我想给你发一份任免书。"

"是。我早就有思想准备接受您的辞退了，我也知道自己工作并不出色。"

"不，你误解了。不是辞退，是晋升。我想让你做我的秘书。跟我学学经营之道，将来想对你委以重任。"

S先生越发紧张起来，摇着头说："我恐怕无法胜任这样重要的工作。咱们公司有好几百人，我是最不起眼的一个。您太高看我了。"

总经理坚持道："我看中的就是你这点！咱们公司员工确实不少，可都是些溜须拍马之徒，为了出人头地不惜损人利己。我调查过了，只有你本本分分地干自己的工作，从不邀功。听说有一次工作中，本来是你的功劳，你却拱手把荣誉让给了别人。"

"噢，实在对不起，好像是有这么一回事。"

"对于企业经营者来说，你这样勤勤恳恳、不计较个人得失的员工是最值得珍惜的。比那些爱出风头、自吹自擂的员工强多了。而且，我也调查了你的生活情况。你生活有规律、从不酗酒，平时也不多言多语。无论多么重要的公司机密，交给你去办我都一百个放心。"

总经理表扬起人来总是滔滔不绝。

S先生还是一个劲儿的推辞："不过，像秘书这样的重要工作我实在是无法胜任。对于我现在的职位，我已经非常满足了。"

总经理感叹道："真是太令人钦佩了。在这物欲横流的社会中，你竟然有这样一份难得的平常心。太伟大了，我的左膀右臂就应该是你这样的人。"

"承蒙您看得起我，可是……"

总经理摆摆手，说："不许推辞了。这是命令！任命书很快就公布，明天你就来秘书办公室上班。工资就不用说了，肯定会涨。对了，今晚下班后我们去喝一杯庆祝庆祝吧！"

S先生结结巴巴地答应道："噢，好吧。不过请安排明天晚上喝酒庆祝吧。"

S先生无力地从总经理办公室走出来，心想："哎呀，糟了。这次又得连夜逃走了，又要重新找工作了。"

几年前，S先生偶然目击了一个黑社会的杀人事件。黑社会的人记住了S先生的长相，一直在追杀他。S先生本想报警，可是这样一来，反而会暴露自己。虽然警方会保护他，但也难以获得每天 24 小时的长期保护。于是，从那以后，S 先生一心一意地低调生活，避免在社会上抛头露面。可是，他越是想不起眼地生活就越会得到晋升。如果得到晋升的话，他的交际面就会越来越广，一旦被黑社会的人发现，说不定就会有一颗子弹飞到他的脑袋上。所以，S 先生暗暗决定绝对不能升职。为此，他已经先后从 3 家公司辞职了。现在又遇到了同样的难题。他又不能把事情的原委和盘托出，否则一旦传出去他可就惨了。唉，做人可真难啊！

难道没有什么办法能避免晋升吗？有了！S 先生突然开窍了，下次找到工作以后，就像其他人一样，阿谀奉承、欺下瞒上、拉人后腿，为了出人头地不择手段往上爬就是了……

与你共品

保护色是指具有保护作用的警戒色和信号色，是属于隐蔽的防御方法。为了保命，S 先生换上“低调做人、做事”的保护色。当这样的保护色失去作用时，他只能选择了“阿谀奉承”这种生活中屡见不鲜的保护色来保护自己。

生活中，有很多人和 S 先生一样，为了保护自身利益、或为了保全自己更好地立足于社会，而想方设法披上不同的保护色。可是，如果人人都戴上了面具，披上了一层外壳，人与人之间该如何真诚交流、坦然相对？

保护色并不可怕，可怕的是人与人之间丧失了彼此之间的真诚！

（刘小梅）

市长：“噢，好样的！计划实在是庞大！但是你们的阅览室、书库和资料室在哪里呢？读者在哪里看书呢？究竟哪里是真正的图书馆啊？”

新图书馆开张

［俄］列昂尼德·戈季克/著　佚　名/译

一座新建的公共图书馆开张了。市长剪彩完毕后，图书馆馆长领着市长、其他官员以及记者开始参观新图书馆大楼。

馆长：“市长先生，建这座图书馆时，我们遵循的是建立新概念文化设施的原则。为了吸引读者，我们为他们创造了许多方便阅读的舒适环境，可以说，完全具有现代气息！请看，这是咖啡厅，是为了便于读者休息而建的。”

市长：“噢，有意思。”

馆长：“请往前走。为了吸引更多的年轻人来我们图书馆，整个二楼都建成保龄球厅。”

市长：“行，有创造性。我也是个保龄球爱好者，有时候也会玩两下。嘿！”（市长做了一个投保龄球的动作）

馆长：“我明白。但是我更喜欢台球。顺便说一下，台球厅我们也会很快建立在这里的。”

市长：“很好的想法！那边是什么？”

馆长：“那是专门为那些喜欢在晚上睡觉前小读一会儿的人准备的阅读室。您往里面看一下，里面还有个脱衣舞酒吧。”

市长：“不错，不错……但是怎么把脱衣舞酒吧建在里面了，还这么小？”

馆长：“您知道，这是一个老问题：经费不足。如果有足够资金的话，我们还打算建一个洗浴中心呢！”

市长：“噢，好样的！计划实在是庞大！但是你们的阅览室、书库和资料室在哪里呢？读者在哪里看书呢？究竟哪里是真正的图书馆啊？”

馆长把他们带进了一个小房间。房间里唯一的一个书架上摆放着两本《哈利·波特》和两份报纸。

市长：“你们的图书馆怎么这么小呀？”

馆长：“读者的需求量不大嘛……如果需求量大的话，我们可以对图书馆进行重建，例如建立一个文身厅……”

市长：“文身厅？也好。总之，设想还不错，只是有些超前意识……”

与你共品

表面上挂名是图书馆，实际上却是享乐的温柔乡！

小说巧妙地设置市长与馆长两个角色，以简单而又具有所谓超前意识的对话，讽刺和批判了时下人们重物质生活、轻精神食粮、奉行享受主义的不良世态。如果人们的心被物质蒙蔽了，当然就看不到精神食粮的魅力所在，这也不免是人类的悲哀！

德国哲学家黑格尔说过：“理想的人物不仅要在物质需要的满足上，还要在精神旨趣的满足上得到体现。”人一旦沉醉于物质生活，抛弃精神食粮，将会导致社会文明停滞不前，最终换来的结局也就是自身毁灭！

（刘小梅）

他说："可是空口无凭，我不能啥都信，要是电车公司能证明你丢了鞋，那我就给你开条儿。没有证明不能开。"

丢失的套鞋

［前苏联］左琴科/著　佚　名/译

电车上是很容易把套鞋挤丢的，特别是旁边有人稍稍使劲一挤，后边再狠狠踩你鞋后跟一脚，这么着，你的套鞋可就没有了。

丢掉一只套鞋，本来也不过是小事一桩。

我的那只套鞋一转眼的工夫就丢了，简直快得惊人。

我记得，上电车的时候两只套鞋都在脚上。

可是，下了车，我朝脚上一看：一只还在，另外一只却没影儿了。靴子还在脚上，袜子没丢，衬裤也在身上，可套鞋没了，就少了一只套鞋。

去追电车，那哪儿成……

我脱了剩下的那只套鞋，用报纸包上，就这么上班去了，心想：下班后再找吧，东西总不会没的，总能找回来。

一下班，我就去找套鞋。我先找了一个认识的电车司机，和他商量怎么个找法。

经他一指点，我劲头十足了。他说："算你运气好，亏得你丢在电车上。真该说谢天谢地啊。要是丢在别的公共场所，那就不保险。丢在电车上，保准丢不了。我们局里有个失物招领处，到那儿就能领回失物，没问题。"

"噢，谢谢您啦，"我说。"现在我心里就踏实啦。唉，我的套鞋还有八成新呢，才穿半年多。"

第二天，我到了失物招领处。

"朋友，我的一只套鞋在电车上弄丢了，不知能不能让我领回去？"

"可以，"招领处的人回答说，"你的套鞋是什么样的？"

"套鞋嘛，就是一般的，"我说，"十二号。"

"十二号的，我们这儿能有一万二千多只，你说说特点吧。"

"特点嘛，也是一般的，后跟都磨平了，鞋里的衬绒也没了——蹭光了。"

"这样的鞋我们这儿也有上千只，还有别的特别记号吗？"

"还有：鞋包头快要掉了，凑合还连着，后跟也快磨秃了，鞋帮倒还可以，没有掉。”

“你在这儿坐坐，我去看看。”

瞧，我的那只套鞋拿来了！

我高兴得要命，简直激动极了。

我想，这里的工作真出色，为了一只套鞋他们真是不厌其烦，服务态度真好。

“谢谢，”我说，“朋友们，这件事我一辈子也忘不了。快给我吧，让我穿上。谢谢你们啦。”“不行，尊敬的同志，还不能给您，因为我们不知道这套鞋是不是您的。”

“是我的，我说的是实话。”

“我们相信您，也十分同情您。很可能这就是您丢的那只套鞋，不过还不能给您。请开个证明来，证明您确实是丢了鞋。让居委会开个证明。有了证明，我们立刻把东西归还失主，决不拖延。”

“朋友，”我说，“好同志，可是我的街坊并不知道我出了这档子事，他们可能不给开这样的证明。”

“会开的，这是他们应该做的事，要不，要居委会干啥？”

我朝那只套鞋又看上一眼，就出去了。

第二天，我找了居委会主任，对他说：“请给我开个证明，我丢了一只套鞋。”

“真的丢了？可别糊弄人！是不是想捞点外快？”居委会主任说。

“真的，”我说，“我是丢了鞋。”

他说：“可是空口无凭，我不能啥都信，要是电车公司能证明你丢了鞋，那我就给你开条儿。没有证明不能开。”

我说：“就是他们让我来这儿开证明的。”

他说：“那你打个报告吧。”

我说：“怎么写呢？”

他说：“你就写：某年某月某日丢失套鞋一只……等等，等等，还得写上保证：事情未弄清以前不擅自外出。”

我写了报告。第二天给我开了一张正式的证明。

我拿着证明又到了失物招领处。这次没再费口舌，他们就把套鞋还给了我。

我穿上了套鞋，心里有多激动呀：“瞧，他们的服务态度多好！换个别的单位，为一只套鞋哪肯花那么多时间！从车上扔出去就完事了。我奔走还不到一星期，就物归原主了。”

叫人遗憾的是，就在我为失物奔走的时候，偏巧另一只套鞋又弄丢了——一星期来我把它包在报纸里一直随身夹着。这次可记不得丢在哪里了。肯定不是丢在电车上，所以这只鞋就算丢定了，找不回来了。

头一只总算找回来了。现在我把它放在五斗柜上。每当心烦的时候，只要朝这只套鞋看上一眼，就心平气和了。我心想：我们的办事机构真是堪称模范！

我把这只套鞋留下作个纪念，让子孙后代也来观赏吧。

与你共品

“我们的办事机构真是堪称模范！”一句心里话点出了整篇小说的主旨。作者用幽默风趣的语言辛辣地讽刺了在政府机构办事要“过五关，斩六将”的艰难过程。

小说中的“我”前后跑了两个办事机构，用了好几天的时间，才拿回那只旧套鞋。我们都知道“一寸光阴一寸金，寸金难买寸光阴”这个道理，如果我们宝贵的时间都花费在办手续、等结果这样的事情上，那便与浪费生命无异。

（赵圣洁）

正当我们忙于此事的时候，等待送子女入托的队伍又大大增长了，增加的全是像我们这样为了安排子女而离婚的人。

第二次出嫁

［前苏联］米哈依尔·安德拉沙/著　佚　名/译

在南方某城的旅游俱乐部里，每年颁发一次“轻便背囊”奖，表彰写得最美、最真实的游记。去年，这一光荣的奖赏被描写溶洞探险的三名青年人得去了。他们描绘他们怎样在溶洞里迷了路，后来又怎样从地球的另一面走出了溶洞。据他们在游记里所说，当他们从深深的地隙中钻出到地面时，看到了名城里约热内卢的中心广场。他们问正站在旁边的警察，这是什么广场。

“奥斯塔普·本德尔广场。”警察答道。

今年，女工程师尼娜·西蒙诺娃以其特别真实的文章获得了“轻便背囊”奖。

在发奖仪式上，俱乐部的元老致了简短的开幕词后，竞赛的评委会主席——一位上了年纪，看上去有六十岁，而实际上已经九十九岁的男子——宣布了这次竞赛的优胜者的姓名，并接着说，她因她的文章《第二次出嫁》而获得“轻便背囊”奖，文章的不同寻常的题目使掌声变得与往常不同：掌声中听得出有戒备的意味。这是因为这个城市的旅游俱乐部的成员都极尊重家庭关系，并以各种体面的借口避开那些破坏婚姻的旅行家。

获胜的“罪人”是一位俊俏、苗条的妇女。她穿着用时髦的、闪光织物缝制的晚礼服走上台来。

尼娜·西蒙诺娃从主席手中接过包扎得很漂亮的背囊后，就按照惯例，读起了她的文章。

“今年夏天，”她开头有些激动，“我和丈夫过得愉快极了。我们有了绝妙的两人一起旅行的机会，即使到天涯海角去我们也可以做到。还在我们刚刚申请接收我们的孩子入托的时候，我们就盼望着这次旅行了。当时，托儿所的工作人员收下了我们的申请，答应等轮到我们时就通知我们。从排队的情况看，我们孩子的入托时间还遥遥无期。一位邻居很实际地劝我们到房管所去搞个证明，就说我们家里没有老人，也没有雇保姆的物质条件。我丈夫原来挣的钱很多，可我却劝他尽量少往家里拿，并且调换一下工作。他不同意，而我坚持我自己的主张。后来，他调动了工作。新工作的报酬只有原先的三分之一。从多方出具证明看，我们刚刚能勉强度日。我们不仅无力购置水晶之类的装饰品，就连普通的彩色电视机也买不起。这样，我们在等待入托的长队中一下子被往前提了许多。

“但是，等待送子女入托的独身母亲和离婚女子的队还要短得多，因为孩子们的父亲只把工资的四分之一交给她们。我想了想，决定说服丈夫提出离婚。丈夫当然坚持不干，说什么，没有我他就不能生活，他无法想象……但我还是坚持。结果，法院判决我们离婚。我开始从他那儿领取微薄的女儿抚养费。以前，我的丈夫在工作单位的名声很好，可当人们知道他抛弃了家庭，只交女儿的抚养费时，曾想给他安上‘道德败坏’的罪名。于是，我跑到他们单位，竭力使首长相信，一切都是我的罪过，他们的工作人员是位特别正派的人。

“正当我们忙于此事的时候，等待送子女入托的队伍又大大增长了，增加的全是像我们这样为了安排子女而离婚的人。

“就在这时，我以前的丈夫得知，单身父亲的孩子可以立即入托。

“丈夫提出申述，要求剥夺我的抚养权。剥夺权利这可不是件容易事。但丈夫靠着众多的熟人，还是搞到了必需的证件。事情终于办成了！我以前的丈夫把介绍信交到托儿所。还是每周只把孩子领回家一次的全托呢！

“但是，在这一段时间里，我们的女儿早已长大，并进一年级读书了，所以，今年暑假我们能够很快地、没用特别奔走就把她去参加两期少先队夏令营的事安排好了。而我们自己则出去旅游。

“这真是我们青春和爱情的美妙时光。

“正是在旅行中，在大自然的怀抱里，我们互相更加了解了。

“丈夫又向我求婚，我也答应再一次嫁给他……”

尼娜·西蒙诺娃读完了文章。会场一片寂静，然后爆发出一阵掌声——雷鸣般的掌声。俱乐部的全体成员都从座位上站起来，向优胜者表示祝贺。

与你共品

一对夫妇为了享受两人世界的幸福，费尽心机地办理让自己孩子入托的事务。然而，这对夫妇却错过更多的幸福。

夫妇俩自认为的“幸福”生活，却是以破坏幸福的方式获取。为了自己的幸福，忽略孩子的感受和幸福。因为自私的欲望，夫妇付出了惨重代价：遭受贫困、损失名誉、耗费岁月，甚至与初衷相违背的代价，才换来所谓的“幸福”时光。事实上，自私的想法，并不会让自己更快地得到想要的幸福，只会让自己更快地远离幸福，错失幸福。

自私，会让幸福变得遥远，会让自己变得痛苦；无私，才会拥有美好的幸福生活。

（吴艺芳）

每当三位候选人聚在一起时，功勋演员便开开玩笑，副博士便炫耀自己的博学，功勋运动员瓦连京·扎鲁巴耶夫则一声不响地用痴情的目光盯着莉拉·赫丽赞图莫娃。

一道三个未知数的算题

［苏联］巴赫诺夫/著　佚　名/译

莉拉·赫丽赞图莫娃正值出嫁的芳龄，对此她非常明白，所以，出嫁也就相当频繁。

每一位丈夫都给她的生活留下了一点点痕迹。第一个丈夫给她留下了一套单间住房；第二个丈夫给她留下了一个孩子和一辆“查波罗什”牌汽车；第三个丈夫给她留下了一张便条，上面写道：他不能再这样生活下去，他要当一个光棍汉。

莉拉卖掉了汽车，撕碎了便条，把孩子交给自己的妈妈，把住房留给了自己。现在，这位长睫毛、低嗓门、高胸脯、受过高等教育、令人神魂颠倒的美人儿又打算出嫁了。只不过究竟选谁做她的意中人，她一时确定不下来。

候选人共有三位：歌剧芭蕾舞剧院的教员、共和国功勋演员巴尔马科夫；灌溉和土地改良研究所活水利用实验室的代理主任、工程学副博士兰德林诺夫；还有奥林匹克运动会获奖者、功勋运动员瓦连京·扎鲁巴耶夫。莉拉既然是一个严肃而善于思考的女人，她当然明白称号并不等于一切，要一块儿过日子的是人，而不是称号。不过，既然有称号，那么和有称号的人过日子不是更好吗？于是，莉拉左思右想，无法断定什么称号更为实惠：是功勋演员、副博士，还是功勋运动员？莉拉只有依靠她那女性的直觉了。她结过几次婚，又受过高等教育，她的直觉受到了锻炼。

每当三位候选人聚在一起时，功勋演员便开开玩笑，副博士便炫耀自己的博学，功勋运动员瓦连京·扎鲁巴耶夫则一声不响地用痴情的目光盯着莉拉·赫丽赞图莫娃。

芭蕾教员一刻也没有忘记瞅准时机提一提灌溉和土壤改良研究所活水利用实验室代理主任只不过是个临时性的职务。可是，兰德林诺夫也不甘示弱，对他接二连三反唇相讥：当代理主任总比在歌剧芭蕾舞剧院没完没了地跳各种双人舞强得多。

巴尔马科夫说着笑话敷衍过去，莉拉·赫丽赞图莫娃哈哈大笑，瓦连京·扎鲁巴耶夫则用痴情的目光盯着她，一声不吭。

莉拉只是故作姿态，装出无忧无虑、高高兴兴的样子，实际上，她哪里顾得上笑，她还决定不下，究竟选择哪一位好呢。

一切都要她细细地权衡。

巴尔马科夫有一辆崭新的“伏尔加”轿车，但他有高血压；兰德林诺夫拥有一幢即将竣工的别墅，而他却患着肝病；瓦连京·扎鲁巴耶夫既没有汽车，也没有别墅，但他有令人羡慕的健康体格。这就要算一算，哪些条件更重要！

为了计算简便，巴尔马科夫的高血压、兰德林诺夫的肝病同扎鲁巴耶夫没有汽车和别墅可以等量齐观。不过，莉拉是一个善于思考的女人，她明白，疾病与年龄俱增，而财产则是得来之物，如果说，随着年龄的增长几乎人人都要生病，那么汽车和别墅则只能被幸运儿所获得。

但是，每一位候选人还拥有其他的优点。譬如：巴尔马科夫与文学界有交往，经常写些文章，是颇有名气的实干家。扎鲁巴耶夫长得漂亮，经常出国参加比赛。而兰德林诺夫不仅勤奋地撰写博士论文，而且还有一位胞兄是大百货公司的经理。

不管怎么说，巴尔马科夫与文学界交往能够同扎鲁巴耶夫的美貌和兰德林诺夫的勤奋等量齐观。不过，如果说出国旅行能同有个大百货公司经理的兄长相提并论的话，那么巴尔马科夫的实干精神比起来显然就逊色了。但从另方面来看——莉拉作为善于思考的女人，她明白——扎鲁巴耶夫不能永远出国，经理的职务也不能保留终身，而实干家则永远是实干家，这也不失为一个优点。

总之，巴尔马科夫有“伏尔加”患高血压，与文学界有交往，有实干精神；但不能出国，没有当经理的哥哥。

兰德林诺夫有当经理的哥哥、尚未竣工的别墅、勤奋的精神，而没有健康的身体。

扎鲁巴耶夫则相反，有健康的身体、漂亮的相貌，能出国，但没有汽车和别墅。

究竟什么更好呢？

要么，为了计算起来清楚，拿巴尔马科夫的“伏尔加”同扎鲁巴耶夫的出国和兰德林诺夫的勤奋相抵？拿兰德林诺夫的胞兄同扎鲁巴耶夫的健康和巴尔马科夫与文学界的交往相抵？那么，拿兰德林诺夫的肝病怎么办呢？能不能拿肝病同巴尔马科夫的实干精神和扎鲁巴耶夫的美貌相抵？拿巴尔马科夫的高血压同兰德林诺夫博士的论文相抵？拿扎鲁巴耶夫没有汽车这一点同巴尔马科夫崭新的“伏尔加”相抵？

是啊，莉拉·赫丽赞图莫娃想得多，问题就越复杂。而时间在一天一天地流逝……事情常常是这样：随着时间的推移，一切问题会自然而然地解决。

一年过去了。功勋演员巴尔马科夫荣获人民演员的称号，作为一个实干家，马上迁到了莫斯科。工程学副博士兰德林诺夫不知怎么悄悄地盖好了别墅，写完了论文，乘兴向自己的实验室的女实验员提出了求婚。

这样一来，莉拉就只剩下功勋运动员扎鲁巴耶夫了。他一如既往，仍用痴情的目光盯着她，一言不发……当他终于打破沉默开始说话的时候，才真相大白：他早已结婚，而且并不打算离婚……

唉，故事就这样结束了……不过，干吗说结束了呢？莉拉·赫丽赞图莫娃仍然正值出嫁的芳龄。所以，我向一切有名号，有别墅，或者即便患有高血压的男子汉进一言：千万要当心！千万！

与你共品

婚姻不是打牌，重新洗牌要付出很大的代价。莉拉最终还是与美好婚姻失之交臂。因为她在一年苦苦的利益权衡中逐渐失去了选择的优先权。读者不禁惋惜：别让利益阻碍了你追求幸福的脚步！

小说让我们深刻地感受到借婚姻去争取物质、利益，只会让自己失去更多。结婚是两颗心结合在一起，而不是两个人的利益结合在一起。幸福的婚姻不能用金钱和物质换取，而是用爱！

婚姻是建立在爱情、依恋、尊重的基础上，它是两颗心灵的交融。有爱的婚姻，才会结出幸福的果实。如果把婚姻当做是获取权力和金钱的工具，你不仅会错过幸福的婚姻，而且会失去很多其他宝贵的东西。

（吴艺芳）

不过，事情也并不完全能够遵循老习惯，因为他的梦想、他的筹划、他的愤怒统统沉浸在这白天的酣睡之中，而他的自负、暴烈、大胆和才智都归到无用场的黑夜里。

勃鲁阿戴总统

［法］塞斯勃隆/著　佚　名/译

艾米尔·勃鲁阿戴有一种大大妨碍他前程的脾气。

因为他虽然在政府机关里任职，却丝毫不像他的同事们那样克制、收敛，居然还敢发发脾气。像他这样一个爱发号施令、性格暴烈、胆大而有见识的人，亏得他喜好不一，应该说他需要在办事中有条不紊，否则他连现在占着的那个微不足道的位置还捞不到哩。他日常生活中的一切事都是“准时而行”的，这一点是他在部里的档案中得到的唯一良好的评语。他每天起床到部里上班、吃饭、吸烟、洗手，等等，都是一成不变。他的梦想、筹划、发怒——所有使他成为一个人的活动，都被安排在这些事的空当儿里。他总是从晚间九点睡到早上七点，一旦缺了五分钟的觉，无论如何，要在当天补回来，否则就要出现严重的神志不清的情况。

依照这种情况推测，他的后半生里只有两个日子值得提一下了：一个是他退休的日子，一个就是他死的日子。其余的都是一成不变，“准时而行”的。

可是有一天晚上，几个顺路来看望他的朋友把他拉出去，先到戏院，后到夜总会，在外边玩了个通宵。第二天早晨，勃鲁阿戴醒来的时候发现自己已经是在家里，这会儿时钟正好敲了七下。他面临一个无情的窘境：要么睡上一天觉，要么照常上班工作，不睡觉了。两个办法都同样打破他的常规，他简直不知选择哪一个才是。在不知不觉中，还是他的身体替他找到了唯一对他合适的办法，艾米尔·勃鲁阿戴又睡着了，但他刚一睡倒，身体很快就起来了，重新穿好衣服，到部里上班；从此，他成了一个梦游者。

人闭着眼睛不一定是在睡觉；同样，一个睡着了的人也不会一定非闭着眼睛不可。许多梦游病人就是睁开眼睛的，这也正是艾米尔·勃鲁阿戴的情况。从那天开始，他的生活就完全颠倒了过来，再也无法恢复原来的次序。夜里，他好歹算是活着；白天，他睁着眼睛在做梦，按照老习惯过日子。不过，事情也并不完全能够遵循老习惯，因为他的梦想、他的筹划、他的愤怒统统沉浸在这白天的酣睡之中；而他的自负、暴烈、大胆和才智都归到无用场的黑夜里。在白天，只见他完全是个沉默寡言、谦卑顺从、唯唯诺诺的样子，因为他完全是个夜游的人。然而正因为如此，他的生活发生了重大变化。

原来他的上司们对他那过强的性格一直很厌恶，现在终于看中他，觉得他的职位如此低下是有欠公道的，就越级提拔他。他的晋升简直是神速的。人们本来知道他并不怎样笨，现在又发现他温顺、平和、毫无野心，于是就把他树为榜样。首先把法兰西学院院士的桂冠给了这位梦游者，接着他又得到了骑士荣誉团勋章。“怎么！他以前还没有得到吗?”

常言道，群蝇逐臭，交易界靠官场的腐败而生存；而他，不久就成为交易界津津乐道的人士。有人揣度艾米尔·勃鲁阿戴可以出任一个子公司的经理。这是对他一番“试用”。梦游人当然表示同意。他出席各种董事会，总大睁着那双茫茫然的眼睛，嘴边挂着微笑。“他样样都好，亲爱的……”那些托拉斯的巨头们非常赏识他。

不久，他就在三个、七个甚至二十个董事会里兼职，人们推选他当董事长。他在承办什么事务和主持投票时，完全符合例行公事的原则，又毫无任何自己的见解，这是无与伦比的优点。由于那些托拉斯老板有意把他引进海运界，他就在那里发迹扬名了。从此，那些搬运工、码头工和随时会丢掉性命的水手们一听到勃鲁阿戴经理的名字就会脱帽表示敬意。随着他飞黄腾达，先后有一只普通挖泥船、一只驳轮、一条大货船，还有一艘世界上最大的深海客轮被命名为“勃鲁阿戴总经理号”。

托拉斯的巨头们认为，像勃鲁阿戴这样恪尽职责的人物应该更直接地参与国家事务。梦游者自然同意了。有人出钱给他买了一个选区，于是他成了众议员。后来当了参议员，接着又从副议长升为参议院院长。最后，按照逻辑发展的必然性，他当上了共和国总统。他那副捉摸不定的眼神，梦游者特有的微笑，竟成为《画刊》杂志极好的封面，而且被挂在各学校、各警察局的墙壁上。他很少演说，演说时内容平淡无奇，这样，全国一半的人听了大失所望，可是另一半的人听了则大为高兴，说：“我们总算有了一位不夸夸其谈的总统，一位思想家！只要看一看他那双沉思的眼睛，富有哲学意味的微笑，就足以……”再说，他是那么风度翩翩。

众所周知，自从费里克斯·富尔总统以来，竟没有一位总统懂得穿衣服。于是这位勃鲁阿戴总统就被当做出口商品一样看待了。在这位气度不凡而又比英国国王还要沉默寡言的人物访英以后，法兰西银行从大不列颠政府银行得到了一笔渴望已久的巨额贷款。但由于这笔钱早就用于填亏空，勃鲁阿戴总统便又被派往美洲进行访问。就是这趟旅行把一切都搞糟了。

因为新旧大陆之间的时差使艾米尔·勃鲁阿戴补上了很久以前欠下的那一夜睡眠，这真是他自己也没有料到的事情。此后，他又白天清醒，夜里睡觉了：梦游症到此结束！他的个性、他的大胆和才智又统统重现出来，冲撞、冒犯别人，使别人感到不安。在国会和银行的走廊里，到处是议论他的窃窃私语。

不到半年，艾米尔·勃鲁阿戴落入了几乎是尽人皆知的一些圈套（只有他被蒙在鼓里），他不得不辞去共和国总统的职务。他也没有再被选为参议员，又在立法选举中被击败，被撤掉一切官方职务，最后获准去享受他那退休的权利了。

与你共品

锋芒毕露的艾米尔·勃鲁阿戴在工作中得不到任何人的赏识，但当他阴差阳错地成为谦卑顺从的梦游者时，职位便神速晋升。然而当梦游症结束后，一切又不复存在。

小说情节反转曲折，却又毫无保留地暴露出职场、官场上可耻可笑可恨可恶的潜规则。生活中有才华的人往往会受到压制或埋没，而那些毫无主见、见风使舵的人却是活得如鱼得水。那么，在社会工作中，如何才能做到双赢？这则是我们每一个人都值得深思的问题。

因此，在这激烈竞争的社会中，我们应当学会理智地扬长避短，只有这样，你才会更好立足于这个社会上，创造出一片属于自己的天地！

（黄彩珍）

一当悼词念完，契本副局长把讲稿的最后一张纸放在桌子上，然后宣布：为悼念已故勃朗特局长，全体起立，默哀一分钟。从此开始，我们局就变成了货真价实的“遭殃的机关”了。

遭殃的机关

［匈牙利］莫尔多瓦/著　佚　名/译

现在知道“遭殃的机关”的人已经越来越少，看来已经到了我向人们谈谈是什么事使我们机关遭殃的时候了。

本来我们的机关和别的机关没有什么不一样，充其量只是我们的勃朗特·尤若夫局长比别人更威严一点就是了。一进机关大门，迎面就是一人高的站立塑像，这是局长六十寿辰之际全局六百个业余雕塑家应征作品中被评选委员会挑中的那个。塑像的一只手威风凛凛地指点着进来的人，另一只手指点着挂在墙上的横幅，横幅上写道：“你今天打算做什么来让我对你感到满意？”局长在厕所里也打发人挂上他的肖像，下面写的话是："别在这里偷懒，你不想想，连我也把烟戒了?"

勃朗特局长在一个改装过的保险箱里办公。他办公真可以说是办来全不费功夫：无论谁，无论请示什么事，一概不见。不过倒也不是真的一个也不见，如果有人前来告发机关里某人居然在局长背后发表了语带不敬的轻率言论，那当然另当别论了。告发者只要把保险柜的开关拧到"敌人"那格，柜门就会启开，他便获准入内，面陈详情。如果报告属实，那么对领导不敬者就得从机关里卷铺盖滚蛋；如果报告不属实，那他也得卷铺盖滚蛋，因为总是事出有因，否则别人怎会把有损局长威信的不实之词粘在你的名下呢?

勃朗特局长在位为时六年，其间他周围的人换了12批。第六年末勃朗特局长突然病逝。虽然他亲自另外批准两名高级工作人员可以上教堂为他祷告，但看来没有起到作用。

局长驾崩人间后的第二天，全局职工云集俱乐部大厅开追悼会。勃朗特局长的遗像围上黑纱，相片下面——按照他的遗言——挂着一条横幅，上面写道："物质不灭，精神不死，本局长永在。"新局长还没有到任，由副局长契本代致悼词。契本副局长站在俱乐部礼堂的尽头，面对局长遗像宣读悼词。站在前几排的人都好像看到已故局长在镜框里时而赞许地点点头，但当契本副局长说些唆、平庸的话时，他就皱起眉头。致悼词从早晨八点钟开始，于次日下午六点半结束。一当悼词念完，契本副局长把讲稿的最后一张纸放在桌子上，然后宣布：为悼念已故勃朗特局长，全体起立，默哀一分钟。从此开始，我们局就变成了货真价实的"遭殃的机关"了。

为了竭力克制哀痛，或者表示自己正在竭力克制着哀痛，起立的人都双手扶着前排的椅子背。格盖尼同事（他常常腿抽筋）刚一起立，就打了个失脚，但契本副局长严厉地瞪了他一眼，他马上就立直了。格盖尼知道，人们对局长哪怕只要有一丁点不逊之举，副局长们是从不手软的。

大家站着，等有人做个动作，咳一声，或者用其他什么方式表示一分钟已经到了，可是全场鸦雀无声。

一分钟肯定无疑是过去了，但谁也不认为自己可以出来表现一下。算起来最适合说这句话的是契本，可他连表也不敢看一下，他担心要为此丢官：干吗一定要副局长来打破这庄严的气氛呢?有的人眼看着围黑纱布的遗像，暗暗担心自己的饭碗。谁也不怀疑，勃朗特局长说"物质不灭"绝不是信口开河，他们相信，任何人敢斗胆从最后敬意的六十秒钟哪怕克扣一秒钟，就会遭到局长来自另一个世界的处分。同时，谁也忍不住偷偷地想笑，看看到底哪一个糊涂家伙第一个出来打破沉默，那么他就会被脚不沾地踢出机关去，不少人正在盘算，这无疑是为提拔创造条件的大好时机。

最后使事情彻底改变为悲剧的是墙上的那架挂钟。大概也为了表示哀悼吧，它停了。大家就永远地失去了能不冒大不韪而断定一分钟已经过去的机会。

天破晓了，后来黄昏又来临了，但是一分钟的默哀还在继续进行。直到新任的局长到任，请大家节哀，请坐下或者请回家，但人们还是默默地站着。尽管大家都想结束这场默哀，可是没人敢理睬一下新局长，每人都担心：是他第一个坐下来的。

两个星期过去了。由于俱乐部别有用途，新局长只好派人把开追悼会的人们装上卡车（他们还是这么站着，本来怎么站着的现在还是怎么站着，要动手术都不用另摆姿势了）。运到医院，医院不接受，于是又运到了“最新现代史博物馆”的一个特别陈列室。

“遭殃的机关”全体人员从此就在那用一条红绳子围着的地方站着，扶着前排椅子背，眼睛瞪着前方，好像还在看着已故勃朗特局长的遗像。

博物馆的看守告诉人们说，默哀的人常常在深夜轻轻地叹一口气，稍微动了一下腿，好像想活动一下，但接着又从眼角里偷偷看着别人，继续一丝不苟、毕恭毕敬地站着。

与你共品

小说描述了在勃朗特局长荒谬规则领导下的机关现状，并刻画了局长去世后机关人员所表现出的愚蠢貌，讽刺了现今社会机关的阴暗面。

政府机关原本是为人民谋福利、作贡献的机构。但在现实生活中，名义上的机关早已成为官员们争权夺利的桥梁，成为他们谋取个人利益的垫脚石。他们习惯性地高喊政治口号，却不把事情落实到实处。而机关里的工作人员往往只会盲目地遵循领导的指令。

由这样的一群人组成的机关能不遭殃吗？失去灵魂的肉体只是一架空壳。我们要的不是博物馆里单有身躯的标本，我们更需要一群有思想有灵魂的人指导机关的运转。

（王璇）

列夫·尼古拉耶维奇也和以前大不一样了。现在他穿着高档，也很有品位，人年轻了，腰挺直了，步伐矫健，目光自信，睡眠酣畅。

不寻常的一天

[俄] 弗·格列恰尼诺夫/著 佚 名/译

和往常一样，这天也没什么特别的，上午、下午都过去了，现在是晚上，接着就该是深夜了。列夫·尼古拉耶维奇用自己的钥匙打开了家门，走进厨房，坐到了桌旁。

“怎么?”索涅奇卡用期待的目光看了一眼丈夫说，“你还去?”列夫·尼古拉耶维奇很内疚地叹了一口气，没出声。

“我早就料到了。”索涅奇卡说完就去卫生间洗被罩去了，也是去那儿偷偷地哭去了。自己动手洗被罩是因为不喜欢去洗衣店，哭是因为刚才提到了丈夫又要出差很长时间，这是他今年第三次出差了，当然了，这也不会是最后一次。丈夫这次要去特穆塔拉坎，离这儿很远，连一家像样的旅馆饭店也没有。而最让人气愤的是，只在有这种差事的时候，处里才会想起列夫·尼古拉耶维奇这个人。列夫·尼古拉耶维奇又是一个爱面子的人，让他去就去。他就是这样的人。办公室领来的办公用品，什么稿纸啊、复印纸啊，还有其他一些不值钱的什么东西呀，同事们都统统拿回家去了，只给他剩些带格子的账本和一些紫色的表格。等工作中需要那些东西的时候，他只好去学生用品商店买，还得自己掏腰包。有一次，他在家讲了这件事，打这以后，原来一直在心里暗暗恨他的丈母娘也就不再隐瞒对他的态度了。

“你嫁了个傻瓜，”有时候甚至当着他的面，丈母娘就这么跟女儿索涅奇卡说，“你看看，他像谁?你像谁?你们的孩子又像谁?”

这些话让列夫·尼古拉耶维奇感到特别委屈和不公平。列夫·尼古拉耶维奇本人像一个地地道道的主任工程师，这也正符合他的身份；妻子则完全像一个经济学家，这也和她的职业相当；孩子们有的地方像他，有的地方像索涅奇卡，更像这个世界上其他的孩子。不管怎么说，丈母娘的话一直让他耿耿于怀。

总而言之，列夫·尼古拉耶维奇活得不太舒心。公交车上有人对他说话无礼，售货员卖给他东西总是缺斤少两还暗自得意，因为他从不看秤，他认为这不体面，即使看了，也不出声。不过，只有一次，他没忍住，说了出来。回到家，他对妻子说，他替售货员感到羞耻。听了这话以后，本来就沉默寡言的索涅奇卡更没动静了，连着两个星期没说话。

这时，索涅奇卡红肿着眼睛从卫生间里出来了，默默地找出一只旅行箱，开始往里面放丈夫出差要带的东西。

“索涅奇卡，”列夫·尼古拉耶维奇实在受不了这种沉闷的气氛了，央告说，“我到底错在哪儿啦?”

索涅奇卡也控制不住自己了：

“上帝呀，”她低声喊道，“为什么你就不能像别人那样活着？你哪怕拿一沓复印纸回来也行啊!”

“我不会拿复印纸。”列夫·尼古拉耶维奇回了一句。

“那你就学学。”索涅奇卡说，“要不我走，永远不回来了。”

最后一缕阳光照进房间后，太阳落山了。列夫·尼古拉耶维奇穿上一件鼓鼓囊囊的上衣，戴上一顶涂着防潮油的窄边帽子，走出了家门。

“好，”他自己也不知道是在威胁谁，“我这就去给你们拿。”

随后他感到了一种前所未有的轻松，于是他走进了拐角处的一家小商店，闭上眼睛，往衣兜里塞了一块友谊牌软形干酪（当时，这是好几年前了，那块奶酪卖 26 个戈比），就径直往外走。

他等着有人来拦住他，臭骂他，再把他的双手扭到背后去，甚至也许还会把他关进监狱里去。但是，什么事儿也没发生，他平平安安地出了商店，谁也没发现他。

后来发生了什么，他记不清了。他一直在一个什么地方徘徊，自言自语，还来回晃动着胳膊。明亮的月光洒满了大地。黎明时分，他回到了家，把那块该死的干酪塞进了冰箱，就睡着了。

清晨，响起了一阵急促的电话铃声。

“列夫·尼古拉耶维奇，”处长异乎寻常的温和，甚至有点像讨好似的说，“您今天坐飞机去一趟里加吧，去参加个研讨会。千万别急着回来，在那儿晒晒太阳，好好休息休息，我们可没少让您受累。”

“那出差的事儿怎么办呢?”列夫·尼古拉耶维奇刚一开口，电话里处长马上又和蔼地说：“您就别考虑这事儿了，会找到人的。总之，您就出发吧，什么也别想了。我已经派车接您去了。”

列夫·尼古拉耶维奇去了里加。回来的时候，精神饱满，皮肤黝黑，简直像换了个人似的。处里的女人们甚至开始向他示爱了，但什么浪漫的事儿也没发生。

好戏在后面呢。不久，列夫·尼古拉耶维奇在里加刚认识的一个熟人（那时他就是个大人物，现在就更不用说了），就把他调去了，让他当了主任，当时正好空出来一个主任的位子。再后来他有了一套位于河湾处的房子，那儿空气清新，离地铁站只有几步远，虽然那个时候他早就把地铁给忘了。孩子们转到了一个因材施教的学校，丈母娘现在也只是星期天才登门了。

列夫·尼古拉耶维奇也和以前大不一样了。现在他穿着高档，也很有品位，人年轻了，腰挺直了，步伐矫健，目光自信，睡眠酣畅。

只是一到望月那天，他就失眠，躺在那儿辗转反侧，心烦意乱。当月亮爬上窗户，月光照进这套大房子最黑暗的角落的时候，他就悄悄地从床上爬起来，穿上那件鼓鼓囊囊的上衣，戴上那顶涂着防潮油的窄边帽子，到街上去。直到黎明时，他才回来，这时他已经安静下来了，也疲劳了，然后就躺下睡觉了。

第二天，一家商店的工作人员准会发现门槛上有26个戈比，已经接连好几年了。有时候是一枚20戈比的硬币和两枚3戈比的硬币，有时候是一枚5戈比的硬币、两枚10戈比的硬币和一枚1戈比的硬币。的确，现在钱和其他所有的东西都变了，工作人员们发现钱的数目也变了，但仍和原来那26个戈比的价值相当。开始时他们还感到奇怪，后来也就习以为常了。

人嘛，对什么事儿都会习惯的。

与你共品

有时，做出一个与习惯截然相反的举动可能会带来意想不到的收获。正如文中主人公在久久压抑自我之后做出了平常从没想要做的事情后，他的生活也发生了翻天覆地的变化。

人是否一定要在乎太多的繁文缛节呢？是否一定得循规蹈矩才好呢？有时候，太过顾全面子，过分地压抑自我，久而久之就会失去真我。如果使得自己习惯在这样一种规矩之中生活，被人贴上“便利帖”的标签，自然而然也会被世俗之人当做傻瓜。

也许有的人希望自己在方方面面都能够好，尽量不开罪人，因此选择了“点头式”的人生观，而忘记了自己也有选择“说不”的权利。但请记住这样一句话：“人无完人”，有“我”很重要。

（王璇）

警犬向四周望了望，嗅了嗅空气，突然走到公寓管理员跟前。公寓管理员吓得脸色苍白，往后便倒，跌了个手脚朝天。

嗅　觉

［前苏联］左琴科/著　佚　名/译

商人耶列梅·巴布金的貉绒皮大衣被盗了。

耶列梅·巴布金大声嚎叫起来。您知道吧，丢了它可真心疼啊。

“公民们，”他说，“那件大衣实在太好啦，真可惜呀！钱我倒不在乎，那贼我可是一定要抓到，我要当面啐他一脸的唾沫。”

于是，耶列梅·巴布金打电话喊来了刑事侦查警犬。来了个戴便帽、缠裹腿的人，牵着条警犬。这只狗真难看，棕黄色，尖嘴脸，那样子就不讨人喜欢。

那人使劲拍了一下警犬让它嗅了嗅门边的足迹，说了声“嘘，”自己就站到一旁去了。狗嗅了嗅空气，望了望人群（人当然围了一大群），眼睛突然盯住五号住宅的老太婆费克拉。它走到她跟前，嗅她的衣襟。老太婆急忙闪到人群后边。警犬就扑向她的裙子。老太婆往一边躲，狗在后面跟着她，一口咬住老太婆的裙子，死也不放。

“是我，”她说，“我被抓住了，我不抵赖。我搞了五桶酒曲，这是真的。还有一套酿酒的家什，这也不假。东西都在浴室里，您把我送去民警局吧。”

人们当然都惊叹了一声。

“大衣呢？”有人问道。

“什么大衣呀，”她说，“我可一点儿也不知道，见都没见过。其他那些倒是真的。您把我带走吧。”

于是，老太婆被带走了。

侦探又牵起警犬，拍了它一下，“嘘”了一声，自己闪到一边。

警犬向四周望了望，嗅了嗅空气，突然走到公寓管理员跟前。公寓管理员吓得脸色苍白，往后便倒，跌了个手脚朝天。

“你们把我捆起来吧，”他说，“好心的人们，有觉悟的公民们！我收了水费，可我自己把那些钱都乱花了。”住户当然都向公寓管理员猛扑过去，把他捆了起来。说时迟，那时快，警犬扑到七号房主跟前，扯了他的裤子。

这位公民也吓得脸色苍白，倒在众人面前。

“我有罪，”他说“我把劳动手册上的年龄改了一年。的确是这样，我这笨蛋本来该参军服役，去保卫祖国，但我却待在七号房里，享受电器设备和其他公用福利。你们把我抓起来吧！”

人们不禁大惊失色，心想：“这狗真叫人莫名其妙！”

商人耶列梅·巴布金眨了眨眼睛，向四周看了一下，掏出钱递给了侦探。他说：“你把狗带走吧。真见鬼！我的貉绒大衣丢了算了。”

可是那狗却走过来了。他站在商人面前，摇着尾巴。

商人耶列梅·巴布金吓得手足无措，躲到一边，而狗却跟着他。它走到他跟前，闻他的套鞋。

商人脸色苍白，垂头丧气。

他说：“这么说，老天爷真是有眼。我是个畜生，是个骗子手。诸位，大衣不是我的，是我从兄弟那儿骗来的。哎呀，老天爷，我算完啦！”

人们呼的一下四散奔逃。狗也顾不上闻空气了，一下子就扑倒了两三个，咬住不放。

这些人都表示低头认罪。一个用公家的钱赌过牌，另一个用熨斗揍过自己的老婆，第三个说的话要是写出来，实在有伤大雅。

人们都逃之夭夭。院子里空了，只剩下警犬和侦探。

突然，警犬走到侦探跟前，摇着尾巴。侦探脸色发白，扑倒在警犬面前。他说：“你咬我吧，好兄弟。我给你领的狗膳费是三十个卢布，可我却揩了二十卢布的油……”后来怎么样，我也不清楚。我怕惹火烧身，也赶快溜之大吉了。

与你共品

警犬在追寻貉皮大衣的时候，歪打正着，竟然让在场的观众都自曝做过的亏心事，听得让人触“耳”惊心。不做亏心事，不怕鬼敲门。只要你正正直直，坦坦荡荡，无愧于心，不做对不起别人的事，又何惧一条警犬呢？

现实生活中，的确有很多这样的人，他们为了一时的贪念而做了损害别人利益的事。也许，他们都抱有那么一点侥幸的心理，认为“天知地知我知”，殊不知“天下没有不透风的墙”。只要你曾经做过，那么终有一天会被人发现，会得到惩罚。

为此，我们应该切记：要想人不知，除非己莫为。

（陈丹红）

没过二十分钟，萨瓦玛东区分局的警官也来了，他身后的宪兵捧着第三头小猪。

部长的小猪

[南斯拉夫] 努希奇/著　佚　名/译

圣诞节前，我买了头小猪。全家人一个挨着一个地摸它，都叫声：“哎哟！”我第一个摸，第一个叫“哎哟”，其次是我的妻子，再其次是我的岳母，我的小姨子，我的孩子们和厨娘。大家你摸一下，我摸一下，你“哎哟”一声，我“哎哟”一声。

我听从岳母的忠告，把神甫请来给小猪举行牺牲净化仪式。在这一切都做妥当之后，我们才安下心来做日常琐事。

岳母的脖子上贴上止痛芥子膏，身上围上毯子，坐在炉边；小姨子正在试赴舞会穿的白色长裙；妻子给孩子们洗操，帮他们把缠得不像话的缠头布缠好，然后和平素一样，把生土豆切成片，贴在头上治头痛；厨娘穿上我的旧靴子去抖地毯；我在刮胡子。

就在这安宁闲逸、每个人都忙着各自的事情的时刻，厨娘一头闯进来，直嚷："小猪跑了！"

我们不约而同地拔腿就向外冲。我连帽子也没顾上戴，脸上尽是肥皂沫，脖子上还围着毛巾，奔在最前面。后面跟着我的妻子，脸上贴着土豆片。她后面是围着毯子、脖子上贴着止痛膏的岳母和穿着舞会长裙的小姨子。小姨子后面是用扫帚武装起来的厨娘。我那两个"小傻瓜"，头上缠着头巾也跑在后面。

我亲自指挥这支队伍，一连追过了贝尔格莱德的两三条街道，直到敌人躲进一家院子。我发出果断的命令，并改变了战斗队形。我把重炮——岳母，安置在院子的大门口；把山炮——妻子和小姨子摆在院子里适当的地方，控制住整个地盘，让厨娘守住后方即厕所旁边；把步兵——缠头巾的孩子布置成一条散兵线；我本人则亲自进行侦察。

我们坚信一定能获胜。但想不到的是围墙上有洞，小猪钻了出去，躲进另一家住宅。我们从战场上回来，仿佛拿破仑的军队从莫斯科败退下来一样，我低着头走在前面，我的队伍垂头丧气地跟在后面……

正在我绝望地等待过圣诞节的当儿，外面传说内务部部长先生的小猪也逃跑了。你想，这是多么不幸！部长先生的命运和我的命运有了某种共同处，这可大大地安慰了我。不过，部长是不会像我那样追小猪的。他是拿起电话拨一下，找贝尔格莱德警察局："喂！喂！我的一头小猪跑了。"

各位，你想这件事恰好发生在圣诞节之前，而新年前通常总有人被提升官职。可想而知，每个当官的无不在暗自思忖："嘿，就凭这只小猪，满可以捞它一级！"

于是大家都行动起来。瞧，市区分局的局长出动了，后面跟着一个手捧小猪的宪兵。他们直奔部长先生家。"部长先生，我有幸向您报告，我全力以赴亲自出马，很快就找到了您的小猪。"

不一会儿，伏拉察尔区的分局长动身了，后面跟着一个手捧一头小猪的宪兵。

"部长先生，我有幸……"

没过二十分钟，萨瓦玛东区分局的警官也来了，他身后的宪兵捧着第三头小猪。

过了不多时，一辆车子驶到，车里走出托彼乞捷尔区警察局警监，后面跟着一个手捧着小猪的宪兵。

"您看，部长先生。您的小猪竟逃跑到托彼乞捷尔区去了，但我一下就把它认出来了。这回可跑不掉了。”

另外一位当官的从巴里洛里到这里，后面跟着一个手捧火鸡的宪兵。是啊，找不到小猪，找只火鸡也好，反正都一样，总不能因为这点小差别而落在自己的同事后面。

在我过节没吃上小猪的同时，部长先生家中，有各区送来的小猪在不住声地“哼哼”叫着，每个区都有个分局长在等着新年升官。

与你共品

一个普通人与一位部长同样都丢失小猪，却引起不同的效应。鲜明的对比突出了那些为了自身利益而想方设法巴结身份地位高的人的小人，讽刺了社会中这类小人的卑鄙无耻。

在功利性愈益增强的社会里，越来越多的人千方百计地谋求提高自己地位身份的机会。西汉史学家司马迁说：“天下熙熙皆为利来，天下攘攘皆为利往。”这句话形象地刻画出当今社会唯利是图的不良世态。

其实，在社会中，如果人人都只想靠阿谀奉承来谋求自身的利益，那么这个社会还有什么和谐、真诚可言？

（周梅芳）

他渊博的知识和人们对他的知识的了解，就像瘟疫一样在村子里迅速传开，烟囱师傅想方设法企图维持自己的权威地位，他蹙着眉头，露出一副充满疑虑的神情，大谈巫术和幻象。

拥有百科全书的人

[瑞典] 瓦·考尔/著　佚　名/译

这个村子远离通衢大道，这里连一家像样点儿的可供稍有身份的旅客投宿的旅店也没有。村里有个小火车站，不过也小得可怜。

村里的房屋干净整洁，外表被太阳晒得黑乎乎的，院子里和窗台上盛开着五彩缤纷的鲜花：每一个真正的村庄理所当然就该这样。房屋的四周围着一圈高高的栅栏，院子的小门上挂着许多牌子，上面写着警告来人提防猛犬或者“严禁乞讨和挨户兜售”的文字。村里没有学校，邻村倒有一所学校，但是，到了冬天，一旦道路被积雪覆盖，孩子们同样没法去上学。

村子里住着一位先生和他的一家。有一天，风和日丽，这位先生干了一件闻所未闻的事，他买了一张去京城的火车票。他想冒次风险，去京城闯一闯。

村里几位绅士听后连连摇头，表示很不赞同。他们试图说服这位先生，让他明白自己要做的事完全没有必要，直到现在，村里还没有谁认为非要去这么远的地方不可。自父亲那一辈、甚至祖父那一辈起，村里的人不都是这么生活、这么长大的吗？

他究竟想去那座城市寻找什么呢？

这位先生什么也没有说。

第二天一大早，先生出了家门。街上许多小青年前呼后拥，吵吵嚷嚷，一直把他护送到火车站。

先生登上窄轨火车，到了县城又换乘直达快车，顺利地来到了大都市。

他到底想要寻找什么呢？这连他自己也说不清楚。

他穿街走巷，眼睛时而瞧着这家商店，时而盯着那片橱窗。心里的那种感觉、那种不可言状的感觉告诉他，再等一会儿，这还不是你想要的东西！

这位乡下来的先生不知不觉来到了一家书店的门前。玻璃橱窗里陈列着各种图书，有厚，有薄，有烫金的，也有不烫金的，还有彩色封面的。他突然之间意识到：这就是我在寻找的东西啊！我正是为此才到京城来的。玻璃橱窗里平摊着一本厚厚的书。这本书很厚，价钱自然也很贵，书的旁边放着一个很大的硬纸牌，上面的文字告诉他，如果买下这本价格昂贵的百科全书，所有疑问都可以得到解答。

他走进书店。知道一切事情，回答所有问题，恰恰就是他要寻找的。这时，他想到村子里的那些牌迷，想到烟囱师傅，这个人经常从邻村的同行那里借阅县报，所以在牌桌上总是装腔作势，自以为了不起。他还想到火车站站长，他每次从肉铺老板那里买一截儿粗短香肠当早餐时，总是纯属偶然地得到小半张县报。

书店的伙计非常和气地接待了这位先生，毕竟是一本价格昂贵的书嘛。伙计肯定地说，当然可以通晓万事，然后又问，他想要皮封面的，还是亚麻布封面的。这位先生不知道应该如何回答。这对伙计来说再好也没有了，他为这位先生包了一本皮封面的。

在回家的火车上，先生就已经按捺不住自己的好奇心了。他偷偷摸摸地取出那本书，躲躲闪闪地翻开，就好像是在翻一本低级下流的小册子。跃入眼帘的第一个词条是“吼猴属”，他读了读关于吼猴属的解释。紧接着吼猴属的下面提到了一位将军，名字叫“布吕尔曼”。他觉得书里写得很清楚，自己完全看懂了。

在换乘窄轨火车之前，他把书重新包好，然后端坐在那里，满脸通红。想到可以在牌桌上炫耀一番，他心里乐滋滋的。他已经想象到烟囱师傅的小胡子在颤抖。平时，只有当烟囱师傅手上握有两张爱斯并向对手暴露了自己的牌力时，他的小胡子才会这样颤抖。

果然，一切都如同这位先生想象的那样。他渊博的知识和人们对他的知识的了解，就像瘟疫一样在村子里迅速传开，烟囱师傅想方设法企图维持自己的权威地位，他蹙着眉头，露出一副充满疑虑的神情，大谈巫术和幻象。

然而，有天夜里，当村里几乎所有灯火都熄灭之后，烟囱师傅拐弯抹角、偷偷摸摸地溜进了先生的家。他终于登门求教了。

至此，这位先生总算如愿以偿了。他的名声愈来愈大。邻村的人听说此事后都伸出食指敲着自己的额头哈哈大笑。但是，这也丝毫无损这位先生的名望。村里的人认为，虽说村里只有这么一位无所不知的聪明人，可是，不久的将来，总会有一天，他们也都会像他一样聪明的，情况就是这样的嘛。

周围所有的村庄都在笑话这个村子的人，把他们看成是十足的白痴和傻瓜。

这样过去了许多年。那位聪明的先生已经老态龙钟了，百科全书当然也像他一样衰朽破败。由于使用的次数很多，这本书渐渐变得残缺不全。当老人把百科全书传给他的儿子时，就已经缺了好几页，这都是被那些来向他讨教的人偷偷撕走的。他的儿子对缺的那些页并不关心。他总是习惯说：书里没有的，世上也没有。我父亲去世前曾经对我说过，世上的一切，这本书里都有。

当儿子把书又传给他的儿子时，百科全书就只剩下封面和半张纸了。尽管如此，村里的人还总是登门求教，打听什么是“直布罗陀”，什么是“民主”，等等。这时，孙子就捧起只剩下皮封面和半张纸的百科全书，摆出一副很有学问的样子，对提问者说：“喏，你自己也看见了吧，没有直布罗陀，也没有民主。你看，这儿只有一个词‘排外’。”

与你共品

先生因有百科全书成为了让人敬仰的人。于是，当只剩“排外”两字时，子孙仍把百科全书当做《圣经》，却没有真正学到并活用书上的知识。这只能道出村里人们墨守成规、不知变化的闭塞愚昧之风。

百科全书是概要记述人类一切知识门类或某一知识门类的工具书。但如果把拥有百科全书就当做拥有了世间一切知识就不免贻笑大方了。书本上的知识和经验永远都是有限的，只有不断探索才能获取无限的知识。同时，如果知识只停留在书本上，而不能运用到实际，一切知识都只是空谈。

没有任何事物是永恒不变，永远正确的，书上的知识亦是如此。唯有从实际出发，与时俱进，抛弃“本本主义”、“教条主义”，才能学到真正的知识。

（陈丹红）

他至少把“陛下，您是世界上最傻的傻瓜，傻瓜中的傻瓜！”那些字句念了五十来遍，早已经能够倒背如流了，这才猛然发出一声惊呼：“这个坏蛋连名字也没留！”

黑信

［捷克］雅·哈谢克/著 佚 名/译

瓦尔杰茨基公国国王弗里德里赫乘着马车，被狂热的人群簇拥着走得正欢，忽然晴天霹雳似的有一封信飘落到他的膝上，不知是谁扔进来的。

弗里德里赫国王笑眯眯地读信：

“陛下，您是世界上最傻的傻瓜，傻瓜中的傻瓜！”

弗里德里赫国王顿时笑容尽敛。

正如次日报载，皇上当时御体不适。于是庆祝盛典立即停止，弗里德里赫国王驾返皇宫。国王一回到宫里，便躲进了书室，潜心琢磨那封大逆不道的信。他至少把“陛下，您是世界上最傻的傻瓜，傻瓜中的傻瓜！”那些字句念了五十来遍，早已经能够倒背如流了，这才猛然发出一声惊呼：“这个坏蛋连名字也没留！”

他在书室里乱转一气，嘴里叨念个不停：“陛下，您是世界上最傻的傻瓜，傻瓜中的傻瓜！”

半小时后，国王下令召开国务会议。

“诸位爱卿，”他颓丧地向他的四位枢密参赞说道，“在寡人登基三十周年纪念的今天，竟有歹徒将一封黑信投进了寡人所乘的马车。信上说：‘陛下，您是世界上最傻的傻瓜，傻瓜中的傻瓜！’”

四位枢密参赞的脸色顿时变得煞白。男爵卡尔嗫嚅着道：

“陛下，那封信不是写给您的吧！”

弗里德里赫国王龙颜大怒。

“男爵爱卿，”他厉声言道，“朕想卿也明白，‘陛下’这个称呼在全国范围内只属于孤家一人，再没有旁人称得起‘陛下’了！这封信上明明写着：‘陛下，您是世界上最傻的傻瓜，傻瓜中的傻瓜！’当然是写给寡人的啦！朕想卿等迟早会同意寡人的见解。为了江山社稷，非查出那名胆敢冒犯寡人的歹徒不可，因为据朕看来，其罪如同叛国。现在寡人就把这件案子交给卿等。想必议会也要对寡人深表同情，在明天开会时对这个竟然不惜冒犯国王的歹徒的无耻勾当加以议处……”

国务会议一直开到深夜。警察局长也参加了这个会议。

在次日的议会大会上，主席激情昂扬地宣读了弗里德里赫国王御笔写的、向他的臣民呼吁忠诚的一封诏书。议员们赶紧纷纷宣誓，以表明自己对国王的忠诚，虽然实际上他们谁都是丈二金刚摸不着头脑，不知究竟出了什么岔子。

一种莫名的气氛闷住了大家。然而警察局长却毫不怠慢：他请求谒见，并且从国家档案库里拿出了那封该死的信。

“您打算怎样办这件案子?”首相问他。

警察局长搓了搓手，踌躇满志地说：“暂时还不能告诉您。鄙人的这次侦查定会一鸣惊人!”

那封信被他送进了国家印刷所。中午，京城里就到处贴满了警察局的告示：“兹悬赏一千马克捉拿私将写有‘陛下，您是世界上最傻的傻瓜，傻瓜中的傻瓜!’之黑信投入皇上马车之歹徒一名。”

这样一来，还不到天黑，全瓦尔杰茨基公国的人便无人不知弗里德里赫国王是“世界上最傻的傻瓜，傻瓜中的傻瓜”了，而警察局长第二天也就下台大吉。

与你共品

国王本不是傻瓜，但是把丑事传千里的他却成了真正的傻瓜。真正的傻瓜莫过于将小事变大，做出损人不利己的事情。

小说以讽刺的口吻叙写了事件发展的前因后果，在朴实的叙述中，处处体现出他对国王愚昧无知的讽刺和嘲笑。其实，当我们遭到别人的嘲讽时，需要的是冷静和理智，追根寻底并不能给我们带来多大的好处，甚至会得到更大的耻辱。

或许别人的冷嘲热讽会让人难以忍受、失去理智，这时便需要我们静心思考，避免做别人眼中的真正的傻瓜。

（周梅芳）

将军家里都是些名贵的纯种狗。这只狗呢，鬼才知道是什么玩意儿！毛色既不好，模样也不中看……完全是个下贱胚子。谁会养这种狗?！这人的脑子上哪去啦?

变色龙

［俄］契诃夫/著　佚　名/译

巡官奥楚蔑洛夫①穿着新的军大衣，手里提着一个小包，穿过市场的广场。他身后跟着一个火红头发的巡警，端着一个筛子，那上面盛满了没收来的醋栗。四下里一片寂静……广场上一个人也没有……商店和饭馆的敞开的门无精打采地面对上帝创造的这个世界张开，就跟许多饥饿的嘴巴一样；在那些门口附近，就连一个乞丐也没有。

“好哇，你咬人，该死的东西！”奥楚蔑洛夫忽然听见了喊叫声。

“伙伴们，别放走它！这年月咬人可不行！逮住它！哎哟……哎哟！”传来了狗的尖叫声。奥楚蔑洛夫往那边一瞧，看见商人彼楚金的木柴场里跑出来一条狗，用三条腿一颠一颠地跑着，不住地回头瞧。它身后跟着追来一个人，穿着发浆的花布衬衫和敞着怀的坎肩。他追它，身子往前一探，扑倒在地上，抓住了狗的后腿，于是又传来狗的尖叫声和人的呐喊声：“别放走它！”带着睡意的脸从商店里探出来，木柴场四周很快地聚了一群人，仿佛从地底下钻出来的一样。

“仿佛出乱子了，长官！……”巡警说。奥楚蔑洛夫把身子微微向左一转，往人群那边走去。在木柴场门口，他看见前面已经提到的那个敞开了坎肩前襟的人举起右手，把一根血淋淋的手指头伸给那群人看。在他那半醉的脸上好像出现这样的神气：“我要揭你的皮，坏蛋！”就连手指头本身也像是一面胜利的旗帜。奥楚蔑洛夫认出这人是金银匠赫留金②。闹出这场乱子的罪犯坐在人群中央的地上，前腿劈开，浑身发抖——原来是一条白毛的小猎狗，脸尖尖的，背上有块黄斑。它那含泪的眼睛流露出悲苦和恐怖的神情。

“这儿到底出了什么事儿?”奥楚蔑洛夫挤进人群中去，问道：“你在这儿干什么?你究竟为什么举起那根手指头？……谁在嚷?”

“长官，我好好地走我的路，没招谁没惹谁……”赫留金开口了，拿手罩在嘴上，咳嗽一下。

“我正跟密特里，密特里奇谈木柴的事儿，忽然，这个贱畜生无缘无故把这个手指头咬了一口……您得原谅我，我是做工的人……我做的是细致的活儿。这得叫他们赔我一笔钱才成，因为也许我要有一个礼拜不能用这个手指头啦……长官，就连法律上也没有那么一条，说是人受了畜生的害就该忍着……要是人人都这么被畜生乱咬一阵，那在这世界上也没个活头儿了……”

“嗯！……不错，”奥楚蔑洛夫严厉地说，咳了一声，皱起眉头，“不错……这是谁家的狗？我绝不轻易放过这件事。我要拿点颜色出来给那些放出狗来到处跑的人看看！那些老爷既然不愿意遵守法令，现在也该管管他们了！等到他，那个混蛋，受了罚，拿出钱来，他才会知道放出这种狗来，放出种种的野畜生来，看有什么下场！我要好好教训他一顿！叶尔德林，”巡官对巡警说，“去调查一下，这是谁的狗，打个报告上来！这狗呢，把它弄死好了。马上去办，别拖！这多半是只疯狗……请问，这到底是谁家的狗？”

“这好像是席加洛夫将军家的狗！”人群里有人说。

“席加洛夫将军？哦……叶尔德林，替我把大衣脱下来，……真要命，天这么热！看样子多半要下雨了……只是有一件事我还不懂：它怎么咬着你的？”奥楚蔑洛夫对赫留金说，“难道它够得到你的手指头吗？它是那么小！你呢，说实在的，却长得这么魁梧！你那手指头一定是给小钉子弄破的，后来却异想天开，想得到一笔什么赔偿损失费了。你这种人啊……是出了名的！我可知道你们这些东西是什么玩意儿！”

“长官，他本来是开玩笑，把烟卷戳到它脸上去：它呢——可不肯做傻瓜，就咬了他一口……他是个荒唐的家伙，长官！”“胡说，独眼鬼！你什么也没看见，那你为什么胡说？他老人家是明白人，看得出到底谁胡说，谁像当着上帝的面一样凭良心说话……要是我说了谎，那就让调解法官③审问我好了。他的法律上说得明白，……现在大家都平等啦。不瞒您说，……我的兄弟就在当宪兵。”

“少说废话！”

“不过，这不是将军家里的狗，”……巡警深思地说，“将军家里没有这样的狗。他家的狗，全是大猎狗……”

“你拿得准吗？”

“拿得准，长官……”

“我自己也知道嘛。将军家里都是些名贵的纯种狗。这只狗呢，鬼才知道是什么玩意儿！毛色既不好，模样也不中看……完全是个下贱胚子。谁会养这种狗?！这人的脑子上哪去啦？要是这样的狗在彼得堡或者莫斯科让人碰见，你们猜猜看，结果会怎么样？那儿的人可不来管什么法律不法律，一眨巴眼的工夫——就叫它断了气！你呢，赫留金，受了害，那我们绝不能不管……得惩戒他们一下！是时候了……”“不过也说不定就是将军家的狗……”巡警把他的想法说出来，“它的脸上又没写着……

前几天我在他家院子里看见过这样的一只狗。”

“没错儿，将军家的！”人群里有人说。

“哦！……叶尔德林老弟，给我穿上大衣……好像起风了……挺冷……你把这只狗带到将军家里去，问问清楚。就说这只狗是我找着的，派人送上的……告诉他们别再把狗放到街上来了……说不定这是只名贵的狗。要是每个猪猡都拿烟卷戳到它的鼻子上去，那它早就毁了。狗是娇贵的动物……你这混蛋，把手放下来！不用把自己的蠢手指头伸出来！怪你自己不好！……”

“将军家的厨师来了，问他好了……喂，普洛诃尔！过来吧，老兄，上这儿来！瞧瞧这只狗……是你们家的吗？”

“瞎猜！我们那儿从来没有这样的狗！”

“那就用不着白费工夫去问了，”奥楚蔑洛夫说，“这是只野狗！用不着白费工夫说空话了……既然他说这是野狗，那它就是野狗……弄死它算了。”

“这不是我们的狗，”普洛诃尔接着说，“这是将军哥哥的狗，他是前几天才到这儿来的。我们的将军不喜欢这种猎狗。他哥哥却喜欢……”

“难道他哥哥来啦！是乌拉吉米尔·伊凡尼奇吗？”奥楚蔑洛夫问，整个脸上洋溢着感动的微笑，“哎呀，天！我还不知道呢！他是上这儿来住一阵就走的吗？”

“是来住一阵的……”

“哎呀，天！……他是惦记他的兄弟了……可我还不知道呢！这么一说，就是他老人家的狗？高兴得很……把它带走吧……这小狗还不坏……怪伶俐的……一口就咬破了这家伙的手指头！哈哈哈……得了，你干什么发抖呀？呜呜……呜呜……这坏蛋生气了……好一只小狗……”普洛诃尔喊一声那只狗的名字，就带着它从木柴场走了……那群人就对赫留金哈哈大笑。

“我早晚要收拾你！”奥楚蔑洛夫向他恐吓说，裹紧大衣，接着穿过市场的广场，径自走了。

注：①这个姓的意思是“疯癫的”。②这个姓的意思是“猪叫声”。③保安的法官，只管审理小案子。

与你共品

小说描述了奥楚蔑洛夫审理小狗咬了金银匠的手指的案件，在审判中，因狗的主人的不同不断变换自己的脸色，从而有力地揭示了沙皇统治者的丑恶嘴脸和卑劣灵魂。

这个滑稽的故事，形象地折射出了“变色龙”的“变色”特性：一方面，反动阶级代表污秽的谩骂随口而出，揭开他们貌若威严公正，实则粗俗无耻的真面目；另一方面，对于阿谀奉承、邀赏请功的他们来说，毫无原则可言，我们从中可见当时沙皇封建独裁统治的黑暗。

一个人的“变色”，尚有治理之道；一个社会的“变色”，后果将不堪设想。“变色龙”的风光时日终究是好景不长的，人唯有实事求是，切实地探寻真相，坚持真理，才能真正立足于社会。

（刘慧群）

第四辑

会心一笑

我解不开绳结，想找剪刀又找不着，倒很方便地找到了一只拖鞋。一怒之下，我把它抛出了窗外。

徒劳无功

［美］阿莱克/著　文　冬/译

多年来，我老想清理我的文件——那些塞满了书架、壁柜和堆在地上、大厅、厨房里的一沓沓废纸。至少有15年，我心里一直对自己说："再不能这样拖下去了，我必须把东西收拾好。"

昨天早上，我终于动手了。我让妻子带孩子们去海滩玩一天，自己则一口气工作到午夜。我本想通宵干下去，只是我已把家里弄成了一团糟，必须光着脚才能走动。我打开冰箱门，却惊见里面放的是我的运动衫、袜子和几件木工工具。我将它们取出欲转移到其他地方，不慎和书架碰了个正着，撞得堆放在最高层的一大沓书掉下来，砸在我的头上和脸上。

我的头肿起了包，鼻子贴了橡皮膏，左眼几乎看不见了。我在客厅中央踩着一只拖鞋，脚下一滑，扭伤了足踝。我不明白为什么那只拖鞋会在那里。我早已注意到拖鞋是到处跑的东西，剪刀也是。拖鞋和剪刀的不同在于：拖鞋喜欢展露自己，使你简直避不开它；而剪刀则喜欢躲藏得无影无踪。最令我气恼的是，我花了那么多力气，却没有什么战绩。我本想把所有的字纸看一看，选出要留的，因此我搬动了大堆的文件夹、旧报纸和纸箱，看看里面是什么。谁知这竟是个严重的错误！两小时后，我的字纸体积比原先增加了3倍。未到中午已无处可坐，我想到街口的咖啡室去舒口气去，但房门由于被堆放着的东西堵住而打不开了。

于是我改变战术，决定一次只处理一件事情，从就在眼前的一个捆着的纸箱着手。我解不开绳结，想找剪刀又找不着，倒很方便地找到了一只拖鞋。一怒之下，我把它抛出了窗外。最后我用厨房里的菜刀割断绳子，打开了纸箱：只见里面装的是结账单、剪报、信和一块甜饼。我正要把这整箱的东西抛进垃圾箱，猛然想起多年前的剪报都是些极有趣的文章，我想留待日后阅读。事实上，那一天可能永远也不会来临。不过，我还是决定继续保存那些剪报，因为也许子女们有一天会看。

我想抛掉那些旧信，只保存邮票。如果我不重读那些信，也许我真的要那么做了。可是当我随便看看时，除了一张 1970 年的账单外，竟找不到一张可以丢弃的纸片。而就在我从一个文件柜走到另一个文件柜之际，又踩着了另一只拖鞋而使身子闪了一下，我立刻把它抛出窗外，让它去追随它的“伴侣”。接着，我强打精神，把那张 1970 年的账单和那块甜饼丢进了废物篓，把所有的纸箱和一沓沓东西放回原处，午夜时分，已经精疲力竭的我停止了工作。

凌晨 1 时，妻子和孩子们回来了，家里看来差不多还是老样子。

“哦，你都做了些什么?”妻子一进门就问。

“明天再告诉你。”我懒洋洋地说。

“你绝对猜不到我在家门口捡到了什么?”妻子想给我一个惊喜。背后的手好像拿着什么东西。

不用说，我也猜到了——是我的拖鞋。

与你共品

小说中的主人公花费了一整天时间无厘头地整理东西，除了给自己增加几个伤疤外，结果徒劳无功!

主人公整理文件情景的再现，我们只能用一个“乱”字来概括。这边折腾一下，那边翻腾一下，最终白费工夫。其实，做事情是很讲究方法的，方法得当，事半功倍；方法错误，徒劳无获，甚至伤痕累累。

磨刀不误砍柴工。要办成一件事，不一定要立即着手，而是先要进行一些筹划、进行可行性论证和步骤安排，做好充分准备，创造有利条件，这样会大大提高办事效率。

（陈柏全）

我这个地道的小偷又怎么承担得起这许多款项呢? 我请求您收回这辆汽车，我会付给您一笔为数不多的赔偿费。

一个小偷与失主的通信

［德］内尔比/著　佚　名/译

尊敬的布劳恩先生：

您一定已经发觉您停在歌德大街的那辆蓝色小轿车被人偷走了。我就是那个窃车贼。我一向喜欢与被偷的人保持良好的关系，所以我向您提出以下建议：您的车里有一个装着信件与公文的皮包。这个包对我毫无用处；然而对您，我想，必定十分重要。我将为您把这个包放在歌德大街四号的后面，如果您也把您的轿车证件放在那里的话，您给我的回信也可一并放在那里。

非常感谢。

您的窃车贼

一九六四年四月三日于法兰克福

尊敬的窃车贼先生：

我急需那些公文，因此我接受您的建议。我的，也就是您的蓝色四座轿车的证件可以在今晚十二点去歌德大街四号后面取。

谨致敬意。

马克斯·布劳恩

一九六四年四月五日于法兰克福

尊敬的布劳恩先生：

本周您的轿车必交的分期税款真的高达二百四十六点九七马克吗？

您恭顺的窃车贼

一九六四年四月七日于法兰克福

尊敬的窃车贼先生：

我非常遗憾地告诉您，您必须在本周内到税务局去付清那笔分期税款。拖欠税款会被罚以很高的罚款。

谨致崇高敬意。

您的马克斯·布劳恩

此外：请勿忘记向西克瑞塔斯保险公司交纳汽车保险费。

一九六四年四月九日于法兰克福

尊敬的布劳恩先生：

请您原谅我又写信前来打扰。我只是想问一下，十二至十四升汽油够这辆轿车用吗？另外，左后轮好像有些漏气。

谨致敬意。

您的窃车贼

一九六四年四月十日于法兰克福

尊敬的窃车贼先生：

我完全忘了写信提醒您，我的，也就是您的汽车，必须立即更换新轮胎。汽车的耗油量您说得很正确。现在您一定已经发现了这是一辆老掉牙的破车了吧？就您的职业而言您一定常常用车，为了您的安全我建议您快换上新的阀门。

您的马克斯·布劳恩

一九六四年四月十二日于法兰克福

尊敬的布劳恩先生：

税务局令我在十天之内补交税款六百九十八点五七马克。另外，车座的软垫坏了，左转弯指示灯也失灵了。您能给我推荐一个又小又便宜的停车房吗？最好车房里的温度高一点，因为马达很难启动。现在我停车得花五十马克。

谨致诚挚的谢意。

您的窃车贼

一九六四年四月十八日于法兰克福

尊敬的窃车贼先生：

您别无选择，只有如数交付税款。另外，昨天夜里我突然想起刹车已经失效。您马上去检查一下。还有，如果遇到像现在这样的坏天气，您一定得去把车顶修一修。

您恭顺的马克斯·布劳恩

又：关于停车房我提不出什么好建议。我一向是把车停在露天的。

一九六四年四月二十三日于法兰克福

尊敬的布劳恩先生：

我偷了您的汽车，却吃足了您的苦头。福无双至，祸不单行，昨天变速器又坏了。我这个地道的小偷又怎么承担得起这许多款项呢？我请求您收回这辆汽车，我会付给您一笔为数不多的赔偿费。衷心希望您能接受我的建议。

谨致最崇高的敬意。

您的窃车贼

一九六四年四月二十五日于法兰克福

尊敬的窃车贼先生：

您突然作出如此生硬的决定，打断了我们友好的通信，令人十分遗憾！您偷走了我的汽车，我才弄清了上帝给我一双脚是用来做什么的。我又开始四处漫游，现在已减肥达数磅之多，心脏情况正常，“经理病”与我已经久违。现在我很少有客人，经济情况大为好转。可突然您要把汽车还给我！对此我绝不会加以考虑！就是您向法院提出起诉，我也绝不会答应。此外，我从不接受偷来的东西。

谨致最崇高的敬意。

您的马克斯·布劳恩

一九六四年四月二十八日于法兰克福

与你共品

人每天都是按照常规过着，其实自己内心是很厌倦的，但是你自己却无从或不想甚至不能改变。然而，当某一天偶然面对一些看似不好的意外，先别着急，或许就因为这意外，自己的生活可以有另外一番美好。

小说中的车主就是一个活生生的例子，虽然车被偷了却把“经理病”赶走了，并且因车被偷走而不用付车的种种费用而使经济状况好转。真是“塞翁失马，焉知非福”啊！

有得就有失，面对生活中的改变或意外，我们要坦然，换个角度，也许有意外的美好景色。

（陈柏全）

强盗们弄来一辆面包车，在车身上写下“电视剧摄制组”的字样，不一会儿，电视摄影机也找来了，自然无需准备胶卷。

强盗的苦恼

［日］星新一/著　佚　名/译

黑社会的强盗们聚在一起，商议着下一步的行窃计划。

“真想痛痛快快地干它一桩震惊社会又成功无疑的大买卖呀！”一个歹徒异想天开地说，谁知这个集团的首领竟接着他的话爽然应允道：“说得对！我也一直这么盘算着，现在想出了些眉目，大伙准备一下吧，我要干活了。”

这一番话让强盗们吃惊不浅，大家争先恐后地问道：“究竟怎么干呢？”

“干咱们这一行的，大家都把行动时间选在夜里，但由于四周太安静，下手时难免惹人注目。这次我打算反其道而行之，出乎人们意料之外地搞它一家伙……”

"有道理，您到底不愧是咱们的头儿，想出的主意总是高人一招。不过，如何下手呢?"

"光天化日之下，持枪闯进银行抢劫!"首领的话恍若呓语，喽啰们不禁大失所望。

"别开玩笑啦！简直不着边际。照你说的去干，恐怕还没跨进银行的大门，就被抓去蹲牢房了。"

"蠢货，你们的脑子里怎么总少根筋。好了，听我来说个详细……现在我们编写了一个电视剧脚本，送给银行附近的交通警察，然后大家装扮成电视摄制组的工作人员，到银行去拍摄一个袭击银行的场面，这样银行方面毫无防备，必定给打个措手不及，到时候，大家只管动手抢钱，即使万不得已开了枪，警察也会无动于衷，只当做剧情所需而特意安排的音响效果呢，最后，大家听我的命令，一起撤退……"首领的话音未落，喽啰们早已七嘴八舌地议论起来，只见一个个佩服得五体投地。

"高见，太棒了！妙不可言!"

"这下可以过大瘾了，伙计们，快着手干起来吧!"强盗们弄来一辆面包车，在车身上写下"电视剧摄制组"的字样，不一会儿，电视摄影机也找来了，自然无需准备胶卷。待脚本印刷完毕，喽啰们将自己精心地装扮起来。有的扮做穷凶极恶的打手，有的扮成维持群众秩序的工作人员，最后一切准备就绪，首领一声令下，这个精心策划的计谋便开始付诸实行。强盗们把车开到银行门口，握着手枪刚刚走出车门，在附近执勤的交通警察果然都围上来询问。一个强盗赶忙给他们送上几份电视剧脚本，并说明缘由，他们就心领神会不再追问了。万事如意！

没想到事情一开头便如此顺利，强盗们精神十足，相继冲进银行，大声喝道："银行的诸君，我们是真正的强盗，赶快把钱交出来！谁敢乱动，马上要他的小命!"谁知，计划到此就乱了阵脚，发生了意外。一个门卫突然嬉皮笑脸地凑上前来，打破了这里的紧张气氛。

"先生们，我可以帮忙吗？你们来拍电视，我真的一点都不知道。上司真有意思，这种事也不先通知一下，好让职员们准备一下。要知道宣传工作是何等的重要啊！可他们……"

另一位青年顾客也挤上前来热心地说道："我是作家。你们刚才的那句台词不太适合，什么'银行的诸君'，简直像在发表竞选演说。另外，'我们是真正的强盗'这种说法也欠含蓄，一下就把底亮给观众了。脚本是谁写的？下次让我来帮你们的忙。"他拿出名片，絮絮叨叨地纠缠不休。

强盗们好不容易才摆脱他们来到窗口，在那里工作的一位姑娘慌忙站立起身来说："什么时候播放呀？请签名留念，我也能上镜头吗？等等，让我再化妆一下……"

银行的女职员们纷纷离座，朝这边拥了过来，"哎，把我们也拍进镜头吧，我们都是电视迷，挺在行的，不用排练啦！"

对这乱哄哄的场面，一个强盗不耐烦了，他忍不住扯起嗓子叫起来："够了！这不是演戏，弟兄们，来真格的！"接着他扣动了扳机，子弹呼啸着飞向天花板，击碎了照明灯。

然而此举也并未奏效，一个男孩儿挤过来说："啊，真够劲！简直跟真的一样。"

另一个人接上话又说道："大概天花板内的电灯里预先装进了火药，然后让它爆炸的吧，要是不知情的人，倒还真给唬住了呢！"

这时，这家银行的行长露面了。"喂，先生们。你们能否再加上一个枪击玻璃的镜头！那是防弹用的特殊钢化玻璃，倘从侧面为我们作宣传，将会提高顾客对本行的信赖……"说着，递上一个装有钱的信封。

"先生，让我们来扮演不屈服于强盗的威胁，饮弹而亡的光荣角色吧，拜托了！"男职员们也围拢过来请求着。强盗们无奈，只好百般解释，可此时却没有一个人把他们的话当真。甚至连那个最初帮助维持秩序的交通警察也苦苦哀求道："让我们来扮演捉拿强盗的警察吧，这样或许能使电视剧表现得更逼真，更扣人心弦。先生，您知道，如果我们还在家乡的父母能在电视荧幕上看到自己的孩子，该有多么高兴啊！"

事情闹到如此地步，早已难以收场，强盗首领站出来，愤愤地大声吼道："大家听着，今天暂停拍摄，回去修订脚本，改日再来重拍！"强盗们狼狈地撤出现场，一个个牢骚满腹。

"再也想不到会弄出这么个结局来，当今社会准出毛病了。从来没见过这么多无法无天的人！"

与你共品

一群强盗伪装成摄制组来抢劫银行，可是人们"无动于衷"的程度却超乎预料，让强盗们的"宏伟"计划变成了一个可笑的闹剧。

小说围绕着人们对这群伪装的"摄制人员"的无比热情，人们无知地热衷于上电视而忽视了强盗们的真正身份，正写出了这个世界的难辨真伪，现实与非现实的混淆不清，人们的表现欲已经蒙蔽了他们的眼睛。

很多时候我们都会迷失在现实与虚幻之中而制造出一些笑话，但是这个世界本来就是这样的真伪难分，对于现实的无奈，我们只好一笑而过。

（孙静怡）

你愿意做我的妻子吗？我实在没有时间用普通的方式跟你谈情说爱，但是我确实爱你。请你快回答吧——那帮人正在抢购太平洋铁路的股票呢。

忙碌经纪人的浪漫史

［美］欧·亨利/著　佚　名/译

证券经纪人哈维·麦克斯韦尔事务所的机要秘书皮彻，在上午九点半的时候，看到他的老板和那个年轻的女速记员一起匆匆进来，他那毫无表情的脸上不禁露出了一丝诧异和惊奇。麦克斯韦尔飞快地说了声“早上好，皮彻”，就朝他的办公桌冲去，仿佛要跳过它似的。接着，他就埋头在一大堆等着他处理的信件和电报里。

那个年轻姑娘已经替麦克斯韦尔当了一年速记员。她的美丽是一般速记员所没有的。她并不采用那种华丽诱人的庞巴杜式的发型，也不戴什么项链、手镯、鸡心之类的东西。她根本没有准备接受人家邀请去吃饭的神气。她的灰色衣服虽然很朴素，但穿在她身上非但合适，而且文雅。她那俊俏的黑色无边帽上插了一支金绿色的鹦鹉羽毛。今天上午，她身上有一种温柔而羞怯的光辉。她的眼睛也梦似的晶莹，她的脸颊桃花般的娇艳，脸上还带着幸福的神色和追怀的情调。

皮彻仍旧有点好奇，注意到她今天早晨的举止有些异样。她不像往常那样，径直走进她办公桌所在的套间里去，却有点踌躇不决地逗留在外面的办公室里。有一次，她挨近麦克斯韦尔的办公桌，近得仿佛要让他知道自己在场。

坐在办公桌前的人简直成了一部机器，他是一个忙碌的纽约市的经纪人，由那些营营作响的齿轮和正在展开的发条推动着。

“哦——怎么？有事吗？”麦克斯韦尔粗声粗气地问道。他那些拆开了的信件堆在那张杂乱的办公桌上，好像舞台上的假雪。他那锐利的灰色眼睛唐突而不近人情，有点不耐烦地扫了她一下。

“没事。”速记员回答道，微笑着走开了。

“皮彻先生，”她对机要秘书说，“麦克斯韦尔先生昨天有没有对你说起另请一个速记员？”

“说过。”皮彻回道，“他吩咐我另找一位。昨天下午我就通知了介绍所。”

“那么，在有人顶替之前，”那年轻女人说，“我照常工作好啦。”她说罢走到自己的办公桌前，把那顶插着金绿色鹦鹉毛的黑色无边帽挂在老地方。

谁没见过一个生意大忙时的纽约经纪人，谁就没有资格当人类学家。诗人歌颂了“灿烂的生命中一个忙碌的时辰”。对经纪人来说，不但时辰是忙碌的，他的每一分每一秒也都忙碌不堪。

今天正是哈维·麦克斯韦尔的忙日。股票行情自动收录器开始痉挛地吐出一卷卷的纸条，电话机犯了不断发响的毛病。人们开始拥进事务所，在栏杆外探进身来向他呼唤，有的高兴，有的慌张，有的疾言厉色，有的刻薄狠毒。送信的小厮捧着信件和电报奔进奔出。事务所里的办事员跳来跳去。

交易所里有了飓风，山崩，暴风雪，冰川移动和火山爆发；自然界的巨变在经纪人的事务所里小规模地重演了。麦克斯韦尔把椅子往墙边一推，腾出身子来处理业务，忙得仿佛在跳脚尖舞。他从股票行情自动收录器跳到电话机旁，从办公桌边跳到门口。

正在这个忙得不可开交、愈来愈紧张的当口，经纪人忽然瞥见一堆高耸的金黄色头发，上面是一顶颤动的丝绒帽子和驼毛帽饰，一件人造海豹皮的短外衣，是一个从容不迫的年轻姑娘。皮彻正准备介绍。

“速记员介绍所派来的小姐，来应聘的。”皮彻说。

麦克斯韦尔打了半个转身，双手还捧着一堆纸张和股票行情的纸条。

“应什么聘?”他皱皱眉头说。

“应聘当速记员。”皮彻说，“昨天你吩咐我打电话，叫他们今天早晨派一个来的。”

“你头脑搞糊涂了，皮彻。”麦克斯韦尔说，“我干吗要这样吩咐你？莱斯利小姐在这儿的一年里工作令人十分满意。只要她愿意继续干下去，这个职位永远是她的。对不起，小姐，这儿并没有空位置。皮彻，赶快向介绍所取消要人的话，别再引谁进来啦。”

那个年轻姑娘愤愤离去。皮彻在百忙中对速记员说，老板近来好像越发心不在焉，越发容易忘事了。

业务越来越忙，节奏越来越快。麦克斯韦尔像一部高速运转、精巧坚固的机器——紧张万分，开足马力，正确精密，从不犹豫，言语、动作和决断都像钟表的机件那样恰当而迅速。证券和公债，借款和抵押，保证金和担保品——这是一个金融的世界，其中没有容纳人类世界或是自然界的丝毫空隙。

将近午餐时间，喧嚣暂时平静下来。

麦克斯韦尔站在办公桌边，手里满是电报和备忘便条，右耳上夹着一支自来水笔，一绺绺的头发凌乱地垂在前额上。他的窗子是打开的，因为可爱的女门房，春天姑娘，已经在大地的暖气管里添了一些热气。

窗口飘进了一股迷惘的气息——一股紫丁香优雅的甜香，刹那间使经纪人动弹不得。因为这种气息是属于莱斯利小姐的，是她的，只是她一个人的。

那股气息使她的容貌栩栩如生，几乎是触摸得到的显现在他眼前。金融的世界突然缩成一个遥远的小黑点。她就在隔壁房间里——相距不出二十步远。

“天哪，我现在就去。”麦克斯韦尔脱口说了出来，“我现在就去要求她。我不明白为什么早不去做。”

他一股劲儿冲进里面的办公室，像一个做空头的人急于补进一样。他向速记员的办公桌冲过去。

“莱斯利小姐，”他匆匆开口说，“我只有一点空闲，我利用它来说几句话。你愿意做我的妻子吗？我实在没有时间用普通的方式跟你谈情说爱，但是我确实爱你。请你快回答吧——那帮人正在抢购太平洋铁路的股票呢。”

“喔，你说什么？”年轻女人嚷道。她站了起来，眼睛睁得大大地盯着他。

“你不明白吗？”麦克斯韦尔着急地说，“我要求你跟我结婚，我爱你，莱斯利小姐。我早就想对你说了，所以事情稍微少一点时就抽空跑来，他们又打电话找我了。皮彻，让他们等一会儿。你肯不肯，莱斯利小姐？”

速记员的举动非常蹊跷。起先她似乎诧异得愣住了；接着，泪水从她惊讶的眼睛里奔涌而出；之后，她泪花晶莹地愉快地笑了，一条胳臂温柔地勾住经纪人的脖子。

“我现在懂得啦，”她柔声说，“这种生意经快要把你打垮了。起初我吓了一跳。难道你不记得了吗，哈维？我们昨晚八点钟在街角的小教堂里举行过婚礼啦。”

与你共品

一个经常不顾一切地沉浸于数字的计算之中的经纪人，竟然忘记自己在前一天晚上与女秘书已经结过了婚，而第二天又向她提出求婚。

这样的故事或许让人有点哭笑不得，或许又让人无可奈何，但是现实往往就是如此。我们能做的常常也只是在背后轻轻地叹息，感叹现实的残酷，怜悯只能存在于残酷现实缝隙中的爱情。

在这个繁忙的社会中，在人对财富的角逐中，人们的灵魂不断受到腐蚀，但是我们至少还应该相信心中的那份爱是永远不变的温暖。

（孙静怡）

他只是晕了过去，还并没有死。因此，我又跑进了厨房，搬起了冰箱，朝阳台下扔去，向他砸了下去，那家伙立即坠地毙命了。

天堂之门

［英］马　克/著　闻春国/译

一个人死后，升进了天堂。在天堂的门口，他遇见了圣彼得。圣彼得对他解释道："今天，这里实在太忙了，所以，我只能接受那些死得特别窝囊的人。"

"好吧。"这个人便讲述道，"今天，我正在上班，一个同事向我吐露出一个秘密：我的妻子正在家里与情人幽会。我气急败坏地跑回家，发现妻子躺在床上，但是，她的情人却不见了踪影。于是，我朝阳台外面望去，看到一个男人吊在阳台外面，两手抓住阳台的栏杆。我朝他的手上猛击了几下，可他还是死死不松手。我走进厨房，找来了一个榔头，照着他的手狠狠地砸下去，他终于松手了，从25层楼上落下，却掉到了一棵灌木丛中。他只是晕了过去，还并没有死。因此，我又跑进了厨房，搬起了冰箱，朝阳台下扔去，向他砸了下去，那家伙立即坠地毙命了。不幸的是，恰在那时，我的心脏病发作了，很快便永别了人世。"

"哎呀！"圣彼得感叹道，"这确实是非常不幸的一天！你可以进去了，下一位！"

圣彼得又拿着排得满满的日程表向来人解释。

那个男人说道："我本来在26层楼自己家的阳台上给花草浇水，一不小心失足滑了下去。所幸的是，我抓住了楼下阳台的栏杆，悬在阳台下面。倒霉的是，一个男人朝我的手上猛击了几下。这还不算，他后来竟然还拿来一个榔头猛砸我的手，我实在受不了，便失手从25层楼上落了下来。不过，一棵灌木救了我。我认为自己这下可以大难不死了，没想到不知从哪里又飞来了一台冰箱，将我砸得粉身碎骨。"

"哇，确实死得窝囊。"圣彼得说道，"你可以进来了。下一位！"

下一个人说道："也许你很难想象出来。我那时是一丝不挂，情急之下，我便躲进了一个冰箱里……"

与你共品

三个人不同的窝囊死法，貌似都满足了圣彼得进入天堂的条件，可这一切又让进天堂的条件显得如此可笑。

小说的情节看起来夸张且不合情理，可一切又似乎是情理中的事，让人完全感觉不到什么不妥之处。而就在这些轻松幽默中不免暗含着一些讽刺的意味，用别样的方式阐释“窝囊”，表现的不仅是那三个男人窝囊，还有以窝囊的死法才能进天堂的可笑。

天堂并没有想象中的美好，在美丽的表面下可能只是愚昧和可笑，只有踏踏实实地做好自己，才不致落得窝囊与不堪。

（孙静怡）

她直视着他的眼睛，慢条斯理地说：“回答我这个问题：我想要一朵悬崖上的花，可要得到它，你将付出生命。你愿意为我这样去做吗？”

婚　姻

［不丹］卡尔马·次陵/著　郁　葱/译

扎姆的丈夫是一名工程师，他工作出色，为人稳重，深得扎姆的喜爱。经过三年恋爱，他们于两年前喜结良缘。然而，现在她却发现他们的关系已经变得平淡无味，再也没有了昔日的浪漫情调。

丈夫是个非常实际的人，而扎姆则生性多情。一天，她终于忍受不了这种平淡无味的生活，要求与他离婚。

“为什么？”丈夫听了非常震惊，不知所措地问。

“我只是感到非常厌倦。”她不假思索地说，毫不顾及丈夫的感受，“没有任何理由。”

那天夜里，丈夫默默地躺在她的身边。这让她更加失望，她想：“一个连自己的危机都感觉不到的男人，我能指望他什么？”

终于，他问她：“我怎么能够改变你的想法？”

她直视着他的眼睛，慢条斯理地说：“回答我这个问题：我想要一朵悬崖上的花，可要得到它，你将付出生命。你愿意为我这样去做吗？”

“我明天给你答复。”他伤心地说。

第二天早上醒来，她发现丈夫不在了，只见饭桌上放着丈夫留的一张手迹潦草的字条，上面写着：

亲爱的：

我不会去为你采花，让我给你解释为什么。

你使用计算机时，总是不时把程序搞乱，每当这时，你就坐在屏幕前哭。我不得不动手为你恢复那些搞乱的程序，并为你擦去眼泪。

你总是把钥匙忘在家里，我不得不跑回家为你开门。

你喜欢旅行，可你总是迷路，我不得不去领你回来。

你一累总是痉挛，我不得不为你按摩，缓解你的疼痛。

你待在家里，我总担心你会感到孤独。为了减轻你的无聊，我不厌其烦地给你说笑话、讲故事。

当你老了的时候，我会在你身边为你剪指甲、梳头发。有我的陪伴，你永远不会感到孤独。

所以，亲爱的，除非我确信有人比我更爱你，我是不会去悬崖为你采花的，将你一个人留下……

她的眼泪落在字条上，模糊了上面的笔迹。

这就是我给你的答复。如果你认为我说得有道理，就请把门打开，因为我像往常一样，正拿着你喜欢的面包和新鲜牛奶站在外面。

她急忙打开门，只见他手里拿着面包和牛奶站在那里，一副充满期待的急切表情。她忘记了自己想得到的悬崖之花，充满爱意地一头扑进男人的怀里。

与你共品

小说中的妻子因为婚后渐渐难以忍受生活的平淡无味，而对想要挽回感情的丈夫提出了一个两难抉择——用生命换取一朵悬崖上的花儿。丈夫在沉默过后讲出心底最平淡最朴实的感受——希望在最平淡的生活中给妻子一切他所能给予的爱。

无论是怎样的付出，只希望心中所爱的人能够幸福快乐，因为这个信念无论做什么事都能义无反顾。

真爱不是多么名贵的东西，而是在无数件微不足道的事情里，一直付出心底的真情。即使，没有花朵，没有浪漫，但却是我们最平凡的爱意、最真正的生活。

（孙静怡）

主持人："您丈夫现在就在节目现场，现在他的账户上已经有 600 万了，您可以再帮他挣 100 万。您准备好了吗？"

谁想一夜暴富

［俄］米哈伊尔·卡佐夫斯基/著　佚　名/译

电视演播大厅，观众已经入座，节目主持人走上演播台。

主持人："最受大家欢迎的节目《谁想一夜暴富》开始了。水暖工德米特里·克努特获得了决赛权。有请德米特里！"

德米特里走上演播台，坐到了主持人对面。

主持人："德米特里，你真想一夜暴富吗？"

德米特里："当然了，非常想。"

主持人："你为什么想一夜暴富呢？一夜暴富的人可没人喜欢。"

德米特里："大家不喜欢那些一夜暴富的人，是因为他们太吝啬。我要是一夜暴富了，我的钱大家一起花。"

主持人："但愿如此吧。那么我们现在讲一下游戏规则。您现在还一无所有，我们先在您的账户上存入 500 万，您要回答 10 个问题，您每回答对一个问题，我们就给您的账户增加 100 万，您每回答错一个问题，我们就从您的账户中扣除 200 万。您准备好了吗？"

德米特里："准备好了。"

主持人："美国的立法机关是联邦议会，瑞士的立法机关是联邦国会，俄罗斯的立法机关是什么？"

德米特里："国家杜马。"

主持人："非常好，现在电脑就给您的账户里增加 100 万。继续听题：1812 年，莫斯科被烧，请问谁是罪魁祸首？拿破仑？库图佐夫？还是希特勒？"

德米特里："这连想都不用想，肯定是希特勒。"

主持人："您确定吗？用不用寻求场外帮助？"

德米特里："好吧。我给朋友打个电话。"

主持人："给哪个朋友？"

德米特里："瓦连季娜·安德列耶夫娜。"

主持人："她是您什么人？"

德米特里："我妻子。"

主持人："您对'朋友'这个词的理解有点儿问题。"

德米特里："有什么问题？"

主持人："对妻子可不能像对朋友一样。"

德米特里："那对朋友应该像对妻子一样？开个玩笑。总之，我现在给我妻子瓦连季娜·安德列耶夫娜打个电话。"

主持人："她认识希特勒？"

德米特里："不认识。但她读过《战争与和平》，非常了解 1812 年的那场战争。"

主持人："喂？您是瓦连季娜·安德列耶夫娜吗？"

一个女人的声音："对。"

主持人："我是《谁想一夜暴富》的节目主持人。"

女人："主持人您好！"

主持人："您丈夫现在就在节目现场，现在他的账户上已经有 600 万了，您可以再帮他挣 100 万。您准备好了吗？"

女人："我可不可以和我丈夫先说两句话？"

主持人："如果就说两句，当然可以。"

德米特里："亲爱的，你好吗？家里怎么样？"

女人："你别参加什么竞赛了。赶快回来吧！"

德米特里："怎么了？家里出什么事了吗？"

女人："还出什么事了呢！你刚上电视，还没暴富呢，家里借钱的、催债的都满了。连税警和检察院的都来了，要咱们家补交从 1812 年到现在的财产税！"

与你共品

还未暴富，就要背上沉重的各种债务。那么一夜暴富，不就永远成为金钱的奴隶了吗？看完故事，我们不禁感慨万分！

小说以节目对话形式慢慢地展开故事情节，深深地牵系着读者的思绪。在对话的描述中，主持人正在一步一步地诱惑德米特里产生一夜暴富的念头，正当读者暗自猜想结局时，故事却有了戏剧性的转变，仅仅因为妻子叫德米特里赶快回家这个理由就让他一夜暴富的梦彻底破碎。突如其来的结局留给我们的只是一连串疑问、幻想、反思。原来，不劳而获的金钱，最终也会成为一个恶梦。

"螳螂捕蝉，黄雀在后"，谁不想一夜暴富？归根到底是现实生活中的金钱对人欲的摧残。最大的财富，是日积月累的辛勤，不劳而获只能存在于可笑的幻想中。

（白海琼）

第三天，查尔斯用跷跷板碰了一个女孩的头，还出了血，因此被罚站。星期四查尔斯在讲故事的时间里又被罚站，因为他老是把脚跺得噔噔响。

查尔斯是谁

［美］雪利·杰克逊/著　益　忠/译

儿子劳里上幼儿园的第一天，他不再穿灯芯绒的罩衣和围兜了。他开始穿蓝色牛仔裤、系皮带。那天早晨，我注视着他与邻家较大的女孩一起出门，清醒地意识到，我生命中的一个时期结束了。

儿子从幼儿园回来，我问儿子："今天在幼儿园过得怎样?"

"还好。"他回答道，"老师打了一个粗鲁无礼的孩子。"他望着自己的面包说。

"他怎么啦?"我问，"他是谁?"

劳里待了一会儿说："查尔斯。他无礼，老师就打他，还叫他在角落里罚站。他真是太顽皮了。"

第二天中餐时，劳里一坐下来就说："哇！查尔斯今天又使坏了。"他咧开嘴说，"今天查尔斯打了老师。"

"查尔斯为什么要打老师?"我问道。

"因为老师要他用蜡笔涂成红色，"劳里说，"可查尔斯偏要涂成绿色，所以他就打老师。老师也打了他，还说不要别人和他一块玩。"

第三天，查尔斯用跷跷板碰了一个女孩的头，还出了血，因此被罚站。星期四查尔斯在讲故事的时间里又被罚站，因为他老是把脚跺得噔噔响。星期五老师不要他值日，因为他把粉笔乱扔。

星期六我对丈夫说："你不认为幼儿园的情形对劳里不太适合吗？那个查尔斯看来对他有坏影响。"

又到了周一，劳里又带回好多新消息。"你猜查尔斯又怎么了?"他一进门就对我说，"查尔斯在学校里大喊大叫，所以他又留校了。"

"那个查尔斯到底是个什么人物?"丈夫问劳里。

"他比我大点，"劳里说，"他没有橡皮擦子，也没穿罩衣。"

周二周三周四一切照旧。查尔斯在讲故事的时间里又大喊大叫，打了一个男孩的肚子，把他弄哭了。周五查尔斯又留校，其他孩子陪着。

就这样到了第三周，查尔斯成了家中的风云人物。

在第三第四周时，查尔斯看来有进步。在第三周星期四的午餐上，劳里报告说："今天查尔斯表现好，老师给了他一个大苹果。"

"你说什么？"我问。

"不错！我是说查尔斯，他分发蜡笔给大家，又捡起地上的书本，老师说他是个好帮手。"

"有这等事？"我有些怀疑地问。

"他是老师的好帮手，就这样。"劳里耸了耸肩。

接下来的好几个星期，查尔斯都是老师的小帮手，每天发东西又收拾好东西，再也没人留他的校了。

"下周有家长会，"有一晚我告诉丈夫说，"我要去会会查尔斯的母亲。"

"我很想知道她是怎样教好孩子的。"丈夫说。

"我也想知道。"我说。

可是那个周五，情况又逆转了。"你知道查尔斯今天干了什么吗？"劳里在午餐时说，"他教一个小女孩说一个字，她说了，老师就用肥皂水洗她的嘴，引得查尔斯大笑不止。"

"什么字？"他父亲不明智地问。劳里说他悄悄地告诉父亲，他绕到父亲那边，父亲低下头，听劳里兴致勃勃地说起那个字。父亲的眼睛睁得老大。

"那小女孩说了两遍，"劳里说，"查尔斯要她说两遍。这一次老师放过了查尔斯。"

又一个周一上午，查尔斯自己将那粗俗的字说了三四遍，每次都被用肥皂水洗嘴。他还扔粉笔。

那晚我出门去参加家长会。

会上，我扫视着每一个心安理得的主妇的面孔，想看看谁隐藏着查尔斯的秘密。可是，没有一个人面容憔悴，没有人为自己儿子的不良行为向大家道歉，甚至压根儿就没人提起查尔斯。

会后，我找到劳里的老师。

"我一直希望见到您。"我说，"我是劳里的母亲。"

"我们也一直对劳里很感兴趣。"她说。

"他很喜欢这儿的生活。"我说，"他经常谈论幼儿园。"

"头一个多星期里，因为适应的问题，我们之间曾有一些麻烦。"老师说，"现在好了，他是我的好帮手，当然有时还会有一些故态复萌。"

"劳里是一个适应性强的孩子。"我说，"我想这是受了查尔斯的影响吧！"

“查尔斯?”

“不错。”我笑道，“出了个查尔斯，您一定忙得不可开交吧?”

“查尔斯?”她说，“在我们这里根本没有一个叫查尔斯的孩子。”

我惊愕良久，方如梦初醒。

与你共品

劳里就是故事中查尔斯的现身，他向父母叙述查尔斯在幼儿园一周的经过，正是劳里适应幼儿园环境的一个侧写。

小说以孩子劳里的讲述为故事线索，平实的语言却引起读者的无尽好奇，期待之心有增无减。故事中母亲一直认为儿子劳里是一个适应性很强的孩子，无比信任孩子的表现，却担心幼儿园的一些不良环境会影响到儿子劳里，就在她为此无比自豪时，结局却戏剧性转变：原来那个粗鲁无礼的查尔斯其实就是自己的儿子。故事正好折射出现实中那些总是自以为是的人，只顾一味猜忌别人却从不在自己身上找问题。

一个故事，是一个孩子内心的解剖的方式。在读懂的同时，作为父母，更应该转化旧的教育观念，要从自身找问题，善于发现自身缺点，并及时改正。

（白海琼）

能有这样的结局，贵族老爷很高兴。他向朋友们说，他很幸运，因为不需要步父亲的后尘了。

威 胁

［俄］契诃夫/著 杨宗连 唐素云/译

有一个贵族老爷的马被盗了。第二天他在所有的报纸上都刊登了这样一个声明：“如果不把马还给我，那么我就采取我父亲在这种情况下采取过的非常措施。”

威胁生效。小偷不知道会产生什么严重后果，不过他想着可能是某种特别可怕的惩罚，很害怕，于是偷偷地把马送还了。能有这样的结局，贵族老爷很高兴。他向朋友们说，他很幸运，因为不需要步父亲的后尘了。

“可是，请问你父亲是怎么做的?”朋友们问他。

“你们想知道我父亲是怎么做的么? 好吧，我告诉你们……有一次他住旅店时，马被偷走，他就把马肚带套在脖子上，背着马鞍走回家了。如果小偷不是这样善良和客气的话，我发誓，我一定要照父亲那种做法去做!”

与你共品

是小偷害怕贵族老爷采取其父亲的非常措施送还了马，还是贵族老爷的善良和客气打动了小偷？这其中的蕴意不得而知。

小说开头就设下悬念，究竟是什么非常的措施？带着好奇心，随着故事的逐步发展，我们深刻地体会到了小偷那种“做了亏心事，定怕鬼敲门”的心理。而老爷幸运之处，就是他利用自己的聪明才智狠狠地抓住了小偷这种致命心理，不仅使自己的马失而复得，还挽回了父亲因软弱而被人耻笑的尊严。

贪生怕死是人的本性，更何况是一个做了亏心事的人呢？所以说“身正不怕影斜”，如果你没做对不起自己良心的事情，即使是再大的威胁，也动摇不了你那颗刚正的心。

（白海琼）

当市政当局打算要赶他俩走的时候，街坊邻居和不少市民对市政当局提出了控告。既然他俩在那儿坐了那么长的时间，他俩有权得到这幢房子。

坐

［美］H·E·弗朗西斯/著　佚　名/译

有一天早上，他看见一男一女坐在他家门前的台阶上。他们整天坐着，连位子也不移动一下。

每隔一会儿，他就透过门上的格子看一下那一对男女。

天黑了，他们仍不离去。他感到疑惑，很想知道他们到底是在什么时候吃饭，什么时候睡觉，什么时候做他们的事情的。

天亮了，他们仍然还坐在那儿。不管天晴或下雨，他们始终坐在那儿。

起先只是隔壁的邻居打电话问他：“他们是谁？在那儿干什么？”

他也一无所知。

后来，街坊邻里都打来电话询问，连看到这一情景的过路人也打来电话询问。

他从未听到那一男一女讲过话。

接着他开始接到全城各地打来的电话。打电话的当中有陌生人，也有市参议员，有专门职业者，也有办事员，有杂务清洁工，也有不得不绕过这一男一女给他送信的邮递员。他必须采取点行动了。

他要求他们离开那儿。

他们置之不理，只是一声不吭地坐着，眼睛茫然地凝视着前面。

他说他要叫警察了。

警察把他俩训斥了一番，说明了他们的权力后，就把他俩押进警车带走了。

第二天早上，他俩又回来了。

他又叫来警察。只要他坚持，警察就必须给他俩找一个去处。但警察却说，要是监狱不怎么拥挤的话，就把他俩送进监狱。

“那是你们的事情。”他对警察说。

“不，这其实是你的事情。”警察告诉他。但警察还是带走了那一男一女。

次日早晨，他向外张望时发现那两人又坐在他家门前的台阶上了。

连续好几年，那两人每天都坐在那儿。

每天冬天，他总希望他俩被冻死。

然而，他自己却先死了。

他没有亲人，因此他的房子就归公了。

那一对男女继续坐在那儿。

当市政当局打算要赶他俩走的时候，街坊邻居和不少市民对市政当局提出了控告。既然他俩在那儿坐了那么长的时间，他俩有权得到这幢房子。

结果原告胜诉，那一男一女继承了这幢房子。

判决后的第二天早晨，全城所有房子前的台阶上都坐上了陌生的男男女女。

与你共品

看完小说后，让人哭笑不得。难道长期坐在房子前面，直到房子的主人死了，就可以得到这房子吗？这简直就是无稽之谈。

作者就是想通过这无稽之事，表达当今社会人民基本的住房问题，小说的结局更是讽刺当今社会人民为生活所迫的盲目精神状态，同时含蓄地揭露当今政治无法保障人民基本生活的危机。

现实中，无论是生活、工作还是学习，都存在着无形的沉甸甸的压力，当人无法缓解压力时，就出现精神上的病态，例如抑郁症。因此，我们应该学会舒缓紧张的生活节奏，排解压力，做生活的主人。与此同时，政府应该时时刻刻关注老百姓的生活情况，并作出相适应的政策调整。

（成文捷）

显然，他说话时，身子也在发抖。然而，我的手也一直在哆嗦，他的手也在打颤。我们两个人一边说着话，一边在不停地发抖。

穷门

[前苏联] 左琴科/著 佚 名/译

现在住旅馆可真困难哪，这是谁都知道的事。

我一到了南方，立即就深有感触。

一下了轮船，我就快步直奔旅馆。旅馆的守门人对我说：“现在的旅客可真奇怪，一下轮船，就都朝我们这儿奔，好像我们这是旅馆。旅馆倒也是旅馆，可就是没有闲房间了，全都客满。”

没有别的办法，我只好要个花招，再碰碰运气吧。离开旅馆，我一边走，一边琢磨法子。

我手里拿着两件东西：一个是普通的提篮，另一件确实是个挺漂亮的钢板手提箱——其实就是个三合板箱子。

我把提篮暂存在卖报人那儿，然后把身上穿的那件外国进口大衣反穿了起来，大衣的方格里子就成为大衣面。我又把便帽低低地压在鼻梁上，买了支雪茄烟叼在嘴上。

我就这么个打扮，提着那只出口的钢板手提箱，大模大样的再次闯进了那家旅馆。

守门人对我说：“先生，您不能进去了，里面没有空房间。”

可是，我却走近一个服务员的眼前，操起半通不通的外国话说：“一个，房子的，有?”

服务员自言自语地说：“我的上帝呀！外国佬来了！”

接着，他也用半通不通的外国话回答说：“是，是的，一个，房子的，可以的，有，有。请，请。我这就给您腾房间，尽可能找个好房间，臭虫少一些的。”

表面上我装得神气十足，其实两条腿却在哆嗦着。

这个服务员挺爱扯外国话，于是他又问：“对不起，您哪，先生，请原谅。您是德国人，还是哪国人呢?”

我心里暗想：“真糟糕，万一要是这个服务员懂点德国话可咋办呢?”于是，我对他说："我是西班牙，一个，房子的，明白吗？你的。西班牙，西班牙的。"

啊哈，这一下这个服务员可惊呆了。

"我的上帝啊，是个西班牙人！请您等一等，当然，我已经明白了，方才您说的是西班牙，西班牙人。"

显然，他说话时，身子也在发抖。然而，我的手也一直在哆嗦，他的手也在打颤。我们两个人一边说着话，一边在不停地发抖。

这时，我用似通非通的西班牙语对他说道："对的，对对的，请您把我的箱子送到我的房间去，其他以后再说。"

服务员回答说："好，好的，不用您吩咐。"

一点也没有错，这个服务员想赚钱的劲头来了，他又问道：

"先生，您付什么钱哪？是给外国钱，还是给我们的钱呢？"

为了让我明白他的意思，他用手指头比划着杠杠和圆圈。

我心里嘀咕着："我可不知道你说的是什么？真讨厌，快点提箱子算了。"

我一心想弄个房间，其他的我什么也顾不上了。

服务员用手提箱子，由于殷勤过分，用力过猛，箱子盖啪的一声崩开了。

箱子一打开，里面乱七八糟的东西都掉了出来：破衬衫、短裤衩、"吉尔"牌肥皂，还有其他的国货。

服务员一看，脸都气白了。他立即明白是上当了。气乎乎地说："啊，好个西班牙流氓，快点拿出证件来！"

"我不明白，"我尴尬地说，"要是没有房间的话，我就走。"

"您看！"服务员对守门人说，"他竟然冒充外国人混进来！"

这时，我真想快点溜走；可是，守门人反倒说："哎，请到这边来，您甭害怕。您真的急等着要房间吗？"

"我是刚下船的，有些晕船，这会儿连站都站不稳当。请您行个好，快给我弄个房间，我好躺下歇一歇，我可以多给你们点钱！"我哀求着说。

"我们是不受贿的。如果您真是急着要房间，我可以给您找一个，也不用什么酬谢。"服务员说，"只不过是这个房间没有钥匙。房间锁着，钥匙弄丢了。您得再付十五卢布给钳工，让他给您打开房门，再从旧钥匙中找一把配上。"

我乖乖地付了钱，算是弄到了一个房间。

到了晚上，我听隔壁旅客告诉我说，这个房间的钥匙根本没有丢，不过让他们敲去了十五卢布而已，那位旅客为自己房间的钥匙付了十卢布。我因冒充西班牙人，又被他们多弄去五卢布。

无论怎么说，我还是挺知足的，因为到底有房间住了。

与你共品

看完小说后，我佩服主人公的乐观积极的心态。换位思考，如果其他人遇到同样的情况，会很生气。

小说的主人公在租房间这件事上，先是冒充外国人，接着被揭穿，后来被骗，最后感到满足。作者讽刺地描写了中下层社会商家的卑鄙的、胸襟狭隘的经商手段，折射出隐藏在社会背后的各种旧的传统习惯势力侵蚀着社会的健康群体的现象。

即使现在，许多商家为了获得更多的利益，使用各种各样的手段欺骗消费者，表面上互利互惠，实际上既欺骗了消费者的金钱，也欺骗了消费者的感情。同时为了取得短期利益也失去了商家最重要的长期的利益——诚信。值得吗？

（成文捷）

但他也不喜欢花店的招牌。他说："假如你不在这儿卖花，又在哪里卖呢？帕帕·敦特，你应该把招牌上的'本店'两字去掉，这样多简单明了。"

招　牌

［美］哈里特·思勒/著　佚　名/译

帕帕·敦特一向非常喜欢花，他经营花店已经很多年了，花店坐落在一个十字路口旁。他工作非常勤奋，并且生活得也很美满，他甚至有足够的钱供他的儿子约翰上大学。

约翰也像他父亲一样喜欢花。虽然他想上大学，但他的理想是毕业后帮助父亲经营这个花店。

花店位于十字路口。尽管花店没有挂招牌，但由于帕帕·敦特多年的苦心经营，城里的人们谁都知道这儿出售的鲜花是全城最美的。

花店第一次开业时，挂着一块很大的招牌，上面写着：本店出售美丽鲜艳的花

第一个来到花店的顾客对帕帕·敦特说："我很喜欢你的花店，可不喜欢你的招牌。美丽鲜艳的花，难道你就不可以卖别的种类的花吗？你为什么不把'美丽鲜艳'删掉呢？"

帕帕·敦特欣然同意，认为这样很好，于是把招牌改为：本店出售花。

第二天，又一个顾客来到花店，他认为这个新开业的花店很使他称心如意，但他

也不喜欢花店的招牌。他说："假如你不在这儿卖花，又在哪里卖呢？帕帕·敦特，你应该把招牌上的'本店'两字去掉，这样多简单明了。"

于是，帕帕·敦特又把招牌改为：卖花。

第三天，帕帕·敦特的叔叔来到花店。"你这个花店很漂亮。"他说，"可是招牌太罗唆了。'卖花'，花当然是卖的，但是这样写，给人一种不愉快的感觉，你为什么不把'卖'字去掉呢？"

这样，花店的招牌上只剩下一个字：花。

又过了一天，本城的一个官员也来光临帕帕·敦特的花店。

"我们来到这儿，感到很荣幸。"官员说，"你的花店看起来很整洁，宽敞明亮。你是一个很善于经营花店的人，你的花店位置适中，橱窗布置得幽雅大方，不过，我对于你的招牌有些想法。'花'，你的橱窗里摆满了美丽的花，那么你的招牌就是摆设了。人们看见这花，就会知道你出售花。所以最好是让你的花自己去说明吧。"

帕帕·敦特听从了官员的忠告，索性摘去了招牌。

路过花店的人们一看到橱窗里摆放着的鲜花，总是不由自主地停下来。最后，帕帕·敦特的鲜花远近闻名，盛誉不衰，没有人再去别的地方买花了。

这样，许多年过去了。

现在，帕帕·敦特要和儿子一起经营花店，他高兴极了。随着岁月的流逝，他渐渐变得苍老，对经营花店已经有些力不从心了。

送走了那些看望约翰的人们，帕帕·敦特问儿子："约翰，现在，你要为花店做的第一件事是什么？"

"哦，爸爸，我们首先要挂个招牌。在商业化的今天，它尤其是必不可少的。"儿子回答。

"挂个招牌，孩子？"

"对。"

"那么，招牌上写什么呢？"

"嗯，让我想想……就写'本店出售美丽鲜艳的花'吧……"

与你共品

一个花店老板数次更改招牌，到最后不用招牌，花店却一直盛誉不衰。可是，当花店老板的儿子当老板的时候，要为花店做的第一件事就是挂个招牌，这就是父亲和儿子的区别，即人生阅历长短的区别。

小说通过花店老板三度更改招牌，最后不用招牌，但是快要接手花店的儿子却要为花店挂个招牌的事例，含蓄深远地表达了"本店出售的花最美"要靠劳动证明，而不是靠招牌吹捧。

做任何事情都要脚踏实地，用自己的劳动证明自己的实力，而不是纸上谈兵。更重要的是在奋斗的过程中，学会吸取和总结前人的经验，站在前人的肩膀上，结合自己的实际，加以努力，定会取得事半功倍的效果。

（成文捷）

他确信有护神在冥冥中保佑他，于是，立刻拿起笔来写信，并准备亲自拿信到城里的邮局去投寄。

一封寄给上帝的信

[墨西哥] 格雷戈里奥·洛佩兹/著　佚　名/译

在谷地的一座小山包上，住着一户人家。

站在山顶上，能望见山脚下的小河，望见畜栏边上那块玉米地。玉米在扬花结苞，地里间种的豌豆也花开正茂——这可是庄稼人朝思夕盼的丰收前景啊！

这个时候，地里最需要的莫过于水了，下一场大雨该多好呀，不然，下小阵雨也能给庄稼解解渴。莱恩科大叔心疼庄稼，这天他整个早上都搁下活不干，专门仔细地观察东北方向天空上云彩的变化。

“老婆子，我看这场雨可真的下定了。”

老婆子在忙着做饭，附和着说：“是要下雨了，真是上帝赐的福。”

大一点的孩子在地里干活，小一点的小孩在屋边玩耍。莱恩科大婶直起嗓子把他们喊回来：“吃饭喽……”

不出莱恩科大叔所料，当一家人正在吃饭的时候，天上的乌云像一座座巨大的山峰，滚动翻腾，从东北方向迅速涌来，越来越近。雨，大滴大滴地下起来了。空气也变得湿润凉爽了。

莱恩科大叔跑出屋外，跑到畜栏里，似乎要找点什么东西。其实，他什么也没找，而是想淋个痛快，使心里更加舒畅。他返回屋里，大声说道：“老天爷给咱们下的不是雨，而是一块块新钱币，大的 10 分，小的 5 分咧……”

莱恩科大叔心花怒放。他出神地凝望着笼罩在雨幕中的秆粗苞肥的玉米和万千朵豌豆花，脸上显出了惬意的神情……

突然，狂风骤起，大块大块的冰雹夹杂着雨点从天空中倾泻下来。晶莹光洁的冰雹纷纷落下，这倒真的像天降钱币了。孩子们一窝蜂从屋里跑出去，冒着雨捡拾那些晶亮得像珍珠似的冰雹。

“哎呀，糟糕!”莱恩科大叔望着漫天冰雹，像挨了重重的一拳，立刻惊叫起来，“这冰雹不能再下了!”

然而，冰雹仍下个不停。它整整地下了1个小时，把屋顶、菜园、山坡、田地都盖满了。整个山谷一片白茫茫的，仿佛铺上了一层厚厚的白盐。树木被打成光秃秃的，一片叶子都不剩；地里的玉米全给糟蹋了，豌豆花七零八落。莱恩科大叔伤心透了。冰雹过去后，他站在自己的那块玉米地里，对着孩子们唉声叹气地说：“如果遭的是蝗灾，也不至于落到这个地步……这冰雹打得庄稼一棵不留！今年，我们连一颗玉米、一颗豆子也收不到了……”

黑夜降临了，这是个多么令人忧伤的夜晚。

“累死累活，颗粒无收!”

“没有哪一个人能帮咱们的忙!”

“今年就等着挨饿了……”

在这间处于谷地深处的孤零零的屋子里，人们心中只剩下这样的希望：上帝救救我。

“庄稼看来是没有指望了，不过，咱们也不必太难过。别忘了，上帝不会让咱们饿死的。”

“不饿死一个人——牧师们都是这样说的嘛!”

找上帝救出苦海。希望之火在莱恩科大叔的心中彻夜燃烧。他从牧师的教诲中知道，上帝的眼睛洞察一切，人们心里想些什么，上帝也会知道。

莱恩科大叔身体健壮，在地里干起活来就像一头牛似的，力大无穷。别看他是个五大三粗的庄稼汉，他还是识点字的。到了礼拜天，天刚刚亮他就起来祷告。他确信有护神在冥冥中保佑他，于是，立刻拿起笔来写信，并准备亲自拿信到城里的邮局去投寄。

他写的不是什么别的信，而是一封寄给上帝的信。

“上帝，”他写道，“如果您不搭救，我们全家今年就要挨饿。我需要100比索买种子，买粮食，以便在地里重新播种，维持生活，因为雹灾……”

他在信封上只写了3个字：上帝收。他把信装进信封以后，便带着一种难以平静的心情进城去了。到了邮局，他买了张邮票贴在信封上，把信投进邮箱里。邮局里有个雇员，他既当邮差，又兼打杂。他从邮箱里取出了那封寄给上帝的信，递给领班时，忍不住一个劲地哈哈大笑。上帝住在哪里，他当了这么多年邮差，却从未听说过上帝的地址啊！领班是个和蔼可亲的胖子，他看到这封信，也不禁笑起来。但是，他很快就收敛笑容，把信在自己的办公桌上顿了顿，神情严肃他说：“多么坚定的信仰！但愿我的信仰也跟这个寄信人那样坚定。我要想他之所想，像他那样信心满怀地去开拓与上帝取得联系的通途!”

这封寄给上帝的信虽然没有办法送到上帝手中，但是，它却使领班深受感动。为了不使这信仰的奇迹幻灭，他心中升起了一个念头：以上帝的名义复信。然而，他把信拆开一看，才知道要回复这封信，不是费点纸张墨水、写几句好话就能把问题解决了的。不过，领班是个意志坚强、决不食言的人，既说复信，就得复信。他请雇员们捐款，自己也拿出了部分薪金；此外，他有几个朋友也高高兴兴地掏出了钱。因为他告诉他们，这是一个表示“上帝之爱”的行动。

领班无法凑够100比索这样一笔巨款。他寄给莱恩科的钱只有其所需数目的一半多一点。他把钱装进信封，写上收信人的姓名和地址，并写了一封信。信上什么话也没有，只有一个签名：上帝。

又一个礼拜天到了。莱恩科大叔急着打听他的信件，早早就来到了邮局。把信交给他的还是那个雇员，领班则站在邮局门口的台阶上看着，心里甜滋滋的——谁做了好事不感到愉快？

莱恩科大叔对上帝给他寄钱的事是深信不疑的，所以，当他看见信封里装有一沓钞票的时候，脸上一点惊异的表情也没有。等到数清了钞票的数目，他竟生气起来：难道连上帝也出差错，克扣他所需要的金钱吗？这是绝不可能的事！

莱恩科大叔猛然转身走到柜台前，要来纸张、笔墨，在那张公用写字台上把信纸一摊，又挥起笔来。他眉头紧锁，沉思默想，显然是在搜索枯肠，寻找字句，来表达他那愤激的感情。写完信，他到柜台前买了张邮票，用舌头舔上点口水，举起拳头往信封狠狠一捶，把邮票贴上了。

信一投进邮箱，领班就走过去把它取了出来。信是这样写的：

上帝：

我要的钱没有如数收到，只收到70比索。请再寄30比索，我急需使用。下次付款切勿邮寄，因为邮局这帮家伙都是盗贼，没有一个好东西。

与你共品

看似喜剧的一篇小说，结尾却让人心中骤生凉意。自己怀着一颗无私淳朴的心，默默无闻，不求回报，不肆张扬地做了好事反而遭到了人格的质疑与诬陷，其中的悲凉、难受、失望可想而知。

看似一个坚定的信仰，却道出了人性的自私与阴暗，我们之所以相信上帝是因为上帝能够满足我们的所有要求与欲望。因此，信仰，似乎已经沦陷为满足自身要求与欲望的工具，这该是个多么令人震撼的社会问题！

上帝，本就没有。但有着上帝一般心肠的人其实也不少，我们在选择相信上帝的同时，何不也试着去相信一下自己身边的你我他呢？毕竟，生命只有从信任中才能开出灿烂的花朵，散发醉人的芬芳。很多时候，我们也须坚信，坚信这世上还有良心，爱心，善心。

（李艳姿）

老前辈说："早告诉你就好了。那是个小康之家，只有老两口。因为无聊，所以这样戏弄推销员。"

老两口儿

［日］都筑道夫/著　佚　名/译

他一进门，就出来一个白发老头。青年推销员恭恭敬敬地鞠了一躬。

"喔，喔，可回来了。你毕竟回来了。"

老头脱口而出。

"老婆子，快出来。儿子回来了，是洋一回来了。很健康，长大了，仪表堂堂!"老太太连滚带爬地出来了，只喊了一声"洋一!"就捂着嘴，眨巴着眼睛，再也说不出话来。

推销员慌了手脚，刚要说"我……"时，老头摇头说："有话以后再说。快上来。难为你还记得这个家。你下落不明的时候才小学六年级。我想你一定会回来，所以连这个旧门我都不修理，不改原样，一直都在等着你呀。"

推销员实在待不下去了，便从这一家跑了出来。喊他留下来的声音始终留在他的耳边。大概是走失了独生子，悲痛之余，老两口都精神失常了吧。

"可怜见的，"他想着想着回到了公司，跟前辈讲这件事。老前辈说："早告诉你就好了。那是个小康之家，只有老两口。因为无聊，所以这样戏弄推销员。"

"上当了！好，我明天再去，假装儿子，来个顺水推舟，伤伤他们的脑筋。"

"算了，算了吧。这回又该说是女儿回来了，拿出女人的衣服来给你穿。结果，你还是要逃跑的。"

与你共品

看完小说，我们都在大笑之余又略有所思。一位推销员上门推销却遭到了戏弄，本以为是痛失爱子、精神失常、让人怜悯的老俩口，却原来是由于无聊，拿推销员来当消遣，打发日子。

物质生活富足，精神生活空虚，这是一些小康之家的通病。特别是人到老年，物质生活再丰裕，也难以打发心中的无聊、空虚、寂寞，难以代替儿孙满堂的天伦之乐。在物质生活日愈丰盛的今天，精神生活的富足是否应该更加值得人们关注呢？

不可缺少的是物质生活，不可小觑的是精神生活。只有具备充足的精神食粮，我们才不会整天与空虚作伴，与寂寞为友，我们思想的花园里才不会长满荒芜的野草，才能花香弥漫，瓜果遍野。

（李艳姿）

但是巴巴扬兹涅却有四十八个平方，共三个房间。为什么我要比他的房子小，我完全可以拥有更大的房子。

失　眠

［俄］A·卡聂夫斯基/著　佚　名/译

由于情况特殊，我很早便上床了。但我发现失眠与几点上床并没有太大的关系。

妻子对我说："用数数的方式会好很多。希望会有效！我每晚都数好几万。"

"好吧！"我想也许应该听妻子的话。

一……二……三……三次被学校领导训斥。为什么不准时到校？为什么总是和其他老师发生矛盾？为什么不交计划？为什么只会埋怨我，而不关心一下这个问题的原因在哪里？如果这些你都处理好了，你就不会提出这么蠢的问题了！就好像我的失眠和他没有一点儿关系一样！

……八……九……十……我在学校起码有十年的教龄了，可是却叫莫萨金去当小组长。你想想看，我成天忙得不可开交，却还要替副博士答辩。也许我也像科学院院士那样睡不着吧，可这并不会引起别人注意！

……十七……十八……十九……十九个人都得了奖金。除我之外，每一个人都有一份。而且他们还那么若无其事的。我亲爱的同事，你们一定会睡得又香又甜。

……三十……三十一……三十二……一共就三十二个平方。但是巴巴扬兹涅却有四十八个平方，共三个房间。为什么我要比他的房子小，我完全可以拥有更大的房子。

……一百一十八……一百一十九……一百二十……这只是算出来的数目罢了，三扣两扣也就所剩无几了。全组又是我最少。皮楚金娜才只不过是个应届留校学生而已，可是已经拿了一百四十卢布，而且全用来买化妆品了。一个小姑娘哪里用得了那么多钱。但是我每个月光安眠药就得花十卢布。

……六千……七千……八千……八千个白血球，连医生都为这个数字惊叹。我已经达到这个极限了，可是却让纳哥涅奇内去休假。我的专业知识还少了不成！那老糊涂连个休息的机会也舍不得给我。这不，思维迟钝了，眼也花了，脑子里也嗡嗡地乱响。

呦！你瞧，天已经亮了，我确实困了，妻子的方法有效力了。又要睡过头，又要迟到，校长又得来那套老生常谈了……去他妈的吧！谁会在意那老家伙。

“我要睡了，下次再谈吧！”

与你共品

小说结尾引人发笑。失眠，这是个老生常谈的问题，确实，大多数人的失眠不是身体的原因，而是心理的原因。小说中的主人公在乎得多，计较得多，抱怨得多，让他心理失衡，生理失眠。

人生在世，有时候，我们不必计较太多，要抱着一颗平常心，闲看花开花落，笑望云卷云舒。因为计较得越多，快乐就越少，抱怨得越多，人生就越痛苦。与其天天让压抑苦闷笼罩着我们，倒不如放下沉重的心理负担，让自己的心灵得到些许歇息。

很多时候，我们习惯了计较，习惯了抱怨，计较别人的不是，抱怨世界的不公，可是我们却没有去换位思考，试着从自己身上寻找原因，或许，真的是我们做得还不够多，不够好呢？学着去换位思考吧，你会发现天是一如既往的蓝，花是一如既往的红。

（李艳姿）

在接下来的一个月的日子里，他神情忧郁，最后他垮了。他发烧可真厉害，根本神志不清。后来病情进一步恶化，怪可怕的。

悲惨命运

［英］威·毛姆/著　佚　名/译

有些人，在拜访别人或晚上与人聊天的时候，总觉得告辞是一件很难的事。时间一分接一分地过去了，到拜访者觉得自己真的该走的时候了，他站起来吞吞吐吐地说：“呃，我想我……”紧接着主人就说：“噢，你这就要走吗？时间真的还早呢！”于是拜访者拿不定主意的尴尬就接踵而至了。

在我所知的这类事情中，最悲惨的例子要数我可怜的朋友动三先生。他简直不知道该如何从所拜访的人家里脱身。他是那么忠厚，又是那么规矩，从不愿失礼。在他放暑假的第一天下午，他去他的一个朋友家里拜访。他在那聊了一会儿天，喝了两杯茶，然后好不容易鼓起勇气说："呃，我想我……"

可是女主人说："噢，别急！动三先生，你真不能再多待一会儿吗？"

动三从来都是说实话的。"噢，我，能，"他说。"当然，我——呃——可以再待一会儿。"他留了下来，喝了十一杯茶。夜幕开始降临了，他再一次站起来。

"呃，现在，我想我真的……"

"你非要走吗？"女主人客气地说，"我还以为你可以留下来吃饭呢……"

"呃，是可以的，"动三说："假如……"

"那就留下来吧。我肯定我的丈夫会很高兴的。"

"好吧，那就留下来吧。"他颓然回到椅子上，灌了一肚子的茶水，怪难受的。

男主人回来了。他们开始吃饭。动三从头到尾都在盘算着要在八点三十分告辞。主人一家都在纳闷，不知动三到底因呆笨而显得郁闷不乐呢，还是仅仅只是呆头呆脑。

吃完饭后，女主人想"打开他的话匣子"，于是拿出照片给他看。她把家里所有的珍藏照片都拿出来，总共有好多。到八点三十的时候，动三已经看了七十一张，大约还有六十张没看。动三站起来："现在告辞了。"他用恳求的口吻说。

"告辞？"他们说，"才八点三十呢！你有什么事要去办吗？"

"没什么事。"他承认，接着又闷声闷气的，然后苦笑了一下。

就在这时候，大家发现主人的宝贝儿子——那个可爱的小调皮鬼把动三的帽子给藏起来，因此，男主人说，动三先生非留下来不可了，于是就请动三一起抽烟聊天。动三时时刻刻都在想着果断地离去，可是办不到。后来男主人开始厌烦他了，就反话挖苦他说："动三先生最好留下来过夜，我们可以给你临时搭一个铺。"动三误解了他的意思，竟然连连道谢。于是男主人便为他安顿了一个空房间，内心却狠狠地诅咒他。

第二天上班吃完早饭后，男主人进城上班了，留下动三和家里的宝贝儿子玩。动三一天一直在琢磨着回去，可他又左右为难。男主人傍晚下班回来了，他发现动三还在家里，大感吃惊和恼火。他想开个玩笑把动三支走，于是说，我认为该向动三先生收房租和伙食费了！那个不幸的小伙子目瞪口呆一阵，然后紧紧握住男主人的手，向他预付了一个月的食宿费。

在接下来的一个月的日子里，他神情忧郁，最后他垮了。他发烧可真厉害，根本神志不清。后来病情进一步恶化，怪可怕的。有时候他从床上惊坐起来，尖叫道："呃，我想……"紧接着又倒回到枕头上，同时发出一声令人毛骨悚然的大笑。再一会儿，他又跳起来，大叫道："再来一杯茶，再拿照片来！哈！"

最后，经过一个月的痛苦折磨，在他假期的最后一天，他去世了。人们说在他临终之际，他在床上说："噢！天使们在召唤我，我想我真的该走了。再见！"

与你共品

看完这篇有点戏剧化的小说，心情却沉重而悲痛。当他能无所顾忌地说出再见的那一刻，已经是再也无法见的时候了。一次平常的拜访，却成了他生命的终点。多么地令人心酸、心痛、心凉。

表面上看是作者对动三先生悲惨命运的同情，实际却隐含着丝丝的嘲讽。确实，一些看似善良、忠厚、规矩的人，实际却是毫无主见，胆小，软弱与唯唯诺诺。一味顺从，一味屈就，一味忍耐，这些人性中的弱点把他们推向了死亡的深渊。

其实很多时候，让我们停滞不前、落后失败的往往是我们的虚伪，懦弱与唯唯诺诺。很多时候我们要敢于说“不”，对自己，对他人。同时，也反映出现在人与人交往中的一个重大问题，真诚，纯洁，纤尘不染的人际关系究竟还有多少？

（李艳姿）

很快，我就被捕了。执行这项命令的巡逻队一声不吭地包围了我，从我的脖子上摘去了战鼓，从我精疲力竭，冰冷的手中夺走了鼓槌。

鼓手的遭遇

［波兰］姆罗热克/著　佚　名/译

我爱我的鼓。我用一根宽带子系着鼓，挂在我的脖子上。这面鼓挺大，敲打淡黄色鼓面的鼓槌是用栎木做的。随着时光的流逝，我的手指已把鼓槌磨得铮亮，这也表明了我的勤奋和爱好。我常常背着这面鼓在大路上走，路上有一片片尘土，白茫茫的，有时一片泥泞，黑糊糊的，大路两旁的田野随着季节的变化，交替出现绿色、金黄色、褐色和白色。可是，我的鼓不受季节变化的影响，不停地发出急促的咚咚声。因为我的手已不属于我自己，而是属于这面鼓的了。一旦这面鼓沉默下来，我就会觉得浑身难受。

一天傍晚，正当我精神抖擞地敲打着这面鼓的时候，一位将军走到我面前。他衣着不整，上身穿件短上衣，没有扣扣子，袒胸露怀，下身穿的是一条衬裤。

他跟我打了个招呼，干咳了一声，接着便赞扬起政府和国家来，最后他似乎是漫不经心地说：“您总是这样不停地敲鼓吗？”

“是的！”我高声回答，同时敲得更有劲了。“为国争光！”

“说得对，很对。”他点点头表示赞同，但显得有些忧心忡忡。

“您还要这样长时间地敲下去吗?”

“是的，将军同志，只要我还有力气!”我兴奋地回答。

“噢，好小伙子!”将军夸奖我说，同时伸手挠了挠头。

“你能这样敲多久呢?”

“一直敲到死!”我自豪地大声说。

“嗯，嗯……”将军感到惊诧，他沉默了片刻，思索着什么，随后又转了话题。

“已经很晚了。”他说。

“晚只是对敌人而言，绝不是对我们。”我大声叫嚷说，“明天属于我们!”

“说得很好，很好。”将军表示同意，但有点恼火，“我指的是时间已经很晚了。”

“战斗的时刻已经来到！让大炮轰鸣吧！让钟声敲响吧!”我怀着一名真正的鼓手的高尚的激情，振臂高呼起来。

“不，不要敲钟!”将军急忙说，“钟，当然要敲，但只是在某些时候。”

“对，将军!”我紧接着他的话说，浑身激动得发热。

“我们有了战鼓，干吗还要钟。当我的战鼓敲响时，让钟声统统停下来吧!”为了证实这一点，我把鼓敲得像在发起冲锋一样。

“绝不是相反，是吗?”将军犹豫而又谨慎地问道。同时，用手把自己的嘴遮了起来。

“绝不是相反!”我大声说，“我们的战鼓将不停地发出雷鸣般的响声，将军，您可以信赖您的鼓手!”我感到有一股暖流流遍了我的全身。

“我们的军队可以因为您而感到骄傲。”将军有点儿酸溜溜地说。他的身子微微颤抖了一下，因为夜幕已经降临到宿营地上。在灰蒙蒙的雾气中，将军的那顶帐篷的尖顶孤独地耸立着。

“是的，我们的军队会感到骄傲。我们不会停滞不前，因为我们要进军，是的……夜以继日地进军。但我们每前进一步……是的，每一步……”

“我们每前进一步，都伴随着不停的胜利鼓声!”我脱口而出，一边击着鼓。

“喔，这，这，”将军嗫嚅地说，“是的，确实是这样。”说完，他朝自己的帐篷走去。我独自一人留了下来。但是，孤独更增强了我作为一名鼓手的自我牺牲精神和责任感。“将军，你走了。”我心想，“但是你知道，你忠诚的鼓手还在警戒着，你的额上已经出现了一道道犁沟似的皱纹，你还在全神贯注地考虑战略部署，用小旗在地图上标明我们共同的胜利之路。你和我，我们两人将一起迎接曙光，迎接光辉灿烂的明天。我将以你和我个人的名义，用鼓声宣告它的来临。”

这种对将军的爱戴之情，这种为事业而献身的精神充溢了我的心灵，我竭尽全力把鼓点敲得更急，更响。夜已深沉，我用青春的全部热情，怀着一个伟大的理想，献身于我的光荣劳动，只是在鼓槌击鼓间歇的时刻，我才听见从将军的防水帆布帐篷里传来的弹簧垫的哧溜声。有人仿佛在辗转反侧，不能成眠。后来，在将近午夜的时候，在帐篷前面，隐约出现了一个白色身影，这就是身穿睡衣的将军。他的声音有点嘶哑。

“所以，您是说，这个……您的鼓还要继续击下去，是吗?”他说。在这夜静更深的时候，他还到我这儿来，真是使我感动，他真正是战士的慈父啊!

“是的，将军！无论是寒冷还是睡意，都不能战胜我，只要我一息尚存，我就要击鼓，我的天职和我们为之奋斗的事业要求我这样做，鼓手的守则和荣誉也要求我这样做！苍天在上，我保证战鼓长鸣!”我讲这番话的时候，丝毫没有想到要向将军献媚，也没有想到要博得他的欢心。这不是指望升官或是获得奖赏的夸夸其谈，我甚至根本没有想过可以去作这样的理解。我始终是一名诚实的，直心肠的，称职的鼓手。

将军咬了咬牙。我以为，这是因为他感到冷的缘故。后来，他瓮声瓮气地说：“好，很好。”说完就走了。

很快，我被捕了。执行这项命令的巡逻队一声不吭地包围了我，从我的脖子上摘去了战鼓，从我精疲力竭，冰冷的手中夺走了鼓槌。谷地里一片寂静。我不能向同志们解释清楚，他们用刺刀架着我，把我带到了营地以外的一个地方。按照规定是不允许这样做的。他们之中有一个人告诉我，逮捕我是执行将军的命令，罪名是暴露目标，暴露目标!

此刻，天色已开始发亮，天空升起了第一批玫瑰色的云彩。迎接黎明的只是一阵阵响亮的鼾声，当我们走过将军的帐篷时，我清楚地听见了这鼾声。

与你共品

一个是忠诚称职的鼓手，另一个是不修边幅的将军，为何鼓手最后要被逮捕，将军却呼呼大睡？爱国，最重要的是要有实际行动，而不是凭着领导的头衔滥用权力。

权力是把双刃剑，运用得好，会造福人民；相反，滥用权力，必将给人们带来祸害。所以端正上层领导的态度，监督好上层领导的权力，是兴国安邦的必经之路。小说通过鼓手和将军不同态度的对比，讽刺了生活中有些官员心肠狭窄、鲁莽自私，对自己的工作不负责任的不良现象。

思想家顾炎武说过：“国家兴亡，匹夫有责。”想要维护好国家的利益，需要尽职尽责，端正自己的态度，如果有些人只是挂着领导的头衔而无所事事，甚至因个人的利益，利用所拥有的权力压制别人，后果将不堪设想。

（龚晓琳）

来福枪一闪光，响声震耳。那黄色的大虫蹦到一边，滚了几下，无声无息地死了。不一会儿，村民兴冲冲来到现场，欢呼声把这好消息传遍了全村。

原来如此

［印度］萨　奇/著　佚　名/译

潘轲苔太太决意去打虎，倒不是一时心血来潮，也并非想为民除害，使印度更安全。不可抑制的动机乃是路娜·平伯顿在飞机刚刚发明的年代竟飞了十一英里，以后这便成为当地的美谈。看来，只有有一张亲手弄到的虎皮和一大沓新闻照片才能与之分庭抗礼。潘轲苔太太已在考虑在伦敦科宋街住宅为路娜·平伯顿作生日午宴。有人认为在这个世界里饥饿和爱情左右一切，潘轲苔太太可是例外，她的行为动机多半出于对路娜·平伯顿的厌恶。

天时地利，有助于打虎。潘轲苔太太为提供方便者悬赏一千卢比。碰巧，有只老虎晚间常常出没于附近的村子，那虎已年迈力衰，不再四处游猎，只能吃家畜。一千卢比的好梦刺激了村民，孩子们日夜在丛林中站岗，观察老虎的动向，还四处扔着廉价搞来的山羊，让老虎安于现状，不致迁往他乡。最急人的是等不及潘轲苔太太动手，老虎便会先行老死，所以母亲们在田里干了一天活，背着婴孩走过林子时，都默不作声，免得打扰老虎安睡。

那是一个多么令人兴奋的夜晚！一棵大树上筑起舒适的高台，上面坐着潘轲苔太太和她雇来的女伴梅冰小姐。不远不近的地方捆着一头山羊，咩咩大叫，在这寂静的夜晚，老虎就是有点耳聋也能听见。

“恐怕我们不安全吧?”梅冰小姐说道。

其实倒不是她害怕那野兽，而是一分工钱一分活，她丝毫不愿多干。

“胡说，”潘轲苔太太道，“那虎很老了，就是它想跳也跳不上来。”

“假如那虎很老了，我觉得你该出得便宜点，一千卢比可不少喽。”

每当潘轲苔太太给别人付钱，露伊莎·梅冰总是采取大姐姐式的保护姿态，当然付钱给她又当别论。

老虎出现了。她们的谈话于是中断。

那虎一见到山羊便直挺挺地躺在地上，想休息片刻再向山羊进攻。

“快！快！”梅冰小姐兴奋地催促道：“要是老虎不碰山羊，我们就不必付山羊钱了。”

来福枪一闪光，响声震耳。那黄色的大虫蹦到一边，滚了几下，无声无息地死了。不一会儿，村民兴冲冲来到现场，欢呼声把这好消息传遍了全村。他们的狂欢即刻在潘轲苔太太的心中激起了共鸣，科宋街的午餐会也仿佛近在眼前了。

露伊莎·梅冰注意到：是山羊中了弹，快死了；而老虎身上却不见伤痕。显然打错了目标。老虎为枪声所惊，加以年老，死于心力衰竭。这一发现使潘轲苔太太很懊恼，可无论怎样，她是拥有这头死虎的。村民们急着想要那一千卢比，乐得为枪打大虫的故事添油加醋。而梅冰小姐呢，是花钱雇来的。于是乎，潘轲苔太太面对照相机，心情轻松，她的照片出现在英美所有的报纸上。至于路娜·平伯顿，足足好几个星期拒绝看报。她为虎爪胸针给潘轲苔太太所写的感谢信，堪称激情压抑的范文。午餐会自然谢绝参加，压抑是有限度的，超越限度便会导致危险。

虎皮由科宋街展览到庄园，供邻居们观赏。潘轲苔太太扮成牧神参加化妆舞会，也是顺理成章的事了。

舞会后没几天。

“要是大家知道真实情况，那该多么有趣!”露伊莎·梅冰道。

“这是什么意思?”潘轲苔太太立即质问道。

“你是怎样打中山羊，吓死老虎的?”梅冰小姐说着，尴尬地笑了笑。

“没人会相信的。”潘轲苔太太脸色有点变了。

“路娜·平伯顿会相信的。”梅冰小姐说。潘轲苔太太脸色更加难看，白里泛青。

“你自然不会出卖我吧?”她问。

“多金附近有座供度周末的别墅，我很想买下来，”梅冰小姐说道，“六百八，便宜得很，只是我没这笔钱。”

露伊莎·梅冰的别墅小巧玲珑，沿花园种满虎皮百合，在夏日里明媚可爱，着实叫朋友们赞叹一番。

“真了不起，露伊莎怎么弄到手的?”他们都这样说。

潘轲苔太太不再打大猎物了。

“杂费太贵。”她对问她的朋友们说。

与你共品

一个阔太太打死了一只老虎？这听起来充满喜感，殊不知，她打虎是为了满足跟别人一争高低的虚荣心，更何况，老虎是被枪声吓死的，而不是被她打死的。由此，一个有钱有闲内心空虚没有灵魂的小丑形象呼之欲出。

小说以“钱”为构思中心，暴露了金钱制造的丑恶，展示出被金钱扭曲了的灵魂。英国小说家菲尔丁曾经说过：“如果你把金钱当成上帝，它便会像魔鬼一样折磨你。”树立正确的金钱观，真心对待朋友，维护心灵的美好，才是生活中真正值得佩服和推崇的。

（龚晓琳）

“保持沉默，您做得很对。”他指出，“否则的话，您只好答应嫁给我。和我结了婚，然后生孩子。先生个女孩，以后再生一个男孩。您会喜欢孩子吗？”

远　景

［俄］A·基里/著　佚　名/译

她正坐在小公园里的长凳上休息。这时，他走了过来。

“晚上好！让我们认识一下吧！”

她默不作声。

“保持沉默，您做得很对。”他指出，“如果您有所反应的话，我就会想进一步知道，您住在哪儿。知道了您住的街道和住宅的门牌号码，我自然很乐意送您回家。您对我这点愿望不介意吧？”

她默不作声。

“保持沉默，您做得很对。”他指出，“要是处在相反的位置，我只好作出回答。假如我陪您去您家做客，当我请求给一杯茶喝，当然，您也许不会同意。请问，您是否会拒绝一个口渴之人的请求呢？”

她默不作声。

“保持沉默，您做得很对。”他指出，“要不然，您一定会给我沏上一杯浓酽的格鲁吉亚茶，这种茶我很喜欢。很自然的，在这以后，您就把我介绍给双亲。做爸爸的无疑很乐意。但这时，您的妈妈会大惊小怪地来阻扰：‘他还是个真正的毛小子呢！你们在一起怎么生活呢?!’是啊，在一起怎样生活呢？”

她默不作声。

“保持沉默，您做得很对。”他指出，“否则的话，您只好答应嫁给我。和我结了婚，然后生孩子。先生个女孩，以后再生一个男孩。您会喜欢孩子吗？”

她默不作声。

“保持沉默，您做得很对。”他指出，“因为有了孩子，会花去我们所有的时间。特别是当他们还小的时候，我们也正年轻。我们所希望的是，活着不仅仅只是为了别人，也要替自己着想。您希望与人交往，而孩子总是拖累。于是就开始彼此闹意见，互相责怪。那时，我就会搬到集体宿舍去，仍旧和小伙子们住在一起；而您呢，带着孩子回娘家，然后就到法院里去申请离婚。在法院里，您把一切责任都归咎于我的过失，说我是个自私自利的利己主义者，并且宣称不愿与这个讨厌的男人生活在一起。您是否会和我离婚呢？"

她默不作声。

"保持沉默，您做得很对。"他指出，"您是个明事理、有先见的人，因为一旦到了法院，我们就成了敌人。这对于您来说，何必要找这些不必要的麻烦呢？所以，我建议，我们还是友好的分手吧！我叫托利克，您呢？"

"伊琳娜。"——她微笑着，轻快地伸出了手……

与你共品

这是一个关于爱与信任的故事，她一直对对方的话语保持沉默，直到提到了分手。真正的幸福是来之不易的，想得太多，有时反而会失去更多。

幸福降临时，保持沉默只是不满意现状，祈求得到更多。机会属于有准备的人，幸福属于善于抓住幸福的人，多虑可能会导致幸福渐行渐远。因此，珍惜眼前的幸福才是最真实，最幸福的。小说以重复的叙述方式，铺下层层悬念，推动了情节发展，在读者心中泛起阵阵涟漪。

法国作家雨果曾经说过："生活中最大的幸福是坚信有人爱我们。"抓住现在的幸福，坚信爱自己的人，是拥有幸福、守住幸福的不二法宝。否则，自己眼前的幸福将有可能变成海市蜃楼，无法挽回。到时候后悔莫及也无济于事了。

（龚晓琳）

本来博戈达萨罗夫是在银行里排队等着交水电费，可他不知怎么突然就自言自语地冒出来一句："打劫了，快把钱都交出来！"

打　劫

［俄］伊利亚·布特曼/著　佚　名/译

伊利亚·博戈达萨罗夫有这么个毛病：说话不过脑子。他总是把话先说出来，然后再想说的是什么。这次他的老毛病又犯了。

本来博戈达萨罗夫是在银行里排队等着交水电费，可他不知怎么突然就自言自语地冒出来一句："打劫了，快把钱都交出来！"

第一个趴在地上、用手捂住头的是保安。接着银行里的顾客们也都跟着趴下了。惊慌失措的银行工作人员们开始往柜台上一沓沓地扔钞票。

博戈达萨罗夫的衣兜实在装不下了，于是，他很有礼貌地问一个趴在地上的妇女，可不可以把她的塑料袋借给他。

"我付给你钱！"博戈达萨罗夫补充说，然后往那个女人身边放了厚厚的一沓钱。

"还要吗？我还有呢。"那个女人见状连忙说。

"我也有！我也有！"大厅里的其他顾客争先恐后地说。

"谢谢！"博戈达萨罗夫不好意思地说，"够了。"

"唉，"有一个女人叹了一口气说，"这个人真走运。我也应该抢银行。我们家的房子5年都没修了。"

"需要很多钱吗？"

那个女人说出了一个数。博戈达萨罗夫就按照那个女人说的数把钱给了她。

"孩子，我要是在郊区有一栋小房子多好啊！"一个留着大胡子的老头神往地说。

"你想要栋什么样的房子呢？"

"就是那种用圆木造的，两层木排，还带浴室的房子。"

顾客们立刻帮忙计算出了这种房子大概需要多少钱，并把钱给老头数了出来。

"我呢，"这时那个保安也叹了一口气说，"从来也没出过国。我做梦都想去一趟加那利群岛！"

"那算什么！"大家异口同声地说，"去一趟吧。"

"当然了，就去一趟吧。"博戈达萨罗夫也很赞同。

保安把钱紧紧地抱在胸前，含着眼泪谢过了博戈达萨罗夫。

这时，人们纷纷从地上爬了起来，那些爱干净的，还拍了拍身上的尘土。大家排着队一个个走到博戈达萨罗夫跟前，向他诉说自己的难处。博戈达萨罗夫有求必应，每个人都给了钱。连那些原来站在柜台后面胆战心惊的银行工作人员也放下心来，加入到队伍中。有个女主管对博戈达萨罗夫说，她的腿一直疼得很厉害，但是她没钱做手术。

博戈达萨罗夫真诚地同情这个女人。

"噢，"女主管的脸都红了，犹犹豫豫地接过钱说，"我真不好意思。"

"拿着吧，拿着吧，"人群有些激动，"别耽误时间了，人家是真的想给你。"

"对，"博戈达萨罗夫说，"我是真心想帮你！"

这时，特警队来了，还戴着防暴面具。弄清情况后，那些特警队员不但没抓博戈达萨罗夫，而且也和众人一起排起了队。

柜台上堆得像小山似的钞票越来越少了。人们的情绪有些波动。人群中还传出了喊声："给一个人的钱不能超过两沓!"

队伍里个别地方甚至还出现了几起小小的骚动。

最后，博戈达萨罗夫把那些钱分给了动物园，连自己身上带的血汗钱也一块给了他们。

两手空空的博戈达萨罗夫悄悄来到街上，朝家走去。可他突然想起来，水电费还没交呢，他又回到了银行。

"我水电费忘交了。"

"让这位刚才打劫的先生过来吧，别让他排队了。"柜台后的一个工作人员微笑着说。

"可我刚才把所有的钱都给人了。"博戈达萨罗夫不好意思地说。

"那你想怎么办呐?"那个工作人员的语气立刻变了。

"哎，你听着，要么交钱，要么走人，别在这儿耽误时间!"队伍里有人喊。

博戈达萨罗夫郁闷地离开了。回家后和老婆的一场大吵肯定免不了了。

"我上哪儿弄那么多钱去呢?"博戈达萨罗夫边走边想，"要不，再去抢一次银行?"

与你共品

看完小说，有股黑色幽默充斥心中，对"义盗"的行为感到怜悯又可悲。一场意外让他帮助了别人，却忘记了自己，而那些得到帮助的人翻脸比翻书还快。

小说通过荒谬的抢劫案例，用弯曲变形的形式，将人间的善恶美丑大白于世。本来助人应是件快乐的事，博戈达萨罗夫却给自己惹来了麻烦，这归根到底是社会的坏风气和劣道德所致。良好的品行需一颗善心来塑造，美好的生活需一颗感恩的心来创造，保持滴水之恩当涌泉相报的心去对待人和事，才会使我们的生活更绚丽。

人们常说："赠人玫瑰，手有余香。"但在金钱物欲对道德伦理侵蚀愈演愈烈的今天，这样美妙的语言是否会被逐渐腐化?"义盗"所折射的人情冷暖的遭遇，留下一个值得深思的问题。

（龚晓琳）

垃圾能使人披露隐私，能使我们私人生活中的剩余部分跟别人私人生活中的剩余部分互相结合。它是人与人互相了解、沟通感情的媒介，它是我们生活中最具有社会性的部分。

垃　圾

［巴西］路易斯·费尔南多·维利希/著　佚　名/译

他俩是在公共楼道里碰到的，每人手里拎着个垃圾袋。这是他们头一次搭话。

“早上好……”

“早上好……”

“太太您住610房间。”

“先生您住612房间吧?”

“是的。”

“我还不认识您本人……”

“可不是嘛……”

“恕我冒昧，我已经看过您的垃圾……”

“我的什么?”

“您的垃圾。”

“噢……”

“我发现垃圾每次都不多。您家人口一定很少。”

“事实上，就我一个。”

“嗯……我注意到先生常吃罐头食品。”

“是啊，我得自己动手做饭，可又不会做……”

“这我理解。”

“太太您也是……”

“请用‘你’字称呼吧!”

“也请你原谅我的冒昧，我也观察到你的垃圾里常有些吃剩下的食物，比方蘑菇一类的东西。”

“我非常喜爱烹调，做各种不同的菜。可是我独身一人，所以常常剩下……”

“太太您……不，你！你没有家?”

“有是有，可是不在这儿。”

“在埃斯比里托·圣托?”

“你怎么知道的?”

“你的垃圾里有些信封，是从埃斯比里托·圣托寄来的。”

“对，妈妈每个礼拜都给我来信。”

“她是教师。”

“真不可思议！你怎么猜到的?”

“从信封的字迹看出来的，我看像教师的字体。”

“你收到的信不多，这从你的垃圾里看得出来。”

“不错。”

“有一天，你扔出了一封揉皱了的电报。”

“对。”

“是什么不幸的消息吗?”

“我父亲去世了。”

“我为你难过。”

“他很老了，住在南方。我们好长时间没有见面了。”

“所以那时候又开始吸烟了?”

“你怎么知道的?”

“最近你的垃圾里经常有揉烂的烟盒。”

“一点儿不错！可是我又戒掉了。”

“感谢上帝，我可从来不吸烟。”

“这我清楚。可是我发现你的垃圾里有些空药瓶……”

“安眠药。我有一段时间要服安眠药，现在好了。”

“你和男朋友闹翻了，对吧?”

“莫非这也是从垃圾里发现的?”

“你先是扔出了一束花和一张名片，后来还有好些手巾纸。”

“是啊，当时我哭得很伤心，现在总算过去了。”

“可是今天还有一些手巾纸。”

“我感冒了。”

“噢。”

“你的垃圾里常有拼字游戏的杂志。”

“对，一点儿不错。我喜欢待在家里，不爱出门。你知道为什么吗?”

“女朋友?”

“不对!”

“可是几天以前，你的垃圾里有一张女人的照片，长得还蛮漂亮呢!”

“是整理抽屉的时候拾掇出来的，过去的事了。”

“你没有撕掉照片，说明你心里还盼望她回来。”

“你已经对我的垃圾作过全面分析。”

“你的垃圾确实引起了我的兴趣，我不否认。”

“有意思，有一次看完你的垃圾，我想我肯定愿意认识你。大概是看到你写的诗以后。”

“什么？你看到我的诗了?”

“不仅看到了，而且很喜欢。”

“写得太糟糕了!”

“假如你真的认为写得不好的话，就会撕碎的。可是事实上，叠得整整齐齐。”

“要是我知道你会看到的话……”

“我没有把你的诗保存起来，因为我觉得那毕竟近乎偷窃行为，尽管连我本人也不明白，别人的垃圾是否还算私有财物。”

“依我看不能算。垃圾是公共的。”

“说得对！垃圾能使人披露隐私，能使我们私人生活中的剩余部分跟别人私人生活中的剩余部分互相结合。它是人与人互相了解、沟通感情的媒介，它是我们生活中最具有社会性的部分，对吗?”

“是啊，你对垃圾分析得太深刻了。我认为……”

“昨天，你的垃圾里……”

“有什么?”

“要是我没有看错的话，有虾皮。”

“你说对了，我买了一些大虾，剥了皮。”

“我非常爱吃虾。”

“我剥好了，可是还没有吃。……我们能否……”

“共进晚餐?”

“完全正确!”

“那要给你添麻烦了。”

“谈不到什么麻烦。”

“会把你的厨房弄得乱七八糟。”

“没关系，一会儿就能收拾好，再把垃圾扔出来就是了。”

“那时候，算是我的垃圾，还是你的垃圾?”

与你共品

小说采用了两人对话的形式，围绕“垃圾”展开了一系列对对方生活状况的分析与讨论，从中窥探彼此生活的隐私，并以此来拉近两人的距离。

故事中的垃圾不再是一般的垃圾，它也可以让未曾谋面的两人相互认识，它成为人与人之间沟通的纽带，这让我们重新定义了对垃圾的看法。然而，互为邻居的两个人却需要通过垃圾来了解彼此，而不是通过日常的生活交际来互相熟悉，这值得我们深思。

当今社会，邻里之间的关系越来越僵化，缺少沟通和交流，那扇紧闭的房门，成为了罪魁祸首。要打开那扇门，需要彼此敞开心扉、需要彼此的坦诚、更需要彼此的信任。

（蔡碧兰）

我嗅到空气里有一个玩笑，正像豹子嗅到猎物一样。我既不放过一个字，也不放过一个语调、一个手势。

逗 乐

［法］莫泊桑/著 佚 名/译

世界上有什么比开玩笑更有趣、更好玩？有什么事情比戏弄别人更有意思？啊！我的一生里，我开过玩笑。人们呢，也开过我的玩笑，很有趣的玩笑！对啦，我可开过令人受不了的玩笑。今天我想讲一个我经历过的玩笑。秋天的时候，我到朋友家里去打猎。当然喽，我的朋友是一些爱开玩笑的人。我不愿结交其他人。我到达的时候，他们像迎接王子那样接待我。这引起了我的怀疑。他们朝天打枪；他们拥抱我，好像等着从我身上得到极大的乐趣。我对自己说：“小心，他们在策划着什么。”

吃晚饭的时候，欢乐是高度的，过头了。我想，“瞧，这些人没有明显的理由却那么高兴，他们脑子里一定想好了开一个什么玩笑。肯定这个玩笑是针对我的。小心。”

整个晚上人们在笑，但笑得夸张。我嗅到空气里有一个玩笑，正像豹子嗅到猎物一样。我既不放过一个字，也不放过一个语调、一个手势。在我看来一切都值得怀疑。时钟响了，是睡觉的时候了，他们把我送到卧室。他们大声冲我喊晚安。我进去，关上门，并且一直站着，一步也没有迈，手里拿着蜡烛。我听见走廊里有笑声和窃窃私语声。毫无疑问，他们在窥伺我。我用目光检查了墙壁、家具、天花板、地板。我没有发现任何可疑的地方。我听见门外有人走动，一定是有人来从钥匙孔朝里看。我忽然想起，“也许我的蜡烛会突然熄灭，使我陷入一片黑暗之中。”

于是，我把壁炉上所有的蜡烛都点着了。然后我再一次打量周围，但还是没有发现什么。我迈着大步绕房间走了一圈——没有什么。我走近窗户，百叶窗还开着，我小心翼翼地把它关上，然后放下窗帘，我并且在窗前放了一把椅子，这就不用害怕有任何东西来自外面了。于是我小心翼翼地坐下。扶手椅是结实的，然而时间在向前走，我终于承认自己是可笑的。我决定睡觉，但这张床在我看来特别可疑。于是我采取了自认是绝妙的预防措施。我轻轻地抓住床垫的边缘，然后慢慢地朝我的面前拉。床垫过来了，后面跟着床单和被子。我把所有的这些东西拽到房间的正中央，对着房门。

在房间正中央，我重新铺了床，尽可能地把它铺好，远离这张可疑的床。然后，我把所有的烛火都吹灭，摸着黑回来，钻进被窝里。有一个小时我保持清醒着，一听到哪怕最小的声音也打哆嗦。一切似乎是平静的。我睡着了。我睡了很久，而且睡得很熟；但突然之间我惊醒了，因为一个沉甸甸的躯体落到了我的身上。与此同时，我的脸上、脖子上、胸前被浇上一种滚烫的液体，痛得我号叫起来。落在我身上的那一大团东西一动也不动，把我压得喘不过气来。我伸出双手，想辨明物体的性质。我摸到一张脸，一个鼻子。于是，我用尽全身力气，朝这张脸上打了一拳。但我立即挨了一阵耳光，使我从湿漉漉的被窝里一跃而起，穿着睡衣跳到走廊里，因为我看见通向走廊的门开着。

啊，真令人惊讶！天已经大亮了。人们闻声赶来，发现男仆人躺在我的床上，神情激动。原来，他在给我端早茶来的路上，碰到了我临时搭的床铺，摔倒在我的肚子上，把我的早点浇在我的脸上。我担心会发生一场笑话，而造成这场笑话的，恰恰正是关上百叶窗和到房间中央睡觉这些预防措施。

那一天，人们笑够了！

与你共品

朋友们无理由的高度欢乐，让“我”误以为是一个玩笑的前奏，以至于整晚都处于神经紧张的状态，还采取了不必要的预防措施，反而却酿成了这场荒唐的笑话。

小说通过对人物细腻的心理描写，刻画出小说主人公丰富的内心世界。出人意料的结尾，折射出了自寻烦恼，庸人自扰的搞笑结局。

为了预防一个玩笑，没料到却引发了一个更大的玩笑。玩笑不过是日常生活中一包“调味料”，我们既可以开别人的玩笑，别人也可以开你的玩笑，只要不过分，娱乐一下又何尝不可。如果多一份信任，少一份怀疑，也许，这场笑话根本不会发生。

（蔡碧兰）

他大声说道："尊敬的来宾们，为了使本次活动能得到更多的捐款，我提议，我们从今天到场的女士中选出一位最美丽的女士，而她有义务为本次活动拍卖一个吻。"

吻公主

［德］汉斯·里鲍/著　佚　名/译

我去北海休假。当天晚上，当我要喝一杯啤酒的时候，你猜我遇到了一件什么样的好事？——慈善募捐晚会。"上帝啊！"我对坐在我旁边的一个面相尖酸刻薄，胖得像柏油桶似的先生说，"我想，这恐怕不是举行什么舞会，倒像是要剥人皮的了。这个晚会所募得的款子将会装进谁的口袋？"

"在这样光明正大的场合是绝不会剥人皮的，"那个柏油桶对我说，"您捐献的钱将用于美化海滨林荫大道。"我口袋里只有二百马克，要用它来度过这二十天的假期，所以无意为美化什么林荫大道去捐款。这时飘来了一位姑娘——我该怎么说呢，说她是一位貌美的妙龄女郎，倒不如说她更像是《一千零一夜》里的公主。啊，要是能跟这样一位女士说说话，然后跟她一起从这儿消失——哎呀，都想到哪儿去了！公主可没跟我说话，她朝那个柏油桶微笑着。柏油桶打了个手势，她就坐到了他的身旁。

我心里想，舞曲马上就要开始了，而公主就坐在我的桌子边，我要邀请她跳舞。大厅响起了欢乐的曲子，只见一位身穿燕尾服的先生站到了指挥台上。他大声说道："尊敬的来宾们，为了使本次活动能得到更多的捐款，我提议，我们从今天到场的女士中选出一位最美丽的女士，而她有义务为本次活动拍卖一个吻。"大家一致赞同这个建议。

我们选出了最美丽女士。她是谁？当然只能是那位公主了！她羞得满脸绯红，微笑着走上了指挥台。那个穿燕尾服的真的开始拍卖她的吻。我抑制不住第一个站起来大声叫："三马克！"所有的人都望着我大笑。"五马克！"我重新报了价。

"五十马克！"那个柏油桶跟着喊道，他那表情真叫人厌恶，可我被他报的数字给吓傻了。

"六十马克！"一个年轻人报道。

"七十马克！"跑堂领班紧跟在年轻人之后叫道："八十马克！"

"九十马克！"此时那个柏油桶又站了起来："一百马克！"

全场静寂。

"一百马克第一遍！"穿燕尾服的先生宣布说，"第二遍，""第三遍……"

“二百马克！”我吼声如雷。

乐声大起！“二百马克第一遍，第二遍，第三遍！”

我赢得了吻！公主站到了我的身旁，她就要吻我。要不是，要不是我产生了一个念头——那个念头，她一定已经吻过我了！我低下了头，吻了她的手背。

观众狂呼，乐声震天，跑堂领班流下了眼泪，接着一切又都恢复了平静。公主向我微笑着说：“我感谢您的骑士风度，可我不明白您为什么会作出这么不理智的举动？”

大厅一片死寂，大家都在静静地等待着我的回答。我只说了一句话，一句响当当的话：“我仅仅是为了保护您不受那个柏油桶的玷污！”

“您真好，好极了！”公主用手指着那个柏油桶说，“请允许我介绍一下，他是我丈夫！”

与你共品

在一个慈善募捐晚会上，本来说好不会捐一分钱的“我”却为了一个吻而捐掉了身上所有的钱。

一个吻的拍卖，一层一层地撕下了慈善晚会中某些人戴着的虚伪面具。带着个身躯来参加名叫慈善的晚会，然而那颗心却并不在那，至少不在“慈善”二字上。慈善募捐，顾名思义，应该是慈和善的结合。然而，故事中的慈善募捐晚会却已变了质，讽刺了当今社会对慈善事业抱着漠然态度的人们。

慈善事业是需要爱心、责任心和诚心的，同时，也是需要大家共同努力去完善的。我们要始终坚信：只要人人都献出一点爱，世界的明天将变得更美好。

（蔡碧兰）

当我不顾一切地走到柜子前时，却发现柜子顶上的那张纸片不见了！那张该死的纸片被该死的电风扇吹到该死的柜子后头去了。

备忘卡片

［美］威尔伦/著　星　子/译

纸片上的最后一行写道：“11：00，如果罗丝对我的表现满意，我就要冲上去吻她7次，并跪下来向她求婚。”

罗丝和我离婚的理由很简单：我健忘。我老是忘记她祖父的名字，忘记每年一度的情人节的日期，忘记每天至少要吻她7次。她的自尊心受不了，要求和我离婚，我立即答应了。我也有自尊心。

一年过去了。我又瞄了一眼钉在桌面上的那张纸片："如果1995年2月14日（这是我们认识三周年、结婚二周年、离婚一周年纪念日）前罗丝还没有再婚、没有交新朋友、没有到这间屋子里来，我就向她求婚。"

现在是2月13日晚上9点，她光临寒舍的可能性不大了。我开始行动起来。

"安内特·卡比内罗·罗丝女士，我是儒勒·法兰西瓦·勒布。明天是我们结识三周年纪念日，我极为珍视我们的友情，明天上午您能否赏光到寒舍一叙？"

"很高兴得到您的邀请，明天中午我将到一个朋友家赴宴，上午8点我会顺路到您那儿小坐至上午11点。"

电话挂上了。我接着搬出她在热恋时寄给我的厚厚一叠信。我做了一个备忘卡片，上面详细有序地记载了明天上午6点至11点可能涉及到的所有内容。房间里有一只高度介于我的身高和罗丝的身高之间的柜子，柜子顶上就是这张宝贵的纸片的安身之所。为了让我的计划更周密些，我还在柜子旁挂了一面镜子。

第二天早晨6点，两台闹钟准时地把我弄醒。我跳起来跑到柜子那儿看了一眼："6：00—7：00，清洁自己及房间卫生。"打扫卫生确实花了我一个小时。接着我又去柜子前一趟。"7：00—8：00，到伍尔夫鲜花店买她喜欢的3朵红玫瑰，插在窗前的白色花瓶里。到利达超级市场买她爱喝的3瓶罐装胡萝卜汁。"办完这两件事正好8点。"8：00，听到门铃响要去开门……"门铃响了。

我彬彬有礼地欢迎她的到来。"您的尊敬的祖父安内特·埃德蒙斯·瓦雷里先生近来身体可好？今天是情人节，您的朋友邀请您去赴宴，也许今天是您的朋友的一个好日子吧？"

她微微一笑，作了一个简短的肯定答复。我被她的微笑所鼓舞，又去了柜子前一趟。

"下个月31日是您的23岁生日，您是不是准备再请您最好的朋友迈克尔·戴丽丝·克里斯蒂安、夏克里尔·梅利尔·卡列妮和埃德蒙斯·波埃娅·苏珊聚会一次？您是不是准备请您的所有的朋友都参加生日晚会呢？"我特意在说"所有的朋友"这5个字时顿了一下。"当然，如果所有的朋友都愿意来的话。"我备受鼓舞，又从沙发上站起来。

……

"您不停地看闹钟、照镜子、整领带，有什么事吗？"临近11点的时候，她已经爱意朦胧，而我刚刚站起身，准备到柜子前发动最后一次攻势。

我大吃一惊，结结巴巴地解释："我想……我是有点儿热了……今年的春天来得真早，您说呢?”我猛地扯开在镜子前越卡越紧的领带。她表示赞同：“那是真的，我家的 11 棵桃树……”我忙打开电风扇以证实刚才那句话。

我清楚地记得，在 11 点时有一件至关重要的事情必须做。但是罗丝方才那一问把我吓坏了。

我知道罗丝的目光不会从我脸上移开，可我的眼睛还是鬼差神使地朝闹钟瞄了一眼。差一分 11 点。我迅速把堆满笑容的脸转向罗丝，但她却正顺着我刚才的目光朝闹钟看去。

幸好罗丝并没有起身。毕竟还差一分钟。尽管大脑不太同意，双腿还是又一次坚定地站起来，摇摇晃晃朝柜子走去。

当我不顾一切地走到柜子前时，却发现柜子顶上的那张纸片不见了！那张该死的纸片被该死的电风扇吹到该死的柜子后头去了。

我不由自主又露出一年前在罗丝面前健忘时的一副蠢相：张着嘴，两眼糊糊涂涂地转圈，挠着头。我几乎要跪下来请求她的饶恕了。

11 点，罗丝走了。

我精疲力竭地搬开那只柜子。备忘卡片沾满灰尘静静地躺在那儿。纸片上的最后一行写着：“11：00，如果罗丝对我的表现足够满意，我就要冲上去吻她 7 次，并跪下来向她求婚。”

与你共品

备忘卡片，可用来帮助健忘的人按时完成需要做的事。但小说中，儒勒先生用备忘卡记住了所要完成的事情，最终还是忘记了最重要的一件事。

儒勒先生为了圆谎而打开风扇，致使自己错失了一个挽回幸福的机会。可见，一个谎言也会酿大错。我们不应为了眼前的利益而撒谎，撒谎在欺骗别人的同时也在欺骗自己，而且圆谎所付出的代价也是沉重的。小说运用了倒叙的写作手法，层层深入地揭露了儒勒先生的愚蠢行为。

有人说：“人生是个美丽的意外，但有的意外却变成无可奈何的遗憾：一句谎言，一次意外，一个遗憾。”

（石凤莹）

这就是我要打电话说的。今天下午3点有一辆灰狗班车去华盛顿，如果你把我留给你买食物的钱寄给我，我就能赶上这趟班车了。

来自赌城的电话

［美］阿特·布屈沃德/著　佚　名/译

在每个男人的生活中都有这么一个时侯，如果他单独在拉斯维加斯，他就不得不打接电话人付费的电话给他妻子。这一时刻对我而言比预期的要来得早。

“你好，亲爱的，”我说，“我正在拉斯维加斯给你打电话。”

“我知道你在哪儿打电话，”她说，痛苦正从听筒里渗透出来，“你昨晚在干什么?”

“我和一个歌舞女郎约会。”我告诉她。

“别和我撒谎。你在赌博。”

“一点点，不多。”

“你输了多少?”

“我爱你。”我告诉她。

“我说你输了多少?”

“我给你打电话不是谈这个，我想和你谈谈孩子。”

“孩子怎么了?”她急于知道。

“他们长大了为什么非得去读大学？许多孩子没读大学也照样出人头地。”

“你没输掉他们读大学的钱吧?”她尖叫起来。

“只是他们三年级和四年级的钱。”

“你还输了什么?”

“你现在站在哪儿?”

“在我们的卧室里。”

“别再说‘我们的’卧室了。”

“你没输了房子吧?”她狐疑地问道。

“只是一部分，我还保留了浴室和车库的所有权。”

我可以听见电话那一端的啜泣声。

“不，亲爱的，等一分钟，你说过这房子对我们来说太大了，而你喜欢小一点的。

把这看做是一种好运气，亲爱的，你在吗？"

"是的，我在。"

"行行好，你知道结婚周年纪念日我给你买的带珍珠的金项链吗？"

"你把它输掉了？"

"当然不会，你认为我会干这么低下的事吗？"

"那么，项链怎么了？"

"我想问你出去时把它丢在什么地方，那么，我们就能因此拿到保险金，我们可以得到一个比卖掉它更好的价钱。"

"我会杀了你。"她说。

"别这样，这将是一个错误。"

"你意思说你还输了人寿保险？"

"他们告诉我像我这么做的人可以长寿。"

"好吧，你总算没输了我的皮外套。"

"我说不出话来。"

"你输了我的皮外套？"

"谁在华盛顿穿皮外套？"我回答她。

"你几时回家？"

"这就是我要打电话说的。今天下午3点有一辆灰狗班车去华盛顿，如果你把我留给你买食物的钱寄给我，我就能赶上这趟班车了。"

"那你回来后我们吃什么？"

"打电话给农业部，根据法律，我们有资格分享他们的过剩食品。"

与你共品

赌博，一种毒瘤恶疾，使人生贪欲，离骨肉，败坏社会风气，严重腐蚀人类的心灵。一个幸福美满的家庭为何变得支离破碎？那是因为丈夫染上了赌博，输掉了家里的一切，造成了家庭的种种危机。

小说通过一对夫妻之间的一次简单的通话，形象生动地折射出赌博对家庭的毁坏：使人精神不振，扭曲人生观、价值观；输掉孩子的学费、输掉房子；忘记夫妻之间的相互疼爱，毁掉孩子的未来；甚至骨肉分离、妻离子散、家破人亡。赌博吞噬着一个个美好的家庭。

社会在发展，时代在进步，而面对多彩缤纷、变化无常的世界，我们更应该洁身自好，远离赌博。

（石凤莹）

第五辑

微妙心绪

汽笛一声长鸣，车轮的节奏慢了下来。姑娘站起身，收拾起她的东西。我真想知道，她是挽着发髻，还是长发散披在肩上？或是留着短发？

列车上遇到的姑娘

［印度］拉·邦德/著　卞慧明/译

我独自坐了一个座位间，直到列车到达罗哈那才上来一位姑娘。为这姑娘送行的夫妇可能是她的父母亲，他们似乎对姑娘这趟旅行放心不下。那位太太向她作了详细的交代，东西该放在什么地方，不要把头伸出窗外，避免同陌生人交谈，等等。

我是个盲人，所以不知道姑娘长得如何，但从她脚后跟发出的“啪嗒啪嗒”的声音，我知道她穿了双拖鞋。她说话的声音是多么清脆甜润。

“你是到台拉登去吗？”火车出站时我问她。

我想必是坐在一个阴暗的角落里，因为我的声音吓了她一跳，她低低地惊叫一声，说道：“我不知道这里有人。”

是啊，这是常事，眼明目亮的人往往连鼻子底下的事物也看不到，也许他们要看的东西太多了；而那些双目失明的人，反倒能靠着其他感官确切地感知周围的事物。

“我开始也没看见你，”我说，“不过我听到你进来了。”我不知道能否不让她发觉我是个盲人，我想，只要我坐在这个地方不动，她大概是不容易发现庐山真面目的。

“我到萨哈兰普尔下车。”姑娘说，“我的姨妈在那里接我。你到哪儿去？”

“先到台拉登，然后再去穆索里。”我说。

“啊，你真幸运！要是我能去穆索里该多好啊！我喜欢那里的山，特别是在十月份。”

“不错，那是黄金季节，”说着，我脑海里回想起眼睛没瞎时所见到的情景：漫山遍野的大丽花，在明媚的阳光下显得更加绚丽多彩。到了夜晚，坐在篝火旁，喝上一点白兰地，这个时候，大多数游客离去了，路上静悄悄的，就像到了一个阒无人烟的地方。

她默然无语，是我的话打动了她，还是她把我当做一个风流倜傥的滑头？接着，我犯了个错误，“外面天气怎么样？”我问。她对这个问题似乎毫不奇怪。难道她已经发觉我是个盲人了？不过，她接下来的一句话马上使我疑团顿释，“你干吗不自己看看窗外？”听上去她安之若素。

我沿着座位毫不费力地挪到车窗边。窗子是开着的，我脸朝着窗外，假装欣赏起外面的景色来。我的脑子里能够想象出路边的电线杆飞速向后闪去的情形。“你注意到没有？”我冒险地说，“好像我们的车没有动，是外面的树在动。”

“这是常有的现象。”她说。

我把脸从窗口转过来，朝着姑娘，有那么一会儿，我们都默默无语。“你的脸真有趣。”我变得越发大胆了，然而，这种评论是不会错的，因为很少有姑娘不喜欢奉承。

她舒心地笑了起来，那笑声宛若一串银铃声，“听你这么说，我真高兴。”她道，“谁都说我的脸漂亮，我都听腻了！”

啊，这么说来，她确实长得漂亮！于是我一本正经地大声道：“是啊，有趣的脸同样可以是漂亮的呀！”

“你真会说话。”她说，“不过，你干吗这么认真？”

“马上你就要下车了。”我突然冒出这么一句。

“谢天谢地，总算路程不远。要叫我在这里再坐二三个小时，我就受不住了。”

然而，我却乐意照这样一直坐下去，只要我能听见她说话。她的声音就像山涧淙淙的溪流。她也许一下车就会忘记我们这次短暂的相遇，然而对于我来说，在接下去的旅途中我会一直想着这事，甚至在以后的一段时间里也难忘怀。

汽笛一声长鸣，车轮的节奏慢了下来。姑娘站起身，收拾起她的东西。我真想知道，她是挽着发髻，还是长发散披在肩上？或是留着短发？

火车慢慢地驶进站。车外，脚夫的吆喝声、小贩的叫卖声响成一片。车门附近传来一位妇女的尖嗓音，那想必是姑娘的姨妈来接她了。

“再见！”姑娘说。

她站在靠我很近的地方，从她身上散发出的香水味撩拨着我的心房，我想伸手摸摸她的头发，可是她已飘然离去，只留下一丝清香萦绕在她站过的地方。

门口有人相互撞了一下，只听见一个进门的男人结结巴巴地说了一声：“对不起”。接着，门“砰”的一声关上，把我和外面的世界隔离开来。我回到自己的座位上，列车员嘴里一声哨响，车就开动了。

列车慢慢加快速度，飞滚的车轮唱起了一支歌。车厢在轻轻晃动，发出嘎吱嘎吱的声音。我摸到窗口，脸朝窗外坐了下来。外面分明是光天化日，可我的眼前却是一片漆黑！现在我有了一个新旅伴，也许又可以小施骗技了。

“对不起，我不像刚才下车的那位吸引人。”他搭讪着说。

“那姑娘很有意思。”我说，“你能不能告诉我，她留着长发还是短发？”

“这我倒没注意，”他听上去有些迷惑不解，“不过她的眼睛我倒注意了，那双眼睛长得真美，可对她毫无用处——她完全是个瞎子，你注意到了吗？”

与你共品

拥有一双健康的眼睛，摆脱那无尽的黑暗，品味这多彩的世界，是盲人永远追求的梦想。

小说讲述了两个盲人掩饰了自己是盲人的身份，以一个正常人的心态去赞美世界，互相鼓励的故事，让我们强烈地感受到对生活的热爱与向往，才是心灵深处最明亮的一双眼睛。只要我们心怀感恩的心，常有乐善好施之德，就算双目失明，依然能够感知这个美丽的世界，创造一份属于自己的亮丽人生，拥有一个充盈快乐的灵魂！

假若我们迷失了自己，再明亮的眼睛也看不清这个世界；假若我们对生活抱有热爱之情，常怀悲天悯人之情，那么就算双目失明，也能享受殷实的人生。

（胡来群）

摩根长相十分凶狠，这一方面由于他鼻梁上的那块伤疤，另一方面也由于他看人的特别姿态。

一个十分危险的人

[美] 达蒙·鲁尼恩/著　佚　名/译

大约在35年之前，有一个名叫摩根·约翰逊的年轻人来到我的家乡定居。

在我们家乡，随便询问一个人从什么地方来，是很不礼貌的。摩根本人对此绝口不提，这样一来，其他人就更无从了解了。而且，他对自己的身世也很少谈起，因此人们把他看做是一个神秘的人物。

摩根长相十分凶狠，这一方面由于他鼻梁上的那块伤疤，另一方面也由于他看人的特别姿态。35年前，当他第一次来到圣弗大街上时，不知是谁说了一句：“瞧，这是一个多么危险的人。”

这下可好，当他第二次出现在圣弗大街时，那些曾经听到有关他的议论的人，转而又对别人说：“这无疑是个十分危险的人。”

渐渐的，凡是看见摩根，看见他那鼻梁上的伤疤、凶悍神情的人，无不说“这是一个危险的人”。

最后，家乡的男女老少人人皆知摩根是个十分危险的人。只要他一抬腿，用他那特有的姿态注视着别人时，人们都对他敬而远之。

如果他碰巧走进一家酒店，正在进行的争论会因此而忽然平静下来。如果他偶然对争论发表一些意见的话，那么不论他说些什么，在座的都会随声附和，因为谁也不愿意和一个危险人物发生争执。

摩根·约翰逊鼻子上的伤疤表明他过去曾经有过不幸的遭遇，至于这块伤疤是怎么来的，他可从未对人说过。久而久之有人声称，这是一天晚上他在纽约和10个歹徒打架时留下的，其中一个歹徒开枪打伤了他的鼻子，而摩根·约翰逊最后把这10个人统统打死了。

没人知道这种说法是谁散布的。摩根对此也不否认，甚至当被他打死的人数上升到20人时，他也没有予以驳斥。事实上，他是个沉默寡言、不管闲事的人，人们对他的议论，他压根儿就没有理睬过。

他在我家乡的小镇上一住多年，镇上的人常常指着他的背影向来访的人说："这是一个极其危险的人。"

等到他快50岁时，有的人只要一看见他就会发抖，直到他走开之后方能止住。

可是，有一天发生了这样一件事。正当他在街上行走时，从绿灯酒店踉跄地走出一个小老头。小老头姓甘布尔，是瓦尔法诺河下游的一个牧羊人，他有哮喘病，整天呼哧呼哧地喘个不停。他每月到镇上打一次酒。

绿灯酒店卖的威士忌酒劲很大，喝了这里卖的酒常常使那些从来不想打架的人也想干一仗。当然，谁也没有想到它会有那么大的力量，竟然使一个牧羊人也寻衅斗殴起来。他一把抓起摩根的上衣就问："好啊，你就是那个危险的人，是不是？"

每个目睹这件事的人，都为可怜的老头感到担心，心想这下摩根还不像牛嚼草一样一口把他吞下去，嚼烂了再吐出来。可是摩根只是一个劲儿眨巴着眼，问道："怎么啦？"

"有人告诉我，你是一个危险人物。"牧羊人说道，"我现在就要切开你的胸膛，看看里面究竟装的是什么东西，使你变得这么令人可怕。"

说罢，他掏出一把大折刀，打开来就向摩根刺去。

摩根见他拔出刀子，拔腿就跑。上了年纪又喝得酩酊大醉的甘布尔，自然追不多远。但是，摩根还是狂跑不止，直到跑出小镇之后才歇了歇脚。据最后一个见到他的人说，他还在向丹佛市方向走呢。自从那以后，在我家乡的小镇上再也没有见到他的影子。十有八九他已经到达丹佛了吧。

后来有消息说，有关摩根是个危险人物的说法完全是虚构的，而且他也没有在纽约打死过10个人——他根本就没有打死过人。至于他鼻子上的那块伤疤，有人说那是他想偷一个女人的钱包，被那个女人用钱包弄伤的。

这种说法很可能并不比摩根打死10个人的传说更靠谱，但是直至今日，家乡小镇的人们对此一直笃信不疑。

我的祖父经常谈起摩根·约翰逊，他一直怀疑摩根是个危险人物，不过，倘若你要问他为什么不像牧羊人那样试验一下，他会对你说："唉，你也知道，摩根也许就是像人们所说的那样，这种可能性总是存在的。只要所传的流言有一分可信，我就绝不去揭穿它。"

与你共品

鼻梁上的一块伤疤，看人的特别姿势，这两个与常人不大一样的地方，让年轻人摩根·约翰逊成了乡人口中的"十分危险的人"，人人对其敬而远之。

流言如同一颗种子，在摩根·约翰逊的身上生了根，发了芽，"一个十分危险的人"开始茁壮成长。面对捕风捉影的流言，乡人不但没有质疑，而且还添油加醋地把它传得更广，这样愚蠢的行径，实在让人慨叹。"水能载舟，亦能覆舟"，流言亦如此。面对流言，我们应当理性对待，而不是人云亦云、随波逐流。

战国时著名思想家荀子曰：流言止于智者。智者不止，流言将会掩盖事实，永远地传播下去。

（胡来群）

谁都知道，最迷人的、最著名的女演员将担任剧中的主角。但这个剧本里最突出、也是别开生面的是：它里面要有狗叫。

他们要学狗叫

［匈牙利］米·卡尔曼/著　佚　名/译

我有一位同行，他为民族剧院写了这样一个剧本。

这个剧本，因为在剧院即将要上演的节目单中被大肆渲染而早就出名了。大家都预祝它演出成功。同时，谁都知道，最迷人的、最著名的女演员将担任剧中的主角。但这个剧本里最突出、也是别开生面的是：它里面要有狗叫。这也很快就传开了。

一个下着大雾的日子，正当编剧在对剧本最后一幕的剧情作某些润色时，一位老年人走进了他的房间，站在他写字桌的前面。

我的同行有点不知所措，茫然地抬起眼睛问道：

"你是谁？有什么要求吗？"

"我，我……"他温柔地说，"谁？我谁都不是呀！"

"喂，假如你谁都不是，那你有什么要求呢？"

"我，我就是民族剧院里学狗叫的那个人。我就是剧本里的狗。"

"你就是装扮狗的吗？"

"对，就像一只真的狗那样叫。这门技巧，我在年轻的时候就学会了。我能够把真的狗逗弄得蹦跳乱叫。"

"请你继续说下去。"

"我听说先生您写的剧本里有狗叫，对吗？"

"是的。在第二幕开始时要有狗叫。"

"这正是我最熟悉的门道。我之所以要来这儿，是因为我听说先生是一位心肠非常善良的好人。我愿意请求您……我可怜的妻子正卧病在床，但我们却无法去请医生，因为我没有钱……所以，我想来请问先生，是不是每一幕都需要有狗叫？"

"啊哟！朋友，那是不合剧情发展的。"

"原来我是那样地相信，也是那么想的！"老头垂头丧气地说，"我想，先生一定会帮助我们渡过难关的呢！"

"假定说有三次狗叫，那你会拿到多少钱呢？"

"那样的话，我每天晚上就可以拿到三块钱，因为每一幕有狗叫时都是另外支付的！"

作者沉思了一会儿。

"唔，假如在剧本里有两只狗叫：一只在左边叫，另一只在右边叫。你看怎么样？"

"好极了！"老头高兴得连忙打断他的话，"因为我儿子已经像我一样，学会了这门技巧。这么一来，它就是一个真正出色的剧本了。"

"好！那这剧本就算是定稿了。你先好好回家去吧！你以后要叫得好些，叫得逼真些吧！"

老年人怀着最大的感激心情，离开了房间；在那儿，我的朋友正在入神地对剧本作最后一次修改。

与你共品

老年人一心为病重的妻子，甘愿在剧中学狗叫赚取微薄的费用；剧作家感动于老年人的真情，修改剧本，为老年人增加戏份。

小说以对话的形式描述了老年人向剧作家请求增加其狗叫戏份的全过程。随着对话的层层推进，一朵叫做"真情"的花朵也在灿然盛开，芳香四溢，沁人心扉。真情是人间的春风，是生命的源泉。生活中，善良如老年人，如剧作家的人无处不在，他们将真挚的情义，默默地释放，彼此相互融合、升华，共同创造了一个和谐美满的社会。

英国著名剧作家莎士比亚说：慈悲不是出于勉强，它像甘露一样从天上降下尘世；它不但给幸福于受施的人，也同样给幸福于施与的人。常怀慈悲之心，寄真情予人，你也将会收获真情。“只要人人都献出一份爱，世界将变成美好的人间”。

（胡来群）

不一会儿，整个车后座都被富丽堂皇的花朵淹没了，我想自己一定是遇到了天使。临走时，我对他说：“先生，您刚刚赐予我和未婚妻一个最快乐的情人节！”

情人节的木兰

［墨西哥］卡洛斯·埃里森/著　王　悦/编译

情人节前一天我开车来到未婚妻佩蒂实习的城市，带着我精心准备的礼物——占满整个后座的一大束木兰花。佩蒂父母家的院子里有一棵木兰树，小时候我们经常坐在树下欣赏雍容华贵的仿佛象牙雕成的花朵和绿油油的天鹅绒般的叶子。木兰一直是佩蒂最钟爱的花，今年她在离家几百里的医院实习，从故乡花园里摘下的木兰就显得更珍贵了。

为了给未婚妻一个惊喜，我没直接去找她，而是在医院附近的旅馆订了房间。二月天虽然不热，但剪下的木兰要在阴冷的环境下才能保持新鲜。我把房间的冷气打开，小心翼翼地将装花的纸箱搬到空调附近，又用浴巾严严实实地盖起来。一切准备就绪，我这才觉得肚子饿了——晚饭时间早过了，我还什么都没吃。锁好房门，我去市中心好好犒劳了自己一番。

等填饱肚子，回到旅店已经是午夜了。我边开门，边想象着佩蒂明早惊喜的样子，希望这是到目前为止，我们最快乐的一个情人节。房门开了，一股热气扑面而来，空调正猛吹着暖风，我几乎晕了过去！跌跌撞撞地跑到纸箱前掀起浴巾，我看到曾经奶油色的木兰花全变成了咖啡色，翠绿欲滴的叶子这会儿像是一堆烂菠菜。粗心的我把空调的暖风开关当成冷风开关了！

第二天情人节，一夜没睡好的我开车去找佩蒂。突然路边一座房子后面，闪出一棵高大的木兰。我灵机一动，这家主人会不会送我几枝木兰呢？“他更可能把你当抢劫犯，放狗咬你，然后送你一颗子弹。”我听见自己的理智回答，但还是忍不住停下车，向房子走去……还好，没有狗冲出来。我按门铃，一位老人慢慢打开大门。

“您好！先生，我需要您的帮助……”听我说完自己的请求，老人憔悴的脸上露出微笑：“非常愿意为您效劳。”他爬上梯子，成枝剪下大捧大捧的木兰，慷慨地送给我。不一会儿，整个车后座都被富丽堂皇的花朵淹没了，我想自己一定是遇到了天使。临走时，我对他说：“先生，您刚刚赐予我和未婚妻一个最快乐的情人节！”

“不，年轻人，您不知道这房子里发生的事。”老人轻声说。

“什么？”我停下脚步。

“我和老伴儿结婚67年，上周她走了。周二是追悼会；周三……”他顿了一顿，我看见眼泪从他脸上淌下来，“周三我们安葬了她；周四亲戚们都回家了；陪我过完周末，孩子们也回去工作了。”

我点点头，不知该说什么好。“我今天早上坐在厨房里，突然发觉没有人再需要我了。过去的16年，老伴儿身体弱，每天都靠我照顾。”老先生继续说，“可现在她不在了，谁还需要一个86岁的老家伙？正在这时候，您来敲门并对我说，‘先生，我需要您的帮助！’我想自己一定是遇到了天使。”

与你共品

每个人都会有“被需要”的欲望，小说中的老人也是如此，当“我”向老人请求帮忙，老人觉得自己一定是遇到了天使，为自己终于被需要了而感到高兴。

小说中老人说的话形象地折射出了现今社会老年人孤寂和渴望被关注的普遍心理。当一个人慢慢地老去，慢慢发现自己融不进年轻人的圈子的时候，他总会有一种被忽视的恐惧。于是他开始渴望融入人群，哪怕只是被要求做某事，只要被别人提起，于他们就是一种幸福。有时候，物质上的满足远远比不上精神上的满足，老人的孤寂来自于精神的孤寂。

我国古代著名思想家孟子说：“老吾老，以及人之老。”孝敬自己的长辈，给予其更多精神上的关怀，同时关爱社会上需要关爱的老年人，共同为创造一个和谐美满的社会而努力。

（胡来群）

尤其是前景中的泥土，画得那么精细，甚至使人联想到踏上去时脚底下的感觉。这是一片滑溜溜的淤泥，踏上去“噗嗤”一声，会没过脚脖子。

沼泽地

［日］芥川龙之介/著　文洁若/译

一个雨天的午后，我在某画展的一个房间里发现了一幅小油画，说“发现”未免有些夸大，然而，唯独这幅画就像被遗忘了似的挂在光线最幽暗的角落里，框子也简陋不堪，因此说“发现”也未尝不可。记得标题是《沼泽地》，画家不是什么知名的人。画面上也只画着浊水、湿土以及地上丛生的草木。对一般参观的人来说，恐怕是名副其实的不屑一顾的吧。

然而奇怪的是，这位画家尽管画的是郁郁葱葱的草木，却丝毫也没有使用绿色。芦苇、白杨和无花果树，到处涂着混浊的黄色，就像潮湿的土墙一般晦暗的黄色。莫非这位画家真的把草木看成这种颜色吗？也许是出于某种癖好，故意加以夸张吧？——我站在这幅画面前，一面对它玩味，一面不由得心里冒出这样的疑问。

我越看越感到这幅画里蕴蓄着一股可怕的力量。尤其是前景中的泥土，画得那么精细，甚至使人联想到踏上去时脚底下的感觉。这是一片滑溜溜的淤泥，踏上去“扑哧”一声，会没过脚脖子。我在这幅小油画上找到了试图敏锐地捕捉大自然的那个凄惨的艺术家的形象。正如从所有优秀的艺术品感受到的一样，那片黄色的沼泽地上的草木也使我产生了恍惚的悲壮的激情。说实在的，挂在同一会场上的大大小小、各种风格的绘画当中，没有一幅给人的印象强烈得足以和这幅小小的油画相抗衡。

“很欣赏它呢!”有人边说边拍了一下我的肩膀。我觉得恰似心里的什么东西被惊吓掉了，就猛地回过头来。

“怎么样，这幅画?”对方一边悠然自得地说着，一边朝着《沼泽地》这幅画努了努他那刚刚刮过的下巴。他是一家报纸的美术记者，向来以“消息灵通人士”自居，身材魁梧，穿着时新的淡褐色西装。

这个记者以前曾经给过我一两次不愉快的印象，所以我勉强回答了他一句：“是杰作。”

“杰作吗？这可有意思啦。”记者捧腹大笑。

大概是被他这声音惊动了吧，左边看画的两三个人不约而同地朝这边望了望。我越发不痛快了。

“真有意思。这幅画本来不是会员画的。可是因为作者本人曾反复念叨非要拿到这儿来展出不可，经他的遗族央求审查员，好容易才得以挂在这个角落里。”

“遗族？那么画这幅画的人已经故去了吗？”

“死了。其实他生前就等于死了。”

终于，好奇心战胜了我对这个记者的反感。我问道：“为什么呢？”

“这个画家老早就疯了。”

“画这幅画的时候也是疯着的吗？”

“当然喽。要不是疯子，谁会画出这种颜色的画呢？可你还在赞赏，说它是杰作哩。这可太有趣儿啦！”

记者又得意扬扬地放声大笑，他大概料想我会对自己的无知感到羞愧；要不就是更进一步，想使我对他鉴赏力的优越留下印象吧。然而他这两个指望都落空了。因为他的话音未落，一种近乎肃然起敬的感情，像难以描述的波澜震撼了我的整个身心。我十分郑重地重新凝视这幅《沼泽地》。我在这张小小画布上再一次看到了因为可怕的焦躁与不安所折磨的艺术家痛苦的形象。

“不过，听说他好像是因为不能随心所欲地作画才发疯的呢。要说可取嘛，这一点倒是可取的。”

记者露出爽快的样子，几乎是高兴般地微笑着，这就是无名的艺术家——我们当中的一个人，牺牲了自己的生命，从人世间换到的报偿！我浑身奇怪地打着寒战，第三次审视这幅忧郁的画。画面上，在阴沉沉的天与水之间，潮湿的黄土色的芦苇、白杨和无花果树，长得那么生机蓬勃，宛如充满生命力的大自然本身一般……

“是杰作。”我盯着记者的脸，斩钉截铁地重复了一遍。

与你共品

“我”无意中发现了那幅叫《沼泽地》的画，被画中与众不同的色调所震撼。记者对画的不屑一顾、对画者的蔑视令我非常反感。庸俗的人永远不会明白艺术家对人生和自由的执著追求。

一幅如此有生命力的画竟然要等到画者逝去才能在画展上占一席卑微之地，一幅如此触动人心的画居然会受到如此多人的无视，这不得不令人感到欷歔。正是世道的无情，世人的无知，才折断了许多追求梦想和真理的真正艺术者的翅膀。

但是梦想的追求从来都不会因为人们的曲解而停止，生命的美丽从来都不会因为人们的嘲笑而变成丑陋。在我们的人生中，不仅要发现美、坚持美，而且要有一种“走自己的路，让别人说去”的勇气和执著。

（陈霞婷）

我早就料到不会受到热情欢迎，但孩子们的冷淡还是使我很不自在。我从未像此刻这样意识到：自己是个白人。

“你甭和迈克尔说话”

［美］维·奥尔森/著　佚　名/译

这幢黄色的大房子肯定是“街区发展中心”了。外面聚了一群小男孩都好奇地盯着我。就在本世纪初，这一带还被夸为本市最漂亮的住宅区呢。而现在则成了穷困潦倒的黑人居民区，人行道破烂不堪，门廊东倒西歪，宽敞的维多利亚式房屋早已被肢解成可拥挤六户人家的小公寓。“街区发展中心”的这幢房子算是这一带稍微像样的建筑物。

“你们好！”我对那些给我让路的孩子们打招呼说，“你们愿意和我画画吗？”

“不要玩画画那个东西，”一个八九岁的男孩快嘴回答道，“我们要游泳去。”

我早就料到不会受到热情欢迎，但孩子们的冷淡还是使我很不自在。我从未像此刻这样意识到：自己是个白人。

这时，街区发展中心的主任玛丽·克拉克走下楼来。我告诉她我是“义务行动署”派来的，给孩子教一小时美术。

玛丽的表情既没有敌意，也不表示友好。她只是告诉我孩子们已将桌椅板凳搬至后院，准备吃午餐用，因为室内太热，饭后孩子们要去游泳。

看得出来，是我的外表使她临时改变了计划。“那么我明天来好吗？”话虽如此，但我并不想这么做。我可以要求行动署另派美术教师来。

“不行。孩子们明天要去公园。既然你已经计划好了今天教，那就让他们上吧。我给你找一个学生干部把他们集合起来。”

她的这种牵强附会真使我感到窘迫。我告诉她说可以在室外上课。

一个叫彼得的学生干部拿来了彩笔和纸张。另一个班干部大声喊着：“集合喽！大家都去上美术课。不去不行，是玛丽说的。”

孩子们绷着脸，不高兴地坐下来，谁也不动纸和笔。我尽量摆出笑脸，同他们开玩笑，询问他们的姓名，征求他们喜欢画什么。但孩子们只是死死盯着我，要么就是不礼貌地回答问题。

“我什么也不想画。”

“给我水彩！没有水彩让我怎么画？”

“我们本来要吃饭和游泳。谁干哄娃娃的事。”

对孩子们的这些话，我装作听不见。为了引起孩子们的兴趣，我先画了一棵古老庄重的大树，因为这些树算是该区可供画画的可取素材。“我敢打赌：那边儿的那棵橡树比我们谁都出生得早，”我开玩笑地说。

一个男孩冲我一伸大拇指，突然说：“哪棵树也没有那个老太婆老。”话音刚落，就传来一阵哈哈大笑。

我依然保持着镇静。“今天大家都来学怎样画树。慢慢画，不要把树画成棒棒糖了，也别画成了扫把。这不是哄娃娃。”

“我什么树也不想画，”一个大男孩说着就要走，又被彼得推回椅子上。“杰里，马上画树。其他人统统住嘴，画画！”

班干部都是奉命来协助我的，他们也尽了力。可孩子们只是胡写乱涂一气，有的刚画几笔就撕毁了，有的干脆叠纸飞机玩。接着他们索性故意折断彩笔，开始在院内乱跑起来。最后，每张椅子都空了。

只有一个男孩静静地站在我身旁，他约摸有十二岁。我问他：“你愿意坐在这儿和我一块画画吗?”

“你甭和迈克尔说话，”彼得告诉我。“他是聋子。谁说话他都听不懂。”

直到此刻，我才完全泄了气，脑子里充满了敌意的想法。既然这群孩子不需要我，时间一到，我马上离开。再也不来了!

为了消磨时间，我动手画一株弯曲多节的橡树。很快就有人在我对面坐了下来，是迈克尔。可惜不能同他谈话。嗯……或许可以。我冲他笑了笑，他也回我一笑。这是从一张机灵的面庞上绽出的无声的笑。

“迈克尔，你在画一棵树的时候就会发现，它和世界上所有的树都不一样。这就是它的特殊之处。”

迈克尔望了望那株橡树，然后又看看我的画。透过他那双褐色的大眼睛，看出来他十分感兴趣。

“当你感到生气或者难受时，如果你画一棵树的话，你的感觉一定会慢慢变化。一棵树也能作为朋友，它也想让别人看看自己。你先看到那一串串深绿色的树叶，透过它们又看到白云和蓝天。你就会认识到，这个世界有多么美丽。”

当然，和迈克尔谈话是徒劳的。我就权当自言自语罢了。其他孩子都不听我的话，而迈克尔至少还是安静的。我将一张纸和几支彩笔推到桌子另一端。迈克尔踌躇地选了一支绿色的彩笔，开始画起来。不一会儿，一棵树就成形了。

“好极了！迈克尔。”

他又笑了。这一次，我知道他确实理解了我在表扬他。而他也懂得了画树挺有趣，甚至令人兴奋。我再也不感到寂寞了。

我们俩继续画着。此时，孩子们一个接一个地都回到了桌子周围。

“嘿，快看迈克尔画的树!”“是他自个儿画的?”“老师没给他帮忙吗?”

迈克尔只是笑。

“喂，孩子们，快来呀!”彼得大声喊道，“你们谁能画这么好的树。伙计，画得不赖。”

迈克尔咧着大嘴笑了。他完全陶醉在料想不到的赞扬之中。

“再给我一张纸，”杰里着急地说，“我也会画树，比迈克尔画得还好。”

当时间已到要收拾桌椅准备吃午饭时，所有的孩子仍在聚精会神地画着，谁也不想停下笔来。“明天您还来吗?”他们都问。

“好的，明天我们一块儿去公园。我们还要带上画夹，画许多许多的树。大家一定会玩得很痛快，是吗? 迈克尔。”

“他平常就待在这儿。”彼得答道。

“那么我们明天见。”

我将孩子们的画交到玛丽的桌上，有意把迈克尔的放在最上边。

“是迈克尔画的?”玛丽说。“他可是从不参加任何小组活动。你是怎么教他的?他什么都听不见，而且智力也很迟钝，所以他不同别人交际。”

“除了说话以外，人们还有其他方法沟通感情，”我有针对性地说，“明天我还想来同孩子们一起去公园。”

“你可以随时来，”玛丽说着，又瞧瞧迈克尔的画。“我实在怀疑那个孩子，”她若有所思地说。

我也惊讶。当迈克尔坐在我对面时，他知道我需要他吗? 他知道我和他同样感到孤独与特别吗? 我大概永远也不会明白，因为你不能同迈克尔交谈!

或许你能。

与你共品

迈克尔完全听不见，却给了“我”最灿烂的微笑。他的微笑和善良感染了“我”和孩子们，也使孩子们对画画的冷淡转为热情。

耳聋的迈克尔用无声的微笑去倾听别人的心灵，也用无声的微笑表达了自己希望得到别人尊重的愿望。其实，缺陷并没有错，错的是人情的冷漠。不要忽略和歧视任何一个有缺陷的人。我们应该用宽容、博大的胸怀去关爱那些有缺陷的人，用心灵去倾听他们的声音，用真爱去给他们营造一片自由和平等的天空。

人与人之间的交流不仅是用嘴巴，更重要的是用心灵。捧出一颗真诚的心去爱别人，任何人都会被感动。

（陈霞婷）

“然后，”游客定了一下神，“然后，您就可以悠哉游哉地坐在码头上，在阳光下闭目养神，再不就眺望那浩瀚的大海。”

悠哉游哉

［德］亨·伯尔/著　雷夏鸣/译

在欧洲西海岸的一个码头，一个衣着寒碜的人躺在他的渔船里闭目养神。

一位穿得很时髦的游客迅速把一卷新的彩色胶卷装进照相机，准备拍下面前这美妙的景色：蔚蓝的天空、碧绿的大海、雪白的浪花、黑色的渔艇、红色的渔帽。咔嚓！再来一下，咔嚓！德国人有句俗语：好事成三。为保险起见，再来个第三下，咔嚓！这清脆但又扰人的声响，把正在闭目养神的渔夫吵醒了。他睡眼惺忪地直起身来，开始找他的烟盒。还没等找到，热情的游客已经把一盒烟递到他跟前，虽说没插到他嘴里，但已放到了他的手上。咔嚓！这第四下“咔嚓”是打火机的响声。于是，殷勤的客套也就结束了。这过分的客套带来了一种尴尬的局面。游客操着一口本地话，想与渔夫攀谈攀谈，来缓和一下气氛。

“您今天准能捕到不少鱼吧?”

渔夫摇摇头。

“不过，听说今天的天气对捕鱼很有利。”

渔夫点点头。

游客激动起来了。显然，他很关注这个衣着寒碜的人的境况，对渔夫错失良机很是惋惜。

“哦，您身体不舒服?”

渔夫终于从只是点头和摇头到开腔说话了。“我的身体挺好，”他说，“我从来没感到这么好。”他站起来，伸展了一下四肢，仿佛要显示一下自己的体魄是多么的强健。“我感到自己好极了!”

游客的表情显得愈加困惑了，他再也按捺不住心中的疑问，这疑问简直要使他的心都炸开了：

“那么，为什么您不出海呢?”

回答是干脆的：“早上我已经出过海了。”

“捕的鱼多吗?”

“不少，所以也就用不着再出海了。我的鱼篓里已经装了四只龙虾，还捕到差不多两打鲭鱼……”渔夫总算彻底打消了睡意，气氛也随之变得融洽了些。他安慰似的拍拍游客的肩膀，在他看来，游客的担忧虽说多余，却是深切的。

“这些鱼，就是明天和后天也够我吃了。”为了使游客的心情轻松些，他又说：“抽一支我的烟吧？”

“好，谢谢。”

他们把烟放在嘴里，又响起了第五下“咔嚓”。游客摇着头，坐在船帮上。他放下手中的照相机，好腾出两只手来加强他的语气。

“当然，我并不想多管闲事，”他说，“但是，试想一下，要是您今天第二次、第三次，甚至第四次出海，那您就会捕到三打、四打、五打，甚至十打的鲭鱼。您不妨想想看。”

渔夫点点头。

“要是您，”游客接着说，“要是您不光今天，而且明天，后天，对了，每逢好天都两次、三次，甚至四次出海——您知道那会怎么样？”

渔夫摇摇头。

“顶多一年，您就能买到一台发动机，两年内就可以再买一条船，用这两条船或者这条机动渔船您也就能捕到更多的鱼——有朝一日，您将会有两条机动渔船，您将会……”他兴奋得好一会儿说不出话来。

“您将可以建一座小小的冷藏库，或者一座熏鱼厂，过一段时间再建一座海鱼腌制厂。您将驾驶着自己的直升飞机在空中盘旋，寻找更多的鱼群，并用无线电指挥您的机动渔船，到别人不能去的地方捕鱼。您还可以开一间鱼餐馆，用不着经过中间商就把龙虾出口到巴黎。然后……”兴奋又一次哽住了这位游客的喉咙。他摇着头，满心的惋惜把假期的愉快一扫而光。他望着那徐徐而来的海潮和水中欢跳的小鱼。“然后——”他说，但是，激动再一次使他的话噎住了。

渔夫拍着游客的脊背，就像拍着一个卡住了嗓子的孩子。“然后又怎样呢？”他轻声问道。

“然后，”游客定了一下神，“然后，您就可以悠哉游哉地坐在码头上，在阳光下闭目养神，再不就眺望那浩瀚的大海。”

“可是，现在我已经这样做了，”渔夫说，“我本来就悠哉游哉地在码头上闭目养神，只是您的‘咔嚓’声打扰了我。”

显然，这位游客受到了启发，若有所思地离开了。此时，在他的心里，对这个衣着寒碜的渔夫已没有半点的同情，有的只是一点儿嫉妒了。

与你共品

游客对渔夫没有出去捕到更多的鱼而感到同情，渔夫及时行乐的悠闲让游客明白了什么才是真正的幸福生活，也让游客对渔夫从同情转为妒忌。

文章运用了对比的手法写出了游客与渔夫对生活的不同看法。游客以为物质上的丰富就能满足人的欲望，但渔夫告诉他真正的享乐是珍惜现在，不要让复杂的生活抹掉简单的快乐。在现代社会中，很多人总是匆忙地过日子，忙碌了一辈子却忽略、丢掉了真正的享受和幸福。

幸福其实很简单：停下你匆忙的脚步、放下你贪婪的欲望，好好地享受现在拥有的一切，你会发现快乐就在身边。

（陈霞婷）

于是我对他严加监视起来，但这家伙依旧纹丝不动。过了好大一会儿，他都没拍过一下手，也没喊过一声。也许他压根儿没这种念头。

不鼓掌的人

［日］藤森成吉/著　朱金和/译

我突然发现这家伙很不正常，唯独他一个人不鼓掌，真不可思议。

演讲者慷慨激昂，台下掌声阵阵。大伙儿把手都快拍烂了，还是一个劲儿地向着讲坛报以雷鸣般的掌声，不，简直是在一齐鸣枪射击。有人嫌鼓掌还不过瘾，竟情不自禁地喊叫起来。“对！一点不错！”“我们都挨了打！”“警察是我们的敌人！”

警察犹如街道两旁的树木，布满会场四周。每当群众鼓掌、喊叫时，他们眼睛里就闪烁白光，佩剑仿佛是套在家犬脖子上的锁链，发出“咔嚓”、“咔嚓”的恫吓声。不用说，这种举动纯属徒劳。演讲者的谴责句句在理，具有法庭和陪审员的权威。何况，警察现在又是被告。

警察要是胆敢在这种场合动手打人，大概到会者谁也不会袖手旁观的吧！这一点群众清楚，被告们心里也明白，正因为如此，他们至多只能白白眼、拨弄拨弄佩剑而已。

“谴责警察‘五一’暴行大会”笼罩着法庭庄严、激昂的气氛。演讲的工人大声怒斥，听众的心里也在大声疾呼。台上台下同仇敌忾。然而这究竟是怎么一回事呢？

唯独这家伙阴沉沉的，一声不吭，显得无动于衷。

他一动不动地端坐在我的邻座，仿佛波涛中的一块岩石。面孔浅黑，身体似乎有点虚弱，鼻子向旁歪斜，目光锐利，身穿土黄色粗布工作服，看上去像是个中年工人。他嘴唇紧抿，正出神地望着台上的演讲者。

“混蛋!”我暗暗骂道。居然巧妙地混了进来，你在拼命地看什么呢？是把反抗者的面孔一一记入脑海中的手册？还是像蜻蜓那样转动眼睛环视四周呢？……于是我对他严加监视起来，但这家伙依旧纹丝不动。过了好大一会儿，他都没拍过一下手，也没喊过一声。也许他压根儿没这种念头。

我不免纳闷起来。恐怕是个新特务吧！不！说不定是个狡猾的老狐狸也未可知。我把注意力全集中在这家伙身上了，至于台上的演讲，早已丢在一边。我决定和他打个招呼。就在我正要把脸凑过去喊声“喂”时，突然发现他的双瞳像电光一样在闪亮。啊呀！这条狗真怪，在哭哩，是不是有所触动了呢？……就在这当儿，雷鸣般的掌声又一次震撼了整个会场。他失神似的举起迄今一直垂着的那只手，可是刚举到胸前又垂落在膝盖上。

这时，我才看到了一样东西。可以说这是一个伟大的发现，其意义远比哥伦布发现新大陆要大得多，我的热血一下子沸腾起来。四周一片昏暗，我极力睁眼凝视，确实没错，搁在膝盖上微微颤动着的东西是一双没手掌的手，不！是研磨棒。

我的眼前闪电般地掠过一个幻觉：传送带宛如几十条耀眼的白练，奔腾不息，马达隆隆鸣响，机器令人目眩地飞速旋转。突然，五根手指和手掌碰到磨得光亮的钩形加工品，顿时在一片浅红色的烟雾中飞舞……

我全明白了。泪水不禁夺眶而出。

“你!”

我失声抽泣，眼前一片模糊，还是伸出双手，紧握住他那山芋般的、无声地颤动着的物体。

与你共品

这篇小小说运用了大量的悬念，在不断的蓄势中揭示事件的真相。小说通过“我”的误解，以及慢慢解疑的过程，塑造了一位思想进步、积极参与工人运动的中年工人形象。

工人不鼓掌是因为他没有手掌，但是缺陷丝毫没减少他对运动的热情。他那种坚强的精神强烈地震撼了“我”，也反映出了一位工人对自己事业的热爱和对自己梦想的追求。成功不会因为缺陷而远离你，相反，缺陷者捧出的花束往往格外鲜美，因为他们对自身的追求有着一种比常人更为执著强大的精神。

什么是伟大的人？伟大的人就是梦想自己做的每一件事，热爱自己做的每一件事，执著自己做的每一件事，坚持自己做的每一件事的人。

（陈霞婷）

这一瞬间，从窗口探出半截身子的那个姑娘伸开生着冻疮的手，使劲地左右摆动，给温煦的阳光映照成令人喜爱的金色的五六个桔子，忽然从窗口朝送火车的孩子们头上落下去。

桔　子

［日］芥川龙之介/著　佚　名/译

冬天的一个夜晚，天色阴沉，我坐在横须贺发车的上行二等客车的角落里，呆呆地等待开车的笛声。车里的电灯早已亮了，难得的是，车厢里除我以外没有别的乘客。朝窗外一看，今天和往常不同，昏暗的站台上，不见一个送行的人，只有关在笼子里的一只小狗，不时地嗷嗷哀叫几声。这片景色同我当时的心境怪吻合的。我脑子里有说不出的疲劳和倦怠，就像这沉沉欲雪的天空那么阴郁。我一动不动地双手揣在大衣兜里，根本打不起精神把晚报掏出来看看。

不久，发车的笛声响了。我略觉舒展，将头靠在后面的窗框上，漫不经心地期待着眼前的车站慢慢地往后退去。但是车子还未移动，却听见检票口那边传来一阵低齿木屐的吧嗒吧嗒声；霎时，随着列车员的谩骂，我坐的二等车厢的门咯嗒一声拉开了，一个十三四岁的姑娘慌里慌张地走了进来。同时，火车使劲颠簸了一下，并缓缓地开动了。站台的廊柱一根根地从眼前掠过，送水车仿佛被遗忘在那里似的，戴红帽子的搬运夫正向车厢里给他小费的什么人致谢——这一切都在往车窗上刮来的煤烟之中依依不舍地向后倒去。我好容易松了口气，点上烟卷，这才无精打采地抬起眼皮，瞥了一下坐在对面的姑娘的脸。

那是个地道的乡下姑娘。没有油性的头发挽成银杏髻，红得刺目的双颊上横着一道道皲裂的痕迹。一条肮脏的淡绿色毛线围巾一直耷拉到放着一个大包袱的膝头上，捧着包袱的满是冻疮的手里，小心翼翼地紧紧攥着一张红色的三等车票。我不喜欢姑娘那张俗气的脸相，那身邋遢的服装也使我不快。更让我生气的是，她竟蠢到连二等车和三等车都分不清楚。因此，点上烟卷之后，也是有意要忘掉姑娘这个人，我就把大衣兜里的晚报随便摊在膝盖上。这时，从窗外射到晚报上的光线突然由电灯光代替了，印刷质量不高的几栏铅字格外明显地映入眼帘。不用说，火车现在已经驶进横须贺线上很多隧道中的第一个隧道。

在灯光映照下，我溜了一眼晚报，上面刊登的净是人世间一些平凡的事情，媾和问题啦，新婚夫妇啦，渎职事件啦，讣闻，等等，都解不了闷儿。进入隧道的那一瞬间，我产生了一种错觉，仿佛火车在倒着开似的，同时，近乎机械地浏览着这一条条索然无味的消息。然而，这期间，我不得不始终意识到那姑娘正端坐在我面前，脸上的神气俨然是这卑俗的现实的人格化。正在隧道里穿行着的火车，以及这个乡下姑娘，还有这份满是平凡消息的晚报——这不是象征又是什么呢？不是这不可思议的、庸碌而无聊的人生的象征，又是什么呢？我对一切都感到心灰意冷，就将还没读完的晚报撇在一边，又把头靠在窗框上，像死人一般阖上眼睛，打起盹儿来。

过了几分钟，我觉得受到了骚扰，不由得四下里打量了一下。姑娘不知什么时候竟从对面的座位挪到我身边来了，并且一个劲儿地想打开车窗。但笨重的玻璃窗好像不大好打开。她那皲裂的腮帮子就更红了，一阵阵吸鼻涕的声音，随着微微的喘息声，不停地传进我的耳际。这当然足以引起我几分同情。暮色苍茫之中，只有两旁山脊上的枯草清晰可辨，此刻直逼到窗前，可见火车就要开到隧道口了。我不明白这姑娘为什么特地要把关着的车窗打开。不，我只能认为，她这不过是一时的心血来潮。因此，我依然怀着悻悻的情绪，但愿她永远也打不开，冷眼望着姑娘用那双生着冻疮的手拼命要打开玻璃窗的情景。不久，火车发出凄厉的声响冲进隧道；与此同时，姑娘想要打开的那扇窗终于咯噔一声落了下来。一股浓黑的空气，好像把煤烟融化了似的，忽然间变成令人窒息的烟屑，从方形的窗洞滚滚地涌进车厢。我简直来不及用手绢蒙住脸，本来就在闹嗓子，这时喷了一脸的烟，咳嗽得连气儿都喘不上来了。姑娘却对我毫不介意，把头伸到窗外，目不转睛地盯着火车前进的方向，一任划破黑暗刮来的风吹拂她那挽着银杏髻的鬓发。她的形影浮现在煤烟和灯光当中。这时窗外眼看着亮起来了，泥土、枯草和水的气味凉飕飕地扑了进来，我这才好容易止了咳，要不是这样，我准会没头没脑地把这姑娘骂上一通，让她把窗户照旧关好的。

但是，这当儿火车已经安然钻出隧道，正在经过夹在满是枯草的山岭当中那疲敝的镇郊的道岔。道岔附近，寒碜的茅草屋顶和瓦房顶鳞次栉比。大概是扳道夫在打信号吧，一面颜色暗淡的白旗孤零零地在薄雾中懒洋洋地摇曳着。火车刚刚驶出隧道，这当儿，我看见了在那寂寥的道岔的栅栏后边，三个红脸蛋的男孩子并肩站在一起。他们个个都很矮，仿佛是给阴沉的天空压的。穿的衣服，颜色跟镇郊那片景物一样凄惨。他们抬头望着火车经过，一齐举起手，扯起小小的喉咙拼命尖声喊着，听不懂喊的是什么意思。这一瞬间，从窗口探出半截身子的那个姑娘伸开生着冻疮的手，使劲地左右摆动，给温煦的阳光映照成令人喜爱的金色的五六个桔子，忽然从窗口朝送火车的孩子们头上落下去。我不由得屏住气，登时恍然大悟。姑娘大概是前去当女佣，把揣在怀里的几个桔子从窗口扔出去，以犒劳特地到道岔来给她送行的弟弟们。

苍茫的暮色笼罩着镇郊的道岔，像小鸟般叫着的三个孩子，以及朝他们头上丢下来的桔子那鲜艳的颜色——这一切一切，转瞬间就从车窗外掠过去了。但是这情景却深深地铭刻在我心中，使我几乎透不过气来。我意识到自己由衷地产生了一股莫名其妙的喜悦心情。我昂然仰起头，像看另一个人似的定睛望着那个姑娘。不知什么时候，姑娘已回到我对面的座位上，淡绿色的毛线围巾仍旧裹着她那满是皲裂的双颊，捧着大包袱的手里紧紧攥着那张三等车票。

直到这时我才可以忘却那无法形容的疲劳和倦怠，以及那不可思议的、庸碌而无聊的人生。

与你共品

一个进城打工的贫穷小姑娘从车窗口给前来送行的弟弟们扔下几个金色的桔子，这种人间亲情深深地打动了悲观厌世的“我”，挣扎在饥饿线上的小姑娘的这种朴实感情使“我”对其由鄙夷而转变为肃然起敬。

小说借用大量的环境描写，勾勒出了“我”悲观厌世、内心困惑无依的颓废形象。小姑娘及时出现，用她那朴素的亲情滋润了“我”内心的那片荒凉。看似一件不经意的小事，却温暖了一颗孤独的心，让读者深有感触。

亲情，人类永恒的话题，人间最美的情感。在自己失意、悲观无望时，请多想想身边的亲人吧，只因世间万物都可能瞬息万变，唯独亲情永恒。

（杨玉娴）

他又回来了，坚定地、平静地乘公共汽车在小镇中心下了车。只要他还想给亲人们带来一些安慰，或是想让自己的心灵得到安宁，他就得面对全镇的人。

回　家

［美］福瑞德里克·里贝尔/著　梁　莉/译

哈里回来了，6个月后第一次睡在自己的床上，早上醒后惬意地看着窗帘在晨风中飘动。回家的感觉真好，但似乎有点遗憾。

6个月前，作为镇上收税员的哈里，在汽车展销会上看到了一款心仪已久的轿车，但当时手头缺现金，就问汽车销售员能否把这笔交易推迟到下周二。销售员说汽车当天必须买走，并且要付一大笔首付款。情急之下，哈里动用了保险箱里的税款。车到手后，哈里开着它直奔波特兰市，准备把他存在银行保管箱里的一些债券兑成现金。不料，在去的路上，由于车打滑，出了车祸，哈里被送入医院，神志不清地躺了一周。当然，动用税款的事就败露了，被判了6个月监禁。

父亲痛心地说：“儿子，你真糊涂啊。”

“我知道，爸。”

“你在镇上的信用一向都好，麦克唐纳在你每周只赚15美元时就为你开了一个赊欠户头。取得了他的信任，你在镇上任何地方都容易贷款。”

“对不起，爸。”

“如果你今天要去镇上，替我买些剃须刀片，好吗？”

哈里没出门，整天在花园里忙活着。第二天，父亲问起刀片的事儿，哈里回答说他没去镇上。父亲严肃地斜眼看了他一下。母亲赶紧去镇上把刀片买了回来。

“你有什么打算吗，孩子？”几个星期后父亲问道，“我们并不是要赶你走，这是你的家，但……”

哈里正看着波特兰日报，说：“正好，他们在招聘清洁工，我明天准备去应聘。”

哈里乘公共汽车去了小镇北边的山区，来到靠近加拿大边境的森林找工作。他找了一份不要求个人档案的砍伐工。他每天工作在人迹罕至的森林里，觉得非常自由。自由的感觉是如此美妙，以至于他毫无怨言地忍受着劳作的艰辛。

但他忘不了家里的亲人，父亲话语中那忧郁的掩饰不住的无奈让他无法忘怀。

他又回来了，坚定地、平静地乘公共汽车在小镇中心下了车。只要他还想给亲人们带来一些安慰，或是想让自己的心灵得到安宁，他就得面对全镇的人。

汽车停在了麦克唐纳店前，哈里的心还是提到了嗓子眼儿，麦克唐纳就坐在店前的长椅上。

“你好，麦克唐纳。”哈里礼貌地打招呼。

麦克唐纳冷冷地默默地打量了他一会儿，缓缓地跟着哈里走进店中。

“我买几件白衬衣。”哈里说。

“15号，34的袖子。”麦克唐纳说道。

哈里把手伸进裤兜，紧抓着一卷钞票，“再要几双袜子，颜色要黑的和灰的。”

“袜子是11号。”

哈里选了六双，他还挑了两条领带和三件内裤，做这些事时他的手一直放在裤兜里抓着那把钱，实在等不及要把钱拿出来了。

“就这些了，一共多少钱？”

柜台上有一本记账本，哈里看着麦克唐纳打开它，翻到B字打头的那一页找到“巴尔·哈里”。

“一共是22美元50美分。”麦克唐纳边说边在账本上记录着。

哈里用不着掏出裤兜里的钞票了，他的手慢慢放松了。手从裤兜里退出时，空空的，但满手是汗。

麦克唐纳把东西包好，递给哈里，说：“再来啊，哈里。”

哈里提着包，走在街上，脸上露出释怀的微笑，嗓子眼儿像被什么堵得满满的。他回家了——真正意义上的回家——他不用再害怕什么了。

与你共品

信用极佳的镇上收税员——哈里，却在一次汽车展销会上，经不住诱惑而动用税款购买了心仪的轿车。事情败露后，自觉信誉扫地的哈里，心怀愧疚之情，难以释怀并无以直面其今后的人生。而麦克唐纳对他的宽容最终让他负疚的心灵得以洗涤，他的愁云也随之烟消云散。

前苏联教育理论家苏霍姆林斯基曾说过“有时宽容引起的道德震动比惩罚更强烈。”因为宽容，所以一直萦绕在哈里心中的阴霾得以一扫而空，心灵得到了净化，从而在愧疚中真正得到了释怀。

宽容是一种美德。在诱惑面前，每个人都有可能动摇自己心中的那份信念，从而犯错。然而，面对他人的过错，我们与其指责与惩罚，不如多点宽容。因为宽容有时比斥责更能让一个犯错的人迷途知返，走向正义与道义的彼岸。

（杨玉娴）

她迟疑了，不知该如何称呼，好以此发端来发泄胸中的怒火，仿佛盯着她看就会增加勇气，她要警告萨基娜，看她还敢与探视者交谈。

探视者

［埃及］尤素福·伊德里斯/著　佚　名/译

当最后一个探视者走出病房，病房安静下来时，美西朝萨基娜严厉地瞥了一眼，高声说：

“你听着……”

她迟疑片刻，不知该称呼萨基娜姑娘，还是称呼萨基娜。这个名字也许像农村姑娘，但是她十足是个城里人。她既腼腆、温柔，又有教养。美西是她的邻床，是位体态丰满的棕肤妇人，常穿一件白色衬衣。

这两张床并排放在一个大病房中。这种病房通常有二十二张床位。它由一名言语刻薄、体态臃肿的女护士管理。

瘦弱的萨基娜长得楚楚可怜。她是一位慢性病患者，已住了三个月。她最大的愿望是出院，但是医生不让她走。至于她滞留的原因是说她的病情比较怪。教授乐于让学生和实习医生实习一下，让同事们见识见识，如同让他们观赏他收藏的珍奇贝壳或稀罕邮票一样……

萨基娜并不是独苗，她是有兄长的。事实上如常人一样，她有哥哥、两个姐姐，还有舅妈、姑妈和亲戚。尽管如此，她住院三个月期间，从未有人探视过她。自从她兄弟把她送进病房后就再未露面，这个事实她明白、大家明白，连长舌的女看护也明白。出院问题不可避免地常常困扰她，但更困扰她的问题是没有人探视。她多希望在闭上眼睛睡觉后，有人推醒她，对她说：

“萨基娜，起来，有人探视……”

每周都有几百人来医院探视。每个病人都有五人到十人探视，只有她无人探视。她的邻床美西的探视者一来，就把她的床当做沙发。而她出于羞怯，既不拒绝，甚至不做一个打扰别人的动作……最后她只得离开床铺，到走廊去踱步或到肮脏的阳台上去，那儿一到探视时，就变成垃圾堆，扔满桔子皮、香蕉皮。

踱步时萨基娜内心痛苦，深感委曲。世间定有错误，使她无人探视，多少次她探视过兄弟、表姐妹。这次他们也有义务探视她。出了什么事？难道他们的心都僵硬了，变得如此残酷？难道大家都忘了她，忘了她在医院！难道她与家庭、邻居，甚至朋友，整个世界的关系都中断了？既不发一信，也不问候一下。没有人体会她这种孤独感。她深感悲哀，却强颜欢笑。

在医院里，她已住了五个月。大多数病人都换了。老病人中，只剩下她的邻床美西。她情况照旧，内心却矛盾不已：对医院她已厌烦，一旦出院又不知自己归属谁，到哪儿去？去干什么？进院前，她与兄弟同住，照顾兄弟，等着他结婚或娶一个新娘回家。患病后，她整夜咳嗽哮喘，使她兄弟生厌，利用一个机会把她送进医院，也许希望她不要痊愈，借此摆脱她。住院后听说他已离家结婚……她的姐妹们也都成家。而她还没有美到让任何一个姐夫欢迎她住在家中。她已干瘦枯衰，连结婚都嫌年龄已过。她到哪儿去？又归属谁呢？

对医院生活她既嫌恶到无以复加，又习以为常。如同一个渴望出狱获得自由的犯人，一旦出狱，又不知如何使用自由，这种矛盾心理使她几乎发疯。

问题不是突如其来的。直到现在，萨基娜对自己的行为还未认真考虑或预先筹划。但是此事确已发生。美西是一位大教授的妻子，其儿女、亲戚不下百人。每天至少有五人至六人来探视美西，假日甚至达到四五十人。看来美西对某太太探视已经厌烦，待她一走就累得直喘气，并嘟嘟哝哝发牢骚。萨基娜向美西打听来者是谁？什么亲戚关系？干什么工作？进而萨基娜一一打听探视者情况，询问他们姓名。直至某天待一名探视者走后，萨基娜露出笑容问美西：

“你表弟穆斯塔发是不是在铁路工作？”

美西惊问：“天啊，你怎么知道？……”

此时，文静的萨基娜对自己正确的猜测感到欣喜。不仅如此，她开始为美西的客人提供服务。客人一来就端椅子。如果美西想用咖啡、茶或汽水招待客人，萨基娜主动到小卖部购买。她逗弄女客带来的小孩，或领他们上厕所，与大孩子玩耍，并对客人说：“指天发誓，把孩子交给我吧。”

仿佛这是她的亲戚。美西起初以为这是出于萨基娜的好意，继而生疑，后来认为不可理解。探视时，萨基娜与美西的亲戚坐在一起，须臾不离，好像她是其中的一员。她们谈论家庭私事时，她既不害羞也不回避，却过分热情地参加讨论并参与意见。美西等着萨基娜有所“察觉”，自动站起来，离开床铺，起码把注意力转移一下。但事与愿违，萨基娜一直坐在那里。等探视完，她还与美西谈论探视的细枝末节。美西认为萨基娜已在对她进行干涉。当然萨基娜坐在自己床上并未离开，相反倒是客人们坐在她床上，给她机会参与干涉。

事情发展到萨基娜拦住一名男客或女客，让他（她）坐在床上，不停地和她谈话，直到探视结束。他们不答理美西，仿佛他们是专来探视萨基娜的。

美西是个火爆性子，并不温和谦让。她忍无可忍，一天终于爆发。待最后一个探视者一走，病房如到达终点站的火车那样安静下来，美西朝萨基娜严厉地瞥一眼，高声说：

“听着！”

她迟疑了，不知该如何称呼，好以此发端来发泄胸中的怒火，仿佛盯着她看就会增加勇气，她要警告萨基娜，看她还敢与探视者交谈。并决定只要萨基娜的探视者一来就以牙还牙，以眼还眼，甚至更厉害。

美西盯住萨基娜，见她躺在床上，身上半盖着被褥，眼观前方，像在回忆幸福的时刻。

突然，怒气冲冲的美西意识到快从她嘴中发出的威胁毫无意义。一闪念中，美西想到萨基娜是没有探视者的。但此时，她已转过身子，吐出这句话：“听着！”

萨基娜朝美西惊讶地一瞥，问道：“啥事？美西太太。”

美西太太没有改变睡姿，也未把目光移开，只是她的声音压低到变成耳语：“没啥，只是叫你一声……”

她目不转睛地看着少女，眼泪几乎夺眶而出。她紧盯住萨基娜的面庞，仿佛头一次见到她。萨基娜如此单薄消瘦，像一株独苗。

与你共品

住院三个月却从没人来探望，伤心的萨基娜只好把希望寄托于美西的探望者身上，把别人的探望者自欺为自己的探望者，以此来寻求心灵上的安慰。

小说运用了大量的心理描写刻画了萨基娜对探望者的渴望，及其愿望不能实现时的内心苦痛，折射出亲友们的冷漠无情。困扰萨基娜的并不是慢性病，而是亲友们对她的忽视，人情的冷暖是令她深感痛心之所在。

疾病并不可怕，可怕的是人世间的人情冷暖，亲情的冷酷与漠视。人生在世，短短几十年，何不给亲人多点温情呢？要知道，亲情的漠视足以扼杀一个人的心灵。相反，亲情的温润往往是治疗疾病的一剂良方。

（杨玉娴）

雏芳战栗了，几乎也要随着落下，但是她很快又坚持住。眼看着欧利在空中渐渐地飘远，他用树叶的语言呼唤着他："欧利，回来啊！欧利——"

欧利和雏芳

［美］艾·辛格/著　佚　名/译

这座森林生长着各种各样挂满枝叶的大树，辽阔而茂密。每年的这个季节，通常已经冷起来了，甚至还会下雪；可今年的 11 月却比较暖和，如果不是林中铺满了落叶，你也许会觉得这正是夏天。这层层落叶，有藏红花般的黄色，有醇酒一样的红色，还有金色和一些混合色。它们有的是被雨打落，有的被风吹落；有的落在白天，有的落在夜晚。而现在，已经变成一层厚厚的地毯，覆盖着森林的空地。它们的汁液枯竭了，却依然飘逸出诱人的芳香。阳光透过生意盎然的枝条洒在落叶上，那些不知怎样从秋风中死里逃生的爬虫和飞蝶，悠闲地在它们身上漫步。叶下的空隙，为蟋蟀、田鼠和其他许多在地球上寻求庇护的生灵提供了藏身之处。

在光秃秃的树梢上，只有最后的两片树叶依旧攀附着一根细嫩的枝条，那便是欧利和雏芳。经历了那么多的风雨、寒夜，连他们自己也不知道究竟是怎么熬过来的。有谁知道，为什么有的树叶飘零了，而有的却高悬枝头？可是欧利和雏芳相信，原因就在于他们彼此之间深深地相爱。欧利比雏芳年长几天，也比她略显宽大，但雏芳却更加娇美而优雅。当风雨、冰霜扑面而来的时候，他们谁也帮不了谁的忙。可欧利还是利用一切机会鼓励雏芳。在最凶猛的暴风雨中，电闪雷鸣、狂风呼啸，它们不仅撕扯着树叶，而且还要吞没整个枝条。而欧利依然恳求着雏芳："坚持住，雏芳！全力坚持住！"

每到寒冷的风雨之夜，雏芳便会委屈地抱怨："我已经不行了，欧利，但是你还可以坚持住啊！"

"那还有什么意思？"欧利说："没有你，我的生活就没有意义。如果你飘落了，我也要随你而去。"

"不，欧利，别这样！只要能坚持住，就决不应该飘落！"

"这全要看我身边有没有你，"欧利说，"白天，我欣赏你的美貌；夜晚，我闻着你的芳香。只让我这一片叶子留在树上？不，决不！"

"欧利，你的话是甜蜜的，可它不是真的，"雏芳说，"你完全知道我已经不漂亮了。看我变得多么憔悴，那么枯萎！现在只有一样东西还没有离开我——那就是对你的爱。"

"这难道还不够吗？在我们全部的本领中，爱情是最崇高、最美好的，"欧利说，"只要我们彼此相爱，便可以留在这里，无论什么狂风暴雨也摧不垮我们。我想告诉你，雏芳，我从来没有像现在这样爱你。"

"为什么，欧利？我全都枯黄了。"

"谁说绿色美丽而黄色不美？所有颜色都同样有自己的魅力。"

欧利正在倾诉衷肠，雏芳担心的事却终于发生了：一阵风吹过，把欧利从树枝上吹了下来。雏芳战栗了，几乎也要随着落下，但是她很快又坚持住。眼看着欧利在空中渐渐地飘远，她用树叶的语言呼唤着他："欧利，回来啊！欧利——"

话还没有说完，欧利便从视线中消逝了，同地上的其他叶子融合在一起。只留下雏芳孤零零地偎在枝头。

白天，还能想办法排遣悲伤，但天色渐渐暗下来，冰冷刺骨的雨滴打在身上的时候，她便陷入了深深的绝望。她觉得，树叶们全部的不幸都应该归罪于大树，都应该归罪于粗壮的树干。树叶落了、而树干依然高高地挺立着，粗壮坚实地植根于沃土里。风雨冰雹都不会使它烦恼，它或许可以永远活着。对雏芳来说，树干就是一种神。它用叶子把自己装扮上几个月，然后又将它们抖落。它可以用汁液养育树叶，愿意养多久就养多久，然后再让他们渴死。雏芳央求大树将欧利还给自己，央求它重新回到夏天，但大树根本不理睬她。

雏芳觉得，从来没有一个夜晚像今天这样长，这样黑，这样冷。她同欧利交谈，并希望得到回音，但欧利沉默着，失去了全部的生的迹象。

雏芳对大树说："既然你将欧利从我身边夺走，那就让我也去吧。"

可是就连这样的祈求也得不到大树的同意。

不久，雏芳感到昏昏沉沉，这不是困倦，而是一种陌生的疲惫之感。当她醒来的时候，惊讶地发现自己不是挂在枝头。趁她昏睡的当儿，风已经将她吹落下来。以往挂在枝头的时候，她总是伴着太阳一同醒来，而这次却有一种完全异样的感觉。所有的恐惧都消失了。同时，她还感到了一种从未有过的顿悟。她终于明白：自己决不仅是一片凭借对风的幻想而生存的树叶，而是宇宙的一部分。在一种神秘力量的驱使下，雏芳领悟到奇迹般地融合在自己身上的分子、原子、质子和中子，领悟到自己占有的这种巨大能量，领悟到自己亦在其中的奇妙的宇宙进程。

在她旁边躺着欧利，他们用一种从没有尝过的爱情彼此欢迎着对方。这不再是依赖命运和怪想，而是与宇宙本身同样强大的永恒的爱情。那种从 4 月到 11 月曾经日夜担心着的东西，原来并不是死亡而是永生。一阵微风掠过，将欧利和雏芳抬起。他们怀着那种只有解脱了自己、与永恒同在的人才能体会到的巨大幸福，翩翩翱翔。

与你共品

真正的爱情是昆仑万物中最不可思议、最无法解释的情愫，它与物理距离无关，与生命的长短无关，甚至与普遍存在的自然规律无关。

小说通过欧利和雏芳超然的爱来描绘不依赖命运和怪想，而是与宇宙本身同样强大的永恒的爱情。当它们在无声无息中失去了挂在枝头的青春时，得到的却是解脱过后的幸福。其实，爱之所以有超越一切的能量，是因为它可以在奇妙的宇宙进程中将淹扼爱情的时间和空间化为乌有，让爱以自己的形式得以永存。

爱情没有统一的定义，只要经得起潮起潮落、四季更轮而不褪色的，便就是爱了。

（陈佩莹）

肖恩看着金币，脸上露出了比蜂蜜还甜的笑容。他想起了小精灵。一篮面包的小代价就换来了他梦寐以求的财富和名望。实际上，这比他梦想的还要多。

一篮面包换来的金币

［英］伯物曼·特雷莎/著　佚　名/译

看着窗外，肖恩叹了一口气。在肖恩的面包店外，迈克尔·奥·唐奈尼正被一群崇拜者簇拥着。

迈克尔走进面包店，买了一条最好的面包。然后他得意地对肖恩说道："你看，我是整个爱尔兰最受欢迎的人。"人们大声附和迈克尔的话。听到人们赞同的话语，迈克尔笑了，从口袋里拿出一沓钞票分发给众人，然后大笑着走出了面包店。他的追随者跟着他的脚后跟也离开了面包店。

肖恩羡慕地看着这一切。"我希望我也能像这样牵着一群人的鼻子。"他对他的妻子贝基说道。

"是财富使他这么受追捧。"贝基提醒他，"真正的朋友既不买也不卖。"但肖恩听不进去。他反而觉得妻子的话刺痛了他的自尊。

"好啦，"贝基安慰他，"拿这篮面包到村庄里去叫卖吧。路上你可以认真思考一下，对一个人来说，什么才是真正重要的东西。"

肖恩不情愿地提着一篮子面包走出面包店。但他还没走多远，倒霉事就来了。他被路边的一个树墩绊倒，篮子掉在了地上。肖恩就地而坐，感叹生活对他是如此的不公平。如果不是听到咀嚼食物的声音，他也许要哀叹一辈子。

肖恩低头一看，不禁吓了一跳。满满一篮子的面包都不见了，在篮子的边沿，坐着一个小精灵。他手里拿着一块面包正往嘴里塞。显然，面包都是被他吃了。

"该死，"肖恩吼道，"你这个小偷，居然在我的鼻子底下偷吃我的面包。"

小精灵拍掉身上的面包屑，说道："你看起来很沮丧。能把你的麻烦告诉我吗？"

也许小精灵能帮我，肖恩想。于是，他把他的苦恼一股脑儿倒了出来。

"那么，"小精灵说道，"你要寻找的是财富和名望，对吗？你希望人们像蜜蜂跟着蜂蜜，苍蝇跟着腐烂的水果一样成群地跟着你，对吗？"

这个比喻虽然不是很恰当，但肖恩还是点了点头。

"我就让你如愿以偿，因为我吃了你的面包。我真希望我所有的债务都能像这样轻易地还清！"说完，小精灵就消失了，连一个脚印也没留下。

肖恩将信将疑地往回走。刚进入街口，他就听到人们大声呼喊他的名字。他不禁非常惊讶。

人们冲到他身边，把他抬回了他的面包店。

"肖恩！"贝基哭着说道，"你看是什么掉进了烟囱！"她举起一个粘满煤灰的袋子。

肖恩往袋里一看，双眼霎时瞪得像鸡蛋那么大。"金币！"他倒抽了一口气。

"我不知道它们是从哪里来的，"贝基说道，"但在店里的人已把这件事传了出去。你看这些人疯狂的样子！"

肖恩看着金币，脸上露出了比蜂蜜还甜的笑容。他想起了小精灵。一篮面包的小代价就换来了他梦寐以求的财富和名望。实际上，这比他梦想的还要多。但他不敢用一个子儿，因为他知道金币不在了，他的名望也会随着消失。

看到肖恩兴高采烈地跟众人聊天，而不是揉面团、做面包，贝基不禁摇头。

“那些不是真正的朋友，肖恩。”贝基小声对肖恩说，但肖恩并不理会。现在，他比迈克尔·奥·唐奈尔更受到众人的追捧。然而，当众人意识到肖恩不会给他们一点好处时，他们最终都离开了他。贝基很高兴，以为这种糟糕的局面结束了。

但事实并非如此。

追捧者离去，其他人却来了兴趣。小偷开始盯上了肖恩的面包店和他的家。

一个晚上，熟睡中的贝基和肖恩被一阵玻璃碎裂的声音惊醒。他们踉踉跄跄跑到楼下，发现面包店变得一团糟。糖和面粉散落四处。

贝基看着眼前混乱不堪的景象，忧心忡忡地说道：“我们的安全比那些金币更值钱，我们必须丢掉它们。”

肖恩叹了口气，沮丧地说道：“唉，那个小精灵除了麻烦，什么也没给我。”

“小精灵？”贝基问。

肖恩羞愧地把整个故事告诉了贝基。

“也许这些是被诅咒过的金币。”贝基说道，“只有一种方法能解除诅咒，那就是丢掉它们。”

第二天早上，一个孤儿院的门口出现了一个包裹。院长以为是一个婴儿，但当她解开包裹，金币“哗啦啦”地流了出来。

“祈祷得到回应了。”院长轻轻地说。

“解决了。”在一棵荆豆树后，肖恩轻声地对贝基说。

一个月后，面包店的一切又恢复以前的样子。勤恳、踏实，这些宝贵的品质又回到了肖恩的身上。这些才是人生最重要的东西，肖恩说。当迈克尔·奥·唐奈尔来买面包时，他的心态也已平和。

与你共品

财富可以暂时填满过于膨胀的虚荣心，却无法让人得到永久的满足。当你把幸福美满与钱画上等号时，你就已经和幸福渐行渐远了。

小说叙写的主人公曾羡慕因财富而极具声望的人，所以在意外地得到财富时，他大喜过望，殊不知财富却又让他陷入从未有过的险境，于是他选择了回归本性，找回了生命中最重要的东西。由此可见，金钱是世界上一股奇异的力量，人们总是期待它给自己带来荣耀和骄傲，却又往往在它唾手可得之时恍然大悟——心安理得的幸福与钱财无关。

正如人们常说的，赤裸裸的金钱能向我们提供除了幸福以外的任何东西，也能让我们通往除了天堂以外的任何地区。

（陈佩莹）

切尔内舍夫瞅了瞅这件衬衣，上面正好缺一个扣子。总经济师立刻沉下了脸，把鲜花和卢布一股脑儿掖在怀里，然后一声不吭，径直走进屋里去了。

扣　子

[苏联] H·叶林 B·卡沙耶夫/著　佚　名/译

瓦西利·维克托罗维奇·切尔内舍夫正在办公，同时用小电子计算器记录着苍蝇的数目。

室内的苍蝇太多了，切尔内舍夫出了一身汗。他本想把西服上衣敞开，幸好想起来衬衣上掉了一个扣子，在西服里面别人看不见，只要一敞开怀，立刻就会被发现。这副衣冠不整的模样，一定会使自己在同事们中间的威信受到损失，况且，就是自己看着也像一个连一个扣子都拿去换酒喝了的酒鬼，哪里还像个日薪160卢布的总经济师呢！

切尔内舍夫为此很苦恼，于是种种不好的念头开始在脑子里蠕动起来。

他心里想："哼，我老婆对我冷若冰霜，真是个没心肝的女人！在一起过了15年，连给我钉个扣子的工夫都舍不得，当然啦，这可不是说扣子已经掉了15年，只能少于15年。可也有8个年头了吧，大概还得再加半年。这事我要是不告诉我老婆，起码得穿20年缺扣子的衣服。好吧，我就故意不吱声她自己应该发现嘛，你不是老婆吗。我在这儿整天像头牛一样地干活，可她连个扣子都不给缝。她对我是一点感情也没有了！哎，过去又有过感情吗？青春年少时，我们俩曾相互钟情，如今你就一辈子自讨苦吃吧，你得忍受她的冷漠无情，她不关心我的事业，也不愿和我同甘共苦，这些你全得忍受……哎，我这一生可真倒了霉！"

切尔内舍夫伤心透了，他烦躁起来，不知不觉解开了上衣，这时却猛然看见：在那个8年来缺扣子的地方现在竟给缝上了一个扣子。切尔内舍夫不敢相信，他摸了摸扣子，解开又扣上，对着光线又看了一遍——果真是扣子，扣上正合适。切尔内舍夫深受感动，内心十分惭愧。

"我还算个人呀，坏蛋，哪能这么冤枉自己的结发妻子啊！她真是个少有的极好的女人！应该这么想：我们在一起生活了15年啦，她直到现在还惦记着我的每一个扣子！要知道，她也总是没日没夜地干活，没有一点闲工夫，我可怜的人呀！当然，我也不轻松，可要知道，她的工作比我更费神，而且全部家务活都落在她的肩上。家务事她一点也指不上我，我连给自己钉个扣子都不会！真是个暴君！没心肝的懒虫、笨蛋！”

切尔内舍夫大声地抽了一下鼻子，把手伸进了衬衣口袋掏手帕，然而掏出来的不是手帕，而是一卢布钞票。切尔内舍夫惊得几乎失去知觉，待恢复了常态，他就闭上眼睛，温情脉脉地回忆起自己那体贴入微的爱妻的脸蛋儿来，可是他只想起了她的鼻子。他绞尽脑汁也想不起来别的部分的模样了。他对自己轻蔑到了极点，心里想道：“我真是一个自私自利的家伙！一个可怜的硬化症患者！对这样一位崇高的女性我有眼无珠！还把她想得那么坏！只有自私自利的小人才会这样！”

他几乎流下眼泪，一心要做点使妻子高兴的事：买束鲜花献给她，陪她去剧院，再说，也该回送些钱给她花呀！于是他将还未计算完的小电子计算器放进办公桌里，就向商店飞奔而去。

回到家时，他手中捧着鲜花，穿着里子绽线的西服上衣，上衣兜里的35卢布在簌簌作响，连它们都跃跃欲出，急不可耐啦。他一面把花和钱递给妻子，一面腼腆地对她说：“这是送给你的，亲爱的。用这些钱去买那你早就想买的东西吧。假如钱不够，那我……那我就劝你买别的便宜一些的吧。”

妻子被这意外的场面闹愣了。她站着不动，一言不发，真的不知道在这种场合说什么好。谢天谢地，岳父出来给解了围。

他走到切尔舍夫跟前问道：“瓦夏，你是怎么搞的，今天干吗把我的衬衣穿走了？我的那件，不用说，和你的一样，但是比你的要大两号，难道你没感觉出来吗？拿我来说吧，你的衬衣我就套不进去，还给你吧……”说着他把同样的一件衬衣递给了切尔内舍夫。

切尔内舍夫瞅了瞅这件衬衣，上面正好缺一个扣子。总经济师立刻沉下了脸，把鲜花和卢布一股脑儿掖在怀里，然后一声不吭，径直走进屋里去了。

这时他独自思忖着：“好一个可爱的女人！就算你累得筋疲力尽，也该把扣子给丈夫钉上啊！不管怎么说，我同她在精神上毫无共通之处！一丁点儿也没有！现在我算看清楚了，跟她结婚是犯了一个大错，唉，多大的错误呀！……”

与你共品

真正的情感世界里没有天平，所以不会有人时刻掂量着付出和收获的比例，有的只是两人的相濡以沫，地久天长。

小说里叙写的丈夫埋怨妻子对他不够关心，连衬衣上的扣子都没有为他缝上，甚至后悔与她结合。然而他却没有意识到自己也没有给予妻子关爱，以至于连她的样子都淡忘了。这两者强烈的对比体现出了人性的本色——渴望得到，却不想付出。

其实，感情是坚定的，同时也是脆弱的。当两个相爱的人在玫瑰和百合的见证下许下要相伴一生的诺言之后就开始变得懒惰了，他们从此就只能看见自己的付出，忽略了身边人的辛劳，期待对方给予自己更多的爱，认为对方的付出是理所当然的。但是，付出和得到是相对的，在你希望得到关怀和爱的同时，你也应该有所付出。

（陈佩莹）

“这就是我最宝贵的财产了，”她一边向我解释，一边几乎是带有敬意地抚摸着盒子，“对我来说，它比皇冠上的钻石更为宝贵。真的！”

魔　盒

［英］大卫·洛契佛特/著　佚　名/译

在一抹缠绵而又朦胧的夕照的映衬下，我四周高耸着的伦敦城的房顶和烟囱，似乎就像监狱围墙上的雉堞。从我三楼的窗户鸟瞰，景色并不令人心旷神怡——庭院满目萧条，死气沉沉的秃树刺破了暮色。远处，有口钟正在铮铮报时。

这每一下钟声仿佛都在提醒我，我是初次远离家乡。这是1953年，我刚从爱尔兰的克尔克兰来伦敦寻找运气。眼下，一阵乡愁流遍了我全身——这是一种被重负压得喘不过气来的伤心的感觉。

我倒在床上，注视着我的手提箱。“也许我得收拾一下吧。”我自言自语道。说不定正是这样整理一番，便能在这陌生的环境中创造一种安宁感和孜孜以求的自在感呢。我把主意打定了。那时我甚至没有心思去费神脱下那天下午穿着的上衣。我伤感地坐着，凝视着窗口——这是我一生中最沮丧的时刻。接着突然响起了敲门声。

来人是女房东贝格斯太太。刚才她带我上楼看房时，我们只是匆匆见过一面。她身材纤细，银丝满头。我开门时她举目望了望我，又冲没有灯光的房间扫了一眼。

“就坐在这样一片漆黑中，是吗？”我这才想起，我居然懒得开灯。“瞧，还套着那件沉甸甸的外衣！”她带着母亲般的慈爱拉了拉我的衣袖，一边嗔怪着，“你就下楼来喝杯热茶吧。噢，我看你是喜欢喝茶的。”

贝格斯太太的客厅活像狄更斯笔下的某一场面。墙上贴满了褪色的英格兰风景画和昏暗的家庭成员的肖像照片，屋子里挤满了又大又讲究的家具。在这重重包围中，贝格斯太太简直就像一个银发天使似的。

“我一直在倾听着你……”她一边准备茶具一边说，“可是听不到一丝动静。你进屋时我注意到了你手提箱上的标签。我这一辈子都在接待旅客。我看得出你的心境不佳。”

当我坐下和这位旅客的贴心人交谈时，我的忧郁感渐渐被她那不断地殷勤献上的热茶所驱散了。我思忖：在我以前，有多少惶惑不安的陌生人，就坐在这个拥挤的客厅里面对面地听过她的教诲啊！

随后，我告诉贝格斯太太我必须告辞了。然而她却坚持临走前给我看一样东西。她在桌上放了一只模样破旧的纸板盒——有鞋盒一半那么大小，显然十分“年迈”了，还用磨损的麻绳捆着。“这就是我最宝贵的财产了，”她一边向我解释，一边几乎是带有敬意地抚摸着盒子，“对我来说，它比皇冠上的钻石更为宝贵。真的！”

我估计，这破盒里也许装有什么珍贵的纪念品。是的，连我自己的手提箱里也藏有几件小玩意——它们是感情上的无价之宝。

“这盒子是我亲爱的母亲赠与我的，”她告诉我，“那是在1912年的某个早上，那天我第一次离家。妈妈嘱咐我要永远珍惜它——对我来说，它比什么都珍贵。”

1912年！那是四十年前——这比我的年龄的两倍还长！那个时代的事件倏地掠过我的脑海：冰海沉船“巨人号”，南极探险的苏格兰人，依稀可辨的第一次大战的炮声……

“这盒子已经历过两次世界大战了。”贝格斯太太继续说，“1917年凯撒的空袭，后来希特勒的轰炸……我都把它随身带到防空洞里。房屋损失了我并不在乎——我就怕失去这盒子。”

我感到十分好奇，而贝格斯太太却显得津津乐道。

“此外，”她说，“我从来没有揭开过盖子。”她的目光越过镜片好笑地打量着我：“您能猜出里头有什么吗？”

我困惑地摇了摇头。无疑，她最珍惜的财产当然是非凡之物。她忙着又给我倒了点热气腾腾的茶，接着端坐在安乐椅上，默默地注视着我——似乎在思索着如何选词来表达自己的意思。

然而，她的回答却简单得令人吃惊——“什么也没有，”她说，“这里头空空如也，什么也没有！”

一个空盒！天哪，究竟为什么将这么一个玩意当做宝贝珍藏，而且珍藏达四十年之久呢？我隐隐约约地怀疑起来，这位仁慈的老太太是否稍稍有点性格古怪？

“一定感到奇怪，是吧？”贝格斯太太说，“这么多年来我一直珍藏着这么一个似乎是无用的东西。不错，这里头的确是空的。”

这当儿我朗声大笑了起来——我不想再将此事刨根究底地追问个水落石出。

“没错，是空的。”她认真地说，“四十年前，我妈将这盒子合上捆紧，同时也将世上最甜蜜的地方——家的声响、家的气味和家的场景统统关在里头了。自此以后，我一直没将盒子打开过。我觉得这里头仍然充满了这些无价之宝哩。”

这是一只装满了天伦之乐的盒子！和所有纪念品比较，它无疑既独特又不朽——相片早已褪色，鲜花也早已化作尘土，只有家，却依然如自己的手指那么亲近！

贝格斯太太现在不再盯着我了，她注视着这陈旧的纸盒，指头轻抚盒盖，陷入沉思之中。

又过了一会儿——还是在那晚，我又一次眺望着伦敦城。灯火在神奇地闪烁着，这地方似乎变得亲切得多了。我心中的忧郁大多已经消失。我苦笑着想到：这是被贝格斯太太那滚烫的茶冲跑的。此外，我心中又腾起一个更深刻的思想——我明白了，每个人离家时总会留下一点属于他的风味；同时，就像贝格斯太太那样，永远随身带着一点老家的气息，这也是完全办得到的。

与你共品

乡愁的寄托有很多种，可寄托于明月，可寄托于滚滚江水，也可寄托于南飞的大雁，可很少有人像小说中的老太太那样把乡愁寄托于一个装满家味的盒子。

初看觉得不可思议，可仔细一想，却深受感动。离家的人难免心情低落、伤感忧郁，因为闻不到家的味道，心里空荡荡。此时，如果任由乡愁蔓延，让乡愁成了我们离家后的主体，那生活将是一片黑暗。

每个人都需要情感上的寄托。情感的寄托看似虚无，但它却是一种强大的精神力量，可以让处于黑暗的人拥有一颗红火的心，可以给无处流放的悲伤一个出口，可以让人即使走在未知的道上也不至于迷失自己。

（宋苗兰）

她心想，眼下别无他法，只能找一艘救生船，或者找一个可信赖的男子，向他呼喊和求救，并要求他严守秘密。

裸　泳

［意大利］卡尔维诺/著　佚　名/译

在某海滨浴场洗海水浴时，伊佐塔太太遇上了一件麻烦事：当从深海游回岸边的途中，她突然发觉自己的游泳衣不在身上了。她弄不清事情是刚刚发生的，还是发生得有一阵儿了，总之，她穿的那件新比基尼泳装只剩下胸罩。可能是她臀部扭动时，扣子脱落，那个像布条一般的三角裤衩从另一条大腿滑了下去，也许正在她身下不远处往下沉呢，她试图潜入水中去寻找，但没有成功。

这是正午时分，海里四处都是人，有的在大赛艇上，有的在小游艇上，还有的在游泳。伊佐塔太太不认识任何人。昨天，她丈夫把她送到此地后立即回城里去了。她心想，眼下别无他法，只能找一艘救生船，或者找一个可信赖的男子，向他呼喊和求救，并要求他严守秘密。好在没有人怀疑她下身赤裸，因为她游泳时，决不把身子抬出水面，人们只能看见她的头和隐约可见的胳膊和胸部。这样，她就可以放心地去寻求救援了。

为了弄清别人的眼睛到底能看清她身体的多少，她时不时停下来，几乎垂直地漂浮着，以便窥视一下自己的躯体。她惊讶地发现，阳光照射在水面，又变成水下清澈的闪光，她躯体上的一切在水中纤毫毕现。她急忙拢住双腿，旋转着身体，试图不让自己的眼睛看到它，但这一切都是枉费心机。她腹部光洁的肌肤在棕色的胸部和大腿之间显得白皙、醒目，波浪的起伏和不时摇荡的海藻都不能混淆小腹以下部分的深色和浅色。伊佐塔太太重又以她那不伦不类的方式游动起来，尽可能压低身子，即便如此，每划动一下双臂，她那白皙的全身就显出来，轮廓清晰可见。伊佐塔太太心慌意乱，急忙变换游泳姿势和方向，夹紧双腿在水中打转。想不到她一向引为自豪的玉体现在却成了她的巨大累赘。

正午已过，是吃午餐的时候了，游泳者开始纷纷游向岸边。船只、游艇也不时从伊佐塔太太身边驶过。她研究船上男人的面孔，有时，她几乎下决心向他们游过去，但是，他们眼神那邪恶的一瞥，或者某种不友好的动作，都会吓得她逃之夭夭。她装作若无其事地划着双臂，冷静地掩饰着已经很严重的疲惫。结伴而行的男人扬扬下巴或使使眼色，互相示意她的存在，而单身男人则用一只桨刹住船，故意掉转船头，截住她的去路。她看见一个救生员经过，他是当做乘船巡视海面、预防出现意外的人，但此人嘴唇肥厚、肌肉凸鼓，她连喊一声的勇气都没有了。她幻想的救星应是一个最无个人情欲，几乎像天使一般纯洁的人，看来这样的救星是不存在的。

在绝望的幻想中，伊佐塔太太所盼望的救星一直是男的，却没有想过女的，虽然和女人打交道，一切都应该变得简单一些，但她与同性别的人交往太少。如今，还有一个不便之处：大多数女人都是和一个男人双双坐在小游艇上，她们忌妒心强，总是远离着她，因为她那无可挑剔的躯体对她们便是一种挑战。有的船只驶过来，上面满是唧唧喳喳、兴高采烈的少女们，伊佐塔太太想到自己那有伤大雅、有损声誉的困境与天真无邪的少女们在情趣上相距太远，因而没敢贸然呼喊她们。有一位皮肤晒得黝黑的金发女郎倒是独自坐着一只赛艇驶过来，她神气活现，一定是去深海作裸体太阳浴的，而她决不会认为这种裸露能算丢人或灾难。伊佐塔太太此时才感到自己是多么孤独，女人永远不会救她，男人又找不到，她感到筋疲力尽了。伊佐塔太太及时抓住了一个铁锈色的小浮标，要不然她会被淹死的。然而，从浮标那里游到岸边，要付出惊人的体力。

这时，她看到一个穿长裤的瘦削男人站在一条停驶的汽艇上向海里张望，站在原处的是一个满脸稚气的卷发男孩儿。伊佐塔太太用被水泡得起了皱、变得毫无血色的手指头抓住浮标的螺钉，感到自己被整个世界所抛弃。当她再次抬眼时，看见那个男人和小孩都一起站在汽艇上，向她打手势，似乎告诉她要老实待在那里，挣扎是徒劳的。随即，汽艇飞快地开走了，艇上的人头也不回一下。伊佐塔太太此时感到了末日的来临……不一会儿，汽艇又开回来，速度比刚才还要快，小男孩在船头扬起一条窄长的绿帆：一条连衣裙！

当汽艇停在她附近时，瘦男人向她伸出一只手拉她上船，同时用另一手捂住自己的眼睛。伊佐塔太太还没明白过来是怎么回事，便已经上了船。一切忽然间变得这么完美，寒冷和恐惧已被抛诸脑后，她的脸色很快从苍白变得通红。此时，她站在船上穿那条连衣裙，而男人和小孩则背过身去，眼望别处。汽艇开动之后，伊佐塔太太坐在船头，看到船底有一个潜水捕鱼的面罩，明白了这两人是怎样发现她的秘密的。刚才，男孩戴着面具，拿着鱼叉，潜水游泳时看见了她，便上船告诉了那个男人，男人又下水看了一遍，然后，他们示意她等待，不过，她当时没看懂。他们急忙向港口驶去，跟一个渔妇要了一件衣服来。伊佐塔太太心想，这两个人看到她现在穿着衣服，说不定脑子里正竭力回忆刚才在水下看她时的情景呢，不过，她并不感到难为情，反正总得有人看见，她倒高兴恰是被这两个善良人看见，他们一定会感到新鲜和愉快的！

与你共品

一个身材无可挑剔的女人，在深海里游泳时身上的泳衣却不翼而飞。这是多么尴尬的场景。海上大多数游客都袖手旁观，最后帮助她的竟是一对捕鱼的父子。

当女人在船上穿裙子时，父子“捂住自己的眼睛”“背过身去，眼望别处”，虽然只是简单的几个动作，却使两个善良而高大的形象瞬时跃于纸上。在他人落难时，他们并没有像别人一样恶意取笑，心存杂念，而是细心地为他人着想，既给予了帮助又保护了受助者的尊严。他们因善良而伟大。

在重物欲而轻道义的今天，善良显得尤其可贵。善良的心犹如太阳，照亮别人的幸福，也给自己带来快乐。就像法国启蒙思想家卢梭说过的：“善良的行为使人的灵魂变得高尚。”如果我们能保持一颗善良的心，我们的人生定会快乐很多，这个社会也会阳光很多。

（宋苗兰）

四月一个晴朗的早晨，少男为喝折价早咖啡沿原宿后街由西向东走，少女为买快信邮票沿同一条街由东向西去，两人恰在路中间失之交臂。

百分之百的女孩

［日］村上春树/著　佚　名/译

四月一个晴朗的早晨，我在原宿后街同一个百分之百的女孩擦肩而过。

不讳地说，女孩算不得怎么漂亮，并无吸引人之处，衣着也不出众，脑后的头发执著地带有睡觉挤压的痕迹。年龄也已不小了——应该快有 30 了。严格地说来，恐怕很难称之为女孩。然而，相距 50 米开外我便一眼看出：对于我来说，她是个百分之百的女孩。从看见她身姿的那一瞬间，我的胸口便如发生地鸣一般的震颤，口中如沙漠干得沙沙作响。

或许你也有你的理想女孩。例如喜欢足颈细弱的女孩，或者是眼睛大的女孩，十指绝对好看的女孩，或不明所以地迷上慢慢花时间进食的女孩。我当然有自己的偏爱。在饭店时就曾看邻桌一个女孩的鼻形看得发呆。

但要明确勾勒百分之百的女孩形象，任何人都无法做到。我就绝对想不起她长有怎样的鼻子，甚至是否有鼻子都已记不真切。现在我所能记的，只有她并非十分漂亮这一点。事情也真是不可思议。

“昨天在路上同一个百分之百的女孩擦肩而过。”我对一个人说。

“唔，”他应道，“人可漂亮?”

“不，不是说这个。”

“那，是合你口味那种类型喽?”

“记不得了。眼睛什么样啦，胸部是大是小啦，统统忘得一干二净。”

“莫名其妙啊!”“是莫名其妙。”

“那么，”他显得兴味索然，“你做什么了？搭话了？还是跟踪了?”

“什么都没有做。”我说，“仅仅是擦肩而过。”

她由东往西走，我从西向东去，在四月里一个神清气爽的早晨。

我想和她说话，哪怕 30 分钟也好。想打听她的身世，也想全盘托出自己的身世。而更重要的，是想弄清导致 1981 年 4 月一个晴朗的早晨我们在原宿后街擦肩而过这一命运的原委。里面肯定充满和平时代的古老机器般温馨的秘密。

如此谈罢，我们可以找地方吃午饭，看伍迪·爱伦的影片，再顺路到宾馆里的酒吧喝鸡尾酒什么的。弄得好，喝完说不定能同她睡上一觉。

可能性在叩击我的心扉。

我和她之间的距离已近至十五六米了。

问题是，我到底该如何向她搭话呢？

“你好！和我说说话可以吗？哪怕30分钟也好。”

过于傻气，简直像劝人加入保险。

“请问，这一带有24小时营业的洗衣店吗？”

这也同样傻里傻气。何况我连洗衣袋都没带！有谁能相信我的道白呢？

也许开门见山好些。“你好！你对我可是百分之百的女孩哟！”

不，不成，她恐怕不会相信我的表白。纵然相信，也未必愿同我说什么话。她可能这样说：即便我对你是百分之百的女孩，你对我可不是百分之百的男人，抱歉！而这是大有可能的。假如陷入这般境地，我肯定全然不知所措。这一打击说不定使我一蹶不振。我已32岁，所谓上年纪归根结底便是这么一回事。

我是在花店门前和她擦肩而过的，那暖暖的小小的气块儿触到我的肌肤。柏油路面洒了水，周围荡漾着玫瑰花香。连向她打声招呼我都未能做到。她身穿白毛衣，右手拿一个尚未贴邮票的四方信封。她给谁写了封信。那般睡眼惺松，说不定整整写了一个晚上。那四方信封里有可能装有她的全部秘密。

走几步回头时，她的身影早已消失在人群中。

当然，今天我已完全清楚当时应怎样向她搭话。但不管怎么说，那道白实在太长，我笃定表达不好就是这样，我所想到的每每不够实用。

总之，道白自“很久很久以前”开始，而以“你不觉得这是个忧伤的故事吗”结束。

很久很久以前，有个地方有一个少男和一个少女。少男18，少女16。少男算不得英俊，少女也不怎么漂亮，无非随处可见的孤独而平常的少男少女。但两人一直坚信世上某个地方一定存在百分之百适合自己的少女和少男。是的，两人相信奇迹，而奇迹果真发生了。

一天两人在街头不期而遇。

“真巧！我一直在寻找你。也许你不相信，你对我是百分之百的男孩。从头到脚跟我想象的一模一样。简直是在做梦。”

两人坐在公园长椅上，手拉手，百谈不厌。两人已不再孤独。百分之百需求对方，百分之百已被对方需求。而百分之百需求对方和百分之百地被对方需求是何等美妙的事情啊！这已是宇宙奇迹！

但两人心中掠过一个小小的，的确小而又小的疑虑：梦想如此轻易成真是否就是好事？

交谈突然中断时，少男这样说道：

“我说，再尝试一次吧！如果我们两人真是一对百分之百的恋人的话，肯定还会有一天在哪里相遇。下次相遇时如果仍觉得对方百分之百，就马上在那里结婚，好么？”

“好的。”少女回答。

于是两人分开，各奔东西。

然而说实在话，根本没有必要尝试，纯属多此一举。为什么呢？因为两人的的确确是一对百分之百的恋人，因为那是奇迹般的邂逅。但两人过于年轻，没办法知道这许多。于是无情的命运开始捉弄两人。

一年冬天，两人都染上了那年肆虐的恶性流感。在死亡线徘徊几个星期后，过去的记忆丧失殆尽。事情也真是离奇。当两人睁眼醒来时，脑袋里犹如D·H劳伦斯少年时代的储币盒一样空空如也。

但这对青年男女毕竟聪颖豁达且极有毅力，经过不懈努力，终于再度获得了新的知识新的情感，胜任愉快地重返社会生活。啊，我的上帝！这两人真是无可挑剔！他们完全能够换乘地铁，能够在邮局寄交快信了。并且分别体验了百分之七十五和百分之八十五的恋爱。

如此一来二去，少男32岁，少女30岁了。时光以惊人的速度流逝。

四月一个晴朗的早晨，少男为喝折价早咖啡沿原宿后街由西向东走，少女为买快信邮票沿同一条街由东向西去，两人恰在路中间失之交臂。失却的记忆的微光刹那间照亮两颗心。

两人胸口陡然悸颤，并且得知：

她对我是百分之百的女孩。

他对我是百分之百的男孩。

然而两人记忆的烛光委实过于微弱，两人的话语也不似十四年前那般清晰。结果连句话也没说便擦身而过，径直消失在人群中，永远永远。

你不觉得这是个令人感伤的故事么？

是的，我本该这样向她搭话。

与你共品

这是一个关于现代都市小人物宿命的伤感故事：男孩和他十几年前的百分之百女孩不期而遇，本该与她搭话，却因为找不到搭话的理由而任由女孩与自己永远地擦身而过。

小说构思奇特，读过小说的我们，仿佛也切身地经历了这一个奇特而感伤的故事。年轻时的我们敢于争取自己的“百分百女孩”，却不懂得珍惜；不再年轻时的我们懂得了人生的无奈，可我们的“百分百女孩”却早已不复当年，加之道德和面子的压力，我们不再敢于追求，只能给自己留下孤独和无奈。人生的得与失，命运仿佛早已为我们安排好。

有的人喜欢凡事归结于宿命。或许，命运真的是与我们相伴相随的，但是，这并不能成为我们不反省、不思进取的理由。在任何时候，只有勇敢地把握住机会并珍惜，人生才不会有遗憾。

（宋苗兰）

说着，母亲拿出一角钱，找回来两分钱硬币，就仿佛是赚了两分钱一般感到高兴。直到催藤二回家，他还在玩弄那盒子里的新陀螺。看起来，是十分爱惜的样子。

两分硬币

［日］黑岛传治/著 佚 名/译

那是流行玩陀螺的季节。弟弟藤二不知从哪里找到健吉玩旧的陀螺，用两只手掌挟住三寸扁头铁钉做的轴，使劲地搓。然而，因为他手上还没有多大力气，不管怎么使劲，那陀螺也只站着转那么几转，很快就倒下来。健吉从小就有股子钻劲儿，买了个陀螺，擦得溜光，还用根三寸铁钉把原来那根细铁丝般的轴替换下来。这样，就转得快，跟人家赛起来很少有敌手。因而，它虽是十二、三年以前用过了的旧东西，却依然连一条裂缝都没有，黑黝黝，沉甸甸，看上去木质煞是坚硬。原来是上了油，打了蜡。同如今在铺子里卖的比起来，那木质就好得多了。可是，陀螺越重，对年幼的藤二来说就越难转动。他在廊缘上搓了半天，也总是转不灵。

“妈妈，买根陀螺绳儿嘛。”

藤二缠起妈妈来了。

“问问爸爸看，叫买不?”

“说行哩。”

妈妈对所有的事情都很小器，一个原因是家里的日子难过。尽管是答应给买了，还要把堆房翻腾一遍，看清楚是不是还有健吉玩旧的绳儿。这沿河的小村庄的孩子们，都聚集到庙门前去，把新绳儿缠在新陀螺上使它转动起来，两个人一组撞陀螺，比输赢。孩子们把这种玩法叫做“撞嘎嘎”。缠好绳儿使劲一抽把陀螺撒出去，就飞快地转动起来。两个人一起撒，轮流让自己的陀螺去撞对方的，直到一方的陀螺停止转动，先倒下来的就算输了。“瞧，光俺一个人用这样又黑又旧的陀螺呢。也给俺买个新的陀螺吧。”

藤二缠着妈妈。

“陀螺，不是有一个嘛，不买也行了。”

“这个，瞧，不都这么黑了吗？……人家都是新的！”

“净说傻话，这个陀螺还不好？”健吉说，他深信自己从前用过的陀螺好，同时总觉得舍不得拿钱给弟弟买新陀螺。

“嗯。”

原来，藤二是哥哥说啥都相信的。

“这个陀螺好呀，不信跟他们比比看。能够打败它的陀螺，谁也不会有的。”

说到这里，陀螺用旧的，算是说通了。可一到跟妈妈两个人去买绳儿时，藤二却又贪婪地摸弄起铺子里装在木盒中的涂得红红绿绿的新陀螺来了。

“阿藤啊，不要那么摸人家铺子的东西呀，都给弄脏了。”

母亲边请杂货铺的老板娘拿出绳儿来看，边嘱咐藤二说。

“不不，摸摸也不妨事的。”

老板娘和气地说。绳儿一共有几十条，都剪得一般长，其中只有一条比起别的来短那么一尺左右。那是按尺码量着剪下来，最后剩了那么一条不足尺码的。

“多少钱一条哇？”

“一条一角钱呀，那条短的就算您八分钱吧。”

“算八分钱……”

“是啊。”

“那么，这条短的就好了。”

说着，母亲拿出一角钱，找回来两分钱硬币，就仿佛是赚了两分钱一般感到高兴。直到催藤二回家，他还在玩弄那盒子里的新陀螺。看起来，是十分爱惜的样子。然而，却也并没有硬逼着给他买，就跟着母亲回来了。

邻村庙前的广场上，来了串乡的摔跤班子。孩子们都结伴去看热闹。藤二也想去，但是正赶上收割稻子大忙的节骨眼儿上，而且牛棚里上了轭的牛，也正拉磨磨粉，团团地围着中间的柱子打转，得让藤二看着。

“连看牛都讨厌，那该怎么办呀！”不知怎的，藤二讨厌看牛。他把绳儿拴在牛棚房檐下的柱子上，两只手摇住绳头儿用力捆着。

“那么，你就去赶麻雀吧？”

“不。”

“你这么任着性子怎么行啊，粉得磨，麻雀又会来吃稻子！”妈妈带着生气的口吻说。藤二似乎在跟柱子拔河一样，转过身子去拉绳儿，过了一会儿，低声说：“大伙儿可都去看摔跤的了！”

“像咱家这样子的穷棒子，哪儿能够去干那样的事啊！”

“嘿！”藤二失望地喊着，还是一个劲儿地抻着绳儿。

“那么抻，绳儿可要折了。”

“哼，比人家的都短呀！”

“抻也长不了——那么捆要摔到后面去的呀！”

“嘿，一抻就长了。”

这时候，爸爸回来了，盯着藤二说：“阿藤，你嘟囔什么呀！”

“瞧，这不是挨说了吗？——喏，看着牛啊。”

妈妈乘机安顿好就下田去了。爸爸把小麦倒在漏斗里，看清了温顺的牛正在望着人脸，慢腾腾地拉着磨，就出去了。藤二自从买了陀螺绳，到孩子们中间去转陀螺，就慢慢发现自个儿的绳比别人的短很多。这使他感到不开心。把绳儿的一头并齐，一比，他的绳儿比谁的都短。他才六岁，跟上了学的大孩子搞“撞嘎嘎”就总是输。他觉得绳儿短，再比还是要输的。于是，他以为揪住绳儿的两头一抻就会变得跟别人的一样长了，所以他总是不断地抻绳。他一面看着牛，把绳套在中间的柱子上，揪住两头用力抻，嘴里仿佛在念叨着：“绳儿啊，长长了吧。”

牛就在他身后团团地转着。

健吉正在割稻，看到摔跤的许多孩子成群结队地回来了。他们归途中，到处停下来玩着陀螺。后来，一家三口人又割了一会儿稻子，眼看太阳就要落山，才担着稻捆回家来了。

“牛棚里怎么一点儿动静都没有哇？”

“嗯。”

“藤二上哪儿去玩了吧？”妈妈放下稻捆走上前去往牛棚里一瞧，吓了一大跳，颤抖着叫了起来：“阿健啊，快来！”健吉扔下稻捆，赶忙跑过去，发现看牛的藤二，一手握着陀螺绳儿，躺在阴暗的牛棚里，脖颈断了，满头是血。黄牛呆呆地背着轭站在那里，仿佛是在守护着孩子。夕阳穿过竹窗棂，照着黄牛的眼珠。一两只苍蝇在黄牛身旁嗡嗡地煽动着翅膀……“畜生！瞧你干的好事！”黄牛吓得口吐白沫，在牛棚里跑来跑去。牛轭打烂了，六尺扁担也打断了。从那以后，三年过去了。

“那时候，叫他去看摔跤就好了！”

“不给他买那么短的陀螺绳儿就好了，可是——他是把陀螺套在柱子上用力抻，一只手抻脱，栽倒在地上，给牛踩死的。不给他买那根短绳儿就好了，可是——省下两分钱又顶什么用啊！”妈妈一想起藤二，就这么叨咕起来；直到如今，还要流泪哩。

与你共品

小器的母亲为了省下两分钱硬币，给孩子买了一条短一截儿的陀螺绳儿，她绝对想象不到，因为她这个错误的决定，葬送了孩子年幼的生命。

这是一个值得深思的悲剧。可究竟谁是罪魁祸首？吝啬的母亲？踩死孩子的牛？抑或孩子的年幼无知？是贫穷夺走了孩子年幼的生命和美好的童年！对于孩子来说，或许他们并不理解贫穷的含义，但他们却渴望拥有一份完整的童年。作为关爱儿女的父母，或许应该多用宽容和理解的目光去看待孩子的世界，不要过早地把贫困的重负压在他们的身上。

节俭是一种美德，但不应因为节俭而夺走孩子的童年和体味生活的乐趣，否则将有可能因为节俭而导致终身的遗憾。节俭也是一种艺术，也需要智慧。

（宋苗兰）

陶柏蒙茫然地点点头，他盯着那个孤零零的人出神；“那个人这么穷苦，还肯把仅有的钱用来喂鸽子，那些鸽子信赖它们的穷施主……”

鸽　子

［美］欧·亨利/著　佚　名/译

陶柏蒙锁上公文包的时候，感到口干舌燥；他颤巍巍地伸手入袋，掏出香烟，觉得手在发抖。

他站到窗口，俯视窗外中央公园的一片新绿；点燃一支烟，深深地吸了一口，内心的紧张稍微缓和了一些。他那疲惫的蓝眼睛，惶惑不决地注视着那个公文包，公文包里正装着他的命运。虽然他心里仍然矛盾，但是他到底还是那样决定了。片刻之后，他就将提着那个公文包，悄然离开这间办公室，一去不再复返。但是，他真不能相信，个人五十四年来的信誉，即将就此毁于一旦。因此他取出飞机票来，困惑地审视着。这是一个周末的下午，办公室里静寂无声。陶柏蒙的视线，迟缓地从大写字台移向红皮沙发，然后经过甬道、外室，停驻在魏尔德小姐插瓶放在桌上的一束玫瑰花上。魏尔德小姐将和许多其他的人们一样遭受破产，这束玫瑰花，亦将被弃置于垃圾堆中。这似乎太霸道，太残酷，但是，有什么比自保更重要呢？即使是玫瑰，也长出刺来保护自己！他知道魏尔德小姐在爱恋着他，而且竭尽一个四十岁未婚女性的可能，在深深地爱恋着他，她供职于陶柏蒙信托公司已经十二年了。虽然他和她之间不会热络交谈、缱绻蜜语，但从她的眼波中，从她羞涩的神情里，从她的行动举止上，她的心思已经很自然地流露出来。她的相貌并非不动人，所以在他们单独相处的时候，对陶柏蒙是一个诱惑。但是，他却不想放弃自己宁静的独身生活……

他陷于沉思之中，不经意地把桌上的日历翻到了下礼拜，忽然间他从沉思中觉醒过来，发觉到刚才这些无意识的举动。他长长地叹了一口气，提起公文包，整整衣冠，悄悄走过玫瑰花旁，出门去了。飞机要六点钟才起飞。正是醉人的春天，公园里的景致，灿丽锦簇。陶柏蒙决定在回家准备行李之前，先散散步，浏览一下悦人的美景。春阳透过丛林，疏落的影子交相辉映。明天抵达里约热内卢之后，开始新的生活，往后的享乐多着呢！虽然到南美去颐养天年是他的毕生大愿，但却不曾想到这个愿望竟会实现得这么快！这完全是医生为他决定的，他回想起医生对他说："一切取决于你自己如何调养，享乐优裕，也许还能多活几年。"

他顺着公园漫步，手指被沉重的公文包勒得有些疼痛，但是心情却并不紧张；他和蔼地对一个巡逻警察古怪地笑笑，甚至想要拦住他，而且告诉他："警察先生，我实在不如我的外表一般值得别人尊敬，我是个拐骗六百家客户的经纪人。我自己也和别人一样，对于我自己的行径感到惊奇，因为我一向诚实；但是，我在世之日已经无多，公文包里的钱财足够我做最后的享用。"

路过一处玫瑰花丛，他又想起了魏尔德小姐。记得是在两个月以前，她怯怯地交给他一张三千元的支票，"陶柏蒙先生，请你把这笔款子替我投资好吗?"她忸怩地说，"我觉得我早就应该托付给你了。储蓄存款比较起来是最可靠的，而且自一九二九年以来，我一向对股票证券不大信任。"

"魏尔德小姐，我很愿为你效劳，"他内心暗暗得意，"但是，你既然不信任证券，为什么又变了主意呢?"她低下头，羞答答地不作声，停了半晌才说："是的，我在这里服务已经很多年了，亲见你为别人赚了许多钱……"

"你总该知道，这种事情多少有些冒险性，万一有个三长两短，你真准备承受吗?"

"我相信托付给你是不会有什么不妥的，"她看看他，爽直地说："万一不幸，我也不会有二话的。"

他提提精神，继续向前走去，远处，哥伦布广场已经隐隐在望了。忽然，他看见路边蹲着一个人，那人的年纪，和他自己不相上下，也许比他还稍稍大一点。头上蓬着苍苍白发，衣衫褴褛，补丁斑斑。陶柏蒙放缓脚步，许多野鸽子正围绕着那个人飞舞，争着啄食他手上的花生，在他怀里，还露出花生袋子。从侧面看去，那个人很和蔼，很慈祥，但是满面皱纹斑驳，想是历经风霜使然。他看见陶柏蒙正在看他，就说："可怜的鸽子哟！它们经过了漫长的严冬，自从飘雪以来，它们早就被人们遗忘了；我只要能买得起花生，不论气候多么恶劣，我都必定会来的，因为我不愿意让它们失望。”

陶柏蒙茫然地点点头，他盯着那个孤零零的人出神地想：“那个人这么穷苦，还肯把仅有的钱用来喂鸽子，那些鸽子信赖它们的穷施主……”

这个念头激起他五十四年来清白无疵的自尊心，使他心头一惊。他忽然看见那些鸽子变成六百家嗷嗷待哺的客户，其中有几家是孤苦无依的老寡妇，靠亡夫留下的一点薄产，节衣缩食地活着，其中有一只鸽子是魏尔德小姐。而他，就是那蹲在路边喂鸽子的人，至少在今天以前的那些日子里，他就正是这样一个人物。但是，他不但从来不曾衣衫褴褛，而且一向丰衣足食！羞恶之心，不禁油然而生。他回过头来，跑回公司；虽然他的心里还有一个声音在讥嘲他重投樊笼，为人役使，太不聪明；但是他的意念趋于坚定，不再为邪恶的企图心所撼动，心志固如金汤磐石一般。他面对着桌上的日历，衷心喜悦；也许这是一个好预兆。他不应该毁灭自己一生的名誉；他为那个喂鸽子的人祝福，因为那个人把他从噩梦中拯救出来，使他及时省悟，悬崖勒马。到南美去，并不就是可行的休养办法；如果能得到爱人的悉心服侍，也可以延年益寿的。他要从头拾起那位爱玫瑰的人给予他的爱，他得到一个新生的机会。这时，那个喂鸽子的人还在公园里；他茫然地环视四周，回过头来，看见一只肥美的鸽子正在他掌中吃得高兴；他熟练地把它的脖子一扭，把花生揣进怀里，然后站了起来。

“朋友们，很抱歉！”他对四散飞舞的鸽子们温和地说：“你们知道，我也需要果腹呀！”

与你共品

这是一次艰难的心里路程，是主人公面临的一场良知和责任的考验。

文章采用大量的细节和心理描写体现了主人公的挣扎和反思，而标题“鸽子”也极具象征意义，可以说是它们挽救了一个即将弃个人名誉和社会责任于不顾的人。但归结起来，一个人面对错误时的幡然悔悟，还是源于他内心深处的怜悯心和责任感。正是这些强大的内心动力，才使得人们在关键时刻能够悬崖勒马，做出正确的选择。

人生是由很多迷途组成的，面对迷途和疑惑，我们都需要强有力的精神来支撑和指引，这就是根植于心的责任感。

（王孝一）

我们的关系确实不错，但它最重要的部分却是妒忌。我向你坦言，我始终在妒忌你，因为你使我感到不安全……你总是在最后胜我一筹……

一个女人的告别信

［印度］拉什米塔·巴塔查吉/著　佚　名/译

亲爱的里卡：

尽管我们相识已经15年多，但在我前往悉尼之前，有些事情还是想和你聊聊。不过，这些事情当面不好说，只有写信才能把真情完全告诉你。

什么真情——关于你和我、我们的关系、我们的友情、关于我们永恒的契约。里卡，我再也承受不了这些重负。

我们的关系确实不错，但它最重要的部分却是妒忌。我向你坦言，我始终在妒忌你，因为你使我感到不安全……你总是在最后胜我一筹……

从我们的学生时代，你就总是名列第一，我第二。如果我的英语比你好，你就在数学上超过我……无论我怎么努力，你的分数总是比我高……期末，高什老师总是自豪地宣布，“今年的第一名又是里卡。”尽管我假装为我最好的朋友高兴，可你知道这对我是多大的伤害。

你网球得冠，我游泳第一，但人们总是欣赏你的努力；你皮肤比我白，但我个子比你高。然而，人们总是喜欢你。这是为什么，里卡？我怎么就超不过你？

即使在开放的今天，为什么每个人都喜欢像你这样的内向者？我相信我妈也希望我比你更内向。最使我不能理解的是拉胡尔选择了你，而没有选择我。我实在忍受不了这种打击。应该说，我对拉胡尔的爱不下于你。

我决定要报复你——无论如何，我要战胜你。我抓住了上天给予我的第一次机会。当拉胡尔需要帮助时，我及时向他伸出援助之手。我们在接触中关系逐渐密切，后来变得越来越暧昧。从我来说，是有意那样做的，因为我想伤害你。

你感到了拉胡尔对你的不忠。看到你难过的样子，我很惬意。我和拉胡尔在一起非常开心，想到你孤零零一个人在那里伤心，我就有一种满足感。不要以为我是一个残酷的人——我只是想以其人之道还治其人之身。

然而，我还是感到我要失败。这一次，我将失败于你的自信，失败于你对拉胡尔回到你身边的坚强信念。毕竟还是你有优势——你是他的妻子，我是他的情人。你第一，我第二。

但上个星期，我怂恿拉胡尔与你离婚，好同我在一起。我还许诺放弃我在悉尼的工作机会，留下来不走。一切都已决定——他将把这一决定告诉你，他会说如何选择我而放弃你，我是怎样在最后战胜了你。

可这是真正意义上的胜利吗？我始终是他的第二选择，他先选择的是你，我恨“第二”这个词，因为从上学时我就一直处于这个位置。不，我再也不想做你的第二了，里卡。

不过，里卡，尽管这一次我得到了拉胡尔，赢了你，但我不会接受他，我要把他还给你。你把你得到的拉胡尔输给了我，我是最终的胜者，因为是我主动把我的所得放弃了。没错，里卡，最终是我赢了，你输了。

我们可能永远不会再见。所有这些年我都在妒忌你，但现在我们扯平了。我有一种极大的放松感，再也没有妒忌，再也不感到难受……

你现在真正的朋友拉吉

与你共品

几乎每个人身边都有这样一个夙敌式的人物，他只比你好一点，或许只是你感觉他比你好一点。

小说以书信体的形式将主人公微妙复杂的心绪娓娓道来，主人公有很强的挫败感，这种挫败与其说是来自朋友的优秀，不如说是来自自己的自寻烦恼。读者从文章中不难看出，其实，主人公和她的朋友一样优秀，各有所长。嫉妒的人常自寻烦恼，自己给自己假想了一个敌人。在我们以为自己输的时候，我们没输；在我们以为自己赢的时候，我们往往也没赢。

让可笑的嫉妒之心远离我们吧，对他人的宽容也是对自己的恩赐，以正面的心态对待他人的优秀，只有这样，才能真正激励自己，弥补不足。

（王孝一）

临行的前一天，爸妈都在店里忙着，我带着小提琴到了艾瑞的乐器行。老艾瑞从里面走出来，眼睛闪着像鹰隼般锐利的光芒。我把琴盒打开，向他展示我的提琴。

沙那罕名琴

［美］保罗·琼琪/著　佚　名/译

在我的一生之中，麦克舅舅的那把小提琴一直被视为持家的宝贝，在我离家求学之前如此，甚至那次以后它的地位也从来没有改变。大部分的家族都有诸如此类的“传家之宝”，一把剑、一幅画或者是一个人形杯。不论是什么，它都是这个家的象征。只要它一天存在，这个家就有其维系的力量。我最早的记忆是在麦克舅舅第一次让我亲睹小提琴的时候。他掀开破旧的黑盒子，那把提琴躺在华丽耀眼的绿色天鹅绒里。

“现在，你可以说真正看过一把名琴了。”

他严肃地说，并且让我从提琴两侧“f”形的洞中看到里面已经褪色的标记——“格里摩那（意大利城市，以制作小提琴闻名）安东纽斯·史塔拉第瓦里斯（著名之小提琴制作家族）名琴”。

“这是一把顶尖的乐器。”

他说，一面把提琴放在颊下，演奏了一小段盖利·欧文的作品，然后又把它放回琴盒里。饭厅里有一个放瓷器的小橱子，上面正是那把小提琴的安身之处。事实上，麦克舅舅不算是什么音乐家，而是水利局的职员，一位在附近广受尊敬的、沉默的长者。他偶尔的演奏，只有在爱尔兰人固定跳舞的那几个晚上，或者是那几天，才得以见识。舅舅可以说没有小提琴的天分，而他自己也有自知之明。是他父亲把小提琴传给了他。不费思索地，他父亲自然又得自他祖父之手。依此类推可以溯源到最早把小提琴从意大利带到科克来的老祖宗。麦克舅舅的妹妹，也就是我的母亲，是一个了不起的女人，然而她总是喜欢把事情往最坏的地方打算。她常说，对于苦难的遭遇，她见识过太多了。

然而这些话并没有发生太大的作用，因为我的父亲，相反地，一向非常乐观。就因为如此，我家一直有两股互相平衡的力量。父亲是一个糕饼师傅，一个非常优秀、刻苦勤奋的德裔美国面包匠。他孜孜不倦地工作，一直到自己拥有一家面包店；等他有了自己的店面以后，往往又会想把事业朝更大的地方去扩展。这件事一直困扰着我母亲。她老是担忧着父亲的那些远大的创业计划，害怕有一天我们会债务缠身而导致丧家毁业。在她的眼中，向别人借一毛钱不但是一种耻辱，甚至是一种可怕的危险。

父亲最大的冒险是在亚撒斯街开店的那一次。房子前半规划成别致的面包店，后半装潢上镜子、大理石台桌和大型吊扇以后辟为冰激凌店。在描述这个计划的时候，我父亲口沫横飞，兴致勃勃。但是一看到母亲那张愈拉愈长的脸，他的热情就冷却了一半。

“我跟你说，玛丽，根本没有什么风险，”父亲说，“只不过是在贷款契约上签个字而已!”

“要贷款多少?”

“三千块。如果顺利的话，两年之内我可以还清。我跟你说，那个地方真是一座金矿啊!”

"但是，万一房子被抵押了，"母亲哭丧着脸说，"我们会流落街头，变成乞丐啊！查理。"

那天我们很早就吃过晚餐，全家都坐在餐桌旁边。我在一个角落写家庭作业，舅舅在左边看晚报。此时，他取下眼镜，合上报纸。

"听我说，没有比争执的双方各持一理而相持不下更糟糕的事。我想，也许我能解决这个问题。"

他站起来，把瓷柜上面的小提琴取下来。

"我听说这种牌子的小提琴可以卖到五千块钱。把它拿去卖了吧！查理。"

"哦！麦克！"母亲说。

"我不能这么做，麦克。"父亲说。

"如果你急着用钱，"舅舅对父亲说，"可以在老艾瑞关门之前送去给他。"

说完之后，他戴上眼镜，重新又摊开报纸。我发现他的手微微地在颤抖，可是他的声音却十分坚持。

"反正我也老了，不能再去动它了。"

因此，父亲就挟着那把提琴出去了。我们则坐在原处等候回音。艾瑞的乐器行就在离我家三条街的地方。记得当时我正在解一个习题，一直找不到答案。舅舅继续看他的报纸。母亲则在一旁做她的针线活儿。不久门口传来父亲的脚步声。他踏着快步，一面还吹着口哨。我们认定现在一切应该都妥当了。意外地，他进来的时候，手里却仍然提着那个琴盒，而他做的第一件事竟是把它放回原处。

"这样看起来好多了。"他说。

"你没有把它卖了？"舅舅问道。

"正当我要敲艾瑞的店门的时候，"父亲说，"我忽然想到，为什么我们要卖了它呢？把它放在那上面，就好像一座里面有五十张百元大钞的保险柜一样。有了它，三千块钱的贷款对我们就不会构成威胁了，对吗？玛丽。万一我们还不了钱，真的到了不得已的时候，只要走三条街问题就解决了嘛！"母亲立刻绽放出笑容，"我好高兴哦！查理。"

"这还蛮有道理的，"舅舅平心静气地说，"如果真是这样，我现在决定要正式宣布：在我的遗嘱中，小麦克是这把提琴的继承人。即使他仍然对小提琴一窍不通，日后仍可以供做他上大学的费用。"

后来，贷款的偿还并没有发生问题，虽然比父亲预定的期限晚了三年。我上了高中以后，下午就在店里帮忙。至于上大学，仍被认为是理所当然的事。高中毕业那一年的夏天，舅舅驾鹤西归，他的小提琴就到了我手里。当时我准备进入工程学院就读，虽然家里的收入还无法供给我足够的费用，然而瓷柜上面的琴盒却使我深信一切都不成问题。

“学校里不是应该有工读的机会让你半工半读吗?”有一个晚上，我们在搓面团的时候，父亲问我。我告诉他，学校的确有提供那种帮助。

“我想那样最好,”父亲说，“我在你写字台的抽屉里放了一个信封，里面有二百块，就搁在领带底下。这样你就可以开始你的学业了。你知道的，那把小提琴对你妈有很特别的意义。”

他说得没错。可是母亲更担心的是我就要赴异地求学这件事，而坚持我不应该过分劳累去工读的也是她。她说过，小提琴是属于我的，况且麦克舅舅当初的意思也是要用它来供我完成学业。临行的前一天，爸妈都在店里忙着，我带着小提琴到了艾瑞的乐器行。老艾瑞从里面走出来，眼睛闪着像鹰隼般锐利的光芒。我把琴盒打开，向他展示我的提琴。

“这个值多少钱?”他拿起小提琴，把它靠在厚厚的眼镜边缘。

“二十五块到五十块之间，这要看是什么人出价。”

“怎么会呢?它不是一把史塔拉第瓦里斯名琴吗?”

“它的确有这么一个标记。”

他心平气和地说，“许多小提琴上面都有，可惜都不是真货。从来就没有一把真货!你这把大概有一百年的历史，可是，请恕我直说，它不是一把顶好的货色。”

他十分仔细地瞧着我，然后说，“我曾经看过这把提琴。你是不是查理·安格鲁的儿子?”

“是的!”我简单地回答。当然，我没有把它卖了。我把它带回家，放在我的房里。晚餐的时候——那是我临行前最后的一次晚餐了，当母亲的眼光瞟到瓷柜上面的时候，她吓了一跳。

“小提琴!”她用手按着胸口，“你把它卖了?!”这时候父亲的脸上流露出一种忧虑的表情。我摇摇头，“我把它和行李一起搁在楼上,”我回答她，“我想把它摆在学校的寝室里面，这样也有个东西好让我想起家里啊!”母亲这时候便转忧为喜。

“除此之外,”我接着说，“带着它，你也可以放心多了。如果我急需要用钱，它就好像一个装满钞票的琴盒，可以派上用场。对吗?老爹!”“对的!乖儿子，对的!”父亲说。他的眼睛却一直故意瞧着其他的地方。

与你共品

维系一个家庭靠的是一种信念，而信念的背后是家庭成员的爱和承担。

小说巧设悬念，在读者都以为这把“价值不菲”的琴会卖个好价钱时，小说峰回路转，真相亮在读者面前，原来一直都是爸爸的一片苦心。很多时候，打败我们的不是现实的困境，而是内心的无所依托和软弱，所以，我们始终需要一把这样的信念之琴，支撑我们无畏地走下去。

纵是大海掀起风浪，纵是天空乌云密布，纵是道路布满荆棘，都不可怕。只要你有爱的支撑，有坚实的信念，总会有雨过天晴的一天。

（王孝一）

一天，巴奇斯特公爵夫妇前往公园散步，他们看到昔日的旧居除了大门口的那个考林辛式门廊外已荡然无存了。

考林辛式门廊

［法］莫洛亚克/著　佚　名/译

巴奇斯特公爵夫妇婚后40年来，一直居住在花园小街的一幢宅邸里。可是，自从战后，他们的生活变得拮据起来。因为他们投资失利折了本，而且一个儿子在战争中阵亡，他的遗孀和子女都要靠他们供养。此外，1英镑的收入要交纳5先令的所得税。面对这样境况，巴奇斯特公爵不得不承认他已无力同时保留苏塞克斯和花园小街的两幢宅邸。他犹豫再三之后，终于下决心向夫人倾诉自己心头的积郁。很久以来，他一直担心这会使她不快。30年前，他们夫妻之间经常发生龃龉。不过，暮年使他们平息了争执，变得互相宽容和体贴了。

“亲爱的，”他对她说，“我感到很不安，因为，我考虑到只有一个办法才能使我们不失体面地了此残生，此外，别无良策。可是，我知道这办法会使你很心疼，不知你肯割爱不？当然，我听凭你的选择，采纳和反对都行。情况是这样的：毗邻公园的地皮不断上涨，已经非常值钱了。有个承包商需要我们这块插入他家地产之内的地皮。他向我提出个价钱，用这笔钱我们不仅可以在本区另买一座房子，而且剩余的部分还可以作为我们有生之年的保险金。不过，我知道你喜爱巴奇斯特宅邸。我也不愿意做任何使你不快的事。”

巴奇斯特太太同意丈夫的主意。数月之后，他们搬到了新居，新居离他们不得已而变卖的宅邸只有数百米远，旧宅邸在他们搬迁后，工人们开始拆除。每天，当巴奇斯特公爵夫妇出门路过旧居，目睹这座曾经是他们活在世上的最需要、最稳固的象征的宅邸被慢慢地拆毁时，心里总有一种难以言表的感觉。他们看到昔日的旧居被揭掉屋顶的时候，就觉得自己仿佛置身在风吹雨打的肆虐之下。正面的墙被推倒之后，巴奇斯特太太一看到已故儿子帕特里克的卧室和她自己40年来几乎朝夕相处的卧室像舞台上的布景一般暴露在观众的眼前时，心里就格外难受。

她伫立街头，注视着她卧室内那块黑色轧光印花布墙帷。从前，每遇到红白喜事或病魔缠身的时候，她总凝望着它，久而久之，这块印花墙帷在她看来变成了一幅描述她一生经历的图画，数月后，有件事使她大为吃惊。工人撕掉墙帷之后，露出了一幅日本水墨画。她早就把它忘却了，而现在它却以一种难以置信的力量使她迅速回忆起她和哈里·韦布的长期私通。多少个清晨，当她阅读从远东寄来的情书时，她一边凝望着画面上的日本房子，一边无止境在做着美梦。她曾深深地爱过他。他现在已晋升为哈里·韦布子爵，英王陛下驻西班牙的大使。

不久，雨水冲掉了这幅水墨画，又露出了另一幅花卉图，这幅画相当难看。可是，巴奇斯特太太回忆想起那是1890年她结婚时怀着爱慕的心情买来的。那时，她穿着蓝色哔叽长裙，戴着琥珀项链，试图模仿伯恩·琼斯夫人的风度，每个星期天，她总要到老威廉斯·莫里斯寓所去参加茶会。只要这幅残缺不全的花卉图还看得见，她每天总要三番五次地到旧居前走走，因为，这幅画使她回忆起青年时代以及她和巴奇斯特公爵热恋的那些日子。

后来，所有的墙都被推倒了。一天，巴奇斯特公爵夫妇前往公园散步，他们看到昔日的旧居除了大门口的那个考林辛式门廊外已荡然无存了。这情景既奇特又凄凉，因为孤独的门廊在这严寒的冬季，面对着成堆的乱石，孑然屹立在台阶的顶端。

巴奇斯特太太久久地凝视着从白色廊柱间疾驰而过的行云，然后，她对丈夫说：

“在我的记忆中，这座门廊与我和你一生中最痛苦的时刻紧密相联。有一件事我从前一直不敢告诉你。可是，现在我们都已到了风烛残年，因此也就无所谓了。那事发生在我热恋哈里，你追逐西比尔的时期。有天晚上，我去舞厅会晤从东京归来的哈里。我欣喜地盼望这次重逢已经好几个星期了。然而，哈里呢，他是为了定亲才请假回国的。那天晚上，他一直陪着一位姑娘跳舞，佯装没有看见我。回家途中，我一坐进马车，便禁不住泪痕斑斑，因而没有勇气立即去见你。我假装按门铃，待车夫走后，我斜倚在这座门廊的一根柱子上，啜泣了很长时间。当时雨下得很大。我寻思，你也一样，你心里思念的是另一个女人，我觉得我这一生全完了。这就是即将消失的这座小小的门廊在我心中勾起的回忆。”

巴奇斯特公爵怀着极大的兴趣和同情倾听完夫人的诉说后，一往情深地挽起她的手臂：“你知道我们现在该做些什么吗？”他说，“趁工人拆除门廊之前，咱俩一起去买束鲜花，把它放在这个台阶上，因为这座门廊现在成了你埋葬往事的坟墓。”

说罢，老两口来到一家花店，他们买了一束玫瑰花，把它放在考林辛式门廊的一根柱子下。翌日，门廊便消失了。

与你共品

巴奇斯特公爵夫妇年轻时感情曾出现裂痕，发生过许许多多的争执，暮年彼此间却变得十分和睦，这一大变化缘于宽容。

澳大利亚专业演讲者安德鲁·马修斯曾说过："一只脚踩扁了紫罗兰，它却把香味留在那脚跟上，这就是宽容。"宽容就像清凉的甘露，浇灌了干涸的心灵；宽容就像温暖的壁炉，温暖了冰冷麻木的心；宽容就像一只魔笛，把沉睡在黑暗中的人叫醒。

真正的友情、爱情与亲情，都与宽容息息相关。宽容是人与人和谐相处的桥梁。试着去宽容别人吧！该放下时且放下，人与人能宽容相处，我们的生活也将更加美好。

（林爱梅）

施瓦姆不由怒从心起，回答道："您敢冒昧地说这种话！您怎么会有这种想法？"

旅店之夜

［德］西格弗里德·伦茨/著　佚　名/译

夜班门房带点歉意地耸了耸肩："这么晚，您在任何地方都租不到单人房的。"

"好吧，"施瓦姆说，"我租下这个床位。只是那个我要与他在一个房间里过一夜的人，已经在房间里了吗？"

"是的，他已经睡了。"施瓦姆关上门，用手摸索电灯开关。突然，一个低沉有力的声音开始说话："住手，请您别开灯。如果您保持房间黑暗，那是帮我大忙了。"

"您在等我？"施瓦姆惊恐地问，然而他没有得到答复。

陌生人又说："您不要被我那副拐杖绊了，小心点，别摔倒在我的箱子上，箱子大约在房间中央。您沿着墙走三步，然后转身向左，再走三步，就能摸到床了。"

施瓦姆听从指挥，到了他的床铺前，脱了衣服，钻进被窝。

"顺便说一下，我姓施瓦姆。"

"您到这里来参加会议？"

"不，您呢？"

"不是。"

"因公出差？"

"不，不能这么说。"

“或许我乘车进城有非常特别的原因，每个人都有特别原因的。”施瓦姆说。一列火车正在附近的车站里调轨，地面震动着，睡着人的床颤抖起来。

“您想在城里自杀?”

“不,”施瓦姆说,“难道我看上去像自杀的样子吗?”

“我不知道您外表如何,”陌生人说,“天黑了。”

施瓦姆解释道：“我有一个儿子，先生，一个小淘气，是为了他我才乘车来这里的。”

“他住在医院里?”

“他身体健康，但他极其多愁，要是一个阴影落在他的身上，他就会做出反应。”

“那么他住医院了?”

“不!”施瓦姆叫道,“我已经说过，他各方面都健康。但是这个小家伙一副脆弱心肠，所以他受到了威胁。”

“为什么他不自杀?”

“真是的！您为什么提这种事？不，我的孩子是由于以下原因受害的：他总是一个人上学，每天早上他一定在一个道口栏杆那儿等候，直到火车开过来。接着他站在那里，挥手，使劲地挥手，然后绝望……”

“然后他上学。他回到家，就变得心烦意乱，不能做家庭作业，不想玩，不讲话。如今这种状况已有几个月了，整天这样。”

“到底是什么原因使他这样做呢?”

“您瞧,”施瓦姆说,“奇怪的是，孩子挥手，旅客中从来没有人向他挥挥手。他把这件事深深地记在心里，以致我和我的妻子极为担心。当然我们不能强迫旅客们这样做，不过……”

“您想通过乘早车向小家伙挥手来消除您孩子的伤感?”

“对。”施瓦姆说。

“小孩子与我们毫不相干,”陌生人说,“我甚至恨他们，由于他们的缘故，我失去了我妻子，她死于第一次分娩。”

“这使我感到难过。”

“您到库尔茨马赫去是不是?”

“是的。”

“坦率一点说，您不为欺骗您的儿子感到害臊?”

施瓦姆不由怒从心起，回答道：“您敢冒昧地说这种话！您怎么会有这种想法?”

他躺着思考了一阵，后来睡着了。

当他第二天早上醒来的时候，他断定只有他一个人在房间里了。他望了望钟，吓了一跳——离上午开的那班火车只剩 5 分钟了，在他赶到火车站时，检票口已经关上。

当天下午，他不能在城里逗留一夜，他垂头丧气地回到了家。

孩子给他开了门，兴高采烈地朝他扑了过去。用拳头敲打他的大腿，喊道："一个人挥了手！一个人长时间的挥了手！"

"用一根拐棍？"施瓦姆问。

"对，用一根棍子。他把手帕绑在棍子上，从窗户里伸出来，长时间地举着它，直到我看不见它。"

与你共品

小说中陌生人冷漠的形象随着他冷冰冰的话语而跃然纸上，但却在他做出富有暖意的挥手的举动后化为乌有，陌生人形象的转变既出乎读者意料之外又在情理之中，是小说中的妙笔。

在这个浮华的时代，有多少孤单的灵魂在渴望着爱与被爱，有多少寂寞的心灵需要别人的关怀？人生何其短，为什么让这些可怜的人受着这样的苦行？一个微笑，一个眼神，一个挥手，就能给予需要的人无限的希望，何必要吝惜、不舍呢？能给予别人帮助对我们而言是莫大的幸福。

社会需要唤醒每个人麻木的神经。记得雷锋曾经说过一句话，对待同志要像春天般的温暖，这句话同样适应这个年代，如果大家互相关心、互相帮助，少一点冷漠，多一点真情，那么世界就会越来越美好。

（林爱梅）

他们向上凝视着倾斜而陡峭的混凝土台阶。她的声音极平静。"往上走。"她说，"往上走。"

131 级台阶

［美］瑞·布拉德雷/著　佚　名/译

他叫她斯坦，她叫他奥利。

他们相遇在一个鸡尾酒会上。那年他 32 岁，她 25 岁。

他们俩在拥挤的人群中飘然前行，没有可停留与回避的地方，他们面对面地相互躲让了几次，然后都笑了。他冲动地抓住自己的领带，在她面前捻弄。她马上忍不住大笑起来，同时举手把脑顶的头发推成难看的流苏状，眨着眼睛，好像被击中一般。

“斯坦，”他大声叫道，认了出来。

“奥利，”她喊道，“你去哪儿了？”他们相互握住了对方的手，笑着。

“我知道一个地方，离这儿不到两英里。”她神采飞扬地说。

“那我们就去那儿吧！”他叫道。

他在她指定的地点刹住车。“我简直不能相信。”他自语道，“这就是那些台阶吗？”

“一共131级。”她走下车来，“来，奥利。”

他们向上凝视着倾斜而陡峭的混凝土台阶。她的声音极平静。“往上走。”她说，“往上走。”

他拾级而上，数着算着，每一次近乎耳语的计算，都使他的声音里多一分快乐。走到57级时，他已忘记了时间。他真想永远站在那里。

自从有了那台阶上的黄昏时刻，他们的生活中就充满了所有的人在美好爱情开始时都有的那种追逐嬉戏和愉快的欢笑。他们只是为接吻而停止欢笑，为欢笑而停止接吻。那一年，他们至少每月登一次那些台阶，登到中途时来一顿带香槟的野餐。他们发现了一件似乎不可置信的事情。

“问题在我们的嘴上。”她说，“我遇见你之前从不知道自己有一张嘴。你的嘴是世界上最奇妙的，这使我也觉得自己的也奇妙了。在吻我之前你吻过别人吗？”

“从来没有！”

“我也没有。竟是在那么一段漫长而没有嘴的日子里生活。”

“亲爱的嘴，”她说，“别再说话，吻吧！”但在那一年年底，他们发现了一件更不可置信的事：他在广告公司被安置在一个固定位子上，她在旅游局马上要出国。他们为以前都从未思量过此事而震惊。一个夜晚，他们坐在台阶上。她惨淡地说：“再见。”

“什么？”他问。

“我觉得我们再见的日子近了。”

他望着她的脸。“斯坦，你说过永远不离开我。”斯坦很动情地跪了下来。

“奥利，请把手给我，和我结婚吧！跟我去法国，我挣钱供你写出美国最伟大的小说。你只需带上手提打字机，一堆纸，还有我。说话呀，奥利，跟我走吧！”

“但，但……”他讷讷地说，“看着我们去地狱待一年，然后永远把我们埋葬吗？”

“你就那么害怕，奥利？难道你不相信我，不相信你自己吗？听着，这是我头一次也是最后一次求婚，奥利。我可以给你一分钟的时间去做决定，我的膝盖已经跪疼了。”

“快从地上站起来。”他无力地说，很窘迫。

“如果我这么做，那就是在离开这儿的时候。”她说。

“斯坦，”他吼叫。

她站了起来，双颊上挂满泪花。“现在，我得离开了。我们与众不同。我觉得我们的爱不会再来了。”她说。

“我走了，但每年我都会来这些台阶上，和我们初来的那个夜晚同时同刻。如果你来这儿，我会绑架你的，要么就是你绑架我。”

连续三年，他每年10月14日回到那些台阶去，但她不在。然后，他有两年忘了去。但第六年，他想起来了，在落日余晖中走去，并拾级而上，因为他看见台阶上有东西。那是一瓶很高级的香槟，系着黄丝带，上面还有一张纸，写着：“奥利，亲爱的奥利，这日子依旧没忘，只是在巴黎，嘴已不再是先前的那一张，我愉快地结婚了。爱你的斯坦。”

从此以后，他再也没有回去重游故地。

15年后他去巴黎旅游。一天下午当他正与妻子和两个女儿在落日中漫步香榭里舍大街时，他看见一个美丽的女人从大街另一头走来，陪着她的是一个非常庄重严肃的老头，还有一个漂亮的黑发男孩。他们擦肩而过，同样一缕笑意一瞬间浮现在两人的脸上。

他向她捻弄领结，她冲他把头发弄乱。

他们继续向前走，回头望去，那女人也同时转身。也许他听见了她嘴里默念的那句话：“再见了，奥利。”他也许没有听见，但只觉得自己的嘴在动，“再见了，斯坦。”

在10月的落日余晖中，他们沿着香榭里舍大街，朝相反的方向走去。

与你共品

小说中本应该是两条平行线的两个人，因为缘分而产生了交集。短暂的交集之后，他们却从此沿着更远的方向走，各走各的人生。现实中，相爱的两人总是很难做到长相厮守。

爱情和事业，在严酷的现实面前变成了鱼和熊掌，不可兼得。假如爱情和事业就像玫瑰和面包，你会选择哪一个？玫瑰会在短时间内成为最美最艳的花，但当它凋谢了，又有几个人会记得它曾经的美？面包也许一般，但却是必须的，因为只有在物质满足的情况下，才会有爱情的出现。

爱情与事业，一个是精神，一个是物质，孰轻孰重，因人而异。然而真正的爱情就如暴风雨中的海燕，能勇敢迎接现实的挑战。

（林爱梅）

第六辑

情深意长

每天，他们早晨分手，晚上相见。一星期过去了，迪莉娅带回家15美元。她却显得有些疲惫。

爱的磨难

［美］欧·亨利/著　佚　名/译

乔从中西部来到纽约，梦想当画家。迪莉娅从南部来到纽约，梦想搞音乐。乔和迪莉娅是在一间画室里相见的。不久以后，他们结了婚。

他们居住的只不过是一套狭窄的房间，却生活得很幸福。他们互敬互爱，而且双方都热衷于艺术。他们生活中的每一件事都是顺心满意的，但他们发现已经花完了所有的钱。迪莉娅决定去做家庭音乐教师。一天下午，她对丈夫说："乔，亲爱的，我找到一位学生了，一位老将军的女儿。她是位性情温柔的姑娘。一星期教三节课，一节课5美元。"

但是，乔并不高兴。"我干些什么呢?"他说，"你以为我可以眼睁睁地看你工作而自己却轻松地搞自己的艺术吗? 不，我也要挣钱。"

"亲爱的，你真傻。"迪莉娅说，"你必须继续练习绘画。我们一周有15美元，会生活得很幸福的。"

"或许我还能卖掉一些我画的画哩。"乔说。

每天，他们早晨分手，晚上相见。一星期过去了，迪莉娅带回家15美元。她却显得有些疲惫。

"克莱门提娜有时使我感到烦恼，她不下苦功夫练习。但是，那位将军真是一位最可爱的老人，我多么想你能见他一面呀，乔。"

这时，乔从口袋里摸出18美元。"我卖给了一个来自皮奥里亚的人一张我画的画。"他说，"他还定购了另一张。"

"我太高兴了。"迪莉娅说，"33美元！以前我们从没有这么多的钱去花费。今晚我们将吃一顿丰盛的晚餐了。"

第二个星期，乔回到家，把又得到的18美元放在桌子上。过了半小时，迪莉娅回来了，她的右手上缠着绷带。

"你的手怎么了?"乔问道。迪莉娅笑着说："噢，克莱门提娜递给我一盘汤时，一些汤溅到我手上。”

“你今天下午什么时间烫着手的，迪莉娅？”

“我想大概是5点钟吧。那把烙铁……我意思是说那盘汤……是在5点左右备好的。你问这个干吗？”

“迪莉娅，来，坐在这儿。”乔说着把她拉到长沙发上，并且坐在她身边。

“你每天都干了些什么，迪莉娅？你真的在做家庭音乐教师吗？告诉我实话。”她哭了起来。

“我找不到一个学生。”她诉说道，“所以，我就在一个洗衣坊里找到一项工作：熨衬衣。今天下午，一个女孩把一只烙铁放在我的手上，把我重重地烫了一下。但是，告诉我，乔，你是怎么猜出我不是在做家庭音乐教师呢？”

“很简单。”乔说，“我知道关于你绷带的所有来历，因为是我把它们送给楼下洗衣坊的一个小女孩的，她用热烙铁烫坏了别人的手。你明白了吧，我也在你工作的洗衣坊里的动力机房里工作。”

“那么，你画的画呢？你是卖给了那位来自皮奥里亚的人吗？”

“算了吧！你的将军和他的克莱门提娜是无中生有的，那么，我那位来自皮奥里亚的人也是胡说的。”

接着，两人大笑起来。

与你共品

在品读作品时，已被乔和迪莉娅给予对方的浓浓爱意所打动。平坦的爱情之路固然令人羡慕和向往，但唯有在磨难中建立、发展、繁衍的爱才能成熟、真诚、长久。

小说采用一般记叙文的形式，将整个故事娓娓道来，让读者感动于乔夫妇在艰苦的生活环境下相互扶持、疼惜的温馨对话和情节。另外小说善于巧设悬念，既吸引读者的兴趣，又带给我们不一样的意外结果。

这是茫茫人海中众多贫穷恋人以及夫妇之间质朴爱情的写照和缩影。他们将浓烈的爱意，默默地释放，并以此温润彼此，经营幸福。

（蔡裕婷）

丈夫从不顾自己的身体，时常冒着严寒在风浪中打鱼。她从早到晚忙着干活，又怎样呢？一家人勉强糊口而已。

穷苦人

［俄］列夫·托尔斯泰/著　万　宇/译

在一间渔民住的茅屋里，渔夫的妻子冉娜坐在灯下缝补旧渔帆。风在院子里呼啸，哀号，浪涛冲击着海岸，发出哗啦哗啦的声响……天气又黑又冷，但渔夫的茅屋里却温暖如春，炉火还没有熄灭。挂着白蚊帐的床上有五个小孩在大海的咆哮声中熟睡。冉娜的丈夫，一大早就出海了，现在还没有回来。她倾听着波涛的喧嚣和狂风的呼啸，心里忐忑不安。

旧式的木制钟嘶哑地敲过了十点、十一点……丈夫还是没有回来。冉娜直嘀咕。丈夫从不顾自己的身体，时常冒着严寒在风浪中打鱼。她从早到晚忙着干活，又怎样呢？一家人勉强糊口而已。孩子们连鞋都穿不上，不管夏天还是冬天都光着脚跑路。吃的不是白面包，要是黑面包够吃，就算不错了。下饭的只有鱼。“唉，总算命好，孩子们没灾没病。没有什么可抱怨的。”冉娜这样想道，又留心听着风暴的呼啸。“他在哪儿呢？上帝保佑他，救救他，可怜他吧！”她一边说，一边划着十字。

睡觉还嫌太早。冉娜站了起来，往头上披了一块厚头巾，点着提灯，走出门外，看看大海是不是平静一些了，灯塔上的灯是不是还亮着，能不能看得见丈夫的小船。但是，海上什么也看不见。风使劲地刮着她的头巾，一块掉下来的什么东西叩打着街坊小屋的门，于是冉娜突然想起来，从傍晚起她就想去看望生病的街坊。“还没有人去照料过她呢！”冉娜想道，敲了破房门。仔细听着……没有人应声。

“寡妇的处境真难啊！”冉娜站在门口想道，“孩子虽然并不多，只有两个，可是一切都得她一个人操心。而她自己又有病！唉，寡妇的处境真艰难啊！我进去看看她。”

冉娜又敲了敲门。还是没有人应声。

“哎，街坊！”冉娜喊了一声。“出了什么事情了？”她想道，推了一下门。门开了，冉娜走进了屋。

小木屋又潮又冷。冉娜提起灯，看看病人在哪儿。首先映入她眼帘的是正对着门的一张床，床上躺着她的街坊。她如此安静地，一动也不动地仰卧着，好像刚刚咽气一样。冉娜把提灯再靠近一些，不错，她脑袋向后仰着，在那张冰凉发青的脸上呈现出死的安详。死者一只苍白的手仿佛要去拿什么东西，落了下来，垂在草垫上，而就在死去母亲的旁边，睡着两个胖脸蛋、卷头发的娃娃，身上盖着一件破衣裳，蜷着腿，两个黄头发的小脑袋紧紧靠在一起。看来，母亲在临终前还曾来得及用旧头巾裹住他们的小腿，用自己的衣服把他们盖上。他们呼吸得匀称而平静，睡得香甜而酣畅。

冉娜取下摇篮，用头巾把他们裹好，抱回家来。她的心跳得很厉害；她自己不知道，她怎么会这样做，又为什么要这样做，但是她知道，她不能不做她已经做了的事。

回到家，她把没醒的孩子放在床上自己孩子的旁边，急忙把帐子拉好。她激动得脸色发白，好像受到良心的折磨。“他会说些什么呢？”她自言自语道，“养活五个孩子可不是闹着玩的事，还不够他操心的……是他回来了？不是，他还没有回来，为什么要把这两个孩子领回来呢?！……他会揍我一顿?！那也活该，我该挨揍。他回来了！不是！……唉，不回来更好。”

门吱呀响了一下，仿佛有人进来了。冉娜颤抖了一下，从椅子上欠起身子。

“没人。还是一个人也没有！上帝啊！我干吗要做这件事？我现在怎么还敢看他的眼睛？”冉娜心事重重，久久坐在床边，默不作声。

雨停了，天亮了，但是风还在呼啸，海仍在咆哮。

突然大门开了，一股新鲜的海上空气冲了进来，一个身材高大面色黝黑的渔夫拖着湿漉漉的剐破了的渔网走进小屋，说道：“我回来了，冉娜！”

“哎，是你！”冉娜说道，没有勇气抬头看丈夫。

“嘿，夜真黑啊，可怕极了！”

“是呀，多可怕的天气！哎，打了多少鱼？”

“真是糟透了，糟透了，什么也没有打着，渔网还剐破了。情况很坏啊！……我告诉你，碰上了倒霉的天气。我好像从来没碰见过这样的黑夜。还说打什么鱼！能活着回来就算万幸了。得啦，我不在家的时候你都干了些什么事？”

渔夫把网拖进屋里，坐在火炉旁。

“我？”冉娜说，脸色苍白，“我干了什么事……我在家缝缝补补……大风呼叫得我都有点害怕了。我真为你担心。”

“对，对，”丈夫低声说，“天气坏透了！有什么办法呢！”

俩人沉默了一会儿。

“你知道吧，”冉娜说，“街坊西玛死了。”

“真的？”

“不知是什么时候死的，大概是昨天吧，看来死时很痛苦。想必是心疼孩子。两个孩子还都是小不点呢……一个不会说话，而另一个刚刚会爬……”

冉娜沉默下来。渔夫皱起眉头，他的脸色变得严肃而忧虑。

"是呀，这倒是件事！"他说道，不时地搔搔后脑勺，"好吧，又有什么办法呢！得把他们抱过来，要不他们就醒了，孩子们怎能同死人在一起呢！好吧，就这么办吧，咱们总能熬得过去。快去领他们吧！"

但冉娜没有动地方。

"你是怎么啦？不愿意吗，冉娜？"

"他们就在这儿。"冉娜说着，把蚊帐拉开了。

与你共品

再一次读这篇小说，心灵亦再一次受到震撼，内心越发赞叹托尔斯泰的文思和笔下冉娜夫妇的善良、纯朴、坚强。

小说先后描写了环境的恶劣、冉娜的担忧以及寡妇的处境等，各种细腻的描写衬托出了人物高尚的人格，故事层层推进，在中间情节设下层层悬疑，吸引读者，一直到冉娜收养寡妇的孩子和丈夫的一致应允，可谓是将人物的性格塑造得生动而丰满，不愧是大师笔下的高大的"穷苦人"。

贫与富，永远都不会是衡量人的价值的标准。唯有拥有高尚的品质，方能得人敬佩。只要人人都充满爱，满怀善良之心，世界才能变得更加美好，更加和谐。

（蔡裕婷）

突然，喀嚓一声，随着一声惨叫，一个沉重的物体从楼梯上滚落下来。

雪　夜

［日］星新一/著　海明珠/译

雪花像无数白色的小精灵，悠悠然从夜空中飞落到地球的脊背上。整个大地很快铺上了一条银色的地毯。

在远离热闹街道的一幢旧房子里，冬夜的静谧和淡淡的温馨笼罩着这一片小小的空间。火盆中燃烧的木炭偶尔发出的响动，更增浓了这种气氛。

"啊！外面下雪了。"坐在火盆边烤火的房间主人自言自语地嘟哝了一句。

"是啊，难怪这么静呢！"老伴儿靠他身边坐着，将一双干枯的手伸到火盆上。

"这样安静的夜晚，我们的儿子一定能多学一些东西。"房主人说着，向楼上望了一眼。

“孩子大概累了，我上楼给他送杯热茶去。整天闷在屋里学习，我真担心他把身体搞坏了。”

“算了，算了，别去打搅他了。他要是累了，或想喝点什么，自己会下楼来的。你就别操这份心了。父母的过分关心，往往容易使孩子头脑负担过重，反而不好。”

“也许你说得对。可我每时每刻都在想，这毕业考试不是件轻松事。我真盼望孩子能顺利地通过这一关。”老伴儿含糊不清地嘟哝着，往火盆里加了几块木炭。

突然，一阵急促的敲门声打破了这寂静的气氛。

两人同时抬起头来，相互望着。

“有人来。”

房主人慢吞吞地站了起来，蹒跚地向门口走去。随着开门声，一股寒风带着雪花挤了进来。

“谁呀?”

“别问是谁。老实点，不许出声!”

门外一个陌生中年男子手里握着一把闪闪发光的匕首。声音低沉，却掷地有声。

“你要干什么?”

“少啰唆，快老老实实地进去！不然……”陌生人晃了晃手中的匕首。

房主人只好转身向屋里走去。

老伴儿迎了上来：“谁呀？是找我儿子……”她周身一颤，后边的话咽了回去。

“对不起，我是来取钱的。如果识相的话，我也不难为你们。”陌生人手中的匕首在炭火的映照下，更加寒光闪闪。

“啊，啊，我和老伴儿都是上了年纪的人，不中用了。你想要什么就随便拿吧。但请您千万不要到楼上去。”房主人哆哆嗦嗦地说。

“噢？楼上是不是有更贵重的东西?”陌生人眼睛顿时一亮，露出一股贪婪的神色。

“不，不，是我儿子在上面学习呢。”房主人慌忙解释。

“如此说来，我更得小心点。动手之前，必须先把他捆起来。”

“别，别这样。恳求您别伤害我们的儿子。”

“滚开!”

陌生人三步两步蹿上楼梯。陈旧的楼梯发出吱吱呀呀的声音。

两位老人无可奈何，呆呆地站在那里。

突然，喀嚓一声，随着一声惨叫，一个沉重的物体从楼梯上滚落下来。

房主人从呆愣中醒了过来，慌忙对老伴儿说：“一定是我们的儿子把这家伙打倒的。快给警察挂电话……”

很快，警察们赶来了。在楼梯口，警察发现了摔伤了腿躺在那里的陌生人。

“哪有这样的人，学习也不点灯。害得我一脚踩空。真晦气。”陌生人一副懊丧的样子。

上楼搜查的警察很快下来了。

“警长，整个楼上全搜遍了，没有发现第二个人，可房主人明明在电话中说是他儿子打倒的强盗，是不是房主人神经不正常？”

“不是的。他们在上学的儿子早在数年前的一个冬天死了。可他们始终不愿承认这一事实。总是说，儿子在楼上学习呢。”

谁也没有再说话。屋子里很静，屋外也很静。那白色的小精灵依然悠悠然然地飞落下来……

与你共品

世间的爱千万种，唯有父母对子女的爱是最无私，最深沉的。在阅读小说时，已被老人的爱所感动，相信已化为精灵的他们的儿子也在默默地被感动着，为拥有这样的父母，更为拥有这样的爱。

小说采用一般的文学叙事方式，开场对环境的描写是极其独到的，也为下文奠定了基调。人的心情与雪夜的寒冷相映衬。突如其来的结局，让我们为老人对儿子的深深思念和浓浓的爱意所动容。

父母对孩子的爱永远是无私无欲无求的，或者说关爱孩子已经成为他们生命中不可改变的习惯，而他们也一直心甘情愿。身为子女的我们，应该从现在开始思考，不要再把父母的爱想得理所当然，是时候好好爱我们的父母了。让爱成为一种习惯吧！

（蔡裕婷）

当时她们都很迷恋他，绫子偏偏和晶美又是最好的同性朋友。不过，这两个女孩儿那时都还不到敢向异性吐露爱心的年龄。因此，也就没有发生什么争“郎”大战。

妈妈的秘密

［日］赤川次郎/著　佚　名/译

千万不能让丈夫知道。

绫子拿着那个小包，站在桥上。夜深人静，河水在黑暗中悄无声息地流淌着。

它能带走这秘密吧。

小包飞快落入河中。回家吧，明天丈夫住院，得起个大早呢。

绫子疾步往回走。轻轻打开后门，穿过厨房，溜进卧室——丈夫站在那里！丈夫满脸愤怒。

“上哪儿去了？”“这……”“哼，是把见不得人的东西扔到河里了吧！”丈夫真的动了气。绫子的脸也变白了。

“扔了什么。说！”绫子忍不住反问一句，“你怀疑我什么？”“我替你说吧——是北山的信！”绫子睁大了眼睛。接着，慢慢将视线移至脚下。

“跟那家伙勾搭上啦！”啪！一记沉重的耳光。绫子头晕目眩，一头栽倒在床上。

好不容易抬起头时，女儿有纪子正怯生生地站在床边，黑黑的瞳仁里充满了恐惧和疑惑。

“我到底是谁的孩子？”有纪子问，“是爸爸的，还是叫北山的那个人的？”

“你为什么问这个？”

“想知道。”

良久，绫子没有做声。微风吹拂着她那业已大部分变白的头发。

“好。”绫子终于开口了，“那就告诉你吧。”

“和我结婚前，你爸爸爱着一个人，她叫……”

晶美，并不出众。在中学，比他低一年级。当时她们都很迷恋他，绫子偏偏和晶美又是最好的同性朋友。不过，这两个女孩儿那时都还不到敢向异性吐露爱心的年龄。因此，也就没有发生什么争“郎”大战。论家庭背景，绫子占上风。晶美死了父亲，与母亲二人相依为命，度日维艰。她自然穿不起绫子身上的漂亮衣裤，也不善于玩耍。不过，绫子知道，晶美特有的那种清纯、温柔和娴静是谁也学不到手的。

那件事发生在一个炎热的暑假。

晶美突然跑到了绫子家。他正巧也在。紧追而至的是一群恶煞似的男仆，他们的主人是当地首富，晶美的母亲在那家干活。

“让那个女孩儿滚出来！”男仆们叫嚣说，他们小姐放在梳妆台上的宝石不见了，晶美当时正进府找她母亲，偷宝石者必是晶美无疑……他，发怒了，让晶美躲进里屋，他转身直奔门口，跟那帮男仆大吵起来。

大概是被他那不要命的样子吓住了，男仆们嘟嘟哝哝着回去了。本来他们也没有充分的证据。

他走向面色惨白、颤抖不已的晶美，温柔地拉起她的手……然而，那件事并未结束。暑假期间，晶美偷盗宝石的传言飞遍整个镇子。新学期开始后，没一个人愿意跟她说话。她母亲也失去了工作，娘儿俩的日子更难过了。他则明明确确地爱起了晶美。那不是出于怜悯或同情，而是纯粹发自内心深处的诚挚之情。绫子一如既往关心着晶美，同时暗暗在心里发誓：委屈自己，成全他们。

然而，单靠一个学生的爱情，是无法支撑母女俩的生计的。这件事终于画上了一个句号——晚秋的一个黄昏，晶美和她母亲一同投河自尽了。

“后来，你爸爸倒插门到了咱们家，再后来，就有了你。”绫子停顿了一下，“不过，你爸爸在心里一直思念着晶美。我只是他的妻子，晶美才是他的恋人，而且只有她一个……”有纪子长长地叹了口气。

“可这与你扔到河里的东西有什么关系呢？”“我打扫里屋的时候，发现了塞在天棚上的宝石，就把它偷偷地扔进了河里。”“是，是这样……”有纪子几乎喘不过气来。“晶美被人追到咱们家，趁你爸爸跟人吵架的当儿，踩着板凳，把宝石塞到了天棚里。”

“那你为什么不告诉爸爸呢？”绫子莞尔一笑：“我那时已经得知，晶美的不幸使你爸爸在身心方面所受的沉重打击和极度悲痛该有多大。对你爸爸来说，晶美是完美无瑕的女性偶像。如果告诉他真实情况，你想会发生什么事儿？”“妈妈！”有纪子紧紧地抱住了母亲。

“您才是最爱爸爸的人啊！”

绫子的脸微微发红。

与你共品

秘密带给人的往往是意料之外的事实，在品读中，妈妈的秘密让读者了解到绫子的伟大，有对丈夫的爱，对丈夫的宽容以及对家庭的责任感。

小说通过回忆式的方式带读者一起回忆了年轻时期丈夫、绫子和晶美的爱恋情感纠葛，道出了绫子对丈夫深深的理解、包容之心，尽管她面对着丈夫的无理取闹、有意歪曲、怀疑和粗暴行为。字里行间，一个伟大的妻子、母亲的高大形象便于无形中跃然纸上。

得不到的才是最珍惜的，看不清的才是最美丽的。人们往往都喜欢这样，却看不到身边的人，而这个人也往往是他们最值得用一辈子的时间和生命去珍惜、去呵护的人。且珍惜吧，执迷不悟的人！

（蔡裕婷）

父亲抽泣地说："对不起。昨晚我们一夜没合眼，女儿太小了，真舍不得她。把不懂事的孩子送给别人，我们做父母的心太残酷了……"

父母心

［日］川端康成/著 佚 名/译

轮船从神户港开往北海道，当驶出濑户内海到了志摩海面时，聚集在甲板上的人群中，有位衣着华丽、引人注目的、年近四十的高贵夫人。有一个老女佣和一个侍女陪伴在她身边。

离贵夫人不远，有个四十岁左右的穷人，他也引人注意：他带着三个孩子，最大的七八岁。孩子们看上去个个聪明可爱，可是每个孩子的衣裳都污迹斑斑。

不知为什么，高贵夫人总看着这父子们。后来，她在老女佣耳边嘀咕了一阵，女佣就走到那个穷人身旁搭讪起来：

"孩子多，真快乐啊！"

"哪的话，老实说，我还有一个吃奶的孩子。穷人孩子多了更苦。不怕您笑话，我们夫妻已没法子养育这四个孩子了！但又舍不得抛弃他们。这不，现在就是为了孩子们，一家六口去北海道找工做啊。"

"我倒有件事和你商量，我家主人是北海道函馆的大富翁，年过四十，可是没有孩子。夫人让我跟你商量，是否能从你的孩子当中领养一个做她家的后嗣？如果行，会给你们一笔钱作酬谢。"

"那可是求之不得啊！可我还是要和孩子的母亲商量商量再决定。"

傍晚，轮船驶进相模滩时，那个男人和妻子带着大儿子来到夫人的舱房。

"请您收下这个小家伙吧！"

夫妻俩收下了钱，流着眼泪离开了夫人的舱房。

第二天清晨，当船驶过房总半岛，父亲拉着五岁的二儿子出现在贵夫人的舱房。

"昨晚，我们仔细地考虑了好久，不管家里多穷，我们也该留着大儿子继承家业。把长子送人，不管怎么说都是不合适的。如果允许，我们想用二儿子换回大儿子！"

"完全可以。"贵夫人愉快地回答。

这天傍晚，母亲又领着三岁的女儿到了贵夫人舱内，很难为情地说："按理说我们不该再给您添麻烦了。我二儿子的长相、嗓音极像死去的婆婆。把他送给您，总觉得像是抛弃了婆婆似的，实在太对不起我丈夫了。再说，孩子五岁了，也开始记事了。他已经懂得是我们抛弃他的。这太可怜了。如果您允许，我想用女儿换回他。”

贵夫人一听是想用女孩换走男孩，稍有点不高兴，看见母亲难过的样子，也只好同意了。

第三天上午，轮船快接近北海道的时候，夫妻俩又出现在贵夫人的卧舱里，什么话还没说就放声大哭。

“你们怎么了?”贵夫人问了好几遍。

父亲抽泣地说：“对不起。昨晚我们一夜没合眼，女儿太小了，真舍不得她。把不懂事的孩子送给别人，我们做父母的心太残酷了。我们愿意把钱还给您，请您把孩子还给我们。与其把孩子送给别人，还不如全家一起挨饿……”

贵夫人听着流下同情的泪：

“都是我不好。我虽没有孩子，可理解做父母的心。我真羡慕你们。孩子应该还给你们，可这钱要请你们收下，是对你们父母心的酬谢，作为你们在北海道做工的本钱吧!”

与你共品

读后，不得不从内心最深处发出已为大家所熟知的感慨名句：可怜天下父母心哪!

小说采用朴素的白描手法，描述了一对夫妇以换子女来缓解家庭一时的惨境却屡次变卦的故事。作者不仅真实地表现了底层人群生活与情感上的矛盾纠结，充分地表达出她们的痛苦，还对她们报以同情和怜悯，取得良好的多重效果。这就是川端康成小说的思想精髓。

在我们为夫妇的情感矛盾纠结的同时，也对这社会的现实感到愤懑。虽然社会上残忍的父母不多，但依然是存在的。与其说这些父母太过于残酷、残忍，倒不如说这社会、这现实太过于残酷。

（蔡裕婷）

没有人能像博贝捡起那枚硬币时感觉到那么富有。他拿着那枚硬币全身掠过一股暖流。随后他就走进了眼前的一家商店。

一角钱的玫瑰

［美］克里斯·罗斯/著 高振桥/译

博贝坐在后院的雪地里，感到身上越来越冷。博贝没有穿靴子，他不是不喜欢靴子，因为他根本就没有靴子可穿。他脚上的运动鞋有几个地方开了洞洞，在保暖方面很无能为力。

博贝在后院待了一个小时了，他使劲地想，却无论如何也想不出该给妈妈送什么礼物。他一边想一边摇头，“没有用的，就算知道了送妈妈什么，也没有钱去买呀。”

自从五年前爸爸去世以后，一家五口只好勉强度日，不是妈妈不尽心，也不是妈妈不努力，只是因为花销太大了。她晚上在医院里上班，挣的那一点微薄的工资只能支撑成这样了。他们虽然家境贫寒，但这并不能削弱一家人彼此相爱。博贝有两个姐姐还有一个妹妹，妈妈不在家的时候，她们操劳家务。

姐妹们手巧，都已经给妈妈制作了漂亮的礼物。不知怎么的，博贝感到很委屈。现在已经是圣诞节前夕了，他还两手空空呢。

博贝拭去脸上的一滴眼泪，踢了一下脚下的积雪，开始向着两边布满了大小商店的街上走去。六岁就没有了爸爸，尤其是博贝现在不能跟爸爸说说心里话，真够可怜的。

博贝走过一家又一家商店，透过一个个装修华丽的窗户看里边的东西。就在这时，他的眼睛一下看到了有个什么东西在晚霞中闪光。他蹲下身来，发现那是一枚小小的一角钱的硬币。

没有人能像博贝捡起那枚硬币时感觉到那么富有。他拿着那枚硬币全身掠过一股暖流。随后他就走进了眼前的一家商店。当一个售货员告诉他说一角钱什么也买不了的时候，他那颗激动的心很快就凉了下来。

他还是走进了一家花卉店，在那里排队等候。店主人问他要买什么东西的时候，他掏出了那一角钱，问能不能买一朵花，当做圣诞礼物送给妈妈。店主人看看博贝，又看看他手里的一角钱，然后把手放在博贝的肩上，说：“你就在这里等着，我去想想办法。”

博贝一边等一边看那些美丽的鲜花。尽管他是个孩子，也能理解为什么所有的妈妈和女孩子们都爱花。

最后的一个顾客离开后关门的声音，使博贝的心思又回到了自己的事情上。那里只剩下了他一个人，他觉得有些孤独，有些害怕。

突然，店主人出来了，他向柜台走过去。啊！博贝眼前摆放着十二朵鲜红的玫瑰花，那些花带着绿绿的叶子还有长长的枝条，用一个银环跟一些小白花束在一起。店主人把花束拿起来，却把它轻轻地放进了一个长长的白色盒子里。博贝看着，心顿时凉了。

“小伙子，这个卖一角钱。”店主人一边说，一边伸手向他要那一角钱。博贝的手慢慢地移动着，慢慢地把那一角钱交给店主人。这是真的吗？一角钱，人家不是说什么都买不到的吗？店主人察觉到了博贝的疑虑，就接着说：“我碰巧要贱卖一些玫瑰花。你看那些花漂亮吗？”

博贝不再犹豫了。店主人把那个盒子送到他的手里的时候，他知道那不是一个梦。店主人给博贝开门，让他回家。他听到店主人在身后说：“圣诞节快乐，孩子。”

店主人转身返回，这时他的妻子出来了。“你在那儿跟谁说话呢？你收拾好的花呢？”她问道。

店主人看着窗外，眼睛里含着眼泪。他回答说：“今天早晨我碰到了一件奇怪的事情。我在摆放货物，准备开门的时候，好像听到有个声音跟我说话，那个声音叫我留下十二朵最漂亮的玫瑰花，当做一个特殊的礼物。那时我搞不清是我走神了还是怎么的。不过我还是把花留下了。后来，也就是刚才，一个小男孩进来了，他想用一角钱给他的妈妈买一朵花。

“看见了他，我好像看见了好多年前的我自己。那个时候我也是一个穷孩子，也没有一分钱给妈妈买礼物。我在街上走着的时候，一个我从来没有见过面的大胡子叫住了我，他说他要给我十块钱。

“今天晚上我一看见那个孩子，就明白了那声音说的是谁了。我挑选了十二朵最最漂亮的玫瑰花。”

店主人和妻子紧紧地拥抱着，他们觉得他们得到了最好的圣诞礼物。

与你共品

相同的遭遇，类似的场景。当初的少年已经变成了今日的花店老板，机缘巧合，让他看到了另一个孩子在重演着自己幼时的无奈。

一角钱可以什么都不是，一角钱也可以是一个少年卑微的自尊以及对母亲难以言表的爱。文章用富有戏剧化的情节，让我们在短短的一段文字中，感受到了跨越几十年的动人故事。纵然时光流逝，未曾改变的却是孩子对母亲那份值得让人呵护的爱，以及体谅他人、成全这份爱的仁慈和善良。

我们都曾握紧过那来自陌生人的援助之手。但比起感恩和回报，用同样敏感的心去观察和体谅那些陷入窘迫的人，并且不动声色地帮他们渡过难关，对于我们，其实是更好的表达感激的方式。

（潘绿玫）

索尔德简直不能相信，他把船稳住，死死地盯着他儿子的灭顶之处，好像他一定还会露出水面。

父 亲

［挪威］边尔生/著 黄 峻/译

故事中要讲的这个人，是他所属的教区中最富有、也是最有影响的人，名叫索尔德·奥弗拉斯。一天，他来到牧师的书房，神情肃穆，趾高气扬。

“我生了个儿子，”他说，“我想带他来接受洗礼。”

“他取什么名儿?”

“芬恩，仿照我父亲的名字。”

“教父母?”

名字说了出来，是索尔德在这个教区的亲属中被认为是最合适的人了。

“还有什么事?”牧师抬头问道，农夫迟疑了一会儿。

“我很想让他能单独接受洗礼。”

“这么说是在礼拜天以外的日子了。”

“就在下星期六，中午十二点。”

“还有什么?”牧师问。

“没什么了。”农夫捻弄着他的帽子，似乎就要离去。

牧师这时站了起来。“不过还有一件事，”他说着便向索尔德走去，拿起了他的手，庄重地凝视着他的双眼。“上帝断定这孩子会给你带来幸福。”

十六年后的一天，索尔德又一次站在牧师的书房里。

“真的，索尔德，你保养得这么好真令人吃惊。”牧师说道，因为他看到索尔德几乎没任何变化。

“这是因为我无忧无虑。”索尔德回答说。

牧师对此没说什么。过了一会儿，他问道："今晚有何贵干?"

"今晚是为我儿子来的，他明天要来行按手礼。"

"他是个聪明的孩子。"

"我要听到我儿子明天在教堂里排列的次序，我才会把钱交给你。"

"他将名列第一。"

"这么说我听到了，这是给你的十块钱。"

"还有什么事要我做吗?"牧师问道，他两眼注视着索尔德。

"没了。"

索尔德走了出去。

又过了八年。一天，牧师的书房外传来了一阵喧闹声，因为来了许多人。索尔德走在人群的前面，第一个进入书房。

牧师抬起头，认出了索尔德。

"今晚来的人很多，索尔德。"他说。

"我来这儿是请求为我儿子公布结婚预告的。他马上要迎娶古德蒙特的女儿卡伦·斯托莉迪，她就站在我儿子的身旁。"

"嗬，她可是教区里最富有的姑娘。"

"大伙也都这么说，"农夫回答说，一只手把头发向后掠了掠。

牧师坐了一会儿，仿佛在沉思，随后把名字写在了簿子上，不再吭声了。他们在名字的下面签上字。索尔德把三块钱放在桌上。

"一块钱足够了。"牧师说。

"我完全清楚，不过他是我的独子，我想把事情办得体面些。"

牧师拿起钱。

"索尔德，这是你第三次为你儿子来这儿了。"

"如今我总算了结了心事，"索尔德说道。他扣上钱包便道别了。

人们缓缓地跟在他的后面。

两星期后的一天，风和浪静，父子划船过湖，为筹办婚事前往斯托利登。

"座板放得不牢，"儿子说着便站了起来，把他坐的那块座板放直。

就在这时，他从船舷上一滑，双手一伸，发出一声尖叫，落入湖中。

"抓住这根桨!"父亲嚷着，旋即站起来递出船桨。

可是儿子经过一番挣扎后，不再动弹了。

"等一等!"父亲叫着，开始把船向儿子那儿划去。

儿子这时仰浮了上来，久久地向他父亲看了最后一眼，沉了下去。

索尔德简直不能相信，他把船稳住，死死地盯着他儿子的灭顶之处，好像他一定还会露出水面。湖面上泛起了一些泡沫，接着又是一些，最后一个大气泡破裂了。湖面上波光粼粼，平静如镜。

人们看见这位父亲绕着这块地方划了三天三夜，不吃不喝，目不交睫。他一直在湖中荡来荡去，寻找他儿子的尸体。直到第三天清晨，他找到了。他双手捧着儿子的尸体，越过丘陵向家园走去。

大约一年后，一个金秋的黄昏，牧师听到门外的走道上有人小心翼翼在摸索着门闩的声音。他打开大门，一个身材高大，瘦骨嶙峋的男人走了进来。他弯躬曲背，满头银发，牧师看了很久才把他认了出来，是索尔德。

“这么晚还出来?”牧师一动不动地立在他的面前问道。

“啊，是的，是晚了。”索尔德边说边坐了下来。

牧师也坐下了，似乎在等待着。接着，一阵长时间的沉默。索尔德终于说道：

“我带了些钱想送给穷人，我想把它作为我儿子的遗赠献出去。”

他站起来把钱放在桌上，又坐了下去。牧师把钱数了数。

“这笔钱数目不小，”他说道。

“是我庄园一半的价钱。我今天早上把庄园卖了。”

牧师坐在那儿，沉吟许久。最后，他轻声问道：

“索尔德，你现在要干什么呢?”

“做些好事。”

他们坐了片刻，索尔德双目低垂，牧师目不转睛地盯着他。没多久，牧师说道，声音温存而缓慢：

“我想你的儿子最终给你带来了真正的幸福。”

“是的，我自己也是这么想的。”索尔德说着抬起了头，两大滴泪水慢慢地沿着脸颊流了下来。

与你共品

父亲为了自己心爱的儿子，四次亲自登门拜访牧师。但第四次的拜访，却是那么的不同。

父亲四次和牧师见面时的外貌和精神状态，小说都进行了精练而准确的描写，前三次巧妙地和最后一次形成鲜明对比：父亲没有了以往的神采奕奕和作为一名富人的趾高气扬，取而代之的是因儿子意外去世而衰老的身心。就在此刻，我们深刻感受到父亲的心理变化，但就是在这最让人心碎的时刻，他才最终感受到了儿子给他带来的幸福。

我们庸庸碌碌一生，拼尽全力，也许物质上已经远远优于他人，并认为这或许就是我们炫耀和展示幸福的资本。殊不知，那些沉重的繁华，并不会让人心生快慰，真正能让人感受到幸福的，只能是抛开荣华富贵后愿意为他人着想的那颗心。

（潘绿玫）

这天，母亲干了一天活，累得疲惫不堪，实在失去了活下去的勇气。她偷偷买了一包安眠药带回家，打算当天晚上和孩子们一块死去。

一颗豆粒

［日］铃木健二/著　亦　萍/译

我认识一位视一颗豆粒为自己生存意义的夫人。

她大儿子上小学三年级、二儿子上小学一年级的时候，悲剧降临她家。丈夫因交通事故身亡。这是一次非常微妙的交通事故，丈夫不仅自己身亡，而且最后还被法庭判成了加害者。为此，他的妻子只得卖掉土地和房子来赔偿。

母亲和两个孩子背井离乡，辗转各地，好不容易得到某一家人的同情，把一个仓库的一角租借给她们母子三个居住。

只有三张榻榻米大小的空间里，她铺上一张席子，拉进一个没有灯罩的灯泡。一个炭炉，一个吃饭兼孩子学习两用的小木箱，还有几床破被褥和一些旧衣服，这是他们的全部家当。

为了维持生活，妈妈每天早晨六点离开家，先去附近的大楼做清扫工作，中午去学校帮助学生发食品，晚上去饭店洗碟子，结束一天的工作回到家里已是深夜十一二点钟了，于是，家务的担子都落在了大儿子身上。

为了一家人能活下去，母亲披星戴月，从没睡过一个安稳觉，生活还是那么清苦。他们就这样生活着，半年、八个月、十个月……做母亲的哪能忍心让孩子这样苦熬下去呢？她想到了死，想和两个孩子一起离开人间，到丈夫所在的地方去。

有一天，母亲泡了一锅豆子，早晨出门时，给大儿子留下一张条子："锅里泡着豆子，把它煮一下，晚上当菜吃，豆子烂了时少放点儿酱油。"

这天，母亲干了一天活，累得疲惫不堪，实在失去了活下去的勇气。她偷偷买了一包安眠药带回家，打算当天晚上和孩子们一块死去。

她打开房门，见两个儿子已经钻进了席子上的破被褥里，并排入睡了。忽然，母亲发现当哥哥的枕边放着一张纸条，便有气无力地拿了起来，上面这样写道：

"妈妈，我照您条子上写的那样，认真地煮了豆子，豆子烂时放进了酱油。不过，晚上盛出来给弟弟当菜吃时，弟弟说太咸了，不能吃。弟弟只吃了点冷水泡饭就睡觉了。

“妈妈，实在对不起。不过，请妈妈相信我，我的确是认真煮豆子的。妈妈，求求您，尝一粒我煮的豆子吧。妈妈，明天早晨不管您起得多早，都要在您临走前叫醒我，再教我一次煮豆子的方法。

妈妈，今天晚上您也一定很累吧，我心里明白，妈妈是在为我们操劳。妈妈，谢谢您，不过请妈妈一定保重身体。我们先睡了，妈妈，晚安!”

泪水从母亲的眼里夺眶而出。

“孩子年纪这么小，都在顽强地伴着我生活……”母亲坐在孩子们的枕边，伴着眼泪一粒一粒地品尝着孩子煮的咸豆子。一种必须坚强地活下去的信念从母亲的心里生发出来。

摸摸装豆子的布口袋，里面正巧剩下倒豆子时残留的一粒豆子。母亲把它捡出来，包进大儿子给她写的信里，她决定把它当做护身符带在身上。

十几年的岁月流逝而去，兄弟俩长大成人。他们性格开朗，为人正直，双双毕业于妈妈所憧憬和期望于他们的一流国立大学，并找到了满意的工作。

直到如今，那一粒豆子和信，仍时刻不离地带在这位母亲的身上。

与你共品

“一颗豆粒”是我们生活中一种多么平凡的东西，但它却让一位母亲放弃死亡的念头，这是为什么呢？很显然，是这颗普通的豆粒让她看到了未来的希望，也是这颗豆粒让她明白了儿子的孝心，更是这一切让她重新燃起了对生活的信心。生活总让人感到有各种各样的压力。然而，如果我们学会关心彼此，珍惜彼此，那么我们就可以彼此依靠，利用互相关爱的力量一起冲破目前的困境，展望充满希望的未来。日本作家铃木健二先生曾经说：“所谓人生价值，是一种如何生存的质量问题。”这位母亲以她生命的故事生动地告诉我们，只要相信未来有希望，只要坚定地活着，人生就有价值，有质量。

（徐少娟）

——会不会是无言电话？不过男人想不出被人故意找麻烦或恶作剧的理由。

无言电话

［日］古贺准二/著　佚　名/译

在一套窄小公寓的房间里，一个男人正往小饭桌上摆碗筷。没有灯罩的电灯发出暗淡的灯光照到阳台上，晾衣竿上挂着淡蓝色的鸟笼，笼中偶尔啾啾地响起一对十姊妹的对鸣声。电话铃响起，男人停住了手。

“喂——”

“……”

“喂，这里是城之内——”

“……”

“您是哪一位?”

虽然能听到呼吸声，但对方不说话。

——会不会是无言电话？不过男人想不出被人故意找麻烦或恶作剧的理由。

“——找我妻子京子吗？她到附近的糕饼店买东西去了。不瞒您说，今天是我60岁的生日。本来我忘得一干二净，可妻子说：‘今天是你的生日。你的病也好了，我得豁出点钱来买盒蛋糕。’她刚出去，一会儿就会回来……”

“两年前我得病以后，实在让她辛苦了。”

“——想来，我一直让她很辛苦。”

“从前，我生存的意义就是工作。天天追赶时间和钱，又被它们追赶，把妻子和孩子丢在一边不管。”

“有一次做股票投机，遭受了惨重的损失。为了还债，房子、土地都到了别人手里，我才突然发现失去了朋友、公司，还有孩子们。”

“像坠入绝望的深渊里，我想自杀的时候，妻子这么说：‘孩子他爸，你权当自己回到刚出生时那样一无所有的状况。咱们两手空空从头开始吧——’”

“我那时才醒悟过来，同时对过去的生活产生了怀疑，我究竟图个什么来着。直到现在还感谢我妻子，我是从她那儿获得了新生。”

“两年前我得大病的时候也让我妻子非常担心。直到现在我还不怎么能工作，所以妻子只能去打零工。我有时真是觉得奇怪，她那瘦弱的身体里怎么会蕴藏着那么多的精力。”

“……”

“——我女儿隆子六年前跟男人一起离家出走了。想来我应该承认她第一次自己选择的异性。但我当时觉得更体面一点儿的男人才和我女儿般配。这应该说是做父亲的一点私心了。”

“听说我女儿好像有了两个儿子，一个五岁，另一个三岁，他们现在正是最可爱的时候吧……”

“啊，这个，像是我妻子有时瞒着我去看他们。”

“……”

“——我有一个儿子名字叫彻，十年前他竟说想当音乐家，大概不想做像他父亲这样的人吧。我劝他不管怎样应该先读完大学，可是他不听，我们吵架后，最终和他断绝了父子关系。”

“那个小子该是三十岁了吧，也不知在哪儿怎样过日子……”

“每天一早一晚，我都要和妻子一起祈祷他平安无事。”

“——现在，我跟妻子两个人孤零零地在这小公寓里过着俭朴的日子。”

“我们养着一对十姊妹，它们很亲昵，还下了两个蛋。”

“我跟妻子今天早晨刚刚说起，看着母鸟和公鸟交替抱窝的样子，就想起我们夫妇当时的情景来。”

“——我一个人讲了很多没用的事情。啊，您是哪位来着?”

电话里对方的呼吸急促起来。

“喂，您怎么了?”

“……”

突然话筒中响起一阵呜咽声。

“——爸，祝您生日快乐！隆子姐姐和妈妈也在这里。我们马上就去您那儿!”

这是隔了十年之后才听到的儿子的说话声。

“……”

男人无言地握紧话筒，大颗的泪珠顺着脸颊流了下来。

与你共品

寂静的屋子里忽然出现了“无言的电话”，男人想不出被人故意找麻烦或恶作剧的理由。那会是谁的来电呢？为什么在男人不停地述说自己的生活时，电话对方一直无回应呢？

文章以平实的口吻讲述着故事，让读者带着疑问往下读，直到文末才让我们心中无数的疑惑霎时间得到了解决。原来，对方就是令主人公一直感到愧疚的儿子。作者有意对文章做这样的安排，既吸引了读者，又使故事顺理成章地发展。

作者这样的写作技巧很感人，然而，作者也在叙述这个故事时巧妙地告诉我们一个道理：在生活中，我们并不缺少爱，只是缺少表达爱的方式。所以，聆听与述说是人们能够交流爱的一种重要形式。

（徐少娟）

她一定听到电话里的咔嚓声了，因为她问："你还在听吗？请不要挂断电话！我需要你。我觉得很孤独。"

午夜电话

［美］利斯蒂·克雷格/著　佚　名/译

我们都知道午夜的时候突然来一个电话会是什么样的感觉。这个午夜电话也是一样。我一听到电话铃响，就立刻从床上爬起来去抓话筒，同时看了看墙上的红色数字。午夜。当我抓住话筒的时候，名种各样的恐慌想法充斥着我睡意朦胧的大脑。

"你好?"

我的心突然沉重地一跳，下意识地把话筒握得更紧些，眼睛注视着我的丈夫，此时，他正把脸转向我这一侧。

"妈妈?"由于静电干扰，我几乎听不见电话里的低语声，但是我立即想到了我的女儿。当电话另一端那个年幼带着哭泣腔的绝望声音变得越来越清晰的时候，我伸手握住了丈夫的手腕。"妈妈，我知道现在已经很晚了。但是，不要……不要说话，听我说完。在你问话之前，是的，我喝了酒。我一路驾车回来，跑了好多英里的路……"

我猛吸了一口凉气，松开丈夫的手腕，把手覆在前额上。睡意仍然搅扰着我的大脑，我努力压抑住内心的恐惧。有什么事情不太妙。"我很害怕。我所能考虑的是如果警察对你说我已经死了，这会对你造成多大的伤害。我想……回家。我知道离家出走是错误的。我知道你很为我担心。我几天前就应该给你打电话了，但是我害怕……害怕……"极度压抑着痛苦的啜泣声通过话筒灌注到我的心里面。我女儿的面孔立即浮现在我的脑海里，我的睡意朦胧的意识变得清晰起来："我想……"

"不！请让我把话说完！我请求你！"她恳求道，声音里没有太多的愤怒，但充满了绝望。

我住口不言，开始考虑该说些什么。这时候，她继续说："我怀孕了，妈妈。我知道我现在不应该喝酒……尤其是现在，但是我很害怕！"声音再次中断了，我咬着嘴唇，觉得自己的眼睛湿润了。我朝丈夫看了看，他正静静地坐在那里。他问："是谁？"我摇摇头，因为我不知道该如何回答。他跳下床，走出房间。几秒钟后拿着一台手提电话回来了。他把电话贴在耳边听着。

她一定听到电话里的咔嚓声了，因为她问："你还在听吗？请不要挂断电话！我需要你。我觉得很孤独。"我抓着话筒，注视着我的丈夫，寻求指导。"是的，我在听，我不会挂断的。"我说。"我早就应该告诉你，妈妈。我知道我应该告诉你。但是我们一谈话，你就只是告诉我我应该怎样做。你读过所有关于如何处理事情的小册子，但是一直以来，都只是你一个人在说。你从不肯听我说。你从不肯听我告诉你我的感觉。好像我的感觉一点也不重要。因为你是我的母亲，你认为你知道所有的答案。但是有时候，我不需要答案，我只想有人听我说。"

我觉得喉间哽着一块硬块，眼睛注视着床头柜上放着的那本打开的《如何跟你的孩子交谈》的小册子。"我在听着呢。"我轻声说。

"你知道，我驾车回到这条路上来，才开始想到我的孩子，想保护他。接着，我看见这个电话亭，我仿佛又听到你说不应该喝酒，更不应该酒后开车的话。于是我叫了一辆出租车，我想回家。"

"你做得很对，亲爱的。"我说，我觉得心里的痛苦有所减轻。我丈夫坐得离我更近一点，把他的手指插进我的手指中。我从他的触摸中知道他心里想的和我一样，并且认为我说得恰到好处。

"不过你知道，我认为我现在能开车。""不行！"我猛咬了一下嘴唇。我的肌肉变得紧张起来，我紧紧地握住丈夫的手，"你要等出租车来。在出租车来之前不要挂断电话。"

"我只想回家，妈妈。"

"我知道，但是为了你的妈妈，你必须这样做。请你等出租车来。"

我听到电话里一片沉寂，心里很害怕。我听不到她的回答。我咬着嘴唇，闭上眼睛。无论如何，我必须阻止她亲自开车。

"出租车来了。"

仅仅在我听到电话里有人叫出租车的那一刻，我才感到如释负重。"我回家了，妈妈。"我听到电话咔嚓一声挂断了，接着话筒里一片寂静。

我下了床，眼里盈满了泪水。我走到客厅里，来到我的16岁女儿的房间里，黑暗、沉寂笼罩着房间里的一切。我的丈夫来到我身后，用胳膊搂着我，他的下巴贴在我的头顶上。我擦去脸颊上的泪水："我们必须学会聆听。"我对他说。

他把我的身体扳过去面对着他："我们会学会的。你就瞧着吧。"然后他把我拥进怀里，我把头伏在他的肩膀上。我任由他抱着我。过了一会儿，我站直身子，注视着女儿的床。他深思了一秒钟，然后问道："你认为她会知道她拨错号码了吗?"

我看着我们熟睡中的女儿，然后转向他说："也许这并不是一个拨错的号码。"

"妈妈，爸爸，你们在干什么?"女儿的声音从棉被底下传出来，有点模糊。女儿从床上坐起来，我走到她的床边。"我们正在练习。"我回答。"练习什么?"她咕哝了一句，又躺了回去。她的眼睛很快又闭上了。"练习聆听。"我轻说着，用手抚摸她的脸颊。

与你共品

午夜里突然出现的一通电话惊扰了主人公的睡梦。这通拨错的电话让主人公情不自禁地联想到了自己的女儿，更领悟出这通电话也许正上演着一个未知的故事。

生活中存在着许多这样的人，他们渴望着有人能静静地聆听自己的心声，渴望得到理解。就是这通电话，我们恍然醒悟：在人与人的交往中，我们往往会不经意地忽略了别人的感受，并且把别人的求助拒之于千里之外。所以，"练习聆听"就成了一件多么重要的事!

美国著名人际关系学大师戴尔·卡耐基先生说过："如果你希望成为一个善于谈话的人，那就先做一个致意倾听的人。"所以，我们要学会倾听，学会做一个好听众，这样不仅利于彼此间的理解，还有利于化解彼此间的误会。

（徐少娟）

第二天，艾米的照片和她写给圣诞老人的信被登在《新闻岗哨》报的醒目位置，故事很快传遍了全国，所有的报纸、电台和电视台都争相报道福特·威利市的这位小姑娘的故事。

艾米，我们爱你

［美］阿兰·舒兹/著　佚　名/译

当艾米·哈根多思从教室拐角处一瘸一拐地穿过走廊时，她迎面撞上了一个正从五楼冲下来的高大男孩。

"小心点，小心点!"男孩盯着艾米轻蔑地大叫道。接着，男孩得意地笑着，学着艾米的样子撑住他的右腿一瘸一拐。

艾米厌恶地闭上眼睛。

“甭理他。”她边告诫自己，边朝教室走去。

但直到晚上，那个男孩讥笑的表情仍影响着她的情绪。这已经不是第一次了。从艾米读三年级开始，几乎每一天都有人那样取笑她。孩子们笑她讲话结结巴巴，走路一瘸一拐。对此，艾米烦恼极了。有时，即使全班人都在，她也觉得孤立无援。

那天回到家，艾米坐在饭桌旁一言不发。她妈妈知道学校里肯定又出事了，所以她决定和女儿分享一些有趣的消息。

“电台上有个圣诞愿望比赛。”她说，“写一个愿望给圣诞老人，就可能得奖，我想此刻坐在饭桌旁的那个金黄色卷发的小女孩也许该试试。”

艾米哧哧地笑了。这个比赛听起来像是很好玩，她开始盘算圣诞节到底许个什么愿好。突然，一个念头浮上脑海，艾米眉开眼笑。要了铅笔和纸，艾米开始给圣诞老人写信。

当艾米认认真真地写信时，家里人都在猜想她想要什么。艾米的姐姐和妈妈想，也许可爱的芭比娃娃会是她愿望的第一个。她的爸爸猜是一本相册，但艾米不准备公布她的圣诞愿望。

下面就是艾米那天晚上写给圣诞老人的信：

亲爱的圣诞老人：

我叫艾米，今年9岁，我在学校有个麻烦，你能帮我吗？他们都笑话我走路和说话的样子。我患了脑瘫，我真希望有一天他们不再取笑我，您能实现我的愿望吗？

爱你的艾米

印第安纳州福特·威利市的VULT电台，成堆成堆的信从全国各地寄来参加圣诞愿望比赛。工作人员向听众朗读了男孩女孩们想得到的各种不同的圣诞礼物。当艾米的信送到电台时，台长李·托宾仔细地读了一遍又一遍。他知道，脑瘫只是全身肌肉部分失控，艾米的同学肯定以为她是残疾人。他认为让全城的人知道这个特别的女孩和她不同寻常的愿望对他们都有好处。于是，托宾先生拨通了当地报社的电话。

第二天，艾米的照片和她写给圣诞老人的信被登在《新闻岗哨》报的醒目位置，故事很快传遍了全国，所有的报纸、电台和电视台都争相报道福特·威利市的这位小姑娘的故事。她只想要一个简单但极不寻常的礼物——没有被取笑的一天。

突然间，邮递员频繁地光顾艾米的小屋。每天，她和家人都会收到全国各地的从小孩到大人寄来的信，他们带来串串节日的祝福和鼓励的话语。

在那个难以忘怀的圣诞节，几乎有20万人从世界各地为艾米送来友谊和支持。

艾米和家人都逐一详阅他们的信件。其中，许多作者也是残疾人，有些人小时候也曾被人取笑过。每个作者都带来一些特别的信息。从这些陌生人寄来的卡片和信件中，艾米高兴地看到这个世界充满互相关爱的人，从此以后，她不会再孤单。

许多人还谢谢艾米勇敢地站出来为他们讲话，更多的人则鼓励艾米抬起高傲的头，把取笑抛诸脑后。妮安·得克萨斯州的一名六年级的学生，这样给艾米写道："我想做你的朋友，我们一定会很快乐。没有人可以取笑我。因为，即使他们做了，我也听不到。"

艾米真的如愿了，那一天，在威利小学，没有一个人取笑她。

那年，福特·威利市市长把12月21日这一天命名为艾米·哈根多思日。市长说艾米的这个愿望，教给人们最深刻的做人道理。"每个人，"他说，"都希望得到别人的尊重、理解和关爱。我们有责任去实现这个最美丽的愿望……"

与你共品

艾米小小的圣诞愿望出乎意料地被刊登上报纸，受到了全市人民的关注，她的愿望如愿以偿地实现——没有取笑的一天。

艾米的愿望虽小，却很美丽，她的愿望折射了人人都渴望得到尊重、理解和关爱的美好心愿。爱，不只有一天，追求爱是人类永恒的主题，法国著名思想家、文学家罗曼·罗兰说："爱是生命的火焰，没有它，一切变成黑夜。"爱能照亮人生，人们追求爱的步伐永远不会停止。

得到别人的关爱固然是一种幸福，关爱别人更是一种幸福，当人人将关爱当成良好的习惯和乐于遵循的行为准则时，我们的世界将会变得更加美好。

（林燕红）

我慢慢发现，这孩子打得很有规律，他射出一弹，向一边移一点；射击一弹，再移一点，然后再慢慢地反方向移回来。

看不见的爱

［美］威廉·戈尔丁/著　赵丽萍/编译

夏季的一天，天色很好，我决定出去散步。在一片空地上，我看见一个10岁左右的男孩和一位妇女。那孩子正用一只做得很粗糙的弹弓射击一只立在地上、离他有七八米远的玻璃瓶。

那孩子有时能把弹丸打偏一米，而且忽高忽低。我便站在他身后不远处，看他练习，因为我还没有见过打弹弓这么差的孩子。那位妇女坐在草地上，从一堆石子中捡起一颗，轻轻递到孩子手中，安详地微笑着。那孩子一颗颗接过来，一颗颗打出去，当然，他都浪费掉了。从那妇女的眼神可以看出，她是孩子的母亲。

那孩子很认真，屏住气，很久才打出一弹。但我站在旁边都可以看出他这一弹一定打不中，可是他没有罢手的意思。

我走上前去，对那位母亲说："让我教他怎么打好吗?"

男孩停住了，但还是看着瓶子的方向。

母亲对我笑了一笑，说："谢谢，不用!"她顿了一下，望着孩子悄悄对我说，"他看不见。"

我怔住了。

半晌，我喃喃地说："噢……对不起，但为什么……"

"别的孩子都这么玩儿的，不是吗?"

"呃……"我说，"可是他……怎么能打中呢?"

"我告诉他，总会打中的。"母亲平静地说，"关键是他做了没有。"

我沉默了。

过了很久，男孩的频率逐渐慢了下来，他已经累了。

母亲并没有说什么，还是很安详地捡石子，微笑着，只是递石子的节奏也慢了下来。

我慢慢发现，这孩子打得很有规律，他射出一弹，向一边移一点；射击一弹，再移一点，然后再慢慢地反方向移回来。

他只知道大致的方向啊!

夜风轻轻袭来，蛐蛐在草丛中轻唱起来，天幕上已有了疏朗的星星。弹弓皮条发出的"噼啪"声和石子崩在地上的"砰砰"声仍在单调地重复着。对于那孩子来说，黑夜和白天并没有什么区别。

又过了很久，夜色笼罩下来，我已看不清那瓶子的轮廓了，但是男孩仍在尝试。

"看来今天他打不中了。"我想。犹豫了一下，我对他们说声"再见"，便转身向回走去。

走出不远，突然身后传来一声清脆的瓶子破裂声，随即是划破夜空的、夸张得令人心碎的母子的欢呼声……

与你共品

读完小说，我被故事中的母亲深深感动了。她安详的微笑，从容的姿态，轻声说话的语气，无不体现着母亲对孩子耐心、细微的体贴及自尊心的保护；孩子以认真地练习、一次次努力地尝试回应了母亲的爱。

小说以旁观者的视角，细致的动作描写记录了母子间情深意切的浓浓爱意，文中无一处标有“爱”字，但字里行间，处处自然流露的却是深沉广蕴的爱，这份爱虽然看不见、摸不着，但早已在彼此心里留下深深的印记。

故事中这位平凡的母亲对失明的孩子给予了殷切的期望、信心与无微不至的呵护，让我从中感受到母爱的伟大和温馨，当天下人都已经放弃自己的时候，母亲却能始终坚守自己，鼓励自己。

（林燕红）

尽管我和他们在一起的时间并不比他们与自己的亲生母亲共同生活的时间短，我还是多少有点觉得自己是个闯入他人领地的“外人”。

网上继母

［美］朱迪·卡特/著　邓　笛/译

我总觉得“继母”这个词是对那些和有孩子的男人成婚的女人们所贴的标签，这样做的原因很简单，我们总得管她们叫个什么。实际上，做继母是很难将母亲的角色继续下去的。“继母”与“母亲”虽只一字之差，却完全不是一回事。至少，这是我刚做我丈夫四个孩子的继母时的感觉。

我和丈夫结婚已有六年了，我和他一起看着他的几个孩子从一个个小不点儿长成少年。这几年，我们彼此都在不断调整，以适应我们这个新的家庭组合。我们一起度假，一起打球，一起看碟片，我还辅导他们做作业，给他们烧可口的饭菜。然而，尽管我和他们在一起的时间并不比他们与自己的亲生母亲共同生活的时间短，我还是多少有点觉得自己是个闯入他人领地的“外人”。我和几个孩子之间总有着一条无法逾越的鸿沟，我永远是被他们那个家庭小圈子排斥在外的。由于我没有自己的孩子，我为人母的体验全来自于我丈夫的这四个孩子，我时常悲叹我可能永远都无法领略到父母和孩子之间那种特有的纽带关系。

后来孩子们在离家很远的一个城市里读书并寄宿，我的丈夫为了能与他们保持联系，就买了一台电脑，并上了网，以便能随时互发 E－mail，或在网上聊天儿。然而这些现代化的通讯工具在方便联系的同时，却也疏远了人与人之间的关系，尤其是我，如果 E—mail 的收信人是“爸爸”，我就有被忘却或被轻视的感觉。

一天晚上，我的丈夫已经睡着了，而我因为失眠，就坐到了电脑前，我上网后，发现长女玛可正与家里通话。虽然我和她也彼此发送过一些电子邮件，但我们之间从来没有在网上交谈过。我有了一个主意，不想让她知道键盘前坐的是我还是她的爸爸，除非她主动问起。那天晚上，她自始至终都没有问，我也没有暴露自己。她谈起了她的学习成绩，谈起了前一天晚上舞会上的一些细节，还谈到了一个男生对她有了好感，我逐一发表了看法，最后我说，时候不早了，上床休息吧。她回答道：“好的，谈的时间很长了！爱你！”

我读了这句话后，意识到她肯定一直认为自己是在与她的爸爸交谈，因为我和她虽然相处融洽，但互相从来没有直接说过这些感情外露的话。想到这些，我心中不禁感到一阵失落与悲哀。但是，为了不使她尴尬，我负疚地将错就错，答道：“我也爱你！晚安！”

我再次想到了他们的家庭圈子，在这个排他的私人空间里，我始终有着一个外来者的身份。我又一次感受到了那种深切的痛楚：寂寞寥落，与他们格格不入。然而，就在我将手伸向键盘准备关机时，玛可的最后一句话出现了——“代我向爸爸说声晚安。”

顿时，我泪眼蒙眬。

与你共品

看完小说，我被最后“代我向爸爸说声晚安”那句话所感动、所震撼了，可想而知，当继母看到这几个字时复杂的心情了。

小说以第一人称“我”的视角展开故事，通过描写“我”的细微的心理变化，生动细腻地叙述了为人继母的难与苦，以及最后所收获到的感动。小说平淡的语言正如继母与孩子们之间的关系一样，表面上看似平淡朴实，实则内蕴暖暖真情，令人感动不已。

爱，只要付出真心，对方终能感受得到，体会得出。也只有爱，才能打破横亘于家庭的大小鸿沟，打破所有的间隙。让我们用心体会爱吧！

（潘粤金）

看着那满满的一盘葡萄，看着她贪婪地吃着葡萄的样子，我和莫莉不禁感慨万分。

天堂里也有葡萄吗

［美］娜塔莎·弗兰德/著　李　威/编译

在距离我们大学几英里远的地方，有一个专门停放家庭拖车的停车场，里面坐落着一片绿松石颜色的房屋。梅丽莎就住在位于保龄球场和收费公路之间的那一栋房子里。而在停车场外面的草地上，到处都撒满了空的啤酒罐和被丢弃的衣服。

“莫莉，我们来这儿做什么呀?”当我们来到这个地方的时候，我不禁感到非常惊讶，便问莫莉道。

此刻，莫莉正缓缓地把车开向那块没有任何垃圾的地方。见我问她，她便以朋友之间才有的口吻答道：“我们不是要去做一件与众不同的事吗？想起来了吗?”

“哦，上帝，瞧我这记性!”经她这么一提醒，我猛地想了起来。就在3个星期之前，我为我们俩在志愿者协会注了册，那天，当我回到宿舍，仍旧按捺不住内心的激动。看着我那近乎疯狂的样子，莫莉微微地笑了笑。每当看到我表现异常的时候，她总是这么微笑着，因为她太了解我了，并能读懂我的内心世界。从她的笑容里，我仿佛能听见她在说：“哈！你以为我们是谁啊？穿着名牌服装，接受了名牌大学教育就了不起吗？冒冒失失地来到别人的家里，就要把人家的女儿带走？你以为我们是谁啊?”

但不管莫莉怎么想，最终我们还是达成了一致，并且联系到了一户人家，他们有个女儿名叫梅丽莎。我们决定帮助梅丽莎。于是，今天，我们就驱车来到了这里。

当我们敲开房门的时候，那户人家的父母并没有前来开门，开门的是梅丽莎，我们顿时感到一阵轻松。梅丽莎身材非常瘦小，四肢细得像竹竿似的。但是，她仍旧是那么天真可爱。只见她上下打量着我们。她一定在想：“这两个女孩子信得过吗?”

在她的身后，站着两个年龄稍大一点儿的孩子，他们也和梅丽莎一样，有着一头蓬松散乱的金发和一对蓝色的眼睛。当梅丽莎带着我们参观他们的拖车房屋时，我看得出他们有些不情愿。我知道，他们不想让我们看到他们家的寒酸。

“这儿是电视机，这儿是椅子。还有，这儿有一幅画，是我在上美术课的时候画的。”梅丽莎为我们介绍道。

在这个过程中，梅丽莎的父母一直都静静地坐在椅子上，看着她像一只蝴蝶似的飞过来飞过去。就像天下所有的父母一样，他们目不转睛地注视着自己那成为焦点的孩子，开心地微笑着。

“瞧，这个是我，那时候我还是小孩子呢。”这时，梅丽莎指着一张照片对我们说道，“这个是马克，是我的双胞胎兄弟，可是他已经死了。”

于是，我和莫莉侧过身子，靠近她，以便能够看清楚那张照片。照片上是两个长得一模一样的婴儿，一个穿着粉红色的衣服，一个穿着蓝色的衣服。

“米茜，”这时，梅丽莎的妈妈向她招了招手，并且柔声喊道。于是，她转过身，走到妈妈的身边，然后，她俯下身子，聆听着她妈妈告诉她的一个秘密。片刻之后，她才转过头来，一脸严肃地对我们说道：“妈妈说马克和其他的天使一起住在天堂里。”

她的话音刚落，房间里顿时被一种莫名的沉默笼罩起来。良久，我和莫莉竭力地打破了这种难耐的氛围。我们向他们一家郑重地承诺：我们会为梅丽莎系牢安全带，并且会带 4 份食物回来，8 点钟准时到家。

梅丽莎兴奋地抓住了我和莫莉的手，欢快地跳了起来。“卡蒂，达斯第，我会为你们多吃一些的。”她大声说道。

接着，我们一起走向汽车，而梅丽莎则仍旧抓着我和莫莉的手，走在我们的中间。她一边走，一边转过头，向卡蒂和达斯第挥挥手。此刻，卡蒂和达斯第正站在窗前，小脸紧紧地贴在玻璃上，向我们这边张望着，目光中充满了羡慕和渴望。

“他们也想来的。”当我们打开车门，把梅丽莎抱上轿车后面的座位上时，她说。

“下次吧，小妹妹。今天晚上是专门为你准备的，是属于你自己的。”我们告诉她说。在前往我们大学的这一路上，梅丽莎坐在轿车后面的座位上，浑身充满了愉悦和快乐。她的嘴里不停地唠叨着：“今天晚上是专门为我准备的，是属于我自己的特殊一晚，特殊一晚。”

来到我们学校的餐厅，她问道：“所有的东西……我都能吃吗？”

“当然。”我们告诉她说，“比萨饼啦、意大利面条啦、麦片粥啦，还有汤啦以及沙拉等，你想吃什么就吃什么。”

顿时，梅丽莎惊讶得目瞪口呆。然后，她盯着那一盘盘的食物，围绕着食物桌转了几圈，直到我们把她带到了位于公共餐厅中间的专门摆放沙拉的柜台。

在沙拉柜台，她仔细地看了一遍所有的食物，沉思了片刻，然后把她的碟子搁在滑面上，并指着放在一个金属罐里的东西问道：“那里面是什么东西？”

“哦，那是葡萄，青葡萄。”

越过梅丽莎的头，我悄悄地对莫莉耳语道：“难道她从来没有吃过葡萄吗？”

“它们好吃吗？”梅丽莎问道。

“嗯，它们非常好吃。”我们告诉她说。听我们这么一说，她消除了顾虑，也就没有再径直走向冰激凌机。

于是，我将梅丽莎抱了起来，这样，她就能用那一对沙拉钳夹到葡萄了。她一个个地夹着，很快，她的盘子里就堆满了葡萄。然后，我们找了个地方坐了下来，她便开始津津有味地大吃起来。

“哇，你可真像个女牛仔。”我笑道。

看着那满满的一盘葡萄，看着她贪婪地吃着葡萄的样子，我和莫莉不禁感慨万分。我们没有想到在我们大学的餐厅里，在那一桌桌丰盛的食物当中，她所想要的、她所最想要的食物竟然是葡萄。她认为它们是她这一辈子所见过的“最好看、最甜美”的食物，她希望每个星期、每一天甚至每一顿都能吃到葡萄。

于是，我们3人又走到了沙拉柜台，开始往塑料杯里装葡萄，一共装了4个塑料杯，这是给梅丽莎的家人的。

在我们驾车带梅丽莎回家的路上，大家都沉默不语。梅丽莎静静地坐在后面的座位上，望着怀里紧紧抱着的那四个装满了葡萄的塑料杯，虔诚地微笑着，并且时刻小心着不让它们被打翻。

当我们驶离那条收费公路，驶过那个保龄球场，穿过那个停放家庭拖车的停车场，把车开到了那块没有任何垃圾的地方，正准备下车的时候，梅丽莎突然开口打破了沉默。

“姐姐，”她问道，“天堂里也有葡萄吗？”

闻听此言，莫莉转过头，和我面面相觑着。同时，她把手伸向我，紧紧地握了一下我的手，仿佛是在默默地对我说：“你来回答这个问题吧。”

于是，我转过头，爱怜地注视着梅丽莎，温柔地答道：“孩子，天堂里当然也有葡萄，而且，每一餐都有，每一餐。”

与你共品

人们总是以为拥有巨大的财富才是真正的幸福，殊不知亲人简单的一句问候、一个眼神就让人感动不已，但这往往又是世界上最容易被忽略的幸福。

作者通过文字带领读者探访了梅丽莎，又了解了梅丽莎生活的困境和艰辛。梅丽莎面对丰厚的美食的情景，表现出的不仅仅是小孩子的好奇心，更是对生活的一种美好的向往，而梅丽莎更想让死去的双胞胎兄弟也享用这些美好的东西，这是一个姐姐对弟弟的爱啊！一个人的幸福不是真正的幸福，但愿马克在天堂里也能享受到可口的葡萄！

繁忙的社会让人们忙于自己的事业、前途，一些人在自己的世界沉浮，想到的也只是自己，只有相互体谅、关爱、人与人之间的生活才会变得更加幸福、更加美满。

（潘粤金）

这时，我感到非常惶然和困惑，不知对她说些什么。起先，我打算紧紧地拥抱和亲吻母亲，但是，母亲的失声恸哭令我震惊。

一件婚纱裙

[前苏联] A·卡西莫夫/著　佚　名/译

这是战争年代里我所经历的事，每每回想起来都令我激动不已，使我更加热爱周围的人们，更珍惜今天的生活。

长时间的战争使越来越多的人陷于贫困，我的家也是一样。终于有一天，一直最大限度抑制和隐瞒着自己的绝望的妈妈，叹着气说："孩子，我们再也不能没有面包而仅靠干果生活了。"

每一天，战争都带来许多可怕的不幸和痛苦，许许多多的家庭都失去家庭生活的支柱。我的姐姐斯卡纳和我就是在没有父亲的情况下长大的。自然，所有生活的负担也就完全落到我的妈妈——一个年轻寡妇的身上。

在似乎回想什么的时候，妈妈想出了一个办法。"我那件婚纱裙——我结婚的纪念，生活中最幸福日子的纪念。好了，它能做什么用呢？孩子……"她坚持把长裙给我，让我同姐姐到一个叫诺日斯罕的地方去换粮食。

这时，我感到非常惶然和困惑，不知对她说些什么。起先，我打算紧紧地拥抱和亲吻母亲，但是，母亲的失声恸哭令我震惊。她告诉我，在我出发前不准哭泣。我尽量像一个大人那样，保持着镇静。

妈妈相信，只要她拿一杯水洒在我们走后的路上，就能给我们带来好运。

"祝你们一路顺风。斯卡纳，我恳求你，一定要照顾好你的弟弟。"母亲哽咽道，"把婚纱裙换成你们可以换的任何东西。"

"换成你们可以换的任何东西，"这意味着如果不能换到粮食，我们就不应该回家。

出了诺日斯罕车站，姐姐和我去了离车站最近的村庄。在那里，我们遇到一个非常善良和蔼的妇女，并去了她的家里。

斯卡纳拿出了包裹，然后说："这就是我们带来的东西，也许您会喜欢它，我们必须把它换成粮食。"

"噢，它太精致漂亮了。"房主一边说，一边仔细地翻看着婚纱裙，"如实告诉我，它被穿过吗？它的主人在哪儿？"她不停地把婚纱裙在两手之间翻来倒去，眼睛一刻也没有离开它，并自语道："如果允许的话，我想试穿一下，看它是否合身。"

这位妇女一穿上它，整个屋子看起来顿增光彩，就像一个漂亮的新娘穿着专门为她缝制的结婚礼服走进房间一样。

我努力去想象我妈妈做新娘时的情景，这件婚纱裙穿在我妈妈身上时会这样光彩照人、这样的合身吗？最大的可能是，当我的妈妈试穿它时，也这样站在镜子的前面，满怀幸福地欣赏自己。我还想到，我将像它的原样那样，把它保存下来，让它像原来这样崭新、雅致，在我儿子结婚时，我会向他讲述这件凝结着长辈深情的婚纱裙的经历，然后，按照传统，我将把它交到我的儿媳妇手中……

这时，那位妇人打断了我的思绪。她说："孩子，我可以给你一袋大麦、玉米和小米。"

斯卡纳和我同意了。这位妇人从厨房拿出一个厚实的平底盒子递给我。我把盒子中的粮食分成两半，把一半装进了口袋，看到这个情形，斯卡纳笑了。

火车很快就要到了，我们不得不离开。于是，我们扛起我们的东西，与热情的女主人真诚道别。

离开女主人的房子不远，我们听到了女主人颤抖、不安的声音："亲爱的，等一等，别走！"

我非常恐慌，担心她是否已经改变了主意。

当她走到我们身边时，焦急地说："孩子，说句心里话，请你们拿着这件婚纱裙连同粮食回家吧。告诉你们的妈妈，在诺日斯罕你们也有个妈妈，这是她送的礼物。如果这里能够和平，我的丈夫和儿子能从战场上平安地归来，我宁愿变得穷一点。"

我几乎要放声大哭了，斯卡纳也非常感动。于是，她用带着颤抖的声音说："祝你们好运，愿你们所有的期望都变成现实。"

妇人紧紧地拥抱和亲吻了我们……

向她道别后，我们急匆匆向车站赶去，一路上谈论着这个善良的乡村妇人。

与你共品

在血肉横飞、战火迷离的战争年代，一件婚纱裙向我们展示了人类渴望和平、远离硝烟战火、憧憬幸福、与亲人相依相偎的愿望，展示了人类的那种独特的心灵美。

小说构思精巧，结尾高潮迭起，情节峰回路转。当姐弟俩扛着粮食满怀欣喜地将要离开时，一句"亲爱的，等一等，别走！"设下悬念，无法不让人屏住呼吸。接着是妇人一段令人为之一颤的内心独白让姐弟俩"几乎要放声大哭"，也给读者巨大的心灵震撼。

战争无情，人却有情。战争中流露出的人间真情，于细微处温润了天下人的心。

（江丽芳）

当牧师往墙上挂布以遮住那不雅观的洞时，她没有注意他。祈祷完毕，她抬起头，看见桌布，她朝讲台冲了过去。

桌 布

［德］理查德·包曼/著 佚 名/译

当我们的眼神都为那袭华丽停留，缘分就到了。

一个年轻的牧师被派到一个老教堂工作。这个教堂曾是城里最富有地区的最宏伟的建筑，但是如今这一地区衰败了，教堂也变得破败不堪。不过牧师和他妻子看见了这个教堂还是很兴奋，他们相信自己能使它恢复往昔的辉煌。夫妻俩立即开始粉刷墙壁，修理设施，努力使它恢复原貌。他们的目标是要让这个老教堂在圣诞节前呈现出最佳面貌。

可是就在圣诞节前两天，一场暴风雨袭击了这个地区。倾盆大雨积了足有一英寸的水。老教堂的屋顶开始漏水，漏水的部位就在祭台后面，灰泥像海绵似的吸了许多水，一块块往下掉，墙上空出个大洞。

牧师夫妇望着毁坏了的墙，感到非常沮丧。显然不可能赶在圣诞节前把墙补好了，将近三个月的辛勤工作就这么付诸流水了。

第二天当牧师夫妇参加教会青年团举办的义卖会时，两人都很郁闷。义卖会上有一件商品是块金色间着象牙色、绣着花边的旧桌布，几乎有15英尺。

牧师突发灵感，他以6.5美元的高价买下了这块桌布，它可以挂在祭台后面的墙上，遮住那个洞。

圣诞节的前一天，狂风怒吼，雪花纷飞。当牧师打开教堂门时，看到一个上了年纪的女人站在附近的汽车站牌下，他知道汽车至少要半个小时后才会到，便请她进教堂来避避寒。

女人说她不住在附近，她来这儿是为了给这里一个颇有名望的家庭当家庭教师，她是个战争难民，英语不好，所以没有被录用。

她在教堂后排的座位上坐了下来，低着头开始祈祷。当牧师往墙上挂布以遮住那不雅观的洞时，她没有注意他。祈祷完毕，她抬起头，看见桌布，她朝讲台冲了过去。“它是我的!”她惊叫道，“是我的宴会桌布!”她激动地把桌布的历史告诉了目瞪口呆的牧师，并且给他看桌布角上绣着的她的姓名缩写。

她和她丈夫过去住在奥地利维也纳，二战以前，他们因反对纳粹而被迫逃亡。他们决定逃往瑞士，但是她丈夫说他们得分开来逃命，她先走。后来她听说他死在一个集中营里。

牧师被她的故事感动了，坚持请她拿回桌布，她考虑了一会儿，然后说不必了，她不再需要它，而且它挂在祭台后面很漂亮。然后她说了声再见就离开了。

平安夜的礼拜仪式上，桌布在烛光下显得更加华丽了。白色的蕾丝映着闪烁的烛光，令人炫目，蕾丝里织的金线像是黎明中耀眼的阳光。参加礼拜的人纷纷称赞牧师的礼拜主持得好，教堂布置得漂亮。

一位老先生在桌布前徘徊了很久，他离开时对牧师说："真奇怪，许多年前我和妻子——愿上帝让她安息——有这样一块桌布。她只在特别的场合里才会用它，不过我们那时候住在维也纳。"

牧师听罢，尽量用平静的声音把那天下午来教堂的女人的故事告诉了老人。

"难道说，"老人喘着气说，眼泪夺眶而出，"她可能还活着？我怎样才能找到她？"

牧师记得女人去应聘家庭教师的那户家庭名字。他给那家打了电话，记下了她的名字和住址，老人则在他的旁边紧张得发抖。牧师驾着他的旧车把老人载到了她的家，他们一起敲响了门。门开了，牧师看到了悲喜交加的夫妻重逢。

与你共品

一对患难夫妻因反对纳粹而被迫分开逃亡，阴差阳错彼此都以为对方不幸遇难，却在多年后因一块桌布重逢。烛光下，眼眸间，彼此都为那袭华丽停留，不是偶然，只因为爱。

小说结尾以"门开了，牧师看到了悲喜交加的夫妻重逢"收笔，留下大片空白给读者想象，巧妙至极。全文以桌布为线索，紧扣跌宕起伏的故事情节。一张小小的桌布却散发如此大的威力，使这对夫妻的重逢既惊喜又震撼，也让我们深深感受到人世间的缘分可以在患难中流逝，也能在爱中邂逅。

只要心中有爱，缘分便会再次降临。

（江丽芳）

大伙儿一合计决定进去看看，一看就吓得直往后退。波贝尔的遗体躺在高板床上，小屋里充满一股难闻的尸臭，狗儿坐在床上，坐着——忧伤至极。

波贝尔和德鲁若克

［前苏联］叶赛宁/著　佚　名/译

住在村边的波贝尔老头，拥有一间自己的小屋和一条狗。他到处行乞，以残羹冷炙聊以糊口。波贝尔与他的狗简直形影不离，并给它取了一个亲切的名字，叫德鲁若克。波贝尔串村走巷，叩窗哀求，德鲁若克便站在一旁，摇晃着尾巴，好像期待着也给它一点儿施舍。人家常常对波贝尔说："波贝尔，你干吗不把狗扔掉？要知道，你自己连吃的都没有……"波贝尔用忧郁的眼神看着他的狗——一声不吭。他招呼德鲁若克，从窗子旁走了：一小块面包也没讨着。波贝尔垂头丧气，郁郁寡欢，很少跟人交谈。

冬天来了，暴风雪铺天盖地，狂风吹聚了一个个巨大的雪堆。

波贝尔带着狗蹒跚地回到了自己的小屋。小屋破旧不堪，四壁透风，他望了望炉子，望了望四周，在屋子四角寻找了一阵，可一块木柴也没有。波贝尔给德鲁若克套上小雪撬，运回柴火，烧着火炕，抱着德鲁若克，心疼地抚摸着它。波贝尔坐在火炕旁，思绪万千，往事一幕幕重演。老头子对德鲁若克讲述着自己的身世，述说着一个悲惨的故事，讲完之后，又痛心地说："没关系，德鲁若克，你虽然不能回答，沉默不语，但是，你那灰色的、聪明的眼睛告诉我……你全都明白……"

暴风雪好像开始疲倦了，它的威力越来越小。水珠儿开始从屋顶上滴答滴答地流下来，雪在消融、减少。波贝尔看到——冬天在消逝，看着——便对德鲁若克说："德鲁若克，春天来啦，咱们能活下来的。"

红彤彤的太阳温暖地照耀着，小河哗啦哗啦地奔流。透过小小的窗口，波贝尔看到，窗下的土地发黑了，树上冒出了嫩芽，散发出春天的气息。可是岁月不饶人，春天的泥泞使得老头子步履艰难。

他的双脚发软，咳嗽使得他胸部抑闷，腰部疼痛，视力完全变得模糊起来。他躺在高板床上，爬都爬不下来了。波贝尔吃力地爬呀，爬呀，开始不住地咳嗽，而且满心忧伤。他对德鲁若克说："德鲁若克，我早就预料到了。看来，我很快就会死的，只是，扔下你去死，我真舍不得啊！”波贝尔病倒了，一动不能动，更下不了床，德鲁若克则寸步不离地守在床边。老头子感觉到——死亡临近了，他感觉到了——他搂着德鲁若克，搂着，搂着，难过地哭泣起来。波贝尔搂着德鲁若克的脖子，将它紧紧地贴在胸前，突然哆嗦了一下——断气了。

波贝尔的冰冷的身体躺在高板床上。德鲁若克知道，它的主人死了。它在屋里窜来窜去，神情凄切。它走近死者身旁，嗅呀，嗅呀，伤心地嚎叫着。

认识他的人开始私下里议论开了：为什么这个波贝尔不出屋来。大伙儿一合计决定进去看看，一看就吓得直往后退。波贝尔的遗体躺在高板床上，小屋里充满一股难闻的尸臭，狗儿坐在床上，坐着——忧伤至极。

人们抬出尸体清洗，收敛入棺，狗儿则寸步不离死者。遗体送到墓地，埋入土里。波贝尔——一个谁也不需要的人——死了，没有人为他哭泣。

德鲁若克在坟堆上叫呀，嚎呀，用爪子刨着泥土。它企图把老朋友刨开，然后，它和他躺在一起。狗儿没有离开墓地，不吃不喝，悲痛欲绝。德鲁若克的力气衰竭下去了，它没有站起来，它再也站不起来了。它望着坟墓，忧伤地望着，呻吟着。德鲁若克想刨土但是它的爪子已经抬不起来了，它的心脏感到一阵紧缩……浑身战栗，垂下了脑袋，垂下了，微微抖动一下……于是死在坟墓上……

墓地上的小花儿仿佛在窃窃私语，它们在向鸟儿低声叙述着一个人和一条狗的动人故事。一只杜鹃飞到墓前，停在枝叶低垂的白桦树上，它在坟墓上空忧戚、痛苦地咕咕啼鸣。

与你共品

一个孤苦伶仃、以乞讨为生、被人遗忘的“多余者”却与一只普通的狗儿为我们上演了一段惊天动地的情感故事，诠释了他们的那份忠诚、神圣、不离不弃的友谊。

小说通过一次次的情节发展，一幅幅环境描写从反面向我们衬托了一对形影不离、相依为命的朋友。他们的伟大让我们反思，而种种人物描写也正好映射出了世态的凉薄和社会的无情。一段人狗情深的故事，一份感人至深的诚挚友谊深深地触动了我们的心灵，久久地震撼了我们的灵魂。有情动物反衬无情人间，这不就是悲剧的根源吗？

动物有情，人亦有情。我们的那份真情是否也应该向身边的人敞开了呢？

（黎红丽）

妈妈在银行里有存款，真是件了不起的事。我们都引以为荣。它给人一种暖乎乎的、安全的感觉。

妈妈的银行存款

［美］凯瑟琳·福伯斯/著 张建军/译

每星期六的晚上，妈妈照例坐在擦干净的饭桌前，皱着眉头归置爸爸小小的工资袋里的那点钱。

钱分成好几摞，“这是付给房东的。”妈妈嘴里念叨着，把大的银币摞成一堆。

“这是付给副食商店的。”又是一摞银币。

“凯瑞恩的鞋要打个掌子。”妈妈又取出一个小银币。

“老师说这星期我得买个本子。”我们孩子当中有人提出。

妈妈脸色严肃地又拿出一个 5 分的镍币或一角银币放在一边。

我们眼看着那钱堆变得越来越小。最后，爸爸总是要说：“就这些了吧？”妈妈点点头，大家才可以靠在椅子背上松口气。妈妈会抬起头笑一笑，轻轻地说：“好，这就用不着上银行取钱了。”妈妈在银行里有存款，真是件了不起的事。我们都引以为荣。它给人一种暖乎乎的、安全的感觉。我们认识的人当中还没有一个在城里的银行有存款的。

我忘不了住在街那头的简森一家因交不起房租被扫地出门的情景。我们看见几个不认识的大人把家具搬走了，可怜的简森太太眼泪汪汪的，当时我感到非常害怕。这一切会不会，可不可能也落到我们的头上？

这时戴格玛滚烫的小手伸过来抓住我的手，还轻轻地对我说：“我们银行里有存款。”马上我觉得又能喘气了。

莱尔斯中学毕业后想上商学院。妈妈说：“好吧。”爸爸也点头表示同意。

大家又急切地拉过椅子聚到桌子面前。我把那只漆着鲜艳颜色的盒子拿下来，小心翼翼地放在妈妈面前。那盒子是西格里姨妈有一年圣诞节时从挪威寄给我们的。

这就是我们的“小银行”。它和城里的大银行不同之处在于有急需时就用这里面的钱。昆斯廷摔断胳膊请大夫时动用过。戴格玛得了重感冒，爸爸要买药的时候用过。

莱尔斯把上大学的各类花销——学费多少，书费多少，列了一张清单。妈妈对着那些写得清清楚楚的数字看了好大一会儿，然后把小银行里的钱数出来。可是不够。

妈妈闭紧了嘴唇，轻声说："最好不要动用大银行里的钱。"我们一致同意。

莱尔斯提出："夏天我到德伦的副食商店去干活。"妈妈对他赞赏地笑了笑。她慢慢地写下了一个数字，加减了一番。爸爸很快地心算了一遍。"还不够，"他把烟斗从嘴里拿下来端详了好一会之后，说道："我戒烟。"妈妈从桌子这边伸出手，无言地抚摸着爸爸的袖子，又写下了一个数字。

我说："我每星期五晚上到桑德曼家去看孩子。"当我看到几个小妹妹眼睛里的神情时，又加了一句："昆斯廷、戴格玛和凯瑞恩帮我一起看。""好。"妈妈说。

又一次避免了动用妈妈的银行存款，我们心里感到很踏实。

即使在罢工期间，妈妈也不多让我们操心。大家一起出力干活，使得去大银行取钱的事一再拖延。这简直像游戏一样有趣。

把沙发搬进厨房我们都没有意见，因为这样才可以把前面一间房子租出去。

在那段时间，妈妈到克茹帕的面包房去帮忙。得的报酬是一大袋发霉的面包和咖啡蛋糕。妈妈说，新鲜面包对人并不太好。咖啡蛋糕在烤箱里再烤一下吃起来和新出炉的差不多。

爸爸每天晚上到奶制品公司刷瓶子。老板给他 3 夸脱（1 夸脱等于 1. 14 公升）鲜牛奶，发酸的牛奶随便拿。妈妈把酸了的奶做成奶酪。

最后，罢工结束了，爸爸又去上工。那天妈妈的背似乎也比平时直了一点。

她自豪地环顾着我们大家，说："太好了，怎么样？我们又顶住了，没上大银行取钱。"后来，好像忽然之间孩子们都长大工作了。我们一个个结了婚，离开家了。爸爸好像变矮了，妈妈的黄头发里也闪烁着根根白发。

在那个时候，我们买下了那所小房子，爸爸开始领养老金。

也在那个时候，我的第一篇小说被一家杂志接受了。

收到支票的时候，我急忙跑到妈妈家里。把那张长长的绿色的纸条放在她的膝盖上。我对她说："这是给你的，放在你的存折上。"她把支票在手里捏了一会，说："好。"眼睛里透着骄傲的神色。

我说："明天，你一定得拿到银行里去。""你和我一起去好吗，凯瑟琳？"

"我用不着去，妈妈。你瞧，我已经签上字把它落到了你的户头上。只要交给银行营业员，他就存到你的账上了。"妈妈抬头看着我的时候，嘴上挂着一丝微笑。

"哪里有什么存款，"她说，"我活了这一辈子，从来没有进过银行的大门。"

与你共品

母亲有银行存款，这是我们深信不疑的，但是真相往往事与愿违。细细品味才知，正是母亲的一个善意谎言激发了家人共患难、渡难关的勇气。

小说中的情节，以简单的“银行存款”为线索，采用了顺叙的手法，在结尾处才缓缓揭露真相。这样的安排，既出乎意料之外，又在情理之中。它不仅完美地向我们展现了一个在艰难困苦生活之中慈爱、坚忍、精干持家的母亲形象，也让我们联想到了生活中各位平凡而伟大的母亲，正是她们为家庭营造了一个个宁静的港湾。

母亲，就如一湾清泉，淡泊无私；母亲，就如一缕春风，轻轻吹散我们心中的愁云；母亲，就如一棵大树，为我们遮风挡雨……

（黎红丽）

阿奈斯伸出了手，将花朵凑在鼻尖，深深地嗅了一阵；之后，很高雅地，脸上透着红光，启开牙齿，像吃朝鲜蓟般地，开始自外层花瓣着口……

康乃馨

［加拿大］L·M·弗西亚/著　佚　名/译

每到月底，老妇人的儿子都会在账户里多加些钱，好让罗杰保证他总会对这位颠倒了时代的顾客表现最谦恭的欢迎，这位顾客虽然吃得不比鸟多，却要求坐在餐馆后头专供三人用餐的最佳席位上。

每当正午十二点钟响，老板拉开餐馆大门时，阿奈斯夫人总会准时出现，从不缺席；晚间六时三十分，她又会偕同卖花女咪咪到来，咪咪的职责是：只要绽放在每一张餐桌上的美丽红色康乃馨显露些微的凋萎，她就须将它换掉。亲吻了阿奈斯的手之后，罗杰接过了她的手杖，若是在冬天，还得接过把她包得像头洋葱，一层又一层的毛皮服饰。像个被帆篷环抱的船夫，他小心翼翼地护送她来到她订的餐桌前，扶着她挤入座椅之后，把小灯笼点亮，挪挪康乃馨，把它衬托出来，然后把菜单摆在她面前。差不多全盲，差不多全聋，又刻意地作哑，这老妇人点点头表示满意，头上的羽饰夸张地颤了颤，上仰的下巴晃了一下落在一大叠多出的下巴上，形成一个褶边。阿奈斯已濒临她人生的终点，不再有什么食欲了，但是她并未丧失属于她岁月中特有的风格；再怎么说她也不至于婉拒如此高雅侍奉的餐饮，即令她亲爱的、唯一的，永远在旅行的单身儿子竟然把烹调的重任委托给了陌生人。

不过，千真万确，那天晚间阿奈斯的确一点胃口也没有！每一羹匙的汤刚一流到她的喉口就停滞了下来，费了好大的劲儿她总算把那一小湾液体倾入下面的流域中。

阿奈斯很快就觉悟到她实在不该再勉强自己了。

其实，她发觉这是上天赐给她很大的福分，突然她又挣脱了另一种枷锁。几乎全然摆脱了声音与色彩的需求，她终于可以不要食物了！只是，为了不惹人嫌，哪怕是她儿子，她仍然点了牛排与马铃薯；不过往四周偷瞄了一下之后，她鬼鬼祟祟地把每一口食物轻吐在膝上的餐巾上，然后褶起一角盖上。面包与甜点、覆盆子果酱也如法炮制，之后，她将湿巴巴的小包塞入手提包里，继续假装进食……她正在藏起的东西让女侍苦恼困惑，罗杰一本正经地训斥女侍，要求找回遗失的餐巾，并为阿奈斯夫人点她要的草药茶。

就在那时刻，老妇人感到一股莫名的冲动……就像好久以前，她怀孕时有的那份渴望……在那种日子里她所欲求的对象从来无法寻获，可是现在……现在……婷立在花瓶里，摇曳在灯光中，一层层的花瓣晶莹剔透，红色康乃馨……阿奈斯伸出了手，将花朵凑在鼻尖，深深地嗅了一阵；之后，很高雅地，脸上透着红光，启开牙齿，像吃朝鲜蓟般地，开始自外层花瓣着口……待她将花心放在桌面时，这才有些感觉到罗杰躬身立在她后面……

这时，以一种聋人开口般惊人，为了礼貌极少加害于人的语调，阿奈斯对他说：“明天得给我白色康乃馨……你交待咪咪好吗？……白的康乃馨……红的味道太重……你懂吗？罗杰？我改吃雏菊之前，想先好好尝尝白色康乃馨！”

就在这一刻，在惊愕的店员与欣然的顾客众目凝视之下，阿奈斯决定风风光光地离开这个世界，那一声令她闭气的朗笑自她一层层的下巴直泻而下，头顶上的羽饰也跟着做了最后一次的振翅摇动。

与你共品

一位孤单的老妇人，每天都会按时来到固定的餐厅就餐，为的只是让永远不知道在哪里旅行的儿子放心。即将离去的她，发现自己更像一朵白色康乃馨，淡淡的，对人默默无闻的。

文章情节平淡无奇，没有跌宕起伏，没有高潮，但是就在这平实的陈述中，不但从正面衬托了老妇人对孩子无私的爱，也从反面映射出了儿子那浅薄的关心，这一切顿时让我们陷入深深的思考中。原来，人生最美丽的东西就是母爱，这无私的母爱，往往让道德相形见绌。

母爱总是比世上任何一种爱伟大，因为它是淡淡的、温柔的。

（黎红丽）

“我们把信捆在气球上，寄到天堂去怎么样?”特里施说。戴瑟莉的眼睛立刻亮了起来。

天堂回信

[美] 马戈·法伊尔/著 詹 妮/译

1993年10月的一个清晨，朗达·吉尔看到4岁的女儿戴瑟莉怀中放着9个月前去世的父亲的照片。“爸爸，”她轻声说道，“你为什么还不回来呀?”丈夫肯的去世已经让她痛不欲生，但女儿的极度悲伤更是令她难以忍受，朗达想，要是我能让她快乐起来就好了。

戴瑟莉不仅没有渐渐地适应父亲的去世，反而拒绝接受事实。“爸爸马上就会回家的，”她经常对妈妈说，“他现在正上班呢。”她会拿起自己的玩具电话，假装与父亲聊天儿。“我想你，爸爸，”她说，“你什么时候回来呀?”肯死后朗达就从尤巴市搬到了利物奥克附近的母亲家。葬礼过去近两个月，戴瑟莉仍很伤心，最后外祖母特里施带戴瑟莉去了肯的墓地，希望能使她接受父亲的死亡，孩子却将头靠在墓碑上说：“也许我使劲听，就能听到爸爸对我说话。”

后来有一天晚上，朗达哄戴瑟莉睡觉时，戴瑟莉说：“我想死，妈妈，那样我就能和爸爸在一起了。”

“上帝呀！帮帮我吧，”朗达祈祷着，“告诉我该怎么办。”

1993年11月8日本该是肯的29岁生日。“我们怎么给我爸爸寄贺卡呀?”戴瑟莉问外祖母特里施。

“我们把信捆在气球上，寄到天堂去怎么样?”特里施说。戴瑟莉的眼睛立刻亮了起来。

她选了一个画着美人鱼的气球，图案的上方写着“生日快乐”。以前戴瑟莉经常和爸爸一起看美人鱼的录像。

在墓前摆放鲜花时，戴瑟莉口述了一封给爸爸的信。“生日快乐，我爱你，想念你，”她说着，“但愿你在天堂能收到这个气球，在我一月份过生日时给我写回信，好吗?”特里施将那段话和她们的地址记在了一张小纸片上，裹上一层塑料，最后戴瑟莉放飞了那只气球。

将近一个小时，她们就看着那个闪亮的光点慢慢地越飘越远、越变越小，戴瑟莉却兴奋地喊道：“看啊，爸爸收到我的气球了!”才不过几分钟，那气球就不见了。

“现在爸爸要给我写回信了。”戴瑟莉说着向汽车走去。

在一个寒冷、微雨的11月的早晨，在加拿大东面的爱德华王子岛上，32岁的维德·麦金农准备出去打猎。他是一位森林管理员，与妻子和3个孩子住在美人鱼镇上。

但那一天他没有去经常打猎的地方，而突然决定去两英里外的美人鱼湖。在岸边的灌木丛中，他发现杨梅树丛的枝条钩住了一只银色的气球，上面印着美人鱼的图案，线的顶端系着一张包着塑料的小纸条，已经被雨浸湿了。

回到家，维德小心地将潮湿的纸条摊开晾干。妻子唐娜回来时，维德给她看了气球和纸条，上面写着：“1993年11月8日，生日快乐，爸爸……”通信地址是加利福尼亚利物奥克。

“现在才11月12号，”维德说，“仅仅4天这只气球就飞越了3千英里!”“而且你看，”唐娜说着将气球翻了过来，“气球上印着美人鱼的图案，又正好落在了美人鱼湖边。”

“我们应该给戴瑟莉写封信，”维德说，“也许我们命中注定要帮助这个小姑娘。”

在沙勒特镇的书店里，唐娜·麦金农买了一本改编的《小美人鱼》。圣诞节过后几天，维德又买回了一张生日卡，上面写着：“给我亲爱的女儿，温馨的生日祝福。”

1994年1月3日，唐娜坐下来给戴瑟莉写了封信，然后将信夹在贺卡中，与书装在一起寄了出去。

1月19日的傍晚，麦金农夫妇的包裹到了，那时朗达和戴瑟莉已经回尤巴市了，特里施决定第二天再送过去。

那天晚上特里施看电视时，怀着好奇心，她打开了包裹，先是看到一张贺卡，上面写着：“给我亲爱的女儿……”第二天清晨6点45分，哭红了眼睛的特里施将汽车停在朗达的门前。特里施说：“戴瑟莉，这是送给你的。”特里施将包裹放在她手里，“是你爸爸寄来的。”“代你爸爸祝你生日快乐。”特里施念道，“我想你一定会奇怪我是谁。其实一切都是从我丈夫维德11月去打野鸭的那一天开始的。你猜他发现了什么？是你寄给爸爸的美人鱼气球……”特里施停了一下，发现戴瑟莉的脸颊上闪烁一颗泪珠。“天堂里没有商店，但你爸爸希望有人能帮他给你买一份礼物，所以他就选中了我们，因为我们就住在一个叫做美人鱼的镇上。”

特里施继续读着：“我知道你爸爸一定希望你能快乐，而不要为他伤心；我知道他非常爱你，并会一直注视着你的成长。爱你的：麦金农夫妇。”

特里施读完看着戴瑟莉。“我知道爸爸不会忘记我的。”孩子说。

特里施眼里含着泪水，搂着戴瑟莉又读起了麦金农夫妇送的那本《小美人鱼》，这个故事与肯给戴瑟莉读过的那本有些不同，以前那本讲的是小美人鱼后来幸福地与英俊的王子生活在一起，而在这一本中，邪恶的女巫割断了小美人鱼的尾巴，杀死了她，3个天使将她带走了。

特里施读完，担心悲惨的结局会使外孙女伤心，但戴瑟莉却快乐地用双手托住了脸颊。“小美人鱼进天堂了!”她喊道，“爸爸送给我这本书，因为小美人鱼就像爸爸一样进了天堂!”2月中旬麦金农夫妇收到朗达的来信：“1月19日收到你们寄来的包裹时，我女儿的梦想实现了。”

以后的几个星期中，朗达母女经常与麦金农夫妇通电话。3月份时，朗达与戴瑟莉飞往爱德华王子岛探望麦金农夫妇。两家人穿着雪地鞋一起到湖边维德发现气球的地方。朗达和戴瑟莉都沉默不语，好像肯就在她们的身边。

如今戴瑟莉每次想要和爸爸说话时，就会打电话给麦金农夫妇，只有这种方式能安慰她幼小的心灵。

“人们都对我说：‘气球能落到那么远的美人鱼湖边，简直太巧了。’”朗达说，“但我知道是肯挑选了麦金农夫妇将自己的爱带给戴瑟莉，她现在懂得了父亲的爱会一直陪伴着她。”

与你共品

一只普通的气球是如何向天堂传递那无尽的思念呢？原来凭借的是爱，小姑娘对父亲的爱，麦金农夫妇俩的爱，那种永远不会消减的爱、那种战胜了距离的博爱，那种震撼人心的爱。

难道真的有天堂的回信？带着对题目的好奇心我们读完了这篇小说，最后收到的却是满满的感动。小说的情节细腻，各种细节描写突出，这些都无不深深地牵系我们的感情。小说中各个人物所具备的那份爱，都无时无刻向我们彰显了爱之伟大，爱之永久。

大爱藏于心，人格撼天地。也许，世上只有那份无私的爱才能永不泯灭。

（黎红丽）

他不相信那女人相信他了，而他现在不希望有人不信任他。

谢谢你，女士

［美］兰斯顿·休斯/著　佚　名/译

她是个高头大马的女人，背着一个大皮包，里面除了铁锤和钉子外，什么都有。皮包的带子很长，挂在她的肩上。时间差不多是晚上十一点了，她独自走着，忽然一个男孩从后面跑上来，想抢她的皮包。那带子被男孩从背后猛然拉了一下，就断了，而那男孩被自己和带子加在一起的重量弄得失了平衡，不但未能如愿抢走皮包，反而在路边摔了个四脚朝天。高头大马的女人回过身来，准确无比地朝他穿着牛仔裤的屁股上踢了下去，然后弯下身，揪住男孩胸前的衬衫，不停摇晃他，直到他的牙齿咯咯作响。接着那女人说："把我的皮包捡起来，小子，拿起来交给我。"

她仍然紧紧抓住他，但再弯下去一些，好让那男孩蹲下去捡她的皮包。她说："你不觉得可耻吗？"胸前衬衫被紧紧扭住的男孩说："觉得。"

女人说："你为什么要这么做？"男孩说："我不是故意的。"

她说："你撒谎！"这时，有两三个人经过，停下脚步，回头观望，有的甚至站在那儿看。

"如果我松手，你会不会跑走？"女人问。

"会。"男孩说。

"那我就不松手。"

女人说。她没有放开他。

"小姐，对不起。"

男孩小声说。

"嗯哼！你的脸很脏。我真想帮你洗洗脸。你家里没人告诉你要洗脸吗？"

"没有。"男孩说。

"那么，今天晚上得清洗一番。"

高头大马的女人一边说，一边拖着那个吓坏了的男孩往前走。他穿着球鞋、牛仔裤，看起来像是十四、五岁，弱不禁风，没人管的小孩。女人说："你应该当我儿子，我会教你如何分辨是非。至少我现在能帮你洗脸。你饿不饿？"

"不饿。"被拖着走的男孩说："我只希望你放开我。"

"我刚刚走过那转角时，碍着你什么了吗？"女人问。"没有。"

"可是你自己找上我。"

女人说："如果你以为我们的接触就只那么一下子，那你就错了。等我把你料理完毕，你一辈子都忘不了露耶拉·贝茨·华盛顿·钟斯太太。"

汗不断从那男孩脸上冒出来，他开始挣扎。钟斯太太停下脚步，把他扯到她前面，架住他的脖子，继续推着他往前走。到了她家门前，她拉着那男孩进去，走过一条通道，进入房子最后面一间摆设着厨房用具的大房间。她打开灯，让房门开着。男孩可以听见这幢大房子的其他房间里有人在谈笑，有几个房间的门也是开着的，所以他知道房子里并不是只有他和那女人而已。在她的房间中央，那女人仍抓住他的脖子。她说："叫什么名字？"

"罗杰。"

男孩回答。

"好，罗杰，到那个水槽边，把脸洗一洗。"

女人说，并且放开他——终于。罗杰看着门——看看那女人——看看门——然后走到水槽前面。

“打开水龙头等水热，”她说：“这是干净的毛巾。”

“你会让我去坐牢吗？”男孩问，一边弯向水槽。

“不会让你带着那张脏脸去，我不会带你去任何地方的。”

女人说：“我正要回家给自己弄点东西吃，而你却来抢我的皮包！也许你还没吃晚饭，虽然这么晚了。你吃过了吗？”“我家一个人也没有。”

男孩说。

“那我们一起吃好了，”女人说，“我想你是饿了——或者，刚才就一直是饿着的——才来抢我的皮包。”

“我想买一双蓝色的麂皮鞋。”

男孩说。

“好吧，你不需要抢我的皮包去买鹿皮鞋，”露耶拉·贝茨·华盛顿·钟斯太太说：“你可以要求我买给你。”

“女士？”那男孩看着她，水珠沿着脸庞滴下来。好一会儿两人都没有说话，好一会儿。他擦干了脸，由于不知道要做什么好，就又擦了一次，然后转过身来，不知道接下来怎么办。门是开着的，他可以冲出去，跑过通道，他可以跑，跑，跑，跑！女人坐在靠椅上，过了一下子她说：“假使我再年轻一次，倘若想要我得不到的东西。”

两人又静默了好一会儿。男孩张开了嘴，然后不自觉地皱起眉头。女人说：“嗯哼！你以为我接着要说‘但是’，对不对？你以为我要说，‘但是我没有抢人家的皮包’。我并不打算说这句话。”

暂停。静默。

“我也做过一些事情，不过我并不想告诉你，孩子——也不想告诉上帝，如果他还不知道的话。每个人都有一些相同的地方，所以我弄东西给我们吃的时候，你就坐下吧。你可以用那把梳子梳梳头，看起来会舒服些。”

屏风后面的角落里，有个瓦斯炉和冰箱。钟斯太太站起来，走到屏风后面。现在，那女人并没有注意男孩是不是打算跑掉，也没有看她放在靠椅上的皮包，但是男孩小心地坐在房间的另一边，离皮包远远的，而且是他认为她可以轻易用眼睛余光看见他的地方。他不相信那女人相信他了，而他现在不希望有人不信任他。

“你需不需要有人替你跑腿，”男孩问：“买点牛奶什么的？”

“我不必，”女人说：“除非你想喝甜牛奶。我可以用这里的罐装牛奶冲可可。”

“那就好了。”

男孩说。她把从冰箱拿出来的青豆和火腿弄热，泡了可可，铺好餐桌。女人并未询问他有关住处、家人，及其他任何会令他困窘的问题。倒是吃东西时，告诉他她在某个旅馆的美容部工作，总是工作到很晚，也告诉他工作的内容，以及那些来来往往、各种各样的女人——金发的、红发的，还有西班牙人。然后把她那块一角钱的蛋糕切了一半给他。

“再吃一点，孩子。”

她说。吃完后，她站起来，说：“现在，这儿，你拿这十块钱去买那双蓝色鹿皮鞋。下次，别再打我的或其他人的皮包的主意——因为用不正当手段弄来的鞋子会烫到你的脚。我要休息了，但是从现在开始，我希望你好好做人。”

她领着他穿过通道，走到前门，把门打开。

“晚安！好好做人，孩子！”她说，他走下台阶时，她的眼光顺着街道看过去。除了“谢谢你，女士”之外，男孩还想对露耶拉·贝茨·华盛顿·钟斯太太说些什么，但是一直走到了光秃秃的台阶下层，他仰头看着门内那高头大马的女人，他仍只动了动嘴唇，连那句话都说不出来。然后，她关上了门。

与你共品

小说向我们演绎了一场由一个毫无经验的小偷和一位善良、博爱的女士担任主角的特殊邂逅。读毕，惊觉原来是女士的爱和宽容唤醒了小男孩善良的本性，亦是她的信任和关心拯救了一个即将误入歧途的少年。

故事峰回路转，情节跌宕起伏，一步步把我们引入高潮，而故事的发展却出乎意料，让我们猜疑，让我们反思。正是女士博大的爱让我们为之震撼，细腻的关心让我们为之感动，高度的信任使我们为之折服。

法国著名思想家、音乐评论家罗曼·罗兰说过：灵魂最美的音乐是善良！人性本是善良，但是它需要爱和信任的时刻呵护。

（黎红丽）

“你没让尼克把他要说的话说出来，”他对母亲说，“尼克这份儿礼物的另一半儿，是从今天起由他来擦洗地板。是这样吗，尼克？”

半份儿礼物

［美］罗伯特·巴里/著　周　顿/译

那一年我十岁，我哥哥尼克十二岁。在我们俩想来，这一年的母亲节，完全是个让我们激动不已的日子——我们要各自送给母亲一份儿礼物。

这是我们送给她的头一份儿礼物。我们是穷人家的孩子，要买这样一份儿礼物，可就非同寻常了。好的是我和尼克都很走运，出去帮人打杂儿都挣了一点儿外快。

我和尼克想着这件会让母亲感到出乎意料的事，越想心里越激动。我们把这事对父亲说了。他听了得意地抚摩着我们的头。

“这可是个好主意，”他说，“它会让你们的母亲高兴得合不上嘴的。”

从他的语气里，我们听得出他在想着什么。在他们一起生活的日子中，父亲能够给予母亲的东西真是太少了。母亲一天到晚操劳不停：既要做饭，又要照料我们，还要在浴缸里洗我们全家人的衣服，而且对干这一切活儿都毫无怨言。她很少笑。不过，她要笑起来，那可就是不负我们盼望的赏心乐事。

“你们打算给她送什么礼物？”父亲问。

“我们俩将各送各的礼物。”我答道。

“请您把这事告诉给母亲。”尼克对父亲说，“这样她就可以乐呵呵地想着它了。”

父亲说：“这样一个了不起的想法，竟出自你这么个小脑袋瓜儿里，你可真聪明！”尼克高兴得面泛红光。随之，他把一只手放在我的肩头，说：“鲍勃也是这么想的。”

“不，”我说，“我没有这么想过。不过，我的礼物会弥补这个不足的。”

此后的几天里，我们和母亲都在满心高兴地玩着这个神秘的游戏。母亲干活儿时满面春风——她假装着什么也不知道，但脸上却总是挂着笑容。我们家里充满着爱的气氛。

尼克找我商量该买些什么礼物。

“我们谁也别对谁说自己要买什么。”尼克说。他是见我总也拿不定主意，等得实在不耐烦了。

我经过再三考虑，最后买了一把上面镶有许多光闪闪小石子儿的梳子。这些小石子儿看上去就如同钻石一般。尼克很赞赏我的礼物，但却不愿说出他买的是什么。

“等我选定个时间，我们再把礼物拿出来送给母亲。”他说。

“什么时间？”我迷惑不解地问。

“说不准，因为这跟我的礼物有关。你就别再问什么了。”

第二天早上，母亲准备要擦洗地板。尼克对我点头示意，然后我们就跑去拿我们的礼物。

我折转回来的时候，母亲正跪在地上，显得疲累不堪地擦洗着地板。她用我们穿烂了的破衣片，一点一点地把地板上的脏水擦去。这是她最讨厌干的活儿。

紧跟着，尼克也拿着他的礼物返回来了。母亲一看到他的礼物，顿时脸色煞白。尼克的礼物是一只带有绞干器的新清洗桶和一个新拖把！“一只清洗桶，”她说着，伤心得几乎语不成句。“母亲节的礼物，竟然是一只……一只清洗桶……”尼克的眼睛里涌出了泪花。他默然无语地拿上清洗桶和拖把便向着楼下走去。

我把梳子装进我的衣袋，也跟着他跑了去。他在哭着，我也哭了。

我们在楼梯上碰到了父亲。因为尼克哭得说不出话来，我便向父亲说明了事情的原委。

“我要把这些东西拿回去。”尼克抽抽噎噎地说。

“不，”父亲说着，接过了他手里的清洗桶和拖把。“这是一份儿很了不起的礼物。我自己应该想到它才对哩。”

我们又走到楼上。母亲还在厨房里擦洗着地板。

父亲二话没说，用拖把吸干了地上的一摊水；然后又用清洗桶上附带的脚踏绞干器，轻快地把拖把绞干。

“你没让尼克把他要说的话说出来，”他对母亲说，“尼克这份儿礼物的另一半儿，是从今天起由他来擦洗地板。是这样吗，尼克？”尼克明白了其中的道理，羞愧得满面通红。“是的，啊，是的。”他声调不高但却热切地说。

母亲体恤地说：“让孩子干这么重的活儿是会累坏他的。”

到了这个时候，我才看出了父亲有多么聪明。“啊，”他说，“用这种巧妙的绞干器和清洗桶活儿便不会怎么重，肯定干起来要比原先轻松得多。这样你的手就可以保持干净，你的膝盖也不会被磨破了。”父亲说着，又敏捷地示范了一下那绞干器的用法。

母亲伤感地望着尼克说：“唉，女人可真蠢啊！”她吻着尼克。尼克这才感到好受了一些。

接着，父亲问我：“你的礼物是什么呢？”尼克望着我，脸色全白了。我摸着衣袋里的梳子，心里想，若把它拿出来，它会像尼克的清洗桶一样，仅仅只是一只清洗桶。就是说得再好，我的梳子也只不过是镶了几块像钻石一样闪亮的石子儿罢了。

“一半儿清洗桶。”我悲苦地说。尼克以同情的目光望着我。

与你共品

母亲节里，孩子们准备的那份特殊的礼物，不仅展现了孩子们对母亲的深深爱恋，更传达了家庭的浓浓幸福感。

文章内容层层递进，情节一波三折，以各种铺垫为后文埋下伏笔，引起我们的期待和注意。读完全文，我们深深感悟到：也许母亲并不需要什么贵重的礼物，她需要的只是家人的那份爱和理解。是的，她渴望得到我们的认可，就算是一份简单的关心也会让她心满意足。

在家庭生活中，爱是舒缓摩擦的润滑油，也是将彼此结合得更牢的水泥，更是带来和谐的乐音。因此，家庭中所经营着的那份爱，需要用我们每一个成员的理解、关心和诚挚来呵护。

（黎红丽）

第七辑

咄咄怪事

人们沉默着。复活者看看自己刚才出来的土坑，它还没有合上。她又等了一会儿，但看来实在没有人想说话，于是就向周围的人说：“再见。”然后又回到原来的土坑里去了。

有什么新鲜事吗？

［匈牙利］厄尔凯尼/著　佚　名/译

一天下午，布达佩斯公墓第二十七区十四号墓穴上近三百公斤的墓碑轰然一声，倾倒在地。接着墓穴豁然裂开，原来是躺在里面的哈伊杜什卡·米哈伊夫人——诺贝尔·施蒂芬妮亚（1827－1848）复活了。

尽管因为风吹雨淋，墓碑上的字迹多少有些剥落，但她丈夫的名字也还是可以看得清的。可不知道为什么，他没有复活。

因为天气不好，在公墓的人不多。但凡是听到声音的人都过来了。这时，这位少妇已经掸去身上的尘土，向人借了一把梳子正在梳头。

一位戴黑面纱的老太太问她：“你好吗？”

“谢谢，很好。”哈伊杜什卡夫人说。

一位出租汽车司机问她渴不渴？

这位刚活过来的死人说，现在不想喝什么。

“确实，布达佩斯的水，味道实在无法恭维，他也不想喝。”司机发表自己的看法。

哈伊杜什卡夫人问司机，他对布达佩斯的水为什么不满意？

因为用氯消的毒。

“用氯消的毒。”花匠阿波斯托尔·巴朗尼科夫点点头（他是在公墓门口卖花的），所以他那几种高级花只好用雨水来浇。

这时有人说，现在全世界的水都用氯消毒。

说到这里，没有人接话了。

“那么，有什么新鲜事？”少妇问。

什么新鲜事也没有，人们说。

又沉默了，这时下起雨来。

“您不怕淋湿吗?”做钓竿的私营手工业者德乌契·德若问这位复活者。

不要紧，她还爱下雨天呢。

老太太说，当然也得看下什么雨。

哈伊杜什卡夫人说，她喜欢的是夏天那种凉丝丝的雨。

但是阿波斯托尔·巴朗尼科夫说，他什么雨也不喜欢，因为一下雨，公墓就没人来了。

做钓竿的私营手工业者说，他非常能理解这一点。

现在谈话停顿了好长一段时间。

“你们说点什么吧。”新复活的少妇向四周看了看说。

“说些什么?”老太太说，“没什么好说的。”

“自由战争以后什么也没发生过吗?”

“要说，也可以说一两件，”手工业者挥挥手，“但就像德国人说的那样：‘比这有意思的事也不多。’”

“不错，说得对。”出租汽车司机说。好像为了招徕乘客，他回到自己的汽车那里去了。

人们沉默着。复活者看看自己刚才出来的土坑，它还没有合上。她又等了一会儿，但看来实在没有人想说话，于是就向周围的人说：“再见。”然后又回到原来的土坑里去了。

做钓竿的手工业者怕她滑倒，伸手过去扶了她一把。

“祝你一切都好。”手工业者说。

“怎么了?”出租汽车司机在大门口问大家，“她莫非又爬回去了?”

“爬回去了。”老太太摇摇头，“其实，我们谈得多么投机啊。”

与你共品

小说通过对复活者哈伊杜什卡夫人放弃人世生活，回到土坑继续沉默的描写，折射出了现实社会人性的冷漠。

对于一个沉默了上百年的人来说，人世间的一切都应该被视为“新鲜事”。复活者哈伊杜什卡夫人——一个沉默了上百年的人，然而，当她发现自己面对的竟是充满压抑的沉默世间的时候，最终还是选择了回到自己的土坑里。

活着的人沉默着，死而复活的人被沉默着！这个社会怎么了？是活着的人厌倦了生活？抑或是刚刚复活的人对新的生活的幻想太多？有人说：“沉默是金”，可是这样的金子如果世人都去追求的话，那么最终也会变得廉价。

（夏雨哲）

科学家们还来不及破译这些密码，舷窗外居然会云集娇小玲珑的粉红色水母！通信系统中传来了数据处理技师简的惨叫声。

神秘之球

［美］迈克尔·克莱顿/著　佚　名/译

在南太平洋深达千英尺的水面下，一群美国科学家正对一艘巨大的不明船体进行探测。探测的过程中引发了一连串的惊奇和疑问。原来这是一艘太空船，根据船上的资料，它是自外太空坠落而来。但令人惊讶的是，它竟完好无损，而且已有300年的历史。在这艘太空船上最神秘莫测的物体是一颗直径30英尺的大球。这个大球似乎也隐藏着不可捉摸的秘密。于是，一些离奇怪幻的现象产生了。

心理学家诺曼·詹森因其一篇名为《关于地球人与不明生命形式接触并互相影响的建议》的论文而当选异常事物调查组成员。他的工作是监视小组10名成员的行为和态度并对他们的恐惧心理进行调整。随着探测大球工作的深入，一场人类（实体）与非实体之间的无硝烟战争即将爆发。

工作仍在继续，所有调查人员都在绞尽脑汁地试图打开大球的门。使诺曼大惊失色的是，他看见动物学家贝思身后那台监视器上的那颗大球的门正悄无声息地向旁边滑动着打开。他看见那门一片漆黑。他刚想叫人注意，那门又随即关上了。一种不祥的预感涌上心头。而黑人数学家哈里最终还是在大球内部待了三个小时。但他从大球里出来后全身僵硬，反应迟钝；他不知道自己的名字，不知道自己在哪里，也不知道现在是哪一年。他被抬回居留舱后，昏睡了一个半小时后突然醒来，抱怨头痛。疑团加大了。接着，电脑屏幕显示出一连串的螺旋数字，而这些数据并非出自舱内电脑，它可能代表那个生灵本身！人们都迫不及待地想揭开这个秘密，一个更广阔的未知世界能否被开拓？

科学家们还来不及破译这些密码，舷窗外居然会云集娇小玲珑的粉红色水母！通信系统中传来了数据处理技师简的惨叫声。一个小时后，水母群消失了。它们的消失就像它们当初的出现一样神秘。电脑屏幕上新的数字又出现了！哈里打通了联络通道。突然，警报声响彻整个居留舱。居留舱正遭受一个庞然大物的攻击。它有两条触须，向外延伸时比它的臂还长，足足有40英尺长，每条触须的末端是平坦的“前足”或是“掌”，看上去就像一片叶子。这前足是用来捕捉食物的工具，前足的吸盘上长着一圈又小又硬的甲壳质。贝思认为它是巨型鱿鱼。在这次灾难中，死了三个人。

然而，这种灾难性游戏只是一个开始。巨型鱿鱼又发起了攻击，舱内又失去了一位科学家。而诺曼吃惊地发现，居留舱不知什么时候来了一个身穿制服、身材修长的黑人水兵。他自称来自“海上大黄蜂号”。一个小时后，他们搜遍整个居留舱，没有发现那个黑人水兵的踪迹，舱外也没有潜艇的影子。资料表明，现役舰艇近来没有任何舰艇取名为“海上大黄蜂号”。疑团进一步加大。而当诺曼发现之前出现的所有的怪现象都源自从大球里出来的哈里后，他只能与另外一个幸存者贝思并肩作战了。他俩用麻醉混合剂催痹了哈里，原先的怪现象消失了：水母群不见了，巨型鱿鱼消失了，黑人水兵也无踪影了。舱内似乎恢复了平静。

但诺曼错了。他不得不承认，贝思也出现了问题。此刻，他惊见：所有从大球内部出来后的人都有一种魔幻的力量在支撑他们。残酷的现实使他必须依靠他个人的力量向离他 1000 英尺的海面前进。在这之前，他毅然走进大球的门。魔幻力量唯独不在他身上起作用——因为唯独他一个人有面对走入神秘大球的充分心理准备。最后，诺曼不但成功走出了神秘大球，还及时将舱内的两名仅存人员——哈里和贝思救出水面，诺曼拯救了他们的灵魂，也成功地面对了自己的命运。

实际上，所有探测这个神秘大球的科学家们都成功地面对了自己的命运，不是吗?

与你共品

小说描写的是以诺曼为首的美国科学家对一个神秘的球进行探测，然而随着探测的深入，摆在他们面前的却是一场死亡性的灾难。最终，智者诺曼凭借自己坚毅的心态，救助了同事。

当面对毁灭性的灾难时，每个人都会有自己求生的看家本领，但是，最终也只有那些做好充分准备的人才能获得安全！它果然是个神秘的球，它不仅出现得离奇，而且在科学家对其进行研究的过程中所发生的事情也令人难以置信。

“在病魔面前，人多数是被吓死的。”所以心态就是一个人的生命，无论再大的挫折困难，只要坚持一个平和的心态，就没有任何外界力量可以左右你！

（夏雨哲）

“他说，独角兽额头正中长着一只金角。”她说完了。精神病医生严肃地给警察发出暗号。警察从椅子上跳起来，抓住了这位妇女。

花园里的独角兽

［美］詹姆斯·瑟伯/著　佚　名/译

一个阳光灿烂的早晨，一个男子正坐在厨房的角落里吃早餐。他吃着炒鸡蛋，偶尔抬起头来，看见花园里有一只金角白色独角兽，正在静静地吃玫瑰花。于是，男子走到楼上的卧室，唤醒正在酣睡的妻子：“花园里有一只独角兽！正在吃玫瑰花!”她睁开眼，讨厌地看着他。“独角兽是神话里的动物。”她咕哝着，不理睬他。

丈夫慢慢地走下楼梯，向花园走去。独角兽还在那里，正在吃郁金香。“吃吧，独角兽。”他边打招呼边拔起一枝百合递过去。独角兽认真严肃地吃着。由于花园里有一只独角兽，男人感到很高兴，他又跑进屋里唤醒妻子。“独角兽吃了一枝百合花。”他说。

妻子从床上坐起来，冷淡地打量着他。“你真是个傻瓜。我要叫人把你送到精神病院去。”她说。

男人不喜欢听“傻瓜”和“精神病院”这样的字眼，特别在阳光灿烂的早晨和花园里有一只独角兽的情况下，他更不想听到这样的话。他想了一下，说：“好吧，走着看吧!”说着他就往门外走。他想再到花园里看看那只独角兽，临走前对妻子说：“独角兽额头正中长着一只金角。”但独角兽已经走了。男人就在玫瑰丛中坐下，没多会儿工夫睡着了。

丈夫走后，妻子就赶紧起床穿衣。她很高兴，眼睛射出胜利的光芒。她先打电话给警察，再打电话给精神病院医生，要他们尽快到她家里来，并带上紧身衣。警察和医生都来了，他们坐着，有趣地观察着这位夫人。“我的丈夫，”她开始说，“今天一早看见一只独角兽。”警察与医生面面相觑。“他说，独角兽吃了一枝百合花。”她继续说。警察又望着医生，医生也望着警察。“他说，独角兽额头正中长着一只金角。”她说完了。精神病医生严肃地给警察发出暗号。警察从椅子上跳起来，抓住了这位妇女。但是他们要制伏她也不容易，因为她拼命挣扎。最后他们还是制伏了她。当她的丈夫走进屋里时，他们刚好给她套上了紧身衣。

“您对您妻子说过，您看到了一只独角兽，是吗?”警察问。

“当然没有，”丈夫答道，“独角兽是神话里的动物。”

“我想知道的就是这些，”精神病医生说，“把她带走。很遗憾，先生，您的妻子精神失常了。”

尽管这个妇人又骂又闹，警察还是把她带走了，并关进了精神病医院。

从此，她的丈夫过上了幸福的生活。

与你共品

小说中这对夫妇的日子肯定早就过不下去了！这多么发人深思！

从小说的字里行间，我们可以知道妻子并非一个贤妻良母，而且丈夫对妻子也是容忍很久了。小说运用丈夫在花园中看见只有神话中才会出现的独角兽来让这对夫妇拉开了他们之间的战斗，最后以丈夫的胜利作为结局。其实，就算没有独角兽，这对夫妇的战争也会爆发，只是迟早问题而已。

小说中的这一对夫妇向我们折射了现代生活中所存在的婚姻危机！在现代这个社会中，婚姻危机已成为人们日常生活中最大的危机之一，甚至更胜于经济危机。而如何处理这种危机，则见仁见智。或许勇敢放手，微笑着说再见是一种好的选择。但是谁又能说及时发现问题、解决问题不是真正的解决之道？

（盘婷）

这位播音员便住在电视台，每天三次上电视，每一次他都报道一条爆炸性新闻，声望越来越高。

特 技

［日］星新一/著 佚 名/译

电视台的新闻广播员，某日，一如往常，刚要播放稿件，竟违背自己的意志，信口开河起来：

“下面报告新闻。发现了一起行贿受贿案件。据报，K 企业定期向主管机关的高级官员重金行贿……”

播后，电台内部掀起轩然大波。有人问他：“你为什么讲了原稿上根本不存在的事儿?”

“脑袋出毛病了？真丢人，人家会抗议的。胡侃下去，我们电台就会威信扫地。”

电台里的人都被吓得面色如土，广播员也等着革职。然而，奇怪的是压根没有人打来电话表示抗议。

不仅如此，电台还得到情报说，电台点名的那几位高级官员已经引咎辞职。还听说，对此报道半信半疑的警方，在 K 企业进行搜查，很快就发现了行贿的证据，立刻逮捕了嫌疑者。

电视台里的气氛一下子变了，肯定播音员第一名报道了爆炸性新闻，赞许的呼声代替了责难。

“真是惊心动魄！你说的全是事实，你是怎么知道的?”

“我也不大清楚。只是这念头在脑子里一闪，就变成话语脱口而出了。”

“说不定这是特技呢。你具有发现暗地违法的能力。今后可要大力发挥你的才能哟，我们电视台的听众，会一下子增多的。”

"噢，但不知能否一帆风顺。"

第二天的新闻节目时间里，这位广播员又胡侃起来："播送去年偷税者前十名名单。第一名……"

随后，他不仅播放了偷税的金额，还详细地报道了他们偷税的手段。这次又给他说中了。

税务署的人员立刻出动，不费吹灰之力就获取了证据。于是，这个新闻节目大受欢迎，听众和观众不断打来电话，一个劲儿地打气。

"了不起，是大众的战友！用你的特技，毫不留情地把那些坏家伙揪出来，让我们大家心里痛快痛快！"

这位播音员便住在电视台，每天三次上电视，每一次他都报道一条爆炸性新闻，声望越来越高。

但是，接连几天，他的身体便支持不住了，每周都想方设法地请假。他打算回家。可是就在他回家的一路上，不管是谁，一见了他便逃之夭夭。

有的也许是骗取了公司的差旅费的，违章乘车的，装病不上班的，学生时代考试作过弊的，骗过女人的，等等，全都有点什么把柄。他们不愿意接近这位电视台里最有威信的播音员，也许害怕自己的弊端也被宣扬出去，那就吃不消了，因此，尽作鸟兽散了。

他心神不快，总算回到了家。但是，妻子不见了，据说几天前就逃之夭夭。特技即使对她，也不例外。

与你共品

小说向我们展示了舆论对于公众的影响力，同时也向我们揭示了生活在这个时代，有时候知道了太多别人的秘密也不是好事，难得糊涂也不错啊！

小说向我们展现一位新闻广播员得到了发现暗地违法的特技。周围人对广播员的态度由责难到赞许再到最后的逃之夭夭，就连他的妻子也离他而去。可见这项特技对大众的影响都很大。

在这个时代，小说中播音员的特技不是每个人都想拥有的，万事须量力而行、巧取智为，方能在奉献爱心之时避免成为众矢之的。

（盘婷）

然而，年轻人忍住了没叫出声来，相反，他朝 4 楼继续飞行。4 楼窗前坐着位年轻的姑娘，她的双眸——如矢车菊般幽蓝——正凝视着远处，神情忧郁而苍茫。

飞过窗口的年轻人

［俄］阿卡登・爱沃琴科/著　佚　名/译

这个悲惨凄美的故事是这样开始的：

在一幢高层住宅的 6 楼上，3 个人正激烈地争吵着。

一个女人正用丰美的手臂，紧紧攥着床单，哽哽咽咽地分辩着：“哦，约翰！我发誓我没做错什么！他引诱我——而且，我向你保证，我是被迫的，我挣扎过……”

其中的一个男人，还穿着大衣。正指手画脚地训斥着那里的第三个人：“流氓！我要让你立即像死狗般完蛋，你得为这个软弱的女人付出代价！”

屋里的第三个人是个青年男子。尽管此时他有点衣冠不整，仍坚持着不可一世的尊严。“我？干吗？我又没干什么！我——”他抗议着，神色凄凉地盯着屋里空旷的角落。

穿长大衣的男人打开朝街的那扇窗，一把抓住那衣冠不整的年轻人，将他扔了出去。

年轻男人发觉自己在空中飞，赶紧害臊地系好内衣的纽扣，并悄悄地自我安慰说：“没关系！失败只会使我们更加坚强。”

还没到 5 楼，他就从胸中发出一声深沉的叹息。“我的天哪！”年轻人想道，“我可是爱过她的！而她连向丈夫坦白的勇气都没有！现在我觉得她是多么遥远，与我毫不相干。”

绝望地想着这一点时，他已落到第五层。飞过窗口时，他好奇地朝里张望了一下，一个年轻的学子正坐在倾斜的桌前，支着肘儿托着脑瓜看着书。

想到在此之前，他一直沉溺于世俗的享乐，荒废了学业。现在，他为知识的光亮所吸引。“我最最亲爱的学子啊，”他想冲着那正读书的男孩喊，“你唤醒了我内心沉睡的理想抱负，让我摆脱了对虚幻人生的无谓的痴迷。正是这种痴迷，才导致了 6 楼上的后悔莫及的结果！”

然而，年轻人忍住了没叫出声来，相反，他朝 4 楼继续飞行。4 楼窗前坐着位年轻的姑娘，她的双眸——如矢车菊般幽蓝——正凝视着远处，神情忧郁而苍茫。

这年轻人目不转睛地盯着她。这时他才意识到以前与女人们的种种邂逅不过是虚无缥缈的痴迷，也只有在这一刻，他才真正体味到那个奇特而神秘的字眼——爱情。

他开始喜欢上这平静的家庭生活，喜欢上这种无以言传的被爱的举动，喜欢上这种欢乐祥和的生存方式。

接下来飞行中所经历的场面，更坚定了他这种念头。

在3楼的窗口，他看见一位笑逐颜开的母亲，正轻哼着小曲，轻摇着一个笑嘻嘻的胖囡囡，那眼眸里饱含着为人母的自豪之情。

“我也想娶4楼的姑娘，生一个3楼这样的脸上红扑扑的娃娃，”年轻人心中暗想，“为了我的家人，我将付出所有，并在这种付出中收获幸福。”

接下去就到2楼了。在这儿见到的情景使得这年轻人的心又痛苦地抽搐起来。

在一张豪华气派的写字台前，坐着位男人，头发凌乱，目光呆滞。他正凝视着面前的一帧带框的照片，与此同时，他右手写着什么，左手举着把手枪，枪口正对着太阳穴。

“快住手，你这疯子！”年轻人想大声劝阻，“生命是多么美好啊！”但某种本能的情感，使得他没有喊出声来。

屋里的摆设富丽堂皇。由这富贵舒适年轻人想到生活中还有某种东西，能够破坏一切的舒适与满足，甚至整个家庭。“那是什么呢?”他想，心情沉重。他现在已飞到一楼了。命运似乎蓄意要给他一个刻薄的充满讽刺意味的回答。在一楼的窗口，他看到了这一切。

一个年轻男人坐在窗前，上身一丝不挂地隐在幔帐里。他的膝间坐着个半裸的女人。正往下掉的男人想起他曾见过这个女人，那时她衣冠楚楚地伴着丈夫在外面散步——但现在这男人绝非她的丈夫。

这时，年轻人开始回顾曾有过的计划：学着那青年学子努力求知；娶4楼的姑娘；过3楼那样宁静恬淡的家庭生活——他的心再次沉重起来。

他感受到这一切如过眼云烟，感受到梦寐以求的幸福的虚幻——终于，他彻悟了。

“毕竟，我已亲眼目睹了这生命的无意义！活着既愚昧又痛苦。”男人想到这，脸上露出苍白的嘲讽的笑容。最后，他毅然决定就在人行道上结束这次飞行。

当人们好奇地围观他那一动不动的躯体时，谁也不曾想到，就在几分钟前，他曾经历了怎样的一场错综复杂的闹剧。

与你共品

小说讲诉一名被女朋友的丈夫从六楼扔下去的年轻人下落到每一层楼所见到的景象以及他对自身人生的思考，虽然一切都太晚了，但他还是彻悟了。

小说的构思很巧妙！我们都知道，由于地球有地心引力，一个人从六楼往下坠到地面的时间是很短的，但作者却安排年轻人在下坠的那么短的时间内看到每层楼不同的家庭，他生活了那么久都没把自己的人生看透，反而到了人生的最后时刻居然想到人生只是一场虚幻的梦，他彻悟了。这也死而无憾了！

我们的人生也是非常短暂的，谁也预料不到下一刻会发生什么事情，那就好好经营自己的人生，让自己过得更有意义些吧！

（盘婷）

不过你刚才仅仅是在本地机器中安装了 love. exe 程序，只有将你本地机器中的 love. exe 程序同其他的人类机器的心灵连接在一起，你的 love. exe 程序才能不断升级。

给心灵装上爱的程序

[美] 史蒂文·卡维/著　佚　名/译

某日，一位神色黯然的客户走进一家安装人类程序的软件公司，请求工程师帮他排除烦恼。因为最近一段时期，在他与别人交往的时候，他的系统经常死机。他讨厌身边的每个人，说亲朋好友们都在莫名其妙地远离他！软件工程师听完他的倾诉，启动了他的人体机器，进入他的心灵认真检查，几秒钟后，工程师安慰他说没出什么大毛病，只是他的心灵存储器中丢失了 love. exe 程序。于是，工程师耐心指导客户按步骤在心灵中安装爱的程序。

工程师：首先请打开你的心灵，现在，你在心灵的位置了吗？

客户：是的，我进入了“我的心灵”，但是这里有几个文件正在运行，在它们运行的同时我可以安装 love. exe 程序吗？

工程师：请问是哪些文件？

客户：稍等，是我以前安装的“怨恨文件”、“往日伤痛文件”、“自卑文件”和“嫉妒文件”，这些文件正在运行。

工程师：安装没有问题。只是你必须马上将“往日伤痛文件”从你的操作系统中删除，这样，love. exe 程序才可以无障碍地自动安装起来，并且将永久性地保存在你的内存中，完全不会妨碍其他程序的运行。同时，在 love. exe 程序安装的过程中，它会利用自身携带的一个叫做“自信”的文件覆盖掉你系统里的“自卑文件”。最后，你还要把“嫉妒文件”和“怨恨文件”的运行窗口关闭，因为这两个文件的运行会阻止 love. exe 程序的正常安装，你能关闭它们吗？

客户：对不起，关闭无效，请帮我一下吧！

工程师：好的，请返回你的“心灵主菜单”，调出一个名为“宽容”的文件来，你可以根据自己的安装需要，反复调用多次，直到把“嫉妒文件”和“怨恨文件”彻底从你的心灵中清除。

客户：好极了，我完成了！现在我看到love. exe程序正在安装呢。

工程师：请注意，几秒钟后，你会从桌面接收到一条新信息，它提示你：“当前系统重新配置了你的心灵，配置完毕！”你看到了吗？

客户：我看到了，这意味着love. exe程序已经安装完了？

工程师：是的。不过你刚才仅仅是在本地机器中安装了love. exe程序，只有将你本地机器中的love. exe程序同其他的人类机器的心灵连接在一起，你的love. exe程序才能不断升级。

客户：不好了！我的安装桌面显示一条错误信息！

工程师：请念。

客户：“程序无法在网络中运行”，这是什么意思？

工程师：不必担心，这只是一个一般常见错误。是说目前love. exe程序只是在你的心灵外部运行，还无法真正运行在你自己的心灵世界中。这是一个复杂的过程，用非技术性语言解释就是，在你爱别人之前，必须要先爱你自己。

客户：那么下一步我应该如何操作呢？

工程师：不用着急，请进入名为“自我认可”的目录中。

客户：好啦，我已打开了这个目录。

工程师：请点击该目录的以下文件，它们是“宽容文件”、“自信文件”、“实现自我价值文件”以及“仁爱文件”，将它们全部选中后，复制到“我的心灵”的文件夹中，拷贝完毕后，你的心灵系统将自动删除某些不兼容的文件，如“自私文件”、“伪善文件”等，同时修复程序运行中出现的故障，最后不要忘记将“自我苛刻文件”从当前目录中删除！

客户：我成功了！现在桌面显示“我的心灵”已经安装了正版的love. exe程序！系统提示“微笑文件”启动了，同时，“热情”、“友好”以及“满意”三个文件正在“我的心灵”中运行呢！

工程师：恭喜你，系统已经顺利安装了love. exe程序！故障解除了，但最后，我可要提醒你一句。

客户：什么？

工程师：记住，爱是一种免费软件，你完全可以慷慨大方地把爱的各种指令赠送给那些你遇见的人，爱会在人类灵魂间传播、共享，当爱的指令把一个人的心灵同另一个人的心灵链接在一起的时候，love. exe程序会自动在彼此心灵间升级。用非技术性语言解释就是，只有当你把自己的爱给予别人的时候，你才能得到别人的爱！

客户：多谢，我会的！

与你共品

小说的构思很有新意，“给心灵装上爱的程序”。我们都知道，只有机器才能有安装程序的可能性，但小说中工程师却能满足客户的要求，为客户安装爱的程序。

一个人，如果心灵中没有了爱的程序，大家都会远离他，因为他是一个不能用爱去交流的人。同样，记住往日的伤痛就无法打开我们的心扉，怨恨、自卑、嫉妒、自私、伪善和自我苛刻就会阻碍我们爱的施行，而宽容、自信、实现自我价值和仁爱却能帮助我们实现自我认可。向人微笑能体现我们的热情、友好。这些无疑都是我们日常生活中人与人交往的真理。

“在你爱别人之前，必须要先爱你自己”，“只有当你把自己的爱给别人的时候，你才能得到别人的爱”。让我们都给心灵安装爱的程序吧！

（盘婷）

随着年龄的增长大脑里储存了各种记忆，因此就容纳不下新的记忆。所以，要用这个机器抹去不需要的记忆，在脑细胞上植入需要留存的记忆。

近乎完美的答卷

［日］船木和明/著　佚　名/译

他已经一筹莫展了。

连续五年报考重点大学，结果都落第了。

因此，他对那份突如其来的，离奇古怪的宣传广告极感兴趣：“特别向您出售最新开发的划时代的新旧记忆相互交换的记忆器。”

倾囊买来的机器就像在邮购广告上常看到的睡眠学习器一样。

说明书这样写道：“人的大脑记忆储藏能量是有一定的限度的。随着年龄的增长大脑里储存了各种记忆，因此就容纳不下新的记忆。所以，要用这个机器抹去不需要的记忆，在脑细胞上植入需要留存的记忆。所要抹去的记忆可由使用者任意筛选。”

他首先试着把那些无聊的笑话以及那些不知为什么清晰地残存在记忆中的五岁前后的记忆跟难懂的化学方程式进行了交换。

如同水掺入沙子里一样，知识令人吃惊地清楚地输入进大脑里。

由此开始，他抹去了过去的各种各样的记忆，并换上了考试中新近出现的知识。

无论你记忆多少，都不会因此而满足。临近考试便常自责，后悔这呀那呀都没记住，后悔记住了的却没理解深透。

在机器的使用说明书上，还告诫使用者：“留神勿使用过度。”

不过他不能顾及到那种程度，他在不断地把过去的记忆换成备考的知识。

小学时代留下的和同学之间的愉快的往事，换成了世界史中各国在各时代中的关系。

和父母去旅行留下的令人怀念的往事，换成了在考试中或许只出现一个半个的上千英语单词。

和初恋时的女孩子首次约会时留下的酸甜苦辣，换成了在考试中或许出现的文学史。

他直到考试逼近之日，还在不断地把过去的记忆换成备考的知识。

判这张考卷的教授因其异常完美而感叹。

“完美，没见过如此完美的解答。”

这个学校的入学试题的难度一直居各校前茅，各学科的合格分数线每年均在50分，近年来很少见到超过70分的答卷。

然而，教授刚判的试卷却无可挑剔地应得满分。

“完美的解答，这是近乎完美的答卷。”

教授满腹疑云地几番审视着答卷。

于是，教授赞赏地去看答卷的最上方，却什么也没有。

教授直视着这张考号栏、姓氏栏均为空白的答卷，感到这是这张近乎完美的答卷的美中不足。

他离开考场一路往家走。

连自身的记忆、自己是谁都和备考知识交换了。

没有交换的记忆只是到考场和回家的道路，凭此他还能一路往家走。

与你共品

小说的主人公是一个很可悲的角色。因为多次落榜去买了所谓的能交换记忆的记忆器，本以为肯定会金榜题名的，结果是考了试却跟没考一样，而且还失去了自己最为宝贵的几乎一切记忆。

其实，记忆器的使用说明书已告诫过使用者“留神勿使用过度”。只是他在使用时已迷失了自我，以至于生活中所有酸甜苦辣的回忆都丢失了，只留下一大堆没多大意义的应考知识点。这是未能正确对待心理认知的失调感所造成的恶果啊！

我们一生中有许许多多的记忆，有些记忆是很珍贵的。所谓的功名利禄都是过眼云烟，但记忆一旦丢失了，我们就会失去自我，也失去了生活的意义。

（盘婷）

“全部财产都用在如您所说的‘纳凉’上了。您的曾孙们拒绝继续支付这笔费用，所以最近10年来是我在照料您，我也为您的复活付了钱。”

苏 醒

[美] 杰尼·著莱奇塔/著 古 今/译

2052年，克拉肯被解冻后苏醒过来。

格雷姆·克拉肯正在死去。他觉得剧烈的头痛填满了全世界所有的空间，年轻医生的话很难进入他逐渐丧失的意识。

“我赞成您的决定。将来的某个时候，医学发展到人们学会医治许多疾病，其中包括医治骨髓癌时，您给我们留下的钱将用来为您化冻，使您复活，并把您的病治好。您，50岁，将重新生活……”

夜间格雷姆·克拉肯去世了。他的遗体被安置在相当于液态氖温度的低温墓地的一个密封集装箱内，一直保存到医生规定的时候。

他梦见自己沉浸在温暖的大海里，接着，梦渐渐地消失，海水的蔚蓝色也渐渐地褪色，而海水本身则变成一片蒙蒙白雾，他不想醒来，然而雾变得越来越凉爽，于是他睁开了眼睛。格雷姆·克拉肯看见一间放置着仪表和器械的病房，这些仪表和器械都带有五颜六色的指示器。他还看见床边的椅子上坐着一位老年人。

“哈啰!”那人说道。看样子他约摸80岁，稀疏的白发和一张皱纹很深的面孔。

“早晨好!”格雷姆·克拉肯仔细地瞧了瞧，惊呼道：“医生!! 是您?”

“对，克拉肯先生，您的记忆很好。”

“您戴着一对耳环?”

“这不是耳环，而是收音机。”

“为什么?”

“我好收听娱乐广播节目。立体声。”

“怎么开关呢?”

“用舌头弹出响声……今天天气非常好。”

格雷姆·克拉肯顺着医生身旁望了望窗口：“对，好像是这样。顺便说一句，天气已经能够预先选定了吧?”

“尝试了一个时期，但后来就不行了。”

“大概不一致的选定太多了吧?”

“嗯。”

突然窗子上的玻璃像尘土一样地散落，病房里变得亮了些。

“这是怎么啦? 战争?”

“战争已经消除，这只不过是窗子脏了。现在窗子不用人擦洗，而只需更换。”

新的玻璃从窗框下面自动滑上，替换了原来的玻璃。

“现在是多少年?”

“2052 年。”

“我在低温墓地纳凉已经相当久了……我的财产情况您知道不?”格雷姆·克拉肯继续详细打听，“还留下什么吗?”

“全部财产都用在如您所说的‘纳凉’上了。您的曾孙们拒绝继续支付这笔费用，所以最近 10 年来是我在照料您，我也为您的复活付了钱。”

“啊，我非常感谢您，阿比斯医生，我对您感激万分! 我将开创一番事业，挣钱，向您偿还欠账……”

“我毫不怀疑……您会还账……并且很快就……”

“谢谢您的信任，医生，我的骨髓癌怎么样了? 你们学会治疗骨髓癌了吧?”

“当然，采用注射疗法——就这样。”

“往骨髓里注射?”

“是往肌肉里注射。”

“哈哈……这么回事……就是说你们给我治疗好了?”

“还没来得及。”

“您知道，我已经不痛了。”解冻的人用胳臂肘支撑着稍微抬起身子，摇摇头。

老头着急起来。

“我强烈要求您，克拉肯先生……请您小心谨慎——在换心脏……之前……您需要绝对安静。就定在今天晚上。”

“什么? 换心脏?”大吃一惊的格雷姆·克拉肯往后仰靠在枕头上了，“怎么? 我的……心脏……有点……”

阿比斯把头摇了几下，慢慢地，手捂着胸口站起来，转过身去。

“不是您的，而是我的……”

与你共品

为了等待时机治疗骨髓癌，在长期的冰封之后，格雷姆·克拉肯终于在 2052 年苏醒，他再三感谢医生阿比斯的照料。然而格雷姆万万没想到他要把心脏还给心脏衰弱的阿比斯，作为阿比斯为他的复活付了钱的报答。

这是发生在未来的故事，里面描述了神奇而先进的技术。作者采用倒叙的手法，在情节中埋下伏笔，创造了一个惊人的结局。格雷姆的重生并不是自己的重生，在他选择冷冻的时候就已经注定了他的死亡，这个重生是医生阿比斯的，为了自己的重生，阿比斯才会付费照顾格雷姆。

人性有自私的一面，但也有无私的一部分。有为了自己才关爱他人的阿比斯，也有默默奉献的雷锋，要找到自己心灵的善处，以善为师。

（华琼蕾）

他让我把脑袋凑近汽车的排气管半小时，我立即就恢复了充沛的精力，又能够和人家长谈了。

新鲜空气可以使你致命

［美］阿·布奇沃德/著　郑　恩/译

烟雾曾经一度是洛杉矶最大的吸引力，而现在则遍及全美国，人们都习惯于这种被污染了的空气，以致呼吸别的空气反而感到很困难。

最近我到各处讲演，我停留的地方，其中之一就是亚桑那州的费拉洛斯塔夫，那里海拔大约1000米。

走出机舱的时候，我立即就闻到一种独特的气味。

“这是什么味道?”我问了一下接我的人。

“我什么也没闻到。”他答道。

“有一种很明显的气味，这是我所不能适应的。”我说。

“啊，你讲的一定是新鲜空气。许多人从飞机走出来就呼吸到他们从未呼吸过的新鲜空气。”

“这会怎么样呢?”我不免有所顾虑地问。

“没关系。你刚才呼吸的就像别的空气一样，这对你的肺部会有好处的。”

“我也听过这种说法，”我说，“不过，要是这是空气的话，我眼睛为什么不淌水呢?”

“对于新鲜空气，眼睛是不淌水的，这就是新鲜空气的优点；你还可以节省许多优质纸揩眼泪。”

我环顾周围一下，各种物体一片清晰明澈，这可是一种奇特的感觉——我反而感到非常不舒服。

我的主人意识到这一点，他想使我消除顾虑，说：“请不必担心。反复试验证明你可以日日夜夜呼吸新鲜空气，对你的身体是不会有任何损害的。”

“你刚才所讲的，无非是想让我不要离开这里。”我说，“在大城市生活过的人，谁也不能长时间待在有新鲜空气的地方，他忍受不了。”

“好吧，新鲜空气要是烦扰你的话，你为什么不给你的鼻子捂上一块手帕而用嘴巴呼吸呢?”

“对了，我要试试。不过，如果我早知道要到一个除了新鲜空气便没有别的空气的地方的话，我就应该准备好一个外科手术用的面罩。”

他们沉默地开着车。大约15分钟后，他问道：“现在你觉得怎么样?”

“是的，我想对了。现在可以肯定，我不打喷嚏了。”

“这里是不需要打什么喷嚏的。”这位陪同的先生承认说。他又问道：“你原来那地方是不是要打大量的喷嚏?”

“老是要打。有些日子，整天要打。”

“你喜欢打喷嚏吗?”

“打喷嚏并非必要，可是，你要是不打，你就会死亡。——请问，这一带为什么没有空气污染呢?”

“费拉洛斯塔夫人大概吸引不了工业的光临。我猜想我们确实是落在时代的后头了。当印第安人相互使用通讯设备的时候，我们费拉洛斯塔夫才开始嗅到仅有的一点烟尘，可是风似乎又把它吹跑了。”

新鲜空气实在使我感到头晕目眩。

“这周围没有内燃机汽车?”我问道，“让我呼吸几个小时也好。”

“现在不是时候。不过，我可以帮你去找一部载重汽车。”

我们找到了载重汽车的司机。我在暗中塞给他一张5美元的钞票。于是，他让我把脑袋凑近汽车的排气管半小时，我立即就恢复了充沛的精力，又能够和人家长谈了。

离开费拉洛斯塔夫，再也没有人像我这样高兴的了。我的下一站就是洛杉矶，当我走出飞机的时候，我在充满烟雾的空气中深深地吸了一口气，我的双眼开始出水了，我开始打喷嚏了，我觉得又像一个新的人了。

与你共品

多么荒诞离奇的故事!“我”习惯了在有污染的空气中生活，呼吸新鲜空气反倒觉得难受，故意到汽车排气管呼吸半小时才有活力，只有回到有污染的地方，身体才得到适应。

作者以其独特的情节设置，运用反讽的写作手法，将正常现象——呼吸新鲜空气有益健康倒过来写：新鲜空气可以致命，深刻地讽刺了社会发展过程中忽视环境保护的做法。

当前世界依旧面临着社会发展和环境保护的冲突，如果在此方面，人类调节不好，今后我们是不是也会向文中的“我”一样，习惯了污染，遇到洁净空气反而觉得不舒服呢？

（华琼蕾）

这个秘密只有死者自己知道，对于别人来说，他的复活只不过是件令人难以置信的喜事罢了，亲友们商定为他召开庆祝会。为祝贺死者康复，大家自然递了喜钱。

庄严的仪式

［日］星新一/著　佚　名/译

他死了，才七十多岁。不会有人说：“年轻轻的竟然死。”但他死得太突然。

“我心里有点难受。”

他说完，刚刚躺下不一会儿就咽气了。他死后的面容那样安详宁静，就连最后守在身边的医生都惊诧不已，“仿佛在安眠！”这样形容倒颇为相称。他的脸上没有丝毫的留恋和痛苦。

然而，无论死者面容怎样安详，其死是毫无二致的。这对于遗属来说，只有悲痛。

“他真的死了吗？真不敢相信！”

“希望他再多活几年，哪怕两年，不！一年也行。”

人们声泪俱下地互相诉说着这么一句话。热心的亲友和熟人为举行葬礼做好了各种准备。转眼就守夜辞灵了。

死者的亲友们接到讣告纷纷赶来。

“这事太突然了。你们一定很悲伤。但是，希望各位自持节哀。如果过度悲伤，反倒违背了死者的遗愿。”

人们用这样常用的吊唁辞令安慰着遗属。然而，这不过是虚礼罢了。来吊唁的人呈上香奠，燃起线香，接着，不免要对死者追忆一番。

“他真是个好人哪！开朗豁达，而又善于社交。见到他就让人高兴。”

“可是，他又守口如瓶，若事先告诉他这是秘密，那他就不会泄露于人，是个值得信赖的朋友。”

“他聪明，是个富于创造性而又想象力丰富的人。不过，他的设想切合实际，很有希望获得成功……”

“是啊，好像他还建了个小小的实验室，搞什么实验。他把各种药混合起来，好像在调配什么，没看到他的研究笔记，如今也就无从知晓了……”

“总而言之，他是个好人。”

来者无不这样缅怀死者。

不多时，僧侣到场诵起经来。棺材前摆放着鲜花，葬礼继续进行。熟人们陆续散去，灵前只剩二三个亲友和遗属了。

这时，棺材里窸窸窣窣作响，人们不禁面面相觑，一种不安和含有某种侥幸心理的气氛笼罩着整个灵室。接着传来了喘息声。

“哼……”

声音的确发自棺内。人们不禁又一次面面相觑，不敢相信这是真的，是错觉吧？难道真会……

此时，一位朋友站起来，打开棺材盖儿。

“啊！他还活着……”

声音很大，仿佛在说服他自己。棺材里的死者竟然瞪着眼睛，活动手指，用沙哑的声音说：

“把我抬出去……”

“哦，复活了吗？太好了。当然要把你抬出来。谁来帮下忙。”

悲伤肃穆的气氛一扫而光，顿时喧闹起来。人们把死者抬到床上，香火熄灭了，供花扔到了院庭，请来了医生诊后说：

“真奇怪，方才确实是脉搏消失了，呼吸也停止了。”

一个朋友问道：

“是怎么回事？”

“应该说是奇迹吧。我只能说他生命力顽强，除此之外无法解释。他现已恢复健康，一切正常了。诸位多加保重……”

医生委婉地否认了自己是误诊后，转身回去了。死者躺在床上只是微微一笑，当周围的人们散去的时候，便自言自语道：

“我悄悄研制了一种起死回生药。它的特效功能刚才得到了验证。如果每天服用少许，即使死亡，一会儿也会复活的。就像马达一旦停止不转，还会再次开动起来一样……”

死者快活地笑了。

“……可是，我不能公开这个秘密，倘若人口过剩，效果岂不适得其反！只要我一个人能复活就行了。”

这个秘密只有死者自己知道，对于别人来说，他的复活只不过是件令人难以置信的喜事罢了，亲友们商定为他召开庆祝会。为祝贺死者康复，大家自然递了喜钱。

“恭喜，恭喜。”

“您真幸运，实在令人羡慕。”

大家都这样祝贺。听到这些，死者开口道：

“我也觉得像一场梦似的。今生能与大家再次交往，我实感荣幸。”

关于药的秘密，他只字未提。既然被认为是奇迹，他也就无须赘言了。

事隔一年，他又死了。遗属和亲友们又聚在灵前为他垂泪哀悼：

“希望你再多活些年啊!”

“不过，他已多活了一年，够幸运的了。他该没有什么遗憾的了。”

又到了守夜的时候，人们手持香奠前来焚香。

那天夜里，棺材里又发出了声响和呻吟。当时，灵室前只有一个死者的朋友。他揭开棺盖说：

“又活了?”

看到死者在棺材里眨眼，他想：

“怎么回事?这样可好，一年前，大家都曾来吊唁过。贺喜时也都交了礼钱，这次又是这样。可人们都会在百忙之中前来治丧的呀!”

如果再次复活，不知世人将怎样评论。名声一定太坏，说不定会说这是诈骗行为。守夜这样庄严的仪式也要举行三次，也就变得无聊了。

世上的常规不可打乱。这个家伙已经死了。死人就应该是死的。

“把我抬出去。”死者在棺材里请求道。可是，那个朋友摇了摇头。

“最好，你还是不出来。这既是为了你，也是为了大家。”

说罢，朋友勒紧了死者的喉咙……然后，燃起线香，默默地双手合十……

与你共品

他吃了自己研制的起死回生的药之后死去，在别人前来吊唁的时候复活，却没有告诉任何人实情。在第二次庄严的守夜仪式上他再次起死回生时，朋友却把他勒死了。

故事中的他守住药的秘密，利用药的功效欺骗世人，最后却因为这种死而复生的奇迹断送了自己的性命！法国19世纪浪漫主义作家大仲马说过：“当信用消失的时候，肉体就没有生命”。他一再进行的死亡欺瞒打破了常规，也使自己失去了朋友的信任和祝福，就像狼来了的故事一样，最终使自己走向毁灭。

诚实守信，既是中华传统美德，又是当前道德建设的重点。待人接物做到诚实守信，便会让生命开出一朵绚丽的花！

（华琼蕾）

虽然里面只装着换洗的衬衫和从银行抢来的八百万块现款，还有抢银行时使用的手枪，却重得很，好像他过去犯过的所有罪行都装在里面似的那么重。

旅途的终点

［日］都筑道夫/著　佚　名/译

终于到了。下了公共汽车，他边走边想，终于到了。

他明知这是危险的。父母已不在人世，活着的只有那些他不想见的亲戚。尽管如此，他还是想再看一眼自己出生的故居。他打算对出生的故居只看一眼就立即返回车站。他很疲倦，手里的提包也重得很。虽然里面只装着换洗的衬衫和从银行抢来的八百万块现款，还有抢银行时使用的手枪，却重得很，好像他过去犯过的所有罪行都装在里面似的那么重。

他步履维艰地走到自己出生的小镇口，停住了脚步。药铺、自行车铺、点心铺，还排列着这些旧铺子，和往昔一模一样。

山货店的老人站在店前。他瞠目而视。老人本来是在他第一次入狱时死去的。他走近老人，确实是山货店的老人，老人不予理睬，也不开口。他往店里窥伺，见女孩子在看杂志。这个女孩子比他大两岁，据说已经当了东京一个酒馆的老板娘。他茫然窥伺巷内，看见自己出生的故居。从故居里走出中学生时代的自己，他跟踪自己。中学时代的自己走进酒酱店，招呼了一声，却没有人答应。他是来买酱的，见没有卖货的，便把手伸进钱箱。是的，这是第一次。他见自己在往钱箱里望。不行，住手。一开始干，就会形成今天的自己。住手。中学生干起来了。他从提包里拿出手枪，对中学生扣动了扳机。头脑恢复正常时，他已被警察抓住了双腕。这里是他出生的小镇，却不是从前的酒酱店。一个长发学生倒在他身旁。学生手里抓着手提式保险柜。

周围啧有烦言："准是盗窃没有人看门的人家的，但冷不防就开枪也太那个了。"

"莫非是个疯子？"

"还是个学生嘛，是顺手牵羊吧。"

"可怜见的。"

他一边被警察拉走，一边大叫："我是把他救了，不使他尝到我这样的痛苦！"

与你共品

如果说人生是一场漫长的旅途，我们都是这条路上的行者，可有人却已经走到了这场旅途的终点。

小说通过对一个抢劫犯进行深入地剖析，把主人公内心的矛盾挣扎表述得淋漓尽致，笔者不时对主人公犯下的罪行进行提醒，使得情节顺着指引逐渐发展，渐渐进入情节发展的高潮，主人公游走于现实与幻境之间，既然遇见了又一个“自己”，这一次他没有放纵，而是选择提前终结旅程。结局出人意料，却又在情理之中，主人公的最后话语又把读者带入思考之中。

年轻的生命如此终结，主人公的命运给了他自己警示，却未能改变他人生的结局。如何挽救失足青年，主人公没有找到方法，而对这一问题全社会都应该予以深思。

（范昀）

那小伙子钉在自己背上，像镜子一样闪闪发亮，照出了自己的过去、现在与未来，没有一样遗漏；而且是自己的儿子，更是双目盲瞎。我越来越难以忍受。

梦

［日］夏目漱石/著　佚　名/译

做了这样的梦。背着六岁的孩子——的确是自己的儿子。然而，怪的是，不知什么时候，眼睛竟然盲瞎，变成毛头小伙子了。我问：“你眼睛什么时候瞎的?”回道：“很早以前。”

声音是小孩子的，用词却是大人的，而且彼此对等，没有尊卑之分。左右是碧绿的田，道路狭小，鹭鸶的影子时时映在黑暗中。

“走到田里了?”背后说。

“你怎么知道?”回首向后问道。

“不是有鹭鸶鸣叫吗?”对方回答。鹭鸶果然叫了两声。纵是自己的儿子，我也觉得有点恐惧。背着这样的东西，前途不知会变成怎么样。难道没有可抛置的地方？我望着前方，发现黑暗中有一大片森林。那地方大概可以，才这么一想，背后就发出声音：“呵，呵。”

“笑什么?”孩子没有回答，只问道：“爸爸，很重吗?”

“不重。”

“会越来越重噢!”我默默朝森林走去。田间道路不规则，蜿蜒如蛇，很难走出去。不一会儿，来到双岔路。我站在路口歇一下。

“应该有石碑。”

小伙子说。不错，有一块八寸宽的方形石头耸立着，高及腰际。在黑暗中也可以明显看到上有“左往日洼，右往堀田原”的红色字样。红字的颜色很像蝾螈的腹部。

“往左边好了。”

小伙子命令。往左看，前方森林暗黑的影子从高空投向我俩头上。我有点犹豫。

“不必顾忌。”

小伙子又说。我只好往森林那边走去。心想：虽然盲瞎，却什么都知道，一面直往前走，背后说：“盲瞎总不方便啊。”

“所以我才背你呀。”

“让你背，实在过意不去。但不能瞧不起人啊。就是被父母瞧不起，我也不愿意。”

我不由得厌烦起来。想尽快到森林去把他丢掉，便加快了脚步。

“我知道再走一会儿就到了——正是这样的晚上。”

背后独语般地说。

“什么?”我尖声问道。

“你说什么——你不是已经知道了吗?”孩子嘲弄般回答。这么一来，我仿佛已有所悟，但仍然无法清楚知道。想来再往前走一下就可以知道。知道了反而麻烦，还是在不知道的时候，尽快抛弃，比较放心。我愈发加快脚步，刚才就下雨了，路越来越难走，拼命往前走。那小伙子钉在自己背上，像镜子一样闪闪发亮，照出了自己的过去、现在与未来，没有一样遗漏；而且是自己的儿子，更是双目盲瞎。我越来越难以忍受。

“这里，是这里。就是那棵杉树下。”

在雨声中，小伙子的声音清晰可闻。我不禁停下脚步，不知不觉间已走进森林里。一丈前的黑影看来就是小伙子所说的杉树。

“爸爸，就是那棵杉树下。”

“咦，是的。”

我不由得答道。

“是文化五年（一八〇八年）戊辰年吧?”不错，想来似乎是文化五年戊辰年。

“一百年前，你杀了我。”

一听到这句话，我脑海里突然闪现出一种自觉：在一百年前文化五年戊辰年的一个这样黑暗的晚上，我在这杉树下杀了一个瞎子。当我发觉自己竟是杀人凶手时，背上的孩子顿时像石雕一样沉重。

与你共品

一百年前的罪孽，不曾因为时间的流逝而磨灭。一路行来，过去、现在和未来，交织成为黑夜里背负孩子的路途。“我”过去所犯下的罪孽，今日的负担，在梦境里，历历重现。

文章在阴郁的气氛里开始，带着梦的悬疑莫测，离奇诡异，才六岁却已变成毛头小伙子的儿子，明明眼盲却清楚地熟悉前方路途，背负青年小伙的行走，一切都是如此地不可思议，却又有着一种奇怪的协调。

往日的罪过，会随着时间越来越沉重，而不会消减。所以我们应该谨言慎行，严于律己，才不会在将来造成恶果。

（范昀）

星期六时他们一起坐在屋顶上晒太阳。乌迪凝望天空，凝望别人的屋顶。他蓦地想起他们在一起这么多年，竟然没有见过天使飞翔。

墙上的窟窿

［以色列］埃德加·凯里特/著　佚　名/译

伯纳多特林荫大道旁的墙上有个窟窿，有人告诉乌迪，要是冲着墙窟窿喊出一个愿望，它就会实现，乌迪将信将疑。

这天夜里，孤独的乌迪冲墙上的窟窿大喊：我想找个天使做朋友！天使真的出现了。可是每当乌迪需要他时，天使往往不见了踪影。天使佝偻着背，总是穿着一件雨衣，把翅膀藏起来。没旁人在场时，他就脱下雨衣，有一次乌迪甚至触摸了他的羽毛。

有小孩儿问他雨衣里装的是什么，他说是借来的书，他不想把书弄湿了。书的故事是假的，他的翅膀也是假的，“天使”当然也是假扮的。只有乌迪坚信他是真的天使。

他给乌迪讲述令人着迷的故事：讲天堂里的幸福，讲夜里不用把钥匙从汽车上拔下来，讲天堂的猫什么也不怕……

他一边讲故事，一边又对他的上帝发誓说一切都是真的。

乌迪很喜欢他，甚至借钱给他。可天使却从来没有帮助过乌迪，只是不住地给他讲那些让人着迷的故事。

军训时，乌迪更需要有人陪他说说话，但天使却突然消失了。回来时胡子拉碴，脸上的表情分明在说不要问他为什么了。乌迪于是什么也没问。星期六时他们一起坐在屋顶上晒太阳。乌迪凝望天空，凝望别人的屋顶。他蓦地想起他们在一起这么多年，竟然没有见过天使飞翔。

“怎么不在空中飞飞呢，”乌迪说，“这会令你振奋的。”

天使说：“算了吧，别人会看见的。”

“飞一个吧，”乌迪说，“就飞一小会儿，就算为了我。”天使却毫不理会。

“我知道，”乌迪嘲弄着他，“你肯定不会飞。”

“我绝对会飞。”天使佯装大怒，“我只是不愿意让别人看见。”

街道对面的屋顶上有群孩子把水袋儿扔到了大街上。“你知道，”乌迪微微一笑，“小时候，在认识你之前，我经常在这里往人们身上扔袋子。我会对准两个天棚间的地方扔，”乌迪朝栏杆弯下腰，指着杂货店和鞋店中间的空地，“人们只能看见天棚，他们不知道是谁干的。”

天使也学乌迪俯视下面的大街，乌迪从天使身后轻轻推了他一把。天使像包马铃薯似的从五层楼上摔了下去……乌迪惊呆了，他的天使躺在了人行道上，两只假翅膀摔碎在地上，零乱的羽毛被风吹得满天飞舞。

乌迪飞快地跑下楼，抱着一息尚存的天使。天使艰难地微笑着：“你看到了，翅膀是假的。我是住在那堵墙后面的流浪汉，我也需要一个朋友，听到你想找个天使做朋友的喊声后，我就装成天使来和你交朋友……看来我们的友情无法延续了。”说完就闭上了眼睛。

半晌过后，乌迪才发现自己泪流满面，孤独的他失去了朋友，他的朋友现在或许真的变成了天使。

与你共品

孤独的乌迪在对着墙上的窟窿说出自己想有一个天使朋友后，结识了一个冒称自己是天使的流浪汉朋友，乌迪始终坚信他是天使，直到他想看天使飞行，把朋友从楼上推下去后，才知道真相，又追悔莫及。

乌迪是孤独的，结识了流浪汉朋友之后得到了友情，但他一再追问朋友的身份，他需要的到底是朋友还是天使呢？如果看重友谊，这样的悲剧还会发生吗？但是乌迪却没有理解，最后真正把朋友变成了天使，却失去了宝贵的友谊。

现实中很多事情，都是选择的结果。抉择成了一门学问。认识到自己的真正需求，听听自己心的声音，满足于自己的选择，知足常乐，生活会美好许多。

（华琼蕾）

即使在天堂里也是记有档案的。但是掌管这位先生档案的天使犯了个错误，他把这人送到劳作者的伊甸园去了。

劳作者的伊甸园

［印度］泰戈尔/著 佚 名/译

这个人从来不信功利。

他不干任何一件有实用的活儿，只沉溺于奇想怪念之中。他做了几件小雕塑——男人、女人、城堡，都是些到处用贝壳点缀着的古怪的泥制小玩艺儿。他还画些画。于是乎他把自己的时间都浪费在这些没用的、没人要的东西上了。人们笑话他。有那么几次他也发誓要抛开自己的怪念头，然而它们到头来仍徘徊在他心中。

正如有些男孩子很少用功却照样通过考试，对这人也出现了类似情况。他在无用的工作中度过了在人间的生活，死后天堂的大门却照样对他敞开。

即使在天堂里也是记有档案的。但是掌管这位先生档案的天使犯了个错误，他把这人送到劳作者的伊甸园去了。

在这个伊甸园里，什么都能找到，就是没有闲暇。

这儿的男人们说："上帝！我们简直没有一刻空闲。"女人们嘀咕："让我们继续干吧，时间正在飞逝。"所有的人异口同声："时间是宝贵的。""我们手里活儿不断，""我们利用每一分钟时间。"

而这位没做一件实用的事就度过了世上一生的新来者并没有适应劳作者伊甸园里的事务安排。他心不在焉地在大街上闲荡，挡着忙人们的道。他躺在绿茵茵的草地上，或靠近湍急的溪流，被农夫呵斥一顿。他老是碍别人的事。

每天有一个风风火火的姑娘带着水罐，到一个沉默的瀑布那儿去汲水（沉默的瀑布，是因为在劳作者伊甸园里就连瀑布也不愿为歌唱而耗费能量）。这姑娘走在路上，就像一只熟练的手在吉他弦上飞速地移动。她的头发不经意地散落下来，一缕像是爱探询的头发时时披下前额，探望她眼睛里的暗暗惊奇。

懒汉正站在溪畔。如同一位公主看到一个孤独的乞丐，这位忙碌的姑娘看到他也充满怜悯之情。"喂——"她关切地喊，"你没活儿可干吗？"

这人叹道："活儿！我没有一刻是在干活儿。"

姑娘不明白他的话，说："如果你高兴，我可以分一点活儿给你。"

这人回答："沉默之泉的姑娘啊，我现在正等着从你手里得到一些活呢。""你喜欢干什么样的活儿?”“你可以给我一只水罐，肯分一只给我吗?”

她问:“水罐?你想从瀑布汲水吗?”“不。我要在你的水罐上画些图画。”

姑娘恼了。“图画?!我可没工夫同你这种人浪费时间。”她走了。

不过，一个大忙人对一个什么事也不干的人还能怎样呢。每天，他们都相遇，他每天都对她说:“给我一只你的水罐吧，沉默之泉的姑娘。我要在那上面画画。”最后她让步了，给了他一只水罐。他开始画起来，他画了一根又一根线条，涂了一种又一种颜色。

他完成了他的作品，姑娘拿起水罐端详起来，她的眼神是迷惑不解的。她扬起眉问:“这些线条和颜色是什么意思?它们有什么用处吗?”

他笑了。“没有。一幅画，它既没有含义，也不是为了什么用处。”

姑娘带着他的水罐走了。在家里，她躲开窥探的目光把水罐拿到亮光里，将它转来转去地从所有角度细看那上面的图画。夜里她摸下床点亮灯，悄悄地又细细看了一遍。在她的生活中，第一次看到了一种根本没有含义和用途的东西。

当她第二天出门去瀑布时，她那匆忙的脚步比过去稍从容了些。因为一种新的感觉，一种既无含义也无用途的感觉，似乎已经在她身上苏醒。

她看到站在瀑布边上的画家，有点慌乱。她问:“你需要什么?”

“只不过想从你手里得到一点活儿。”

“你喜欢干什么样的活呢?”

“让我为你的头发系上彩色丝带吧。”

“为了什么?”

“什么也不为。”

丝带系好了，闪着光彩。劳作者伊甸园的忙碌姑娘哟，如今每天要花许多时间去摆弄绕着头发的丝带了。时间一分钟一分钟溜走，没有被利用，许多活儿搁下来没干完。

这下子，劳作者伊甸园里可遭殃了，过去很积极的人现在变懒散了，他们把宝贵的时间浪费在诸如绘画、雕塑之类无用的事上。长者们焦虑不安，于是召开了会议，一致认为眼下事态在劳作者伊甸园里，迄今为止是闻所未闻的。

这时天使匆忙赶来了。他在长者面前鞠了躬，并作了坦白:“我带了一个有毛病的人到这个伊甸园来，一切都是我的错。”

这人被传了来。长者们看到他那奇异的衣着，他那古怪的画笔刷，他的那些颜料，立刻都明白了:“他绝不是劳作者伊甸园里该有的那种人。”

长者生硬地说道:“这里不是你这种人待的地方，你必须离开!”

这人如释重负似的叹了一口气，收拾起他的画笔和颜料。可就在他要走的当儿，那位沉默之泉的姑娘轻盈地跑上前来喊道:“等一下!我和你一起走。”

长者们惊讶得喘起气来:过去在这伊甸园里，还从没出过这样的事——这样一件既无含义又无用途的事儿!

与你共品

人人都向往着天堂，人人都肯定了劳动的重要性，如果上帝真的创造了一个伊甸园的话，那么挑选那些时时刻刻都在努力劳动的人住在天堂，这也本是无可厚非的吧!

可是事情就是这么恰巧，一个做着无用工作的人却因为天使的小错误来到了这个人人称羡的劳作者的天堂，走进了劳作者，这就给了文章发展的一个契机，一个引子，他像一颗小石子一样投入水波中，泛起波澜，推动情节发展，带领文章走向高潮，伊甸园为他改变，即使是强制的驱逐，也无法恢复如初。

其实，生活并不需要太多的功利心，只要简单生活，随性工作，即使走出伊甸园，你也可以置身在天堂中。

（范昀）

在橱窗里边，幸福犹如无数复活节的鸡蛋，按大小一一陈列，真是花色繁多，品种齐全，有小型的，有中等的，有大号的。

橱窗里的幸福

[意大利] 莫拉维亚/著　佚　名/译

每天，傍晚时分，退休的老公务员米隆内就带上体态肥胖的老伴儿埃尔米妮以及已是青春年华但心情忧郁、脸色苍白的女儿乔万娜走出家门，到大街上去溜达。

一家三口，顺着埃尔米妮笨重、蹒跚的步子，从他们居住的自由广场出发，沿着长长的科拉·迪·里安佐大街的人行道，慢慢悠悠地逛去，认真地欣赏着每一家商店的橱窗。踱到复兴广场，便转向对面的人行道，仍然是那么仔细地观赏着商店的橱窗，折回到自由广场。

这样的散步每次大约持续两个小时，回到家里恰好是晚餐的时间。对于经济拮据、久已未有福分进电影院和咖啡店的米隆内一家来说，这种散步委实是他们生活中的乐趣。

一天，像往常那样，他们沿着科拉·迪·里安佐大街溜达。快要走到复兴广场的时候，突然三个人的注意力不约而同地被一家新开张的商店吸引住了。嗨，奇怪！这儿昨天分明还是一片尘土飞扬的破木栅。橱窗里射出来的耀眼的光辉，使人难以瞧清楚陈列的商品。一家三口忙走几步，一言不发，在这家商店橱窗前摆下了半圆形的阵势。

现在可以清清楚楚地看到出售的商品了：幸福。

米隆内一家，和世上所有的人一样，对这种货物闻名已久，却至今未有缘分真正见过。可不是，早就听人传说，这玩意儿极为罕见，如同神话中的奇珍异宝，难怪许多人怀疑它是否确确实实存在。不错，那些畅销全球的明星画报不时发表大块的文章、照片，并且断言说，在美利坚合众国，幸福虽未达到比比皆是的地步，但至少也是谁都能够买得起的商品。不过，谁都知道，美利坚远在天边，况且，新闻记者们常常以造谣惑众为能事。又听人传说，在上古时代，幸福倒是一种谁都不稀罕、甚至过剩的货物。然而，凭米隆内活到这大把年纪，却从来不曾亲眼见到过。

万万没有想到，踏破铁鞋无觅处，如今，在这家商店里，人人都可随意买到幸福了，好像是购买皮鞋、锅碗一样平常、方便。米隆内一家三人在橱窗前伫立时流露出了痴痴发呆的神情，这确实是不能理解的。

还得补充一点，这家商店的装潢万分讲究，宽敞的玻璃橱窗，四周用华丽的大理石镶边，闪烁出异样的光彩；招牌、柜台是最摩登式样，所有的内部装饰都镀上了一层漂亮的镍。两三个装束华美、年轻机灵的店员在招徕顾客，他们诱人的仪表迫使那些犹豫不决的顾客打消了顾虑。在橱窗里边，幸福犹如无数复活节的鸡蛋，按大小一一陈列，真是花色繁多，品种齐全，有小型的，有中等的，有大号的。有一种最大的，看来是摆在那儿做广告的样品，并非真货。每一件幸福的样品都附着精致的标签，上面用优雅的笔迹标明售价。

终于，米隆内老头用长辈的口气，说出了共同的感想：

“唉，我……无论如何没有想到……”

“为什么，爸爸？”女儿幼稚地问道。

“嗨，你问为什么？”老头儿有点儿生气了，说道：“多少年了，我们听人说，意大利没有幸福，幸福在我们这儿供不应求，从国外进口又贵得要命……说也奇怪，现在却突然开了一爿专门出售幸福的商店。”

“也许是发现了新的幸福产地。”女儿说道。

“什么新的幸福产地？在哪里？”这会儿老头儿光火了。“不是一直向我们宣传什么意大利地下资源贫乏吗？没有石油，没有铁砂，没有煤炭，没有幸福……不，这样的事情瞒不了人的。你想一想，要真是那样，报纸不早就吹开了：诸如昨日某君漫步卡多雷山，无意中发现一优质幸福蕴藏地，长若干，深若干，储藏量若干，等等，这完全可以料想到的。不，不……这一定是外国货。”

“不过，”母亲温和地说，“这有什么不好呢？他们那里的幸福太多，而我们一点儿也没有，所以向我们输出……不是很平常的事情吗？”

老头子愤怒地耸了耸肩膀说：

“女人家的浅薄之见……可你知道什么是进口？这意味着要用宝贵的外汇去交换……这些外汇应当用来购买粮食……如今大家饿肚子……粮食乃是急需的东西……不，太太，不能这样，才积累了这么一星半点的美元，却糟蹋掉去换这种商品：幸福！”

“可是我们也需要幸福啊！”女儿从旁提醒。

“奢侈品！”老头儿回答道，“最要紧的是考虑吃饭……先面包，后幸福……在这个国家里却本末倒置，先幸福，后面包。”

“不值得这么动肝火，”妻子善意地劝解，“好吧，就算你不需要幸福……但也并不是所有的人都像你一样。”

“譬如说我……”女儿大胆地插了进来。

“譬如说你……”父亲用威胁的声调狠狠打断了她的话。

“正是，譬如说我吧，”女儿几乎绝望地硬是说了下去，“真想亲眼看一看，幸福这东西究竟是用什么做成的，我多么想买这样一件小小的幸福呀。”

“走啦！”老头儿阴沉而又坚决地说道，“走啦！”

埃尔米妮和乔万娜驯服地迈动了脚步。

老头儿的怒气还很旺盛：

“乔万娜，我实在没有料到，你竟会这样放肆。”

“为什么？爸爸。”

“你也知道，像幸福这类货色只有投机商人、大亨、百万富翁才购买得起……一个小小的公务员无力也不该贪图幸福……你说你想买它一件，这证明你至少是太无知无识了……再说，我们的房子是花钱租的，退休金死活不管总是到月初才能领到。而你……唉！你一点儿也不知道体贴我，丝毫不懂人情世故。”

女儿的眼睛慢慢润湿起来，灌满了泪水。

母亲开始为女儿打抱不平：

“你瞧，你这是干什么？你老是伤她的心。她年纪轻轻的，什么世面都没有见过，想买件幸福又有什么可大惊小怪的？”

“自然没有什么大惊小怪的，可她的爸爸没有幸福也对付着过了一辈子，她没有幸福也照样能活下去。”

他们走到了复兴广场。老头子一反惯例，硬要顺着原来的人行道走回去。

再一次踱到幸福商店跟前的时候，他停了下来，久久地盯视着橱窗，然后断然说道：

“你们可知道，我在想什么？——这是假造的商品！”

“什么？”

“嗨！我昨天刚在报上看到一条消息，说是最小号的一件幸福在美国，是的，正是在美国，价值数百美元……在这儿用这样低贱的价格出售，那怎么可能呢？光运费也比这儿贵好几倍……这是假的幸福，人造货……一点儿也不错。”

“可是许多人都在购买。”母亲怯生生地说。

“世上有什么东西人不拿来做买卖的？……买到家里过几天，他们就会后悔的……骗子！”

散步在继续。

乔万娜在悲伤地哽咽，可是她心里仍然坚持着：她需要幸福，纵然它是假的。

与你共品

英国作家欧文曾说过：“人类的一切努力的目的在于获得幸福。”如果有一天，幸福在我们身边出售的话，我们究竟该怎样面对这种幸福呢？文章设想了这一情景，幸福实体化，成为可以出售的商品。

小说里的一家三口有了这样的一个机遇，给他们平时波澜不惊的生活投下了一颗动荡的小石子。女儿对幸福的极度渴望，母亲对幸福的期待，父亲对这种廉价幸福的怀疑，三种不同的情感围绕着是否购买幸福这件小事交织在一起，反映了父亲、母亲、女儿对幸福的不同态度。即使父亲残忍地拒绝了女儿的请求，可女儿内心深处还是坚持着对幸福的祈求。

我们需要一颗相信幸福的心，只有先相信了幸福，才能相信生活。

（范昀）

要是摔伤了头就能成为预言家，那每个镇上都会有成千上万个先知了，可话又说回来了，凡是去过雅什家的人，就没有不信服的。

扫烟囱的雅什

［美］辛　格/著　佚　名/译

磕磕碰碰没有什么了不起的，可是碰了脑袋可不是闹着玩的。不然的话，人的灵魂为什么要装在脑子里呢？为什么不在肝脏里，或者，请原谅我言语不恭，为什么不在内脏里？你可以通过眼睛看到他的灵魂，而眼睛又是灵魂向外瞭望的小窗口。

我们镇上有个扫烟囱的工人，绰号黑雅什。扫烟囱的工人除了黑黢黢的还能有什么别的颜色？可是，雅什看上去就会使人觉得他在胎里就是黑的，除了牙齿外，全身就没有白的地方。他父亲原先也是扫烟囱的，这可以说是子承父业。他早已长大成人，但还未成婚，仍同老母住在一起。

有个星期——这事就好像发生在昨天似的——水夫费特尔进来告诉我们说，雅什从楼顶上摔下来了。大家都为雅什难过。雅什爬高一向灵活、敏捷，像猫一样。如果一个人命中注定要倒霉的话，那就无法逃过，而且还非得从镇上最高的楼房上跌下来不可。费特尔说，雅什跌伤了头，幸好胳臂腿没事儿。有人已经把他送回家，他住在镇郊林子附近一间东倒西歪的小茅舍里。

有一段时间，谁也没有听到有关雅什的什么消息。一个扫烟囱的算得了什么，没有他还可以雇别人嘛。后来有一天，费特尔又来了，肩上挑着两桶水。他对我母亲说："费兹·布拉奈，你听说了吗？扫烟囱的雅什可变得神了，连别人想什么，他都能知道！"我母亲大笑起来，啐了口唾沫说："你这是开的什么玩笑？""这可不是说笑话，费兹·布拉奈，"他说，"绝对不是笑话，雅什现在躺在床上，头上扎着绷带，整天说着别人的秘密。""你疯了吗？怎么说起胡话来了！"我母亲责备地说。但没过多久，这件事就在镇上议论开了：雅什的脑袋摔了一下以后，不知里面哪个部位错了位，结果变成了一个可以看穿别人秘密的人。

我们镇上有个叫诺海姆·梅海里斯的教师，他说雅什变成了先知先觉的人。不过，谁听说过有这种事情呢？要是摔伤了头就能成为预言家，那每个镇上都会有成千上万个先知了。可话又说回来了，凡是去过雅什家的人，就没有不信服的。有人从衣服口袋里掏出一把硬币，问他："雅什，我手里攥的是什么？"雅什便说出有多少枚三格罗申的硬币，有多少枚四格罗申的硬币，有多少枚六格罗申的硬币，以及有多少枚戈比硬币。一数那些钱，果然一点不差。还有人问："你说上星期这个时候我在卢布林做什么来着？"雅什便说，他曾和另外两个男人在下饭馆，说得活灵活现，好像当时他就站在旁边看着一样。

镇上的医生和那些头面人物听到这个消息后，都纷纷赶来了。雅什的家又小又矮，客人的帽子都碰到天花板了。他们向他提各种问题，他有问必答。神甫对此感到惊慌不安，农民们开始谈论雅什成了圣人。他们还准备簇拥他去四处朝拜。只是由于医生说雅什现在还不能起床才作罢。再说，除了星期天，谁也没在教堂里看见过雅什。

雅什虽然躺在床上，像普通人一样的说话、吃饭、喝水，还和他母亲养的那条狗一起嬉戏，但却什么都知道。比如谁上衣兜里装着什么，裤子里有什么，谁把钱藏到什么地方了，谁前天喝酒花了多少钱，等等。

雅什的母亲发现来访者越来越多，便开始收费了，每人一戈比。医生给卢布林写了一封信，镇长也向上级写了呈文。于是，大官们也纷至沓来。据说，省长大人还派了一个代表来，这下镇长可慌了手脚，连忙下令把大街小巷打扫得干干净净。市场收拾到连一根火柴杆都看不到的程度。镇上的办公厅也匆忙地粉刷了一遍。这样大动干戈都是由谁引起的呢？是雅什，扫烟囱的雅什。吉特尔客店的老板更是忙得不亦乐乎——他做梦也没有想到会有这么多的贵客临门。

谣传这位医生跟省长的代表争吵起来，还差点动了武。我们的医生也有一定的官职，他既是镇医生，又是兵役局的委员。他铁面无私，谁也别想收买他，他对雅什超人的洞察力丝毫也不担心。不管怎么说，最后医生占了上风。但是后来这个代表向省长报告时还是说雅什疯了，当然也给医生进了谗言，因为没过多久医生就被调到别的地方去了。

当雅什的头伤痊愈后，又去干他的老本行。但是他的神力犹在，每当他走进人家去领他那枚银币的时候，女主人总要问问他："雅什，左边的那个抽屉里有什么东西?""我手里攥的是什么?""昨天晚饭我吃的什么?"等等。他都对答如流。她们还要问他："雅什，你是怎么知道的?"他往往只耸耸肩说："我就是知道嘛，可能是由于把脑袋摔了一下的缘故呢。"他指了指自己的太阳穴。如果把他带到大城市，人们肯定会买票去看他的，可是有谁愿意管这种闲事呢?

镇上有几个蟊贼，他们常偷人家晒在顶楼上的衣服和别的什么东西，只要能偷的，他们全不放过。现在他们再也不敢了。谁若丢了东西，就会去求助雅什，雅什便把贼的名字和脏物藏在什么地方告诉失主。很快雅什的事，附近村子的农民也都听说了，谁要是丢了马，准会来找雅什的。有几个贼就是因为雅什点破而被关进监狱的，他们恨透了雅什，公开扬言要收拾他。可是他们的打算，雅什事先全能知道。有一天晚上他们来找他，想打他一顿。可是雅什却预先藏到了邻家的谷仓里。他们扔石头打他，可石块还没飞来他就知道该怎么躲了。

当人们把东西搁忘了地方——什么钱啦、首饰啦——雅什准能说出它们在哪儿，甚至连想都不用想。谁家要是丢了小孩，做母亲的就会赶紧来找雅什，雅什便会领他找到孩子。那些贼开始造谣中伤，说孩子本来就是雅什拐走的。但没人相信，因为雅什帮助人，从来分文不取。可他母亲是要钱的，雅什本人却从来没有把钱币看得很重。

我们镇上有个叫阿莱勒的拉比，他是大城市人。逾越节前的那个大安息日，他在教堂里讲道时说："雅什，不过是个扫烟囱的工人，不信教的人否认摩西是先知，他们说一切事情都得合情入理。要是这样的话，雅什怎么会知道那个烤面包圈的女人伊特·查依的结婚戒指掉到水井里了呢?要是连扫烟囱的都能知道神秘的事情，还能怀疑圣人拥有神奇的力量吗?"我们镇上的异教徒，都无言以对了。

雅什的事已经传到了华沙和其他一些地方，报纸上也有了关于雅什的报道。华沙还派来了一个调查团，镇长再次传令打扫宅院，市场又被收拾得干干净净。结茅节过后，雨季开始了。我们镇上只有教堂前边的那条马路是用石头铺的。这样只好把大街小巷全铺上木板和圆木，免得从华沙来的大老爷们在泥泞中蹚来蹚去。旅店老板吉特尔准备了简易的木床和被褥。全城都轰动了。唯有雅什无动于衷。他照常干他的活，给人家扫烟囱。他傻得连从华沙来的大官都不知道害怕。

亲爱的朋友们，第二天，调查团来了。他们开始问雅什问题，他却什么也回答不上来。第一次碰伤不知使他脑子里什么地方开了窍，第二次碰伤又使它堵上了。老爷们问他，他们有多少钱，他们昨天都干了什么，他们一个星期以前的这个时候吃了什么。雅什像个傻子似的，一个劲地咧嘴笑，问什么都回答："不知道。"

大官们大发雷霆，把警长和新上任的医生大骂了一顿。问他为什么骗他们跑这么远的路来看这个半疯不傻的家伙，一个扫烟囱的乡下佬。

警长和其他的人发誓说，雅什一两天前什么都知道。可是，调查团的老爷们怎么也不相信。有人告诉他们，雅什又从屋顶上摔下来一次，又伤了脑袋，然而你还不知道人们的脾气吗，没亲眼见是不肯相信的。警长走到雅什跟前，用拳头使劲地捶他的脑袋。说不定他还会恢复原先的那种神奇的能力。可是，脑子里的那扇小门一旦关上，就再也打不开了。

调查团返回华沙，彻底否定了有关雅什的传闻。雅什仍旧扫他的烟囱，这样又过了一两年，后来镇上闹了一场瘟疫，他染病死了。

人的脑袋到处都是小门和小窗，有时它被碰一下，就会使整个脑子发生变化。而且这一切都与灵魂有关。如果没有灵魂，脑袋就会和脚一样呆笨。

与你共品

一个怪异的现象，雅什在摔到脑袋之后居然能知道别人所做的一切，更能预知未来，这么一个让某些人欢喜让某些人惊慌的人，是什么原因导致雅什突然拥有如此奇特的能力？

雅什因意外得到特殊的能力，但他并没有利用自己所具有的奇异能力去为自己谋取更大的利益，反而能善心善意地帮助别人。雅什的存在揭示了社会上人们喜欢做些偷鸡摸狗的事的陋习，深刻地展现了社会中人们功利性的价值取向。

雅什身体上的伤很容易得以治愈，但其他人在心灵上的疾病却很难得以疗愈，一个人如果失去了灵魂，那便是得了心灵的绝症。

（陈虹霞）

他把小匣用力往石头上摔，小匣里露出来的是：包在破烂布里的碎纸片子。

水泥袋里的信

[日] 叶山嘉树/著　佚　名/译

松户与三，他那时正在干倒空水泥袋子的活儿。全身别的部位虽然不太显眼，可是头发和胡须上都覆盖上一层水泥成了灰色。面对这每分钟能吐出 3 立方米左右混凝土的搅拌机，他在 11 个钟头干活的时间里，只有吃饭和下午 3 点钟之间有两次休息时间。

这天他在下工前用那疲惫的双手倒空水泥桶里的水泥时掉出来个小木匣。

“是什么呀?”他觉得奇怪。但他无暇去管它了。他要用铲子装满量水泥的量斗，量完还要把一量斗水泥倒进搅拌机槽；接下来马上还得去倒净那桶里的水泥。

他捡起小匣子，把它扔进了护胸围裙下面的大兜里。小匣子轻飘飘的。

“冲这个轻劲儿，里面就不像装着钱呢!”

他没有工夫去多想，他得接着去倒空一个水泥桶，再装满水泥量斗去量水泥。

搅拌机过了不久就没有水泥搅拌了。该收工了。

他把饭盒挂在胸前，怀着饭前先喝上两盅的念头，奔回那一长趟工棚里他那个小窝去了。电站看来就要建成了。耸立在苍茫暮色中的惠那山披着白雪。他那浸在汗水里的身体，很快就感到周身像结了冰一般。在他上下工过往的路边，木曾川的河水咆哮着流淌，冲击起白茫茫的浪花。

“好的！真够呛！老婆的肚子又鼓起来了。”当他想起那一群唧唧喳喳、乱蹦乱跳的孩子，想起他老婆生起孩子来就没个够的时候，他那想喝两盅的兴头一落千丈。

“一天挣一元九，去掉一天吃每公斤 5 角钱的两公斤米，还得穿、还得用。他妈的，哪还有喝两盅的钱哪!”

想到这，他一下子想起揣在胸围裙兜里的那个小木匣。小匣上虽然什么字也没写，钉得倒是挺结实的。

他把小匣用力往石头上摔，小匣里露出来的是：包在破烂布里的碎纸片子。

那上面写着字：

“我是 N 水泥公司的缝水泥袋子的女工。我的男朋友是干粉碎石头的活儿的。就在 10 月 7 号那天的早晨，他在往碎石机里装大石头的时候，和那块大石头一起掉进了碎石机里去了。”

“就这样，石头和我的男朋友的肉体被搅拌在一起，变成了血淋淋的细碎石块滚落到传送带上，被传送进粉碎筒里去了。接下来和钢球混杂在一起，在隆隆声中不断发出诅咒的呼号，被粉碎得细碎、更细碎，被烧制之后，他就整个儿地变成了水泥。

“他的肉体和灵魂全都粉碎了，剩下的只是这一点点工作服的碎片。而我，是在缝制装我男朋友的袋子。”

“我的男朋友成了水泥了。我在那第二天写好了这封信，人不知鬼不觉地就把它塞进这袋水泥里了。”

“您是工人吗？您若是个工人，请您能同情我，给我回信吧！我想知道：这袋子里的水泥被用到什么上了。”

"我的男朋友成了几袋水泥了呢？而且，是怎样被用到各种地方去了呢？我不甘心看到我男朋友变成了剧院的走廊，或成为深宅大院府第的院墙。但是噢，这些我怎么能阻止得了哟！如果您是位泥瓦工，请不要把这袋水泥用到那种地方上去。"

"不！没关系的！你尽管用在任何地方去好了！因为我的男朋友是个硬汉子，他必定会做出与他这种人相符的作为的。"

"他可是个挺温存的情人呢！而且是个靠得住的真正的男人！他还年轻，才26岁。谁能想象得到他是多么地疼爱我哟！而我却用水泥袋子为他做寿衣了呀！我该怎样为他送葬呢？因为他既被埋向了西方，也被埋向了东方，他既被葬在咫尺，也被葬在天涯海角了呀！"

"您如果是位工人，请给我回信好吗？而我能为您做的，只是寄去我男朋友当时穿的工作服的这块碎片。包这封信的就是呀！石粉和他的汗水都渗进这布片里了呀！您可知道，他穿着这件工作服是怎样紧紧地拥抱过我哟！"

"求您了呀！如果您方便的话，请您千万千万告诉我：这袋水泥的使用日期和用场的详细地点，以及做什么用了；还有您的姓名也请告诉我。您也请多保重。再见。"

松户与三看到这里才回过神来，觉察到身边的孩子们吵闹得好像开了锅一般。

他边看着信里落款的住所和名字，边把斟在碗里的酒，一口气儿干了。

"别闹了，拿笔和纸给我。"他大声喊叫。

孩子们惊讶地看到爸爸那张粗糙的脸上，挂着两颗他们从未见到过的眼泪。

与你共品

困窘紧迫的生活，艰苦的谋生手段，在生活中对他人逐渐冷漠的态度，被一封在水泥袋中发现的信唤醒了还没被生活磨蚀殆尽的善心。

小说通过一封出乎意料的信深情地叙写了一段感人的生死之恋。道出了生活在底层群众无奈困苦的状态，也反映出了即使在最贫困的生活中也存在着真正的感情，生活中很多细枝末节的事也可以撼人心灵、感人至深。

身体的反应可以因为外在艰苦的环境而受到制约和束缚，但心灵中坚守着的爱心、善心和同情心是万万不会随着摩擦碰撞的生活而磨灭殆尽的。

（陈虹霞）

她直盯着他的眼睛，继而又突然面带惧色地缩回身子，喃喃自语："不，那眼睛后面是一个陌生人，一个活在我丈夫身体里的陌生人。"她哭泣着跑出了房间。

换脑以后

［英］罗斯马瑞·廷帕莱/著　佚　名/译

手术极其成功。大卫·卡逊疑惑不解地瞧着镜子里那个肤色黝黑的漂亮男子，说："大夫，我要看我本人。"

"你看到的就是你本人，卡逊先生。"穿着白大褂的华莱大夫平静地说，"一场交通事故使得你体无完肤，但你的脑子却完好无损。正好医院存放着一个体态健美的男人的躯体，他死于大脑损伤，于是就移植了你的脑子。卡逊先生，这完完全全是你本人，只是身体不一样罢了。"

大卫注视着"他"的身体，那手指白皙修长，不像他自己原来粗短的小手。他用这双不熟悉的手抚摸着自己不熟悉的面孔。这是多么异乎寻常的体验啊！不错——新鼻子是笔直的，而旧鼻子的鼻梁中间有一个鼓包；眉毛比原先的浓了；现在的下巴是直挺挺的，而他自己的下巴却是往后缩的；嘴唇饱满了；牙齿——是齐的，他原先装的是一副假牙。他还注意到左胳膊肘内侧有一个像胎记一样的红星状小疤，他过去可从没有长过这玩意儿。

"你现在成了标准的美男子了，你得好好珍惜才是啊！"华莱大夫说。

"我妻子——她知道这一切吗？"

"你妻子只知道你的'空中公共汽车'在拥挤的空中航道上失事了，你身体的哪一部分也没有修复好。"

"我妻子对我的死作何想法？"大卫问他。

"我不知道，她表现得很镇静。当然了，她有她自己的工作。"

"可不是，赛拉有她自己的工作。"大卫苦恼地说。他那自以为当了寡妇的妻子是个演员，她总是事业在先，个人生活在后。而他爱赛拉胜过赛拉爱他。他长得不漂亮，他娶赛拉时正当她时运不佳，因而她被他的体贴和爱怜感动了。婚后不久赛拉时来运转，青云直上，他在赛拉的生活中也就处于次要地位了。他只能暗自妒忌那些跟她一起演戏和拍电影的漂亮的男演员，他是竞争不过美男子的……而他，如今也是一个美男子了！大卫出院了，他想作为一个陌生人重新与他妻子认识并且赢得她的爱情。

当他在拍摄现场重见赛拉时，缕缕旧情如潮水般涌上心头。他两眼牢牢地盯着她，使她不免也用带着疑问的眼神注视着他。等拍摄完毕，他的“新我”以“旧我”从未有过的胆量迎上前去，说：“我对你敬佩得五体投地，卡逊太太。你愿意和我一起吃饭吗？”

周围的人哈哈大笑，满以为他会遭到拒绝。可她却优雅地说：“当然可以。”

吃饭时，赛拉取笑他：

“你总是这么大胆地跟女人搭话的吗？”

“我一生中从来没有过。”

“真是这样吗？”

“真的，赛拉。”他把她的名字不免叫得亲切得过分了。他马上说，“我叫理查，理查·新勇。”

“从你对待我的样子来看，你似乎认识我。”

“我看过你拍的所有电影。”

“还有别的原因。我也觉得我们似曾相识，可是我又从来没见过你。这一阵我一般不接受邀请，自我丈夫死后，我一直独来独往。”

“我听说了你丈夫的事，我很难过。”

“他生前我没有好好待他，真可怜，唉，如今也晚了，后悔莫及啊！真好像是一场梦。”

以后，他向他的妻子求婚。再以后，他俩结婚了。

就在结婚当天，忽然祸从天降。

正当夫妇俩从婚礼大厅出来时，一个女人冲出人群，喊道：“裘罗德——裘罗德——”大卫倒退一步，说：“我不认识你，我不叫裘罗德。”

“他们告诉我你已经死了！他们干吗骗我？裘罗德，你是我的丈夫啊！”

“不，不，你认错人啦，”他说，“我是理查·新勇。”

“你不是。你是裘罗德·透纳。你确确实实是我丈夫……你左胳膊内侧有个胎记——一个红星一样的小疤。你有的，是吗？”

赛拉钩住他的手臂，“理查，她是谁？你是有这样的疤痕。”

赛拉用害怕和迷惑不解的目光瞅着他。

大卫让赛拉在旅馆里等他，然后平静地对透纳太太说：“我们离开这里好好谈谈吧。”

大卫仍旧没有说他究竟是谁，但是他告诉她所发生的交通事故、医院的手术以及他的脑移植手术。这虽然很残酷，但他不得不告诉她这些事情。最后，华莱大夫又作了证明。

听完这些，透纳太太泣不成声，她猛地展开双臂扑向大卫，“我才不信呢！裘罗德……我亲爱的……”她直盯着他的眼睛，继而又突然面带惧色地缩回身子，喃喃自语："不，那眼睛后面是一个陌生人，一个活在我丈夫身体里的陌生人。"她哭泣着跑出了房间。

大卫回到他与赛拉约定度蜜月的旅馆，心里一直忐忑不安：我一直在骗人。我该对赛拉说实话吗？她会因害怕而不敢见我吗？

赛拉没有走，安详地在房间里等着他。

大卫深深地吸了口气，鼓足勇气说：

"赛拉，我要向你坦白一件事——关于我的身份问题。"

赛拉直盯着他的眼睛，脸上柔情脉脉，表情非常丰富，仿佛瞬息间就可以漾出一个微笑。

"瞧你的眼睛，"她柔声细语地说，"一点不错，人们说'眼睛是心灵的窗户'，你本人就在眼睛后面往窗户外面瞧呢。"她调皮得像个小孩，"你要向我坦白一件什么事呀？关于你的身份……大卫？"

与你共品

外表只不过是裹着灵魂的一副皮囊，如果仅仅看外在裹着的皮囊判断一个人，永远看不出皮囊下裹着的真正的灵魂。

眼睛是心灵的窗口，微笑可以勉强装扮，话语可以随意修饰，衣服也能任意搭配，唯独眼睛里透露的信息无法用任何技巧来掩饰。透过心灵的窗口，可以窥透一个人真正的想法和意图。小说男主人公尽管因为意外移植了脑袋而换了一身皮囊，但隐藏在皮囊下的灵魂还是透过眼睛被其妻子识透，最后得到妻子的谅解。

心灵的窗口要保持明亮，即使失去了躯体，明亮的眼睛还是可以为你辩护，还你清白。

（陈虹霞）

大凡见过这幅画的人，无不为之所动，皆认为是一个奇迹。从画面上不仅可以看出画家精湛的技能，而且也可以看出他对妻子挚爱的深度。

椭圆形的肖像

［美］爱伦·坡/著　佚　名/译

我受了重伤，我的随从不忍心让我在外面过夜，就领我闯进了一座城堡。这是座巍峨地耸立在亚平宁山区多年的一座阴森而雄壮的城堡，绝不亚于拉德克利夫夫人在她的小说中所幻想的那种城堡。从各种迹象来看，城堡的主人离去的时间不会太久。我们主仆两人在一间最小、陈设最美的屋子里住下来。它位于这座城堡边上的一个塔楼里。看得出室内原来的装饰十分富丽，但现在已破旧不堪了。四壁悬挂着花毯和各种各样的战利品，此外还挂着许多惟妙惟肖的现代绘画，画框都是金色花纹的，连墙角都挂着画。也许是伤势过重，我的神志不甚清醒，只是呆呆地望着这些画出神。这时天色已晚，我吩咐彼德罗把百叶窗全都关上，把屋里的蜡烛统统点亮，然后拉开床前的黑天鹅绒帷幔。这样，即使我不能入睡，至少也可以安静地欣赏一番这些画，也可以读一读枕头上放着的一本小书，那是对这些画进行解释和评价的书。

我拿着书，一一对着画欣赏起来。不知不觉已至半夜，烛台的位置离我很远，我又不忍心唤醒酣睡的随从，费了好大力气才将烛台端在手中，以便照亮手中的这本书。

烛台上插着好多支蜡烛，交织的烛光照在了室内的一个壁龛上，原先这个壁龛被一根柱子遮住了。此时我转过身来才发现刚才根本没有注意到的一幅画，画的是一个妙龄少女。我朝画匆匆地瞥了一眼，就闭上了眼睛。连我自己都不理解为什么我会这样。稍后，我寻思一下，我之所以闭上眼睛是为了能平静地思考一下是否视觉欺骗了我，也为了能定睛看个清楚。片刻之后，我便睁开眼睛仔细地端详起这幅画像来。

我已经看得很清楚，再也不用怀疑什么了。烛光把画面照得通亮，刚才那种恍惚的幻觉已经荡然无存了，神志也变得十分清醒。

正如我开始所见，画上是一个少女。只画了头部和双肩，用的是半身晕映画像法，和萨利的头像画法很接近。双膀、胸脯、明亮的头发和画面背景协调地融为一体。画框是椭圆形的，还镀了金，作为一件艺术品，这幅画真令人赞叹不已。但是，不论是作品的高超艺术，还是画中人的美色艳姿，都不至于这样突如其来地打动我的心弦。不管我怎样的神志不清，总不会把画中人当成现实活动中的人。我半坐半倚，一边认真地思考着，一边还是紧紧地盯着画像。就这样，大约过了一个时辰。我逐渐领会到了这幅画的构思、画法、画框的特色以及其中的奥秘，于是我把烛台放回原来的地方，然后仰面躺在床上。是的，是画中人的神情逼真生动的魅力，才使我初见这幅画时心情十分激动，由于躺在床上看不到画像，于是我拿起那本评述这些绘画及指明出处的书来。翻到标明椭圆形的肖像的那一页，看到了如下一段文字枯涩、词句含蓄的说明：

“她是个绝代佳人，无忧无虑地过着日子。当她与画家一见钟情、结为夫妻之后，命运开始变化。画家勤奋好学，严肃矜持，酷爱艺术。她天真活泼、美丽可爱。她热爱一切，心里只恨被她视为情敌的艺术，她恨那些调色板、画笔等，因为令人生烦的画具夺走了丈夫对她的爱。当她听说画家要给她画像的时候，又气又怕。但她天性温柔恭顺，为了丈夫她还是在塔楼顶上一间幽暗的小屋里一连坐了几个星期，那里仅有一缕光线从头顶照射到画布上。画家的心全部沉浸在他的作品中，已经忘却了世间除此之外的一切，因此他也丝毫没有注意到自己已经摧残了新娘的心。她毫无怨言，始终如一地展现着笑容，因为她开始理解这位享有盛名的画家的甘苦和如醉如痴的乐趣，是艺术的感召力使他夜以继日地专心绘画，她心里像一团火似的爱着他，可身体却日见憔悴。大凡见过这幅画的人，无不为之所动，皆认为是一个奇迹。从画面上不仅可以看出画家精湛的技能，而且也可以看出他对妻子挚爱的深度。当他的工作接近尾声的时候，他的专心致志也已到了发狂的程度，他不准许任何人进入塔楼，只顾两眼盯着画布，根本不理睬妻子的容貌。他甚至已经忘记了画布上涂抹的色彩来自妻子的朱颜。几个星期以后，除了嘴唇和眼睛尚未着色以外，其他部分都画好了。这时画家妻子的精神又突然地振作一下，待画稿完成后，画家站在自己用心血创作的画像前，一时看得出了神，过了一会儿，不禁自言自语道：'简直像活的一样！'说完猛地转过头去看妻子：她已经死了！"

与你共品

俄国著名作家、思想家列夫·托尔斯泰说过一句名言："艺术不是技艺，它是艺术家体验了的感情的传达。"画家的画之所以能成为艺术，并不是因为他精湛的技能，而是他对妻子的那份挚爱。我们甚至可以这样说是爱成就了艺术。

名画背后的故事无疑是一个悲剧。画家成就了艺术，却失去了挚爱的妻子。故事的离奇性令人深思，它使人不禁冒出一个想法：妻子的灵魂是不是就化进了画里，以另外一种存在方式守护着自己的爱人。

艺术家是值得钦佩的，另外，为艺术家默默奉献的人同样也是值得我们赞美的！

（陈润攀）

她正抬头，要看那个男人的脸，她还不晓得那个搂着她的未来的男人究竟是谁，而正要看到底是谁的时候，费宝亮却那么巧，在这个时间叫醒她。

走进别人的梦

[马来西亚] 朵　拉/著　佚　名/译

在一个晴朗的下午，阳光非常明亮，微风轻轻地吹，虽然是炎热的风，但至少空气是流动的，那感觉和前两天下着雨的下午很不相同。

杜西玲谁也不邀，独自一个人去爬山。

这一座山，平日上来的人并不多，只有在周六和周日，空闲的人比较多而能够去运动的地方相对的少，结果造成满山都是人、声音、饮料和食物的盛况。似乎大家约好一起到山中开“派对”。待到群众终于走光以后，便留下一堆碍眼的空瓶空罐，还有许多大大小小的污脏塑料袋，在山风吹起来的时候，四处飞舞，仿佛树林里有各种不同颜色的蝴蝶。

杜西玲没想到今天下午的人居然有那么多。

山里的气候本来应该比外边的要稍凉快，但也许是人多，也许是天气，走在山道上，仍然感觉到那股酷燥的热气。

几个年轻人走过杜西玲身边，抛下几个空罐，还抛下一个问题：“要是在山里下雨呢?”

他们是在和同伴说话，等他们走过去以后，杜西玲才突然想起这个她上山前没有考虑过的问题。

要是在山里下雨呢？做事欠三思，不是好事。杜西玲却时常忘记提醒自己。就像那天下午和费宝亮，无端端也可以吵起架来。

下雨的下午，空气湿闷，阴暗沉郁的天气影响人的心情。杜西玲常常在想，要是不碰到这种闷热的天，她也许就不会和费宝亮吵架。

整个事件其实该怪那个该死的白日梦。

自从工作以后，杜西玲很少睡午觉，那天是假日，她等着费宝亮来载她去喝茶，等得不耐烦，结果居然倚在厅里的长沙发上睡着了。

睡着了也没关系，而她竟然在那么短的睡眠时间里，做了一个梦。

她梦见一个男人，非常温柔地搂着她，轻轻地在她的耳边告诉她：“我是你的未来。”

然后费宝亮就进来了。

她生气费宝亮那么突然把她唤醒：“快起来，去喝茶了。”

她正抬头，要看那个男人的脸，她还不晓得那个搂着她的未来的男人究竟是谁，而正要看到底是谁的时候，费宝亮却那么巧，在这个时间叫醒她。

她嘟着嘴上车，一路上都不笑。费宝亮不但不谅解，还说：“太小姐脾气了吧?不过是叫你喝茶罢了，睡觉晚上也可以睡呀!”

但是晚上做梦的时候，没有那个未来的男人呀!

越来越多的人越过杜西玲，她走路脚步一向比别人慢，更不用说是走山路。

上山的兴致已经渐渐冷却，像一壶煮开且搁得太久的水，杜西玲倚靠在一棵大树旁，开始有下山的打算。

突然她听到一个男人温柔的声音：“我是你的未来。”

她大吃一惊，以为自己又走进梦里了，但她立刻就发现，声音来自大树的背后，她轻轻探头。

一对陌生的情侣，男的搂着女的，在女人耳边说话，却让杜西玲听见了。

那么熟悉的话语和画面。正像她在那个吵架的下午的那个梦。

但是那个被男人搂得紧紧的女人却不是杜西玲。

杜西玲马上明白了，她轻轻地叹了一口气，原来那个午觉的下午，她在无意间，走进了别人的梦。

与你共品

现实生活当中，我们时常会为一些虚无缥缈的东西耿耿于怀，甚至会为别人好意的打扰而恼怒，但这是不必要，时间会给予证实。文中的杜西玲就是一个很好的例子。

杜西玲的情感纠结是由于一个残缺的梦开始的，而梦的残缺是她的男朋友造成的。她以为这个梦寄托着她的未来，男朋友打断她的梦也就意味着打断了她的未来。然而事实并非如此，她看不清梦里的人的同时，也看不清声音的对象是否是自己。

有爱无恐，爱能驱散各种不确定的恐惧。一个人一旦过于敏感就容易心生恐惧，而此时切不可迁怒于身边的人，因为他的爱，是你面对恐惧的力量。

（陈润攀）

因此，我骑煤桶飞去。我骑在煤桶上，手握桶把——这缰绳再便当不过，艰难地拾级而下，到了楼下，我的桶却奇妙地腾空而起，飞了起来。

煤桶骑士

［捷克］卡夫卡/著　佚　名/译

煤光了，桶空了，煤铲无精打采，炉子吐着凉气，房里滴水成冰；窗外挂霜的树叶枯干僵硬，天空俨然是一枚银盾，挡住所有乞求帮助的人。我必须搞到煤，我不能就这样背对冷漠无情的炉子，面向冷漠无情的天空被活活冻死，我必须冲出这重重包围，踏上向煤店老板求援的路程。煤店老板对普通人的呼求充耳不闻，我必须不容辩驳地向他证实，我这里连一丁点煤也没剩下，使他明白，对我来说他便是天上的太阳。我要像一个乞丐那样去乞求他的帮助。这种乞丐，喉咙里发出濒临死亡的哮喘声，大有非死在人家的门台上不可之势，于是，那些大户人家的厨子便把咖啡壶里的残渣剩汤施舍于他。煤店老板大概和大户人家的厨子相差甚少，尽管他内心充满恼怒，终究能品味到我的要求，说一声：“你死不了。”然后把一铁锹煤扔到我的煤桶里。我到达的方式将决定我的成败。因此，我骑煤桶飞去。我骑在煤桶上，手握桶把——这缰绳再便当不过，艰难地拾级而下，到了楼下，我的桶却奇妙地腾空而起，飞了起来。即使是跪在地上恭顺的骆驼，起身时也没有我的煤桶这般尊严。那种畜生总爱在骑士的木棍下瑟瑟发抖，我骑着煤桶在僵硬冰冷的街道上慢跑。有时我们飞到一层楼房那么高，低飞时也不矮于房门，最后我异乎寻常地飞到煤店，在拱形屋顶上盘旋。我俯视下面，看到老板正伏案疾书。他打开房门，放出室内多余的热气。

“老板，”我喊了起来，我的呼唤本已让冰霜冻得没有气息，又被我口中呼出的冷雾吞噬下去。

“求求您！老板，给我点儿煤吧！我的桶空空如也，我骑在上面都飞了起来。行行好吧！我有了钱一定还账。”

老板用手罩在耳朵上。

“我没有听错吧？”他猛地向身后的老板娘问道，“我没听错？有主顾了。”

“我什么也没有听见。”

老板娘说道。她的呼吸仍是不紧不慢，手中的织活也没停下，身后的炉火把她的后背烤得暖洋洋的。

“听见了。你一定听见了！是我啊，老主顾了，忠实的老主顾，只是目前我一无所有。”

我大声喊着。

“老婆子，”老板说，“是有人。我的耳朵还不会这么背。一定是位老主顾，常来买煤的老主顾。要不我怎么会听得这么清楚。”

“你怎么了，老头子？”他的妻子停了一下手中的织活，就势拉到胸前。

“没人，街上一个人也没有。咱们的主顾都不缺煤烧。可以关上店门，歇几天了。”

“我就在这儿，坐在煤桶上呢，往上看看吧，只消瞥上一眼，就能看见我。我求求你们一锹煤就行。要是给多了，我会高兴得忘其所以的。其他主顾都有煤，啊，但愿我也能听到煤哗啦啦的铲进我的桶里的声音。”

我呼喊着，并没感觉到眼泪已冻成冰，使得两只眼睛变得模糊起来。

“来了。”

老板应着。他晃动着一双短腿，走出屋来。谁知这时老板娘已站到了老板身旁，她伸出手挡住老板，说：“你待在这儿。你这么疑神疑鬼的，还是我去吧。别忘了昨儿夜里你那阵咳嗽。就这么一桩买卖，还没准儿是你凭空想象出来的，为这么点事，你就想豁上你的肺，把老婆孩子扔下不管？你回屋，我去。”

“别忘了告诉他我们这儿各式各样的煤都有，我给你唱价。”

“好。”

老板娘说着从房内走到了街上，她一眼就看见了我，我喊道：“老板娘，鄙人向你致以最恭顺的问候。给我一锹煤吧，桶就在这儿，我会自己弄回家的。给一锹最不好的也行。我一个子儿都不会少给的，只是眼下一文没有。”

“眼下一文没有”这个字实属不祥之词，和附近教堂尖塔上的钟声混成一体，真不对味。

“哎！他要买什么?”老板喊着。

“什么也不买，”老板娘回答，“这里没人，连个鬼影也没有。我只听到钟敲了六下，我们该打烊了，天冷得要命，明天咱们还有好些买卖等着呢!”她什么也没看到，什么也没听到。不过，她还是解开围裙带子，想用围裙把我扇走。不幸的事到处都是，看看如今大获全胜的恰恰是老板娘。我的煤桶具有骏马的各种神功奇力，却偏偏缺少抵御能力。煤桶太轻了，一个女人的围裙就把它扇在空中飞旋起来。

“臭老婆子!”我回头叫着。老板娘这会儿正转身回店，那神情，几分轻蔑，几分欣慰。她朝空中挥舞着拳头。

“臭老婆子，我只求你给我一锹最差的煤，你连这么点忙都不帮。”

说着我便升到了冰山高处，永远地消失了。

与你共品

一个落魄的乞煤者，戏剧般地成了煤桶骑士。然而，即便他得到了具有骏马的各种神功奇力的煤桶，最后还是乞不到一锹煤，郁郁而终。到底，是谁造成了这种凄凉的境地?

小说通过描写了这个具有特殊身份“煤桶骑士”的乞煤者，在引起读者对于贫困潦倒者的同情的同时，重点揭示了社会的病态——世态炎凉、人情冷暖。“史圣”司马迁在《史记》有言：“天下熙熙，皆为利来；天下攘攘，皆为利往。”这话正好讽刺了小说中那些势利冷漠之人。

我们期待生活中多点互帮互助的美德，少点唯利是图的经营。

（陈润攀）

第八辑

成长时分

司机是一个满脸胡须的大汉，看起来凶神恶煞。我的脑海中马上浮现出电影里那些杀人不眨眼的恶魔，所以犹豫了很久，我迟迟不敢走过去。

旧金山公路上的 20 美元

［美］丹尼斯·爱德华/著　沈　园/编译

我成长于一个单亲家庭，母亲病故后，父亲更忙了，他似乎永远都在工作，有时几天才回一次家。好不容易回来一趟，父亲除了呼呼大睡，就是指责我。

他常常冲我大吼："丹尼斯，你为什么又没考好？"或者说："丹尼斯，贪玩能出好成绩吗？"长此以往，邻居都知道我是个顽劣的差等生。为此，我痛恨父亲，他根本就不爱我，我好想一夜长大，然后尽快逃离这个家。

14 岁那年，我终于等到了机会。趁父亲熟睡，我从他的钱包里偷走了 200 美元，然后爬上一辆不知开往何处的货车。等货车停下来，我才知道自己到了旧金山，于我而言，这是一个相当陌生的城市。

我在旧金山闲逛了好几天，身上的钱很快所剩无几。当我意识到自己只剩 20 美元，而这点钱只够买几个面包圈时，我开始想家了。夜幕降临，我趴在烤鸡店门口流起了口水，这时我突然想起了父亲，离家出走前，他曾买了一整只烤鸡给我吃。

"我要回家！"这念头一旦冒出来，就一发不可收拾。我跑到的士站，想乘车回家。我一辆辆地敲开车窗，可司机们仿佛对我视而不见，他们都不吭声，只是不屑地摇摇头，懒得答理我。走到最后一辆车前，我几乎绝望了。

司机是一个满脸胡须的大汉，看起来凶神恶煞。我的脑海中马上浮现出电影里那些杀人不眨眼的恶魔，所以犹豫了很久，我迟迟不敢走过去。就在我徘徊不定的当儿，大汉却主动和我打起了招呼。

得知我要回加州，大汉不吭声了。当我识趣地转身离开，他突然喊住了我："喂，小伙子，你肯出多少钱？"

我知道自己还剩 20 美元，于是我说："15 美元怎么样？"即使归心似箭，我也得给自己留下 5 美元买个热狗当晚饭。

大汉很认真地考虑了一下，他说："不行，最少得 25 美元!"我壮着胆子小心翼翼地还价："18 美元，再多一个子儿我也不会给的!"

没想到，大汉竟然叹了一口气，他说："那就 20 美元吧，要知道，我可是今天的最后一辆车了。"

夜色渐浓，我以迅雷不及掩耳之势跳上他的车，快送我回家吧!

车一启动，我就开始想心事。等我回到家，父亲肯定要狠狠揍我一顿，这皮肉之苦是免不了的。在我胡思乱想的时候，大汉主动跟我说话："喂，小伙子，你喜欢读书吗?"

这真不是一个好话题，我没好气地回答他："不喜欢!"

"哈哈哈!"大汉爽朗的笑声在狭小的空间里令我毛骨悚然，我紧张地问他："你笑什么?"大汉说："没想到我们还挺有缘，和你一样，我从小就不喜欢读书!"我没觉得这有什么可笑的，更不认为这是缘分，于是我保持沉默。

"喂，小伙子，你喜欢打棒球吗?"大汉肯定很无聊，他又挑起了另一个话题。可我实在没心情和他聊天，于是我没好气地回答道："不喜欢!""那你肯定喜欢钓鱼!"大汉并未察觉我的低落情绪，他饶有兴致地继续发问。

"钓鱼? 你怎么知道我喜欢钓鱼?"说起钓鱼，那还真是我的最爱，我有很丰富的经验愿意和别人分享，虽然此时我的内心忐忑不安。

"哈哈哈，我说吧，我们还真是有缘!"大汉得意地笑了起来。"难道你也喜欢钓鱼?"我好奇地询问他。"当然了，我可是远近闻名的钓鱼高手呢!"

这句话激起了我的强烈兴趣，我睁大眼睛问他："真的吗? 你钓的鱼最大有多少斤?"

"30 斤!"他向我眨了眨眼睛。我惊讶地张开嘴巴，虽然我不喜欢眼前这个凶巴巴的大汉，可他却是一位钓鱼高手。很快我们就聊得热火朝天，我像遇到了多年未见的老朋友一样，甚至将我离家出走的事、我和父亲的名字都告诉了他。以至于到了目的地，我们都感到意犹未尽。

下车前，我递给他 20 美元。"再见了，大叔!"大汉接过钱，冲我做了个鬼脸："记得有时间来我家玩，我带你去钓鱼! 再见了，丹尼斯，祝你和你父亲度过一个美好的夜晚!"

看到我突然出现在家门口，父亲又惊又喜。他不顾一切地抱住我，我发觉他的身体在颤抖。他声音哽咽地说："孩子，你终于回来了!"这时我才知道，为了找我，父亲已经连续几天没合眼，他的眼里布满了血丝，整个人非常憔悴。

当我将自己的遭遇告诉父亲，他惊讶地问："什么，从旧金山到这里有上百公里远，搭的士起码也要两百美元! 孩子，你遇上了好人啊!"

很多年后，每当我驾车前往旧金山，都会想起这件往事。那位大汉肯定早就看出我是离家出走的孩子，所以故意和我讨价还价，怕我不信任他不敢上车。我想，当时的他肯定也有一个与我同龄的孩子，看见我漂泊在路上，他想起了自己的孩子。

也许，天下父亲的心都是相通的，而孩子们，只有经历过年少不更事，才能懂得这一切。

与你共品

面对一个流浪在外的孩子，大汉想尽办法取得孩子的信任，目的只是希望作者能够接受他的帮助。虽然这只是一个小小的举动，却蕴含着无数父母对儿女的爱。

大汉能够给予流浪的孩子帮助，本着的是一颗父母的心。或许他也有个这么大岁数的儿子，流浪在外，不理解自己的父亲。但是这不会成为他不爱儿子的理由。所以他把这种无私的爱给予了作者。而作者的父亲又何尝不是这样？他爱自己的儿子，或许只是表达方式有误。但无可置疑的是，天下没有不爱自己儿女的父母。作为父母一辈，当看到别人的孩子需要帮助，他们都会本能地想要帮助他们，因为他们也想自己的孩子在外遇到困难时，有好心人能够给予帮助。

大汉只是茫茫人海中一个渺小的父母缩影，但是他们却是伟大的。他们将自己对儿女浓浓的爱意撒播在世间的众多角落，诠释给孩子们父爱都是相通的道理。

（叶少敏）

钱终于存够了。我带着热恋的人来到城里最好的一座酒吧。这里富丽堂皇，婉转动人的音乐低声地围绕着我们，侍者们悄无声息地来回走动。

第一瓶香槟酒

［德］柯里德/著　郝平萍/译

当我爱上英格时，我正好 17 岁。我们是在游泳池里认识的。然而，我们的友谊当时只限制在冷饮店里的约会。

每当我想英格的时候，就兴奋地等待和她的再次见面。当她真的又来到我身边时，我事先准备好的许多美丽动人的句子都不翼而飞了。我胆怯、拘谨地坐在她身边，手脚无处放，不知所措。英格肯定也察觉到了这些，因为她在不断地设法让我活泼起来，或者让我感到我是她的保护人。我的自信心由此也坚定起来了。我拼命地鼓起勇气，开始定期地邀请我的英格去游泳或去冷饮店。

事情朝着顺利的方向发展，直到有一天英格告诉我，她对去冷饮店已感到厌倦了。那是小孩子去的地方。她要正正经经地出去一趟，像她姐姐那样去喝一杯香槟酒。

起初我装作什么也没听见，但我的耳朵里却不停地重复着香槟酒这几个字。我仅有的零钱几乎都花完了。尽管如此，我仍不露声色，而是用漫不经心的口气说道："香槟酒，好呀，为什么不去喝一杯呢!"我的话似乎在表明，喝这种饮料对我来讲就像做任何一件理所当然的事一样。人在热恋中是什么都能装得出来的。

钱终于存够了。我带着热恋的人来到城里最好的一座酒吧。这里富丽堂皇，婉转动人的音乐低声地围绕着我们，侍者们悄无声息地来回走动。在这种高雅、朦胧的气氛下，我的胃也莫名其妙地作怪起来。

当我们在一张小桌旁就座后，我不得不集中精力，以免我和英格在大庭广众之下出丑。我把侍者唤来，激动之中尽可能用无所谓的口气要了一瓶香槟酒。侍者上了年纪，两边鬓角已经灰白，有一双亲切的眼睛。

他默默地弯下腰，认真和严肃地重复道："一瓶香槟酒，赶快。"

他是尊重我们的。在他的脸上没有一丝讽刺的笑容。看来我穿上姨妈送给我的西服和系上新的红领带是对的，周围的客人也都把我们看做是成年人。不管怎样，我已17岁了。英格穿的是她姐姐的漂亮的黑色连衣裙。

侍者回来了。他用熟练的动作打开了用一块雪白的餐巾裹着的酒瓶，然后，把冒着珍珠般泡沫的饮料倒进杯子里。太壮观了！我们仿佛置身在另一个世界里。"为了我们的爱情，干杯!"我说道，并举起杯子和英格碰杯。

喝第二杯时，我抚摸着英格的手，她不再抽回去了。喝第三杯时，她甚至允许我吻她一下。香槟酒太棒了。英格说她已微醉了。我也同样浑身发热。可惜，酒已喝完了。我们还能再要一瓶吗？我偷偷地望一眼酒的价格表。哦，不行了。

"快一点来算账，经理先生。"我大声地喊道。真糟糕，我对自己的粗鲁既吃惊，又骄傲。侍者来了。他把账单放在一个银盘子里，默默地将账单挪到桌上。当他转身走后，我拿过账单，读道：一瓶矿泉水加服务费共1. 10马克。下面写道：原谅我，孩子。你们尚未成年，不能喝酒，但我确实不想扫你们的兴，所以擅自给你们换了矿泉水。你们的侍者。

我的英格至今也不知道她喝的第一瓶香槟酒竟是矿泉水。

与你共品

文章讲述了一对未成年的恋人到酒吧喝香槟酒，陌生的侍者偷偷用矿泉水来代替的故事。文章从一开始就突出两个主人公是未成年的“17岁”，为后文作铺垫。当所有读者都认为这对恋人终于喝完他们人生第一瓶香槟酒时，一个意料之外的安排让读者大吃一惊：醉人的香槟酒其实是矿泉水！文中的侍者是一个心地善良，关爱和尊重别人的人，他维护了一个初涉爱河的少年的尊严，让男主人公在恋人面前保持美好的形象。主人公也表达出对这位侍者的善良与聪明的感谢，让他们完成了一次美好的约会。

这是一首朴实而悠扬的颂歌，歌颂了侍者善良的心灵和高尚的职业道德。其实，有时候谎言并不都是可恶的，善意的谎言往往能给人带来尊重和关爱。

（叶少敏）

这块大石头裂下一部分之后，露出了里面像大理石一样漂亮的形质，虽然还不算精致，但可以看出这是一只天鹅的优美的脖子。年轻人惊呆了，他想知道女子是不是施了什么魔法。

天鹅的诞生

［美］盖伊·芬雷/著　孙开元/编译

一位年轻人听说乡下有个地方住着不少杰出的艺术家，他对那里向往了很久，想学到这些艺术家成功的秘诀，后来，他终于有机会去拜访了那个地方。

在一家小旅馆安置好住处后，年轻人走进了一个繁华的露天集市，这里经常有几百位艺术家展示他们的作品。不过，这里的艺术品看上去并不出众，年轻人很失望。

他继续往前走，把热闹的集市甩在了身后。忽然，他听到从一道旧木头栅栏后面传来了一下轻轻的敲击声。

他走到敞开的门前向里望去，只见一个年轻的女子正静静地坐在院子里，她的身旁摆着各种各样的动物雕塑。虽然这些雕塑都或多或少的尚未完工，但可以看出每尊雕塑都刻得非常精美，活灵活现。

就在这时，院中的女子站起了身，从她的围裙兜里掏出了一个小锤子，走到立在基座上的一块大石头前。她仔细地端详了一会儿这块石头上的一小块区域，然后用她的小锤子在上面轻轻敲了一下。她好像一点儿没敢用力，年轻人看着，为女子的怯懦感到可笑。心想：这肯定是个新手，所以不敢下手。

但接下来发生的事情让他不敢相信自己的眼睛。只见这块大石头裂成了十几块，起初，他以为是女子干活出了错，弄坏了这块石头，但他马上发现不是这样。这块大石头裂下一部分之后，露出了里面像大理石一样漂亮的形质，虽然还不算精致，但可以看出这是一只天鹅的优美的脖子。年轻人惊呆了，他想知道女子是不是施了什么魔法。

他走进了院子，问道："恕我冒昧，您是怎么用小锤一下就敲出一只天鹅的?"

"哦，你到这儿也就有五分钟吧。"女子微笑着说，"你不知道，在此之前我已经在这块石头上用同样的力量敲了几百次了。我仔细地研究了这块石头的质地和结构，然后又工作了很多天，才有今天你看到的这个结果。这也是所有伟大的事业能够得以成功的秘诀：认真研究，还要有不懈的努力——变化可能是一点一滴的，但功到自然成，只要坚持下去，最终你会成功。无论做什么，都不是一蹴而就的，都要把你的心专注于其中，而且有一个艰苦的过程。"

他们彼此微笑了一下，年轻人向艺术家告了别，他已经学到了成功的秘密，那就是专注和坚持。

与你共品

女子只需轻轻一敲，便可以得到一只天鹅优美的脖子。这真的是什么魔法吗？女子告诉年轻人成功的秘诀：你看到的只是五分钟，但她却在此之前试验了无数次才有这个结果。

为了雕出一只优美的天鹅的脖子，女子需要仔细研究这块石头的地质和结构，并且用相同的力度敲了几百次。其实，任何事情成功之前都需要经历无数次练习。舞蹈家为了给观众展现最完美的舞姿，他们摸黑起早地练习着相同的动作；作家为了完成一部不朽的著作，他们绞尽心思地对作品进行无数次的删改添加；科学家为了研究出新的科技产品，他们在实验室里夜以继日地一次次进行样品测试。

短时间的坚持谁都做得到，但会一直都坚持在同一件事情上的人，为数应该不多。这就是成功者与失败者之间的区别。

（黎欣欣）

他还是经常和爸爸摔跤。但每次都使妈妈担惊受怕，她围着父子俩团团转，干着急，不明白这样激斗有什么必要。不过回回摔跤都是他输——四脚朝天躺在地板上，直喘粗气。

幼犊

［美］克莱恩尔/著　温　冰/译

他记得很小的时候，爸爸常常俯下高大的身子，把他拎起来，举向空中。他挥着两只小手乱抓，快活得咯咯直笑，妈妈瞧着父子俩，也乐得合不拢嘴。他在爸爸的头顶上，可以低着头看妈妈扬起来的脸，还有爸爸的白牙齿和蓬乱、厚密的棕色头发。

接着，他就会高兴地尖叫，要爸爸把他放下来。其实，在爸爸强壮有力的手臂里，他感到安全极了。这个世界上，最棒、最了不起的人就是爸爸。

有一次，妈妈嫌钢琴放得不是地方，指挥爸爸把它抬到房间另一头。他们的手挨在一起，扶住乌亮的琴架。他看到妈妈的手雪白、纤细、小巧，爸爸的手宽大、厚实、有力。多么大的区别呀！

他长大了，会“抓狗熊”了。每到晚饭时分，他就埋伏在门背后，一听到爸爸关车库门的声音，便屏住呼吸，紧紧地贴在门背后。于是，爸爸来了，站在门口，两条长腿一碰，笑哈哈地问：“小家伙呢？”

这时，他就会瞥一眼正做怪相的妈妈，从后门跳出来，抱住爸爸的双膝。爸爸赶紧弯下腰来看，一边大叫：“嗯，这是什么——一只小狗熊？一只小老虎！”

后来他上学了。他在操场上学会了忍住眼泪，还学会了摔倒抢他足球的同学。回到家里，他就在爸爸身上演习白天所学的摔跤功夫。可是，任凭他喘着粗气，使劲拖拉，爸爸坐在安乐椅里看报，纹丝不动，只是偶尔瞟他几眼，故作吃惊地柔声问：“孩子，干啥呀？”

他又长大了——长高了，瘦瘦的身材倒十分结实，他像头刚刚长出角的小公牛，跃跃欲试，想与同伴们争斗，试试自己的锋芒。他鼓起手臂上的二头肌，用妈妈的软尺量一量臂围，得意地伸到爸爸面前：“摸摸看，结实不？”爸爸用大拇指按他隆起的肌肉，稍一使劲，他就抽回手臂，大叫：“哎哟！”

有时，他和爸爸在地板上摔跤。妈妈一边把椅子往后拖，一边叮嘱：“查尔斯，当心呀，不要把他弄伤了！”

一会儿工夫，爸爸就会把他摔倒，自己坐在椅子里，朝他伸出长长的两条腿。他爬到爸爸身上，拼命擂着两只小拳头，怪爸爸太拿他不当一回事了。

“哼，爸爸，总有一天……”他这样说。

进了中学，踢球、跑步，他样样都练。他的变化之快，连他自己也感到吃惊。他现在可以俯视妈妈了。

他还是经常和爸爸摔跤。但每次都使妈妈担惊受怕，她围着父子俩团团转，干着急，不明白这样激斗有什么必要。不过回回摔跤都是他输——四脚朝天躺在地板上，直喘粗气。爸爸低头瞧着他，咧嘴直笑。“投降吗?”“投降。”他点点头，爬起来。

“我真希望你们不要再斗了。”妈妈不安地说，“何必呢？会把自己弄伤的。”

此后，他有一年多没和爸爸摔跤。一天晚上，他突然想起这事，便仔细地瞧了瞧爸爸。真奇怪，爸爸竟不像以前那样高大，那样双肩宽阔，他现在甚至可以平视爸爸的眼睛。

“爸，你体重多少?”

爸爸慈爱地看着他，说：“跟以前一样，190多磅吧。孩子，你问这干吗?”

他咧咧嘴，说：“随便问问。”

过了一会儿，他又走到爸爸跟前。爸爸正在看报。他一把夺过报纸。爸爸诧异地抬起头，不解地看着他。碰到儿子挑战的目光，爸爸眯缝起眼睛，柔声问：“想试试吗?”“是的，爸爸，来吧。”

爸爸脱下外套，解着衬衫扣子，说：“是你自找的啊。”

妈妈从厨房出来，惊叫着：“天哪！查尔斯，比尔，别——会弄伤自己的!”但父子俩全不理会。他们光着膀子，摆好架势，眼睛牢牢盯着对方，伺机动手。他们转了几个圈，同时抓住对方的膀子，然后用力推拉着，扭着，转着，默默地寻找对方的破绽，以便摔倒对方。室内只有他们的脚在地毯上的摩擦声和他们的喘息声。偶尔不时咧开嘴，显出一副痛苦的样子，妈妈站在一边，双手捂着脸颊，哆嗦着嘴唇，一声也不敢出。

比尔终于把爸爸压在身下。“投降!”他命令道。

“没那事!”爸爸说着，猛一使劲推开比尔，争斗又开始了。

但是，爸爸最终还是精疲力竭了。他躺在地板上，眼里闪着狼狈的光。儿子那冷酷的手，牢牢地钳住了他，他绝望地挣扎了几下，停止了反抗，胸脯一起一伏，喘着粗气。

比尔问：“投降?”

爸爸皱皱眉，摇了摇头。

比尔的膝头仍压在爸爸身上。“投降!”他说着，又加了点劲。

突然爸爸大笑起来。比尔感到妈妈的手指头在疯狂地拉扯着他的肩膀。“让爸爸起来，快!”

比尔俯视着爸爸，问："投降吗?"

爸爸止住了笑，湿润着眼，说："好吧，我输了。"

比尔站起身，朝爸爸伸出一只手。但妈妈已抢先双手搂住爸爸的膀子，把他扶了起来，爸爸咧咧嘴，对比尔一笑。比尔想笑，可又止住了，问："爸，没弄伤吧?"

"没事，孩子，下次——"

"是的，也许，下次——"

妈妈这次什么也没说。她知道不会再有下一次了。

比尔看着妈妈，又看着爸爸，突然转身就跑。他穿过房门——以前常骑在爸爸肩头钻进钻出的房门；他奔向厨房门——曾埋伏在那后面，等待着回家的爸爸，扑上去抓住他的长腿。

外面黑黑的。他站在台阶上，仰头望着夜空。满天星斗，他看不见，因为泪水充满了眼眶，流下了脸颊。

与你共品

幼时父子的往事还历历在目，恍如昨天才发生。然而今天心目中曾最棒、最了不起的爸爸竟然被自己打败了。

整篇文章的父子之情洋溢着一股温暖淳朴的气息，但是时间是无情的，这怎能不让人欷歔。当孩子终于意识到了成长的力量，满怀欣喜地注视自己的成熟时，竟也发现父亲随着时间的推移变老。其实，成长的每一阶段，父亲在我们心目中的形象都会不一样，或是高大或是渺小，但是我们从父亲身上学到的做人做事的态度是一生的宝贵财富，值得细细品味。父亲这本厚厚的大书，我们应该读懂。

子欲养而亲不待。那是多么悲哀的事，所以报恩请及时，不要爱得太迟。

（叶少敏）

我们都预备着听到鱼线崩断时刺耳的响声。然而，说时迟那时快，男孩往前一扑，紧跟着鲑鱼钻进了稠密的灌木丛。

儿子的鱼

［加拿大］P·珀金斯/著　王　悦/译

我环顾周围的钓鱼者，一对父子引起我的注意。他们在自己的水域一声不响地钓鱼。父亲抓住、接着又放走了两条足以让我欢呼雀跃的大鱼。儿子 14 岁左右，穿着高筒橡胶防水靴站在寒冷的河水里。两次有鱼咬钩，但又都挣扎着逃脱了。突然，男孩的鱼竿猛地一沉，差一点儿把他整个人拖倒，卷线轴飞快地转动，一瞬间鱼线被拉出很远。

看到那鱼跃出水面时，我吃惊地合不拢嘴。“他钓到了一只王鲑，个头不小。”伙伴保罗悄声对我说，“相当罕见的品种。”

男孩冷静地和鱼进行着拉锯战，但是强大的水流加上大鱼有力的挣扎，孩子渐渐被拉到布满旋涡的下游深水区的边缘。我知道一旦鲑鱼到达深水区就可以轻而易举地逃脱了。孩子的父亲虽然早把自己的钓竿插在一旁，但一言不发，只是站在原地关注着儿子的一举一动。

一次、两次、三次，男孩试着收线，但每次鱼线都在最后关头，猛地向下游窜去，鲑鱼显然在尽全力向深水区靠拢。15 分钟过去了，孩子开始支持不住了，即使站在远处，我也可以看到他发抖的双臂正使出最后的力气奋力抓紧鱼竿。冰冷的河水马上就要漫过高筒防水靴的边缘，王鲑离深水区越来越近了，鱼竿不停地左右扭动。突然孩子不见了！

一秒钟后，男孩从河里冒出头来，冻得发紫的双手仍然紧紧抓住鱼竿不放。他用力甩掉脸上的水，一声不吭又开始收线。保罗抓起渔网向那孩子走去。

“不要！”男孩的父亲对保罗说，“不要帮他，如果他需要我们的帮助，他会要求的。”

保罗点点头，站在河岸上，手里拿着渔网。

不远的河对岸是一片茂密的灌木丛，树丛的一半被没在水中。这时候鲑鱼突然改变方向，径直窜入那片灌木丛里。我们都预备着听到鱼线崩断时刺耳的响声。然而，说时迟那时快，男孩往前一扑，紧跟着鲑鱼钻进了稠密的灌木丛。

我们三个大人都呆住了，男孩的父亲高声叫着儿子的名字，但他的声音被淹没在河水的怒吼声中。保罗涉水到达对岸，示意我们鲑鱼被逮住了。他把枯树枝拨向一边，男孩紧抱着来之不易的鲑鱼从树丛里倒着退出来，努力保持着平衡。

他瘦小的身体由于寒冷和兴奋而战栗不已，双臂和前胸之间紧紧地夹着一只大约 14 公斤重的王鲑。他走几步停一下，掌握平衡后再往回走几步。就这样走走停停，孩子终于缓慢但安全地回到岸边。

男孩的父亲递给儿子一截绳子，等他把鱼绑结实后，弯腰把儿子抱上岸。男孩躺在泥地上大口喘着粗气，但目光一刻也没有离开自己的战利品。保罗随身带着便携秤，出于好奇，他问孩子的父亲是否可以让他称称鲑鱼到底有多重。男孩的父亲毫不犹豫地说：“请问我儿子吧，这是他的鱼！”

与你共品

男孩钓鱼，父亲当看客。这似乎是一幅不和谐的画面。其实不然，父亲对儿子的一举一动都看在眼里，或是担惊受怕，或是如释重负。

鲑鱼大约14公斤重，而男孩14岁左右，瘦小。这是多么鲜明的对比。可是重压不能把他打倒，他凭着自己那份坚毅不可战胜的倔强性格，终于取得了最后的胜利。男孩为什么会表现得如此勇敢？无可置疑的是，这很大部分都是由于父亲的教育。在教育中，父亲给予了男孩充分的自由与尊重，让男孩培养独立的人格，独立处理事情的能力。这正如题目所写的那样，是“儿子”的鱼，父亲让自己站在了后台，而不是直接站在前台，对孩子的生活进行操纵。男孩只是千千万万成长的孩子中的普通一员，但是他在父亲的教导下，正茁壮地成长，成长为一个独立思考、有着变通能力的孩子。

父母在孩子的教育中，给予爱的同时，教会他一些能在社会上立足的东西才是更重要的。

（黎欣欣）

狂怒之下的男人来了劲头，他一下把妻子推到一边。他用皮带狠狠地抽打着孩子的后背，并凶狠地往孩子的腿上乱抽。孩子被打倒在地，可是他仍然一声没吭。

养家的孩子

［英］莱斯利·霍沃德/著　曾育英/译

一个十四岁男孩的父母正等着他们的儿子，把他挣的头一个星期的工钱带回家来。

母亲摆好餐具，正在切全家人要吃的黑色的奶油面包片。她面庞清瘦，穿着一件蓝色连衣裙，裙子前面系着一条浆洗过的白围裙。她面带疲惫，不住地唉声叹气。

男孩子的父亲长得并不高。此时，他平伸着两只脚，四仰八叉懒洋洋地躺在火炉旁边的旧扶手椅上。他似乎闲得很无聊，不时地伸出舌头舔舔他那浓密的八字胡。

这家人很穷。他们的房间虽然被女主人收拾得很干净，但整个房间的摆设却十分简陋。餐桌上摆放的只是一片片黑色的奶油面包片。

女主人一边准备饭，一边没正眼地瞟着自己懒惰的丈夫。可他却并不理会，有时扬着眉摇头晃脑地哼着小调，显得很得意；有时用黝黑的指甲轻轻地敲敲黄板牙，又显得有点急不可耐。

“不许你动孩子带回来的钱。”女主人一字一句地重复着她已经说了好几遍的话，“我知道钱到你手里会怎么样，让孩子把钱交给我，我用钱可以交房租、买吃的，不能让你把钱都扔到酒馆的钱柜里去。”

“你给我住嘴。”男人不动声色地说。

“不，这次我偏要说!”女人突然发起火来，她大声说，“我为什么总不该说？咱们这个家你一人说了算的年头够长了。你挣钱的时候我总忍着，现在我不忍了！你瞧瞧你那样子，三十多岁的汉子什么都不干，不喝不赌就像散了架似的塌在椅子上。靠你能过日子吗？动不动你还说三道四，你为这个家做什么了？孩子的钱必须交给我。”

“那咱们就走着瞧吧。”男人一边说，一边拨弄着炉子里的火。

大约五分钟的时间他们谁也没有再说话。

一会儿，孩子走了进来。这孩子看上去很瘦小，穿着一条不合身的长裤子，那样子看起来有点可笑。他看见仰坐在火炉边的父亲，脸上立刻显出十分惊恐的表情。

孩子的父亲站起身来。

“钱呢?”他问道。

男孩子看了看父亲，又看了看母亲。他很怕父亲，没敢说话，只是用舌头舔了舔自己那没有血色的嘴唇。

“说呀，”男人逼问着，“钱呢?”

“别把钱给他，”母亲说，“别把钱给他，贝利，把钱交给我。”

孩子的父亲一步步逼近了孩子，在咆哮中露出了他胡子下面的牙齿。

“钱呢?”

孩子直盯着父亲的眼睛。

“我弄丢了。”他回答说。

“什么？你……”父亲大喊起来。

“我把钱丢了。”孩子又说了一遍。

男人立刻挥舞着双手大喊大叫：“弄丢了，弄丢了！你说什么？钱怎么会弄丢的?”

“我把钱装在一个包里，”孩子说，“装在一个小信封里，我把小信封丢了。”

“丢在哪儿了?”

“不知道，可能掉在街上了。”

“你找了吗?”

孩子点了点头说：“可没找着。”

孩子父亲的喉咙里发出一种声音，半咕噜半呻吟很像动物的叫唤声。

“这么说，你真把钱给弄丢了?”男人追问说。他边说边向后退了两步，接着解下了腰带——他的腰带是一条又宽又厚还带着一个沉甸甸的铜扣环的带子。他对男孩吼道：“过来!”

孩子咬着下嘴唇努力不让眼泪流出来，他慢慢走过去，孩子的父亲抬起了胳膊。母亲在这之前一动未动，这时候她快步向前抓住了男人的胳膊。狂怒之下的男人来了劲头，他一下把妻子推到一边。他用皮带狠狠地抽打着孩子的后背，并凶狠地往孩子的腿上乱抽。孩子被打倒在地，可是他仍然一声没吭。

男人打累了，系好皮带把孩子从地上揪了起来。

“睡觉去吧。”他对孩子说。

“孩子得吃点东西。”母亲说。

“让他睡觉去。去，自己洗一下。”

孩子一声不吭地走进洗碗间洗了洗手，洗了洗脸，然后就上楼了。

男人坐在餐桌旁，吃了几块奶油面包喝了两杯茶。母亲什么也没吃，她坐在男人对面，两眼一直盯着男人的脸，恨恨地看着他。就像以前一样，男人并没有注意她，他在桌旁又吃又喝，就像妻子根本不在对面一样。

吃完、喝完，他就出去了。

他一关上门，母亲立刻站起来奔到楼上儿子的房间。

孩子把脸埋在枕头里正在痛哭。她坐在床边把孩子紧紧地搂在怀里，用手抚摩着儿子杂乱的头发，低声地说着贴心话，安慰着孩子。儿子顺从地任母亲轻轻地抚慰着，他从母亲的抚爱中得到了最大的安慰。

过了一会儿，他不再哭了。他抬起头，微笑地看着母亲，他湿润的双眼里放出光辉。他把手伸到枕头底下，抽出一个又小又脏的信封。

“妈，钱在这儿呢。”他小声地对母亲说。

母亲接过信封，打开后从里面抽出了印着人物、数字的纸币——一张十先令的纸币，还有六个便士。

与你共品

当父亲的皮带抽打在孩子的身上时，你的心应该在愤怒吧，心想怎么会有这么狠心的父亲；而当孩子把那一张十先令的纸币和六个便士交给母亲时，你的心情是否又被另外一种感动的心情代替着呢?

多么懂事的孩子啊！他知道父亲会把自己辛苦赚来的钱又拿去喝酒和赌博，所以他宁愿承受着父亲的狠打，也不愿把钱没丢的事实说出来，为的就是保护自己可怜的母亲以及维持贫穷的家庭。孩子的母亲该是多么欣慰，能有个这么懂事的孩子。但是她肯定也会责怪自己的无能为力。我们愿这位狠心的父亲能够及时醒悟，重建幸福的家庭。

俄国著名文学家列夫托尔斯泰说：“幸福的家庭都是相似的，不幸的家庭各有各的不幸。”其实，幸福的家庭很简单，就是“负责”二字。个人的颓废不是与家庭无关的字眼，请承担起对亲人的责任吧！

（黎欣欣）

“谁还想上来较量？”布莱特面对其他男孩问，“我一直在尽力避免与班上同学打架，可是你们就是要逼我自卫！”

一个团伙的解散

［美］艾德·威切斯/著　佚　名/译

加里与新来的同班同学布莱特一起走在运动场上，布莱特是不久前才随父母从欧洲移居美国的。

比尔与一伙男孩朝加里和布莱特迎面走来，比尔面露阴笑，与那几个伙伴互相使了使眼色。他们走到布莱特面前，比尔说：“你这个女孩子气的家伙，你妈妈知道你出来玩吗？”比尔的同伙狂笑起来。加里大声说：“走开！别惹布莱特！”

比尔怒视加里，与同伙离去。他们知道，有加里在，还是不惹布莱特为好。因为加里可以同时打败他们当中的任何两个人，加里是他们这帮人的头。

“他们欺负你是因为你穿的服装。”加里告诉布莱特，“你的裤子和长到膝盖上的袜子看起来几乎像我两岁弟弟穿的那种，还因为你说话的腔调那伙人不喜欢。你可不可以穿其他男孩通常穿的服装？”

“不！”布莱特回答说，“我没有别的服装。妈妈说我的服装很好，而且我家没有钱买美国式服装。另外，我的英语是在我自己国家的学校里学的，可这里的人讲英语的腔调与我学的不一样。”

加里知道布莱特难以改变自己的服装和讲英语的腔调，心里想：“布莱特为什么遭人嘲笑的时候不生气，就好像没事一样。或许他从来没有学过怎样与人搏斗。”加里心里担忧，他那些伙伴不会容纳布莱特，他们迟早会欺负他的。

这天下午，加里及同伙去打篮球，当走到一块空地的时候，加里发现布莱特手里提着一大袋食品朝他们迎面走来。

布莱特似乎没有看见他们，但他们看见布莱特了。比尔和其他男孩警告加里别插手，不然，就不让他做团伙的头。布莱特从人行道上下来，比尔跟着，突然上前用肩使劲撞布莱特。布莱特的食品袋被撞落在地上，拌色拉的调味汁和鸡蛋散落一地。

布莱特低头看着散落的食品，然后盯着比尔。其他男孩围过来，对着布莱特大笑。

“你们为什么这么做？”布莱特沉着地问，“美国的食品昂贵，就这么浪费了真让我家承受不了！”

“是吗？那么你想怎么样呢？女孩子气的家伙！”比尔傲慢地问。

“你必须赔偿！”布莱特说。

“哈哈，瞧他。”比尔和其他男孩狂笑起来。

比尔和布莱特对视了一阵，突然，布莱特一把抓住比尔，那动作像一道闪电。比尔一拳打在布莱特的下巴上，还没等其他男孩反应过来，布莱特迅猛地回击了比尔，比尔躺倒在地上。

比尔慢慢爬起来，向布莱特扑过去。另一个男孩——丹从布莱特身后冲上来，企图抓住布莱特的手臂。可布莱特一转身给了丹两拳，紧接着，布莱特又闪电似的拳击比尔。比尔和丹躺倒在地上，其他男孩在旁边目瞪口呆。

“谁还想上来较量？”布莱特面对其他男孩问，“我一直在尽力避免与班上同学打架，可是你们就是要逼我自卫！”

“你可以成为我们团伙中的一员。”一个男孩对布莱特说，“我们不再因你的服装和腔调而看不起你。伙计，你是强者！”

“我不想加入任何团伙。”布莱特说，“学生怎么可以拉帮结派，违法乱纪？你们不好好学习，却恃强欺弱，一定会受到法律和纪律的制裁。”

“现在，我要比尔赔偿我的鸡蛋和拌色拉的调味汁。”

布莱特转向比尔，问：“你打算赔偿吗？”

“我明天赔。”比尔挣扎着站起来。

“很好。”布莱特说，“你明天给我钱。现在你捡起那袋食品，递给我。”

比尔将地上的食品收集起来，小心翼翼地递给布莱特。

“谢谢。”布莱特说着转过身，站在一旁的男孩们让开路让他离去。

“伙计们，”加里说，“我不再是你们的头。我们是同班同学，不能成为寻衅斗殴的团伙，大家应该成为好朋友。”

“我们是朋友！我们不再是寻衅斗殴的团伙！”男孩们齐声回答。

与你共品

原本是一个寻衅斗殴的团体，专门恃强凌弱，但在布莱特“被逼自卫”后，他们出乎意料地解散了。

谁是强者，谁就会受到别人的敬畏；否则，就会受到别人的欺负。这似乎已经成了一些校园的生存原则。但是布莱特，他却不愿这样做，一直不卑不亢地过着自己的生活，直至他们打破了他的鸡蛋和调味汁，他才“被逼自卫”。但他的自卫并不是为了逞强，或者想证明什么，纯粹只是想维护自己的正当利益而已。因为在他心里，大家是朋友，地位平等。作为学生就应该做好自己的本分，而不是拉帮结派。“你强并不代表就要欺压别人。”这是布莱特告诉我们的深刻道理。

在这个世界上，没有注定谁就是强者，也没有注定谁就是弱者。我们能做的就是做好自己的本分。

（黎欣欣）

圣诞节那天，全家都去观看我的表演。我紧紧盯着她的帽子，根本不去考虑在场的人能否听到我的声音，我沉默的歌声是唱给上帝一个人听的。

多莉姑姑的帽子

［美］马伦达/著　佚　名/译

当我还是小孩子时，曾对3件事情笃信不疑：我的家人都爱我；太阳每天早上都会升起；我的嗓音很美妙。对最后一点我尤其有把握。因为每当全家一起唱歌时，我都会扯着嗓门大喊，从来没有人阻止过我。所以当我的二年级老师凯瑟琳嬷嬷宣布她要在圣诞节当天举行一场演唱会时，我别提有多高兴了。

凯瑟琳嬷嬷对全班同学说：“歌唱是我们向上帝表达爱意的最重要的方式之一。”她说要根据我们的演唱天赋来编排节目，全班26个人都迫不及待地举起了手。“想独唱的同学请站在钢琴右侧，想参加合唱的同学请站在钢琴左侧。”

在嬷嬷还没走到钢琴之前，我就第一个站到了钢琴右侧。她给了我几支曲子，我从中挑选了我们家最喜欢唱的《当爱尔兰眼睛微笑时》。嬷嬷开始弹琴，我则以一个7岁女孩儿所能展示的最丰富的感情开始演唱。可没唱几句就被嬷嬷打断了：“谢谢你，下一位。”

当我回到座位上时，看到有些同学在窃笑。难道我做错什么事了吗？

独唱的名额很快就招满了。嬷嬷听了每位同学的试唱，然后将声音接近的人编排在同一个声部，最后只剩下我孤零零的一个人。

当其他同学开始熟悉歌谱时，嬷嬷把我叫到她的桌前，温和地看着我。“杰奎琳，你听说过‘音盲’这个词吗?”

我摇了摇头。“就是说你发出来的声音与你自己想象的不一样，”她拉着我的手说，“这没什么值得害羞的，亲爱的。你仍然可以参加演唱会。你做出发音的口型就可以了，但不要发声。你明白我的意思吗?”

“我明白。”我是如此羞愧，以至于放学后我没有回家，而是直接坐公共汽车来到了多莉姑姑家。在我眼里，没有什么事情能够难得倒她。在那个大多数女性都要嫁人的年代里，她勇敢地选择独身生活。她还参加过狩猎远征队，和艾森豪威尔总统握过手，吻过克拉克·盖博（好莱坞著名男影星）的脸，并打算环游整个世界。她能理解我的世界是如何被这个可怕的发现搞得翻了天。

多莉姑姑给我端来饼干和牛奶。“我该怎么办?”我抽泣着说，“如果我不能唱歌，上帝会以为我不爱他的。”

多莉姑姑的手指在桌上敲着，眉头皱在一起。最后她眼睛一亮。“有办法了！我将帽子戴上!”

帽子？它能帮我解决“音盲”这个大问题吗？她那棕色的眼睛盯着我，声音忽然降了下来。“杰奎琳，我得透露一点儿天使的秘密，但首先你得发誓不会告诉任何人。”“我发誓!”我低声说。

多莉姑姑抓着我的手说：“当我在罗马圣彼得教堂祈祷时，曾听到旁边座位上一个人讲话。他也是个音盲，也担心上帝听不到他的歌声。那里的牧师悄悄告诉他，一小块铝箔就可以解决这个问题。”

“我不明白。”

“你在嘴里默默地念出歌词，它们会通过铝箔反射，天使就能捕捉到这些声音，把它们放到特制的袋子里，然后送给上帝。这样上帝就能听到你和同学们一起唱赞美诗的美妙声音了。”

虽然听起来有些玄妙，但我相信万能的天使还是能够做到这一点的。况且多莉姑姑表情严肃，她是不会欺骗我的。

“那我把铝箔藏在哪儿呢?”

“藏在我的帽子里，”多莉姑姑说，“我会坐在演唱会的前排。不要对凯瑟琳嬷嬷和你的父母泄漏一个字。”

圣诞节那天，全家都去观看我的表演。我紧紧盯着她的帽子，根本不去考虑在场的人能否听到我的声音，我沉默的歌声是唱给上帝一个人听的。演出非常成功，多莉姑姑夸我的表演具有“奥斯卡水准”。

4 年前多莉姑姑去世了，享年 90 岁。葬礼结束后，我们晚辈聚在一起，追忆这位令人尊敬的姑妈。我们吃惊地发现，她的“天使帽子”曾帮过我们许多人。一个口吃的外甥盯着她的帽子，完成了自己首次登台演讲；一个胆小的侄女勇敢地参加学校戏剧演出，并在拼写比赛和天才竞赛中获奖，就因为多莉姑姑戴着帽子坐在前排。她让我们相信天使就在我们身边，帮我们完成了许多自以为不可能完成的任务。

即使到了现在，当我在生活中遇到挫折时，还会想起多莉姑姑和她的“天使帽子”。我童年时的信仰仍然没有改变：我的家人都爱我；太阳每天早上都会升起；在那个难忘的圣诞节表演中，我拥有最美妙的声音。

与你共品

多莉姑姑的“天使帽子”是一顶神奇的帽子，只要看着它，就能让人瞬间拥有勇气，去完成自己想做而又不敢做的事情。

很多时候，我们需要的仅仅是一个相信自己能行的理由而已。我们都知道，多莉姑姑的帽子只是一顶普通的帽子，然而多莉姑姑却借助这顶帽子，通过“赋予”它某种特殊的定义来转移孩子的注意力，让他们拥有足够的自信。而事实证明，多莉姑姑这样做，的确成效显著，而我们也不禁发现，其实真正的“天使”是多莉姑姑。

现实生活中就应该多些这样的帽子，其实很多时候，我们不是缺少做事情的能力，而是缺少相信自己的能力而已。

（朱美桦）

沃夫卡也不答话，扭头就去睡觉。他嘴上说不想吃饭了，心里却在想，祖母肯定会来问他，并会逼着他去吃晚饭。但祖母什么也没问，也没叫他去吃晚饭。

沃夫卡和祖母

［前苏联］阿·阿克谢诺娃/著　佚　名/译

原先沃夫卡和他的父母住在北部的摩尔曼斯克。三年前，他母亲不幸病逝。他父亲是位船长，经常出海，无法关照他，好心的邻居把小沃夫卡接到自己家里住。后来，父亲决定把他送到乡下祖母那里去度假。

开始，他并不太喜欢祖母。沃夫卡已习惯于所有亲朋好友都娇宠他，可这位祖母却并不溺爱他。

就在第一天，沃夫卡扭伤了脚，疼得他号啕大哭了好久。但祖母却平静地说："别哭啦！你又不是小孩子！"说完，就让他去商店买面包。沃夫卡只得去了。

他把面包买回来，往桌上一扔，说道：

"给你面包。"

"你这是干什么，怎么这样说话？"祖母生气地说。

沃夫卡也不答话，扭头就去睡觉。他嘴上说不想吃饭了，心里却在想，祖母肯定会来问他，并会逼着他去吃晚饭。但祖母什么也没问，也没叫他去吃晚饭。早晨起来，沃夫卡还得打水，买面包，然后到地里帮祖母干活。沃夫卡对这一切老大不痛快。有一次，他对祖母说："您写信让父亲来接我回去吧！"

"没关系，你会习惯的。"祖母答道。

"我要把这一切都告诉我父亲。我为什么整天干活？我现在是放假，我应该休息，可我却整天干活。"

"别人都在干活嘛，你又不是小孩子。"

"可我才上二年级！我不过才 9 岁。"

"所以我说你已经是大孩子了。我 9 岁的时候，早就下地劳动了。"

但沃夫卡还是赌气不再好好干活了。他想，如果他干得很糟，祖母也就不会再让他干了。有一天，他没去商店，晚上祖母说："今天我们不吃晚饭了。因为没有面包吃。"结果沃夫卡只得饿着肚子去睡觉。当祖母明白过来后对他说："这是无济于事的，你还要住在这里，而且也会喜欢上你的祖母。"

沃夫卡生气地瞪着她，一句话也没说。

有一天，沃夫卡跟他的好朋友维佳谈起了他的祖母。可维佳却对他说：

"你还不了解她，她可是个无所不能的人。村里的人谁都非常敬爱她。她懂很多，甚至还会治病。我们有个邻居有一次头疼得很厉害，吃什么药都不管用。而你的祖母很快就用草药把他治好了。"

"她还会干什么？"沃夫卡兴致勃勃地问道。

"什么都会，"维佳答道，"她能识别所有的草木，她还特别善于洞察人们的内心世界。"

"这倒是，"沃夫卡说，"她总能知道我在想什么。"有一次，沃夫卡和祖母一起到大森林里去。祖母在森林里如入家门：每一棵小草，每一棵树木都成了她的老相识。祖母告诉沃夫卡各种各样的小草：瞧，这棵小草专治头痛病，那棵小草专治心脏病。

"你怎么会知道这些的？"沃夫卡问。

"我在乡下住了一辈子，我的母亲特别熟悉这些草木，是她告诉我的。"

"奶奶，那你是怎么把那个人的病治好的？"沃夫卡决心问个明白。

"什么人？"

“你们村上的，他头疼得很厉害，吃什么药都不管用。”

“我已经记不得了，”祖母说，“怎么治好的？你看到了吧，我知道头疼时吃那种草药管用。”

“那吃药为什么不管用呢？”

“因为他并不相信他能康复。”

“那他相信你吗？”

“是的，我把草药给他，并告诉他，过三天就会好的。重要的是他信任我。”

现在，沃夫卡已经喜欢上了祖母，他决心也做一个值得别人信任的人。现在，祖母让他干什么，他都乐意去干。他喜欢祖母不像小孩子那样娇惯他。

几天过去了。从摩尔曼斯克拍来一封电报，祖母看了电报说：“嘿，这下你该高兴了！”

“父亲要走吗？”

“不是父亲要走，而是你要走。”

“为什么？”沃夫卡问道。

“因为你父亲希望你回去。”

“那剩你一个人怎么办？”

“如果你愿意，还可以到我这儿来；如果不愿意，就说明你祖母不怎么样。”

沃夫卡想对祖母说，他非常爱她，但什么也没说出来。他站在那儿，泪水夺眶而出。

与你共品

真正有魅力的人应该是有自己的人格魅力且能令人信服的人。你也许一开始不喜欢他（她），但经过相处了解之后，我们一定会被对方的人格魅力所折服，从而喜欢上他（她）的。

小沃夫卡开始时并不喜欢他的祖母，相比来祖母这里之前大家都十分宠着他，他在祖母这里受到了不一样的待遇。然而经过日后的慢慢接触与相处，通过和好朋友的聊天以及一次与祖母的大森林之旅，他开始慢慢真正认识到了祖母的可“爱”之处并喜欢上祖母，并下决心做一个像祖母那样值得他人信任的人。

做人能够值得被别人信任，那是相当了不起的一件事。现代社会因为种种原因，人与人之间总是充斥着各种猜疑。要做到互相信任，除了要多一些像祖母那样的人，我们自己首先也应该要有一颗可以容纳别人的心。

（朱美桦）

从眼角望过去，我看见外婆在一张纸片上用希伯来语写着什么，她的鼻尖几乎要碰着铅笔顶端了，我很想知道她背着我在写什么。

三分钱的朵拉

［美］贝特·克拉姆帕斯/著　陈　明/编译

外公去世后，外婆朵拉从费城来这里和我们同住一周。我对外公外婆了解得不多，特别是外婆。弯腰曲背的外婆，有一张遍布皱纹的活像葡萄干的脸。当妈妈要我亲吻她时，我缩在一边，心里还有些怕她。她从早到晚围着一条褪了色的旧围巾，穿着一套不合身的旧衣服，像一个影子似的在家里走来走去。很难相信，我那充满魅力的妈妈会是她的女儿。

“妈妈和爸爸上班的时候，你要在家好好照顾外婆，和外婆玩，逗外婆开心。”这是妈妈的命令。这会儿正是暑假，想到不能和小伙伴们在一起玩，我心里老大不愉快。但是，不就是一周吗？我想我还是能熬过去的。

第一天早上，外婆把自己重重地扔进藤椅里，百无聊赖地坐在那儿。我自信有了精神准备，我们家每个人都喜欢玩扑克，我说：“咱们来玩扑克牌吧！”她耸了耸肩，把牌推开，用依地语说：“我不玩扑克。”

“外婆，我的依地语不好，您能用英语跟我说吗？”

她轻蔑地哼了一声，然后说道：“你应该学会。”

唉，这会是漫长的一周。

我不再和她说话，拿起了自己喜爱的喜剧连环画，自顾自地看了起来。从眼角望过去，我看见外婆在一张纸片上用希伯来语写着什么，她的鼻尖几乎要碰着铅笔顶端了，我很想知道她背着我在写什么。

一周就这样过去了。在最后的那天早上，我看见外婆在妈妈的衣橱里翻找。妈妈站在她身后。外婆用依地语说了几句严厉的话，把妈妈最好的衣服拿到了楼下。

“她说什么？”我想知道。

“她说我的衣服太多了。”

我知道妈妈根本没有太多的衣服。爸爸拼命干活，只为我们家挣得仅能果腹的面包。我很高兴，外婆终于要回去了。

在送外婆回费城的车上，我悄悄地向妈妈告外婆的状，妈妈很快就不耐烦了。

“你应该尊重外婆！”她厉声说道。我赶紧闭了嘴。

到费城后，我宣布说，要找表兄玩，向他展示我用自己的钱买的费城职业垒球队的帽子。

“不行，你还有事儿，你得帮外婆做生意。”什么生意？

这时，外婆已经拿了妈妈的衣服消失在她的房子里。她再次出现的时候，手里拿着一个旧布挎包。妈妈将它递给了我：“贝特，帮外婆背着这个。”

我和外婆走了三个街区到了格拉德大街，这里是犹太人聚居的社区。沿街都是小商店，用金色的字母装饰着橱窗。打扮得花里胡哨的结实的木制推车上，堆满了各色货物，沿着人行道一字儿排开。这里人头攒动，讨价还价之声不绝于耳。

一个摊主叫住了外婆：“嘿！朵拉！这些天你到哪里去了？我说最近怎么没人来和我过不去了呢？”然后他向街对面的摊主叫道：“嘿！莫易西！三分钱的朵拉又回来了！你得好好看住你的钱包。”

我把自己的垒球帽拉得低低的，希望没人能猜出朵拉就是我的外婆。她正忙着在一个卖旧衣服的推车上翻找着。她拽出了一件成色还挺新的，比她自己的身材大得多的旧衣服。

“多少钱？”她用依地语问。

矮胖的摊主摸着自己的胡须，知道自己得准备迎战了。“你想要的话，朵拉，我只卖二十五分。”

外婆瞪了他一眼，伸出了三个指头：三分钱。

“哎，朵拉，我要失去我的房子了，我的孩子得挨饿了。但是我还是给你优惠价吧。”他伸出了八个指头。外婆面无表情地盯着他。摊主举起了双手，投降了。“再拿上这个吧。”他生硬地说，举着一件女士连衣裙，“也许这可以使你少到我这里来几次。”

外婆以胜利者的姿态抽出钱包，拿出三分钱，数了数，递到摊主的手上。她示意我打开旧布挎包，把她新买的衣服塞到妈妈的衣服上面。随即头也不回地向莫易西的鞋摊走去。五秒钟以后，她举着一双结实的女鞋，伸出了三个指头。

莫易西脸上不耐烦的神情变成了愤怒：“这是我最好的一双鞋，最低要价得五十分！”

“胡说！”外婆尖声叫道，她的三个指头在莫易西面前晃动。我几乎想躲起来。但是莫易西突然大笑起来：“好，好，朵拉，今儿我没有时间和你讨价还价，这双鞋三分钱卖给你啦，再给三分钱买上这双昂贵的鞋吧。”他把一双漂亮的童鞋递给了外婆。

外婆就这样继续着三分钱东西的疯狂购物，直到花光了身上所有的钱。我已走得筋疲力尽，旧布挎包越来越重，我只好用两只手吃力地提着它。快点吧，我唯一想做的事只是给表兄展示一下我的新垒球帽。但是，我们还有最后的一站。

我跟着外婆来到了一间小办公室。这里只有一张办公桌和一个叫艾比的工作人员。“朵拉，我们都很想念你。这些天你上哪儿去啦？这小家伙是谁?”

外婆用依地语回答：“我女儿的孩子。”

“啊，原来你是朵拉的外孙子。”他向着我微笑，“你一定为你的外婆感到骄傲，你知道，她在这一带可有名了。”

“是的，我知道。”我不耐烦地嘀咕道，“他们叫她‘三分钱的朵拉’。”

艾比转向外婆：“啊，朵拉，今天你为我们带来了什么?”

外婆费劲地提起挎包，艾比从办公桌后面跑过来帮忙。外婆从挎包里一件一件地往外拿东西。每拿出一件，便把它整整齐齐叠好。然后，她把在我们家时写好的纸条一一拿出来，在每一堆衣服上都放上一张。

“她在干什么?”我问艾比。

“这些纸条上写着需要帮助的人的名字和家庭地址，我们要把这些衣服照地址给他们送去。”

“她把所有的衣服都给出去吗?”

“是的，我们这里是犹太人救济中心。”

我的脸一下子发起烧来，我感到羞愧难当。难怪格拉德大街上的所有人都和她开玩笑，然后把他们最好的东西给她，而且几乎到了不收钱的地步。原来，“三分钱的朵拉”所做的“生意”是慈善事业，那摊主都是她的“合伙人”。

我把自己珍爱的新垒球帽脱下来，把它递给了外婆。她抬起头来，疑问地望着我，用依地语问：“什么?”

“我想把我的这顶帽子也给你做生意。”

外婆的眼睛突然一亮，她紧紧地拥抱了我。我也紧紧地拥抱着外婆，用我知道的唯一一句依地语对她说：“我爱你，外婆。”

“我也爱你，贝特。”她在我耳旁悄悄地说。

妈妈曾经告诉我，外公生前极其慷慨大方，乐善好施，这样做，他感到很愉快。在他去世的时候，口袋里只剩下六分钱。我想，外婆将会剩得更少，她会感到更加愉快的。

与你共品

小贝特一开始很不能理解他的外婆，他觉得外婆既严厉又吝啬。可是当他知道外婆是在做慈善“生意”时，当他知道外婆所做的一切后，他感到羞愧难当。最后，他终于了解了他的外婆并且喜欢上了她。

小贝特的外婆是一位乐善好施的人，帮助别人会使她变得很快乐，所以，即使最后外婆的钱会剩的更少，她也只会感到更加快乐，就如同她的丈夫小贝特的外公一样。文章用先抑后扬的手法，先是对外婆进行外貌描写，字里行间表露出自己的不耐烦，而后通过与外婆的费城之旅，从而发现外婆的伟大，以此来赞扬外婆的善良与无私。

发自内心真诚地去做自己想做的善事，即使这些事会使自己的生活因此拮据，那也会是一件开心的事。希望社会上能够多一点像外婆那样的人，不管别人的眼光，不管自己生活得富不富裕，只是很真心地，并且很开心地去做慈善的事。

（朱美桦）

我环视着这里，几分钟前，我还对它艳羡不已，而现在只让我感到畏惧。

那一天，我终于读懂了爱

［美］卡伦·奥菲泰莉/著　蒹葭苍苍/译

那已经是很多年前的事了，我上四年级时的第一个星期。那天放学之后，我从学校出来，沿着联合大街向市中心的我爸爸的修鞋店走去。然而，在到达他的修鞋店之前，伍尔沃斯连锁店的橱窗像磁铁一样吸引了我的目光。橱窗正中显著的位置上摆放着一个红色格子花呢的书包。书包上那红色鲜艳的塑料手柄在秋日明亮的阳光下闪烁着绚丽多彩的光芒。书包的前面是一个嵌入式的铅笔盒，它的开口处镶着一条有着黄色拉环的拉链。我靠近橱窗，把脸贴在玻璃上，以便能够看清楚它上面的那两个扣环。它们也是用那种红色鲜艳的塑料做的，而且它们被恰到好处地安装在书包的盖子上。“如果我能有个这样的书包，那我不也就像珍妮特和我们班上其他女孩子一样了吗?”我想道。但是，我知道那是不可能的，我爸爸从来都没有说过要给我买这种书包。

想到这儿，我气愤地从肩头把我的那个褐色的书包滑下来，然后使劲将它摔到我前面的人行道上。在这明媚的秋阳下，这个皮书包一点儿光泽都没有，而书包上那黄铜做的扣环也是那么黯淡，没有一丝闪光。此刻，它就这么静静地躺在人行道上，像一头又老又丑的母牛，横亘在我和橱窗里的那个红色格子花呢书包之间。我的书包是爸爸自制的。

然而，无论我怎么苦思冥想，也想不出一个合适的理由对爸爸说我不想要他给我做的这个书包。最主要的，那个红色格子花呢书包要 3. 98 美元一个，我想我们可能买不起。

第二天早晨，当我醒来准备去上学的时候，我感到非常为难。因为今天，珍妮特邀请我们班级所有的女孩放学后到她家里去喝下午茶。在这之前，我不仅从来没有喝过下午茶，而且也从来没有去过珍妮特的家里。我不想背着这个破书包去她家里。在我们班里，珍妮特是一个很讨大家喜欢的女孩，而且，她还拥有我们每一个人想要的任何东西。不仅如此，珍妮特还拥有一头漂亮的金色鬈发，她住在郊区的一栋单门独院里。她的爸爸在一家大公司里工作，而且还有自己的办公室。珍妮特也有一个从伍尔沃斯连锁店买来的配有铅笔盒的红色格子花呢书包。

那天上课的时间好像特别长，没有尽头似的。终于，好不容易熬到了放学，我们8个女孩一起来到了珍妮特的家里。哦，这一趟我真是不虚此行，大开了眼界。她的家比我所想象的还要漂亮。看着她家豪华的装饰，我感到就好像是在拜访一位公主似的。

珍妮特的妈妈端着一个银质的茶壶，帮着她为我们倒茶。而我们则几乎都在等待着吃饼干呢。就在这时候，门开了，珍妮特的爸爸走了进来。

“嗨！爸爸！”珍妮特张开双臂向他跑去迎接他。他没有看珍妮特，只是心不在焉地用手轻轻地拍了拍她的头。“哎，别把我的衣服弄破了。”他一边说一边向后退了一步。

“哦，嗯，对不起，爸爸。”珍妮特说，“您想见见我的朋友吗？”

“我没有时间。”他不耐烦地说，同时，打开公文包，从里面掏出来一摞报纸。

“凯瑟琳，”他对着珍妮特的妈妈粗鲁地问道，“我们家今天要干什么？”

他指的是我们。

“罗恩，”珍妮特的妈妈道歉说，“我知道你想说什么——不过，请原谅这些女孩子们。”她说着离开了餐厅走进厨房。

顿时，这间漂亮的餐厅成了珍妮特父母争吵的回音室。

“你应该知道，我回到家里喜欢安静。”珍妮特的爸爸嚷道。

“是的，我知道，但是，这一次，我认为你不应该介意。”珍妮特的妈妈争辩道。

“如果我回到家里没有一个和睦安静的环境，又怎么能够指望我养家挣钱呢？我想让那些小孩立刻离开这儿！”

接下来，珍妮特的妈妈就没有作声了。然后，厨房的门“砰”的一声关上了，并且，我们听到沉重的脚步声向楼上走去。

一会儿，珍妮特的妈妈回到了餐厅。“姑娘们，我非常抱歉打断你们，”她低着头，眼睛不敢看着我们任何一个人，满怀歉意地说，“现在，大家赶快把饼干吃完，然后你们可以到珍妮特的房间里去玩，等你们的父母来接你们。”

于是，我们只好默默地吃完饼干喝完茶，然后又默默地走到珍妮特的房间里去了。珍妮特的床上盖着镶有荷叶边的床罩，窗户上挂着带有皱边的落地窗帘。不仅如此，她还有一台电视机、一台收音机和一台电唱机。长那么大我还从来没有见过这样的房间——真是太漂亮了。

看着看着，我又想起了自己的房间——在我那个墙上涂着廉价的、略有点晃眼的粉红色油漆的窝里，地板上铺着破烂不堪的油布，家具也都是别人用过的旧家具。我环视着这里，几分钟前，我还对它艳羡不已，而现在只让我感到畏惧。

我的思绪不禁又回到了那个下午。那天，当爸爸伸出双臂紧紧拥抱我的时候。他身上的粗布围裙把我的脸都磨疼了，想到这，我不禁抬起双手揉搓着我的脸颊，我又想到了那块苹果卷饼，爸爸每次只买一块给我吃，而他自己却从来都不舍得吃一口。而且，不论他每天有多少鞋子要修理，他总是要抽出一些时间和我说话，对爸爸来说，我好像是最重要的人。他总是慈爱地看着我，问长问短。

这时，我的目光正好落在了珍妮特的那个红色格子花呢书包上，它正放在白色的写字台上。我情不自禁地伸出手去，满怀羡慕地抚摸着那个漂亮的红色塑料手柄。但是，我突然发现。它的上面布满了一道道划痕，不仅如此，那用来固定背带的铆钉也因为书籍太重的缘故而被拽了出来。仔细想来，这个书包，其实就像珍妮特的生活一样，并不是那么完美。

就在那一刻，我突然非常想回到家里去。我想和我的家人们一起围坐在厨房的桌子旁，大家一边吃着硬皮面包，一边开心地笑着，聊天儿……就这样，我一边想着，一边焦急地盼望着爸爸快点儿来接我。

许多年过去了，我仍然珍藏着那个破旧的皮书包。爱，不是来自于银质的茶壶里——当然，也不是来自于红色格子花呢的书包上。有时候，它却来自于一间不大的房间，来自于一块特意准备的苹果卷饼，当然，也来自于那个自制的褐色的皮书包上——因为，那上面的每一针每一线都是用爱缝起来的啊！就在那天，我终于明白了，爸爸对我的爱就像他用来给我做书包的那块皮子一样坚韧，一样真实。

与你共品

在去珍妮特家做客之前，“我”自卑于自己不像珍妮特一样拥有美丽的书包，做客之后，反而庆幸自己虽过着平凡质朴的生活，但却拥有爸爸最温暖的爱。

小说通过描述“我”在珍妮特家做客前后的思想变化，表现出珍妮特过着富裕的生活，曾经她让我羡慕不已，可当“我”发现她爸爸躲过她的拥抱，并斥责她妈妈对同学们的邀请时，“我”知道她拥有的爱是残缺的，而“我”虽平凡，但拥有一个对“我”关怀备至的爸爸和他对我完整的爱。

小说告诉身在福中的我们，大可不必羡慕别人得到的爱与光华，因为，爱本来就是朴实无华的。

（张玉珊）

第二天我发现有一只成年的画眉在专心致志地喂小画眉，不用说这定是小画眉的母亲，果然在她的呵护下，小画眉一口一口地吃了很多类似梅子的东西。

一件小事的震动

［美］索尔·贝娄/著　佚　名/译

八月的一天下午，天气很热。我住处的前面有一群孩子正起劲地捉那些五彩缤纷的蝴蝶，这使我想起了我小时候的一件往事。

那时候我住在南卡罗来纳州，12 岁的我常常把一些野生的活物捉来关到笼子里玩，乐此不疲。我家住在树林边上，每到黄昏，很多画眉鸟回到林中休息和唱歌，那歌声悦耳动听，没有一件人间的乐器能奏出这么优美的乐曲。我当机立断，决心捉一只小画眉放到我的笼子里，让它为我一个人唱歌。

果然我成功了。那鸟先是不安地拍打着翅膀，在笼中飞来扑去，十分恐惧。后来就安静下来，承认了这个新家。站在笼子前，我听着小音乐家美妙的歌声，兴高采烈，真是喜从天降。

我把鸟笼放到我家后院。第二天我发现有一只成年的画眉在专心致志地喂小画眉，不用说这定是小画眉的母亲，果然在她的呵护下，小画眉一口一口地吃了很多类似梅子的东西。我高兴极了，因为由它自己的母亲来照料，肯定比我这个外人要好多了，真不错，我竟找到了一个免费的保姆。

次日，我又去看我的小俘虏在干什么，令我大惊失色的是，小鸟竟已经死了，怎么会呢？小鸟不是得到了最精心的照料了吗？我对此迷惑不解。

后来著名鸟类学家阿瑟·威利来看望家父，在我家小住。我找到一个机会，把事情说给他听。他听后作了解释。他说，当一只美洲画眉发现她的孩子被关在笼子里之后，就一定要喂小画眉足以致死的毒梅，她似乎坚信，孩子死了总比活着做囚徒好些。

这话犹如雷鸣似的给了我巨大的震动，我好像一下长大了。原来这小小的生物对自由的理解竟是这样的深刻。从此，我再也不把任何活物关进鸟笼，一直到现在，我的孩子也是这样。

与你共品

小时候爱好抓野生动物的“我”有一次抓了一只小画眉，“我”把它关在笼里的第二天，发现有一只成年的画眉在喂小画眉梅子，正当我欣喜有免费保姆时，次日，小画眉却死了。后来我才明白，成年画眉宁愿孩子死也不让它活着做囚徒。

小说的震撼点在于，作者在顺理成章地享受着画眉妈妈在行使“保姆”行为带来的欢乐时，小画眉却在画眉妈妈喂养的次日死去。后来从鸟类学家的解释中得知，原来是成年画眉喂小画眉足以致死的毒梅结束其生命，以免它失去自由而痛苦地活着。小生物对自由的深刻理解震动作者幼小的心灵，使他了解到即使是动物——自由于它们也是高于一切。

万物生而自由。爱，不应该成为其被束缚的理由！

（张玉珊）

她一直希望能把所有的老师全部赶走。汤米就曾经有过一个月的时间不必受老师的逼迫，那是在历史课程暂时结束的时候。

快乐时光

[美] 艾萨克·阿西姆/著 佚 名/译

关于那件事情，玛姬当天晚上就把它写在日记里。

“公元2155年5月17日，”她开始这么写，“今天汤米发现了一本真正的‘书’!”那是一本非常古老的书。玛姬的祖父曾经对她说过，在她的祖父的少年时代，他的祖父告诉他曾经有一个时代所有的故事都被印刷在纸张上。他们翻阅那些黄渍起皱纹的纸张，对他们而言，这实在是一件有趣的事，当他们发现所有的字都被固定在纸张上，不同于平时他们在荧幕上所阅读的移动资讯。而且，当他们翻回到先前读过的那一页时，竟然发现那些字和第一次读到的时候一模一样！“对你而言，”汤米说，“这也许是一种浪费。当你看完这本书时，我猜你一定会把它丢掉。我们的电视荧幕上有超过一百万本的书，而且它可以不断地补充。然而，我不会这么做。”

“我也是啊!”玛姬说。她才11岁，读过的书远少于汤米。因为汤米已经13岁了。她说，“你在哪里找到的?”

“在我家，”他专心地阅读着，头也不抬地回答，“在我的阁楼上。”

“它里面说些什么?”

“学校。”

玛姬开始对它觉得轻蔑,“学校?到底有什么好写的,我讨厌学校。”

玛姬一直不喜欢上学,但此时她比以前更讨厌学校了。数学老师曾经给她一连串的几何考试,而她的成绩却都一直每况愈下,终于她的母亲禁不住叹息地摇着头,替她请了一位督学官。那位督学是一位红脸的小胖子,随身带着一只装满电线、指针盘的工具箱。他面带笑容,给了她一个苹果,然后就把她的数学老师分解。然后他开始组合他的新数学工具,玛姬一直希望他无法组成,但是他办到了。大约一小时之后,那台熟悉的、又大又黑又丑恶的机器又出现在眼前,它的荧幕上,同样出现了所有的课程以及许多烦人的问题。那还不算什么,她最讨厌的是那个她要投入作业和考试卷的投入孔。她必须使用六岁时学会的打孔密码来解答问题,然后数学老师立刻就把作业改好,算出分数。当她做完作业时,督学先生对她微笑并轻拍她的头。他对她的母亲说:“这并非孩子的错,琼尼斯太太。我想,几何学现在对她而言是有一些艰涩,小孩有时候会不太适应,不过没关系,我已经订了一个十年的学习计划书。事实上,她整体的进步相当令人满意。”

然后他又拍了一下玛姬的头。玛姬失望透了。她一直希望能把所有的老师全部赶走。汤米就曾经有过一个月的时间不必受老师的逼迫,那是在历史课程暂时结束的时候。所以她现在对汤米说:“为什么还有人要写学校的事呢?”汤米用一种优越感的眼光看着她。

“因为那是一种不同于我们的学校,傻瓜。这是数百年前的那种学校。”

他轻松地用一种清楚的声音补充说:“好几个世纪以前呢!”玛姬有一种被伤害的感觉。

“好吧!就算我不知道那么久以前他们到底有怎样的学校,”她靠在他的肩膀上读着那本书,然后说,“不论如何,他们还是有老师啊!”

“他们的确有一个老师,但‘它’不是正式的老师,而是一个‘人’!”

“一个人?人怎么能作为一个老师呢?”

“嗯——他会教学生们各种事物,然后吩咐家庭作业和问各种问题。”

“可是人不够聪明啊!”“当然够!我父亲的知识和我的老师一样多。”

“不可能的,人的智慧不能和老师比!”

“他差不多可以了,我打赌!”玛姬不想在这件事情上做争论,她说:“我才不要一个陌生人跑到我房里来教我。”

汤米哈哈大笑地说,“你了解得太少了,玛姬,那位老师不会住在你的房子里。而是有一栋特别的建筑让所有的孩子去那里上课。”

“难道所有的孩子都学一样的东西吗?”

“就同年龄的孩子而言，是的！”

“但是，我妈妈说，老师应该自我调整去适应每一个孩子的心灵，所以每个孩子都要用不同的方法来教育。”

“不论如何，当时他们不用这种方法，如果你不喜欢，你可以不要念这本书啊！”

“我没说不喜欢嘛！”玛姬立刻回答。她真的很想知道那些有趣的学校的事情。他们还念不到一半的时候，玛姬的母亲便开始叫唤他们了，“玛姬，上课时间到了！”玛姬抬起头说，“还没有啦，妈！”

“现在，”琼尼斯太太说，“也该是汤米上课的时间了。”

玛姬对汤米说：“下课之后，我可以再和你一起念这本书吗？”

“大概可以吧！”汤米不太乐意地回答。他手臂底下夹着那本破旧的书，一边吹着口哨一边离开。玛姬走进了教室。它就在卧室的隔壁。此时数学老师已经打开，正在等着她。除了周末和星期日，它每天总是定时开机，因为玛姬的母亲认为定时规律的课程有助于孩子的学习。荧幕上出现了字幕，它说：“今天的算术课程是真分数的加法。请把昨天的作业放进投入孔。”

玛姬一边照着它的指示行事一边叹着气，她一直想着她曾祖父的祖父少年时代的那种学校——所有附近的孩子们一起上学，在校园里嬉戏、欢笑，在教室里排排坐，放学以后一起回家。大家学一样的东西，然后便可以一起写作业，一起讨论问题。而且，他们的老师都是“人”。数学老师在荧幕上闪烁着“真分数二分之一加四分之一……”玛姬幻想着古时候的孩子该会多么喜欢上学，不禁羡慕着他们的快乐时光。

与你共品

对一个小孩子来说，快乐其实很简单，能和同伴一起玩耍，一起学习，一起做自己喜欢的事情，都是快乐的。

文章写了主人公因厌恶自己目前的学习环境，讨厌这种定时规律的机械学习生活，从而产生一种厌学的心情。特别是在她了解到好几世纪之前的人是如何学习的时候，心里不禁泛起了羡慕之光。一起上学，一起玩耍嬉戏，一起做作业……这些事情对于她来说，简直就像是在做梦。本文无疑是孩子对被家长强制性地压制学习，泯灭他们活泼天真天性的一次控诉，引人反思。

很多时候家长总会把自己的想法、要求强压给孩子，然而，对于一个孩子的需要来说，家长该做的，就是让其自由发展，然后给予适当的指导。

（郑珊）

“哦，这就是仙鹤！这些奇妙的鸟儿！”伏娃喃喃自语，“离得多近啊——脚像一根根长竹竿，尾巴就像女孩子头上的卷发打着圆圈！”

仙　鹤

［前苏联］贝里耶夫/著　唐若水/译

一

天蒙蒙亮的时候，爷爷就叫醒了伏娃。

“起床了！”爷爷催促着，“快起来！瞧，是谁上我们这儿来做客了？”

“这是仙鹤，”爷爷又说，“它们正飞向温暖的地方，沿途就在我们这儿的沼泽地里歇歇脚。”

“您该早点叫醒我，爷爷……”伏娃埋怨起爷爷来了。

鹤群正低低地盘旋。

“它们要在农场上降落！可黑麦还没收好呢，”爷爷不安地说，“它们会啄食麦粒，造成损失的……我这就去用枪把它们轰跑！”

二

“等一等，爷爷，别放枪！别放枪！”伏娃低声说，“让我再看一会儿吧！”

他向麦地走去，一不小心滑进沟里。沟里长满了牛蒡草、荨麻和棘刺。伏娃不顾一切地向前爬着。他开始听到了鸟嘴发出的神奇的声音：“契克！契克！契克！”仙鹤正在啄食麦粒呢！

伏娃从牛蒡草丛中探出头来——他的心像小鹿似的跳着。

“哦，这就是仙鹤！这些奇妙的鸟儿！”伏娃喃喃自语，“离得多近啊——脚像一根根长竹竿，尾巴就像女孩子头上的卷发打着圆圈！”

突然有只鹤鸣叫起来，紧接着所有的翅膀都开始拍动——鹤群飞向天空。

伏娃从沟里爬出来，向鹤群起飞的地方快步奔去。

三

仙鹤不是马上从地上飞走的——它们先得跳跳蹦蹦地向四面跑上一程。有只鹤跑了几步却被草堆绊住了。伏娃眼明手快，迅速抓住了它的脚。

仙鹤拼命挣扎着，但伏娃仍不松手。眼看伏娃马上就要支持不住了，他的胳膊扭伤了。

突然，凶猛的仙鹤用尖嘴死命对准伏娃额头一啄——伏娃眼前顿时一阵发黑。他想捉住鹤嘴，但仙鹤反向他的手指啄去。接着，它扬起脑袋，用自己尖利的长嘴不顾一切地向伏娃身上乱啄！

四

“快点！爷爷！快来帮忙！”伏娃叫嚷着求援了。

爷爷飞奔而来。他抓住了仙鹤的翅膀，说：“它会把你啄死的——看，你的眼珠差点被叼出来！放开它的脚，我来捉。”

仙鹤一转身却啄起爷爷来了。

爷爷迅速脱下自己的上衣，猛地把仙鹤的脑袋包了起来！

“现在它就老实了，”爷爷松了一口气，说：“好，把你的仙鹤抱回家去吧。”

五

突然，蒙在上衣里的仙鹤悲戚地叫了起来，而天上飞着的鹤群在声声回应着。

“它们在告别哩，”爷爷说，“鸟儿同人一样，也是懂事的……”

伏娃的心抽紧了。他仰头一望：鹤群排着长队，渐渐飞远了，它们的翅膀在早晨的阳光下显得红扑扑的。

“爷爷，”伏娃问，“它的伙伴都飞走了？”

“当然喽，都飞走了。”

“爷爷，把它放了，好吗？”

“那刚才你何苦抓它呢？”爷爷颇感惊讶，“你还没受够它的罪吗？哪怕是拿回村去让大家看上一眼也好啊！”

“再过一会儿它就来不及赶上大家了……”

“那由你作主吧——它是你抓住的，完全是属于你的。”

“爷爷，让它飞走吧！”

伏娃解开蒙在仙鹤头上的上衣。

六

仙鹤先是一动不动地站着，它愣住了。接着，它似乎清醒过来，向前跳跃着，并用力扇动着翅膀。它一边鸣叫着一边飞快地向亲爱的伙伴追去。

伏娃久久地目送着它，心里在思忖：它们将飞向何处？它们会遇见什么？……

“真是个小傻瓜！”爷爷边笑边亲切地抚摸着伏娃的头。

与你共品

仙鹤在沼泽地歇息，伏娃上前观赏，正当仙鹤要离开之时，伏娃迅速抓住了它的脚，任凭仙鹤狠狠地反抗，伏娃仍不松手，后来在爷爷的帮助下终于抓住了仙鹤。然而，眼看着仙鹤的同伴要飞走，伏娃又是于心不忍，决定放走仙鹤。

小说对伏娃捕捉仙鹤的过程进行了大量的细节描写，表现出伏娃对得到仙鹤的无比执著，但在伏娃得到仙鹤的一刻，又把镜头转向仙鹤与同伴的哀声别离，最终，伏娃为了让仙鹤能赶上同伴，决定让仙鹤回归自由。执著地得到所爱，却又默默地把手放开，让所爱获得自由，获得真正的幸福，也许年幼的伏娃也知道，这才是爱的真谛——让其舒心地翱翔。

爱，不一定要真正地拥有，往往更需要用豁达的心去让其自由。

（张玉珊）

剩下的就是绣，我用铅笔浅浅地在灰绸上写道：“一抽烟就想起我。”说真的，这话不是我自己想出来的，我曾在一个荷包上看到过，我喜欢它就记在了心里。

荷　包

［前苏联］伊娜戈弗/著　李　明/译

我不知道，是不是每个姑娘都会绣上那么一个荷包，不过，我是绣了。

那时我十五岁，每天都到一家军医院上班，医院成了我的前线。我有按我的身高缝的白大褂，有自己的头巾，我把它按当时时兴的样式，模仿着娜佳护士缠在头上。说起护士娜佳，她有一对黑色的睫毛和黑色的眼睛，就像来我们医院演出的一位女歌手在歌中唱的那样：火车疾驶而去，铁轨轰隆鸣叫，心上的朋友走了，也许，再无归期。

那黑色的睫毛、黑色的眼睛忍着悲伤默默地送他远去……那时，演员们常来我们医院演出。医院里有个不错的舞台，甚至有不大的木雕楼座的礼堂，它从前是所学校的。

我不喜欢演员们演唱这首歌。不是歌本身我不喜欢，坦率地说，是听到这首歌，礼堂里所有的人都会想到娜佳，科利亚·阿斯塔什金也不例外。

科利亚的伤病已初愈。他是个飞行员，也是我们医院里的飞行员。他是在叶尔尼亚市附近被德国人打伤的，他如今身体已基本复原，每天都在等待着出院，回到自己的飞行部队去。

每当演员们来演出时，他总要为娜佳占个座位，如果哪一天娜佳不上班，他就为我。

科利亚·阿斯塔什金的一只手负了伤，疼痛不能鼓掌，到鼓掌时，他总对我说："来呀，伸出手来。"于是我们手掌对手掌地鼓掌。他有一张勇敢开朗的脸，就像一个飞行员该有的那样。

他刚满二十岁，却把我当成小姑娘，而娜佳又把科利亚看做是小男孩，因为她二十三。

1941年的年终就要到了，演员伊利亚·纳巴托夫表演了用流行调自编词创作的政治讽刺歌剧。

我随CC师，早抵某森林，……他是用约翰·施特劳斯的《维也纳森林故事》中的华尔兹曲调演唱的，歌中说的是一个德国将军冯·施特劳斯男爵的事情。

我把所有人集结在前沿，用手指那里，莫斯科已隐约可见，我们将在那里烤火、烤白面包……跟着我，向莫斯科进攻！这正是莫斯科保卫战击溃德国人的日子，礼堂里人们愤怒地跺着脚，我和科利亚仍是相互击掌，尽管他的那只手这会儿已经好了，我们仍这样鼓掌只是出于喜欢。我看着科利亚，心里想着，他马上就要走了，我再也听不到他那愉快的嗓音和话语："伸出手来。"他走了也再不会有人叫我黄毛丫头和翘鼻子小姑娘了，尽管我实际上头发既不黄，鼻子也不翘。我不禁感到忧伤，或许，正是在那一夜，我决定给他缝个荷包做纪念。

在医院里，我曾经见过数不尽的荷包，它们什么样的都有：花花绿绿的、鲜艳的、粗布做的、实用型的，荷包上大都有着奇妙有趣的绣织物和名字缩写，并题上字，如"打败可恶的法西斯"、"留做朋友纪念"、"亲爱的赠"等。

我找出些绸布头做里子，缝了个小袋，用根细绳穿过去，使袋子能够系紧，荷包就基本做好了。

剩下的就是绣，我用铅笔浅浅地在灰绸上写道："一抽烟就想起我。"说真的，这话不是我自己想出来的，我曾在一个荷包上看到过，我喜欢它就记在了心里。我坐在我家旁边可将整个院子都能看见的台阶栏杆上绣了起来。"你在绣什么？"我的邻居、同学热尼卡过来问道。

"你没看见吗？荷包。"

"给谁绣呢？""反正不是给你就是了，"我从栏杆高处看着热尼卡，"我绣给一个人，"停了会儿，又补充道，"给一个飞行员。"

我喜欢逗热尼卡，看他难受，我自己也不知这是为什么，热尼卡善良可信，那时我还不知道，这些品质正是一个真正的男人所具有的。

“那你给我也绣一个，行吗?”他问。

“给你，为什么？你又不抽烟。”

我和热尼卡是朋友，有时他送我到医院门口。大门里那幢白色的经常灯火通明的楼房是他所不熟悉的神秘的世界。连我进大门对他来说也变得同样的不熟悉和神秘，完全不像他了解的那个扎小辫的小姑娘。她为什么每天要去那里？在那里做什么？一个小姑娘在大人们中间……这都成了他不解的谜。

我每天都上医院里去，抬担架，在防疫站值班，往各病房分发书籍，用勺给重伤员喂饭、念书信和代写信。伤员中一些人叫我女儿，另一些人叫我小妹妹，一个脊椎负伤的乌兹别克人叫我“小护士”，而科利亚·阿斯塔什金则叫我黄毛丫头和翘鼻子小姑娘……出院之日，科利亚·阿斯塔什金领取了发还给他的飞行服和带有蓝色领章、每一领章上都有三个三角形东西的军服，还有黄色的熟皮短皮袄，佩有红星的皮护耳帽。

四周一片雪白，雪在西伯利亚蓝色的晴空下眩人眼目。医院的院中已停好汽车，科利亚和其他几个痊愈的伤员，将乘车去火车站。

他们是我们医院里第一批治愈出院返回部队的伤员。大家都明白，战争还将进行得很久很艰难，这些年轻小伙子有的或许还会住进其他医院，有的人则将长眠于地下……医院里每个能抽出身来的人都聚集到了院中的车旁，医院指导员简短地讲了几句话，队长拥抱亲吻了每个要走的伤员，上年纪的女管理员哭出了声，她有两个儿子在前线，其余伤员们从各病房窗口里望着院中的一切。

科利亚听着指导员讲话，安慰着女管理员，还不时向聚在各个窗口的伤员朋友们致意，不过，他看上去并不高兴。他在等着娜佳，而娜佳却一直没来，我不知道是什么事使她没来，也许，他们俩昨天刚闹过别扭。

“啵，黄毛丫头，”科利亚说，“伸出手来!”我伸过右手，他握得我生疼。

“怎么样，翘鼻子小姑娘，我的手不错吧，能拉驾驶杆吧?”他笑着，开着玩笑，而眼睛却始终在寻找着娜佳，我呢，这会儿则一直在想着藏在大衣口袋里的左手，左手里握着我为科利亚缝的荷包，这是我一生中第一个绣有“一抽烟就想起我”字样的荷包。

出院的伤员都上了车，科利亚仍四下张望，寻找着娜佳。我怎么也下不了决心把我的荷包递给他。

“你这样。”他突然抓住我的肩膀，“快去宿舍跑一趟……”我没等他说完，就沿着被人们踏实积雪的通向厢房的小路跑去，护士们的宿舍在那里。我没敲门就跑进屋，屋里空空的，只有刚下夜班的急诊室胖护士卡佳盖着大衣睡觉。

娜佳的床上空空的，床头柜上有一面镜子，镜框里夹着一张穿运动衣的小伙子的照片，这是张战前拍摄的娜佳喜爱的照片……科利亚已站在汽车的脚踏板上。

“怎么样?”他问。

我摇摇头，接着把我绣的荷包递了过去。

他接过去，读罢脸上顿时现出激动的神色。

“这是她的，是吗?”他的眼睛幸福得闪着光亮，“你干吗不说话？唉，你呀，你这个翘鼻子……”司机按响喇叭，科利亚进了车里仍喊着：“告诉她，我给她写信!你听见了吗？可别忘了……”下班回家的路上，我一直在想着科利亚，内心里有种说不出的异样的空寂感觉。科利亚走了，我的荷包也随他走了。就让科利亚去想他愿意想的事吧，最重要的是我的荷包将永远相伴着他，科利亚每掏出它，读着上面的字，抽着烟时就会想起……娜佳。

与你共品

爱是无私的，即使对方不知道你的感受，即使他爱的不是你，但是你也会无怨无悔地付出，这就是真爱。

虽然只是一个小小的荷包，但是这荷包承载着女主人公对男主人公满满的爱，她想着，如果男主人公能在抽烟时就会想起她，那是一件多么幸福的事情。然而，故事的结局有点悲凉，原来男主人公爱的是另外一个女孩。为了让他心中保存着那份美好，女主人公宁愿守着自己的秘密，把荷包以那个女孩的名义送给他——只为了留住他心中的那份欢喜。

爱他不一定要拥有他，祝福也能成就另一种美好。或许，这就是爱的无私吧。

（郑珊）

这倒使我很难对他下手。偷一个贪心的人容易，但偷一个粗心的人却很困难——有时，他甚至不知道自己已经被盗，这对干我这行的来说倒没多少意思了。

我是小偷

［印度］拉斯金·邦德/著　郁　葱/译

遇到阿尼尔时，我还是一个小偷。虽然那时我才 15 岁，但干这一行却已经是老手了。

当我接近阿尼尔时，他正在观看摔跤比赛。他 25 岁左右，瘦高个子，看上去随和而善良，是我信手可得的对象。虽然我可能取得这个年轻人的信任，但近来我的运气一直不好。

“你看上去像是个摔跤手啊。”我对他说。没有比奉承话更好接近陌生人的了。

“你也像啊。”他回答道。我一时卡了壳，因为我当时瘦骨嶙峋，没个人样。

“哦，我也凑合摔两下子。”我谦虚地说。

“你叫什么名字?”

“哈利·辛格。”我撒谎说。我经常换新名字，这样做是为了逃过警察和我以前雇主的耳目。

阿尼尔起身走开时，我漫不经心地跟着他，向他恳求似的笑着说：“我想为你效劳。”

“可我无法支付你工钱啊。”

我考虑了片刻，“光管饭行吗?”我问。

“你会做饭吗?”

“我会。”我再次撒谎说。

“如果你会做饭，或许我还能养活你。”

他把我带到他在朱木拿甜食店上面的房间，让我住在阳台上。那天晚上，我做的饭一定很糟糕，因为阿尼尔把饭倒给了一条走失的狗。于是他让我走。但我死皮赖脸地求他，并装出一副讨好他的笑脸。看到我那副样子，他禁不住笑了。

后来，他拍了拍我的头，说没关系，他将教我怎么做饭。他还教我写我的名字，他说他将教我写整个句子和数数，我很感激。我知道，一旦我能像一个受过教育的人那样能写会算，那就没有什么我想做而做不到的事情了。

为阿尼尔干活是非常愉快的。早上做好茶点，我就出去采购一天的食品。一般来说，我每天都要捞个把卢比。我想他是知道我从中捞了点小钱，但看上去他好像并不在意。

阿尼尔的钱是靠他的小聪明和机会得来的。他常常是这个星期借钱，下个星期再转手贷给别人。他总是在为下一张支票发愁，但当支票一到，他就要出去庆祝一番。他好像是在为一些杂志撰稿，一种古怪的谋生方法。

一天晚上，他带回一小沓钞票，说是刚把一本书稿卖给一个出版商。夜里，我看到他把钱塞在了床垫下面。

我为阿尼尔干了大约个把月的活。除了买东西时做点小弊，我没有再去干我的老本行。其实我有很多得手的机会。阿尼尔给了我一把房门钥匙，我可以随意进出。他是我所遇到的最信任别人的人。

这倒使我很难对他下手。偷一个贪心的人容易，但偷一个粗心的人却很困难——

有时，他甚至不知道自己已经被盗，这对于我这行的来说倒没多少意思了。

是动真格的时候了，我对自己说，长时间不干，手都生了。如果我不把钱拿走，他将把它全部花在他的朋友身上，反正他是不会支付我工钱的。

阿尼尔睡着了。皎洁的月光透过阳台照在床上。我一骨碌从毯子里爬出来，悄悄地爬到他的床前。阿尼尔安详地睡着，他的面孔清晰，没有一丝皱纹。与他相比，我的脸上却布满了伤痕。

我把手伸进床垫下去摸到钞票，轻轻地将其抽出。阿尼尔在梦中叹了一口气，并把身子翻向我。我不由大吃一惊，赶紧爬出房子。

一上路，我便开始跑起来。我用腰带把钞票束在腰间。跑了一阵后，我放慢了步子。边走边数着票子：50卢比一张，共600卢比。真是发了大财！这下我可以像一个阿拉伯石油富翁一样，过上一两个星期好日子啦。

来到车站，我直奔站台。开往勒克瑙的快车刚要出站，尚未加速，我还来得及跳上一节车厢。但我犹豫了——我自己都说不清为什么——我失去了逃走的机会。

当火车离去，我发现自己站在空无一人的站台上。我不知道该去哪里度过这个漫长的夜晚。我没有真正的朋友，我认识的好人却是被我偷了钱的人。

在我短暂的偷盗生涯中，我研究过那些丢了东西的人的各种表情。贪心的人惊慌不安，富有的人怒容满面，贫穷的人无可奈何。但我想，当阿尼尔发现谁是盗贼时，他只能是悲伤失望。这倒不是因为丢了钱，而是因为失去了信任。

不知不觉，我来到一个广场。我在一条凳子上坐下。11月初的夜晚有些凉意，毛毛细雨更使我心烦意乱。不一会儿，又下起大雨。我浑身湿透，衣服紧贴在身上。凉风夹着暴雨，无情地抽打着我的面颊。我摸了摸腰间。钞票都被雨水打湿了。

啊，阿尼尔的钱！如果我不离开他的话，早上他很可能给我两三个卢比，让我去看电影。但我现在把他的钱全部拿走了，再也不用做饭，不用跑集市，不用学写句子了。

学习！偷盗成功的激动，早已使我忘记了学习的事。我知道，学习总有一天会给我带来比几百卢比更大的好处。但偷盗简直是太容易了，有时就像被别人捉住一样容易。可是，要做一个真正的人，一个聪明能干的人，一个受人尊敬的人，则是另一回事。我应该回到阿尼尔身边，我对自己说，即使只是为了学习。

我急忙向阿尼尔的房子走去，心情异常紧张，因为把赃物送回而不被发现，比偷盗更难。我轻轻地推开门，伫立在月色朦胧的门口。阿尼尔仍在熟睡。我悄悄地爬到他的床前，手里捏着那沓钞票。我把手慢慢伸向床边，将钱塞进垫子下面。

第二天早上，我起晚了，阿尼尔早已煮好了茶。他把手伸向我，手指间夹着一张50卢比的票子。我的心提到了嗓子眼，以为我的所为被发现了。“我昨天赚来一点钱，”他解释说，“你将定期得到工钱。”

我精神振奋。但当我接过钱时，票子还是湿的。

“今天我们开始学写句子。”他说。看来他对我所干的事是知道的，但他什么也没表露出来。

与你共品

读罢小说，为“我”能遇上阿尼尔而感到庆幸，一个15岁的孩子把一个“偷盗老手”的形容词用在身上，是何等的悲哀，然而，是阿尼尔改变了“我”，他的信任、善良和宽容深深感染了“我”，遇上他，可以说是“我”人生的一个转折。

小说运用细节描写和心理刻画，清晰地写出了“我”接近阿尼尔——偷钱——把赃物送回在这一系列情节中的心理变化。小说的结尾说到的那50卢比的湿票子，更是对小说主旨的深化和升华，从而突出了阿尼尔的人格魅力。

其实，在生活当中，无论对人还是对事，只要多一点宽容，多一点信任，再糟糕的事情，总会有美好的一面被发掘出来的。“我”的改变，就是对信任与宽容的力量所做的最好诠释。

（陈婕）

第九辑

智术深长

别墅里没有人，他的行动自然也就可以从容不迫。进去之后，他先按上等人的习惯，冲了个澡，把房子主人的浴衣穿好，再去查看整个住所。

别墅的主人

［德］舍伦施密特/著　佚　名/译

郊外一幢豪华的别墅内，星期一上午 10 点钟，一个身着浴衣的男人坐在壁炉前，津津有味地品尝着美味的食物，还时不时地往杯子里斟点葡萄酒。

他伸手拿起一张唱片，正想往电唱机上放时，门开了，一个上了年纪的男人走进来。

“请原谅，门没关。”来人说，“我是施密特兄弟公司的代表。认识您很高兴。您是格雷经理吧？”

壁炉前的男子转过身，明显流露出被打扰后不悦的表情。

“……是的，我就是。您有什么事？”

“经理先生。是这样的，我这里有一张您去年的账单，共 200 美元……”

“好的，我明天从办公室把钱给您转过去。”

“这样的说法您已经重复多次了，”那代表提醒道，“因此，我决定直接来找您，希望今天就可以解决这个问题。”

“请你出去！把账单直接寄到公司办公室。我现在没有钱，你懂吗？”

“是的，我懂，”那职员答道，“我也预料到了这一点，尽管我曾想我俩最好能在私下解决这个问题，而用不着去麻烦执行法官。他也认识您，而且现在就等在门外。”壁炉前的汉子猛地站起身来，慌忙中酒瓶掉在了地毯上，名贵的葡萄酒在地毯上汩汩地浸染着。

“真无聊！”他大声嚷道，“得啦！这是你们要的钱，拿去吧！离开这里，永远别让我再看见你！”

原来，到郊外去的人并不都是为了休闲，去享受阳光和宁静，比如乔伊·斯托克就不是这样。他喜欢造访那些久无人住的别墅，然后再趁机得到点儿实惠，或者别的什么。

乔伊知道，一旦被抓住，钱包装满钱的人总是更容易找到借口，说走错了门，或者只想开个玩笑等等。他亲身体会到，对待身无分文的人，警察的态度会更严厉。

进入格雷经理的别墅对他来说如同儿戏一般。别墅里没有人，他的行动自然也就可以从容不迫。进去之后，他先按上等人的习惯，冲了个澡，把房子主人的浴衣穿好，再去查看整个住所。

因为早上有些凉意，所以他把壁炉生了火，然后舒舒服服地坐在沙发里，享受着美酒佳肴。他心情好极了，自然就想听段音乐。

"正在这时，"事后他对朋友们说，"进来了一个傻瓜，要我付一笔什么账。这着实吓了我一跳。我是一星期之前发现那幢偏僻的住所的。我连续监视了它一个星期，断定它没人居住。幸好，那人把我当成别墅的主人，还说门外的执行法官认识房子的主人。好在，当时我身上带着钱……噢，尽管这次行动使我蒙受了损失，但把它当成必要的生产成本，心里就平衡了许多。"斯托克说完，深深地叹了口气。

斯托克可没做过亏本的事情，所以尽管带着侥幸，他还是去光顾了一下施密特兄弟公司。斯托克想，也许，能挽回点儿成本。

斯托克到的时候，施密特兄弟公司正在开会，显然，格雷经理也在。

"您真是个天才，经理先生。"公司的职员们正在称赞格雷经理，"您竟然能把自己装成收账的人。"

"可我有什么办法呢？"格雷说，"我一拧门把子，门就开了。窃贼穿着我的浴衣，坐在我的壁炉前，还享受着美酒佳肴。那家伙是个大块头……并且，他可能带有凶器。我想抽身退出去时已经晚了，于是就把他当成别墅的主人。但最成功的一招还是我说执行法官就在门外，没想到这一招这么灵，那个坏蛋听说执行法官会认出他是冒牌的房主，吓坏了，赶紧掏钱包。到头来，在这桩买卖里，我也算小有赢利吧。"

与你共品

面对佯装别墅主人的窃贼，为避免一场危机的上演，真正的别墅主人于是装作是上门收账的，两个人互相演着戏，于是，出现了一个意外的结局……

自以为聪明的骗子伪装成别墅主人，仿若披着羊皮的狼，表面一副正派却心存歪念。毫无防备的骗子被金钱、利益所蒙蔽，结果却被人倒打一耙。正义总能战胜邪恶的，只要能在紧急关头发挥自己的智慧，沉着应对，一切就会迎刃而解。

（杨燕）

那只酒杯已安全地躺在大保险箱里了。它上面，既有我的指纹，也有你的指纹。等你打死了我，它会把今晚的秘密告诉警方的。因为你的指纹已经记录在档案里了。

锁进保险箱里的指纹

[美] 休斯顿·凯恩/著　佚　名/译

希森探长最近缠上了一宗大案，嫌疑人是州议员朗利，希森有足够的证据表明，这个道貌岸然的家伙以药品公司做掩护，私下里从事毒品交易。与此同时，朗利也知道了希森在调查自己，他曾派人送来大笔款子，想跟希森探长做交易，被希森探长拒绝。于是，他动了恶念，决定收买杀手，除掉这个对头。

杀手名叫兰勃，他参与过一些银行抢劫案，希森没有放过他，因此兰勃坐了两年牢。一般职业杀手慑于希森探长的威名，都不敢接朗利这桩“生意”，兰勃早就对探长心怀不满，决定当一次杀手。

晚上，兰勃带着手枪，在希森家的院子外转悠了半天。他知道，探长只有一条狗陪伴着，他将毒药装进胶囊塞进一只鸟的嘴里，再将这只鸟弄伤，扔到院子里。

那条狗逮住这只受伤的鸟，三口两口就把它吃掉了。不一会儿，毒性发作，狗哼也没哼，就倒毙在院子里。

兰勃大喜过望，跳进院子，大步奔向卧室，一下子把枪对准正在看电视的希森探长，开心地笑道：“探长先生，还认得我这个倒霉蛋吗？”

希森一怔，知道杀手已经干掉了自己的狗，只有靠自己来拯救自己了。他镇静地说：“我叫不出你的名字，但知道你犯有前科，犯罪档案里必有你的资料。”

兰勃晃了晃手枪，骂道：“去你妈的犯罪档案吧！只要你一死，那些档案都可以付之一炬！”

希森探长耸耸肩，微笑着问：“难道你就是为了抹去这些污迹来行刺的？”

兰勃狂笑起来，说道：“不，有人还准备给我两万美元，你的脑袋还值点钱呢！”

希森身子微微一抖，说道：“这人肯定是朗利，我正在办他的案子，对吗？”

“你少打听，反正，我是注定要发财了。”

探长打开身边的酒瓶，在两只杯里倒上酒，说道：“如果我给你两万美元，你能否让我从容地喝完这一瓶酒再死呢？”

兰勃是个贪财的人，一听这话，马上说："可以考虑，你快把钱拿出来!"

探长递过一杯酒，说："为了这个可怜的协议，咱们先干一杯。"

兰勃怀疑地望了一眼递过来的酒杯，他也怕酒有问题，将它换成探长身前的那一杯，这才一仰脖喝了下去。希森也一口气喝光那杯酒，慢慢走到大保险箱旁边，拨好密码，打开保险箱，拿出一只鼓鼓的信封，对兰勃说："里面是两万美元，请你数一数。"

兰勃接过信封，看了看，又掂了掂，用枪挥了挥，说："回到你的位子上，继续喝酒吧，我会让你在不知不觉中死去的。"

当希森坐回来时，杀手却发现，他刚才拿着的那只酒杯没有了，忙问："酒杯呢?"

探长轻松地笑了笑，说："那只酒杯已安全地躺在大保险箱里了。它上面，既有我的指纹，也有你的指纹。等你打死了我，它会把今晚的秘密告诉警方的。因为你的指纹已经记录在档案里了。"

兰勃这才发觉大事不妙，他冲到保险箱旁，想拉开它，但保险箱的数字码已被拨乱，他是怎么也奈何不了这铁家伙的。

希森探长又拿出一只酒杯，给自己斟上酒，缓缓喝下，说道："只有最后一条路，你自首，出庭作证，政府甚至会奖励你的。至于那只酒杯，我会在合适的时候把它再擦干净的。"

兰勃扔下枪，选择了探长指明的路。

与你共品

在生死攸关的关键时刻，面对凶残的杀手，孤军奋战的探长凭借一只小小的酒杯，不仅保全了宝贵的生命，还使杀手成为自己另一宗案件的证人。

小说中，保险箱里的酒杯像谜一样困扰着我们，但随着故事情节的发展，谜底也慢慢解开。试想，假若我们遇到类似的事情，是否也像这位机智的探长一样，找到救自己性命的"酒杯"呢?

任何一种策略都不是铸币，不可能现成的摆在那里，可以拿来藏在衣袋里随时使用。倘若遇事沉着应对，哪怕只有一丝光线，我们也不要让它消失殆尽。或许，我们就能找到属于自己的那只"酒杯"。

（周宁宁）

“我家既没安装防盗系统，也没聘请什么私人保安，我确信天下无贼。”我说这话时的语气非常坚定。

幸运的骗子

［俄］安东·马胡尼/著　李冬梅/译

现在骗子和贼越来越多了，他们的手段也是不断翻新，让人防不胜防，不过对付他们我自有一套办法。这不，昨天我刚一进门洞，就发现门洞里站着两个陌生的男人，我马上提高了警惕。

“我们在进行人口普查。您是住在这个门洞里的吗？”那两个家伙主动迎上来打招呼。

“对。我就住在这儿。”我回答。

“您贵姓？”他们又问。

“你们就叫我伊万诺夫·伊万·伊万诺维奇吧，”我的脑子迅速动了一下，想出了一个好主意后如是说，“你们有什么事？”

“是这样，”那两个人说，“我们需要您回答几个问题。”

“那请问吧。”我答应得非常爽快。

“您是从事什么职业的？”

“银行家。”

“噢！太好了！我们太幸运了！”那两个家伙一听喜形于色。

“你们太幸运了？”我装作不解，“这是什么意思？”

“您别多心，我们口误了，是您太幸运了，”那两个家伙慌忙掩饰，“现在请您继续回答我们的问题，您的收入是多少？”

“应该说是很多，但到底是多少，我实在说不清楚。”我一脸诚实地回答。

两个家伙一听更高兴了，又问：“您的汽车是什么牌子的？”

我反问：“你们指哪一辆？我有三辆车呢！”

可那两个家伙说：“好。这个问题您已经回答完了。那您的家和汽车有什么防盗措施吗？是安装了防盗系统还是聘请了私人保安？”

“我家既没安装防盗系统，也没聘请什么私人保安，我确信天下无贼。”我说这话时的语气非常坚定。

“您说得太对了!”那两个家伙已经高兴得忘乎所以了，“我们为有您这样的人而感到非常高兴！您住在几号？您家一般都什么时候没人?”

“怎么，这也是进行人口普查需要问的问题吗?”

“对!”两个家伙异口同声地说，“而且这还是最重要的问题!”

“那好吧。”我看上去很无奈地说，“明天中午 11 点到下午 3 点我们家就没人。我住在 42 号，三楼。”

“非常感谢您如实回答了我们所有的问题。”那两个家伙好像已经迫不及待了，“现在我们就回去了，明天还有很多工作要做呢，我们得准备一下。”

“祝你们工作顺利!”我接着又故意问了一句，“既然你们要问的问题我今天都回答完了，你们以后就不必去我家了吧?”

“对，我们都记清楚了。伊万诺夫先生!”那两个家伙边说还边互相递了个眼色，“您家我们就不去了。”

说完，他们就从门洞里消失了……

那两个家伙刚一离开，我径直就去了 42 号伊万诺夫的家。伊万诺夫根本就不是什么银行家，而是一个警察。我得提前告诉他一声，让他也做好准备，保证明天能顺利地抓捕这伙骗子和窃贼。

与你共品

自以为聪明的两个骗子乔装打扮上门摸索居民财产信息，却不知螳螂捕蝉，黄雀在后。“我”识破骗术，巧施妙计，诱其落网。

马克思说过：“谁要是为名利的恶魔所诱惑，他就不能保持理智，就会按照不可抗拒的力量向所指引的方向扑去。”贪心的骗子被金钱利诱，陷入危险之地不是偶然，而是法制社会的必然结果。生活中为了金钱和名利奔波卖命的人又有多少个是安心幸福生活的呢？提心吊胆的日子会让人活着更累。

金钱可以蒙蔽双眼，可以腐蚀心灵，窥窃不属于自己的东西，最终只会把自己推到悬崖边上。安分守己，理智行事才是明智之举。辛勤耕耘，努力拼搏，财富才会源源不断。

（李丹华）

理发师胆战心惊，因为大爷的样子并不是闹着玩儿，在他旁边的桌子上确实放着一把寒光闪闪的尖刀，听完便溜之大吉，回头便派来了一个伙计。

塞格林根的小理发师

［德］黑贝尔/著　佚　名/译

人千万不可试探上帝，也千万不可引诱敌人。就说去年秋天吧，一个军队里来的陌生人，走进了塞格林根的一家酒店里。他满脸长着大胡子，模样怪里怪气，看上去很不好惹似的。他在要吃要住之前，先问老板：

“贵地难道连个能给我刮脸的理发匠都没有吗？”

老板回答有，连忙去把理发铺的师傅给找了来。陌生人便对理发师说：

“给我修修面，我这脸皮可有点儿敏感啊。要是你能不刮破我的脸皮，大爷我赏你四个克隆塔勒（约合四百五十芬尼）。可要是你敢伤了我，大爷我便一刀捅死你。你可并非头一个哦。”

理发师胆战心惊，因为大爷的样子并不是闹着玩儿，在他旁边的桌子上确实放着一把寒光闪闪的尖刀，理发师听完便溜之大吉，回头便派来了一个伙计。陌生人照样说了刚才那些话，伙计也逃之夭夭。最后派来了个小徒弟。这小家伙可就叫钱把眼睛给打花啦，心里想：“咱来干。要是刮得好，没刮伤他，咱就可以拿这四个克隆塔勒去年市上买件新上衣外加一根放血器，就算没刮好吧，咱也自有办法对付他。”一边儿想一边儿就动起手来。陌生人也静静待着，全不知道自己正处在可怕的死亡的危险之中，大胆的小徒弟呢，不慌不忙地让剃刀在陌生人的脸上和鼻子周围游来荡去，就跟在挣六芬尼和割一块火绒或者吸水纸什么似的，根本不是为了四个克隆塔勒在干着一件性命攸关的事。终于，他刮干净了陌生人脸上的胡须，侥幸地既未碰伤他的皮，也未刮出他的血，可在做完活儿后仍在心里嘀咕了一句：“感谢上帝保佑！”

陌生人站起来，在镜子里把自己端详了一下，用毛巾擦干面孔，然后一边儿给小学徒四个克隆塔勒，一边儿说：

“我要问你，小伙子，是谁给你胆量替我刮胡子的？你的师傅和师兄可都吓得逃回去了啊。须知你只要刮破我一点儿皮，我就会一刀捅死你。”

小徒弟笑嘻嘻地谢过了客人给他的丰厚报酬，回答道：

“老爷，您才捅不到咱哩。只要您一哆嗦，表明咱把您脸皮刮破了，咱就会抢在您前头，用剃刀割断您的喉管，然后拔腿便跑。”

听了这番话，陌生人才想到自己刚才所冒的风险，顿时面无人色，心中产生了极大的恐惧。他额外又赏了小伙子一个克隆塔勒。他从此再不对任何理发师讲：

“当心别刮破咱一点儿皮，否则咱一刀捅死你！”

与你共品

在陌生人的威恐下，小徒弟利用了自己的机智和勇气从容不迫地为陌生人刮脸，最终没有导致血腥场面的发生。

生命的珍贵在于它的价值，它能享受精彩人生，能尝尽世间酸甜苦辣。陌生人拿自己的生命当赌注，威胁别人。但他未曾想过，他的生命也在别人的手里掌握。不要拿自己的生命开玩笑，尊重生命，珍惜生命，在有限的生命中活出无限精彩。

“每一朵花，只能开一次，只能享受一个季节的热烈的或者温柔的生命。我们又何尝不一样？我们只能来一次，只能有一个名字。而你，你要怎样地过你这一生呢？你要怎样地来写你这个名字呢？”著名诗人席慕容这样问。在仅一次的生命中亲手写下自己的名字，为自己的一生划上精彩的句号的人是幸福的。

（李丹华）

——“不，不。你不能以抽彩的方式去卖一头死了的骡子！”
——“那你就瞧我的吧！我们城里人有的是点子。”

精明过人的城里人

［美］R·诺林/著　闻春国/译

一个从城里来的伙计正在他经营的田地里耕作。耕到一片湿地面时，他的拖拉机陷入泥潭，动弹不得了。

这时候，当地的一位老农开着卡车路过这里，见此情形便停下车子，走到围栏边，朝这位城里人喊道：“在这样的湿地里，你最好还是用一头骡子来耕作。”

“我去哪儿可以买到这样的一头骡子呢？”城里人问。

“哎呀，巧了！我正好就有一头骡子。它要卖100美元。”农夫说道。

“那我就把它买下。”

城里人掏出一沓钞票，点了点，然后交给了这位农夫。

“今天，我没有办法给你牵来了。星期天，我休息。明天如何?”

“没问题。”

第二天，老农开着那辆卡车过来了。老农下了车，走到城里人面前。“抱歉，我给你带来了一条不好的消息。今天，吃完早饭后我出去了一下，回来后就发现我那头骡子死了。”他说道。

“你把我的钱还给我就行了。”城里人说道。

“不行。那钱我已经花了!”

“嗯……那就只有把骡子变卖了。”

“那你准备怎么去卖呢?”

“我就以抽彩的方式把它卖出去!”

“不，不。你不能以抽彩的方式去卖一头死了的骡子!”

“那你就瞧我的吧！我们城里人有的是点子。”

一个月过去了，那个城里人和农夫碰巧又在理发店里相遇了。

“那头死骡子你是怎么处理的?”农夫问。

“我以抽彩的方式把它卖出去了。我总共卖了100张彩票，每张彩票2美元，我赚了98美元。”

“难道就没人抱怨吗?”

“只有一个人在抱怨——哦，就是那个中了彩的人。所以，我就把他那2美元退给他了!”

与你共品

能在没有亏本反而盈余的情况下，用抽彩的办法把一头被人们认为没有价值的骡子处理掉，这不得不让人感叹城里人的“精明过人”。

小说形象地折射出在处理问题时，人们往往受思维定式影响，故步自封，无法找到问题解决的突破口。中国著名的思想家、文学家鲁迅先生曾经说过，“第一个吃螃蟹的人一定是个勇士”。我们与其蹲在角落里畏首畏尾，不如放开手脚搏上一搏。要懂得，作了茧的蚕，是不会也不可能看到茧壳以外的世界的。

“山穷水复疑无路，柳暗花明又一村”。想出新办法的人在他的办法没有成功以前，人家总说他是异想天开。可是，若想成功，我们就应该朝新的道路前进，不要跟随被人踩烂了的成功之路。假使我们换一种思路、观点，多去走走别人不曾亦不屑于去探寻的弯路，或许就能得到意想不到的收获，看到别有趣味的风景……

（周宁宁）

雷恩注意到那块表的外壳破损了，指针好像也不动了，这让他有了主意。

老手表：100 英镑的典当

佚　名/著　阿　美/编译

圣诞夜终于来临了。大街上火树银花，人们喜气洋洋地往家里赶。南大街上的一家修理钟表的店铺依然灯火通明，满头银发的店主雷恩正在调整壁炉上的时钟。

8 点整，瑞士工匠制造的杜鹃和跳舞小人从时钟的小木屋中跳出来，好像对其他几十座时钟示意，不能让这欢聚的时刻无声无息过去。顿时，所有的钟都敲打起来，一场美妙的大合奏开始了。雷恩望着这番热闹的景象，露出了会心的笑容，虽然他根本听不见时钟的乐声。

雷恩生下来就听不见声音，父母因此遗弃了他，一位善良的老钟表匠收留了他。老钟表匠有一个可爱的女儿露西，她和雷恩一样两耳失聪，但这并没有让她的父亲感到失望，他带着露西和雷恩学习修理钟表的技术。老钟表匠一直试图告诉这两个孩子：虽然他们没有听觉，但是在触摸精巧时针的颤动的时候，他们会比一般的孩子更有灵感；虽然无法与这个世界直接沟通，但是他们的心灵会因此而充满包容和关怀。

后来，雷恩和露西结婚了，他们遵照了老钟表匠的遗嘱，开了一家钟表店。他们日积月累地收集修理各种旧钟所需要的零件，又把这些“宠物”从过分拥挤的居室搬到闹市的店铺中。两人工作得非常协调，雷恩修理机械，露西擦洗钟框，有时还得修整钟框的表面，他们的勤奋和热心赢得了许多顾客，钟表店的生意蒸蒸日上。

此刻，露西正在后院准备圣诞晚餐，雷恩还在店铺忙碌着，他想，也许这个时刻还有人需要他们的帮助呢，于是推迟了关门的时间，直到感觉到威斯敏斯特大钟的钟声所传来的振动，他才抬头仰望着店铺里的时钟。这些座钟分别镶在红木和樱桃木制成的钟框中，钟上的罗马数字和云形指针闪耀着已逝岁月的尊严。

雷恩起身准备关上玻璃门，他忽然看到一个衣衫褴褛的男人向店铺走过来。那人二十多岁的样子，身着一件单薄的夹克衫和牛仔裤，两眼露着凶光朝柜台走来。雷恩慢腾腾地把账本推到柜台后面的另一端，尽力不露声色，抑制愈来愈强烈的不安。

雷恩注意到那人插在上装右口袋中的手，那只手在不安地颤抖着，暴露来者的不良企图。“也许那里面有一把手枪。”雷恩怒火中烧，但内心有个声音把这怒火压下去了，那就是“要保持镇静，千万不要惊动露西”。

来人靠近雷恩，用低沉的声音说：“快把钱拿出来，圣诞节你们店铺一定生意很好！”他的眼睛狠狠地瞪着雷恩。对付这样一个店主，他确信自己可以在10分钟内得手。

雷恩深深地吸了一口气，然后朝那张紧绷着的脸微笑了一下，用手指指自己的耳朵，摇摇头。那个人露出一丝吃惊的神情，他显然没有预料到这家店主居然没有听觉，此刻他就是暴跳如雷，恐怕雷恩也无法听见他的吼声。

两个人一时都手足无措，很长一段时间，他们就这样对峙着，空气中凝结着紧张的气氛。那个人不想惊动外面的行人，雷恩也不能惊动屋后的妻子，她胆小，他不愿让她因惊吓而受到任何伤害。

年轻人的手足无措让雷恩感到他其实并不是个穷凶极恶的人，他显然和自己一样紧张。雷恩忽然发现他的腕上戴着一块手表，那是一块老式手表，价值不超过5英镑，但是这已经是他身上比较值钱的东西了。雷恩注意到那块表的外壳破损了，指针好像也不动了，这让他有了主意。

雷恩指了指那人手腕上的手表，做了一个摆手的姿势，顺手拿起修理手表的起子。难道他要帮我修理这块表吗？那人忽然变得有点尴尬。雷恩用尽量温和的眼神望着这个年轻人，那双灰色的眼睛中流露出的窘迫神情令他震撼。雷恩明白，是穷途末路把这个年轻人逼到了店中。在这个合家团圆、共享天伦的日子里，有些人却正因贫穷激起了邪念，这让他的心中生出了一丝同情。

那块损坏了的表很普通，不过此时却拥有巨大的力量——它使两个人保持平衡，也使雷恩争取了摆脱困境的时间。

大钟滴答滴答地响着，时间一分一秒地流逝。雷恩的手灵巧地舞动着，他所表现的敬业精神让人感觉这块表价值连城。这一举动似乎博得了那人的信任，他的手从裤袋里拿了出来，气氛不再如刚才那般沉重了。他甚至开始饶有兴趣地望着雷恩修表。

但是，雷恩故意没有补上最后一个细微的零件，指针依然无法正常走动。他耸耸肩，叹了口气，放下那块手表。显然他已经尽力了，这块表好像实在顽固得令人难以修复。

在年轻人疑惑的目光中，雷恩十分抱歉地指了指放满挂表和怀表的“典当柜”。这里其实并不是典当铺，但是，每当雷恩看到一些人把心爱的东西放在他面前要求典当时，就于心不忍地收下了。而当货主来取的时候，这些东西总是原封不动地放在雷恩那里，并且货主只需付给雷恩收货时付的同样价钱，不用付分文利息就可赎回了。

雷恩打着手语告诉他，自己实在无能为力，但是如果他愿意典当这块手表，自己会按它的价值付给酬金。雷恩从衣袋里拿出一张100英镑的钞票塞在那人的手中，同时镇静地打开典当柜，把那块手表放在了柜中比较显著的位置上。

年轻人握住钞票，他望着这位仁慈的钟表工，心里充满了感激，其实他明白这块表值不了5英镑。

雷恩望着年轻人远去的背影，欣慰地笑了。火鸡的香味已经从后院传了进来，他可以坦然享受妻子的好手艺了。

3 个月后，雷恩的钟表铺收到了一张 100 英镑的汇款单，那上面还附着一行字：“我现在找到了一份工作，虽然薪水很少，但是可以养活自己了。感谢您给我典当了那只手表，愿好人一生幸福。”

与你共品

圣诞夜，一位双耳失聪的钟表工用他的善良与智慧，化解了一场危机，也挽救了一个因陷入生活困窘而铤而走险的年轻人。

小说是以一块外壳破损、指针也不动的老手表为主要线索，演绎了仁慈善良的钟表工与衣衫褴褛、二十多岁的男子之间的让人震撼的动人故事。现实生活中，善良之举是遍布整个社会的。正因如此，社会上有爱心的人也越来越多，无数的温情弥漫在整个社会的上空，给生活添上了一道亮丽的风景线。

做好事不仅可让自己内心感到欣慰与喜悦，还可能会改变一个人的一生，让误入歧途的人们改邪归正，正如美国著名的作家马克·吐温所说的：“善良，是一种世界通用的语言，且盲人可感之，聋人可闻之。”

（余芳婷）

塔达失声痛哭着跑回屋里，他觉得爷爷肯定是疯了！老人继续点燃他家的稻田，一直到稻田全部燃着为止，然后将火把扔在地上，凝神等待。

逃离海啸

佚　名/著　毛伸合/编译

日本一个濒临海边的小村庄。

村庄后面有座大山，一条蜿蜒曲折的山路通过山坡上的稻田一直向上伸展，这里的农民一年到头都在田里辛勤地劳动。大山之巅可鸟瞰大海和村庄，那里住着一位睿智的老人，他跟孙子塔达生活在一起。村民每遇到难题便登门向老人请教。

有一天，天气异常闷热，老人坐在门口歇凉。他望着山下的村庄，那里有 90 间房屋和一座庙，随着海湾的曲线延伸开去。山上山下是一片金黄的稻田。村民们正在庙里为庆祝今年的丰收而载歌载舞。

塔达走到爷爷身边，往山下望去，家家屋顶竖着竹竿，挂着灯笼。屋顶上色彩鲜艳的旗子，垂挂在阴沉闷热的空气中。

“这是发生地震的天气。”老人说。不久，大地便开始微颤了。但由于地震是日本司空见惯的现象，所以并未引起塔达的重视。但这次与以往不同，有点怪：幅度大，间歇长。房子轻微地摇晃了几次，然后又静止不动了。在地震暂时停止的时候，老人注视着海岸周围，只见海水突然间变成黑色，从村庄周围的海岸退回去了。老人和塔达看见海滩上一个个小小的人影儿，那是成群的村民在劳作。

海水全都退走了，只剩下光溜溜的沙滩和礁石。老人预料即将发生可怕的海啸！必须立刻向村民们发出警报。因为山路很远，送信儿已来不及，告诉山下庙里的僧人撞钟报警也一样没有时间了！

千钧一发之际，老人对塔达说：“快给我点着一个火把！”

塔达立刻跑进屋内点着一个松枝火把，跑出去送给爷爷。老人拿着燃烧着的火把向自家稻田跑去。田里的水稻已成熟待收，十分干燥，这一片宝贵的稻子是他一年辛勤劳动的结晶，也是他第二年的生活资源。但老人毫不犹豫地将稻田点着了，稻谷立刻燃烧起来，四周浓烟滚滚。

塔达慌忙跑到祖父面前大喊：“爷爷！你为什么这样做?”但他爷爷没有回答——他没有时间解释。

塔达失声痛哭着跑回屋里，他觉得爷爷肯定是疯了！老人继续点燃他家的稻田，一直到稻田全部燃着为止，然后将火把扔在地上，凝神等待。山下庙里的和尚看见山上稻田着火，立刻将大钟撞响！海滩上的村民们听见钟声又看见火光浓烟，便纷纷往老人的稻田跑去。“快！快跑！”老人高声对村民们喊着，但没有人听得见。

海水仍然飞快地从海滨向海中心流去。

老人没等多久，山下便有几个村民赶来救火了，但老人伸手阻止他们，并且高叫：“让火继续烧，巨大的灾难将要降临了！”

不一会儿，所有的村民都上来了，先到的是青年人，然后是拖儿带孙的中年人和老年人，他们大多手提水桶，是准备来救火的。然而这时老人的稻田已化为灰烬了。

这时塔达从屋子里走出来，向村民们哭诉：“我爷爷已经失去理智了！他疯了，他竟放火烧自己的稻田！”

老人说：“是的，是我有意点火烧掉稻田，所有的人都到齐没有?”

村庄的头头儿听了很生气。村民们答道：“所有的人都来了。”他们暗中嘀咕：“这个老头儿是疯了，现在他烧自家稻田，下一步就会烧我们的稻田！”

老人抬手指向大海：“看！”只见一条又长又模糊的黑线，像海岸线的影子似的——但那里从来就没有过海岸线——正向着他们冲来。这是向陆地袭来的巨浪，这巨浪像悬崖一样高、像恶鹰一样迅猛异常地向他们扑过来！

“是海啸！”人们惊呼，接着人群一片骚乱，发出各种惊恐的叫喊声。瞬间，可怕的海啸到了，它冲击着海岸，势如排山倒海，远近的山峰也在轰鸣震动。只见闪电一般的白沫翻涌，巨浪腾空扑向山头。一切都消失了，他们的家园被咆哮的海水吞没了。大海先后掀起五阵巨浪，一次又一次地冲击海岸，然后势头逐渐减弱。站在老人房屋周围的人们一片沉默。人们惊恐地看着山下90间房屋和一座庙宇瞬间消失，眼前是一片废墟。

老人说话了，他语调平静：“这就是我放火烧稻田的原因。”

这位大智大勇的长者，如今站在人群中，和赤贫者差不多了。他的劳动果实被自己烧毁，但却换回了400条宝贵的生命。

与你共品

海啸来临之际，一个日本老人不惜点燃自家辛苦劳作一年的麦田，只为能够挽救村民的生命，这种魄力让人敬佩。

小说描写了一幅让人惊心动魄又感激涕零的画面，惊心动魄的是海啸来临之前的安静与来临之后的凶猛形成了巨大的落差，感激涕零的是住在山上的日本老人利用烧掉自己辛勤劳动成果来向山下村庄里的人们告知海啸的来临。现代社会，也有不少默默做好事不留名的人经常被别人认为是“疯子”或是“笨蛋”，有些甚至是做了好事反倒不被理解。最为关键的是，自己付出去成全别人是一件值得去做的事，付出了并不一定要求回报，不管别人会不会误解。

曾有言曰：“事常与人违，事总在人为。”相信在茫茫人海中，像日本睿智老人这样的人是无处不在的。

（余芳婷）

破钞票是变着法子花出去了，可是，我惶惑不解的是哪来这么多千元一张的残票。如果是同一人所为，那家伙一定不正常。

残破的钞票

［日］村田浩一/著　佚　名/译

衣兜里有三张一千日元的钞票，这是昨天在火车站前商场买东西时售货员退给我的零钱。

仔细查看不由得心里一怔：其中一张是破票。那张钞票被从正中一撕两半，然后又用透明胶带随随便便地粘上。粘贴手法十分笨拙，接缝不齐，票子的形状也歪斜着。我想：反正也是粘一次，为什么不弄得更整齐些？与其他钞票相比，唯独这张让人感到与众不同。这样的票子还能花吗？

由于它形状不整，恐怕在自动售货机上是不能用的。它可能被当做假钞，机器可不通融。

在这点上人倒是好对付一些，我不就是在毫无察觉的情况下收下这张残票的吗？

听说到银行去倒是可以兑成新票。可是，这钞票又不是我扯的，特地为它跑一趟银行不值得。它是被别人夹在其他钞票里当做零钱找给我的，凭什么我就不能这样干？

不过，赤裸裸地把这一张残票给人家总是有些欠妥，即使把它叠成四折交给店里，恐怕售货员交到收款机时也是要展开的。

售票员要是发现这是张破票子的话大概脸色好看不了，说不定还会拒绝收它。最让我难以忍受的是人家还可能认为是我把票子粘了个七扭八歪的呢。

我跑到饭店花二千元吃了顿饭。付账时，我将一张崭新的1000元钞票放在上面，底下是那张残票，两张一齐递给女收款员。

我心里砰砰直跳，真担心被她看破。而那个女孩子似乎全然没有留意她收进了什么样的钞票。

我大功告成了。

几天以后，收报纸订金的人走了之后，我猛然发现在他找给我的零钱里竟不露痕迹地掺着一张残破的千元钞票。眼前这张虽然不像是上次到我手里来过的那张，可是，那随随便便的粘贴方法太令人难忘了，一定是同一个人干的。

糟糕！我懊悔着。但是，为时已晚，收款人早骑着车跑了。

我马上出门在书店买了一摞杂志、新书什么的，照旧是用两张千元钞票蒙混过关。这些读物对我来说并不是非买不可，然而，当我处理掉这个麻烦时，觉得肩上轻松多了。

从那以后，每个星期总有那么一两张残破的千元钞票转到我手上。这些钱经常巧妙地混迹于零钱之中，藏身于整齐的钞票之下。说不定就是售货员故意把破钞给我的。

每当收进了这样的钞票我就到站台前的商店街去花千几百元买些东西或吃顿饭。

破钞票是变着法子花出去了，可是，我惶惑不解的是哪来这么多千元一张的残票。如果是同一人所为，那家伙一定不正常。他为什么要把这样多的纸币撕破？说不定他是个对撕钞票有特殊爱好的偏执狂。

但不管怎么说，这些破钞票的流通一直在巧妙地进行着。其中最关键的是使用它们时如何不被对方发现。在这种时候我总是倍加小心，同时，也随时提防售货员在找零钱时大模大样地把破票塞给我。

一天，我到药店去买感冒药，在售货员找钱时我不禁失声叫了出来。售货员竟然把一张残破的千元钞票放在最上面！这下可让我抓了个人赃俱在。

售货员发现自己做错了事而大惊失色，正当她惊慌地想把那张票子收回去时被我一把摁住。

“这件事，你怎么说?”

“对……对不起。”售货员的话音里带着哭腔。

“请您到这里来一下好吗?”

我被引进里面的一个小房间。不一会儿，进来一个胖墩墩的中年人。

“真对不住您。”

“你是这里的老板吗?”

“不，我是商会会长。”

“噢，可是，为什么那种……”

“刚才，这家商店的人干了件蠢事。听说她是勤工俭学的学生。我曾经千叮咛万嘱咐地提醒他们一定要多加小心，可是……”

“您说的是千元钞票吗?”

“是呀，您感到吃惊?”

“喔，就算是吧。”我点了点头，“最近，破钞票好像一下子多起来了。”

“实话对您讲，这些全是我们策划的。”

“什么?”

我简直不相信自己的耳朵。

“最近，市场需要促销，商会为此大伤脑筋。最后想出来的办法就是这个残破千元钞票战术。一张这种贴歪了的钞票是不容易花出去的吧?”

“哦，确实如此。”

“一般持有这种票子的人都会把它掺在其他钞票里两三张地花出去，这样一来，为了凑够几千元的购买额，顾客就要买一些实际上不需要的或超量的商品。正因为如此，商业街总的销售额已大为增长。”

“不过，我听说银行可以把破票兑成新钞。”

“您说得不错。可是，您这样做过吗?”

“没……”

“就是嘛，谁也不会去找那个麻烦。钞票又不是自己撕的，早花出去早完事，这跟打扑克的甩废牌心理一样。同时，它又关系着活跃地方经济的问题。”

“乖乖，这种做法可真是别出心裁。”

商会会长向前探了探身子。

“我有一事相求，您想不想捞点儿外快？这事很简单，但收入可观。我给您一部分撕开的一千元钞票，您只要把它再粘上就行了，关键在于故意把它贴歪。每天您在家里抽出一个小时就能干了。这活儿没多少人愿意干，所以我们的人手很紧张，请您务必帮忙。当然，您得向我保证：不能把这个秘密泄露给任何人。”

与你共品

小说中，主人公多次拿到残破的千元钞票，不过这些残破的千元钞票都被主人公想着法子、不动声色地花出去了。可是，对此主人公一直感到惶惑不解。

小说的结局让人出乎意外。这么多残破的千元钞票能够在市场上如此频繁地流转，竟然是商会会长抓住了顾客懒惰、多一事不如少一事的心理，为了促进市场的销售，所以才推行这样的措施。人们这种逃避心理的普遍存在不仅仅对生活产生巨大的影响，还对人们自身产生一定的影响，影响自身的利益和身心健康发展。

（余芳婷）

“嘿，你不只会这样吧！”他马上接口说，“我记得法兰克·佛森提起过你。我本来以为他是哄我的。他说你以前曾是保险箱大盗——最伟大的保险箱大盗！”

小精灵

［美］劳伦斯·威廉斯/著　佚　名/译

即使在这么明显的麻烦中，让警察紧紧地抓住他的手腕，强尼·达金的眼神依旧是那么自然、坚持而又一副不在乎的样子。卡斯楚先生以前曾经在那一对黑溜溜的眼睛里看到过这种眼神。他明白它们意味的是什么，因此他立刻就做了一个决定。

“你大概搞错了吧！卡尔，”卡斯楚微笑着对警察说，“这个男孩并没有拿我的锁。”

卡尔不耐烦地摇着他的大头，“别耍我，卡斯楚先生，”他说，“我明明看见他从你的架子上拿的！”

“当然啦，他是从架子上拿的。但，是我叫他去拿的。”

卡斯楚轻松地编造了一个谎话，他一向精于此道。卡尔警官并没有放开男孩的手。

“你正在造成大错，你知道吗？卡斯楚，”他大声地说，“这已经不是他的第一次了。如果你现在不提出控诉，只会使他更变本加厉罢了。你应该比其他人更明白的。好了，你愿意挺身而出了吧！还有其他的事吗？”卡斯楚先生回想起过去自己的记录——那些曾经被列入档案的，他瘦削的脸上转变成一种宽容的微笑。

“但是，我不想提出任何控诉，卡尔。”他说。

“你看！”警官突然打断他的话，“你以为这么做是在给小孩子一个机会吗？因为他只有十四五岁吗？我告诉你，大错特错！你只是让他再回到法兰克·佛森的手下，让那个恶棍再教他更多犯罪的伎俩罢了！我们这一带的情况你是知道的，卡斯楚。小孩们把佛森奉为英雄，而他正把他们聚结成一群不良少年来供他驱使。总归一句话，还是你自己决定。如果是佛森本人，难道你也要袒护他吗？”卡斯楚脸上的笑容顿时失去了大半，他透过玻璃橱窗望着外面的街道。

“不，”他轻轻地说，“不，我绝不会袒护法兰克·佛森。”

“但我们现在讨论的并不是佛森，对吗？我们说的是关于强尼·达金，当我叫他去取锁匙却被你误认为小偷的那个男孩，对吗？”卡尔不想再做任何争辩。他冷峻地瞪着卡斯楚那张固执的脸孔，过了几秒后便放开强尼·达金的手腕，转过他那肥胖的身子走出店门。他们两人——一个是六十岁的老人，一个是十四岁的小鬼，仿佛有了无言的默契，一直等到沉重的脚步声踏出门外。此时卡斯楚摊开手掌。

“现在，”他用认真的语气说，“你可以把锁还给我了吧?!”强尼·达金一语不发地松开手腕，把锁挂回架子上。他闪烁的眼光移动在架子和卡斯楚先生之间。

“这只是一个普通的锁头，”卡斯楚把它拿起来，继续说，“把你的鞋带借我。”

一种类似命令的语调使强尼·达金不得不弯下腰，解开那双又破又脏的鞋子左边的鞋带。卡斯楚先生拎起鞋带，检查了一下带有金属片的一端，把它夹在手指中间，像夹铅笔那样。然后他把鞋带的那一端穿进钥匙孔里。他那看起来似乎毫无用处的手指轻轻挑动了三四下，锁头“啪”的一声就开了。强尼·达金惊讶地探过头来。

“嘿，你怎么弄的？”他说。

“别忘了！我是一个锁匠。”

小男孩的表情立刻改变了。

“嘿，你不只会这样吧！”他马上接口说，“我记得法兰克·佛森提起过你。我本来以为他是哄我的。他说你以前曾是保险箱大盗——最伟大的保险箱大盗！”

“以前的兄弟是这么称呼我的。”

卡斯楚先生顺手把东西整理了一下，“强尼，我们来谈个交易如何？刚刚我已经对你略施小惠了。我需要一个孩子来替我看店，一天三小时，放学以后来；星期六则是全天。我每小时付七角五分，你想不想做？”原先在强尼·达金脸上好奇、惊异的表情这时变成不屑一顾的神色。

“留着吧！”他说，“把机会留给那些呆小子吧！”

“你太聪明了，是吗?”

“如果我要钱的话，我知道该怎么去弄。才不要整个礼拜为了工作而操劳呢！”

“而且，如果你找不到门路，”卡斯楚先生接着说，“你的朋友佛森也一定能帮你。对吗?”那种骄矜、自恃的神色又出现在强尼的脸上。

“没错！”他说，“他很厉害的。”

卡斯楚露出轻蔑的笑容。

“厉害？那种偷银行的小把戏也算本事？我说，不出一年，他就要锒铛入狱了。”

强尼仰着头说：“不可能！”

“当然，他在一年之内也还能做一些案子。”

卡斯楚先生坚持地说。

“好吧，”他的口气变得粗暴了，“我不再给你建议了，让我给你看一样东西吧！”卡斯楚先生从柜子底下搜出一本泛黄的报纸剪贴簿，他把它摊开在小孩面前。

“保险柜大盗之王，”他指给小孩看。卡斯楚先生现在的表情显得缓和多了，微微地笑着。

“强尼，我不会傻到把其中的奥秘告诉你的。连佛森都一无所知。曾经有专家用了二十年的时间请我传授，我都还不答应呢！”

“我已经把它们写在回忆录里，”卡斯楚继续说，“我把那本活页笔记簿放在房间的一个上了锁的抽屉里。我所知道的各种技巧都写在里面，等我死了就会出版。那时，一夜之间，每一个人——包括小偷、大盗、锁匠等等的每一个人都会知道。当然，只要每个人都知道，里面的秘密就没有用了。”

强尼若有所思地摇摇头，“唉——”他说，“你本来可以大捞一票的，为什么不……”

“大捞一票?”卡斯楚先生插嘴说道，“没错，别人口袋里的二十五万美元。可是，那得花二十年的功夫才偷得到。其中还要扣掉一半的开销，至少一半，到最后，我每年只能存下二千美元。按照正常的情况，这家五金店的收入比那个好多了。去年我赚了超过三倍的钱。”

“等一下！我还有话说，”强尼·达金说，“你本来可以赚更多的。”

“是吗?”卡斯楚先生向他笑了一下，“也许我忘了告诉你，我当中被关了二十三年，使我的平均收入大大降低了。”

“二十三……你怎么会被捉呢?”

“人算不如天算啊！迟早会有出错的一天，愈早犯错就愈容易回头。没有人是绝顶聪明的，强尼——你不是，你的好朋友佛森也不是。”

强尼·达金渐渐又露出自恃、固执的神色。

“那是你认为的，”他说，“你不知道世上还有许多聪明的人，因为他们根本不会被抓。”

卡斯楚先生叹了一口气。

“再见了，强尼。”

他失望地说，“我要工作了。”

第二天晚上，大约深夜一点钟左右，卡尔警官已经在卡斯楚先生的房里埋伏了两个晚上了。他手握着左轮枪，轻轻地走上前，在佛森还来不及拿到那本笔记簿之前，将他逮捕了。隔天下午，卡斯楚先生正在看一本活页笔记簿。强尼·达金放学经过他的店前。

“进来吧！强尼，”他说，“已经没什么事做了。”

男孩慢慢地走近柜台。

“我听说法兰克·佛森搬走了，”卡斯楚先生继续说，“搬进市立监狱去了。现在，终于逮到这个大傻瓜了。他破门而入就是想偷这本笔记簿。”

“他大概以为这本小簿子里有什么大秘密吧！”卡斯楚先生接着说，“记得我好像跟你说过一个有关回忆录的笑话。其实啊！现在谁不晓得，像我这样的人怎么可能写回忆录呢?！如果写了，便会引起人们邪恶的念头，不是吗？强尼，那是不可思议的。偏偏有佛森那种傻瓜。有一天，我会找时间告诉他，我这本笔记簿里面全是账单。”

强尼·达金自始便一语不发。他敏锐的眼睛盯着卡斯楚先生的脸，在他的眼中流露一种与过去完全不同的眼神——一种崇拜、尊敬的眼神。

“也许，大部分的人并非想象中那么聪明吧！”他轻声地说。

与你共品

昔日“最伟大的保险箱大盗”为了挽救被恶势力迷惑、控制的小男孩，巧妙地运用自己的智慧，将恶棍送进了监狱。

小说描述了一番精彩又耐人寻味的对话，这番意味深长的对话后，小男孩的眼神发生了重大的变化，由自然、坚持、不屑一顾演变成后来崇拜、尊敬，深切认识到卡斯楚先生才是真正聪明的人。社会中，总有一些人，利用小孩子的天真无邪之心进行违法犯罪活动，这可谓是极恶之举。因此，我们要让小孩们认识到依靠旁门邪道而发财的人是不值得崇拜、学习的。若要让他们改邪归正而避免误入歧途，就需要一些像卡斯楚这样的先生来教导他们。

正如唐代著名诗人韩愈所说：“业精于勤荒于嬉，行成于思毁于随。”因此我们要想生活得更平稳、更美好，就要付出自己的努力与勤奋，这才是聪明之做法。

（余芳婷）

歹徒正好从塔玛拉的烟盒里取走了一支烟在点火，他无可奈何地一手拿着火机，一手按动车窗的升降钮。

意外赏金

［德］梅洛利/著　佚　名/译

昨天晚上，他们还吵了一架。但在餐桌上，塔玛拉好像什么事也没有发生似的，边吃边和丈夫商量道：“威廉，我要开车去一趟丹佛，找银行好好地谈一次，也许银行能同意我们分期付款，这样的话，我们家那笔债就不难偿清了，咱们也不用三天两头为此吵架了。”

汽车在一条僻静的道路上行驶。突然，塔玛拉看到路边躺着一个人，“救人要紧！”她赶紧停车。

那人在痛苦呻吟。就在塔玛拉伸手的一刹那，那人突然跃起，用枪顶住塔玛拉：“别出声！我叫左林，是个讨人喜欢的人。快，快开车！”

塔玛拉心中一惊，清晨，电话里说有个叫左林的杀人犯从中央监狱逃出来。

车厢里响起轻轻的嗡嗡声，“什么声音？”“是无线电话”左林威胁道：“快接！放老实点！”

话筒中传来威廉的声音：“塔玛拉，我为昨晚吵架的事向你道歉，你现在在什么地方？”“快到丛林古堡了，咱们的小宝贝，莎莉坦乖不？你替我好好亲亲她！”

汽车驶到加油站，“咱们该加油了。”塔玛拉说，“要不然车子会抛锚的！”歹徒瞅了一眼汽油计量表，“好吧，你待在车里，闭上嘴！”

歹徒冲着加油站的管理员叫一声：“把油箱加满！”塔玛拉从汽车后视镜看到一辆警车驶来。

两名警察把车停在一边测车胎的压力，塔玛拉故意把车门开了又关，关了又开，没有想到警察根本没有注意这一细节，而是和两个管理员有说有笑的聊天。

汽车继续行驶，在路口遇上红灯，并行的两条车道上停满了各式轿车。这时，从左边的一辆车上走下来一名男子，敲了敲塔玛拉的车窗。

“对不起，先生，”此人礼貌地对坐在塔玛拉身旁的歹徒说：“借个火，可以吗？”

歹徒正好从塔玛拉的烟盒里取走了一支烟在点火，他无可奈何地一手拿着火机，一手按动车窗的升降钮。

就在这一刹那，车门外那个人拉开车门，把枪顶住歹徒的太阳穴："别动，我是警察！"另一侧的车门也被打开了，"别害怕，塔玛拉！"另一名警察对她说。

"谢，谢谢两位！"她噙着眼泪结结巴巴地说。

"您该谢谢您的先生。"警察说，"你俩根本没有孩子，所以，当他听到您要他好好亲亲你们的宝贝女儿时，他就意识到出事了，我们的同事在加油站认出您身边的正是越狱的杀人犯左林，塔玛拉太太，您也真够勇敢的，顺便告诉您个好消息，抓住杀人犯左林的赏金相当高，我想，您正需要这样一笔钱呢！"

与你共品

聪明机智的塔玛拉，面对凶狠歹徒的挟持，找寻各种时机进行自救，最终不仅将歹徒绳之以法，还解决了困扰她很久的债务问题。

小说运用了细节描写，尤其是在描写塔玛拉在加油站向警察求救时的动作，刻画出了塔玛拉的谨慎和聪明才智。描写警察向歹徒借火的情景，体现了警察的机智勇敢。生活中正因有塔玛拉和警察这种机智聪明的人存在，社会治安才能有条不紊，歹徒也不敢轻举妄动。

现实生活中，许多人在面对恶势力时往往因缺乏勇气而惶恐不安，最终让恶势力得逞。此时，我们需学习塔玛拉那种大智大勇的品质。这样一来，不仅能够保护自身的生命财产，还能为社会的治安贡献自己的一份力量。

（余芳婷）

就在N先生早已将此事抛至九霄云外，大概过了四个月左右的时候，他却得到一条消息：那个备受关注的G产业公司的董事长因心脏病医治无效，死了。

我是杀手哦

［日］星新一/著　清　澈/编译

这是一个别墅区的清晨。N先生正独自一人在林间小路散步。他经营着一家大公司，每逢周末都会来这里散心。空气如此清新，直沁人心脾，环境如此静谧，唯鸟语啁啾。就在这时，从树荫下出来一个年轻女子。她衣着鲜亮，妆容可人，笑意盈盈地给他打了个招呼："您好。"N先生停下脚步，不解地问道："你是？抱歉，我想不起来了。”

“这是当然啦。因为咱们是第一次见面嘛。实际上，我有点小小请求……”“可你到底是谁啊？”

“如果我说了，您可能会吓一跳的……”

“不，我一般不会吓一跳。”

“我是杀手哦。”女子简洁地回答道。然而，看上去，她连虫子都杀不了。N先生笑了：“不会吧。”

“若是开玩笑的话，我就不会专程在这里等您了。”女子的语气和表情都很认真。意识到这一点，N先生突然感到一股寒意。他脸色发白，脱口而出：“这么说，是他干的了。真没想到，他竟会采取这么卑劣的手段。等，等一下！求求你！别杀我！”

在他反复哀求多遍之后，女子说话了：“我希望您不要误解，我不是来杀您的哟。”

“啊，怎么一回事？杀手在这里埋伏我，却又说目的不是要杀我。杀手们应该是以杀人为职业的吧。”

“您这样匆忙就下结论，真是让我为难。杀手也会为了接受委托而登门造访的嘛。现在就是了。怎么样，我可以为您效劳吗？”N先生稍稍搞清楚了些状况，松了一口气。

“是这样啊。吓了我一大跳。不过，现在我没有事情要你做。”

“您不必隐瞒的。刚才您说过‘这么说，是他’，这个‘他’，应该就是G产业公司的董事长吧。”

“嗯，我刚才想到，对于G产业公司来说，我们公司是他们最大的生意对手，为了赢得竞争，他们也许会采取非常手段。换而言之，对于我们公司来说，G产业公司也是我们最大的生意对手。只是在这里讲讲啊——其实，作为我来说，也是想‘他要死了就好了’。”女子眼睛里闪出喜悦的光芒，探过身来：“这件事，我来帮您做吧。”

“听起来倒是不错……”

“既然接受了任务，我一定会做到天衣无缝，完美无缺。”N先生重新打量了她一番，然而，却看不出她能够胜任此事的迹象。另外，她也不像有一众冷酷部属齐集麾下的样子。他略一沉思，说道：“承蒙你的好意，但还是算了吧。即便我想完全信任你，也毫无信赖的根据啊。万一你失手被捕，乃是受我委托之事被公之于众，可就连我都完了。我可不愿冒这么大的险去杀他。”

“您说得极是。不过，请您不要仅凭小说和电视里面的知识来想象杀手。我不会用什么开枪呀、下毒呀、伪造交通事故之类常见而容易暴露的方法的。”

“那你怎么杀人？”

“让人绝不会引起怀疑的死——病死。”

N 先生皱着眉头，苦笑了一下。

“你别开玩笑了。哪有那种方法！特别是，你怎么让他生病啊？”

“诅咒他。”她接着说，“如果‘诅咒’这个词太陈旧，我们也可以改个说法——利用巧妙的手段，提升他周围的精神压力，使其心脏衰竭致死。根据现代医学的定论来讲，所谓‘精神压力’……”“这回又一下子变得晦涩难懂了。总而言之，是让他自然死对吧？可是，我还是难以相信。如果进行得顺利的话，……”N 先生抱着胳膊，歪着头思考。女子可能是猜出了他的想法：“您是在担心这一点我说得天花乱坠，却光拿钱不办事吧？请放心，我可以事情办完之后再收取报酬，而且，无须定金。”

“可是……”

“我和您约好期限：三个月之内，如果您能放宽时间等待六个月的话，我就能确保完成所托。”

“你自信啊，若你成功了我却不支付你报酬，你岂不无可奈何?”

“您一定会支付的，只要您见识了我的本事。”

“是吗？那么，嗯，你做做试试吧。成功了的话，我会付给你报酬。若不成功，我也没什么损失。”N 先生经慎重考虑后，终于点头同意了。女子于是匆匆离开。

就在 N 先生早已将此事抛至九霄云外，大概过了四个月左右的时候，他却得到一条消息：那个备受关注的 G 产业公司的董事长因心脏病医治无效，死了。警方没有表示怀疑而介入调查的动向，葬礼也顺利地举行了。几天之后，N 先生清晨在别墅散步时，上次的那个女子又在林荫道上等着他了。这次是 N 先生先开口打的招呼：“真没想到你的本事这么厉害！多亏有你，我公司很快就能战胜 G 产业公司了。我现在还简直难以相信哪。”

“如我们所约吧。该请您付给我报酬了。”如果拒绝支付的话，可能他自己就会成为目标了：“这我知道，会付给你的!”女子收下钱，告别了 N 先生，然后前往市区。一路上，她只提防着一件事，那就是千万别被跟踪了。一旦身份暴露，可就麻烦了。

她回到家里，把服装、发型和妆容全都改成非常朴素的样子。接着，她去上班，换上白色的工作服，成了一名像模像样的护士小姐。“医生，刚才回去的那位，病情如何啊?”她问。“不好。老实说，还有五个月吧。长了也撑不过八个月吧。不过，这话绝对不能告诉患者本人及其家属啊，会打击到他们的。”

她才没有告诉患者本人或其家属的打算呢。不过，她会从病历上查明他的住所和职业，告诉给憎恨他的人或者商业对手……

与你共品

一个外表看似柔弱的女“杀手”，利用自己的护士身份，与病人的对手或仇家进行了一次又一次价格不菲的交易，结局出乎意料，令人错愕。

小说中的女护士由于受到利益诱惑，不惜利用自己的特殊身份，一次又一次地把自己的良心出卖。其实，在这个世界上，没有良心的才智是可怕的，巴尔扎克也说过："良心比天才更难得。"每个人都应该按自己心灵的良心来生活。如果使良心屈从于信条，或理念，或传统，甚至是内在冲动，那是我们的堕落。

中国著名诗人郭沫若先生说："一个人最伤心的事情无过于良心的死灭，一个社会最伤心的现象无过于正义的沦亡。"我们一定要找回那缺失了的良知，坚守良知，就是坚守希望，让心中常存一分热情，让素养多留一分宽容，让记忆焕发一分快乐，让岁月留驻一些感叹！

（吴海琳）

到这时，"聪明人"的脸上浮现出迷惑不解的神色。"这下可难倒我了，"他低声说，"我一点也看不透它。"

魔术师的报复

［加拿大］李柯克/著　吴万里/译

"现在，女士们，先生们，"魔术师说，"已经让你们看过的这个布袋完全是空的，我现在就要从它里面拿一碗金鱼出来。变！"整个剧场的人都说："哦，多么不可思议！他是怎样做的呢？"但在前排座位上的"聪明人"对旁边的人压低嗓门说道，"他一本一来一袖一子一里一就一藏一着一的。"

人们恍然大悟，对着"聪明人"点头说道："哦，当然。"全场的人都低声传道："他一本一来一袖一子一里一就一藏一着一的。"

"我的下一套把戏，"魔术师说，"是著名的印度斯坦环。你们注意这些环是分开的，一击之下它们将全部连接起来。（哐啷，哐啷，哐啷）——变！"观众被这套把戏迷住了，直到听见"聪明人"悄悄说："他一肯一定一另一有一一一套一藏一在一袖一子一里。"

每个人都再次点头说："环一本一来一就一藏一在一袖一子一里。"

魔术师眉头紧皱。

"我现在准备，"他继续说，"为你们表演一套最有趣的把戏。我能从一顶帽子里拿出许多鸡蛋。哪位先生借顶帽子给我好吗？啊，谢谢。——变！"他从帽子里拿出17个蛋，观众认为他真是太神奇了，才35秒钟！

“聪明人”沿着前排的长凳传道：“他－把－一－只－母－鸡－藏－在－袖－子－里。”

很快所有的人都传遍了：““他－把－一－只－母－鸡－藏－在－袖－子－里。”蛋的把戏被破坏了。

所有的演出继续像这样被破坏掉。根据“聪明人”的说法，魔术师肯定在他的袖子里藏着除了环、母鸡和鱼之外，还有几副扑克牌、一条面包、一只活兔、一枚五十分硬币，以及一张摇摆椅。

魔术师的名誉扫地。在这晚闭幕之前，他做出最后的努力。

“女士们，先生们，”他说，“最后我将献给你们一套最近发明的、著名的日本魔术。请你，先生，”他转身对着“聪明人”继续说，“请你把你的金表给我好吗？”金表被交给他。

“我是得到你的允许，把表投进研钵并捣成碎片的吧？”他客气地问道。

“聪明人”微笑着点点头。

魔术师把表丢进研钵中并从桌上抓起一个锤子。接着是一声猛烈的撞碎声。“他已把它藏进袖子里了。”“聪明人”小声说。

“现在，先生，”魔术师继续道，“请你允许我拿你的手帕并在上面钻几个洞好吗？谢谢。你们看，女士们，先生们，这里没有诡计，这些洞是明摆着的。”

“聪明人”的脸依旧微笑着。

“还有，先生，请你递你的大礼帽给我并允许我在它上面跳舞好吗？谢谢。”

魔术师迅速踩了几脚，然后展示那顶压扁了的帽子，帽子皱得几乎不能认出来了。

“请你现在，先生，摘下你的领带，并准许我用蜡烛来烧它好吗？谢谢你，先生。还有，请你让我用我的锤子为你砸碎眼镜好吗？谢谢。”

到这时，“聪明人”的脸上浮现出迷惑不解的神色。“这下可难倒我了，”他低声说，“我一点也看不透它。”

观众席中死一样沉寂。然后魔术师站起身来，盯着“聪明人”，他宣布：“女士们，先生们，你们看到我已经在这位先生的同意下砸破他的手表，烧掉他的领带，打碎他的眼镜，踩烂他的帽子。如果他给我更进一步的许诺，在他的外衣上画绿色条纹，或把他的吊裤带打成结，我将很乐意为你们取乐。否则，演出到此结束。”

乐曲从乐队中传出，幕布落下。观众们纷纷离开剧场，但他们绝对相信——有些把戏，无论如何，不是被藏在魔术师的袖子里的。

与你共品

“聪明人”一而再再而三地揭穿了魔术师精心演出的魔术表演以展示自己的聪明

才智。然而，最终被魔术师耍得团团转却是一无所知。

小说中的“聪明人”，自以为看破了魔术的所有玄机，不外乎就是魔术师事先把各种道具藏在袖子里罢了。结果，弄巧成拙，聪明反被聪明误，为此付出沉重代价。许多时候，有些事情，之所以会导致失败，并不是因为你不够聪明，而是因为你太过自作聪明。聪明的人总是用别人的智慧填补自己的大脑，而自作聪明的人却总是用别人的智慧干扰自己的情绪与思想。

19世纪美国思想家、文学家爱默生曾说过：“聪明人并不是无论何时都聪明。”其实，在这个到处充满着魔术、变幻莫测的社会里，看待问题千万不可想当然的自以为是。只要你能不自作聪明，你便是最大的聪明了……

（吴海琳）

第十辑

大德泽远

“如果你把那份材料交给他，”纳赛说，“你就不真诚，对你的上司不忠实，而你总是教我们要真诚、老实。爸爸，请你永远不要做这种事，要不然我会生你的气的。”

了不起的儿子

［巴基斯坦］米赫里兹·伊克巴尔/著　佚　名/译

傍晚，公司经理阿里夫回到家里，一反常态，寡言少语。

“怎么啦，亲爱的？”妻子问道。

“一个陌生人今天上午来了个电话，”他回答说，“他要求我向他提供一份特殊的档案材料，给我1万卢比作回报。”

“爸爸，他要那份档案材料干什么？”10岁的儿子纳赛问道。

“那是一份十分重要的文件，”父亲回答说，“那个人是个敌对公司的主人，想要那份材料，以便毁掉我们公司。”

“如果你把那份材料交给他，”纳赛说，“你就不真诚，对你的上司不忠实，而你总是教我们要真诚、老实。爸爸，请你永远不要做这种事，要不然我会生你的气的。”

“纳赛，”妈妈抢白道，“别管你爸爸的事！”

电话铃响了，爸爸急忙走过去接。几分钟后，他走过来，说：“还是那个人，他现在给我2.5万卢比。他说他可以给我一份假的档案材料，这样我就不会被抓住了。”

“为什么你不接受呢？”妈妈建议说，“这可是一大笔钱，况且你会平安无事。”

“可我还是拒绝了，”父亲说，“你不记得昨晚纳赛的话吗？”纳赛知道了他父亲将一如既往地忠诚老实，松了一口气。那天夜里，纳赛从梦中被一阵紧似一阵的电话铃声惊醒。他听见父亲起来去接电话。

母亲问：“什么人？”

“还是那个人，”父亲回答说，“他已经把钱增加到10万卢比，并且答应任命我为他公司的经理，工资高，条件优厚。”

“阿里夫，你该接受了！你对现在的上司如此忠心耿耿，可他给了你什么？仅仅是微薄的薪水而已。”

“你说得很对，亲爱的，”父亲说，“可是你想想我们儿子说的话。钱并不能使一个人幸福，诚实和道德在一个人的一生中有相当分量的。”

“纳赛太年轻，决定不了这么重要的事情。”母亲说，“老实和忠诚仅仅是写在书本上的，在现实生活中，这些东西与实际生活毫不相干。”

纳赛一直在倾听谈话，他从床上坐了起来，说：“爸爸，你曾答应我对你的上司不做假的。”

“睡觉吧，我的孩子，我不会接受这笔钱的。”纳赛极为高兴，安然入睡了。

“醒醒，该起床了，纳赛！”母亲喊叫着让他起床，父亲告诉他：“那个人今天早上又打来电话了，他说要给我 100 万卢比并任命我为他公司的经理，条件是今天下午以前我得把那份档案材料交给他。否则，他将绑架你。”

“爸爸，希望你再次拒绝他。”

“我没有拒绝他，儿子，”父亲说，“我告诉他再给我一点时间考虑考虑。”

正在这时，电话铃又响了。父亲急忙去接电话。他喊道：“不，我不接受，看你敢绑架我的儿子！”说完挂了电话。

“太好了，爸爸。”纳赛高兴极了。

那天下午，父亲回家进门第一句话就是：“纳赛回家了吗？”

“没有，”母亲焦急地说，“现在他应该到家了。他是个傻孩子，你采纳了他的愚蠢的建议。如果发生了什么事，我跟你没完。”母亲开始哭了。

“你冷静点儿，我亲爱的。但愿我们的儿子不会被那个坏蛋绑架了去。我给警察局打电话，把这一切都告诉他们。”正当他拨电话时，一辆小轿车开进了院子。

“我们的儿子回来了！”母亲兴高采烈地喊道，“是你上司用他的车带回来的。”

“我真不明白这是怎么回事，先生。”父亲边说边请上司在客厅就座。

“打神秘电话的人是我的仆人，”上司说，“我是想试一试你的忠诚。我要永远定居国外，想找个诚实的合股人管理这家公司。我很高兴，你正是这合股人的最佳人选。”

与你共品

面对着一次又一次的诱惑，要说出一个简单的“不”字，是多么的困难，人的贪念是可怕的魔鬼，然而阿里夫在儿子的帮助下，凭着良心的提醒，终于战胜了欲念，始终对公司的重要情报保密，没有出卖公司，也没有出卖自己。

想要知道一个人能否成功，并不是看他取得多少物质的财富，而是看他的道德境界。故事中主人公的一次次诱惑，竟然是上司精心策划的考验，幸而在对儿子深沉的爱的支持下，主人公没有向诱惑屈服，坚定了自己的方向，显示了自己的良好修养，最终竟也得到了意想不到的收获。

多少人在诱惑和贪念中迷失自己，他们只是一味地盯着眼前的利益，想象着怎样利用身边可以利用的一切条件来为自己换取更大的利益，却没有意识到人生最重要的诚实和道德在一个人的一生中是有相当分量的，是任何东西都换不来的。

（林诗烨）

最后，我只剩下一美元，却怎么也舍不得把它花掉，因为上面满是我喜爱的歌星的亲笔签名。

最后一美元

佚　名/著　佚　名/译

二十年前那个雨雪霏霏、北风烈烈的季节。刚刚中学毕业的我，带着对音乐的狂热，只身来到纳什维尔，希望成为一名流行音乐节目主持人。

然而，我却四处碰壁。一个月下来，口袋里差不多已空空如也。幸而一位在超级市场工作的朋友把那里准备扔掉的过期食品偷偷接济我，才勉强度日。最后，我只剩下一美元，却怎么也舍不得把它花掉，因为上面满是我喜爱的歌星的亲笔签名。

一天早晨，我在停车场留意到一名男子坐在一辆破旧不堪的汽车里。一连两天，汽车都停在原地。而那名男子每次看到我都温和地向我挥挥手。我心里纳闷：这么大的风雪，他待在那儿干什么？

第三天早晨，当我走近那辆汽车时，那名男子把车窗摇下来。我停住脚步，和他攀谈起来。交谈中，我了解到，他是到这里应聘的，但因早到了三天，所以无法立即工作。口袋里又没钱，只好待在车里不吃不喝。

他忸怩片刻，然后红着脸问我是否可以借给他一美元买点吃的，日后再还我。然而，我也是自身难保。我向他解释了我的困境，不忍看到他失望的表情而转身离去。

刹那间，我想起口袋里的那一美元，犹豫了片刻，我终于下了决心。我走到车前，把钱递给了他。他的两眼顿时亮了起来。“有人在上面写满了字。”他说。他没有留意那全是亲笔签名。

那一天，我尽量不去想这珍贵的一美元。然而时来运转，就在当天早晨，一家电台通知我去录节目，薪金五百美元。从那以后，我一炮打响，成为正式节目主持人，再不用为吃穿用而发愁。

我再没见过那辆汽车和那名男子。有时候，我在想他到底是乞丐，还是上天派来的使者。但有一点是清楚的，这是我人生碰到的一次至关重要的考试——我通过了。

与你共品

“我”，没有工作，没有食物，身上更没有值钱的东西，可以说是一无所有，但是，“我”仍然是富足的，因为“我”还拥有善良。

那满是“我”喜爱的歌星亲笔签名的一美元于“我”的价值其实不仅仅是一美元那么简单，但是面对已多天没吃东西的陌生人，“我”还是尽我所能的帮助了他，虽然奉献了有喜爱的歌星亲笔签名的一美元，但是却得到了心安，也显示了自己的善良。

生活中总会有那么一些我们自以为对自己很重要的身外之物，但事实上，或者放弃一些紧握在手里的东西，就会收获惊喜。心理上的富足往往比拥有更多的身外之物要有意义。很多时候，你能给的帮助或许不多，只是出于善良，即便如此，做到问心无愧已足矣。

（林诗烨）

少年似乎不相信小提琴是一位管家的，他疑惑地望了我一眼，但还是拿起了小提琴。

小提琴的力量

［澳大利亚］布里奇斯/著　佚　名/译

每天黄昏的时候，我都会带着小提琴去尤莉金斯湖畔的公园散步，然后在夕阳中拉一曲《圣母颂》，或者是在迷蒙的暮霭里奏响《麦绮斯冥想曲》，我喜欢在那悠扬婉转的旋律中编织自己美丽的梦想。小提琴让我忘掉世俗的烦恼，把我带入一种田园诗般纯净恬淡的生活中去。

那天中午，我驾车回到离尤莉金斯湖不远的花园别墅。刚刚进客厅门，我就听见楼上的卧室里有轻微的响声，那种响声我太熟悉了，是我那把阿马提小提琴发出的声音。“有小偷！”我一个箭步冲上楼，果然不出我所料，一个大约12岁的少年正在那里抚摸我的小提琴。那个少年头发蓬乱，脸庞瘦削，不合身的外套鼓鼓囊囊，里面好像塞了某些东西。我一眼瞥见自己放在床头的一双新皮鞋失踪了，看来他是个贼无疑。我用结实的身躯堵住了少年逃跑的路，这时，我看见他的眼里充满了惶恐、胆怯和绝望。就在刹那间我突然想起了记忆中那块青色的墓碑，我愤怒的表情顿时被微笑所代替，我问道："你是拉姆斯敦先生的外甥鲁本吗？我是他的管家，前两天我听拉姆斯敦先生说他有一个住在乡下的外甥要来，一定是你了，你和他长得真像啊！"

听见我的话，少年先是一愣，但很快就接腔说："我舅舅出门了吗？我想我还是先出去转转，待会儿再来看他吧。"我点点头，然后问那位正准备将小提琴放下的少年："你很喜欢拉小提琴吗？""是的，但我很穷，买不起。"少年回答。"那我将这把小提琴送给你吧。"我语气平缓地说。少年似乎不相信小提琴是一位管家的，他疑惑地望了我一眼，但还是拿起了小提琴。临出客厅时，他突然看见墙上挂着一张我在悉尼大剧院演出的巨幅彩照，于是浑身不由自主地颤栗了一下，然后头也不回地跑远了。我确信那位少年已明白是怎么回事，因为没有哪一位主人会用管家的照片来装饰客厅。

那天黄昏，我破例没有去尤莉金斯湖畔的公园散步，妻子下班回来后发现了我的这一反常现象，忍不住问道："你心爱的小提琴坏了吗？""哦，没有，我把它送人了。""送人？怎么可能！你把它当成了你生命中不可缺少的一部分。""亲爱的，你说得没错。但如果它能够拯救一个迷途的灵魂，我情愿这样做。"看见妻子并不明白我说的话，我就将当天中午的遭遇告诉了她，然后问道："你愿意再听我讲述一个故事吗？"妻子迷惑不解地点了点头。"当我还是一个少年的时候，我整天和一帮坏小子混在一起。有天下午，我从一棵大树上翻身爬进一幢公寓的某户人家，因为我亲眼看见这户人家的主人驾车出去了，这对我来说，正是偷盗的好时机。然而，当我潜入卧室时，我突然发现有一个和我年纪相当的女孩半躺在床上，我一下子怔在那里。那个女孩看见我，起先非常惊恐，但她很快就镇定下来，她微笑着问我：'你是找五楼的麦克劳德先生吗？'我一时不知说什么好，只好机械地点头。'这是四楼，你走错了。'女孩的笑容甜甜的。我正要趁机溜出门，那个女孩又说：'你能陪我坐一会儿吗？我病了，每天躺在床上非常寂寞，我很想有个人跟我聊聊天。'我鬼使神差地坐了下来。那天下午，我和那个女孩聊得非常开心。最后，在我准备告辞时，她给我拉了一首小提琴曲《希芭女王的舞蹈》。看见我非常喜欢听，她又索性将那把阿马提小提琴送给了我。就在我怀着复杂的心情走出公寓、无意中回头看时，我发现那幢公寓楼竟然只有四层，根本就不存在所谓的居住在五楼的麦克劳德先生！就是说，那位女孩其实早知道我是一个小偷，她之所以善待我，是因为想体面地维护我的自尊！后来我再去找那位女孩，她的父亲却悲伤地告诉我，患骨癌的她已经病逝了。我在墓园里见到了她青色的石碑，上面镌刻着一首小诗，其中有一句是这样写的：'把爱奉献给这个世界，所以我快乐！'"

三年后，在墨尔本市高中生的一次音乐竞技中，我应邀担任决赛评委。最后，一位叫梅里特的小提琴选手凭借雄厚的实力夺得了第一名！评判时，我一直觉得梅里特似曾相识，但又想不起在哪里见过。颁奖大会结束后，梅里特拿着一只小提琴匣子跑到我的面前，脸色绯红地问："布里奇斯先生，您还认识我吗?"我摇摇头。"您曾经送过我一把小提琴，我一直珍藏着，直到有了今天!"梅里特热泪盈眶地说，"那时候，几乎每一个人都把我当成垃圾，我也以为我彻底完蛋了，但是您让我在贫穷和苦难中重新拾起了自尊，心中再次燃起了改变逆境的熊熊烈火！今天，我可以无愧地将这把小提琴还给您了。"

梅里特含泪打开琴匣，我一眼瞥见自己的那把阿马提小提琴正静静地躺在里面。梅里特走上前紧紧地搂住了我，三年前的那一幕顿时重现在我的眼前，原来他就是"拉姆斯敦先生的外甥鲁本"！我的眼睛湿润了，仿佛又听见那位女孩凄美的小提琴曲，但她永远都不会意识到，她的纯真和善良曾经是怎样震颤了两位迷途少年的心弦，让他们重树生命的信念！

与你共品

小提琴的力量不仅让人忘掉世俗的烦恼，有时候还是拯救灵魂的神丹。无论是那个女孩，还是"我"，睿智地维护了暂时迷途的少年尊严，他们的善良和纯真的爱改变了少年的人生。

生活中，很多人都不是自愿走上邪道的，人性本善，他们只是暂时的迷路或为生活所迫。当他们心里受到爱和善良的感动后，他们就会发现自己的迷途，然后醒悟，重新审视自己的生活方式和未来。

爱和善良可以改变一个人一生的轨迹。我们应该多关心别人，用爱和善良善待任何人。不管他是什么身份或曾经做过什么，只要给他一个善意的帮助，一个亲切的微笑，都有可能挖掘他内心的善良。更重要的是我们应该懂得将爱和善意延续下去。

（陈春林）

我曾经差点把它寄向德国，但实话告诉你吧，我真的有点舍不得花钱买邮票。

一张珍贵的德国邮票

[英] 拉齐兹·莫瑞/著　蒋　怀/译

1946年10月的一天，我接到商人艾默利先生的信，约我到他家看一张邮票，我爽快地答应下来。我这人嗜邮票如命，对那些稀奇古怪的邮票更是情有独钟。他在信中说他手头有张很不寻常的邮票，上面的人头像是倒着的。于是我从苏格兰出发，取道多佛尔，马不停蹄地直奔伦敦而去，终于在约定的时间里抵达他的住处。出来迎接我的是他的男佣——马利特。

进屋一阵寒暄之后，我把今天坐出租车的遭遇向他讲述了一番。我说："那司机开得太快了，险些要了我的命。"艾默利听后大吃一惊，说："伦敦的司机大部分是很仔细的，车开得极慢。"他这样一说，倒让我想起1939年在伦敦乘出租车的事来。于是我又接着说："几年前我在这儿坐车，那人又开得太怪，差点误了点。"见艾默利先生惊诧莫名，我就把那年发生的事儿讲了出来。

"当时，我准备去皇家十字车站，为了赶时间，便叫了一辆出租车。我一上车，司机就把车开得飞快，我二话没说，因我要去乘火车。但那人开得很不好，而且路也没走对，他尽拣僻静的小巷走，且车速越来越快，这让我很不安。我叫他走大道，但他根本不听，给人的感觉是，他的神经有点不正常。到了一条街上，他突然把车停下来不安地向车窗外望。我叫他快开车，他不理会，居然下车走进了商店旁的一道门。两分钟后，他出来了，却又拐进那家商店。我本想再叫一辆出租车，但在那样偏僻的地方，出租车的影子都见不着。不一会儿，他出来了，风驰电掣般的向车站驶去。我赶上了那趟车，但是我却丢了一枚珍贵的邮票，也许是丢在那出租车上。多少年来，我一直想找到那位司机，但最终没有如愿。我也曾想买另外一张，但世界上这种邮票不多，德国的邮政部门也没售出多少，所以最终是竹篮打水——一场空。当时我买那张邮票就花了大量的钞票，现在它的身价肯定倍增。"

我刚讲完，男佣马利特就拿出一个信封放在我面前，问道："这是你的吗，先生？"我简直不敢相信，这就是我7年前丢的那个信封，那张邮票！我连忙说："是的，正是我丢失的那张邮票。这简直太不可思议了！你是怎样得到它的？"

"是你自己把它掉在车上了。我就是你刚才讲到的那位司机。二战以前我一直开出租车。"见我和艾默利先生都满脸狐疑地看着他，他便讲起7年前发生的事。

"那时，我妻子卧病在床，无人照料，我又不得不开出租车来挣些钱以维持生计。那天，我在维多利亚车站揽客，这时先生你坐上了我的车。我带着你尽走些背街小巷，目的是想看看我妻子卧室的窗户。我们事先约定好：如果她需要我的话，就把灯打开；如果灯未开，就说明她还好。那天，当我把车停下来，抬头望窗户时，见里面的灯是亮着的，我知道情况不妙。于是我冲了进去，见她奄奄一息地躺在床上，我急急忙忙出来，在旁边的商店里给医生打了一个电话，然后，我才把你送到车站去。尽管你一路骂骂咧咧，但我不在乎，因为这毕竟全是我的错。你下车之后，我才发现你丢的信，但上面既没有你的地址，也没有你的姓名。信上地址不是用英文写的，但我仍能猜出是德国的一个什么地方。我曾经差点把它寄向德国，但实话告诉你吧，我真的有点舍不得花钱买邮票。二战爆发后，我上了前线。当我去年从战场回来，发现这封信仍夹在一本书里，从此，我再也没有动过它。刚刚听了你的故事，我才又想起它来。”

听了他的一席话，我激动得热泪盈眶。除了连声说谢谢之外，我还能做什么呢？过了一会儿，我突然想起一件事来，问道：“你的妻子现在还好吗？”

“是的，很好。她现在正为你们准备晚餐。那天，幸亏及时给医生去了电话，不然，问题就严重了！”

这张珍贵的、失而复得的邮票，让我兴奋了很久，很久。

与你共品

本只是一场约定欣赏一张不寻常的邮票的会面，没想到却见证了一场不寻常的失而复得的奇事。小说运用插叙和巧合等写作手法，构造了一段让人感动的故事。

失而复得的德国邮票让“我”兴奋的不是它价值的珍贵，而是它见证了生命的珍贵。尽管7年来邮票主人耿耿于怀，男佣也一直愧疚，但这在生命的面前都变得微不足道。人最宝贵的是生命，生命每个人只有一次，一旦丢失就再也找不回来。生命的珍贵在于活着，活下去就是人类生存的意义。

如果当时主人翁投诉了男佣，让男佣失去维持生计的机会；如果男佣把邮票占为己有；那么珍贵的邮票会变得一文不值。珍贵的不仅是邮票，更是彼此的感动和生命的延续。

（陈春林）

洋人就是这样，他只要觉得给你造成了不方便，他就自动降下价来。因为这样，我就更加相信他所讲的冰箱的质量。

装满信赖的葡萄酒

［新西兰］聂　茂/著　佚　名/译

刚来新西兰那会儿，因为心急，在二手市场花80块新币买了个冰箱，但冷藏效果不好，有杂音，耗电量也大，就想将它卖掉，另外再买一个。

新冰箱要花一两千元新币，所以我还是打算买个二手的。由于不急，我懒得出去跑，就写了一个小广告，将自己对冰箱的大小、款式和300元左右承受价格的要求都写上了，用传真发给免费刊登这类商品信息的《路特报》。广告登出后的当天晚上，我就接到一个当地人打来的电话，说他家有一个冰箱用了不到4年，大小、款式和价格都符合要求，问我是不是感兴趣。我问他住在什么地方，他说在剑桥镇。我一听这地方，有点犹豫了，因为那里距我住的汉密尔顿市有30多公里的路程。

但我又知道，只用了4年的冰箱才卖300块钱，实在很划算。到新西兰久了后，对洋人说的话从来不用怀疑，他说是4年就一定是4年，决不会把本来用了七八年的说成4年。只是路途远了一点，我说，我的车子后面没有拖把。他说，他可以送货上门。

既然如此，那就敲定了。我说："行，我不用看了，你明天送来给我吧。"因为，一般来说，买这样的大件，是要提前看看"货"的，否则人家送上门来却被拒收，彼此尴尬。

那人却说："对不起，我现在还要用一阵子。大约一个多月吧。"接着他告诉我，他正在办理去美国的移民，一切都差不多了，只要签证到手，他就将冰箱送到我的家里。

原来如此。怪不得冰箱这么便宜。洋人就是这样，他只要觉得给你造成了不方便，他就自动降下价来。因为这样，我就更加相信他所讲的冰箱的质量。

我说："行了，你先用吧。等签证到手了，就送来给我吧。"那人很感谢我的宽容和信赖。

谁知这一等可真是考验了我的耐心，因为事情有了变化。一个多月后，那人突然打来电话，对我说，对不起，签证还没有批下来，他还在等待之中，因此，冰箱还不能送来给我，并问我是不是还要买他的冰箱。

我想了想，说："行，你继续等吧。我还是买你的冰箱。"这一回，他没有说要等多久。大约他知道那不是由他说了就作数的。我也没有问，既然已经答应等他了，再问也没有用，何况我还有个不大好的冰箱凑合着用。

这期间，又有两个当地人给我打电话，说他们有符合我的要求的冰箱卖。我甚至还忍不住去距我家较近的一个老太太家看了看那个冰箱。的确也是个很不错的冰箱，只是体积大了一点，使用得久了一点，但还可以讲一点价，大约280元就可以买下来。

其实用不着多想，我完全可以当时就拍板买下来，对剑桥镇的那个卖家，打个电话告诉他就是了，反正我一分钱押金也没有出。他还不知道要等多久呢。我相信，即使买了这个冰箱，他也觉得在情理之中，一点也不会埋怨我的，而我也不觉得亏欠了他。

但是，回到家，我还是给老太太打了个电话，说谢谢她了，让她卖给别人吧。我在心里对我自己说，不买她的冰箱有两点理由：一不是最理想的冰箱，我以为剑桥镇的那个冰箱最理想；二是为了一份信赖。我是一个中国人，我要让洋人觉得咱中国人是讲信用的。我的确是这样想的，一点也不想把自己拔高。只有出国后，你才真正意识到“中国”二字在你心中的分量。

这样一等，居然等了半年。就在我因为学习忙差点都要“忘记”冰箱的时候，一天晚上，我突然接到一个电话，是剑桥打来的。那人有一点不好意思地问：“你还要我的冰箱吗?”

“你签证来了?”我反问道。

我们都很兴奋，说好第二天他将冰箱送上门来。

翌日一早，他与一个朋友开着货车果然按照我提供的地址将冰箱小心翼翼地送到了我家。

啊，真棒的冰箱！是最流行的款式，无氟，全封闭的，乳白色，比我想象中的还要理想。一个朋友买了一个二手冰箱，比这个差些，还花了500元呢。

我真是太高兴了。两位洋人不让我动手，将冰箱完全摆好，才笑盈盈地看着我，仿佛在说：“怎么样，哥们儿?”我赶紧付钱，并请他们喝中国茶。但他们说，不了，太忙了。

就在他们转身出门时，卖主变戏法似的从口袋里掏出一瓶葡萄酒，像发奖般庄重地交到我手里，一字一句地说：“这里面装的全是信赖。”

我握着这瓶葡萄酒，握着这带有洋人体温的沉甸甸的信赖，眼眶慢慢潮湿了……

与你共品

信赖既是无形的力量，也是无形的财富。作者遵守承诺，耐心等待，最后不但得到超理想的冰箱，还得到了一瓶表示感谢、装满信赖的葡萄酒。因为信赖，我们的生活充满感激和真诚；信赖，使我们得到意外的收获。朴素的故事，真诚的信赖。

如果抵挡不住周围的诱惑，承诺就会在外界的利诱下消失得无影无踪，承诺就会变得一文不值。所以，我们要学会信赖，感恩信赖，信赖是一种连接人与人之间精神的纽带。

信赖是力量的一种象征，它显示着一个人的高度自重和内心的安全感与尊严感。只要我们多一份信赖，社会就少一份纷争。信任是一种有生命的脉搏，是一切价值的根底。

（陈春林）

她那对深思的棕色眼睛虽然仍是泪水盈眶，但却好像看穿了我整个面目。我觉得我那卑贱的灵魂仿佛已暴露无遗。

金 果

[新西兰] 吉姆·拉蒙特/著　佚　名/译

我与玛丽·特拉弗斯是偶然相识。她是一个孤儿。在青霉素这种药还没有发明之前，她的父母在几天之内就相继死去。这种悲剧在我们那个小村子里可不是轰动的新闻，不过7天就会被人遗忘。哈里·特拉弗斯和他的妻子赫提，理所当然地收养了这个孩子。他们自己没儿没女，而且全村都赞成他们应该这样做，所以，不管怎样，他们对此事没有选择的余地。这事发生在两年前，那时玛丽只有5岁。

我好歹算是个画家吧，对于真和美的追求已把我引入歧途，我变得相当自私，甚至对存在于我眼皮底下的真和美也视而不见。

我既不是出于病态，也不是特地到乡村教堂的墓地去发思古之幽情，而是因为这夏日的夜晚。我发现我们乡村的墓地是一块宁静的地方，它给人以无穷的沉思遐想。就在那一天，人们在这块墓地上举行了一次葬礼。可怜的老卢汾去世了，他是留在村里的中国人，淘金热那个时代的遗老，至少有90多岁的年纪。我曾经把这位老人画入一套反映这个地区早期风貌的组画中。他住在村外的一间小草棚里，从不与任何人来往。人们发现他死在床上，便立即将他安葬了。据我所知，只有教区的牧师和殡仪员两人参加了他的葬礼。

我大口大口地吸着烟斗，沉思地望着这位老人坟头上的新土，试图想像卢汾的童年生活，假如他曾有过的话。这时，我瞥见了玛丽·特拉弗斯。

她沿着两边栽有白杨的小道走来，手捧一大束黄色的玫瑰花，后来，她跪在卢汾的墓前，把那束玫瑰花放在肥沃的黑土上，泪流满面，泣不成声，两手平整着那马马虎虎翻整过的草皮。

我忘记了吸烟，惊骇地呆视着。这是我第一次真正看到玛丽·特拉弗斯。

随后，她也看见了我。

她那对深思的棕色眼睛虽然仍是泪水盈眶，但却好像看穿了我整个面目。我觉得我那卑贱的灵魂仿佛已暴露无遗。

“你是卢汾的朋友吗？”她问。

我只好顺水推舟地说："是的。"

"我爱他。"她直言不讳地说。

在那一刹那间，我意识到我的寻求已告结束。

"告诉我，姑娘……把有关卢汾的事情说给我听听。"

"卢汾照管赫提婶婶的玫瑰花。赫提婶婶只爱她的玫瑰，哈里叔叔只爱他的书本，只有卢汾疼爱我。放学归来时，我总能在他的园子里见到他，而且他总是不厌其烦地解答我的提问，他还送给我一件礼物。"

"孩子，是件什么样的礼物啊？"我轻声问道，生怕我的问话会中断她的叙述。

"您看。"她说时出乎我意料之外地拿出了一块纯金的小匾，上面精致地雕刻着中文。

"你知道这上面说的是什么吗？"我严肃地问道。

"知道，"她说，"黄金酬商贾，金果报人生。"

她眼里饱噙着泪水。

"我不知道可怜的卢汾是否真的找到了金果，所以我从赫提婶婶的花园里给他带来了这些金色的花儿。"她这样结束了她的叙述。

"我的孩子，"我说，"他确实找到了金果，卢汾在他临终之前找到了金果。"

我激动地握着她的小手，领着她走出了教堂的墓地。

与你共品

在玛丽的世界里，仅剩卢汾的爱和呵护，而在卢汾的一生中，也唯有玛丽的尊敬和感激。"金果报人生"意味着卢汾付出的爱得到了回报，这一老一少的温存，给他们的生活增加了感恩和欢乐，减少了孤独和暗淡。

作者以"金果"为题，暗示了小说的主题，爱是会有回报的，我们都应该像卢汾那样去关爱别人。关爱是相互的，就像一面镜子，你对它笑，它也会对你笑；你对它哭，它也会对你哭；你把它擦得干干净净，它就会照出你的美丽；你把它弄得肮脏不堪，它也会把你照得丑陋无比。

人世间最温暖的力量叫"关爱"。爱，使我们心灵相通；爱，使世界不再孤单。只要我们用爱拥抱每一天，用心感动每一个人，生活就会处处开满真、善、美的鲜花。

（陈春林）

完成这幅油画，让我突然之间有了一种顿悟：一件事情，如果能学会从另一个角度去看待，也许就能走出困境。

母亲的遗画

佚　名/著　胡　猫/译

凯瑟琳的母亲是在她5岁那年因车祸不幸去世的。那天是周五，凯瑟琳要和母亲一起到道斯先生的渔具店去买鱼钩，他们约好了周末全家人一起到海边去钓鱼。凯瑟琳的父亲是镇上最棒的脑科医生。那天，他有个非常重要的手术，所以他就将购买鱼钩的重任交给凯瑟琳的母亲。早上，凯瑟琳很早就醒了，她催促着母亲赶紧出门，晚了，道斯先生店里最好的那个金色的鱼钩恐怕就要被别人买走了。

母亲驾车带着凯瑟琳出了门，那天早上的雾很大，途中，一辆很大的卡车从拐弯处直直地朝着她们的汽车冲过来，连喇叭也没按。母亲为了保护凯瑟琳，向右猛打方向盘，车子撞到了右边的大树上。母亲因此受到剧烈撞击，导致脑颅内大出血，被送到了医院。

母亲的伤势很重，必须马上做开颅手术。而镇上的医院规模不大，整个医院只有两个脑科医生可以做这种手术：一个是正在邻镇度假的马丁内斯医生，一个就是正在为病人做手术的布鲁尔医生——也就是凯瑟琳的父亲。

可正在手术中的父亲拒绝停止手术，母亲就在等待马丁内斯医生从邻镇赶回的途中去世了。

凯瑟琳不明白父亲为什么不愿意救母亲，而就这样眼睁睁地看着母亲死去，她幼小的心灵里充满了对父亲的怨恨。凯瑟琳执著地认为，是父亲害死了母亲。

从那天起，凯瑟琳不再和父亲说话，不管父亲如何对凯瑟琳解释那天的事情，凯瑟琳就是拒绝回应。她在用沉默对父亲施以无声的惩罚。

凯瑟琳就这样把自己封锁在自己和母亲的世界里，除了母亲的照片，她甚至看也不看别人一眼。两年后的一天，一个叫阿曼达的女人以继母的身份走进了凯瑟琳的生活。阿曼达是个很漂亮的女人，对凯瑟琳也非常好，可凯瑟琳就是不喜欢她。看到这个女人住着母亲曾经住过的房间，用着母亲曾经用过的厨具，凯瑟琳的心里就一阵阵的刺痛。她的脾气变得越发古怪，到最后，凯瑟琳甚至拒绝再开口对任何人说话。

父亲对凯瑟琳的自闭无可奈何，他用尽各种方法想帮助凯瑟琳走出心理阴影，可始终只能看到凯瑟琳毫无变化的表情。这天，凯瑟琳又抱着母亲的照片呆呆地坐在阁楼里。门外传来了一阵脚步声，是阿曼达，她轻声地问凯瑟琳："嗨，凯瑟琳，我能进来吗?"

凯瑟琳没有答理她，她讨厌在这个时候看到阿曼达。阿曼达推门进来了，她用轻柔的语气微笑着对凯瑟琳说：

"我在卧室里找到了一个木匣子，看来是你母亲留给你的。"

一听是母亲的东西，凯瑟琳立刻从阿曼达的手中接了过来。她紧紧地抱着这个雕着花纹的木匣子，贪婪地闻着，仿佛其间正散发着母亲芳香的气息。阿曼达知趣地离开了阁楼。

凯瑟琳迫不及待地打开了木匣子，里面装着一幅画和一封信。这是一幅很美的油画，画的是一轮海边的夕阳，就好像他们在两年前约好前去钓鱼的海边一样美丽。油画里渲染上了所有美丽的色彩：红色，红得耀眼；黄色，黄得明亮；蓝色，蓝得深沉；绿色，绿得鲜嫩；还有金色，也是整幅画中用得最多的颜色，金得夺目……

凯瑟琳记得，母亲曾经学过一段时间的画画。可因为老是画不好，就放弃了。她却从不知道，母亲还画过一幅这么美的画呢。

信其实是母亲在画后写给凯瑟琳的随感。信里这样写着：

亲爱的凯瑟琳：

我不知道你什么时候才能看到这封信，因为现在你还小，可能还不能明白其中的意思。等你稍大些，也许就会看到这封信了。

我原以为自己这辈子也画不出一幅好画了，因为我试了那么多次，却总是失败。这幅画原是一幅放弃的初稿，我画的是海边的夕阳，可在今天，我看到海边的朝阳时，灵感突发，竟发现这幅放弃的初稿其实是幅佳作。

完成这幅油画，让我突然之间有了一种顿悟：一件事情，如果能学会从另一个角度去看待，也许就能走出困境。在你心情沮丧的时候，你看到的是夕阳，可当你充满希望的时候，你就会看到一轮朝阳，纵然你看到的其实是同一幅画。

其实，生活也是一样。上帝赐予你的从来都不曾改变过，只看你如何去对待。你的态度不同，也许就会是截然相反的两个结果。

孩子，我的凯瑟琳，我真心希望你看到这幅画时，看到的是一轮充满希望的朝阳。如果你有什么不开心，就看看这幅画吧，挖掘出自己生命中的每一个希望。

母亲的信让凯瑟琳一下子找到了生活的意义。她告诉自己，绝不能辜负母亲的期望。为了母亲，她不会再自暴自弃。她一改从前，十分努力地学习和生活着，而每当她不开心的时候，就会拿出母亲的那幅画，寻找母亲当年坚持的痕迹，给自己渡过难关的力量。

时光如梭，凯瑟琳很快长成了一个亭亭玉立的大姑娘，而岁月的沉淀也让凯瑟琳明白了许多生活和生存的道理。她终于懂得了父亲当年为何会做出那样的抉择，虽然手术室外躺着的是自己的妻子，可一个医生的职业道德让他选择了继续手术。凯瑟琳为有这样的父亲而自豪。

“对不起！”当凯瑟琳极其内疚地对父亲说出这声迟到了几年的道歉时，她听到了父亲喜极而泣的哽咽声。

周末，凯瑟琳和父亲来到了久违的海边，他们用金色的鱼钩钓鱼，而阿曼达为他们准备可口的食物。

闲聊中，凯瑟琳无意间提到母亲的那幅关于朝阳的油画时，父亲的脸上满是讶异。他告诉凯瑟琳，母亲当年因为久学不成，早就放弃了画画了。他一点儿也不知道，母亲还画过什么朝阳。倒是阿曼达，她曾经画过一幅名为《最后一抹夕阳》的作品，而且还在她的家乡引起过轰动呢。只是不知为何，在凯瑟琳 7 岁那年，阿曼达就扔掉了画笔，不再作画。她说是因为自己的创作灵感已经枯竭，而且还不允许任何人再在她的面前提起画画的事情。

凯瑟琳这时才明白，阿曼达当年是如何为了挽救一个走进误区的孩子，而牺牲了自己的事业。她抬起头，看着海边那一轮金色的夕阳，正缓缓地落向蓝色海岸的另一边。那一刻，凯瑟琳泪如雨下。

与你共品

夕阳也可以是朝阳，这取决于你的心态。凯瑟琳从“母亲的遗画”中理解了父亲，释怀了对父亲的怨恨，激发了对生活的热爱和希望。文章结尾运用曲折跌宕的技巧意外地深化了继母对凯瑟琳的疼爱和睿智的挽救。

心态不同，不妨换个角度思考，眼中的事物就会变得不一样。凯瑟琳改变了心态，从而改变了生活的方式，改变了人生的深度和高度。学会换个角度思考，这是人与人之间交往的基础。换个角度思考，以一颗宽容的心去理解对方，现实中将会少许多纷争，多许多美好。

生活并不会一直如意，困境、绝望和不如愿的事总有存在的理由。只要我们能换个角度，保持对生活的热情与信心，学会乐观宽容地活着，挖掘生活里的每一个希望，我们就能活得如意。

（陈春林）

他拿起一块钱："嗯，我想，现在一个奇迹大约就是这个价钱。我们去看看你弟弟，也许我有你需要的那个奇迹。"

奇　迹

［美］雪　兰/著　佚　名/译

朱莉亚望着襁褓中的弟弟迈克，他躺在婴儿床里不住地哭，屋子里弥漫着一股药味。爸爸妈妈告诉朱莉亚，迈克病得很重。她并不清楚迈克到底得的是什么病，只知道弟弟不太高兴，他老是哭，现在也是。朱莉亚轻轻抚摸着弟弟的小脸，细声细语地说："迈克，别哭了。"迈克果然不哭了，盯着姐姐看，眼里闪着泪花。她牵起他的小手，满是汗水的手指求救般地抓住了她的一根指头。朱莉亚安慰地紧握了一下。这时，她听到父母在隔壁房里说话。朱莉亚虽然只有六岁，但她知道，当大人压低声音说话时，就是在讨论重大的事情。朱莉亚很好奇，她亲了亲弟弟，踮起脚尖走到门边去。

"开刀太贵了，我们付不起，我最近连账单都付不出来。"这是父亲的声音。母亲回答："上天保佑，现在只能靠奇迹来救迈克了。"

朱莉亚感到疑惑："奇迹是什么？他们为什么不去弄一个来？"她跑进房间，从存钱筒里倒出了一块钱硬币，她要去买个奇迹给弟弟。朱莉亚跑进街对面的超市，收银台前人们在排队付账。好不容易轮到她了，朱莉亚把那枚攥得热乎乎的硬币递过去。收银员看见是个脸色红扑扑的小女孩，便弯下腰微笑着问道："小妹妹，你要买什么？"

"谢谢，我要买个奇迹。"

"什么？对不起，你要买什么？"

"嗯，我弟弟迈克病得很重，我……我要买个奇迹。"

收银员一头雾水，于是对周围的人说："谁能帮助这个小姑娘？我们没卖过什么奇迹啊。"

一个衣着体面的先生问："你弟弟需要什么样的奇迹？"

"我不知道，爸爸妈妈说迈克病得很重，他需要动手术。"

衣着体面的先生弯下身，拉着朱莉亚的小手："你有多少钱？"

朱莉亚说："一块钱。"

他拿起一块钱："嗯，我想，现在一个奇迹大约就是这个价钱。我们去看看你弟弟，也许我有你需要的那个奇迹。"

几个月后，朱莉亚看着站在婴儿床上的弟弟在高兴地玩耍。她的父母正和那位穿着体面的先生交谈，原来他是一位知名的神经外科医生。朱莉亚的妈妈说："大夫，我们还是不知道手术费是谁付的，您说是位不愿透露姓名的善心人士，他一定花了一笔不少的钱。"朱莉亚的妈妈一再要求大夫把医疗费用的账单拿给她看，好设法筹措支付这笔费用。大夫答应很快会把账单寄来。

几天后，朱莉亚一家终于收到了大夫寄来的信，打开一看是一张收费凭证单，上面写着：全部医疗费用我已经收下了——一块钱和一个小女孩的一颗爱心。

与你共品

当陷入困境时，人们总是盼望能有奇迹出现，把精力和时间都耗费在等待奇迹上，却不知奇迹应当自己用心去创造。

小说讲述了一个六岁的小女孩用一块钱和一颗纯真的爱心为身患重病的弟弟买回来一个奇迹——一位知名的神经外科医生无偿救助的故事。我们被这位医生无私的精神和小女孩纯真的行为感动着。虽然小女孩的行为是那么的荒谬，但正因为她这一荒谬的行为给她弟弟带来了奇迹，使得她弟弟活了下来。这告诉我们：金钱在美好的心灵面前显得那么的苍白无力。没有一颗美好的心灵，人就算有再多的财富，也只是徒有一层华丽的外壳，脱去这层外壳剩下的就是丑陋的内心。

现实生活中，很多人都把精力耗费在攫取财富上，却不知一颗真诚、纯真的心比所有的金银财宝都要宝贵。

（王秀金）

我们都知道玛丽根本就没有钱包。但出于仁慈和关心，我们大多数人还是会巧妙地安慰她说："放心，玛丽，如果我看到你的钱包，我一定会拿给你的。"

一个红钱包

佚　名/著　李　威/编译

我深深地懂得这样一个道理，那就是我们不应该去妄判他人。但是，一提到肯尼，我就发现要做到这点确实不容易。

我是一名夜班的主管护士，我的工作之一就是对在这所康复医院工作的工作人员的表现和业绩进行评估和考核。

肯尼是一位新来的员工。虽然他工作干净利落，严守纪律，而且还相当能干。但是，我却并不喜欢他。

肯尼看起来像是个小流氓。他言语粗鄙，举止恶俗，而且走起路来就像是一个拳击手一样摇摇晃晃。他的表情严肃冷漠，不苟言笑，就像是银行金库那冰冷厚重的铁门似的。他好像是在竭尽全力且又小心翼翼地掩饰着那种想要融入我们这所康复医院那高素质的职业队伍的愿望。

来我们这儿的病人绝大多数都患有不治之症且已到了晚期，或者就是一切疾病中最厉害最无药可救的，那就是衰老。他们来到我们这儿的时候，几乎就已经形同废人，不但不能行走，而且身体还极度虚弱；不但头脑一片混沌，而且还精神沮丧，再也不能去真正地感知世界了。

玛丽·B就是这样一个人。她今年94岁了，身体非常虚弱，就好像是一张在风中摇曳的蛛网一般，她比她的丈夫和姐妹们都长寿。

不仅如此，玛丽·B还有一个一直困扰她的问题，就是她总是认为有人拿走了她的钱包。而她呢，则不论白天还是黑夜，总是在寻找着，并且从未曾放弃过。当她的行动受到医护人员的限制不能到处乱跑的时候，她则会把她的轮椅摇到房间的门口，在那里她可以拦住每一个从走廊里走过的人。

“我的钱包丢到哪里去了呢？我的钱包丢到哪里去了呢？”

几乎每一天，玛丽·B都会不停地问这样一个相同的问题。开始的时候，人们还都满怀同情地听她诉说，但是到了后来，就再也引不起人们的注意了。

我们都知道玛丽根本就没有钱包。但出于仁慈和关心，我们大多数人还是会巧妙地安慰她说：“放心，玛丽，如果我看到你的钱包，我一定会拿给你的。”

不错，我们中的大多数人都会这样说的，但是，只有一个人例外。他，就是肯尼。每次他不但耐心地倾听玛丽那千篇一律的诉说，还会和她聊上一会儿。

“他究竟想干什么？”我的第一个怀疑就是他之所以到这儿来工作可能是想偷麻醉药。而且，我断定肯尼要把玛丽拖进他策划的事件中去。对这个猜测，我深信不疑，于是，我在麻醉药供应部加设了安全监控设施。

一天下午，就在晚餐开饭之前，我看到肯尼手里拎着一个专门装食品杂货的塑料袋，正沿着走廊向玛丽走去。很明显，塑料袋里装着东西。

“哼，果然不出所料！”我好奇地在暗地里跟随着他。

在他接近玛丽的时候，他突然回过头来，目光越过他的肩头，向身后张望着。见四周没人，他才又回过头去，注视着玛丽。然后，他抬起胳膊，把那个塑料袋伸到了玛丽的面前。我顿时屏住了呼吸，一动不动地注视着这关键一幕……直到肯尼从塑料袋里掏出了一个红色的钱包。

玛丽抬起她那苍老而又瘦骨嶙峋的手，就像一个饥饿的孩子拿起面包似的，一把就将那个红色的钱包抓了过来。她紧紧地抓着它，只是呆呆地注视着，片刻之后，她又把它紧紧地贴在她的胸口，摇着，晃着，就像是在摇晃一个婴儿似的。

这时，肯尼再一次转过身来，敏锐地环顾了一下四周。看到周围没有人在注意他们，他的脸上不禁流露出了欣慰的神色。接着，他弯下腰去，解开钱包的扣子，从里面拿出了一把红色的小梳子，一个小小的存放硬币的钱包，还有一副小孩子玩的玩具眼镜。

顿时，喜悦的泪水泉涌而出，恣意地流满了玛丽的脸颊。不管别人怎么认为，至少，我是这么认为的。而且，我的脸上也流满了泪水。

肯尼轻轻地拍了拍玛丽的肩膀，然后沿着走廊向他工作的地方走去。我低下头，默默地祈求上帝宽恕我……

那天，就在快要交班的时候，我走到了那扇护士的助手下班时通常都要经过的门旁。不大一会儿，肯尼拿着外套和收音机沿着走廊蹦蹦跳跳地走来了。

"嗨，肯尼，"我叫住他，问道，"在这儿工作感觉怎么样？你喜欢这份工作吗？"

肯尼惊讶地注视着我，然后，耸了耸肩，咕哝道："这是我迄今为止最喜欢的工作。"

"呃，对了，你有没有想过到大学里去学习护理，将来做一名注册护士？"

肯尼不以为然地"哼"了一声，道："您是在开玩笑吧？我是不会有那样的机会的。您不知道，如果护士的助手这门课程不是免费的，我也不可能得到这份工作。"

我知道他说的这些都是事实。

"对我来说，要想去上大学，除非有奇迹发生。"肯尼一边放下收音机，穿上外套，一边说道，"您知道，我爸爸是一个无业游民，而我妈妈又吸毒。"

我始终微笑着，直到他说完的时候，我才说道："奇迹正在发生。如果我能想到办法为你在学费上提供帮助的话，那么你愿意去上大学吗？"

闻听此言，肯尼惊呆了，他满怀狐疑地大睁着双眼凝视着我。就在那一刻，我眼中的那个小流氓一下子不见了，我看到了我希望看到的东西。

"愿意！"他答道。虽然，他的回答只有这两个字，但是却已经足够了。

"晚安，肯尼。"当他走近门把手的时候，我对他说道，"你的事情，我敢肯定会有办法解决的，放心吧。"

不仅如此，我还敢肯定，此刻，在医院西区的306号房间里，玛丽·B一定正静静地睡着，而她的双臂一定正紧紧地环抱着那个红色的钱包……

与你共品

不应该去妄判他人，这一道理很多人都明白，但能够真正做到这一点却很难。

小说讲述了“我”由于偏见差一点儿误会肯尼到康复医院工作是想偷麻醉药的故事，从肯尼为玛丽所做的一切中我们深刻地体会到了不可以以貌取人的道理。很多美好的东西并不是表现在外表上的，而是体现在内在里，以貌取人会使我们错过很多美好的东西。所以在对待人和事物的时候，我们不能只局限于它们的表象，而应该从本质上作分析，只有这样才能对它们做出最正确的判断。

人不可貌相，海水不可斗量。要真正认识一个人，就要深入地认识他的内心，而不能被他的外表迷惑。

（王秀金）

在离联邦政府军防线仅有1小时的路程时，突然出现了两个骑马的人。一个人举着手枪，开口逼着要钱；另一个把萨姆先生从车上拉下来。

云襟胸怀

［美］贾莱斯·凯瑟·莱斯特/著　郑声滔　罗　瑛/译

“我从来就不恨北方佬，最可恨也最让人诅咒的就是那场战争……”

我的姨妈贝蒂一讲起她的故事，总是用这句话开头。她的故事，在我还是个小孩时就听过了许多遍。

贝蒂姨妈住在弗吉尼亚州贝列维尔的一所旧房子里，每逢我们去看望她时，她都要讲她的这个故事。那时，尽管贝蒂姨妈快80岁了，但我可以想象到故事里她的音貌——刚刚20岁，长着一双亮晶晶的蓝眼睛，非常漂亮。

贝蒂姨妈完全有理由憎恨内战——南北战争，她的兄弟中有一位在葛底斯堡战场上战死，另一位当了俘虏。随后，她年轻的丈夫詹姆斯——南部联邦的一名军官——也被俘虏，关到了某地的一所不为人知的战俘营里。

9月下旬一个热天，贝蒂家从前的奴隶迪克·朗纳来到贝蒂家，告诉她一件奇怪的事。他在查看离范·米特家半英里处的一家农舍时，原以为那是一所空房子，但他却听到屋里有人的低声呻吟声，他随着呻吟声来到阁楼上，发现那里有一名受伤的联邦政府士兵，在他的身边还放着一支步枪。

贝蒂姨妈跟我讲起她第一次看到那个身穿污泥斑斑的蓝军服、长着胡子的人时，她总是说："我简直就像是步入了一场噩梦之中：令人作呕的可怕的绷带，吓人的血腥气味。孩子，那就是战争的真实写照。没有军号，没有战旗，只有痛苦和污秽，无可救药与死亡。"

在贝蒂看来，这个伤兵不是敌人，而是一个受苦受难和需要帮助的同胞。她喂他喝水，并设法洗干净了他那可怕的伤口。然后，她走出农舍，到外面去呼吸一点清凉的空气。她倚在房子的旁边，想到自己看到伤兵那只血肉模糊的左手和断裂的右腿时，竭力抑制因惨不忍睹的场面所涌上喉咙的阵阵恶心。

贝蒂在阁楼上发现伤兵的证件，她从这些证件中得知，他是弗蒙特州第11志愿参D连的中尉亨利·比德尔，现年30岁。她很清楚应该把这位联邦政府军官的情况向南方联邦的军队报告。但是，她也明白自己不会那么做。她是这样向我解释的："我一直在想，他是不是在什么地方有一位妻子等着他，盼着他，可又毫无音信——就像我这样。对我来说，唯一重要的也是要做的事情，就是让她的丈夫重新回到她的身边。"

由于贝蒂的精心护理和照料，重新点燃了亨利·比德尔身上奄奄一息的生命火花。要说药品，她几乎一无所有，而且她又不愿从南方联邦医院里少得可怜的医药用品中去拿。但她还是尽其所有做了最大的努力。

当比德尔的体力有所恢复时，他给贝蒂讲起他在弗蒙特州韦斯·菲尔德的妻子和儿女。当贝蒂讲起她的两个兄弟和丈夫詹姆斯的情况时，比德尔也仔细地倾听着，贝蒂姨妈总是给我说："我知道他的妻子一定在为他祈祷，就像我为詹姆斯祈祷一样。真奇怪，我觉得我和他妻子之间的感情是多么接近。"

在山谷地带，10月的夜晚变得越来越冷。骤降的气温加剧了比德尔伤口的感染，在一个黑夜里，贝蒂果断地将比德尔搬到她自家暖烘烘的厨房上面的一个秘密阁楼上。

但在第二天，比德尔发起高烧来，贝蒂明白她必须求人帮助，否则他就会死去，所以她就去找她的私人医生、多年的朋友——格雷厄姆·奥斯本。

奥斯本医生仔细地为比德尔做了检查，然后摇摇头说："几乎没什么希望了，除非能弄得到合适的药品。"

"那好，"贝蒂说，"我到哈珀斯渡口的北方军队那儿去弄。"

医生惊讶地看着她说："你简直是疯了！联邦政府军的司令部在20英里之外。即使你去了，他们也决不会相信你的话。"

"我要带上证据，"贝蒂说着，从阁楼上取下一份血迹斑斑的、上面盖有战时统帅部官方大印的证件，"这是他最后一次晋升的记录，我让他们看看这个，他们就一定会相信的。”

她叫医生列出了所需药品的清单。第二天清早，她就揣着清单启程赶路了。

她赶着马车走了5个小时，马要休息时她才停下来。当她终于赶到哈珀斯渡口并找到联邦军司令官时，太阳都快落山了。

约翰·D·史蒂文生将军听了她的叙述，仍不相信她的话。他说：“我们已经接到比德尔阵亡的消息。”

“他还活着，”贝蒂坚持说，“但是如果他得不到清单上的这些药品，他就活不了多久了。”

“好吧，”将军最后说，“我不想为了搞清这件事，而拿一个巡逻队的生命去冒险。”他转向一个下级军官说，“你负责让范·米特太太得到这些药品。”他并不怎么理会贝蒂的感谢，却说道，“不管你讲的是真是假，你都是一位勇敢的女性。”

有了贝蒂带回贝利维尔的药品，奥斯本医生将比德尔从垂危中拯救出来。10天以后，比德尔就能拄着贝蒂为他制作的拐杖一瘸一拐地走路了。

“我不能再这样连累你了，”比德尔对贝蒂说，“我现在的身体状况已经够棒了，可以走了。我想尽早回去。”

于是他们做了安排。由贝蒂的邻居和朋友萨姆先生用他的运货马车送比德尔回驻守在哈珀斯渡口的联邦政府军司令部。

他们将贝蒂的马和萨姆先生的骡一起套上车。比德尔躺在一个装满干草的旧木箱里，他的步枪和拐杖就在身边。

那是一个迟缓和漫长的旅程，差一点就功败垂成。在离联邦政府军防线仅有1小时的路程时，突然出现了两个骑马的人。一个人举着手枪，开口逼着要钱；另一个把萨姆先生从车上拉下来。贝蒂吓呆了，坐着一动也不敢动。就在这时，一声枪响，举手枪的歹徒应声倒地，一命呜呼，又一声枪响，另一个歹徒也倒地身亡。

是比德尔开的枪！贝蒂看着他放下步枪，掸掸头发里的干草。

“上车吧，萨姆先生。”他说道，“我们继续赶路吧！”

在哈珀斯渡口，联邦士兵们惊奇地盯着这位老农和这位年轻的女子看。当缺了一条腿的比德尔从装着干草的木箱里站起来时，他们更是惊愕不已了。

比德尔被送往华盛顿。在那里，他把自己的经历向战时陆军部长埃德温·M·斯坦顿作了汇报。斯坦顿给贝蒂写了一封感谢信，并签署了一项命令，要求把詹姆斯·范·米特从战俘营中释放出来。但首先必须找到詹姆斯。经过安排，由比德尔陪同贝蒂，查找贝蒂的丈夫。

有关文件记载，有个叫做詹姆斯·范·米特的曾经被送到俄亥俄州的一个战俘营。可是，当那些衣衫褴褛的俘虏们被带到贝蒂面前时，詹姆斯却不在其中。接着又查了几个战俘营，结果也是一无所获。贝蒂担心自己的丈夫已经阵亡了，但她还是拼命地控制住这种令人战栗不已的恐惧感。

后来，在特拉华堡，在靠近一排战俘的末尾处，一个高个子的士兵从队伍中走出来，蹒跚着扑向贝蒂的怀里。贝蒂拥抱着他，泪流满面。

亨利·比德尔拄着拐杖站在一旁，此时，只见他正悄然垂泪……

与你共品

小说讲述了贝蒂姨妈在战火纷飞的年代冒险救了敌军的军官，而她和丈夫也因此得以团圆的故事。

无心插柳柳成荫，也许贝蒂姨妈在救这位军官时根本就没想过要回报，但命运是公平的，最后她的丈夫回到了她的身边。俗话说有付出就会有收获，也许你并不能立即获得回报，也许你获得的和付出的并不相等，但可以肯定的是没有付出就一定不会有收获。

美国人本主义哲学家、精神分析心理学家弗洛姆说过：人并非为获取而给予；给予本身即是无与伦比的欢乐。给予是一种高尚的快乐，多给予别人一丝关怀，一份帮助，同时也获取一份真正的快乐。

（王秀金）

杰夫握紧了拳头，心中再次升腾起争斗的冲动，“我的距离比他近，角度也比他好，只要我抓拍的瞬间比他到位，这个职位还是我的。我一定要赢！”

生存游戏的意外结局

佚　名/著　思　维/译

杰夫是贫民窟长大的孩子，他和外婆在一间低矮的房屋里相依为命，靠每月定时发放的政府救济金生活。

当伙伴们在梦想能去迪斯尼乐园玩一次的时候，早熟的杰夫已经有了比他们更远大的理想：我将来一定要打拼出自己的一片天地，永远离开这个地方！

杰夫的努力没有白费，他大学毕业后，找到了第一份工作——一家报社的摄影记者。他终于走出了贫民窟，这一年他 23 岁。

同时被报社录取试用的还有一个叫迈克的年轻人，他也是摄影记者，两个刚踏入社会的小伙子很快有了竞争意识。主编严肃地坐在他们面前，说："我必须慎重地提醒你们，三个月的试用期很快就会过去，你们将有一个人被淘汰。能否保住这个职位，就看你们的努力了。"

杰夫和迈克对视了一眼，目光中充满了敌意。然而，他们的经验太少，求胜心又太强，转眼两个多月过去了，二人依然是个平手。

眼下正有一个好机会，一个主题为"关注被社会遗忘的少年"的摄影大赛正在举行，如果谁能拿出一幅惊世骇俗、激荡人心的好作品出来，并且获得大奖的话，毫无疑问将在报社扎下根来。

杰夫一直冥思苦想，希望找到一个好的拍摄素材，他忽然想到了自己曾经生长过的贫民窟。那里的很多少年，由于没有良好的生活环境和经济条件，不能像普通孩子那样健康地成长。很多人选择了盗窃、打架，甚至吸毒来耗费自己的生命，他们被称为社会的毒瘤，为大多数人所唾弃。

一个叫凯恩的吸毒少年引起了杰夫的注意。他大概十四五岁的样子，脸色泛青，目光呆滞，手臂上满是针眼，身体如同风中的蛛网一样脆弱。他白天浑浑噩噩地躺在一个废弃的仓库里吸毒，晚上就出去盗窃以获得吸毒的资金。

杰夫跟踪他到第五天的时候，看见了惨不忍睹的一幕：凯恩的毒瘾犯了。由于没有钱买毒品，他在地上翻滚着，号叫着，抓咬着自己的身体……过了很久，凯恩的神智好像清醒了一点，他踉踉跄跄地爬上了旁边一栋四层楼的老房子。难道他要自杀？杰夫的心中充满着疑惑，他毫不犹豫地跟了上去，躲在一个角落静静地观察着，同时调好焦距，对准了那个少年。

杰夫知道，如果他能拍到吸毒少年飞身坠楼的那一瞬间，将会成就一幅绝好的作品：一个贫民窟长大的少年，没有亲人的呵护，没有社会的关怀，没有受过高等教育，他是被社会遗忘的弃儿，他在自我放逐中选择了吸毒来麻痹自己，最终走投无路，将年轻的生命交付于蓝天。每个看到这幅作品的人，都必然会产生心灵的震撼。

杰夫的嘴角漾起一丝狡黠的微笑，他似乎看见了在与迈克的决定生存之战中胜利的微笑。"我不是义工，只是个记者，我的职责就是忠实地记录每一个事件，其他的都与我无关。"他这样为自己的行为辩护。

可是，杰夫心里也响起了另外一个声音："他要是真的跳下去了怎么办？他这样年轻，应该还有美好的未来啊！"

正在杰夫摇摆不定时，他吃惊地发现，对手迈克竟然拿着照相机站在了天台的另一边。"这个卑鄙的家伙，他一定是知道我有好的拍摄题材，唯恐我拍了比他好的作品，才跟踪我来这儿的。"

杰夫握紧了拳头，心中再次升腾起争斗的冲动，"我的距离比他近，角度也比他好，只要我抓拍的瞬间比他到位，这个职位还是我的。我一定要赢！"

凯恩正一步步走向天台的边缘。杰夫从侧面看见，他的眼神充满了悲伤和绝望。忽然，一行浑浊的眼泪从凯恩的眼中落下，不知怎的，杰夫忽然想起了自己年少时，在贫民窟感叹命运不公而流下的眼泪，他很能理解那种痛苦和无助，他们都是被主流社会抛弃的孩子，如果这时没人给他信心和鼓励，他是很容易对人生产生厌倦的。

想到这里，杰夫抛下照相机，不顾一切地扑了上去，紧紧地抓住已经下落的凯恩的衣角，半个身子几乎要跟着坠入楼下……他终于拉住了这个轻生的少年。围观的人群纷纷为这惊险的一幕松了一口气。救护车呼啸而来，带走了凯恩。

这次肯定是迈克拔了头筹，杰夫在从医院回来的路上黯然地想着，我可能要失去这个职位了。但是想到那个孩子可能从此远离毒品，被社会关怀，他又觉得很轻松。回到报社，他遇见了迈克，便故作热情地说："嘿，伙计，恭喜你！这次是你留下来了！"

"可我什么也没拍下来啊！"迈克望着杰夫吃惊的样子，笑着耸了耸肩，"在你冲向那个少年的一刹那，我就知道你比我强了。你为了把那个少年从死亡线上拉回来，自动放弃了这次绝好的机会。我输得心服口服，我愿意自动放弃这个职位。"

"嘿，迈克！"主编不知道什么时候走到了他们身后，他兴奋地拍着迈克的肩膀说："警察局打来电话要我转告对你的谢意。原来第一时间打电话去叫救护车，还有通知警察局的人是你啊。这次我们报社名声大振，出了两位救人英雄，并且掌握了第一手现场材料，这都是你们的功劳！希望你们两个人同心协力，一起为报社的发展而努力！"

两个竞争对手相视一笑，击掌庆祝。他们的同事们为这个意外结局而鼓掌。

与你共品

小说讲述了两名记者为了能继续留在报社工作而相互竞争，最后经过凯恩自杀事件后，两人得以一同留在报社工作的故事。

当凯恩飞身坠楼的一瞬间，杰夫放弃了留在报社的机会而把凯恩救起，这令我们对他肃然起敬。当利益与道德发生冲突时，很多人都会难以选择，有人会选择利益，也有人会选择道德，但利益是外在的东西，随时都会改变；而道德是内在的，会永远跟随着你。在利益与道德对立的情况下毅然地选择道德，这是一种品质，一种不可替代的品质。

希腊有句谚语：道德是永存的，而财富每天都在更换主人。希望人人都可以永远地记住这句意味深长的话语。

（王秀金）

男人的鼻子酸了酸，他坦白说："我是个才出狱的惯偷，很多人都对我充满厌恶和鄙视。只有你的孩子对我微笑，你对我毫无戒备。"

一个惯盗的温馨冬夜

佚　名/著　慕　诗/编译

傍晚，暴风雪已开始弥漫整个荒原。远远走来的男人衣衫单薄，在荒野里艰难地沿泥泞小路前行。看见前方小屋透出的光亮，他并不特别兴奋。前一天，他曾在沿途三个小镇请求过借宿，可主人一看到他的样子，要么找借口推托，要么连门都不打开。

男人叩了几下门。片刻，一个年轻妇人开门。她有些惊讶地问："是托马斯医生吗？我是和你通电话的斯丹妮太太，这么大的风雪，还以为你不能来呢。"

女人一边说话，一边伸出一只手试探着在空中摸索。男人心里松了口气——原来是个盲妇，含糊地答应了一声。斯丹妮太太领他走到楼上的卧室，里面的摇篮里躺着一个小婴儿，面颊呈病态的绯红。从所有这些迹象看，男人判定屋子里除了斯丹妮太太和这个婴儿，再没有其他人了。他心里有了个念头：太好了，也许我有机会干点什么。

当然，男人还记得斯丹妮太太对自己的称呼，便用手摸了摸孩子的额头。他尽量放缓语气说："孩子是有些发烧，不过没关系，我来想想办法。"说话时，他的眼睛扫视到堆在茶几上的几瓶消毒酒精和药棉。

起初，男人只打算用酒精搽拭孩子身体糊弄几下。然而，被男人粗糙的手触摸到的孩子忽然睁了一下眼睛，看见陌生的脸，竟然没有惊怕，反而甜甜地朝他笑了笑。斯丹妮太太说道："她父亲是中学校长，为救两个溺水的学生死了。"男人脱口而出："小家伙笑得真可爱。"

斯丹妮太太很自豪地应道："她父亲在世时说那是天使的笑容。"听了这话，男人下意识地放轻了动作，仔细地搽孩子柔软的身体。她大概闻到了酒精的味道，问："怎么？不给孩子打针吗？"

男人张了张嘴，脑子飞快地转动着，解释说："孩子太小，这种方法要温和些。"酒精的退热作用很快就表现出来，孩子不再那么烫，甚至还吃了一点牛奶。斯丹妮太太开心极了，她摸索着下楼到厨房准备犒劳医生。

男人开始迅速地满屋子搜索，终于，在楼下小客厅壁柜顶的一只漆盒里找到一卷钞票。如果按他从前的习惯，一定会尽收囊中。这次不知为什么，拿钞票的瞬间他想起斯丹妮太太的小婴儿，迟疑片刻，把几张小面额钞票还回盒子里。

男人准备翻壁柜下边的一个抽屉时，客厅的电话忽然响了。他吓了一跳，刚想躲开，斯丹妮太太已经走进来。她背对着男人，语气依旧很和蔼："谢谢您惦记孩子的病。什么……请放心，我会照顾自己和孩子的。"

男人退出去的时候碰倒一把椅子。响声惊动了斯丹妮太太，她立刻顺着声音转过身，热情地说："啊，托马斯医生，晚餐就快好了。"男人听了，马上说："不用麻烦了。"斯丹妮太太摇头道："这么大的雪，你根本走不了啊。"

这时，男人忽然望见窗外后院的车库，眼睛立刻一亮。他急忙问："呃，太太，如果你家里有车的话，或许我能赶回去——要知道，还有别的病人在等着我。"斯丹妮太太恍然微笑起来，说："我差点忘了，我丈夫有一辆车，不知还能不能开。"男人喜出望外，凭他的本事，把车摆弄好是不成问题的。就在男人准备走的时候，斯丹妮太太在身后叫住他，说："请等等，即便不吃晚餐，我也不能不付你的出诊费。"她一边说一边摸向放钱盒的壁柜。男人手疾眼快地冲过去，拦在斯丹妮太太面前说："不必了，太太，我、我只不过尽了自己的职责。"斯丹妮太太虽然看不见，却能感觉到男人的坚持。她稍微想了想，伸手拉开壁柜的抽屉，拿出一样东西说："那好吧，但我要送你一样小纪念品——它是我丈夫的遗物。"

斯丹妮太太边说边拿出一个做工精致的领带夹，看质地应该是纯银，而且镶有美丽的珐琅绘花边。男人知道那应该还值一点钱，而且他能顺理成章地拿走。可是，他舔了舔嘴唇道："不，我不能拿属于你丈夫的东西，它太珍贵了。"斯丹妮太太笑道："我丈夫曾经是个浪子，在所有人都对他失去信心的时候，一个中学老师送给他这个领带夹，并说要求的回报就是——自己把东西送给一个好人。"

男人听得出斯丹妮太太话里的意思："你——对我起了疑心，是吗?"斯丹妮太太回答："刚才朋友打电话来，说托马斯医生早上在出诊的路上摔断了腿。"男人奇怪地问："既然知道一切，你还送我领带夹?"斯丹妮太太说："从你照顾孩子的举止，我能感觉到你不是坏人。"

男人的鼻子酸了酸，他坦白说："我是个才出狱的惯偷，很多人都对我充满厌恶和鄙视。只有你的孩子对我微笑，你对我毫无戒备。"斯丹妮太太安静地听罢，拉过男人的手，将领带夹塞过去说："好吧，那我就把它送给一个重新开始做好人的人。"

这一次，男人没有推辞，他将领带夹放进贴身的口袋，然后对斯丹妮太太说："赶紧把孩子包裹好，我开车送你们去最近的村子找医生——酒精退热只能维持一段时间。"

黑夜笼罩着荒原，小车在漫天风雪中向远方疾驶而去。在这个最寒冷的季节里，有一种温馨的情愫正在那男人心中环绕。

与你共品

盗贼并非改不了偷窃的贼心，而是世间少了爱，少了信任和温暖的微笑。对于盗贼，与其日夜防着，不如促其改之。

一个处处让人防范的惯偷，在斯丹妮太太的信任和婴儿的笑容感染下，良心发现，痛改前非。这一事例形象地折射出人性只会一时缺失，并非无药可救的事实。人性本善，黑色的恶蔓延过善良的白纸，表面全是恶，而真善已被隐藏。唯有掀开其表面，显示其实质并净化之，才能使善良之心萌发出新的光芒。

莫让时间的盗贼，偷走内心的善良。行为的缺失，还可以弥补，若是信任感和善的本性丧失，其后果不堪设想。

（张雪贞）

亨利慌慌张张地从背包里拿出那张印有广告的旧报纸："可是……如果马克先生已经去世了30多年，那么这则广告从何而来?"

华菲大街136号

佚 名/著 古 古/编译

从小到大，亨利对书籍的渴望从来没有中断过，他梦想能成为一位作家。可即便这样，这位纽约大学的研究生，还是没能逃脱被解雇的厄运，成为了一名搬运工。

一天中午，亨利百无聊赖地翻着桌子上一张用来包裹工具的旧报纸，上面一个布丁大小的广告吸引了他："好书从不会折旧，我们之所以折价出售，是因为它值得更多人分享。"这个位于英国伦敦华菲大街136号的马克书店以极低的价钱出售旧书，亨利的眼睛开始炯炯发光——他一直对英国文学有着浓厚的兴趣，他决定邮购!

亨利把残破的报纸带回了家，忐忑地把邮费和自己的索书单按照地址投递了出去，同时寄去的还有一封信。在信中，他自嘲地说："现在，我总是左肩背着水泥袋，右肩背着大木箱，不知哪个肩膀能担负起自己的未来……"

两个星期后，邮递员带来了来自伦敦的包裹单。亨利激动地取回那一摞珍贵的旧书，每一本都让他爱不释手，特别是书里夹的那封意味深长的回信，更让他激动得久久难以平静："肩膀上再重的负担也不能影响你担负起自己的未来，因为理想要用心来担负……"信的署名是马克。

就这样，亨利和马克先生开始了关于书的通信。

在马克先生的鼓励下，亨利开始了文学创作。伦敦和纽约距离那么遥远，可马克先生对亨利的体察和关怀却如此真切，马克先生的存在使亨利不再怨天尤人。

曾经有几次，亨利凑足了路费，想飞去伦敦拜谒自己心中的圣地——华菲大街136号，却总是不能成行。有时是因为自己的工作安排不允许，但更多的时候是因为马克先生出差旅行，或者装修书店。这样的通信转眼就持续了二十年。

二十年后的亨利，已经是一家先锋文学杂志社的编辑。他一天比一天更热切地盼望能够亲手推开华菲大街136号的门，和亲爱的马克先生畅谈自己对文学的理解。

终于有一天，亨利获得了一次到伦敦出差的机会。他没有把自己的伦敦之行事先通知马克，他决定给马克一个惊喜。

亨利沿着华菲大街小心翼翼地向前走，好像怕打扰了自己与马克先生之间二十多年友情的宁静。他带着当年那张刊登着马克书店广告的残破报纸，和马克先生寄给他的一些书，数着每一栋建筑前的门牌号："……104、108……136!"136号！就是这个在亨利的信和梦中出现过无数次的门牌号，可就在亨利的目光找到它的那一瞬间，他脸上喜悦的表情突然凝固了——136号门牌旁，挂着一家咖啡店的招牌，而不是马克书店！

亨利不知道是自己的记忆出了错，还是伦敦的城市系统出了错。他疑惑地推开咖啡店的门，问服务生知不知道有一家马克书店，旁边一位拖地的老妈妈回答了亨利的问话："这里就是马克书店，不过那已经是三十多年前的事情了，我以前就在马克书店干活。"亨利愣住了，他结结巴巴地问："那马克先生呢?"老妈妈伤感地耸了耸肩："就是因为他去世，书店才会关门啊，马克先生可真是一个好人……"

亨利慌慌张张地从背包里拿出那张印有广告的旧报纸："可是……如果马克先生已经去世30多年，那么这则广告从何而来?"老妈妈盯着那张残破泛黄、没有日期的报纸看了很久，然后喃喃地说："凯特，她可是我们那时候的大明星，她死了也有30多年了吧……"

亨利的目光转向报纸上广告边的那条报道，那条死在30多年前的某个大明星的讣告终于道出了这则广告的秘密——这不过是一则旧报纸上的过期广告。

亨利的脑子轰的一片空白。那是谁与他通信二十年之久，还不断寄书给他呢？亨利艰难地控制着自己的平衡，走向大门。就在他拉开门的那一刻，一个声音在他身后响起了："亨利，你晃得很厉害，是肩上的水泥袋和大木箱太沉了吗?"

亨利转过身，收款台后面的那个女人用她湖蓝色的眼睛静静地微笑着望着他那一瞬间，亨利好像明白了什么，那个女人站起来，向他伸出了手："嗨，我是珍妮。"

这个开咖啡馆的女人，在第一次接到一个落魄青年写给马克书店的信的时候，为了帮他重树信心，跑遍了伦敦的旧书市场，有时还把高价买进的书低价卖给他，鼓励他不要忘记自己的理想……这份真诚的坚持使一个已经关闭的马克书店为了一个大洋彼岸的落魄青年重新开张，一开就是二十年。

一年之后，华菲大街136号出现了一家马克书店，和30多年前的那家马克书店一样，它用低廉的价钱向爱书的人们出售珍贵的旧版书籍，如果你幸运的话，也许还会收到书店主人的亲笔信函，署名是亨利与珍妮……

与你共品

异地的通信，二十年如一日的坚持，最终感化了生活中的失意者。心怀梦想，并努力实现，心存感激，进而报恩社会。

一则旧报纸上的过期广告唤起一名落魄青年对文学梦想的追求和热爱，他始终坚持自己的理想，最后在“马克先生”的鼓励和照顾之下实现了自己的理想。俄国著名文学家列夫托尔斯泰曾说过：“理想是指路的明灯。没有理想，就没有坚定的方向；没有方向，就没有生活。”

现今很多人对生活缺乏信心，放弃对梦想的追求，要想实现梦想，不管生活多艰苦也要尽自己最大的努力，坚持不懈。

“宝剑锋从磨砺出，梅花香自苦寒来”，人生之路不是一马平川的，困苦挫折难以避免，只要有理想这盏不灭的灯相伴，就能冲破迷惘，步入灿烂的里程。

（张雪贞）

艾美简直就不敢相信这个肮脏的醉鬼竟会是当初那个俊朗精干的年轻警官，短短六年中，他的变化居然如此之大。

66朵洛丝玛丽

佚　名/著　宋　文/译

苏格兰女孩艾美自小父母双亡，与弟弟瑞查相依为命。艾美16岁那年，她在纽约的姑妈邀请姐弟俩去美国度假，但厄运也就开始了：瑞查到纽约的第三天就遭遇了一次意外的抢劫。

由于情报组的信息错误，特警营救小组的负责警官霍尔在行动中，忽略了另一间房里的匪首和瑞查，只解救出四名人质，导致无辜的瑞查命丧于顽抗的匪首枪下。

传媒都把矛头指向了霍尔。在一片责难声中，霍尔警官默默帮艾美料理完瑞查的后事。艾美返回英国那天，霍尔特意买了11朵玫瑰放在了瑞查的灵柩上。那是一种叫做洛丝玛丽的水红色玫瑰，在古老的苏格兰语里洛丝玛丽的意思是“死的怀念”。霍尔笨拙地跟艾美说了声“对不起”，这是他这几天来跟艾美说的一句话，他甚至不敢正视艾美的眼睛，因为他觉得自己有着不可推卸的责任。

从此，每到瑞查的忌日，艾美都会收到11朵寄自美国的洛丝玛丽。那是霍尔，他还会在附言条上特别叮嘱艾美一定要将花放到瑞查的墓前。

一晃六年过去了，艾美又一次来到纽约看望姑妈。临走，她想起了内疚万分的霍尔警官，可当她来到警局，警局的人却告诉她，那次事件之后不久，霍尔就辞了职，没有了固定的工作，他开始酗酒，日渐消沉，最终他的妻子也离他而去……艾美听后，心中顿时生出一种寻找霍尔的冲动。

艾美花了近两个月的时间，才在特伦顿的一个小镇上找到霍尔，他独自居住在镇上小教堂的后院里，阴暗的旧屋凌乱不堪，他半倒在破旧的沙发上醉得不省人事。艾美简直就不敢相信这个肮脏的醉鬼竟会是当初那个俊朗精干的年轻警官，短短六年中，他的变化居然如此之大。

艾美退出小院，不经意间，她发现院子里竟种满了洛丝玛丽。教堂的神甫告诉她，每年夏天，在这些玫瑰开放的季节，霍尔都会将花剪下来放在小镇墓地的墓碑前，好像那就是他的工作，也只有那个时候他才是清醒的。艾美的心又一次被深深震撼了，她意识到自己必须做点什么……

很快，夏天来了，艾美又来到了霍尔的小院子里，满院子的洛丝玛丽争相长出了漂亮的花蕾，艾美站在院子的篱笆外。正在院子整理洛丝玛丽的霍尔，抬头意外地看见了艾美，当年16岁的少女已出落成一个亭亭玉立的大姑娘了。

“谢谢你这6年来送给瑞查的66朵洛丝玛丽，它们真漂亮。”艾美大方地绕过篱笆，笑靥如花地迎向霍尔。

“对不起，要不是我的失误……”霍尔自责道。

艾美淡淡地打断了霍尔：“事情可不是你想的那样。”说着，她拉着拘谨的霍尔向院子外面走去。

霍尔很快就被艾美拉到了教堂外的小广场，那里正在举行一个热闹的庭院聚餐会。艾美带霍尔走进去，一边兴致勃勃地为他介绍那些陌生客人：“这是哈德森先生，他是纽约的一个唱片发行商，有两个儿子在念中学，太太正怀着第三个孩子；这是吉米，小伙子刚从大学毕业，已经在一家证券公司做了三个月的经纪人；还有，那位是菲斯太太，曾经是个小野猫似的姑娘，可自从嫁给一个波士顿的律师之后就安分地做起了家庭主妇；噢，还有那边跟女孩子们逗乐的鲁，他是个演员，下个月有出新戏要打进百老汇……”

“嘿，等等，等等，这与我有什么关系吗？”霍尔不解地扭头问艾美。

艾美眨眨眼答道：“天啊，你不记得他们了么？他们是当年你从匪徒枪口下救出的那四个人质呀。”

霍尔有些恍然，但他抑郁的神情并没有因为这个欢乐的场面而开朗起来。他低声道：“可是瑞查不在这里，我不能逃避自己的那份责任。”

“是的，瑞查永远不会在这里了，但这不能成为一个人失去自信和消极生活的理由。”艾美走过来，握着霍尔的手温和地说，“你看，不正是因为你当年果断地营救，他们才能活着，而且活得这么快乐，这么健康。如果对死者的怀念会给生者的心灵笼罩阴影的话，那么，66 朵洛丝玛丽将失去它们真正的价值。”

霍尔没有说话，他扫视着喧哗嬉笑的人群，慢慢地，两行热泪滚出他的眼眶。艾美长长舒了口气。尽管身边的霍尔还穿着满是油渍的旧夹克，脸上也胡子拉碴的，但他的眼睛已经开始恢复神韵。忽然间，他想起了那些洛丝玛丽，六月的洛丝玛丽多美呀，但一切都会随季节淡去。

是啊，漂亮的洛丝玛丽，对死者最好的怀念就是笑对缤纷人生。

与你共品

一个意外的失误，让一个优秀的警官因心怀愧疚而消极生活，这无疑是场悲剧。

小说描述了一名优秀的警官，因为一个小小的失误，最终导致一名人质死亡，因此背负上无形的心理压力，沉沦而不可自拔，终日以酒作伴，虚度光阴。66 朵洛丝玛丽暗示着主人翁沉重的负罪感，但也说明了他内心还有一线对生活的希望，然而对死者最好的怀念就是笑对人生。

挽救他人的生命而堕落自己的灵魂，那是无言的悲剧。沉沦于过去的失败而对生活失去信心和勇气，那是生命的悲哀。只有心中存有希望，笑对人生，克服困难挫折，让生者敬佩，让死者安息，我们活得才有意义。

（张雪贞）

“我不是那个意思。”老人说，“请听我说。得到你的帮助实在无以回报，我决定只要你在这里，每天早上都来为你吹奏笛子。”

吹笛子的老人

［韩］柳时和/著　陈香华/译

“老婆在去年死了，留下 5 个嗷嗷待哺的孩子，家里什么吃的都没有。”为了卖一支笛子，卖笛子的老人对着陌生的我描述家里的窘况。虽然喜欢印度笛子音乐，但老人用竹子做的笛子相当粗糙，让人实在没有购买的欲望。或许是一开始没有拒绝，他继续缠着我不放。

“这是很好的笛子，你在印度其他地方，绝对找不到这种真正的笛子。家里最小的孩子正在发烧，没钱医快要死了，拜托买一支，我算你便宜一点。”

明明知道是谎话，但我看着他说：“是不是连房租也缴不起，被房东赶出来了？”

“天啊！你是怎么知道的，我们真的是流浪在街头。求您做做好事，买一支吧！”

“当然，一个礼拜里你一支也没有卖出去吧！”

“对啊，即使知道是好笛子，但除了你以外，又有谁会买呢？”

老人说完以后，为讨我的欢喜，马上拿起笛子吹奏起来。不知是否因为长期卖笛子，老人吹笛子的技艺甚为精湛。悠扬凄凉的笛声在恒河江边落日的映照之下，竟教人有些感动。

在这之前，我到印度旅行时都会买几支笛子。别看卖笛子的人信手拈来吹得很容易，买回家以后，可能是技术太差，往往怎么吹都吹不出声音来。有了前车之鉴，我不想再买一支多余的笛子，便决定施舍给老人 10 卢比。然而从口袋里掏钱时，却跑出 100 卢比的纸币。就在我犹豫的瞬间，纸币已经到了老人手中。老人拿到钱以后，马上合掌跪地磕头：“感谢您！神一定会记得您，您的恩惠终生难忘！”

想要拿回钱已经太迟了，白白损失 100 卢比，虽然不是滋味，但也只好勉强露出慈悲的笑容。老人意外地获得一笔钱财，跟在我后面道谢，我挥挥手合掌向他示意快走。

回到寄宿的旅馆，由于没有什么事情，早早就上床睡觉。天亮之前，耳边忽然传来一阵笛子的声音。

揉揉睡眼惺忪的双眼，我打开窗户往外看，阳台下老人正吹奏着笛子。老人一看到我就举手招呼，接着马上演奏像是印度人习惯在早晨听的传统音乐。昨天才给了他 100 卢比，没想到今天一大早又跑来要钱，我不禁有些生气，立刻把窗户关上。

老人得寸进尺的举动，让我一下子睡意全消。关上窗户后，优美的笛声仍然继续不断，我慢慢地穿好衣服，想着如何回应以免再受到纠缠。老人看到我走出来，对着我合掌道早安。我表情严肃地说：“老先生，你说说看，昨天不是才给你钱，怎么可以又跑来要呢？我根本不想跟你买笛子，快离开这里吧！”

“我不是那个意思。”老人说，“请听我说。得到你的帮助实在无以回报，我决定只要你在这里，每天早上都来为你吹奏笛子。”

听到老人诚恳的回答，我才发觉错怪了他。老人没有撒谎，也不是来讨钱，他只是想要表达心里的感谢而已。

老人没有食言，自那以后一连5天，他早上都来到我在恒河江边的住处，吹奏着优美的笛声。而我每天清晨在笛声中醒来，打开窗户，看着灿烂的旭日自恒河升起。老人的音乐，让我迎接充满活力的一天。

微不足道的100卢比（约合人民币20元），让我得到了最好的礼物。老人教导我，即使受到别人一点小恩惠，也要懂得回报，生活虽然清苦，却能拥有富足的心灵。

由于老人的心意，我能自豪地说，有谁比我经历过更多彩多姿的印度旅行呢？据我所知，即使是元首访问印度，也没有像我这样在清晨享受到笛声晨叩的礼遇吧！

与你共品

有种恩惠无以为报，有种真诚动人心脉，100卢比微不足道，但感恩的笛声却是无价的。

小说叙述了一位印度老人被贫穷所迫，靠卖笛为生，作者本无意买笛，不慎掏出了100卢比施舍给老人，老人坚持天天为他奏笛作为回报。老人真诚的感恩之情，让人感动。无意的施舍却换来感恩的心。感恩是精神上的一种宝藏，是灵魂上的健康。感恩的人，心中充满阳光，即使有雪花飘落，也会融化。

生活清贫，但只要心灵富足，人生就有了意义。不以恶小而为之，不以善小而不为。人要懂得感恩，恩惠虽小，但能帮助他人渡过难关，则是最大的恩惠。

（张雪贞）

“但是，他衣衫褴褛的样子实在标致极了。”特拉佛说，“我是不会画他衣冠楚楚的样子的。然而，我会将你的建议告诉他。现在，告诉我，劳拉怎么样啦？老模特对她十分感兴趣。”

乞丐

［英］奥斯卡·王尔德/著　佚　名/译

哈杰·厄斯金长得非常英俊潇洒，人们都很喜爱他。他从来不说别人的坏话。但是他不太聪敏，而且一直是个穷光蛋。他不断地变换工作：他一度在证券所工作过，但只维持了半年；他贩卖茶叶的时间超过了半年，但是很快就厌倦了；之后，他又尝试了经营雪利酒，可又失败了。最后他干脆放弃了所有的工作，仅以他大姨每年给他的两百英镑糊口。

现在，他爱上了退役陆军上校的女儿劳拉·默顿。他俩非常般配。当然他俩都没有钱。上校虽然喜欢哈杰，但不同意他俩结婚。

“孩子，当你拥有1万英镑的时候，你再来找我。那时我们再谈这件事。”上校经常这样说。可怜的哈杰，他简直太不幸了！

一天早上，哈杰要去见劳拉，途中他顺便拜访了住在附近的好友艾伦·特拉佛。艾伦是名画家，他天资聪颖，画的画也非常畅销。

哈杰进屋时，特拉佛正在完成一幅和真人一样大小的乞丐画像。做模特的乞丐站在屋子角落一个平台上。乞丐很老，弓腰驼背，满脸皱纹，一副可怜巴巴的样子。一件破破烂烂脏兮兮的棕色大衣斜搭在肩上，笨重的靴子满是钉子，破旧不堪。乞丐一手拄着粗糙的木棍，一手伸出帽子作讨钱状。

“模特很棒啊！”哈杰边和朋友握手边低声说。

“模特很棒？”特拉佛大声叫道，“一点不假！像他这样的乞丐不是想见就能见到的。”

“可怜的老头！”哈杰说，“他的表情多哀伤啊！”

“当然。”特拉佛应道，“乞丐的表情不应该是快乐的，对吧？”

“模特能挣多少钱？”哈杰问。

“一个钟头10便士。”

“你一幅画能卖多少钱？”

“这幅画能挣两千英镑！”

“哎，我觉得模特应该得到其中一部分。”哈杰笑着叫道，“他和你一样辛苦。”

“瞎扯！瞎扯！嗨，看看这幅画多麻烦，我得整天站着。这事跟你说不明白！现在求你别讲话了。我忙得很。一边去抽根烟，安静一会儿。”

过了会儿，一个佣人进来告诉特拉佛做画框的人想和他谈谈。

“别走开，哈杰。我一会儿就回来。”他说着就走出屋外。

老乞丐在身后的一个木凳子上坐了下来。看到他如此孤独忧伤，哈杰禁不住大动恻隐之心。他摸了摸口袋看看自己还有几个钱，结果只找到了仅有的一镑金币。

“真可怜！”他思忖着，“他比我更需要这一镑金币。”于是他走过去，将金币塞在乞丐手中。

老头腾地跳了起来，嘴角滑过一丝微笑。

“谢谢，先生！”他说，“谢谢！”

这时，特拉佛回来了。哈杰说了声再见就离开了，心里总觉得刚才做了一件傻事。

那天晚上11点钟，他去了帕莱特俱乐部，发现特拉佛独自一人在那喝酒。

“喂，艾伦。你那幅画完成了吗?”他问道。

“画好了，也装裱好了，伙计。”特拉佛说，“知道吗?你见过的那老模特非常喜欢你呢！我不得不告诉他你的所有情况——你是谁，住哪儿，挣多少钱，将来打算干什么……”

“我亲爱的艾伦!”哈杰叫道，“我家旧衣服成堆——你觉得他会要几件吗?唉，他身上的衣服几乎快成碎片了。”

“但是，他衣衫褴褛的样子实在标致极了。”特拉佛说，“我是不会画他衣冠楚楚的样子的。然而，我会将你的建议告诉他。现在，告诉我，劳拉怎么样啦?老模特对她十分感兴趣。”

“你该不会把劳拉的事情告诉他了吧?”哈杰叫道。

“我当然跟他讲了。上校、可爱的劳拉以及那1万英镑的事，他知道得一清二楚。”

“你把我的隐私全对那老乞丐说啦?”哈杰大声叫着，气得满脸通红。

“我的好伙计!”特拉佛笑着说，“你所说的那个‘老乞丐’实际上是欧洲最大的富豪之一，即使明天买下伦敦城，他也不会缺钱花。”

“你到底是什么意思?”哈杰叫道。

“我是说，”特拉佛说，“你今天见到的老头是豪斯伯格男爵，他是我的一位老朋友，买下了我所有的画。一个月前，他要求我把他画成乞丐。既然他给了钱，我也就不好拒绝。我敢说，他是一个相当了不起的模特。”

“豪斯伯格男爵!”哈杰叫道。“我的天啊！我给了他1磅金币!”

“给了他1磅金币!”特拉佛捧腹大笑。

“你早就应该告诉我的，艾伦。”哈杰生气地说，“不该让我当傻瓜。”

“嗯，真没想到你会走过去向他施舍金币。”特拉佛说，“真的，你刚进来时我真不知道豪斯伯格是否愿意让你知道他的真实身份。”

“他一定会认为我是天下最大的傻瓜!”哈杰说。

“绝对不会！你走后，他笑个不停，还不断地搓着一双老手。当时我真搞不懂，他为什么对你那么感兴趣。这下我总算明白了。他要为你的金币投资，哈杰。每半年支付一次利息。茶余饭后，他一定会与朋友们一起分享这个动人的故事。”

哈杰闷闷不乐地回了家，而特拉佛仍然笑个不止。

第二天早晨，他正吃早饭时，佣人送来一张名片，名片上写着：“古斯塔弗·纳尔丁先生——豪斯伯格男爵的信使。”

“我猜他的来意是要我道歉。”哈杰暗想，接着告诉佣人有请来访者。

一位戴着金丝眼镜、头发灰白的老绅士进了屋子。

“我打豪斯伯格男爵那儿来。”他说，“男爵他——”

“先生，我请求您转达我对他最真诚的道歉！”哈杰高声说。

“男爵，”老绅士笑着说，“要我将这封信送给您！”他说着就递过来一只封了口的信封。

信封上写着：“给哈杰·厄斯金和劳拉·默顿的结婚礼物——一名老乞丐敬上。”信封里装的是一张1万英镑的支票。

与你共品

钱，真的能换取世间的一切东西吗？退役陆军上校用1万英镑来衡量自己女儿的婚姻，而哈杰则用自己的善良赢得了1万英镑。显而易见，世上有比钱更重要的东西，那就是一个人的善良。

小说的结局出乎意料，但又在情理之中。“老乞丐”的双重身份为哈杰的善良买了单。人之初，性本善。可是在经历了太多的锤炼之后，我们在学会坚强的同时也逐渐丢失了最初的善良。世界很美，不仅是因为有春的烟波画船，有夏的朝云暮卷，有秋的云霞绚烂，有冬的冰肌玉骨，更是因为有善良的滋润，有关爱的呵护，有理解的支撑，有祝福的陪伴。善良是无价的，无法用金钱衡量。

古话说，但行善事，莫问前程。珍爱善良，拥有善良，撒播善良，那么，你将会开出一树灿烂的红花，既使自己美丽，也使别人温暖。总之，上帝是不会亏欠善良人的。

（张雪）

当驻军离开时，约瑟夫与艾维尼互留了家乡地址，他们相约如果能活到和平到来的那一天，一定互相走访，再叙友谊。

半个世纪的约定

［美］凯利·马斯汀/著　佚　名/译

那是1940年的冬天，在埃及的西迪巴拉尼小镇，意英之间有一场著名的战役。当英军占领了整个阵地，并从西面切断地中海沿线的公路时，意军便兵败如山倒了。胜利的英军正忙于清点数量庞大的战俘的时候，一个名叫约瑟夫的英军炊事班的小伙夫，正像往常一样前往驻地仓库准备食物。就在推开仓库大门的一刹那，约瑟夫看到在蔬菜架的后面有一个黑影艰难地躲闪了一下，然后就不动了。

走近之后，约瑟夫才发现那黑影是个穿着意军军服的少年，因为伤势严重和刚才的惊吓，已近昏迷。那一刻，约瑟夫十分犹豫，很显然，躺在自己面前的是敌军的一分子，理应报告上级，可这少年也将必死无疑。随着时间的推移，一种深深的怜悯油然而生，约瑟夫决定把这个少年先藏起来再说。

约瑟夫偷偷找来一些牛肉，熬制了一小锅浓汤喂那少年喝下。也许是年龄相近，再加上都会一点法语，他们俩渐渐熟悉起来。少年名叫艾维尼，来自意大利北部的伊夫尼亚镇，刚满 17 岁就被迫参军作战，与他相依为命的父亲也被人杀害了。艾维尼对约瑟夫说："你知道吗，就在我知道快死的那一刻，你喂我喝了一勺牛肉汤，那种又香又暖的感觉一下子把我拽了回来，让我想起了家乡，想起了父亲。"

在约瑟夫的帮助下，艾维尼在小镇的硝烟中藏了整整 14 天。当驻军离开时，约瑟夫与艾维尼互留了家乡地址，他们相约如果能活到和平到来的那一天，一定互相走访，再叙友谊。

战争结束后约瑟夫回到了故乡，发现亲人早已离散，于是动身前往意大利寻找艾维尼。而在伊夫尼亚镇，他被告知艾维尼早已战死沙场。落寞中的约瑟夫突然做了一个决定，就留在这个小镇上，以卖牛肉汤为生。

转眼半个世纪过去了，约瑟夫携妻子回到英国故乡。在镇上最好的餐馆里用餐时，一位老人摇着轮椅来到他桌边，轻轻地问："您是本地人吗？您可参加过二战中的西迪巴拉尼战役？"

约瑟夫有些不解地说："的确是这样，可您是怎么知道的呢？"

那老人显得有些激动了："您曾在那个埃及小镇上遇到过一个名叫艾维尼的意大利少年吗？"约瑟夫惊讶得一下子站了起来："难道你是……"

老人点点头喃喃地说："五十多年了，我逃出西迪巴拉尼的路上被一颗炮弹炸断了双腿。抢救我的医务人员只在我身上找到写着你家乡地址的字条，所以当我再一次逃离死神后，发现自己已经被送到这里了。我想这可能是上帝的安排吧，就留在这里开了一家餐馆，卖你曾经用来救我的牛肉汤。每一个前来用餐的客人都会被要求签名，而每一个与你同名的客人我都会亲自询问，这一问，居然就过去了五十年……"

一年后，约瑟夫和艾维尼一起在当年患难相交的埃及小镇开了一家牛肉汤餐馆，用这平凡温暖的食物来纪念他们跨越了半个世纪的友情，以及穿越了残酷战火硝烟的温暖人性。

与你共品

一场战役中，约瑟夫救了他的敌人艾维尼，并与之建立了一段深厚的友谊，延续了半个世纪的约定。一碗平凡的牛肉汤，见证了他们跨越半个世纪的友情，见证了那超越了残酷战火硝烟的温暖人性。

小说情节一波三折，形象而生动地塑造了两个充满人性的主人公。一段诞生在战争中的友谊告诉我们，人类本来就是一个大家庭，战争不应该发生。盛开在战争中的友谊之花，美丽而感人，轻轻吟唱出一首超越国界的友谊之歌。

战争无情，人有情。生活在地球这块土地上的人都是兄弟姐妹，相亲相爱才是最好的相处之道。

（张雪）

然后，布莱第知道他要怎么做了，其实他一直都知道的，只是不敢承认罢了。两个男人在汪洋大海中坐在一艘救生艇里，他们根本不可能敌得过暴风雨。

飞行员的抉择

［美］亨特·米勒/著　佚　名/译

冒险在大海上降落是对的吗？在两百尺高的地方，救援机从暴风雨中颠簸地逃出，然后在汹涌的海面上平稳下来。布莱第瞥了一眼他同伴的忧虑的脸，然后想，他又要拿其他机员的命冒险了，就像以往一样。救援小组还要过一百里以上才能到达出事地点。两个小时前，一架升往檀香山的班机坠机了。只要风向一转变，只要救援过程出了问题，回到他们在阿第拉的基地的风险就愈高。前面，白色的浪头不停地翻涌。一里外，另一阵暴风雨正在云端伺机而动。五分钟后，水淹上挡风板，雨也打在机翼和机身上。飞机冲出暴风圈，冲向距海面不到三百尺的地方。布莱第觉得有人猛拉他的飞行装。从走廊看过去，他看到通讯室里的通讯员正对着他大叫："收发器坏了，我们没办法联络基地。"

布莱第往下看。

"最好把它修好，我们会用到。"

在前面的某个地方可能有一艘黄色的救生艇在沉浮，但在他们后方，布莱第知道暴风雨正移向基地阿第拉。海浪开始冲击那环形小岛边缘的暗礁了。布莱第转向他的伙伴，泰勒。

"你想，我们走了多远了？"布莱第问。泰勒检查在他膝上的地图。

"大约在北边五十里，我想。"

位置只是个猜测。现在猜错五十里，到他们到达出事地点，可能已经差了一百里。而且他还要考虑机上其他人员的生命。有一分钟的时间，他迟疑不决，但前面的海面似乎较平缓。

“我们最好重新订一个方向到出事区域。”他说。

一小时后，他们到达出事地点。海洋向每个方向平坦地延伸过去。他们搜寻第一个方向花了十分钟，在救援机上的每个人都紧张地望着浩瀚的灰色海面，想找到一艘十尺长的黄色救生艇。然后他们转向第二、第三，第四个方向。还有四个小时的燃料——但要飞回基地至少需要三个小时。大概还能再找两个方向。布莱第重新在他的座位坐好。差不多了，他们已经作了他们的工作——搜寻。他们尽力了。布莱第靠向椅背然后拉一拉他的飞行夹克。他想，外面变冷了。他往下看海面，强风激起了泡沫，他觉得很冷。当泰勒倾斜飞行要向最后一个方向搜寻时，他往前看了一眼。一阵红色的光射向灰色的天空，然后消失了。

布莱第在座位上僵了一僵，他拿过控制器并向那个地点前进。他向下飞到五十尺的地方，感觉到下面凶猛的浪正往上拍打着。飞机飞过救生艇再折回来，直到机舱里的人看到它为止。有个男人坐在艇上虚弱地向盘旋的飞机挥手，另一个男人脸向下躺着，动也不动。布莱第本来准备下令丢下补给品和另一个救生艇，却突然停了下来，补给品和救生艇作用不大，布莱第再飞低了些，到十五尺的地方，海浪拍打着飞机的外壳，他感觉到其他人员都在等他下令。只剩下他的决定，他的责任了。

任何活着的人都不会怪他丢下补给品然后飞回基地，他只需要报告救生艇的位置就可以了。二十四小时内一定会有一艘船经过这里，然后把他们救起来。有五个人在这个救援小组里，他有什么权利拿他们的生命冒险，在大海上降落？布莱第觉得他的皮肤拉得很紧，寒气甚至透进了他的飞行夹克里。要在下面的怒涛中将飞机安全降落似乎太离谱了。多了两个人的重量后，要重新起飞似乎更不可能，在这种天气下……有太多出错的可能了。他又看了救生艇一眼。在下面的男人不确定地挥了挥手。就在这时，一股浪涌进艇里，那个男人赶快放下他的手扶住救生艇。

然后，布莱第知道他要怎么做了，其实他一直都知道的，只是不敢承认罢了。两个男人在汪洋大海中坐在一艘救生艇里，他们根本不可能敌得过暴风雨。他必须帮助他们——毫无选择的。当他做手势下令要降落时，他感到海里的冷水溅到他身上——冰冷的。飞机降落到海面上时引起一阵颠簸。泰勒松开他的安全带爬到舱尾去。当一股浪扫过驾驶舱时，飞机又晃了几下。在舱里，通讯员和两个技师连脚都伸到水里了。他们试着要把机身外的洞封好，因为有一排螺丝松了。布莱第看到一条绳子被丢到救生艇上。另一阵大浪又冲上机舱，引擎也开始不稳地摇晃。布莱第敲一敲节流器才让它稳下来。舱尾幸好一切正常，但水还是愈来愈多。往后看，布莱第看到泰勒把第二个男人也拉上机，然后关上舱门。泰勒爬进驾驶舱，他的衣服都紧紧黏在身体上，他的手伸向节流器。

“人都上来了吗?”布莱第问。“是的，长官!”

“我们走吧!”当泰勒将节流阀往前推时，布莱第发现他们还是在水面上，飞机只穿过一道浪。然后，另一股大浪打在机身旁边，救援机就动也不动了。现在有七个人漂在水面上而非两个人了。外面，水几乎高到布莱第前面的窗口了。布莱第往后看，所有人都盯着他，他看一看泰勒，发现他僵坐在位子上，脸色发白，双眼盯着灰色的浪打上机首。每有一阵浪过来，机首就沉低一些。布莱第抓紧轮盘。

“快点，泰勒，节流阀。”

头两个浪很小，然后布莱第看到滚滚大浪正冲向他们而来，他感到一股恐怖的寒意。几乎是直觉反应，他滑动机身直到它跟大浪平行。大浪开始从机身下面散去，布莱第转动机身直到机首突出浪头，机身也脱离汹涌的大浪。当飞机开始有了速度，骑在浪上，局面才算控制下来。机首又抬得更高一些。然后有一股相反方向的急流冲向大浪，飞机就被抛进空中。它挂在水面有好一会儿，直到布莱第把机身稳下，并开始缓慢地爬向安全。在三百尺高的地方，布莱第把控制器交给泰勒。他往椅背一靠，才意识到他的腿很痛，还有他的夹克都湿透了。他发着抖强迫自己不要去想脚下那冰冷的水，还有刚才他们差点被淹死的画面。虚弱地，他走出驾驶舱。等他检查完生还者后，工作就算完成了——机尾，生还者中的一人正躺在铺位上，盖着一条毛毯。另一个人则拿起一杯咖啡凑到颤抖的嘴边。

“谢谢，军官，”他说，“很高兴你成功了。”

“对呀，我很高兴我们成功了，你的伙伴还好吧?”

“他正慢慢清醒过来。”

“别担心，我们先前已经救了一个医护兵回基地，大约三个小时后，我们就会到达阿第拉了。”

“你说哪里?”

“怎么回事?当然是到我们的基地阿第拉。”

那个男人盯着布莱第。

“你没有收到从基地传来的消息吗?”

“消息?”

“最后一个小时他们一直呼叫。一个海啸袭击了阿第拉——整个基地都淹没了。你的同僚几乎差点就没有及时离开那里。”

“我们的收音机坏了。”

布莱第伸直身子然后看着那个男人。

“但是，你们怎么得到消息的呢?”

“我们在救生艇上的收发器听到的。”

布莱第转身拖着自己回到驾驶舱。

“把地图给我，”他告诉泰勒。

“我们转向往约翰斯顿开。”

布莱第坐进他的座位，然后看着地图标着阿第拉的黑点。如果他当初取消了搜救，那么现在安全坐在后面的人还在救生艇里漂泊，无助地等死。他和他的同伴则很可能飞回基地，绕着那曾经叫阿第拉的地方盘绕回旋——没有收音机的信息，一直盘绕在空中。不再有基地的存在——只有像现在一样灰色的大海在他们脚下。一小时之后，他们会用光所有燃料，无法再飞到其他地方去。他们会不停地找寻阿第拉，直到他们的燃料用完——然后坠入海洋。布莱第想着，不禁发起抖来。现在，他们还有足够的汽油到约翰斯顿岛，只因为他们所救的人碰巧听到消息。布莱第想到一些他曾经念过的东西，跟飞行无关，却跟人与人之间的互相需求有关。

与你共品

俗语有道：“救人一命胜造七级浮屠。”飞行员布莱第赌上全机人员的性命，在暴风雨中，救下了两个身陷汪洋大海的男人。而正是这一举止，他从被救男子中得到了基地的最新情况，从而拯救了全机人员。

自古到今，无论国内还是国外，舍己为人的大无畏精神为世人所歌颂。俄国19世纪批判现实主义作家屠格涅夫说过：“人需要一颗牺牲自己私利的心。”是啊，只有发自内心地去帮助一个人，你才会收获到世界上最舒心的快乐。

好人必定会有好报。让我们伸出善意的手，共同打造一个充满爱的美好世界。

（张雪）

实际上，桑木大二郎自从在能登半岛W镇上见到古九谷瓷瓶至今，十年中简直是被迷住了心窍。他曾先后五次借口有公事跑到W镇，欣赏这个古瓷瓶。

古九谷瓷瓶

［日］井上靖/著 何少贤/译

桑木大二郎在能登半岛W镇看到一只古九谷小瓷瓶（指日本石川县南部九谷产的古瓷器——译者），还附有鉴定标志，证明是宽文（1661－1672）年代的珍品。这是十多年以前的事了。

那时，大二郎结婚还只有两三年光景，现在大女儿已经上中学了。他是因公司里的事，出差到W镇的。这是个渔镇，全镇弥漫着鱼腥味儿。他在一家古董商店不太整洁的橱窗里发现这只红花小瓷瓶时，异常惊奇，心想要是能亲手托着欣赏一下，那该有多美呀！

一问价钱，回答是500元。

“500元！”

对于月薪只有70元的他来说，价钱实在太高了。

“要是200元么，倒还可以……”“别开玩笑。在古九谷瓷器中，它也算是最古老的了，这可是我家的传家宝啊！”

一眼可以看出，这位四十开外的商人脾气执拗，即使让他减一分钱也不会答应的。

说起来兴许有些夸张吧。实际上，桑木大二郎自从在能登半岛W镇上见到古九谷瓷瓶至今，十年中简直是被迷住了心窍。他曾先后五次借口有公事跑到W镇，欣赏这个古瓷瓶。他越看越想买，然而对于工资微薄的他来说，那瓷瓶真不啻是悬崖峭壁上的一朵鲜花。

最近一次，即第五次看到那只古瓶，是在前年夏天。不管时代怎样变迁，唯有那只瓷瓶依旧装饰在临海的不太干净的橱窗里，只是十年前500元的价钱涨到了7万元。据物主说，十年中间，这里遭到过一次海啸袭击，近处失火一次，即便在这种时候，最先被抢出屋子的总是这个瓷瓶。在战争打得最激烈的时候，他还专门修了一座水泥防空洞收藏它呢。

从前年夏天至今的整整两年中，桑木大二郎在生活上节衣缩食，连旁人都觉得他实在可怜。这是由于大二郎已下定决心，说什么也得从本来就够拮据的开支中挤出7万元钱来。

为了能登半岛上的这只瓷瓶，他的妻子连尼龙围裙都舍不得买一条。大女儿竟连郊游也都不能去了。有时，大二郎也想过，这样做，大人孩子真可怜。可他自己也戒了烟酒，和同事的交际应酬之类的一切都给免掉了，为瓷瓶他什么都不惜牺牲。

这样，他好不容易凑齐了7万元钱，摆在那家古董店脏乱程度与当年无二的柜台上。

“其实，我也是最近才听说的，这东西是假的呀。前些日子，家父去世13周年那天，母亲告诉我，父亲在世时说过，那是假的，于是，我拿到金泽市，请大学里的先生鉴定，果真是假的啊！”

十年前满头蓬松的乌发如今一根不剩的店主，仿佛有些过意不去似的说完后，脸上泛起一丝苦笑。

大二郎一听说那是假的，顿时觉得瓷瓶黯然失色。但是，一想起这十年来的执著，这二年的苦日子，他还是想弄到手。然而，物主却执意不肯脱手，尽管得知它不是真品，对它有些漫不经心，却似乎依然对它怀有一种莫名其妙的偏爱。

结果，大二郎出2000元成交。这价格，比真货便宜，但比赝品要贵。当夜，他和店主把瓷瓶放在中间，一起对饮。不知为什么两人只是默默无言地举杯，直至皎月临窗。

与你共品

面对钟爱的事物，保存着一颗亘古不变的心是多么可贵。桑木大二郎倾其所有只是为了一个瓷瓶。一尊古九谷瓷瓶在一个爱它的人的心中从未散去，它留存的是美的信念，这跟它是赝品或是真品又有什么关系？

一个人追求一生的永恒，即是追求一生的美。每个人心中都有自己追求的东西，但是，在这个充满诱惑的社会中，能够为此喜欢、奋斗一生的，又有多少人？桑木大二郎的行为让我们在感动的同时也佩服着。喜欢了，就应该为自己的喜欢负责。所以，追求了，我们也应该为自己的追求买单，坚持不懈，为实现目标而努力。

美的事物，不一定就要拥有，只要留存着一份对美的敏感，对美亘古不变的心，那么，人人心中都会有着一尊象征美的古九谷瓷瓶。

（张雪）

天快要亮了，蜡烛也快要燃尽了。老妇人在地上到处找，终于找到了一片带锈的洋铁。她用瘦弱的手指使劲把这片洋铁弯成了半圆，插在蜡烛旁边的泥土中，作为挡风的屏障。

蜡　烛

［前苏联］西蒙诺夫/著　茅　盾/译

1944年9月19日，贝尔格莱德实际上已经拿下来了，只有萨伐河上的一座桥和那个小小的桥头堡还在德国人手里。

那个早晨，5个红军战士决定要偷袭这座桥。他们必须先爬过一块不很大的方场。方场上散布着几辆烧毁的坦克和铁甲车，有德国人的，也有我们的。只有一棵树还没倒下，好像有双魔手把它的上半身削去了，单留着一人高的下半截。

在方场的中央，我们那5个人被对岸敌人的迫击炮火赶上了。在炮火下，他们伏在地上有半小时之久。最后，炮火稀了一点儿，两个轻伤的抱着两个重伤的爬了回来。那第5个已经死了，躺在方场上。

关于这位死者，我们在连部的花名册上知道他叫契柯拉也夫，19日早上战死于贝尔格莱德的萨伐河岸。

红军的偷袭企图一定把德国人吓坏了，他们老是用迫击炮轰击方场和附近的街道，整整一天，只有短短几次间歇。

连长接到命令，要他在第二天拂晓攻占那座桥。他说，因此这时候不必去搬回契柯拉也夫的尸首，等明天攻下了桥再埋葬他吧。

德国人的炮火一直轰到太阳落山。方场的另一边，离其他的房屋几步远的地方，高高地耸立着一堆瓦砾，它的本来面目简直一点儿也看不出来了。谁也不会想到，这里头还有人住着。

然而在这堆瓦砾下边的地窖里，居住着一个叫玛利·育乞西的老妇人。砖瓦半掩着的一个黑洞就是那地窖的入口。

老妇人育乞西本来住在那座房屋的第二层，这是她死了的男人——守桥的更夫留给她的。第二层被炮火轰毁了，她就搬到楼下去住，住在楼下的人早已搬得一个不剩了。后来楼下也毁了，老妇人才搬到地窖里去住。

19日是她住进地窖去的第4天。这天早上，她明明白白看见5个红军爬到了方场上，方场和她之间只隔着一道扭曲了的铁栏杆。她看见德国人的炮口对准了这5个红军战士，炮弹纷纷在他们周围爆炸。她从地窖里爬出来，想招呼那5个红军战士到她那里去——她认定，她自己住的地方比较安全，然而她刚爬出一半，一颗炮弹落在近旁炸开了。老妇人被这一震，耳朵也聋了，脑袋碰在墙上，就失去了知觉。

她醒来的时候再朝那边看，5个红军战士只有1个留在方场上。这个红军战士侧着身子躺着，一只手臂张开，另一只手臂枕在脑袋下面，好像想躺得舒服一点儿。老妇人叫了他几次都没有回答，才知道他已经死了。

德国人又开炮了，炮弹在这小小的方场上炸开了，黑色的泥土直翻起来，柱子似的。弹片把那些剩下来的树木的枝条都削去了。那个苏联人孤零零地躺在那毫无遮掩的方场上，一只手臂枕在脑袋下面，周围是炸弯了的铁器和烧焦的树木。

老玛利·育乞西看着那战死的士兵，看了许多时候，她很想把这件事告诉什么人。可是附近一带，不用说人，连一个活东西都没有，甚至陪伴她在地窖里过了4天的那只猫也被炸起来的砖石碎片砸死了。老妇人想了半天，然后，伸手在她那衣包里摸出些什么东西来，揣在怀里，慢慢地爬出了地窖。

她不会匍匐前进，也不能快跑，干脆直着身子，一摇一摆，慢慢地向方场上走去。一段还没有炸断的铁栏杆拦在她前面，她也不打算跨。她太衰老了，跨不过去，因此慢慢地绕过了那段铁栏杆，走进了方场。

德国人还在轰击，可是没有一颗炮弹落在老妇人的近旁。

她穿过方场，到了那战死的苏联士兵身边，用力把那尸身翻过来。看见他的面孔了，很年轻，很苍白。她轻轻理好了他的头发，又费了很大的劲，把他那一双早已僵硬的手臂弯过来，交叉地覆在他的胸前。然后，她在他旁边坐了下来。

德国人还在开炮，可是跟先前一样，炮弹落得离老人很远。

这样，她静静地坐在那里，约有1小时，也许两小时。

天气很冷，四下里很静，除了炮弹的炸裂，没有任何声音。

她终于站了起来，离开了那死者。走了不多几步，她马上找到她需要的东西了：一个大的炮弹坑。这是几天之前炸出来的，现在，那坑里已经积了些水。

老妇人跪在那坑里，用手掌往外舀水。舀几下，她就得休息一会儿。她总算把坑里的水全舀干了，于是又回到那死者旁边，两手抄在死者的腋窝下，把他拖走。

路并不远，一共不到10步，可是她太衰老了，不得不坐下来休息了3次。最后，她总算把死者拖到炮弹坑里。她已经筋疲力尽了，又坐在那里休息了好久。

休息够了，老妇人跑到死者旁边，用手在死者身上画了个十字，又吻了死者的嘴唇和前额。

然后，她双手捧起炮弹坑四周的浮土，一捧捧慢慢地放在死者身上。不久死者已经完全被泥土盖住了。老妇人还没有满意，她要做一个名副其实的坟堆。又休息了一会儿，她又捧起土来继续盖上去。几小时的工夫，她一捧又一捧地竟然堆起了一个小小的坟堆。

德国人的炮还在轰击，但是，和先前一样，炮弹落下的地方都离老妇人很远。

做好了坟堆以后，老妇人就从她那黑色的大围巾底下摸出离开地窖的时候揣在怀里的东西——一支大蜡烛。这是45年前她结婚的喜烛，她一直舍不得用，珍藏到今天。

她又在衣袋里摸了半天，摸出些火柴来。她把那大蜡烛插到坟堆的顶上，点了起来。这天晚上没有风，蜡烛的火焰向上直升，一点也不摇晃。老妇人对着这烛光，坐在坟边，一动也不动，两臂交叉抱在胸前，披着那黑色的大围巾。

炮弹爆炸的当儿，蜡烛的火焰不过抖一下。但是有好几次，炮弹落得相当近，蜡烛被爆炸的风吹灭了，有一次，竟给震倒了。老妇人就取出火柴来，很耐心地再把蜡烛点燃。

天快要亮了，蜡烛也快要燃尽了。老妇人在地上到处找，终于找到了一片带锈的洋铁。她用瘦弱的手指使劲把这片洋铁弯成了半圆，插在蜡烛旁边的泥土中，作为挡风的屏障。布置好了，她站起身来，仍旧慢慢地穿过方场，绕过那一段没有倒下的铁栏杆，回到地窖里去了。

拂晓之前，契柯拉也夫所属的那一连红军在猛烈的炮火掩护下，直奔方场，占领了这座桥。

隔了一两个小时，天色已经大亮了。红军的步兵紧跟着坦克过了桥，战斗在河的对岸进行着，再没有炮弹落在方场上。

这时候，连长派了几个士兵去找契柯拉也夫的尸体，打算把他和今天早上战死的战士一同埋葬。那几个士兵到处找也找不着。突然，有一个士兵吃惊地大声叫了起来："看呀！"大家都朝他指的方向看。

在被毁坏的铁栏杆附近，耸立着一个小小的坟堆。坟堆上的一支蜡烛有生锈的洋铁片给它挡住了风，在坟堆上耀着柔和的火焰。蜡烛快点完了，烛芯快被蜡泪淹没了，但是那一朵小火花依然在闪烁。

站在坟堆旁边的红军士兵们立刻脱下了帽子。他们围着这坟堆，静默地站着，看着渐渐暗淡下去的烛光。

这时候，一个披着黑色大围巾的高身材的老妇人慢慢走来。她默默地走过那些红军战士的身边，在坟旁跪下，从黑色大围巾底下取出又一支蜡烛来。这一支和坟上快点完的那一支一模一样，显然是一对。老妇人蹲下身去拾起那蜡烛头，把那新的一支点着了，插在那老地方。她站起来的时候，行动很困难，离她最近的红军士兵小心地把她扶了起来。

但是即使在这个当儿，老妇人也没有说话，她不过抬起眼睛来，朝这些脱了帽的肃立着的人们看了一眼，十分庄严地对他们深深一鞠躬；然后，把她的黑色大围巾拉直了，颤巍巍地走了，没有再回过头来，看一下那蜡烛和那些士兵。

红军士兵们目送着她走远后，小声地谈论着，似乎怕惊扰那肃穆的空气。接着，他们穿过方场，走过桥，赶上他们的连队，投入了战斗。

在炮火焦灼的土地上，在炸弯了的铁器和烧死了的树木中间，那一位南斯拉夫母亲唯一珍爱的东西——她结婚的花烛——还是明晃晃地点在一位苏联年轻士兵的坟头。

这一点火焰是不会熄灭的。它将永远燃着，正像一个母亲的眼泪，正像一个儿子的英勇，那样永垂不朽。

与你共品

年轻的红军战士为了解放，为了和平，牺牲在南斯拉夫的土地上。这种大无畏的英雄气概让一位南斯拉夫老妇人置生死于度外，冒着炮火像母亲一样安葬红军烈士。一根珍藏45年的结婚喜烛，点在战士的坟头。那不会熄灭的火焰，向世人歌颂了反法西斯阵营的军民用血肉凝结成的情谊。

生活在地球村里的我们都有着同一个梦想，就是和平和自由。匈牙利著名的爱国主义战士和诗人裴多菲曾写过一首诗——《自由与爱情》：“生命诚可贵，爱情价更高。若为自由故，二者皆可抛。”为了和平、自由而奋斗的战士前赴后继，他们甚至用自己的生命换取更多人的自由与世界的和平。

有一种感情，不分国界，情同母子。这种感情建立在正义的反侵略的基础上，是人类最美好的感情。

（张雪）

他想到把信交给司机真是一件很笨的事，而且一点用也没有。当他在这里躺着快因失血过多而死时，他们可能正带着司机到残破的农舍执刑。

被打开的密函

［美］爱尔斯·爱辛格/著　佚　名/译

这个军人不该打开密函的封口……有好长一段时间总部没有任何消息传来，看起来他们要在那里待上整个冬天了。附近的田野上最后的草莓都掉落下来腐烂了。哨兵们孤零零地坐在树干上看斑驳的树影。敌人在河的对岸没有发动攻击。只有树影每天愈变愈长，早上醒来，只有无尽的空虚。反抗军里年轻的志愿者很怨恨这种情形，他们决定要攻击，在雪季之前，必要的话，没有上级命令也无所谓。因此，有一天早上，他们派了其中一个人带信到总部。他有一种不好的预感。在其他事上他们可能不太小心，但要叛变可不是小事，他们会很小心的。他把信送到后，他们问了几个问题，这更让他觉得怀疑。更让他惊讶的是，在等了很长一段时间后，他们交给他一封封了口的信，规定他在天黑前要带回自己的部队去。他们指示他走捷径，并在地图上指给他看。但令他很不高兴的是，他们还派了一个人跟他一起回去。

从开着的窗户，他可以看到他必须走的路。通过一片空地后，它消失在树丛里。他们再度警告他要小心，然后就叫他出发了。很快地，中午过去了。云彩飘过太阳光，吃草的牛群在草原上漫步然后消失在榛树丛后。路况很差，有时甚至因路边的蔓草阻挡而无法过去。只要司机稍微开快一点，树枝就不停地打在他们脸上。有时候，他们会走出树丛进入开阔的原野。在那里他们可以看得更清楚，但他们也容易被看到，所以总是尽量快快地通过。司机常常有意无意地回头看身后带着密函的男人，好像要确定他的“货物”是否安在。这使他很生气，更让他相信他的上司一点都不相信他。密函里到底装了什么？那天清晨他听到有人说河的对岸有动静，但这些谣言总是随时随地都可听到，而且很可能是上司故意说了要让部队静下来。同样地，派他送信也可能只是一个诡计。如果信的内容有任何意料之外的消息，那只要打开信封就可以看到了。他告诉自己最好能知道信的内容是什么，因为他们现在走的路线是在敌人的监视范围内。如果他们问他为什么打开信封，只要以此为理由就可以了。他摸摸口袋里的信，并用手指碰一碰封口，想打开它的欲望就像发烧一样让他全身发热。为了要争取时间，他要司机和他换位子。驾车让他冷静了下来。他们已经在树林里走了好几个小时了，有些地方的小径是用碎石铺成的，而且还设了路障，由此可知他们已经接近目的地了。这个事实也让他冷静了下来，因为这可以防止他打开信封。他继续安静而又自信地开着车，但有个地方却有一棵树干弯曲往下长，幸好他们小心地避开而没有受伤。但车子却在紧急刹车后停在一堆泥上。引擎熄火了，鸟类的叫声使得丛林比以往更沉寂，蕨类到处长着。他们把车子拉出泥堆。司机开始试着找出车子的问题，当他趴在车子下，这个男人不再迟疑，打开信封，很小心地还将封口保留原状。他靠在车上读这封信，上面竟然写着要把他射杀而死。在司机从车底爬出来并宣布一切妥当之前，他赶快把信放回他胸口的袋子。他问司机是不是要他继续开车，司机说是。他想司机或许想趁他开车时射杀他呢！他相信司机是他们派来的杀手。司机突然转头说："我们将有一个宁静的夜晚，"这听起来真是最讽刺的话。但愈接近地点司机似乎愈多话，没等他回答就继续说："当然，我是指如果我们能安全抵达的话。"

这个男人终于忍不住拿出他的左轮枪。树林里是那么的暗，会使人误以为夜晚已经降临了呢。

"当我还是个孩子，"司机说，"我总是穿过这片森林走路回家，我还边走边唱哩！"他们出奇快地到达最后一片空地，他决定一通过它就要把司机杀死，因为那时树林又会变密，直到他的单位驻扎的小村为止。这个男人把他的左轮枪放在膝上。

当第一声枪声响起时，他以为自己提前开枪了。但假如他的同伴已经中弹，那他的灵魂一定又出现了，因为它加速继续开车。过了相当长一段时间，他才发现中弹的不是司机而是他自己。他的手臂松垂着，左轮枪也掉了下去。在他们到达树林之前，更多的枪声响起，幸好他们都躲过了。在前面的那个鬼转动他那高兴的脸面向他。

"能通过真幸运，"他说，"那块平原被敌人监视着。"

"停车，"男人大喊。

"不能在这里停车，"司机回答，"我们最好再进去一点。"

"我受伤了，"男人绝望地说。司机往前开一点路然后停车。他先止住血流，再把伤口包扎起来。他说了一句他唯一能想到的安慰话："我们快到了。"

"受伤的人注定要死。"

男人对他自己说。

"等一下！"他大声地说。

"有什么要紧事吗？"司机不耐烦地说。

"信……"男人说。他把它从口袋拿出来。在他最难过的时刻，他用不同的角度来看这封信。命令里说要把带信者射杀，却没提到名字。

"拿着它，"他说，"我的外套上都是血。"

假如他的同伴拒绝拿的话，事情就明朗了。一阵沉寂后，他觉得信被拿走。

"好吧！"司机说。最后的半个小时在安静中度过，时间和距离都变成狼的叫声。他的部队驻扎在一个由五间农舍组成的小村子里，但其中三个已经在稍早的战役中被炸平了。这个地方周围都是树林，草地早已被踩平，车轮、枪支放在一起。有刺的铁丝网把这个地方和树林隔了开来。当被问到有什么事时，司机说他载了一个伤员，而且带了一封信。

他听到有个声音问："他还醒着吗？"但他紧闭着眼睛。争取时间是很重要的。当他们把他从车子里抬出来时，他无力地瘫在他们的手臂上。他们把他抬进一间农舍，中间有个井，两只狗对着他叫。伤口很痛。他们把他放在房间的长椅上。窗户开着，但没有光线。

"你照顾他，"司机说，"我必须赶时间。"

这个男人希望他们赶快来替他包扎伤口，但当他疲倦地睁开眼睛，却发现只有他一个人。或许他们去拿急救箱。房子里有很多来来去去的声音，说话声，走路声，还有关门的声音。但这些只让他觉得更安静，更怪异，就像树林中小鸟的叫声一样。这到底怎么回事？男人对他自己说。又过了几分钟后，他开始考虑逃走的可能。房间里有来复枪。他可以告诉哨兵他奉命送信到总部去。他有必要的文件。他试着坐起来，但发现自己异常的虚弱。不耐烦地，他把他的脚放到地上试图起床，但还是没办法。他再度坐下，固执地再试一次。这样做的时候，他把司机帮他包扎的伤口又弄裂了，而且还继续流血。他感到血液渗入他的衬衫，并弄湿了他躺着的木椅。透过窗户，他看到农舍白墙上的天空。他听到蹄声，马匹被牵回马厩，房子附近愈来愈吵了，一定有特殊事件发生了。他把自己拉起来到窗口，但又跌了下去。他大声地叫，但没有人听到。他被遗忘了。

当他躺在那里时，反叛心在心里沸腾，他用一种绝望的快乐大喊着。流血致死对他而言就好像穿过一扇闩住的门逃走一样，并从哨兵眼前过去。当初他只为了要攻击而攻击，而不是为了保卫国家，如今，报应终于来了。他病得无法再攻击了，虽然他人在前线。枪声在远处响起。他想到把信交给司机真是一件很笨的事，而且一点用也没有。当他在这里躺着快因失血过多而死时，他们可能正带着司机到残破的农舍执刑。可能他们已经蒙上他的眼睛，只剩他的嘴巴因惊讶而半开着。而他们正举枪，瞄准……当他醒过来时，他发现他的伤口已经包扎过了。他以为是天使们为即将上天堂的人做的，太晚了！“我们又见面了！”他对司机说，而司机正弯腰看他。当他看到另一名军官站在床头，他才了解他还没死。

“信呢？”他说。

“它被你的血弄脏了，但还看得清楚。”

军官回答。

“我该自己送的，”他说。

“我们正好及时赶到，”司机打断说，“敌人展开一场大突击。”

“这正是我们在等的消息。”军官在转身离开时又评论道。在门口，他又转身补充说：“幸好你不知道信的内容。我们有特殊的密码代号！”

与你共品

作为一个军人，甚至正处在战场前线，他竟然产生了反叛念头。然而，在经历生死关头和复杂的心理斗争后，他后悔了。

小说中通过对人物在由总部返回部队途中的经历的描写，真实而细腻地突出了人物怨恨、猜测、好奇、惶恐、懊悔的内心世界，深切地道出了在生死关头，在自己利益与国家利益相冲突的关头，强烈的责任感唤醒了一个在心灵上迷失的军人。

中国明代著名的思想家、史学家顾炎武说过：“天下兴亡，匹夫有责。”无论是谁，在国家的安全受到威胁时，我们都要坚决地肩负起保卫国家的责任，而不是临阵脱逃。对待人生，也应如此。

（黄巧文）

一件意外的事情把我那实实在在的羞涩之情一扫而光，激动人心的时刻突然来到了。

中彩之夜

［美］约翰·格立克斯/著　周炎明/译

第二次世界大战前，我们家是纽约城里没有汽车的人家。当时，我十多岁，已经懂事了。在我看来，没有汽车，就说明我家的生活处于最贫穷困苦的境地。

我们每天上街买东西，总是坐一辆简陋的二轮柳条车，拉车的是一匹老谢特兰马。我母亲像《大卫·科波菲尔》里的人物那样，把它叫做巴尔克斯。我们的巴尔克斯是一匹既可笑又难看的小种马。它长着四条罗圈腿，马蹄踏在地上发出呱嗒呱嗒的声音，仿佛是在说，我们家里穷得叮当响。

我父亲是个职员，整天在证券交易所那囚笼般的办公室里工作。假如我父亲不把一半工资用于医药费以及接济比我们还穷的亲戚，那我们的日子倒还过得去。事实上，我们是很穷的。我们的房子已完全抵押出去。一到冬天，食品商就把我们家作为欠债户记在账册上了。

我母亲常安慰家里人说："一个人有骨气，就等于有了一大笔财富。在生活中怀着一线希望，也就等于有了一大笔精神财富。"

我挖苦地反驳说："反正你买不起一辆汽车。"而母亲在生活上处处力求简朴，在母亲的悉心料理下，家里的生活还是有趣的。母亲知道如何用几码透明印花棉布和一点油漆派正当用场的诀窍。可是，我们家的"车库"中仍旧拴着巴尔克斯那匹马。

一件意外的事情把我那实实在在的羞涩之情一扫而光，激动人心的时刻突然来到了。

几星期后，一辆崭新的别克牌汽车在大街上那家最大的百货商店橱窗里展出了。这辆车将在市集节日之夜以抽彩的方式馈赠得奖者。

那天晚上，我待在人群外面的黑影里，观看开奖前放的焰火，等候着这一高潮的到来。用彩旗装饰一新的别克牌汽车停放在一个专门的台子上，在十几只聚光灯的照耀下，光彩夺目。人们鸦雀无声地等待市长揭开装有获奖彩票的玻璃瓶。

不管我有时多么想入非非，也从来没有想到过幸运女神会厚待我们这个城里没有汽车的人家。但是，扩声器里确实在大声叫着我父亲的名字！这时，我从人群中慢慢往里挤。市长把汽车钥匙交给我父亲，我父亲在"星条旗万岁"的歌声中把汽车缓缓地开出来。

回家的路尽管有一里远，我拼命地跑，好像别克牌汽车载着我的女友去参加舞会似的。家里除起居室有灯光外，其他地方漆黑一片。别克牌汽车停在车道上，前窗玻璃闪闪发光。而我听到从车库里传来巴尔克斯的喘息声。

我气喘吁吁地跑到汽车前，抚摩一下它那光滑的车篷，开了门，坐过去。里面装饰豪华，散发出新汽车的奇异气味。我端详了一下闪闪发光的仪器板，得意扬扬地坐在靠背椅上。我转过头去，观望窗外的景致，这时，从汽车的后窗看到父亲强壮的身影。他正在人行道上散步。我跳出车，"砰"的关上车门，朝他奔去。

父亲却向我咆哮着："滚开，别待在这儿！让我清静清静！"

他就是用棍子敲我的头，也不会比这更伤我的心了。他的态度使我大为吃惊，我只得走进家门。

我在起居室里见到母亲，她看我悲伤的样子说："不要烦恼，你父亲正思考一个道德问题。我们等待他找到适当的答案。"

"难道我们中彩得到汽车是不道德的吗?"我迷惑不解地问。

"汽车根本不属于我们，这就是问题的关键。"母亲说。

我歇斯底里地大叫："哪有这样的事?！汽车中彩明明是广播宣布的。"

"过来，孩子。"母亲轻声说。

桌上台灯下放着两张彩票存根，上面号码是348和349。中彩号码是348。"你看到两张彩票有什么不同吗?"母亲问。

我仔细看了一下说："我只看到中彩的号码是348。"

"你再仔细看看。"

我看了好几遍，终于看到彩票角上有个用铅笔写的淡淡的K字。

母亲又问："你看到K字吗?"

"可以看到一点点。"

"这K字代表凯特立克。"

"吉米·凯特立克吗?是爹的老板?"

"对。"

母亲把事情一五一十跟我讲了。当初父亲对吉米说，他买彩券的时候可给吉米代买一张，吉米咕哝说："为什么不可以呢?"老板说完，就去干自己的事了。过后可能再也没想到过这事。父亲就用自己的钱以自己的名义买了两张彩票，348那张是给凯特立克买的。现在可以看得出来那K字是用大拇指轻轻擦过，正好可以看得见淡淡的铅笔印。

对我来说，这是一目了然的事情。吉米·凯特立克是个亿万富翁，拥有十几部汽车，仆人成群，还有两个雇佣的司机。对他来说，增加一辆汽车简直等于我们巴尔克斯的马具里多个马嚼子。我激动地说："汽车应该归我爸爸。"

母亲平静地说："你爸爸知道该怎么做是正当的。"

最后，我们听到父亲踏进前门的脚步声。我静静地等待着结局。父亲走到饭厅的电话机旁，拨了号码。他是打给凯特立克的。等了好长时间，最后，凯特立克的仆人接了电话，说老板在睡觉。他讨厌电话铃声把他从梦中惊醒，显得十分不高兴。我父亲把整个事情对他说了一遍。第二天中午，凯特立克的两个司机来到我们这儿，把别克牌汽车开走了。他们送给我父亲一盒雪茄。

直到我成年以后，我们才有了一辆汽车。随着时间的流逝，我母亲的那句格言"一个人有骨气，就等于有了一大笔财富"具有了新的含义。回顾以往岁月，我现在才明白，父亲打电话的时候，是我们最富有的时刻。

与你共品

简陋的二轮柳条车和豪华的汽车相比，贫穷的家庭当然更需要后者。不幸的是这张彩票真正的获奖者是父亲的老板凯特立克。最后，父亲做出决定把汽车还给凯特立克了。

小说的故事性很强，通过中彩票凸现人性道德的美。中彩虽幸运，汽车虽名牌，可是这些东西都比不上拥有骨气来得富有。父亲把汽车物归原主，这是一个人灵魂的体现和升华。

在敬佩小说里父母的骨气之余，我们更应该懂得——拥有财富的多少并不能象征富裕与贫穷。一个人可以生活上贫穷，但是必须要有骨气。只有拥有骨气的人，才能在人生旅途中抵住诱惑，勇往直前，自强不息，创造更多的财富。

（黄巧文）

“你不是吉米·维尔斯。”他说，“二十年的时间虽然不短，但它不足以使一个人变得容貌全非。”从他说话的声调中可以听出，他在怀疑对方。

二十年以后

［美］欧·亨利/著　佚　名/译

纽约的一条大街上，一位值勤的警察正沿街走着。一阵冷飕飕的风向他迎面吹来。已近夜间十点，街上的行人寥寥无几了。

在一家小店铺的门口，昏暗的灯光下站着一个男子。他的嘴里叼着一支没有点燃的雪茄烟。警察放慢了脚步，认真地看了他一眼，然后，向那个男子走了过去。

“这儿没有出什么事，警官先生。”看见警察向自己走来，那个男子很快地说，“我只是在这儿等一位朋友罢了。这是二十年前定下的一个约会。你听了觉得稀奇，是吗？好吧，如果有兴致听的话，我来给你讲讲。大约二十年前，这儿，这个店铺现在所占的地方，原来是一家餐馆……”

“那餐馆五年前就被拆除了。”警察接上去说。

男子划了根火柴，点燃了叼在嘴上的雪茄。借着火柴的亮光，警察发现这个男子脸色苍白，右眼角附近有一块小小的白色的伤疤。

“二十年前的今天晚上，”男子继续说，“我和吉米·维尔斯在这儿的餐馆共进晚餐。哦，吉米是我最要好的朋友。我们俩都是在纽约这个城市里长大的。从孩提时候起，我们就亲密无间，情同手足。当时，我正准备第二天早上就动身到西部去谋生。那天夜晚临分手的时候，我们俩约定：二十年后的同一日期、同一时间，我们俩将来到这里再次相会。”

“这听起来倒挺有意思的。”警察说，“你们分手以后，你就没有收到过你那位朋友的信吗？”

“哦，收到过他的信。有一段时间我们曾相互通信。”那男子说，“可是一两年之后，我们就失去了联系。你知道，西部是个很大的地方。而我呢，又总是不断地东奔西跑。可我相信，吉米只要还活着，就一定会来这儿和我相会的。他是我最信得过的朋友啦。”

说完，男子从口袋里掏出一块小巧玲珑的金表。表上的宝石在黑暗中闪闪发光。“九点五十七分了。”他说，“我们上一次是十点整在这儿的餐馆分手的。”

“你在西部混得不错吧？”警察问道。

“当然啰！吉米的光景要是能赶上我的一半就好了。啊，实在不容易啊！这些年来，我一直不得不东奔西跑……”

又是一阵冷飕飕的风穿街而过。接着，一片沉寂。他们俩谁也没有说话。过了一会儿，警察准备离开这里。

“我得走了，”他对那个男子说，“我希望你的朋友很快就会到来。假如他不准时赶来，你会离开这儿吗？”

“不会的。我起码要再等他半个小时。如果吉米他还活在人间，他到时候一定会来到这儿的。就说这些吧，再见，警官先生。”

“再见，先生。”警察一边说着，一边沿街走去，街上已经没有行人了，空荡荡的。

男子又在这店铺的门前等了大约二十分钟的光景，这时候，一个身材高大的人急匆匆地径直走来。他穿着一件黑色的大衣，衣领向上翻着，盖住了耳朵。

“你是鲍勃吗？”来人问道。

“你是吉米·维尔斯？”站在门口的男子大声地说，显然，他很激动。

来人握住了男子的双手。“不错，你是鲍勃。我早就确信我会在这儿见到你的。啧，啧，啧！二十年是个不短的时间啊！你看，鲍勃！原来的那个饭馆已经不在啦！要是它没有被拆除，我们再一块儿在这里面共进晚餐该多好啊！鲍勃，你在西部的情况怎么样？”

“喔，我已经设法获得了我所需要的一切东西。你的变化不小啊，吉米。我原来根本没有想到你会长这么高的个子。”

“哦，你走了以后，我是长高了一点儿。”

“吉米，你在纽约混得不错吧?”

“一般，一般。我在市政府的一个部门里上班，坐办公室。来，鲍勃，咱们去转转，找个地方好好叙叙往事。”

这条街的街角处有一家大商店。尽管时间已经不早了，商店里的灯还在亮着。来到亮处以后，这两个人都不约而同地转过身来看了看对方的脸。

突然间，那个从西部来的男子停住了脚步。

“你不是吉米·维尔斯。”他说，“二十年的时间虽然不短，但它不足以使一个人变得容貌全非。”从他说话的声调中可以听出，他在怀疑对方。

“然而，二十年的时间却有可能使一个好人变成坏人。”高个子说，“你被捕了，鲍勃。芝加哥的警方猜到你会到这个城市来的，于是他们通知我们说，他们想跟你‘聊聊’。好吧，在我们还没有去警察局之前，先给你看一张条子，是你的朋友写给你的。”

鲍勃接过便条。读着读着，他微微地颤抖起来。便条上写着：

鲍勃，刚才我准时赶到了我们的约会地点。当你划着火柴点烟时，我发现你正是那个芝加哥警方所通缉的人。不知怎么的，我不忍自己亲自逮捕你，只得找了个便衣警察来做这件事。

与你共品

人生有多少个二十年？鲍勃却用二十年实现了自己由外到内的转型——由好人变为一个罪犯。

二十年后，变富有的鲍勃竟然被作为警察的好朋友吉米逮捕了。这种戏剧化的情节，加深了故事的内涵——金钱具有诱惑性，可是，就是这种诱惑更让人丢失自己的本质。另外，难道鲍勃的转型仅仅是因为金钱的诱惑？其实，更重要的因素是人的贪欲。人的欲望是无穷的。当人的贪欲越大，就会冲破人的道德底线，走向不归路。

你可以很爱钱，可是绝不能为了得到钱而抛弃道德；你可以赚钱，可是绝不能做害民违法的事。保持一颗平淡的心，积极地生活，踏实地工作，控制欲望的膨胀，拒绝诱惑。

（黄巧文）

"我已经祈祷过了，"牧师回答，"再祈祷一次是不对的。这样做不诚实。"

我已经祈祷过了

［美］玛萝·托马斯/著　佚　名/译

这是一个矿难现场，38名矿工受困在地底下。

昼夜不停的白雪逐渐掩盖了一切，包括为媒体所架设的电话亭。天太冷了，我跟摄影师卡塞尔轮流替摄影机保温，每晚与CBS电视台连线，为《今夜世界新闻》节目提供报道。就在这时，27岁的我发现了一个在电视新闻界大展身手的绝佳机会。

当参与救援的矿工相互替换着休息时，他们就会聚在一起烤火，火花随着雪花四处飘零，热气与黑烟冉冉上升，而那名三十多岁的牧师，就在这时开始祈祷："以上帝之名，我们在此祈祷……"当牧师祈祷时，矿工们开始唱起诗歌：

何等朋友我主耶稣，
担我罪孽负我忧，
何等权利能将难处，
到主面前去祈求。

山区居民的虔诚信仰，噙着泪水的妇女与小孩，从天而降的皑皑白雪，以及从没听过的新教徒《圣经》诗歌。场面是如此动人，我已在心中盘算好如何呈现完美的特写报道。这则报道会在CBS电视新闻中播出，我的声音将穿越美国大陆，回荡在农场、都市高楼大厦及西半球的酒店客栈，遍布世界各地。

我的美梦没能持续太久，由于天气太冷，机油冻结，摄影机发出嘎嘎声。我无助地站在原地，任凭这神圣的一刻在我眼前结束。没有画面，没有特写，轰动世界的名声便成了妄想。我赶紧把摄影机挪向烤火桶，摄影机重新恢复正常。我立刻采取行动。

"牧师，"我恭敬地说，"我是CBS新闻的菲尔·唐纳休，我们的摄影器材刚才出了点问题，所以没有拍到您完美的祈祷。现在机器恢复正常了，我想冒昧地请您重复刚才的祈祷，我会请矿工们再唱一次诗歌。”

牧师一脸困惑。“可是我已经祈祷过了，孩子。”他说。

“牧师，我是C—B—S新闻的记者。”我特别强调了自己的身份。

“我已经祈祷过了，”牧师回答，“再祈祷一次是不对的。这样做不诚实。”

我真不敢相信我所听到的话。不能再祈祷？拜托。我亲眼见过太多重复的祈祷，无论是坠机或是各种重大灾难的现场，都有牧师、神甫或电视台记者二度洒圣水。这家伙究竟有什么问题？

“牧师，”我还是不放弃，“CBS的200多个联播网电视台，都会播出您的祈祷。千万名观众都将目睹与聆听您的祈祷，与您一同祈求上帝拯救受困矿工。”我大言不惭地恳求。为了新闻的轰动效应，我已经不择手段了。

“不，”他说，“这样做不对！我已经向上帝祈祷过了。”他转身离去，留下CBS新闻小组颓丧地伫立在雪地里。

我花了很长的时间才想通这件事。几个月后，我突然发现，那位牧师不愿意跟耶稣再来一次，不愿意为我再来一次，不愿意为那些客栈酒店再来一次，也不愿意为“遍及世界的千万人”再来一次。他展现的，正是我毕生所见到最伟大的道德勇气。

与你共品

上CBS电视新闻头条，是很多人都梦寐以求的事。可是，那位牧师却拒绝了。

矿难现场，生命在每个人的心中是那么的脆弱无力。从小说里，我们看到了牧师对生命的尊重以及对于信仰的虔诚忠实。矿难现场新闻可以一遍又一遍地被重复播放，可是却重播不了人们对受难工人的真诚祝福。轰动的新闻效应可以带来很大的利润和很高的荣誉，可是这只是个人或某一集团的利益，而真正拯救受困人们的却不是利润和名誉，而是尊重和团结帮助。

生命诚可贵。如果我们都是为了能上CBS新闻头条，那么即使再多受难的人们也不会得到真正的援助；如果我们能坚守自己的信仰，真诚地祈祷和帮助受难的人，这才是真正的尊重生命，才能救出更多受难的人。

（黄巧文）

吉美获释后一星期，印第安纳州的利治蒙市发生了一宗保险箱盗窃案，手法干净利落，毫无线索可寻。但窃匪所获不过800元而已。

出狱者

[美] 欧·亨利/著　佚　名/译

一

一个狱卒来到监狱的制鞋工场，把正在那里专心缝鞋的吉美·瓦伦丁带到前面办公室。狱官把一张由州长签署的赦免令递给吉美，吉美懒洋洋地接过了它。他被判刑4年，已服刑10个月，由于在狱中立功，如今，他被提前释放了。

“好了，瓦伦丁。”狱官说，“你明天上午可以出去了。打起精神来，好好做人，你本质不是坏人。不要再撬保险箱了，正正当当地生活吧。”

第二天上午，吉美穿着很不合身的成衣和一双走起路来吱吱作响的皮鞋，站在狱官的办公室外。一个办事员给吉美递了司法当局借此表示期望他重新做人的一张火车票和一张5元的钞票后，便和他握手道别了。

吉美径直走向一家餐馆。他在那里享用了一只烤鸡和一瓶白酒，初次尝到了自由的美好滋味。然后，他清闲地踱过火车站，他将一个2角5分的硬币丢进了坐在门口的瞎汉的帽子里，接着便登上了火车。3小时后，他到达了伊利诺州边界的一个小镇。他走到由一个名叫迈克·陶伦的人经营的咖啡店，和迈克握了手。“很抱歉，我们没能早一点弄你出来，吉美老朋友，”迈克说，“你还好吧?”

“还好。”吉美说，“我的钥匙呢?”

在楼上他的房间里，一切和他离去时完全一样。吉美把挨墙的折床拉开，推开一扇壁板，拖出一只尘封的箱子。他打开箱子，高兴地看着箱子里的整套盗窃工具。它们全都是特制的，包括最新式的钻子、打洞器、曲柄钻、撬门棒、钳子、锥子，以及两三件由吉美自己发明的新品。半小时后，吉美下楼穿过咖啡店，他穿着雅致而合身的衣服，手里提着那只已揩净积尘的皮箱。

二

吉美获释后一星期，印第安纳州的利治蒙市发生了一宗保险箱盗窃案，手法干净利落，毫无线索可寻。但窃匪所获不过800元而已。两星期后，罗根期波市有一只特制的改良防盗保险箱被人像切开一块乳酪般地弄开了，失款1500元。此后，密苏里州一家银行的保险箱中被窃走5000元。班·普赖斯受命进行调查，经过比较，他发现这几宗盗窃案的作案手法非常相似。

“是吉美·瓦伦丁的‘杰作’，”普赖斯说，“看看那码锁！就像是在湿雨天拔一只小红萝卜一样轻易地就被拔了出来。再看看那些制栓，它们被撬开得多么干净利落！他这样干将会罪有应得，不会只坐短期的牢，或是轻易就获得宽赦。”于是警方对外宣称普赖斯已经在追踪这位神出鬼没的窃贼，令其他拥有防盗保险箱的人放心了不少。

一天下午，吉美在堪萨斯州的小镇艾尔摩提着小皮箱从一辆车上下来，看上去像个刚从大学回家的体格健美的学生似的，走向一家旅馆。一位年轻女郎横过马路，在街角处从他身边擦过，进入了一个大门。那门上写着“艾尔摩银行”。吉美注视着她的眼睛，忘了自己是什么人，完全变成了另一个人。她脸上微微一红，低下了眼光。像吉美那样风貌的男子，在艾尔摩难得一见。

吉美一把拉住一个在银行台阶上玩耍的小男孩，向他打听有关这个小镇的事情。不久，那位年轻女郎出来了，她显得高贵，根本没有把这个提着皮箱的年轻男子看在眼里，扬长而去。

“那年轻女郎是不是波莱·辛浦森小姐？”吉美向男孩问道。

“才不是哩，”男孩说，“她是安娜贝尔·亚当斯。她爸爸是这银行的老板。”吉美走进旅馆，以拉夫·斯宾塞的名字登记。他告诉旅馆服务员，他是到艾尔摩来物色地点开店铺的。本市鞋业如何？是否可为？

那服务员看见吉美衣着笔挺，仪表出众，对他印象很好，于是客气地告诉他，鞋业在此地大有可为，因为镇上还没有一家专门卖鞋的商店。

拉夫·斯宾塞先生是从吉美·瓦伦丁灰烬中跃起的凤凰——一见钟情的火焰已把吉美·瓦伦丁烧成了灰烬。他在艾尔摩定居下来，并开了一家鞋店，生意鼎盛。

在社交方面他也十分成功，交了不少朋友。他还如愿以偿——认识了安娜贝尔·亚当斯小姐，而且越来越为她的魅力所倾倒。年底时，他和安娜贝尔订了婚。结婚前两星期，吉美坐在他的房间里写了以下这封信，寄到圣路易市一位老朋友的安全地址：

亲爱的比利老朋友：

请你下周三晚上9点到小石城苏利文那里。我要请你给我结束一些小事情，也要把我的全套工具奉赠。我想你会乐于接受。你知道吗？我已不干我的老行了。我开了爿小商店，在做正当生意赚钱，而且即将和世界上最好的一位小姐结婚。我结婚之后就会把商店卖掉，迁到西部去，因为在那边我不会有多少被人算旧账的危险。我告诉你，比利，她是一个天使。她对我有信心；我痛改前非，绝不再做过去的那些坏事。你一定要到苏利文那里，因为我非要见你不可。

你的老朋友吉美

班·普赖斯不动声色地进了艾尔摩，他在镇上好像无所事事地游来荡去，直到发现了他想探知的事为止。

第二天早晨，吉美在亚当斯家里吃早餐。他准备在这一天到小石城去订购结婚礼服，顺便买些精致的东西送给安娜贝尔。早餐后，他们一大家人——亚当斯先生、安娜贝尔、吉美、安娜贝尔已出嫁的姐姐以及这位姐姐两个分别为5岁和9岁的女儿——一起出发，到镇上的商业区去。他们先来到吉美尚在凭居的旅馆。他跑上楼去取了他的皮箱之后，他们继续上路前往银行。到达银行后，他们几个人穿过雕花的橡木高围栏，走进银行的办公室。因为艾尔摩银行刚装置了一个新的保险库，亚当斯先生很引以为豪，坚持每个人都要去参观一下。这个保险库的门是新的，而且是特制的。它的3个坚固的钢制门闩利用一个把手即可同时启闭，并有一具时间锁。亚当斯春风满面地给斯宾塞讲解它的操作方法，斯宾塞面露洗耳恭听、但不太赏识的神情。两个小女孩梅伊与阿加沙看着闪亮的钢铁和好玩的钟与门柄，都十分兴奋。

他们正在参观的时候，班·普赖斯走进了银行，支着臂肘不时从围栏的空隙向内漫不经心地窥看。他告诉柜台服务员，他并没有特别事情，只是在等候一个他认识的人。

忽然，有个女人尖叫了一声，随即一阵混乱。原来，在大人们没有注意的时候，9岁的女孩梅伊一时淘气，把阿加沙锁在保险库里了，而且她还照亚当斯先生所示范的那样，扣下了门闩和转动了暗码锁。

这位老银行家一个箭步冲到门柄前，使劲拉了它一阵。“门打不开了，”他呻吟着说，“计时锁的钟还未上发条，暗码也未排定。”他们听到孩子在黑暗的保险库里发出微弱惊恐的叫声。

“我的宝贝！”阿加沙的母亲哭号起来，“她会吓死的！打开门！啊，敲碎它，你们快想想办法呀！”

“我的天！斯宾塞，”亚当斯先生颤抖地说道：“我们怎么办？那孩子在里面不能支持多久，那里面空气不够。”

有个人疯狂地想到用炸药。安娜贝尔一对大眼睛充满痛苦，她对吉美说道：“拉夫，你能不能想个办法？”

他望着她，唇边挂着奇异温柔的微笑。“安娜贝尔，”他说，“把你佩戴的那朵玫瑰花送给我，可以吗?”她虽然几乎不能相信自己没有听错，但还是立即把襟上的玫瑰花拿了下来，放在他的手上。吉美把它塞进了背心口袋里，然后脱了上衣，卷起袖子。这举动令拉夫·斯宾塞消逝了，由吉美·瓦伦丁取而代之。

“你们全都离开这扇门!”他不礼貌地命令说。

他把自己的皮箱打开，取出几件闪亮而形状怪异的工具，一面轻声吹着口哨，一面迅速而有条不紊地干开了。1分钟后，吉美的钻子已经顺利地钻入了钢铁门。

10分钟后——他打破了自己偷窃的最快纪录——他拉开门闩，打开了门。

阿加沙几乎昏迷了，但是生命安全。她母亲把她一把抱在怀里，吉美·瓦伦丁穿上衣服，走过围栏直趋大门。他听到身后安娜贝尔的熟悉声音在喊叫“拉夫!”

但他还是毫不犹豫地向前走去。

门口一个魁梧的大汉站着，像是要挡住他。

“哈啰，班!”吉美说，“你终于来了，是吗? 好，我们走吧。现在我觉得也没有什么大关系了。”

班·普赖斯的反应相当奇怪。

“你大概认错人了，斯宾塞先生。”他说，“我想我并不认识你。”

班·普赖斯说完便转身走向大街。

与你共品

生活在世上的每一个人都会犯错，但犯了错并不可怕，可怕的是知错不改。小说中的主人公本来是一个惯偷，提前出狱后不知悔改，又重操旧业。但当他在用自己的本领救出惊恐的孩子后，他突然明白他以前的所作所为会给别人带来深深的伤害，正当他准备自首的时候，警察却给了他一次灵魂救赎的机会。

浪子回头金不换。每个人都应该珍惜别人给予的珍贵的改错机会，回头是岸，重新做人。一旦机会过去了，想回头就晚了。

生活在社会这个大家庭里，犯错并不可怕，可怕的是知错不改，错上加错。我们要永远记住“知错能改，善莫大焉。”

（李雪娴）

他骑着马来到商店门前，对父亲说："把你的秤具拿出来吧，我们也许要验一验哩。"老板并不照办，却嬉皮笑脸来打岔。不过很快他就看出，他的儿子是极其认真的。

大公无私的判决

[英]帕　克/著　黄桂珊/译

史密尔纳是一个食品商店老板的儿子，年轻时学得的那么一点儿知识，被认为是有学问的人，给指定在法官代表办公室工作。他的主要任务是，检查市场上零售的商品是否足秤，和有无短少尺寸情况。

有一天，他要出去执行任务了，他要用官方的标准衡器来检查他父亲店里的秤具。那些左邻右舍，对他父亲做生意的手法都是一清二楚的，都劝他谨慎点，不要再使用假秤了，要把经得起严格检查的秤摆出来。这个食品店老板却一笑置之。他认为：儿子到底是儿子，永远不会在公众面前揭露父亲、羞辱父亲的。他满不在乎地站在店门前，等候检查员的到来。而这位作为检查员的儿子呢？早就怀疑他父亲的不法行为了。他打定主意不包庇自己的父亲。但是首先得查出父亲的违法行为，然后方能公开惩办他。

他骑着马来到商店门前，对父亲说："把你的秤具拿出来吧，我们也许要验一验哩。"老板并不照办，却嬉皮笑脸来打岔。不过很快他就看出，他的儿子是极其认真的。因为他听到儿子命令他的随员去搜查他的店铺，查看那些进行欺诈的秤具，经过一番最严格的检查以后，这些秤具被宣告没收，并当场砸得粉碎。这太意外了，惊慌失措的老板木然地站着。他认为自己已经遭受到公开羞辱了，该可以恳求儿子免除处罚了吧，谁料他这又搞错了；检查员宣布的处罚，完全不把他是个父亲当做一回事，恰恰相反，把他的犯罪行为当做陌生人似的处理。他必须缴纳50皮阿斯特（埃及的辅币单位）罚款，还要在他的脚底打若干板子（一种刑罚），而且立即执行。

这之后，检查员从他的马上跳下来，一下子扑倒在他父亲的脚下，这样对他说："爸爸，我对我的老天爷、我的国王、我的国家和我的工作单位，已经忠于职守了。现在，用我对你的敬意和谦逊态度，请求允许我，付清我对一个父亲的欠债；法官是不由自主的，这是老天爷在人间的权力作用，它不考虑是父亲，也不考虑是儿子的。老天爷的权力、我们街坊邻里的权利，都是高于情面关系的。你触犯了公正的法律，你就应该得到这样的处罚；从你那方面来说，最后你会服气的。我很抱歉，你从我这儿受到处罚，是你命中注定了的。另外，我的良心也不能阻止我那样做。这是为了你将来表现得好一些，请不要责怪我吧，你该可怜我才是，因为我曾经被迫陷入如此不近人情的处境。”

他说完以后，又上马了。全城人都为了这种不寻常的、大公无私的行为而欢呼喝彩。他，在喝彩声中继续做他的工作。当然，上级也没有少给他酬报。苏丹王很快就接到关于这事件的报告了，便把他提升到法官的职位。往后，他位至法典说明官。虽然他生活在高官厚禄之中，他仍然是法律的监护人，他仍然忠实于自己的祖国。

与你共品

法律面前人人平等，指法律应确认和保护公民在享受权利和承担义务上处于平等的地位，不允许任何人有超越于法律之上的特权。小说中的父亲知法犯法，做生意弄虚作假，但他没想到自己的儿子大公无私并对他进行处罚。

每一个生活在世上的人都应该知法，学法，懂法，守法，明礼诚信。两千多年前，思想家、教育家孔子就说过“人无信不立”。如果我们知法而犯法，做事总想着享受特权，我们这个社会，这个国家，这个世界会变得无秩无序，无法正常运转。

生活在同一片天空下，每一位公民都应记住明礼诚信，知法守法；每一位工作者都应该大公无私，做到公平、公正、公开。

（李雪娴）

震荡可怕极了。一刹那间，男人、女人、小孩所有的人都奔到甲板上，人们半裸着身子，奔跑着，尖叫着，哭泣着，惊恐万状，一片混乱。

“诺曼底”号遇难记

［法］雨　果/著　张汉钧/译

真正的强者是那种具有自制力的人。

1870 年 3 月 17 日夜晚，哈尔威船长照例走着从南安普敦到格恩西岛这条航线。大海上夜色正浓，薄雾弥漫，船长站在舰桥上，小心翼翼地驾驶着他的“诺曼底”号，乘客们都进入了梦乡。

“诺曼底”号是一艘大轮船，在英伦海峡也许可以算得上是最漂亮的邮船之一了。它装货容量600吨，船体长220尺，宽25尺。海员们都说它很“年轻”，因为它才7岁，是1863年造的。

雾愈来愈浓了，轮船驶出南安普敦河后，来到茫茫大海上，相距埃居伊山脉估计有15海里。轮船缓缓行驶着。这时大约凌晨4点钟。

周围一片漆黑，船桅的梢尖勉强可辨。

像这类英国船，晚上出航是没有什么可怕的。

突然，沉沉夜雾中冒出一枚黑点，它好似一个幽灵，又仿佛像一座山峰。只见一个阴森森的往前翘起的船头，穿破黑暗，在一片浪花中飞驶过来。那是“玛丽”号，一艘装有螺旋推进器的大轮船，它从敖德萨起航，船上载着500吨小麦，行驶速度非常快，负载又特别大。它笔直地朝着“诺曼底”号逼了过来。

眼看就要撞船，已经没有任何办法避开它了。一瞬间，大雾中似乎耸起许许多多船只的幻影，人们还没来得及一一看清，就要死在临头，葬身鱼腹了。

全速前进的“玛丽”号向“诺曼底”号的侧舷撞过去，在它的船身上剖开一个大窟窿。

由于这一猛撞，“玛丽”号自己也受了伤，终于停了下来。

“诺曼底”号上有28名船员，一名女服务员，31名乘客，其中12名是妇女。

震荡可怕极了。一刹那间，男人、女人、小孩所有的人都奔到甲板上，人们半裸着身子，奔跑着，尖叫着，哭泣着，惊恐万状，一片混乱。海水哗哗往里灌，汹涌湍急，势不可挡。轮机火炉被海浪呛得嘶嘶的直喘粗气。

船上没有封舱用的防漏隔墙，救生圈也不够。

哈尔威船长，站在指挥台上，大声吼喝：“全体安静，注意听命令！把救生艇放下去。妇女先走，其他乘客跟上，船员断后。必须把60人救出去。”

实际上一共有61人，但是他把自己给忘了。

船员赶紧解开救生艇的绳索。大家一窝蜂拥了上去，这股你推我拥的势头，险些儿把小艇都弄翻了。奥克勒福大副和3名工头拼命想维持秩序，但整个人群因为猝然而至的变故简直都像疯了似的，乱得不可开交。几秒钟前大家还在酣睡，蓦地，而且，此时此刻，就要丧命，这怎么能不叫人失魂落魄！

就在这时，船长威严的声音压倒了一切呼号和嘈杂，黑暗中人们听到这一段简短有力的对话：

“洛克机械师在哪儿？”

“船长叫我吗？”

“炉子怎么样了？”

“海水淹了。”

“火呢?”

“灭了。”

“机器怎样?”

“停了。”

船长喊了一声：

“奥克勒福大副?”

大副回答：

“到!”

船长问道：

“还有多少分钟?”

“20分钟。”

“够了，”船长说，“让每个人都下到小艇上去。奥克勒福大副，你的手枪在吗?”

“在，船长。”

“哪个男人胆敢在女人前面，你就开枪打死他。”

大家立时不出声了，没有一个人违抗他的意志，人们感到有一个伟大的灵魂出现在他们的上空。

“玛丽”号也放下救生艇，赶来搭救由于它肇祸而遭受苦难的人员。

救援工作进行得井然有序，几乎没有发生什么争执或殴斗。事情总是这样，哪里有可悲的利己主义，哪里也会有悲壮的舍己救人。

哈尔威巍然屹立在他的船长岗位上，指挥着，主宰着，领导着大家。他把每件事和每个人都考虑到了，面对惊慌失措的众人，他镇定自若，仿佛他不是给人而是在给灾难下达命令，就连失事的船舶似乎也听从他的调遣。

过了一会儿，他喊道：

“把克莱芒救出去!”

克莱芒是见习水手，还不过是个孩子。

轮船在深深的海水中慢慢下沉。

人们尽力加快速度划着小艇在“诺曼底”号和“玛丽”号之间来回穿梭。

“快干!”船长又叫道。

20分钟到了，轮船沉没了。

船头先下去，须臾，海水把船尾也浸没了。

哈尔威船长，他屹立在舰桥上，一个手势也没有做，一句话也没有说，犹如铁铸一般，纹丝不动，随着轮船一起沉入了深渊。人们透过阴惨惨的薄雾，凝视着这尊黑色的雕像徐徐沉进大海。

哈尔威船长的生命就这样结束了。

在英伦海峡上，没有任何一个海员能与他相提并论。

他一生都要求自己忠于职守，履行做人之道。面对死亡，他又行使了成为一名英雄的权利。

与你共品

在人生风雨路上，我们难免会遇到一些突发的情况，有些甚至关乎生死存亡。小说讲述的是“诺曼底”号与“玛丽”号撞击后，在轮船马上要沉陷下去的紧张时刻，哈尔威船长如铁人一般站在船长岗位上指挥着混乱不堪的救援场景，使船上60人顺利逃离危险，而他却永远留在了船长的岗位上。

在困难面前，很多人往往是惊慌失措，可是困难是不会因为我们的惊恐而变小或消失，相反困难有时就像个弹簧，你弱它就强，你强它就弱。既然我们无法改变困难的大小，我们就应该自己冷静下来，勇敢地面对困难，使自己变得强大起来，只有这样我们才能战胜困难，并且开拓一片崭新的天地。

美国作家马克斯威尔·马尔兹说：“想像你自己对困难作出的反应，不是逃避或绕开它们，而是面对它们，同它们打交道，以一种进取的和明智的方式同它们奋斗。”这是我们面对困难的正确态度。

（李雪娴）

第十一辑

振声激扬

太阳下山时，约翰跌坐在草地上，脸埋进草丛里，开始轻轻哭泣。草屑、泥土沾满了他的嘴巴、眼睛，那一刻他真想就地挖一个洞把自己埋了算了。

看不见的盛宴

[美] 马克·马托塞克/著　庞启帆/译

摄影师约翰·道格戴尔正在给我拍照。他歪着头，身体向前微倾，一丝不苟地捕捉我的侧面影像。我坐在离他约三英尺的地方。我们俩身处约翰的格林尼治乡村公寓里。房间里堆满了铜器古董、相机和约翰的摄影作品。很难相信这些漂亮的照片是由一个几乎完全失明的人拍摄的。

约翰得过五次几乎致命的肺炎、脑感染、周边神经病、卡波西氏肉瘤和CMV视网膜炎。10年前，CMV视网膜炎几乎夺去了他的视力，医生与同行一致宣判他的摄影生涯结束了，但这并没有把约翰击倒。他发誓要成为世界上第一位盲人摄影家，然而，这远非易事。那是一个下午，在纽约州北部的一个农场，他失明后第一次拿起相机。"当时我站在牧场外，试图拍摄一张照片。我借用一个放大镜，奋力调整焦距。"约翰告诉我，"但我不停地绊倒三脚架，并且每次我就要准备好的时候，光影就发生了变化。我不得不重新再来。这让我感到从未有过的沮丧、伤心和失望。"

太阳下山时，约翰跌坐在草地上，脸埋进草丛里，开始轻轻哭泣。草屑、泥土沾满了他的嘴巴、眼睛，那一刻他真想就地挖一个洞把自己埋了算了。约翰的朋友走出屋子看发生了什么事。他把约翰抱起来，走进屋里，然后把他放在沙发上，像对待一个孩子一样把他揽进自己的臂弯。朋友说："好吧，继续，放声哭吧。"约翰靠在朋友的肩膀上，号啕大哭起来。最后，哭干了眼泪的约翰叫朋友帮他拿来一部相机。拿到相机后，约翰重新靠在朋友身上，然后猛地按下快门。这张照片创造了一种意想不到的美，就像圣母怀抱殉难耶稣之忧伤图。约翰把它起名为"人类起源"。

这张震撼人心的照片完全不同于约翰以前的作品的风格，但它成为了约翰不久后举办的个人摄影展的焦点，使他从业余摄影迷的身份迅速跻身世界级艺术家的行列。从那时候起，他独特的青版照相法使他赢得了与维多利亚时代的摄影大师卡梅伦夫人一样的声誉，并且收到了世界各地的收藏家和博物馆的邀请。迄今为止，约翰·道格戴尔已经举办了38次国际性的个人摄影展。但他笑称："我最好的作品还没有诞生。"

在黑暗中追求美的瞬间，在混沌中创造艺术的盛宴，使得这个出色的男人获得了恢复心灵健康的回程车票。"生活就是学会接受某些难以接受的东西，"约翰说，"使它最终变成对你有意义的事情。如果你一味逃避它，它只会毁了你。如果你不断纠缠于为什么会这样，你就会迷失自己，你的一生将不会再拥有美好的时光。"

"一旦我们能正视磨难，改变的机会就会降临我们的身上。这就像核能，如果使用得当，就能造福人类。"约翰说，"磨难也一样。它是我们人生经历的一场大火，你要么冶炼成金，要么化为灰烬。"今天的约翰·道格戴尔在思想方面已经得到了极大的升华，这种升华比他的视力更加珍贵。他说："光明来自内心。眼光和视力是两码事。有时候我想，如果老天说可以让我复明，但必须忘掉我已经领悟的一切，那我宁愿放弃。"

与你共品

或许，在磨难中获得的重生会让你的人生旅程更加丰富多彩。摄影师约翰·道格戴尔在各种各样的病痛的折磨下失去了视力，但对自己喜爱的摄影却永不言弃，最终在摄影的世界里获得了新生。

小说利用插叙的手法叙写约翰成功作品的创作缘由，交代出约翰心灵由沮丧伤心到重拾信心的转变，同时给予了我们一种深刻的启示：黑暗中也会存在美的瞬间，混沌中也能创造出人生的盛宴。

其实，磨难在我们生活的旅途中无处不在。只有当我们正视磨难，接受磨难，并努力战胜磨难，成功的花朵才会因此而变得更加美丽！人生的轨迹也会因此而改变！

（周梅芳）

是吗？里奇不禁暗暗感慨：这奇怪的彩虹蝶，怎么会有如此多舛的命运呢？

最后的彩虹蝶为生命而舞

佚　名/著　小　羽/译

对少年里奇来说，生活是毫无乐趣的苦差事。里奇一出生就患有严重的先天性心脏病，而且随时有生命危险。

长到14岁，里奇意外地得到一个做心脏移植的机会，有人匿名捐出一颗健康的心脏。当里奇的父母因手术的高危险性还有所迟疑时，他却毫不犹豫——对于一个渴望过正常生活的孩子来说，无论冒什么风险都值！

手术过程倒还顺利，但意想不到的是，没有多久，里奇就出现了排异反应，还伴随有严重的肺部感染。因此，尚未恢复的他被送进特护病房，医生们日夜为他输液、打针、用药，还在他身上插满各种仪器导线进行全天候监护。

那可不是什么轻松的事儿，很多成年人都会感觉苦不堪言，但里奇却咬牙坚持了下来。过了几天，他的病情稍微稳定了一些。可不等大家松一口气，他的第二轮排异反应又来了。

接着，是第三轮、第四轮、第五轮……短短数月，里奇熬过了无数轮排异反应，他内心的决心也不知不觉地消退了，黑暗看起来仿佛根本没有尽头。

里奇忍不住问医生："还要经过多少次，我的痛苦才算结束呢？"医生告诉说："有的人只需挺过一两次就能完全恢复，而有的人，即便挺过了六七十次排异，最后也没能活下来。要知道，排异次数多少与患者存活的希望通常成反比。"

刚刚熬过新一轮排异的里奇躺在病床上，沮丧得连哭的力气都没有，他的心情几乎降到最低谷。如果说，以前，他还因为求生的本能而在拼命努力的话，那么现在，他唯一的念头就是想一了百了。有时候，死亡对自己、对别人都是解脱。

抱着这样的心态，里奇开始消极对待治疗。凡是明眼人都看得出，这个虚弱少年的信心正在一点一点地垮掉。

有一天，里奇正郁闷地躺在病房里，忽然听见隔离玻璃外有人唤他的名字。一扭头，他看见一个陌生的妇女，正微笑着打招呼："嗨，我是詹慕斯太太，不久前我的儿子也住在这间病房。那时我们每天就这样隔着玻璃聊天，他从病床头能看见窗外的槭树梢，上面有一些蝴蝶蛹。你能告诉我，现在树梢上还有几只蛹？因为我儿子很希望知道。"

詹慕斯太太的话勾起了里奇的好奇，他侧过身，果然看见窗外露出长满绿叶的槭树枝，枝茎上附着一些蝴蝶蛹。数了数，一共十个，不过有九个已经裂开，于是他说："太太，恐怕只剩下一个蛹里的蝴蝶还没有飞出来。"

"噢？"詹慕斯太太若有所思道，"那就不太妙了，眼看这几天向南吹的季风马上就过去了。"里奇不解地问："季风和蝴蝶又有什么关系呢？"詹慕斯太太回答说："这是一种很特别的彩虹蝶，它们的翅膀需要依靠风力才能伸展开，如果错过温暖的南向季风，即使脱蛹而出，等待它的也将是死亡的雨季。"

是吗？里奇不禁暗暗感慨：这奇怪的彩虹蝶，怎么会有如此多舛的命运呢？

从这天起，原本一心等死的里奇不觉分了心，毕竟最后那只彩虹蝶对他是一个不小的诱惑。说来也怪，因为心里装了这么一点事，里奇不再感觉生活乏味和痛苦，好像总在期盼什么。

詹慕斯太太每天都会在同一个时间来见里奇，他们隔着防菌玻璃，谈的内容几乎都是彩虹蝶：蛹开始变得透明了；能看见蛹里面有某种生命在蠕动；那个小东西已经成形了……每天都有一点点变化，而那一点点的变化就预示着希望在一点点增大。

为了让詹慕斯太太的儿子得到彩虹蝶最详细的状态，里奇在讲述时总是尽量说出每个细节。有一次，他兴奋地讲啊讲啊，忽然灵机一动说："明天你可以带儿子一起来呀，我敢说，明天它就要飞出来了。"可是，詹慕斯太太的眼睛一下就黯淡下来，她沉默了片刻，才勉强笑着告诉里奇："呃……我的儿子去了别的地方。"

翌日，里奇醒来，发现窗外的天空上满是乌云，而且树叶纹丝不动。他慌张拉住护士询问天气，护士惊奇地看着这个孩子说："是啊，天气预报说今天将下秋季的第一场雨，气候也会转凉。"

"天哪！彩虹蝶完了。"里奇喃喃地念叨着，心里满是无奈和怜惜。他扭脸望着窗外，可以看见蛹里的小生命依旧在奋力挣扎。过了一会儿，蛹尖终于被噬咬开了一个小口，慢慢地，慢慢地，蝴蝶艰难地脱蛹出来。当然，它还不能算真正意义上的彩虹蝶，因为它身体的颜色和树干差不多，翅膀也黏在一起——化蛹为蝶的奇迹要凭借风力，可现在，不仅没有风，而且眼瞅着大雨马上就要来了，所有的努力眼看就要成空。

可奇迹就在这时出现了，树叶微微地动起来，乌云也散开了一些，云天深处似乎出现了一丝阳光，风也逐渐大了一些。那只彩虹蝶随风不停地颤动起来，翅膀上的黏液不到一分钟就被吹干，再用力一扇便张开来。彩虹蝶继续用力扇着翅膀，渐渐地，先前还很普通的褐色花纹开始在风中变幻成赤橙黄绿青蓝紫，好像魔法一样，眨眼就变成了彩虹般美丽的翅膀。

看着乘风飞远的彩虹蝶，里奇一时心绪万千。是苍天要怜惜这最后的彩虹蝶？还是风创造了奇迹？好像不全是，假如放弃那些努力和坚持，就永远不会有美丽的彩虹蝶。

当詹慕斯太太再次前来时，他兴奋地对她讲出了这些内心感触。听罢，詹慕斯太太反问道："那么，你呢？"

"是啊，我自己呢？"

他是个聪明孩子，很容易就得到了答案。只是当他想告诉詹慕斯太太时，才发现她已经离去。

第二天、第三天，詹慕斯太太没有出现。里奇向护士们打听，她们惊讶地说："难道你不知道吗？就是她把儿子的心脏捐给了你——那真是个顽强的孩子，和癌症抗争了三年，几个月前死去了。"

什么？什么啊！里奇一下用手捂住自己的心口，热泪盈眶……

第二年夏天，詹慕斯太太收到一张照片。健康的里奇正站在英国中部海拔900米的洛克斯山顶，他身旁的灌木丛间飞舞着大片美丽的彩虹蝶。照片背后写了一行小字——感谢您和您的儿子，感谢彩虹蝶！

与你共品

只有不畏艰苦磨难，始终不言放弃，才能收获成功。饱受病魔摧残的里奇，在彩虹蝶故事的启发下，重拾了生存的信心，最后健康地活下来了。

小说通过对彩虹蝶与困难作斗争的过程的叙写，交代出主人公对抗病魔的心路历程的变化，同时也在告诉我们这样一个道理："美丽人生并非上天赐予，而是后天的坚持和努力创造出来的"。

其实，只要我们能在心中怀揣希望，并为之不懈地坚持和努力，永不言弃，那么每个人都将有机会创造出属于自己的生命的奇迹！

（周梅芳）

让我想起了骑在它的背上奔驰的情景，想起了那些曾经给我留言、送我卡片和发邮件告诉我他们会一直为我祈祷的人们，并且我感到希望再次向我涌来。

女牛仔的梦想

［美］阿斯丽·安德鲁斯/著　庞启帆/编译

关键的时刻到了。在经过8天的激烈角逐后，我和另外四名入围者焦急地等待着主持人宣读最后一个问题。我为这个盛会已经准备了两年：研究每一种马、熟习马术知识、参加我的家乡北达科他州周边的所有表演、骑任何一匹我能找到的马来提高我的马术技巧。现在，最后一个问题将决定我是否能戴上2007年美国马术小姐的桂冠。

主持人举起麦克风，问道："在你准备成为美国马术小姐的这些年中，你面对的最大困难是什么？"

他怎么会选择这个问题？我的眼睛看向我的家人和朋友，他们一直是我的支柱和力量，当然也是知道在我的帽子下的头发是假发的人。

我是家里六个孩子中最小的一个，我们全家都参加过牛仔竞技表演。在大学，我已经决定为美国马术小姐这个目标而努力。2006年1月，我赴丹佛参加全国马术表演赛。在为期三周的比赛中，我总是觉得很累，体重也下降了很多。我知道身体的某个部位肯定出问题了。

比赛结束后回到家的当晚，熟睡中的我因为胸部激烈的疼痛而醒来，感觉就像有人刺伤了我。第二天一大早，父母赶紧陪我去医院做检查。检查过后，医生说："你得了霍奇金淋巴瘤。"他说，"也就是淋巴结癌症。"

我在农场长大，无论是对闪电劈死一头牛，还是对大冰雹毁掉全部的农作物，都已经见怪不怪。但是这个消息把我击蒙了。我才 21 岁。我彻底崩溃了，放声大哭起来。我所有的希望和梦想在那一刻都消失了。

"霍奇金淋巴瘤是最容易治疗的癌症，"医生安慰我，"但你需要做六个月的化疗。"我点点头，努力试着接受这一切。

"我们每个人都会为你祈祷。"妈妈紧紧握住我的手说。

治疗的过程是那么痛苦。每隔两周的星期二我都要去做一次化疗，化疗后必须休息两三天才能提起一点精神。我的头发也开始脱落，妈妈为此给我准备了三顶假发套，但我把它们放在发架上。我不想戴它们。那就跟向癌症屈服一样。

与马在一起仍然是我最重要的一部分生活。但我已经不再骑马，只是牵着它们出去，看它们吃草。3 岁的特多，是我最喜欢的一匹马，它通常一出马栏，就会跑向开阔的草地，但自从我不再与它一起奔驰后，它就不再这样。它似乎感觉到了我的疲惫。

一个夏日，我斜靠在栅栏上，看着天空发愣。我的马术女王的梦想远去了。我感觉自己不再像一个乐观的、好胜的女牛仔。我是这么虚弱，虚弱得甚至无法祈祷。不觉中，特多走到了我身边，把它的头靠在我的肩上，温暖的鼻息喷在我的脖子上。"我这样做，疯了吗？我应该放弃，让梦想远去吗？"我对自己说。

我斜靠在特多的脖子上，双臂环抱着它。风轻轻地吹起它的鬃毛，拂在我的脸上。这让我想起了骑在它的背上奔驰的情景，想起了那些曾经给我留言、送我卡片和发邮件告诉我他们会一直为我祈祷的人们，并且我感到希望再次向我涌来。这是任何一个牧场主的女儿所继承的最艰难时刻的希望。庄稼可以枯萎，干旱可以来回，但希望会永远在我们的身边。

这一切在我的脑海中涌现时，我走向那个麦克风。我要把这一切当做最后的一个问题的答案告诉评委和观众，我要告诉他们我能站在这个舞台上是一个奇迹。

化疗终于结束了，在最后一次检查中，医生告诉我，我体内的癌细胞消失了。我知道，我已经打赢了一生中所面对的最大的战役。即使飘荡在帽子底下的头发是假的，但我知道现在一切都已经好转。真实的是我跟癌症的搏斗，这也就是我告诉他们的。

当我把我的经历讲完，一位评委把美国马术小姐的桂冠轻轻地戴在了我的头上。

哦，一切都让人感觉非常美好，包括假发。

与你共品

女主人公被医生诊断得了霍奇金淋巴瘤之后，所有的希望和梦想曾一度消失了。然而，她勇敢地与病魔顽强抗争，最后终于实现了成为美国马术小姐冠军的梦想。

面对无情的病魔，很多人都有消沉低落的时候，但只要我们不曾放弃自己心中的梦想，努力地从困难中勇敢地走出来，并以积极的生活心态面对磨难，成功和奇迹才有机会出现在眼前。病魔并不可怕，可怕的是我们被病魔所打倒，从而一生都淹没在痛苦的生活之中。

面对一切困难，只要拥有一颗坚强的心和一份顽强的意志，只要相信希望会永远在我们身边，困难就会向坚强的行动屈服，奇迹就会发生。

（林婉玲）

原来，在苏格兰乡下，有一个关于花朵的古老传说：如果谁能找到六重花瓣的胭脂兰，那么这个人将会得到幸运女神的特别关照。

六重花瓣的胭脂兰

佚　名/著　季　绒/编译

特瑞茜是个苏格兰的乡村女孩，却梦想成为舞蹈家。为了实现理想，她自幼离开家乡，前往伦敦的艺术学院学习。

毕业那年，特瑞茜满怀信心地参加皇家芭蕾舞剧院的演员考试。招考老师看过她的表演后，坦率相告说："以你的条件和资历，日后可以成为一名不错的群舞演员；如果运气好，还能担任领舞。不过，你永远都不可能当主角，因为你缺乏跳独舞的天赋和灵性。"

备受打击的特瑞茜回到家乡，把自己关在屋子里。她才 18 岁，可那么多年的努力居然付诸东流，一想到这些，她内心就茫然无措。

离特瑞茜家不远的地方，住着一个远房的老姨婆。听说了特瑞茜的情况，80 多岁的老姨婆就颤巍巍地跑了来，邀请特瑞茜去看她种的胭脂兰。

胭脂兰是一种生长在寒冷地方的植物，初冬含苞，然后灿烂地开过整个严冬，一直到第二年春天。那正是冬季的第一个月，老姨婆花房里的胭脂兰抽出了一茎一茎的花穗，花苞带着一点淡红，花朵则是淡淡的胭脂色，在绿叶丛中格外明艳。

老姨婆站在特瑞茜身边，乐呵呵地对她说："去找找吧，孩子，看看有没有一朵六重花瓣的胭脂兰，那样你就会得到好运。"

原来，在苏格兰乡下，有一个关于花朵的古老传说：如果谁能找到六重花瓣的胭脂兰，那么这个人将会得到幸运女神的特别关照。

特瑞茜并不相信传说，不过她不忍拂老姨婆的好意，就凑到花朵跟前，很仔细地数过每一朵开放的花朵，真奇怪，那些开放的花朵，都只有五片柔软的花瓣。于是，特瑞茜扭过脸，朝老姨婆摇摇头。老姨婆也过来，一边观察那些花朵，一边说："没有吗？不过不要紧，凭我多年的经验，知道那一朵一定是六重花瓣。"说着她伸出手，用食指尖指着花茎顶端一个刚绽开口的小花苞。

特瑞茜仔细看了看那个小花苞，似乎也没有什么特别。不过，一想到这些胭脂兰在老姨婆的花房里已经种了 30 年，而且她的神情又那么笃定，不由特瑞茜不信。

从花房出来，特瑞茜和老姨婆一起喝了下午茶。老姨婆坐在木摇椅里，腿上盖着毛毯，很闲适地一边喝茶一边问特瑞茜："你是打算待在家里等那朵六重花瓣的胭脂兰开放，还是明天就回城里重新开始生活？"特瑞茜叹气道："我失去了奋斗的目标，根本不知道以后该干什么？"老姨婆停止在木椅上摇晃，直起身子对她说："要知道，现在你是个找到了六重花瓣胭脂兰的姑娘啊，命运女神会给你特别照顾的。可是，假如你老把自己关在屋子里，那么天上掉馅饼也只能砸到房顶上。"

老姨婆的话在特瑞茜的心中泛起了阵阵涟漪。翌日清晨，特瑞茜就背好行囊上路了。是那朵尚未开放的六重花瓣的胭脂兰和老姨婆的话触动了她。

以后的几年中，特瑞茜相继演过舞台剧、伴过舞、当过演员，每一次，她都非常努力，可那些默默无闻的小角色根本不能给她的事业带来起色。光阴很快在指缝间溜掉，特瑞茜已经 23 岁，这个年龄在艺术圈子里意味着定型期，而机遇却似乎从未光顾过她。

冬天又来临了，特瑞茜沮丧地回到家乡。她已经无心继续奋斗，心里疑惑着自己从前的目标是否切合实际，也许根本就应该像大多数乡村女孩一样去生活。

一个雪后的清晨，特瑞茜独自沿着山路漫步，不觉来到老姨婆家门前。老姨婆比从前更老，不过还是精神十足。她认出特瑞茜，问道："孩子，这些年你的运气怎么样？"特瑞茜半玩笑半无奈地回答："糟透了，连那朵六重花瓣的胭脂兰也没能带给我好运。"老姨婆眨眨眼，对她说："是吗？没关系，我们现在就到花房去找找，看看能不能再找到一朵六重花瓣的胭脂兰。"特瑞茜耸耸肩道："那已经不重要了，姨婆，因为我打算待在家乡了。"老姨婆的口吻突然严肃起来："那非常重要，孩子，你不能因为失去信心而躲在乡下过平庸的生活。"

在胭脂兰静静绽开的花房里，老姨婆拉着特瑞茜一朵一朵地看过。忽然，她惊叹了一声，指着一茎花穗说："瞧啊，那个花苞比一般的要大好多，颜色也要深一些，我想就是它了。"

经老姨婆这么一指点，那个花苞看上去的确有些与众不同。特瑞茜疑惑着问："您肯定吗?"老姨婆朝她点点头道："我敢肯定它一定是六重花瓣，而且我还肯定它会带给你好运的。也许你应该打起精神再试试，至少不要太快就对自己失望!"特瑞茜没有说话，但她想也许……

过了几天，特瑞茜打电话给老姨婆，询问六重花瓣的胭脂兰。老姨婆告诉说："它看上去就快开了，你想来看看吗?"电话那头，特瑞茜回答说："哦，恐怕我不能，因为我正在去伦敦的路上。"

春天的时候，有消息传到乡下，说特瑞茜进入了一家模特公司。在这个新行当里，她颀长的身材和经过舞蹈训练的优雅步姿成为得天独厚的优势，不久就在业内崭露头角，之后她又凭借着自己的实力成为令人瞩目的佼佼者。很多知名品牌的商家争相请她做形象代言人，人们看重的不仅是她姣好的外形，而且更看重她内在的那种笃定的信心。

几年后，特瑞茜夺得一项国际模特大奖后荣归家乡。她特意去拜会老姨婆，向她道谢："多亏那朵六重花瓣的胭脂兰，它的确带给了我好运。"老姨婆的小外孙在一旁听着，忍不住插嘴道："不对呀，我家花房里从来就没有六重花瓣的胭脂兰啊!"

"怎么会呢?"特瑞茜惊讶极了。她问老姨婆，"可那一年，还有那一年，您明明告诉我……"老姨婆不做声，把一块甜饼塞进嘴巴里，然后靠在木摇椅上，摇啊摇啊，那布满皱纹的脸上露出一丝坏孩子般狡黠的微笑。

噢，原来如此啊！也许，这个世界上从来不曾有过六重花瓣的胭脂兰，但是，开放在心里的那一朵——是一个人永远都不要轻易放弃的信心和努力。

与你共品

乡村女孩特瑞茜虽然遭遇了一波又一波的挫折，但却凭着一个美丽的古老传说和老姨婆善意的谎言，重拾信心，重新振作，最终成就一番事业。或许，从她的经历中我们也可以找到自己的影子。在挫折面前会感到迷茫困惑，但是最重要的是我们有坚定的信念和毅力。

小说中的六重花瓣的胭脂兰或许并不存在于现实世界，但是它却盛开在每个人的心里。它是信念与毅力的象征，不断地催人奋进。唐代诗人李白曾说过："乘风破浪会有时，直挂云帆济沧海"。漫漫人生路上难免会遇到挫折和困难，荆棘泥泞无处不在，谁具有永久的信念和毅力，谁就是最后的赢家。

（廖颖仪）

我的苦楚加剧了。有时，我的手指发痛，阵阵抽动；有时，我感到刺戳似的剧痛，简直令我喘不过气来。晚上情况最糟，我感到好像有一根炙热的针插入每个指关节。

难道无法治愈

［美］菲利斯·霍比/著 钱松英/译

有一次，我独自坐在一家餐馆里，笨拙地撕开一小包食糖，打算加入我的那杯茶里。“这样吧，让我来帮帮您，”女侍从桌子那边走近来向我说道。我窘迫地咕哝一声“不用了，谢谢您”，同时把我那双变形的手缩回膝上。我宁愿不吃糖，也不愿被人当做一个残疾人对待，甚至不愿引起人们对我关节肿大的手指更多的注视。我心想，我是无能为力的了。没办法了！我呷了几口茶，付了账，就离开了餐馆。

我的这种苦恼开始于几年以前，是在1985年，那时我的指关节肿大和僵硬起来。过去我生活中不假思索就可做的事变得越来越困难，比如开一听罐头啦、用钥匙开锁啦或给衬衫扣钮子啦。

我去看过医生，尽管那时我已经知道自己患了什么病。“关节炎，”医生干巴巴地说，“我们能做到的只是试试去控制肿胀，使你感到自在一些。”他没有说这病是无法治好的，他也没有必要这么说。

医生给我开了消炎药，这些药只是起一些缓解的作用，而它们所引起的厉害的副作用几乎可以导致一种溃疡症。我就诊于别的医生，他们诊断相同，处方开的药要么不起什么作用，要么更坏事。

关节炎在我家族里也有人得过。我母亲患了严重的指关节炎后，在痛苦中熬过了几十年。现在，我仅四十多岁，就得到了同样的悲惨预断——一位专家对我说：“您的双手最终会整个儿地僵硬起来，看上去像爪子一样。”

我的苦楚加剧了。有时，我的手指发痛，阵阵抽动；有时，我感到刺戳似的剧痛，简直令我喘不过气来。晚上情况最糟，我感到好像有一根炙热的针插入每个指关节。我对自己说，天啊，我还有一条长长的生活道路要走，我需要寻求某种方法来帮助我在困难中坚持下去。

随着时间的推移，我的双手变形了。骨节肿大，手指弯曲，无法伸直。过去我喜欢使用双手来与人交流——用一些手势或一种鼓动性的姿态以加强我的谈话语气。现在，我一想到人人会盯着我那双变成爪子似的怪手，我就无法忍受。我试图把双手隐藏起来。我戴上手套并把它们紧贴着身子的两侧、插在口袋里或者紧扣在背后。我不知不觉地避免当众有所举动——吃三明治呀、与人握手呀、在音乐会上鼓掌呀。我不明白究竟哪个对我更糟，是手痛呢还是羞惭？在家里时，当我牵着两条爱犬出外散步时，我连握住系狗的皮带也成了苦事。我过去喜爱的一切事物都受到了影响，甚至在电脑上打字也在变得难以忍受。作为一个自由作家和编辑，我又怎样去工作和谋生呢？我还太年轻，不到退休的年龄，而且从其他任何方面看，我是非常健康的。是不是我必须放弃我的生计呢？

有一天，我出去购物。我打开车门，顺当地进入车内，可是当我转动点火开关的钥匙的那一刻，却袭来一阵剧痛。我忍着，没有叫出声来。我的双手已经如此僵硬，不用多久我将无法握住方向盘了。我住在乡间，那里没有公共交通车。我对自己说，我不能再这样下去了。

我用弯着的手指把握着方向盘，驶往约需四十五分钟路程位于商业大街的一家百货商店。那里正在削价出售家庭用品，而我想买一些把手较大的容器和平底锅，让我能更容易握住它们。在炊具部，我从衣袋里伸出双手，仅仅是为了打开容器的盖子并估量一下它们有多重。

我选了一只看起来容易握住的容器，然后走到收银台去站队。我把双手藏在容器下面。当队伍往前移动时，我拉开手提包的拉链，打算掏出信用卡。

可是，我立刻意识到排在我背后的那个人正在望着我，看我的那双手。

我稍微回头一下，确信无疑，一位妇女正在凝视着我那些鼓起和发红的指关节。我狠狠地瞪了她一眼。我真想厉声地说，没错，我的手很丑陋，看来很可怕，今生今世就这样难看下去了。

当我怒气冲冲地转过身子时，那位妇女问道："您的手发痛，是吗？"

"是，"我答道。她的语调所蕴含的关心使我感到惊奇。不过，我还是按捺住情绪加上一句，"这又关你什么事？"我不需要陌生人的同情，同情不会医好我的病。

这位妇女靠近我，伸出她的双手，手指笔挺，很漂亮。她说："我的这双手以前跟您的一样。我也患过可怕的关节炎。"说罢，她把手指轻松地伸展了几下。

我目不转睛地看着她，说不出话来。她在开玩笑吧？但是这不可能，因为她的双眼充满了同情和关爱。我结结巴巴地说："什么……是怎么一回事？"

"我把一些关节换掉了，"那位妇女说，"从此一切就大不一样了。"

我听说有人置换过髋关节和膝关节，但是从未想到手指关节也可置换！我逐步挪到收银台跟前，出纳员把我所购置的东西在收银机上结算，这时我心中激动不已。

我等那位妇女也付了钱后，急切地问她："您在哪里动的手术？"

"费城，"她说，"我是在一家手诊疗所做的，那时这种置换还是一项新手术。有些医生到现在还不知道呢。那里的外科医生不能肯定我的新关节可以维持多久，但是它们至今还是很好地运转着。”

“谢谢您，嗬，谢谢您!”我简直大声喊叫起来，拿起货品袋就往外跑去。我一到家，便奔向电话机。我打电话给费城的问讯处，询问有没有专门提到治疗手的医院的名单，当接线员把这样一个医院的电话号码告诉我时，我感激地流出眼泪，哭了。

几天之后，我坐在了蓝道尔·卡尔普医师的诊所里，同他谈话。他是费城手治疗中心的一位外科医生。他把我一只手的X光片按在荧光屏上，用手指点给我看：关节炎已经磨损了软骨结构，因此指骨互相摩擦。他解释道，那些业已磨损的部分可以用塑料关节置换，之后我体内会产生瘢痕组织来稳固关节。我当即问道：“您什么时候可以动这个手术呢?”

一个月之后，我的右手做了手术，医生只要求我在医院里待上一个晚上。这次手术有些术后痛楚，但与我多年来一直在经受的痛苦相比，那是微不足道的。

比疼痛的消失更为美好的是，我从此有了充满希望的前景，因为绝望的心情是各种痛苦中最恐怖的苦楚。接下来，我在职业疗法专家特里·斯基文那里锻炼了6个月。她教我一些操练方法，好使我的手指重新正常地活动起来。这些操练会使瘢痕组织柔顺灵活，并坚强得足以把新的关节固定在位。“你必须天天操练，”她坚定地告诫我，“不然的话，那次手术将前功尽弃，只是浪费时间罢了。”此后，我每天操练几个小时，直至我的手指慢慢地而又肯定地变得灵活和结实为止。

一年以后，也就是1996年，我的左手也动了手术。虽说我的10个手指还不能完美地挺直，但已能伸屈自如，而且不再疼痛了。

现在，我出门时总随身带些费城手治疗中心的地址卡。当我站队购物或者在餐馆吃饭时，或者只要我一眼看到一个过路人的手指变形、关节处有疙瘩或骨节肿大时，我就开口问他（她）：“您的手发痛，是吗？我的这双手以前跟您的一样。”然后，我就给他（她）一张治疗中心的地址卡。我不在乎这人起初会不会感到惊愕，只要他或她能发现这病是有法治愈就行了。

一个人可能必须学会忍着痛苦活下去，但有一样东西是你活着就绝不能缺的，那就是希望。

与你共品

陌生人的一句关心话语，却可温暖你我的心田，改变你我的现状。你平时不经意的“多管闲事”，也许会改变他人的一生。

小说以第一人称的叙述方式，与读者产生共鸣，使读者切身地感受到那些看似微不足道的关心却能给予我们温暖和力量。然而，感谢那些雪中送炭的人的最好方式就是用爱心和行动去抚慰周围需要帮助的人。

在人生旅途中，我们会遇到各种各样的困难，要战胜那些困难就需要我们互相帮助，互相扶持。绝望让人意志消沉，希望却可鼓舞人心。无论我们遇到什么困难都应心存希望。同时，我们也不要忘了向别人伸出援手，把感恩的种子播满人间。

（廖颖仪）

把这些脚铃系到一条皮带上，绑到脚关节处，就可以跳舞了。头一个星期，她每天都戴着它们，大跳特跳，直到把她那颗小小的心跳累。

用心来跳舞

［加拿大］格伦达·汤森/著　佚　名/译

1987年5月8日，我产下了一位金发碧眼的漂亮女孩凯茜。

她出生后没几分钟，医生就对我们说她患有唐氏综合征。他告诉我们不要对她有太多的期望。她可能永远不会走路，或许也不会说话，甚至不能像其他小孩那样玩耍。他说，从爱她的角度出发，请你们现在就考虑将来把她放到某个机构抚养。

我说，这不可能，我会像抚养我的其他孩子一样把她抚养成人。她很乖，只有在饿了的时候才哭，而且根本就不吵闹。我爱把她抱在怀里，摇着让她入睡。任何人把她抱到怀里，她都会镇静下来。

长到1岁半的时候，她开始遇到各种各样的麻烦事。她经常跟只比她大一岁半的哥哥一起玩耍，而且是形影不离。他们似乎是一起学习，尽管两人中凯茜更加好奇爱问。此时，我们发现安德鲁在精神方面也受到了挑战。

音乐对安德鲁有镇静的作用，但是对凯茜来说，它是一次可以“晃脚”的机会。她爱跳舞，甚至在坐着的时候。如果是一首她喜欢的歌，她几乎是一听到歌声，就会咯咯地笑。

凯茜3岁的时候，丈夫和我安排到外地度了短短的3天假。在回家的路上，我们在一家土特产礼品店前停车，给孩子们买了一些礼物。买给凯茜的那件礼物是一套脚铃。把这些脚铃系到一条皮带上，绑到脚关节处，就可以跳舞了。头一个星期，她每天都戴着它们，大跳特跳，直到把她那颗小小的心跳累。

她8岁时，我想把她安排进芭蕾舞培训班，但是，由于培训班教师对她很冷漠和不喜欢，我不得不放弃了。

两年之后，另外一位教师又开办了一家舞蹈学校。我去见这位教师，征求她的意见。她说她愿意试一下。她并不知道是否能教会凯茜什么，但是她认为这对凯茜是有好处的。

第一年，她将凯茜跟那些正常的孩子安排在同一个班里。凯茜做得很好，但是，她很显然跟不上其他学生的步伐。

第二年，她为那些特殊的孩子开了一个班。班里有3位小姑娘，还有一些年纪较大的人，他们是从当地有精神缺陷的成人看护之家转过来的。

在那年的年终晚会上，他们引起了轰动！大家都喜爱他们，全都随着音乐为他们鼓掌。

同年，我的一位朋友带着儿子来探望我们。她儿子是一位优秀的舞蹈家，也曾经患过唐氏综合征。我女儿的教师邀请他在他们的舞蹈演出会上当嘉宾演员。此时，她为凯茜设定了一个目标。

凯茜16岁的时候，教师决定让她在年终舞蹈演出会上表演独舞。凯茜成功地表演了独舞，引起了巨大的反响！到场的观众无不热泪盈眶。

在过去的4年间，她到各个学校表演独舞，还到社区晚会登台献舞。她仍然喜爱跳舞，她的教师对她取得的进步也感到满意。她被邀请到另一家舞蹈学校的年终舞蹈演出会演出，还被邀请到艾伯塔省埃德蒙顿的一家学校，为那些特殊学生跳舞表演。

现在，凯茜已经上大学了，是在另外一个城镇，但是每个周末她都要回家，而且每个星期五晚上都要去上一堂舞蹈课。我真的希望她能这样继续下去，因为她肯定是跟她的舞蹈教师紧密相连了。

现在，她无论走到哪里，都可以获得人们对她的舞蹈的溢美之词，而且她对所有的赞扬都会笑着说“谢谢你”。

她意识到自己跟别人不同，所以，每当轮到她跳舞，她都会用心来跳。

与你共品

患上唐氏综合征的凯茜却从没有因为医生的结论而放弃自己。凯茜对于这所有的一切是多么的乐观、坚强。特别是对于舞蹈，她是多么的用心去热爱它。终于，她得到了人们的认可和赞扬。

身体上的缺陷也许不会让你像常人一样生活，也可能会使你经历比常人多好几倍的磨难。但只要乐观、热情、用心地对待生活，成功还是属于你。因此，身体上的缺陷并不能阻止我们对生活的热情，以及对美好幸福的追求。所谓功夫不负有心人，只要用心，成功就在眼前。

生理上的缺陷并不能阻止我们对生活的热爱，更阻止不了我们前进的步伐，精神上的乐观、热情、用心、执著会打败一切生理上的缺陷。成功最终取决于精神上的顽强奋斗与执著追求。

（林婉玲）

但是，领了第一笔工资后我留一角钱，它伴我读完大学。我至今保留着它，为的是不忘自己的身世。

一角硬币

[美] 帕特丽娅·S·莱/著　佚　名/译

一天，我去了一个商人的办公室。谈话间，我注意到他不停地转动一个镇纸，镇纸里有一枚一角硬币。出于好奇，我问起这枚硬币的事。他说："在大学就读时，我和同寝室的一个同学的钱花得只剩下一角硬币了。他享有奖学金，而我靠在棉花地里和食品店里打工挣钱，以维持日常生活。我俩都是家中第一个迈进大学校门的人，双方的父母都为自己的孩子感到格外自豪。每个月他们都会寄来一点伙食费，但那个月我俩都没有收到支票。那天是星期天，当时我们手中只剩下一角硬币。"

"我们用这唯一的硬币给500英里以外我的家人打了一个受话者付费的电话，母亲接了电话。从她的声音中我可以听出家中有了麻烦。她说父亲因病失业，那个月家里根本没办法给我寄钱。我问我同学的钱是否寄出来了。母亲说她跟他的母亲聊过，他家那个月也凑不起钱来寄给他。双方的父母都很难过，看来我们好像只得辍学回家了。他们之所以迟迟不告诉我们真相是希望能找出什么解决问题的办法来。"

"你当时很失望吧?"我问道。

"失望极了，我俩都失望极了。还剩一个月我们就读完这一年的课程了，然后整个夏天都可以打工挣钱。我成绩优异，已获得了下学期的奖学金。"

"那你们是怎么解决问题的?"

"我们刚挂上电话，只听见哗的一声，硬币涌出了付费电话机。我们大笑着，伸出双手捧起硬币。走在大厅里的学生以为我们疯了。我们商议着拿走钱，花了它。没人会知道所发生的事。但我们立刻意识到这种事做不得。这样做不诚实，你明白吗?"

"我明白。但是，要把钱还回去谈何容易?"

"是啊，我们试过。我们给接线员打了个电话，告诉她所发生的事。"他微笑着回忆说，"接线员说那是电话公司的钱，叫我们把钱放回电话机。我们三番五次地把硬币投入电话机，但每次电话机都把钱吐了出来。"

"最后，我告诉接线员电话机拒收硬币。她说她也不知怎么办是好，不过她要向上级汇报此事。她回电话时说我们只好留下这笔钱了，公司不打算为这区区几美元派一个人大老远地跑到学校去收取。”

他望着我抿着嘴笑了，并有些激动地说：“我们一路笑着回到了宿舍，数了数钱，共有7美元20美分。我们决定用这钱在附近一家食品店里买食品，课后再去找工作。”

“找到工作了吗？”

“找到了。我们在食品店用硬币付款向经理讲述了所发生的一切。他给我们俩提供了工作机会，第二天就上班。在第一次领工资前，我们的钱足以维持生活。”

“你们都完成大学学业了吗？”

“完成了。在毕业前，我们一直为那个人工作。我的朋友后来成了一名律师。”他环顾了一下四周说，“我学完了商务专业，然后创办了这家公司，今天有几百万资产。我自己的孩子都上了大学，我同学的孩子也进了大学，但我的孩子是先上大学的。”

“这枚是原先那些硬币之一吗？”

他摇摇头说：“不是，我们当时不得不用了那些钱。但是，领了第一笔工资后我留下一角钱，它伴我读完大学。我至今保留着它，为的是不忘自己的身世。每当我历数所遇到的好运时，我都忘不了在我的生活中曾经有这么一枚小小的硬币使我摆脱了父母每天都要面对着的贫穷。”

“你有没有再遇到过那位接线员，或告诉她那笔钱对你来说是多么重要吗？”

“没有。不过，毕业时我和同学给当地的电话公司写了一封信，问他们是否想收回那笔钱。”

“公司的总经理回信向我们表示祝贺，并说他感到公司的钱从未花得这么值得。”

“你认为这样的好运气是偶然撞上的，还是有意安排的呢？”

“这些年里我常常思考这个问题。不知接线员当时是不是听出了我惴惴不安的心情；也许是她让电话机拒收硬币的；也许……是上帝的旨意。”

“你永远无法找出确切答案，是吗？”

他摇了摇头，触摸着硬币，似乎想从中汲取力量。“找不到答案，但我永远不会忘记当时的情景和那一角硬币。在这些年里，我多次偿还了这笔债。我希望我也帮了其他人，就像一角钱帮了我一样。”

与你共品

一枚小小的一角硬币，为何会一直伴随他读完大学？可以看到，小说中的他在进入人生的高潮时依然牢牢记住曾经的苦难挫折，“从中汲取力量”，这是一种明智的选择。

有志者永远不怕前路的荆棘，因为，他具备了铭记苦难阻碍的勇气和勇往直前的精神。每个人成功的背后都是困难重重，唯有把苦难深深烙于脑海，才能使梦想的翅膀飞得更高。

面对许多苦难、折磨，我们或许会抱怨、会逃避；然而，有一天，你将会发现，曾经的不幸也是一笔可贵的财富。因为它曾一直鞭挞着自己，激励着自己，直到成功的彼岸……

（刘慧群）

空气里满含着春意，金色的阳光洒在柏油路面上，暖煦煦的。帕森斯先生站在旅馆门前，听着瞎眼乞丐嗒嗒嗒走过来的声音，心里突然升腾起一股对所有盲人的怜悯之情。

瞎　子

［美］坎　特/著　佚　名/译

帕森斯先生跨出旅馆，一个乞丐正沿着大马路走过来。

这是一个瞎眼乞丐，拄着一根瞎子常用的斑斑驳驳的旧拐棍，小心翼翼地敲打着路面，向前迈着步子。乞丐的脖子很粗，长着绒毛，衣领和口袋上满是油腻，一只大手握着拐棍的弯把，肩上搭着一条褡裢。显然，他还卖点什么东西。

空气里满含着春意，金色的阳光洒在柏油路面上，暖煦煦的。帕森斯先生站在旅馆门前，听着瞎眼乞丐嗒嗒嗒走过来的声音，心里突然升腾起一股对所有盲人的怜悯之情。

帕森斯先生想，自己活着真是幸运。几年前，他只不过是一名普通的技工，现在，他获得了成功，受到尊敬，被人羡慕……这都是他独自在无人援助的情况下，冲破层层障碍，艰苦奋斗的结果……他还年轻啊！春天清新的空气，还有对吹皱的池水和葱绿的灌木丛清晰的记忆，这种心情使他热血沸腾。

瞎眼乞丐刚从他面前嗒嗒嗒走过去，他就迈动步子。衣衫褴褛的乞丐立即转过身来。

“等一等，先生，耽搁你一点时间。”

帕森斯先生说：“已经迟了，我有约会。你想让我给你点儿东西吗?”

“我不是乞丐，先生，我的确不是，我这儿有些小玩意儿。”

他摸索着，把一个小物件塞进帕森斯先生的手掌——“挺精巧的打火机，只要一元。”

帕森斯先生站在那儿，略略感到有些烦恼和尴尬，他是一个俊雅的男人，身着整洁的灰色衣服，头戴灰色宽边礼帽，手握一根棕榈木手杖。当然，兜售打火机的人不会看到这些……“我不抽烟。”他说。

“等一等。我断定你认识许多抽烟的人，买一个作为送人的小礼物吧?”乞丐谄媚地说，“先生，你不会反对帮助一个可怜人吧?”瞎子乞丐紧紧抓住帕森斯先生的袖子。

帕森斯先生叹了口气，用手在内衣口袋里摸出两张五角票来，放进乞丐手中：“当然，我会帮你的。你说得对，我可以把这东西送人。或许电梯司机会——”他犹豫了一下，不想显得粗鄙好奇，即使是同一个瞎眼小贩在一起，“你是不是完全失明了?”

乞丐把钱装进口袋，“十四年了，先生。”接着，又加了一句，带着一种神经质的自豪，“韦斯特伯里，先生，我过去也是其中一员。”

“韦斯特伯里，”帕森斯先生念叨了一遍这个名字，“噢，是的，那次化学爆炸……报纸多年都不提它了。当时它被认为是最大的一次灾难。”

“人们都把它忘记了，”乞丐疲乏地动了动双脚，“我讲给你听，先生，一个曾在韦斯特伯里待过的人不会忘记它。我看到最后一幕是化学药品商店里腾起一股浓烟，那些他妈的毒气从破窗户口直往外涌。”

帕森斯先生咳嗽了一声，但这个瞎眼小贩被自己戏剧性的回忆扣住心弦，而且，他想到帕森斯先生口袋里或许还有不少五角票子。

“想一想，先生，一百八十个人死亡，大约二百人受伤，五十多个人失去双眼，像蝙蝠一样看不见东西”，他向前探索着，脏手抓住帕森斯先生的上衣，“我讲给你听，先生，没有什么事比战争中发生的事更糟糕。如果我是在战争中失去双眼，那倒好了，我会受到很好的照顾。但我只不过是个工人，和化学药品打交道。我受伤了，你他妈的也能看见我受伤了，而资本家还在发他们的财！他们入了保险，什么也不愁，他们——”

“入了保险，”帕森斯先生重复了一句，“是的，那正是——”

“你想知道我是怎样瞎的吗?”乞丐喊道，“喂，听听吧!”他的话语里含着痛苦，但又带着一种讲故事的人时常有的夸张味道。“当时，化学药品店里，我最后一个跑出去。楼房在不断爆炸，跑出去就有了活的希望。许多人都安全冲出门，跑远了。当我冲到门口，正在那些大铁桶之间爬动时，后面有人揪住我的脚，说，‘让我过去，你——’他也许是个疯子，可也说不清。我试图从心里宽恕他，先生。但他比我壮得多，他把我拉了回去，从我身上爬了过去！他把我踏进尘埃里，出去了。我躺在那儿，毒气把我包围了，还有火在燃烧，药品在……”他咽下一口唾液——颇为熟练地抽动了一下鼻子——满含着期望，默默无语地站着。他或许还会讲出下面的话来：“太不幸了，伙计，不幸极了，那么，我想——”

“这就是那个故事，先生。”

春风从他们身上拂过，温润，刺骨。

“不完全是。”帕森斯先生说。

瞎眼的小贩发疯似的颤抖起来，“不完全是？你这是什么意思，你——”

“故事是真的，”帕森斯先生说，“除去信口雌黄的部分。”

“信口雌黄的部分?”他粗野地哇哇叫着，“哎呀，先生——”

“我也曾在化学药品店里待过。”帕森斯先生说，“可事实和你讲的不一样，是你把我拉回去并从我身上爬过去的，是你比我壮，马克沃德特。”

瞎子好长时间站在那儿一动不动，只是一个劲地狠狠咽着唾液。最后，他忍着气，说：“帕森斯，上苍有眼，上苍有眼！我还认为你——，”接着，他又友好地嚷叫起来，“是的，可能，可能，我却瞎了！我是瞎子，你一直站在这儿让我滔滔不绝地讲啊讲，你一直在嘲笑我！我真是瞎了眼啊!”

街上的行人都扭过头来瞪着他。

“你走开，我瞎了！你听见没有？我是——”

“算了吧，”帕森斯先生说，“别这样吵吵啦，马克沃德特……我也是个瞎子。”

与你共品

马克沃德特反复强调自己是失明者，并想以谎言来博得别人的同情；而帕森斯先生也是失明者，但他没有怨天尤人，而是凭着自己的毅力，努力拼搏，不断超越自我终获成功，使自己的生命焕发了光辉。

小说巧妙地将两个失明者形成鲜明的对比，平静中间夹着涌动，将人性的丑恶虚伪与道德美善表现得淋漓尽致。人物设计更是不露声色，结尾更令人出乎意料，同时让人清晰地看到了两个人物之所以拥有两种截然不同的命运，是因为两人对人性善恶取舍不同造成的。

朋友，如果你拥有一颗善良的心，即使在黑夜里，也会摸索到成功之道；而人性的丑恶如同疾病，不断地侵害人们健康的躯体和可贵的精神。

（刘慧群）

她不知道自己脖子上的这块疤痕会给他留下什么样的印象，她极不愿意让那位陌生的男青年看到自己有缺损的面容。不能见，不能见！

假面舞会

［前苏联］谢尔巴切夫斯基/著　王　标/译

诺拉穿上了簇新的假面舞服装。

这套彩蝶造型的服装让身段匀称、面容姣好的姑娘穿上，那是再漂亮不过了。

她穿着也非常熨帖合身。诺拉从桌上拿起了面具。

是的，她能够用面具遮盖住脖子上一块挺大的烧伤的疤痕，在一年之中也只有这么一次机会。这块疤痕，是在四年前出现的。

那时，诺拉中学毕了业，进了一家工厂，在实验室工作。

一次，实验室里只有她一个人。突然，出人意料地发生了火灾。姑娘没有恐慌，也没有跑开。她勇敢地独自一人扑灭了大火。

诺拉从火神手下救出了价值近百万卢布的实验室。

谈及她的功绩的文章大量地出现在报纸上。姑娘把这些文章珍藏了起来。然而，在她脖子右侧留下的一块烧伤疤痕，却老是唤起她对那场大火的记忆。

自从诺拉的功绩见诸报纸以后，公众哗然，赞誉纷起，致敬信像雪片一样从四面八方飞来。来信人既有天真烂漫的中学生，也有在远东铺设铁路的工人，还有才华横溢的大学生们。

人们都赞美她，钦佩她的壮举，羡慕她的功绩。可是，随着时光的推移，来信越来越少。最后，诺拉只能收到一个名叫考尔舒诺夫的大学生的信了。他的来信兴味盎然，一如当初。姑娘呢，当然很高兴给他复信。

考尔舒诺夫很想结识诺拉。他在每一封信中都执著地邀请诺拉去影院和剧场。

但姑娘很怕这种相会，仿佛这种相会将要把美妙的友谊破坏掉似的。她不知道自己脖子上的这块疤痕会给他留下什么样的印象，她极不愿意让那位陌生的男青年看到自己有缺损的面容。不能见，不能见！不久，她满怀依依惜别之情终止了同考尔舒诺夫的书信往来。

眼下诺拉很少去做客，至于去参加晚会，那更是绝无仅有的事啦。也许，她缺少尚无男友的妙龄少女所特有的孤独感；也许，她没有大龄姑娘因岁月催逼而产生的危机感；也许，她自有其难言的隐衷吧。人们这样揣测着她那少而又少的社交活动的缘由。也许，如同人们对诺拉壮举有着“可敬而不可为”的慨叹一样，诺拉对爱情也有着“可遇而不可求”的遗憾吧。

只有新年假面舞会算是例外——大概这芳龄姑娘即使没有求偶的奢望，也该有交友的渴求了吧——她每年前去一次，而且每次都要找一个新的地方，一个没有人认识她的地方。

时光流逝，四年不知不觉地过去了。此时的诺拉已经成了一位大学生。

今年她决定参加一次学院组织的新年假面舞会。过去，学院还不曾组织过呢。

二礼堂里洋溢着浓烈的节日气氛。

青年人有的在翩然起舞，有的在观赏着圣诞树，有的聚在一起热烈倾谈。

维克多没去跳舞，他站在墙边一棵棕榈树下，他的朋友鲍里斯风度翩翩地向他走来。

“真遗憾哪，”维克多对朋友说，“来客中间大概有很多漂亮的姑娘吧。可惜戴着面具能看见什么呀？”

鲍里斯回答道：“对我来说，姑娘的容貌美不美并不重要，重要的是头脑和心灵。”

鲍里斯发现，一位站在他侧面的姑娘正向自己投射着动人的微笑。他的嗓音变得更响亮了：“对我来说，内容比形式更重要。”

“鲍里斯，你好像是在做讲演。你大概把自己的报告背熟了吧。”维克多笑了。

“不，我是那样想的。”鲍里斯略带不快地回答。说完，他离开了维克多，去邀那位向他传递秋波的姑娘跳舞了。

维克多穿过大厅，避开人群，走到窗户旁边停住了。

这时，鲍里斯神采飞扬地向他奔来。

“你知道吗？大厅里出现了一位穿着彩蝶服和迷你裙的陌生姑娘。她的舞姿太迷人了！华尔兹的轻快、优美；迪斯科的热烈、奔放，兼备一身。大方而不失于轻浮，典雅而不流于造作。啊！邓肯的再现，罗曼诺娃的舞魂！小伙子们都在追逐她，都在打听她究竟是谁。她呢，回答得那样俏皮！瞧！她离开了人群。瞧，快瞧！她要从我们旁边经过呢！”鲍里斯高超的口才又一次使朋友惊叹了。

“彩蝶”姑娘微笑着，她露出的那一双漂亮的眼睛闪烁着欢快而幸福的光彩。

啊，真的，她有着发自内心深处的微笑，这是醉人的微笑。

“走，我们现在应该和她认识！”鲍里斯说着，见维克多还站在原地，便拉着朋友向那位引人注目的陌生姑娘迎了上去。

才不过几分钟了，他们和姑娘就相识了。鲍里斯兴致勃勃地和她谈着，而维克多则陪他们站着，缄默不语。鲍里斯时而打趣，时而赞美姑娘的舞姿，时而夸奖姑娘的服饰。他经常重复着一个问题：“请告诉我，您是哪位漂亮的姑娘？”

“为什么您要想象我是一位漂亮的姑娘呢？要知道，我并没有摘下面具呀。”

她说着，忍不住“咯咯咯”地笑出了声。然而，维克多似乎感到她那柔美的嗓音里隐含着一丝淡淡的哀愁。这时，鲍里斯带着自信的口吻回答：“我看见了您那双眼睛和动人的微笑，听到了您悦耳的嗓音。那风韵，那倩影，妩媚婀娜，令人销魂——我确信您漂亮得无与伦比！现在我一门心思想着的就是您！我准备为您竭诚效力。请说吧，我能为您做些什么呢？”

“葡萄！我想吃葡萄。”“您在开玩笑吧！在这冬天我到哪儿为您找葡萄呢？别说是店里没有，就是整个莫斯科现在恐怕也找不着呀。”

“我可不喜欢空谈家，只喜欢今天这个晚会和找得到葡萄的人。”

姑娘给鲍里斯以善意的嘲笑。她似乎对眼前这位华装夺目、才气超群的青年人有了几分理解。听了姑娘的话，维克多不知不觉地微微一笑。而鲍里斯却什么也没明白，他依然无休无止地盛赞姑娘的智慧、微笑和眼睛。

“我们去跳舞吧。”他对姑娘发出了热情的邀请。

他们去了，留下了维克多一个人。

她跳得多么洒脱、轻松！简直是活生生的舞的精灵！鲍里斯如痴如迷，神魂颠倒。这时，他在姑娘耳边柔声细语地喃喃说着：“我感到，好像是爱上您了。请允许我看看您的面容吧。”

“您不会感到意外吗？”

“您又开玩笑了！请告诉我，我们什么时候约会呢？”

“不。直到永远。”

鲍里斯脸色变得庄重了。

“我一直感到，您就是我的生命。对这一点，我确信不疑。对我来说，姑娘的容貌漂亮不漂亮并不重要，要紧的是头脑和心灵。内容永远重于形式。”

鲍里斯近乎执拗地一再请求姑娘摘下面具。而姑娘则一改刚才的欢快情绪，变得愈益忧伤了。

“好！”她终于同意了，“我摘下面具。”

他俩出了大门，在走廊里停了下来。

“看吧！”

……沉默，足足有几分钟的沉默。鲍里斯口齿不清地说道：“我不打算背弃自己的诺言。”

“您和我一同走进大厅，好吗？”

“当然。哎呀！只是稍稍等一会儿，我忘了给小吃店付钱了。”

留下了姑娘一个人，她明白了，“仆人”鲍里斯不会再回来了！

过了一刻钟，透过夜空传来了报道新年降临的钟声，它宏亮而悠远。大厅里，欢呼声骤然响起，节日的炽烈气氛达到了顶点。

形单影只的“彩蝶”站在寒气袭人的走廊里，低着头，哭了。

“新年好！新年幸福！”突然，她听到背后什么人饱含热情的祝福声。转过身，她看见了，站在她面前的是维克多。维克多此时身穿大衣，气喘吁吁，而手里捧着一串葡萄！

“拿着，这是给您的。原谅，只是晚了些。”

“现在您看到卸了装的我了吧！看清了？好了，您可以把葡萄拿回去了！”

维克多十分留意地审视着姑娘，突然发问：“您叫诺拉。”“这，还有什么意义吗！”带着几分惊讶，姑娘抽噎着回答。

“我给您写过信。我，维克多·考尔舒诺夫。”

姑娘似乎不为所动，仍是在饮泣。

“瞧您，多不怕难为情。诺拉，我在报上知道了您的壮举以后，我想象您不是这样的。我认为，您是位女英雄，您敢和我一起走进大厅!”

“这是真的?”她在将信将疑中微露笑意。

“把手给我!”

他的手是温暖的，也是强有力的。

是的，和这种人在一起，不仅可以勇敢地走进大厅，而且可以勇敢地走向生活。

与你共品

女英雄诺拉为了遮掩她脖子上一块被烧伤的疤痕而佩戴假面具参加舞会，最后在维克多的鼓舞下摘下面具，最终勇敢地走进大厅，走向生活。

当人们面对自己的缺陷时，总习惯刻意地躲避。人们最大的心魔便是无法战胜自己，因此便沦为了自己的奴隶。但一旦你重拾了那颗战胜自己的勇气之心，展现在你眼前的将是另一个美丽的人生。

在现实生活中，有很多曾遭受过挫折但却无法战胜自己的人，他们一辈子都只能活在痛苦中，而那些虽遭受过挫折却勇于战胜自己的人，如海伦·凯勒、霍金等，他们的人生不因为曾有的挫折而黯淡无光，反而越发的灿烂。所以，只要我们敢于不断地突破自己，生活将变得更精彩!

（庞海清）

谁都知道，患不治之症快要死去的孩子们，他们忍受病痛、同死神决斗的信念和他们势不可挡的勇气，使我们这些人的心都快要碎了。

最后的歌声

［英］A·艾德里安/著　文　军/译

在伦敦儿童医院这间小小的病室里，住着我的儿子艾德里安和其他六个孩子。艾德里安最小，只有四岁，最大的是十二岁的弗雷迪，其次是卡罗琳、伊丽莎白、约瑟夫、赫米尔、米丽雅姆·莎丽。

这些小病人，除开十岁的伊丽莎白，他们都是白血病的牺牲品，他们活不了多久了。伊丽莎白天真可爱，有一双蓝色的大眼睛，一头闪闪发亮的金发，人们都很喜欢她。同时，又对她满怀真挚的同情：伊丽莎白的耳朵后面做了一次复杂的手术，再过大约一个月，听力就会完全消失，再也听不见声音了。伊丽莎白热爱音乐，热爱唱歌，她的歌声甜美舒缓、婉转动听，显示出在音乐上的超常天赋，而这些将令她失去听力的前景更加悲惨。不过，在同伴们面前，她从不唉声叹气，只是偶尔地、当她以为没人看见她时，沉默的泪水才会渐渐地充满她的眼眶，缓缓流过她苍白的脸蛋。

伊丽莎白热爱音乐胜过一切。她是那么喜欢听人唱歌，就像喜欢自己演唱一样。那段时间，每当我去看望儿子时，她总是示意我去儿童游戏室。经过一天的活动，空荡荡的游戏室显得格外安静。伊丽莎白坐在一张宽大的椅子上，紧紧拉着我的手，声音颤抖地恳求："给我唱首歌吧！"

我怎么忍心拒绝这样的请求呢？我们面对面坐着，她能够看见我嘴唇的开合，我尽可能准确地唱上两首歌。她着迷似的听着，脸上透着专注喜悦的神情。我唱完，她就在我的额头上亲吻一下，表示感谢。

小伙伴们也为伊丽莎白的境况深感不安，他们决定要做一些事情使她快乐。在十二岁的弗雷迪倡议下，孩子们作出了一个决定，并带着这个决定去见他们认识的朋友柯尔比护士阿姨。

最初，柯尔比护士听了他们的打算吃了一惊："你们想为伊丽莎白的十一岁生日举行一次音乐会？而且只有三周时间准备！你们是发疯了吗？"这时，她看见了孩子们渴望的神情，不由得被感动了，便想了想，补充道："你们真是全疯啦！不过，让我来帮助你们吧！"

柯尔比护士一下班就乘出租车去了一所音乐学校，拜访她的老朋友玛丽·约瑟芬修女，她是音乐和唱诗班的教师。在柯尔比含泪的叙说中，玛丽·约瑟芬马上答应了她的请求：每天免费教孩子们唱歌。这一切当然是在伊丽莎白接受治疗的时候。

在玛丽·约瑟芬修女娴熟的指导下，孩子们唱歌进步神速。然而每当其他孩子全都安排在各自唱歌的位置上时，玛丽注意到动过手术、再也不能使用声带的约瑟夫却总是神色悲哀地望着她，这令她十分心酸。终于有一天，玛丽说："约瑟夫，你过来，坐在我的身边，我弹钢琴，你翻乐谱，好吗？"一阵惊愕的沉默之后，约瑟夫的两眼炯炯发光，随即喜悦的泪水夺眶而出。他迅速在纸上写下一行字："修女阿姨，我不会识谱。"

玛丽低下头微笑地看着这个失望的小男孩，向他保证："约瑟夫，不要担心，你一定能识谱的。"

真是不可思议，仅仅三周时间，玛丽修女和柯尔比护士就把六个快要死去的孩子组成了一个优秀的合唱队，尽管他们中没有一个人具有出色的音乐才能，就连那个既不能唱歌也不能说话的小男孩也变成了一个信心十足的翻乐谱者。

同样出色的是，这个秘密保守得也十分成功。在伊丽莎白生日的这天下午，当她被领进医院的小教堂里，坐在一个“宝座”（手摇车）上时，她的惊奇显而易见。激动使她苍白、漂亮的面庞涨得绯红，她身体前倾，一动不动，聚精会神地听着。

尽管所有听众——伊丽莎白、十位父母和三位护士——坐在仅离舞台三米远的地方，我们仍然难以清晰地看见每个孩子的面孔，因为泪水模糊了我们的眼睛。但是，我们仍能毫不费力地听见他们的歌唱。在演出开始前，玛丽告诉孩子们：“你们知道，伊丽莎白的听力已是非常非常的微弱，因此，你们必须尽力大声地唱。”

音乐会获得了成功，伊丽莎白欣喜若狂，一阵浓浓的、娇媚的红晕飘荡在她苍白的小脸上，眼里闪耀出奇异的光彩。她大声说，这是她最最快乐、最最快乐的生日！合唱队十分自豪地欢呼起来，乐得又蹦又跳的约瑟夫眉飞色舞、喜悦异常。而这时候，我们这些女人流的眼泪更多。

谁都知道，患不治之症快要死去的孩子们，他们忍受病痛、同死神决斗的信念和他们势不可挡的勇气，使我们这些人的心都快要碎了。

这次最令人难忘、最值得纪念的音乐会，没有打印节目表，然而，我有生以来从没有听过比这更动人心弦的音乐。即使到了今天，倘若我闭上眼睛仍能够听见那一个个震颤人心的音符。

如今，幼稚的歌喉已经静默多年，合唱队的成员正在地下安睡长眠。但我敢保证，那个已经结婚、有了一个金发碧眼女儿的伊丽莎白，在她记忆的耳朵里，仍然能够听见那幼稚的声音、欢乐的声音、生命的声音、给人力量的声音，因为那是她此生曾经听见过的最后最美的声音啊！

与你共品

一群将要被白血病剥夺去生命的小孩，为了庆祝即将失去听力的伊丽莎白的生日，上演了一场充满着无私的爱、震撼人心、唱响生命与赞颂友谊的音乐会。

他们虽然身患绝症，却仍然处处为他人着想，并以积极的生活态度把快乐带给活着的人。这无疑让人感动不已！然而，在生活中，健健康康的人们总会因为身边的一些微不足道的事情而怨天尤人、叫苦连天、垂头丧气。其实，活着就应该好好地珍惜身边的所有，活着就是一件幸福的事。活着的时候不放弃自己的坚持，离开世界的时候才不会遗憾，即使有再多困难，也无法算做是阻碍。

即使自己的梦想没办法实现，也能努力奉献自己的力量帮助他人，把最后的生命燃烧成属于别人的一道微光，鼓舞人们继续向前，向前……

（夏青）

我曾教孩子们懂得，圣诞节不仅只有圣诞老人和藏在袜子里期盼已久的玩具，更重要的是：它还是一个表达亲情和友爱，以及祈祷和平和安详的节日。

完美的礼物

［美］珍妮特·泰勒·波普林/著　陈　明/译

去年，是我家经济最为困难的一年。我因严重的心脏病被迫中断工作，在家长期休息。我虽办理了医保理赔手续，但应得的赔偿金迟迟未到。因此，我不得不精打细算。我还被迫接受了前夫给孩子们的抚养费。尽管如此，家庭经济仍然入不敷出，负债累累。电话被停机了，电费账单又到期了，我却没钱支付。眼看圣诞节就要到了，我除了只有房子还可以出卖外，已是两手空空。

过去，圣诞节是我一年中最喜爱的节日。我尽情地享受着孩子们参与进来的种种庆祝活动。他们帮我装饰房间，烤制各种小点心，准备送给亲人的礼物。

现在，我第一次害怕过圣诞节。今年，我们将不再会有圣诞节晚宴，圣诞树下，也将不会有成堆的礼物。因为交不起电费，房檐边将不会悬挂彩色灯串，窗口也没有装饰灯。我花了不少时间向12岁的儿子杰米和两个女儿——10岁的萨拉、8岁的赫普做解释。但是“经济困境”这个词组不是大多数孩子都能理解的，说实话，他们也没有必要去理解。

在我们住处附近的树林里，长满了松树。我们就近找了一棵小松树砍下来，孩子们帮我把它搬进屋里。在装饰着金银箔纸做成的各种小玩意儿的客厅中，它显得如此不协调。

我曾教孩子们懂得，圣诞节不仅只有圣诞老人和藏在袜子里期盼已久的玩具，更重要的是：它还是一个表达亲情和友爱，以及祈祷和平和安详的节日。但是，今天，当我望着客厅里那棵难看的小松树时，我意识到，这没有礼物的圣诞树给孩子们带来的失望，将是我无法消除的。

圣诞节前两周，我路过萨拉的房间，听见可怜的女儿在小声祈祷：“亲爱的上帝，我的鞋破了，需要一双新鞋。请给我一双新鞋吧——如果我够乖，够听妈妈的话，我知道您会奖励我的。”

那天晚上，我也祈祷说：“老天爷，请帮帮我，挣点钱，让孩子们过一个快乐和富足的圣诞节吧。”接下来的几天里，我一直企盼着，看能不能收到从哪里寄来的一张支票，或者是彩票中了头奖。但，什么也没有发生。

我心里多么希望这圣诞节能在谁也没注意的情况下悄然而过。然而，每天，都有孩子问我：“妈妈，离圣诞节还有几天呀？今天是几号了？”

就在圣诞节前两天，我终于收到了孩子的抚养津贴费的支票。我赶紧冲到购物中心，为三个孩子各买了一双新鞋，回家仔细地用漂亮的礼品纸包好，藏起来。这就是我能给孩子们的圣诞礼物了。

圣诞除夕来到了，孩子们围坐在我身旁，听我给他们讲圣诞节的故事。然后我安顿他们上床睡觉。他们都入睡后，我才把礼物悄悄地放到小松树下。

第二天早上，孩子们比我先起了床。他们跑进我的房间，拉着我的手，催我赶紧到客厅里去。我随他们来到小松树前，瞥了一眼树下，一下子惊呆了。树下，竟是六个礼品包！而不是昨晚的三个！

每个孩子都送了一件圣诞礼物给我！礼物用旧报纸仔仔细细、整整齐齐地包着，没有一点破损！

拆开一张张旧报纸，孩子们的礼物展现在眼前：赫普把她最喜爱的玩具娃娃给了我，尽管娃娃的脸已经被孩子的亲吻弄成了小花脸。萨拉包在旧报纸里的，是她最爱的毛茸茸的玩具熊，尽管有的地方已经磨掉了茸毛，还掉了一只眼睛。杰米给我的，是他珍藏的足球，尽管已经显得非常破旧。孩子把他们最珍贵的宝贝当做圣诞礼物送给了我！抱着孩子们的礼物，我失声痛哭。

我好不容易止住了哭泣，把我给他们的礼物一一递给了孩子。他们高兴地谢过我，更为我收下了他们的礼物而激动不已。全家顿时沉浸在一片欢声笑语中。我知道，在孩子们幼小的心灵里，在这一个圣诞节，他们懂得了：给予实在是一种幸福。

这三件用旧报纸包着的礼物，是我迄今为止收到的最完美的礼物。我展望着新的一年，我相信一切困难都会过去，生活会慢慢好起来。我重新对未来充满了信心。因为，在这一个圣诞节，我得到了意想不到的、来自亲人心灵的礼物——理解、爱、温暖和慰藉。

与你共品

看完小说，我已经被这一份圣诞礼物深深感动了。可以想象，一份装满了来自亲人心灵的礼物——理解、爱、温暖和慰藉，是一份多么完美的礼物啊！

小说以第一人称的视角，用朴素平白的语言，细细地描写了作者为孩子们准备圣诞礼物，而孩子们也在悄悄地为妈妈准备圣诞礼物的令人感动的片断。和小说的语言一样，母亲和孩子们的感情，表面宁静平淡，内里却波澜起伏。

这是茫茫人海中众多母亲与孩子们之间质朴感情的写照和缩影。他们将这温暖的爱，通过一份完美的礼物，默默地释放，传递，并以此温暖彼此的心。这就是幸福，人间最真的幸福。

（庞海清）

他问我："布莱恩，最关键的问题是，你没事吧？车子只不过是一堆铁，还能修。"然后爸爸又补充说，"我知道你不是故意弄坏这辆车的，所以别把这件事放在心上，自寻烦恼。"

只是一堆铁

［美］布莱恩·布洛克特/著 冯国川/译

在我的青春期记忆中，父亲说过一句非常奇怪的话。他会说："要么你拥有车，要么车拥有你。"为了让我明白他的意思，他会举例说，有的人买了一部好车，却不让任何人碰，包括和他关系亲密的朋友。这种人把时间都用在车上，而错过了生命中最重要的人。

17 岁的年纪，我根本不能理解这句话，直到 29 年以后，我又把这个道理传授给儿子。

1976 年，凯迪拉克公司推出最新款的埃尔多拉多牌汽车。这款车外形漂亮、马力十足。我清楚地记得爸爸把新车开回来的那一天：乳白色熠熠生辉的外表、茶褐色的座位、清香的气味、爸爸的笑脸，一切都仿佛发生在昨天。

我取得驾照后经常驾驶那部美丽的车出游。那时候，每逢爸爸出差，他都会慷慨地把车留给我和表弟去"过瘾"。我们享受着开车的乐趣，快乐无比。

在一次旅途中，我们发生了严重的交通事故。我开的车子和其他的车子追尾了——完全是我的错。我简直吓傻了。爸爸的车遭遇严重创伤。我感到恐惧和担心，我不知该如何和爸爸谈这件事。我更无法想象他的反应。过了好长时间，我终于鼓起勇气给爸爸打电话，把事情的经过完整地说了一遍。而且，我老实地交代了车子的惨状。

我永远不会忘记爸爸的话语中所透出来的平和与关爱。他问我："布莱恩，最关键的问题是，你没事吧？车子只不过是一堆铁，还能修。"然后爸爸又补充说，"我知道你不是故意弄坏这辆车的，所以别把这件事放在心上，自寻烦恼。"

车子很快修好了，生活也在继续。下次父亲出差时，我照例还会驾驶车子出去兜风。爸爸爱车，但是绝不被车控制。这是我至今铭记的宝贵教训。

一次演讲前，有人问我，爸爸对我最重要的影响是什么。我毫不犹豫地提到这个故事，让别人明白爸爸的明智和伟大。更有趣的是，第二天，儿子打电话说，他把我的车弄坏了。

我能听出他声音里的恐惧，就像当年的我一样。我逐字逐句地学着爸爸的样子，我的回答也像爸爸那样平静、温和。丹尼尔没有受伤，这才是最重要的事情。至于那堆铁，还可以再修。

与你共品

有些事物虽然名贵，但与身边的亲情友情爱情相比无足轻重。我们常常会错把喜爱的事物当成是生命中最重要的一部分，从而忽略了身边珍贵的真情。

有人说："世界上真正的英雄就是那些让孩子的生活有所不同的男人们。"小说中的父亲正是如此。看似重要的车子之类的东西，跟亲人比起来，也不过是一堆废铁。父亲对孩子犯错后的反应以及这份父爱的传承，让人感受到父爱的深沉。

对一个父亲来说，没有什么是比孩子的平安健康还重要的。父爱就像一座山，显得坚定有力，不断地激荡着我们的心灵；父爱就像一条河，滋润着一代又一代的子孙……

（夏青）

最后的一壶淡水就放在我双脚下。也许只有一瓶多。也许只够每人几口而已。尽管如此，从他们充满血丝的眼睛可以看出来，为了那几口水他们可能杀掉我。

"水手长，接替我！"

［美］奥斯卡·希斯高尔/著　徐永健/译

我一小时又一小时地拿着枪对着其余九个水手。在海上漂流二十天的大多数时间里，我一直坐在救生艇尾，把他们全都制约起来。要是开枪的话，在这么近的距离之内肯定命中，他们也意识到这一点。谁也不敢贸然地袭击我。不过，从他们愤怒的目光看出来，他们都憎恨我。

特别是巴雷特，他当过水手长。他用沙哑的声音说："斯奈德，你是个笨蛋。你，你无法坚持下去的！你现在半睡半醒啦！”

我不哼声。他说得对。一个人能坚持多久不睡觉？在大约七十二小时里，我不敢眨一下眼睛。我现在快要打瞌睡了，霎时间他们就会向剩下的那丁点淡水扑去。

最后的一壶淡水就放在我双脚下。也许只有一瓶多，也许只够每人几口而已。尽管如此，从他们充满血丝的眼睛可以看出来，为了那几口水他们可能杀掉我。作为一个男子汉，我顾不得那么多。我再也不是失事的蒙塔拉号的三副了。我不过是阻止他们渴望得到淡水的一支枪，而他们都舌头肿胀双颊凹陷，有点疯了……

我判断我们肯定在离阿森松岛约两百英尺处。现在暴风雨过了，大西洋滚滚的浪涛变得平缓了，早晨的阳光炎热，热得灼人。我的舌头肿得足以把喉咙塞住。我多么希望用我的余年来换取一口淡水啊。

然而，我是个带枪的人，救生艇上的权威。我知道：一旦把水喝光，那我们就会一无所望，只有等死。只要我们能期望得到一点水，我们就有生的希望。我们非得使这种期望尽量持久。要是我对咒骂和咆哮让步，要是我不挥舞手枪的话，我们几天前就把最后一壶淡水喝光。现在我们全部死了。

水手们不划桨了。他们早就没力气继续划桨。我面对着的九个水手看来像一群满脸胡子、衣衫褴褛、半裸体的野人，我的模样也和他们一样。

他们不是盯着我的脸，就是盯着我双脚下的那壶淡水。杰夫·巴雷特靠我最近，威胁最大。他个头大，秃顶，脸上有伤疤，一副凶相。他身经百战，每战都给他留下了印记。巴雷特睡过了——事实上，他大半个晚上都在睡——我真羡慕他的福分。他已经不困，那双眼睛一直眯成一条缝威胁地盯着我。

他时而用他那沙哑的破嗓子奚落我：

“你为什么不认输？你无法坚持下去的！”

“今天晚上，”我说，“我们今天晚上就分享剩下的淡水。”

“到今天晚上我们有些人就死啦！我们要现在喝！”

“今天晚上。”我说。

难道他不明白，要是我们等到晚上才喝的话，我们就不会出汗出得那么快吗？不过，巴雷特是情有可原的，干渴已经使他神经错乱。我发现他要站起来，眼睛已流露出他的企图。我用枪对准他的胸膛，他又坐下来了。

二十天前，就在奔向救生艇时，我出于本能急速地抓起我那支德国制造的鲁格尔半自动手枪。除此以外再也没有什么办法能够使巴雷特和其他人把那点淡水保住。

这帮笨蛋竟然不理解我也像他们一样渴望喝上一点水吗？不过我在这里是个指挥，仅此不同而已。我是个带枪的人，是个不能不思考的人。其余的每个人只想到自己，我却非得想到整个集体不可。

巴雷特双眼依然盯着我，等待着。我憎恨他，我特别恨他已经睡过。他现在处于优势，他不会昏倒。

早在正午前，我就知道自己已经再也没有力气跟谁搏斗，我的眼睑已经疲倦得抬不起来了。当救生艇随着波浪起伏时，我昏昏欲睡，头也不知不觉地垂下……

巴雷特监视着我。后来我连枪也拿不住了，模模糊糊地猜测将会发生的事情。他肯定会头一个抓住水壶狂饮，其余的人会跟他歇斯底里地号叫拉扯，而他只好同意分享。唉，我对此再也无能为力了。

我轻轻地说："水手长，接替我。"

接着我便脸朝下跌到船舱底里……

当一只手摇我的肩膀时，我连头也抬不起来。杰夫·巴雷特用沙哑的噪音说："来！喝口水！"

我莫名其妙地用双手撑起虚弱的身体，看着水手们，但我感到自己双目蒙眬，只能隐约见到一些人影。后来我才意识到不是我的眼睛不行，而是夜幕降临。海洋一片漆黑，头顶繁星闪烁。

现在已经是我们在海上漂浮的第二十一夜了——当夜我们终于得到不定期货船格罗汤号搭救——不过当时我看到巴雷特时，还不能从他身上得到什么遇救的迹象。他跪在我身旁，一只手拿着淡水壶，另一只手稳稳握住枪对着其他人。

我凝视着水壶，仿佛它是个幻景。难道他们今天早晨没喝光那点淡水吗？当我仰望巴雷特那副可憎的脸孔时，他显露出冷酷无情。他肯定猜透了我的心思。

"你说过：'水手长，接替我'，对吗？"他咆哮着说，"我整天都制约着这帮野人。"他手中一直拿着那支鲁格尔半自动手枪。"当你是领班，"他局促不安地露齿笑着说，"当指挥，就要对其他人负责，你，你看问题就不能一般见识，对吗？"

与你共品

人总是需要抱有一丝希望才能坚强地继续坚持下去，哪怕这丝希望看起来很渺茫。但这些希望带给人的力量是无可想象的，它像种子一样，只要有一点光和水，就能破土而出，傲立悬崖。

即使每个水手都试图以死相争那壶水，主人公却一直保护着那壶水，其实就是一直在坚守着整个团队的希望。就是这道微弱的曙光，一直在默默地给予水手们坚持到底的力量，直到帮助他们走出眼前的困境。

无论在多么危难的时刻，我们总不能忘了给自己留下一份希望。因为只要希望不丢，成功、奇迹便会出现。

（夏青）

第十二辑

耐人寻味

两眼充满泪水，长而修美的小鼻子渗着汗珠。令人怜悯的小姑娘啊！

柔弱的人

［俄］安东·契诃夫/著　佚　名/译

前几天，我曾把孩子的家庭教师尤丽娅·瓦西里耶夫娜请到我办公室来，需要结算一下工钱。

我对她说："请坐，尤丽娅·瓦西里耶夫娜！我们算算工钱吧。您也许要用钱，您太拘泥礼节，自己是不肯开口的……呶……我们和您讲妥，每月三十卢布……"

"四十卢布……"

"不，三十……我这里有记载的，我一向按三十付教师的工资的……呶，您待了两个月……"

"两个月零五天……"

"整俩月……我这里是这样记的。这就是说，应付您六十卢布……扣除九个星期日……实际上星期日您是不和柯里雅搞学习的，只不过游玩……还有三个节日……"

尤丽娅·瓦西里耶夫娜骤然涨红了脸，牵动着衣襟，但一语不发……

"三个节日一并扣除，应扣十二个卢布……柯里雅有病四天没学习……你只辅导瓦里雅一人学习……我内人准您午饭后歇假……十二加七得十九，扣除……还剩……嗯……四十一卢布。对吧？"

尤丽娅·瓦西里耶夫娜左眼发红，并且满眶湿润，下巴在颤抖。她神经质地咳嗽起来，擤了擤鼻涕，但一语不发！

"新年底，您打碎一个带底碟的配套茶杯，扣除二卢布……按理茶杯的价钱还高，它是传家之宝……上帝保佑您，我们的财产到处丢失！后来哪，由于您的疏忽，柯里雅爬树撕破礼服……扣除十卢布……女仆盗走瓦里雅皮鞋一双，也是出于您玩忽职守，您应对一切负责，你是拿工资的嘛，所以，也就是说，再扣除五卢布……一月九日您从我这里支取了九卢布……"

"我没支过！"尤丽娅瓦西里耶夫娜嗫嚅着。

"可我这里有记载！"

“呶……那就算这样，也行。”

“四十一减二十七净得十四。”

两眼充满泪水，长而修美的小鼻子渗着汗珠。令人怜悯的小姑娘啊！

她用颤抖的声音说道：“有一次我只从您夫人那里支取了三卢布……再没支过……”

“是吗，这么说，我这里漏记了！十四卢布再扣除……呐，这是您的钱，最可爱的姑娘！卢布……三卢布……又三卢布……一卢布再加一卢布……请收下吧！”

我把十一卢布递给了她……她接过去，喃喃地说：

“merci（法语：‘谢谢’）。”

我一跃而起，开始在屋内踱来踱去，憎恶使我不安起来。

“为什么‘谢谢’？”我问。

“为了给钱……”

“可是我洗劫了您，鬼晓得，这是抢劫！实际上我偷了您的钱！为什么还说‘谢谢’！”

“在别处，根本一文不给。”

“不给？太怪啦！和您开玩笑，对您的教训是太残酷了……我要把您应得的八十卢布如数付给您！事先已给您装好在信封里了！为什么这样怏怏不快呢？为什么不抗议？为什么沉默不语？难道生在这个世界口笨嘴拙行吗？难道可以这样软弱吗？”

她苦笑了一下，而我却从她脸上的神态看出了答案，这就是“可以”。

我请她对我的残酷教训给予宽恕，跟着把使她大为惊疑的八十卢布递给了她。她羞羞地接过来数了一下就走出去了……

我看着她的背影，悟道：“在这个世界上做个有权势的强者，原来如此轻而易举！”

与你共品

小说以第一人称为写作视角，细致具体地描绘出“我”及家庭女教师强烈的心理对比变化过程。面对着我变本加厉、层层深入的诱剥，她几乎不作任何的反抗，含泪默然接受。这连主人公自己都感到费解与不安。

其实，主人公不过是想通过这种极端的方式来激起她的反抗意识。而万万没想到，尤丽娅居然会柔弱至此。可见，弱者之所以为弱者，就是因为他们过分委曲求全，忍辱吞声，任由欺凌与剥削。须知，过分的“纵容”正是“强者”得以滋长蔓延、嚣张横行的乐土。

鲁迅曾说：“不在沉默中爆发，就在沉默中灭亡。”倘若弱势群众仍不觉悟、奋起反击，那么，这种社会弊病依然会盛行下去。关注弱势群众，维护他们的最基本利益，也应引起社会大众的重视与反思。

（骆海静）

就是说，刚才在电梯里一摸孩子的头顶，他就立刻唱起食品广告的歌曲；当那中年妇女乘上电梯刚一下降时，就立刻说出贝林的糖果味道最美的广告宣传来等。

广告宣传时代

［日］星新一/著　佚　名/译

早晨，N君离家去上班。他家住在公寓的三十五层楼上，要乘坐自动电梯下楼。

当电梯来到三十层楼的时候，一个孩子走进电梯。因为彼此都认识，N君向孩子打招呼说：

“小朋友，你上学去吗?”

“嗯，上学去。”

N君摸了一下孩子的头顶说道：

“你真是个好孩子，要好好学习。”

不料孩子突然唱起歌来了。他唱道：

“请吃拉夫拉，请吃拉夫拉。”

拉夫拉是某食品公司的商品名，这孩子唱的歌是这个公司的广告宣传歌曲。他唱完歌曲，方才醒悟过来，不觉冲N君笑了一下。

电梯来到十五层楼时，又进来一名妇女。当电梯刚往下开动时，只听她说了一句：

“贝林的糖果味道最美。”

她说罢，似乎如梦方醒，急忙向N君打招呼：

“今天天气真好。”

电梯来到一楼，大家都分手向外走去。

科学进步了。无论什么事，凡是一想到科学，就没有不能实现的。由于心理学和大脑生理学的发达，又研制成功了一种利用某种训练或某些药品来操纵人的条件反射而进行广告宣传的新技术。

所谓条件反射是这样，比如按电铃唤狗来喂食，狗只要一听到电铃响，就立刻意识到要给它喂食，于是就马上流出口水来，这就叫条件反射。现在把它应用到人的身上，就采用了某种固定的形式。

也就是说，刚才在电梯里一摸孩子的头顶，他就立刻唱起食品广告的歌曲；当那中年妇女乘上电梯刚一下降时，就立刻说出贝林的糖果味道最美的广告宣传来等。他们之所以如此，就是因为他们每月都分别从企业里领取若干广告宣传费的缘故。

几乎每个人都把他们的一个或几个反射神经出租给企业，成为企业商品的广告宣传媒介了。人们蕴藏这种条件反射的可能性是无可限量的，而企业巧妙地利用这些可能性的才能也是无可限量的。

N君坐上通勤地铁。这时正是上班时间，人特别拥挤。只听一个年轻姑娘用娇滴滴的声音自言自语地说："弗罗里那化妆品既高贵又优良。"因为有人拍了她肩膀一下，才引起条件反射，使她说出这样的话来，而且说个不停。

当企业租到这些反射神经的时候，他们就一定能赚很多钱。它的租价多少，要看宣传的效果如何而定。N君心想，那个年轻姑娘说不定就是为了积攒结婚费用，才来充当宣传广告工具的吧。

如何使用自己的身体，是个人自由；用自己的身体来挣钱，也是个人的自由。然而不许把个人的条件反射用于危险方面，也是理所当然的。无论一个人怎样需要钱，当他的手被门夹住的时候，他也决不会先喊完商品广告宣传，然后再喊疼痛。

车里坐着一个中年男人，大概因为昨晚失眠，打了个哈欠，就在口中念叨：

"啊，消除疲劳的营养药，数强力德敏最好。"

这时他对面一个青年打了一个喷嚏，就自言自语念叨：

"感冒应该服用鲁基药片。"

当然，青年是否服用了鲁基药片，不得而知，但这也是广告宣传媒介。这同某厂出产的收音机一样，它的宣传绝不仅限于这个工厂的产品。

N君忽然发现身后有人跟他说话：

"哎呀，好久不见，你好。"

N君急忙回头一看，原来是老同学。两人见面互相握手问候。N君问道：

"人物牌的咖啡最香。喂，你好。"

"嗯，好久不见了。我们到附近去喝一杯咖啡吧。可是你几时参加咖啡党了呢？"

"怎么？我说那话了吗？啊，对了。是我在握手时，条件反射地说出来了。那是由于我上一周租给公司反射神经的缘故。不过若是喝的话，我还是想喝带柠檬的红茶。"

N君同老同学走出地铁，在咖啡馆闲谈一会儿，互相打听了商情。他发现他的老同学每当熄灭香烟头的时候，嘴里总是说："你旅行的时候，请你住恩杰尔旅馆。"他也把反射神经租出去了。

因为和同学喝了咖啡，上班就迟到了。这时电梯里人已经很少。开电梯的姑娘笑着向N君点了点头。姑娘长得比较美，N君不无好意地打趣道：

“你怎么总是这样漂亮呀。”

N君凑到姑娘身边低声说了一句，并悄悄地吻了她一下。姑娘并没有严词拒绝，只是出神地说了一句广告宣传：

“卡培拉果汁比接吻还甜。”

这又是最近畅销的果汁名。

“噢，你把接吻的条件反射也当做宣传媒介出租了，真令人吃惊。”

说罢，N君在自己公司的那层楼走出了电梯。这些广告宣传刚时兴的时候，确曾感觉吃惊，可是今天已经普及了，所以也就无所谓了。从早晨一开始就听到无数商品的名称，但过耳就忘，毫无记忆。人类所蕴藏的可能性是无可限量的，但是人类所蕴藏的适应能力比它更大。

与你共品

小说以新颖丰富的想象力，讲述了广告时代人们将自己的反射神经出租给企业，以作为一种新型的广告宣传媒介的故事。由老及幼，人人都可以充当广告传媒的工具。

在这样一个社会里，连朋友见面最基本的寒暄方式都被其机械化的广告词打上商业的烙印，令人啼笑皆非。宣传咖啡的人却不喝咖啡；宣传药品的人，大概也不吃这种药。从长远来看，这种缺乏责任感的媚俗宣传方式是不可能奏效的。

无可否认，广告宣传为我们的消费生活提供了一定的指导作用。但是，倘若一味夸张泛滥它的宣传效应，反复上演，则会带给消费者一种条件反射般的压抑，干扰人们的正常生活，污染社会环境，适得其反，于广告事业的发展也是不利的。

（骆海静）

问题就在这里！我们好像有点跟不上形势的发展了。到处都在享受技术的成果，实际上人们却是对它怕得要命。

最大胆的梦想也是可以实现的

［匈牙利］厄尔凯尼/著　柴鹏飞/译

“亲爱的费利，那第三只狗拉得不使劲。”

“可惜，我的鞭子够不着它。”

“我甚至觉得这条狗好像还是瘸的。”

“怎么会不瘸？它只有三条腿。”

“哟，可不是……你怎么套一条残废的狗来拉车呢?”

“你仔细看看，亲爱的伊隆卡，这十二只狗都是三条腿的。”

“唉，真是可怜见的。”

“你还不如可怜可怜我，伊隆卡！所有捉野狗的人我都找遍了，费了多大工夫才弄到了这十二只狗。”

“也许我不懂，但我想，正常的狗总要拉得快些，还可以多拉一会儿。”

“这点我不反对。可是我是个道道地地的城里人。十二只四条腿的狗我怎么对付得了?”

“难道你怕狗，费利?”

“我连蚊子咬也怕。对于大自然的各种力量要诚惶诚恐才行。比如说，如果这些狗都是四条腿；比如说，万一由于某种原因它们一下子都撒起野来——比如说它们挣脱了缰绳……伊隆卡，我连想也不敢想!”

“我还是不懂，你既然怕狗，为什么又套它们拉这汽车?”

“因为我车开得不好。”

“驾驶汽车是可以学得会的。”

“我多少也会一点，伊隆卡……但是人和汽车毕竟不是平等的两方。”

“你看看周围，没有一辆汽车是用狗拉的。”

“问题就在这里！我们好像有点跟不上形势的发展了。到处都在享受技术的成果，实际上人们却是对它怕得要命。”

“我可不怕汽车。”

“但是你知道这辆西姆卡每小时可以开 150 公里。”

“你别让我遗憾了，费利……我实在喜欢那风驰电掣的高速度。”

“你这个人真有点太不善于满足。我们离开布达佩斯刚十天，你看，已经到达希欧福克了。”

“十二只狗拉，刚到这里，也算不了什么惊人的成绩。”

“当然不算快，因为在布达佩斯动身的时候我就拉上手刹了。”

“你是不是有点过分小心了?”

“这个速度对我们说来是再合适不过的了。”

“你看，多少人在看着我们。”

“他们在嫉妒我们。”

“他们瞪得眼珠都快掉出来了。”

“因为他们在我们身上看到了，最大胆的梦想也是可以实现的!”

与你共品

有这样一句广告词：梦想，是用来实现的。故事里那十二只只有三条腿的野狗拉着一辆时速可以达150公里的汽车穿城过市，就是主人公费利实现梦想的一种体现。梦想是一种追求，是一种积极的人生态度，许多人都曾经站在梦想的起点上，然而真正的梦想实现者往往只有那些能勇往直前、敢想敢做、坚持不懈的有心人。

小说全文以对话的方式渲染背景，推进故事情节的发展，其中最发人深省的就是故事结尾的一句话：最大胆的梦想也是可以实现的。这句话蕴涵着深刻的人生哲理，耐人寻味：人，不怕实现不了梦想，只怕没有梦想，只要有梦想的存在人类就可以实现它！小说利用十二只伤残的狗拉汽车的独特方式告诉读者：不怕你做不到，就怕你想不到。

（张春花）

她又用十分明亮而又极其严肃的双眼望着我："叔叔，我要像妈妈那样，长大做个寡妇。"

叶莲卡

［前苏联］叶·明/著　佚　名/译

这是战争的最后一年。我们的部队驻扎在国境线上，离莫斯科很远。

傍晚，我回营房去。我疲倦极了，对故乡的思念之情，压抑在我心头。

"让这一切都赶快结束，赶快回到家乡才好。"我思忖着。

在庭院里，一位小女孩迎面向我走来，她身材纤细，梳着两条淡褐色的发辫。

"你好，叔叔。"她说的是陌生的语言，但听起来与俄语很相近。

"你好，小妹妹。"我回答说。

我们走到操场边，坐在一条板凳上。操场上铺着光滑平整的白色石块。黄昏时分，又凉爽，又寂静。山脚下，湖水好像蜷缩成一团，静静地睡着了。

"你叫什么名字呀?"我问道，热情地和这位新交攀谈起来。

"叫叶莲卡。"她慢条斯理地说起来，同时用十分明亮而又极其严肃的双眼注视着我。

"你几岁啦?"

“六岁半了。您几岁呀?”

“我呀，你看有几岁?”

叶莲卡犹疑了片刻，然后很自信地说：

“大概，有十六岁吧。”

可爱的叶莲卡，这也许是她能数到的最大的数字。我不愿意使她失望，用肯定的口吻回答她：

“你说对了。”

我们坐在那儿，默不作声。叶莲卡仔细地打量扣在我制服上的奖章，并忧伤地轻声说道：

“都发黑了。您不常擦它吗?”

“不擦。”

“可以用牙膏擦，也可以用砖灰擦。”

“是的，可以。”我同意她说的话。

我们又默不作声了。

“叔叔，您讲个故事给我听好吗?”她要求我。

“从前，有个国王，”我开始讲了，“他很老了，同时，又很凶残。”

“像希特勒一样吗?”

“比希特勒还要凶残。”我一边讲，一边做出凶狠的表情。

“没有比他更凶残的了，”叶莲卡提出抗议，“他是最凶恶的人，就是这个希特勒，他把我们都赶出家门，还把我们的爸爸给偷走了。”

叶莲卡不说话了，后来，又悄悄地对我耳语，好像是有什么秘密要跟我讲：“以前，爸爸还常给我们写信，可现在不写了。是不是他忘了我们的地址?”

“大概是忘了。”我随声附和她。

我们重又沉默起来。我在痛苦地思索，怎样才能排解叶莲卡这些悲伤的思念，但始终找不到话题。我不知所措，完全不知道怎样和孩子说话了。

最后，我问她：“告诉我，叶莲卡，你长大以后想做个什么人?”

她又用十分明亮而又极其严肃的双眼望着我：“叔叔，我要像妈妈那样，长大做个寡妇。”

她说出这个奇怪的字眼之后，自己也笑了。也许，在她看来，寡妇——这是个职业，就像司机，或者看院子的人一样。

我望着叶莲卡，望着她瘦削的双肩，望着她那像溪水一样在背上流淌的明亮的发辫，对自己刚才那瞬间的疲乏，感到无地自容了。

与你共品

这是一个关于战争与人民的故事。叶莲卡因为战争失去了父亲，母亲因为战争成为了寡妇。而叶莲卡的志愿却是长大后像她妈妈一样做寡妇。这是一个悲剧，一个战争所酿成的悲剧。“我”是一个思念家乡的军人，但是在战争面前，也只是战争工具，叶莲卡只是那些受到战争迫害的其中一员。

自人类出现以来，战争就没有停止过。它和文明始终交错，既对人类文明的发展起着催化和促进作用，又时刻威胁人类自身生存。人类在战争面前似乎显得无力而渺小，因为他们忘记了人类才是战争的主体！这个故事就是要唤醒读者对战争正义性和非正义性的思考；唤醒人们珍爱和平，守护和平，做和平使者的决心；唤醒人类的共鸣——远离战争，倡导和平！

（张春花）

“我要把爱带回纽约市。这是能拯救纽约的唯一办法。”我的朋友说。

拯救纽约

［美］阿特·布彻沃德/著　佚　名/译

一天，我和一个朋友坐着出租车在纽约市里行驶，当我们下车时，我的朋友对司机说：“谢谢你给我们开车，你的驾驶技术真是好极了！”

司机愣了一下，停顿了片刻，迟疑地问：“这话是什么意思？你是个聪明人还是个特殊的人？”

“不，亲爱的朋友，我可不是讨好你。你在道路堵塞不堪时能那样冷静，这可不是一般人能做得到的。我很佩服你。”

司机半信半疑地说了句：“是吗？”就开车走了。

“你这是干什么呀？”

“我要把爱带回纽约市。这是能拯救纽约的唯一办法。”我的朋友说。

“一个人能拯救纽约这样一个城市，你可真是疯了。”

“不是我一个人，还有这位司机。设想他拉了二十位乘客，由于有人对他很好，他也会善待二十位乘客，而这二十位乘客也会友善地对待他们的同事、下属、商店雇员以及所有为他们服务的人，包括他们自己的家人。这种友善将伸延到一千个人身上，这总不是一件坏事吧！”

“你把所有的结果都押在一个出租汽车司机身上，这怎么可能？”我说。

“当然不是这样。但是，我每天，至少会面对十个完全不同的人，如果我能使其中三个人高兴，就可以间接地影响到三千多人的态度。”我承认道：“在理论上听起来是对的，但在事实上恐怕就不是这么回事。”

我的朋友却坦然地说：“即使它不能实现，我也没有任何损失，就算对方是个聋哑人，又有什么关系呢？明天，我还会碰到另一个出租汽车司机，我将努力使他高兴。”

“你可真让人费解，傻瓜才这么想，这么干。”我淡淡地说。朋友立刻说：“这说明你已经变得多么玩世不恭了。我对此做过研究，除了金钱之外，这里缺乏一种十分可贵的东西。没有人告诉我的在邮局工作的员工们，他们的工作做得多么好。”

“但他们做得并不好呀。”

“你知道这是为什么吗？就是因为他们觉得没有人关心他们做得好与不好，怎么就不能有人夸奖他们几句呢？”

我俩边说边走过一片施工的工地，几个工人正在吃午餐。我的朋友停下来对他们说：“你们干的工作真了不起，这活儿一定又困难又危险。”

工人们疑惑地看着他。他又问：“什么时候完工？”

“六月份。”“噢！这可真让人兴奋，你们一定很自豪！”他边说边同我一起走开了。

我说：“自从《外星人》以来，我还真从来没见过你这样的人。”他却信心十足地说：“当这些人领悟了我的话，他们将会对工作有另一种感觉。这样，从他们的愉快的工作情绪中，城市将受到益处。”

“但你不可能自己完成这项计划。”我断言。

“重要的是一定要鼓励这些人。要使生活在城市里的人们重新变为友爱、和蔼不是件容易的事，如果我能号召，吸引其他人加入我的行动中……”

“你刚才是在向一个长得非常丑的妇女眨眼睛？”我打断他的话说。

“是的，我知道。”他回答道，“如果她是一个学校老师，她的班级将有非常美好的一天。”

与你共品

这是一个触动人类心灵的故事，朋友靠自身微薄之力试图呼唤整个城市的爱。他对每个与他打交道的人展现他的爱心，希望能把爱一点一滴传到城市的每个角落，简单来说就是爱心接棒。

从点滴做起，从自身做起，他给我们所有人做了一个榜样。靠个人拯救城市似乎有点痴人说梦，然而正所谓“聚沙成塔”，一股清泉终究可以酝酿成一片浩瀚大海。很多人都懂得这个道理，但问题是有多少人能做到？蝴蝶效应里一只小小的蝴蝶拍拍翅膀就可以造成一场飓风，更何况是我们人类？这个故事就是要呼吁人类不要吝啬我们的笑容，不要吝啬我们的爱意，也许一丝丝的爱就可以拯救一个民族、一个国家甚至整个世界！

（张春花）

事情或许出于偶然，或许出于我要刨根问底的潜在愿望，我又一次遇见了这个老人，他正在礼品商店的门口，两手还是空空的。

送到天堂里去的礼品

［法］塞斯勃隆/著　蔡若明/译

我之所以能把跟那老头儿第一次相遇的情景记得一清二楚，是因为那是在一个圣诞节的晚上发生的。

那年，我孑然一身住在某城市，而且是在一个律师的家里当见习生。生活苦闷到了极点。

到了 12 月 24 日，我没有任何地方可去，只好走回我的住所。天气严寒，迫使我加快了脚步。每逢佳节，对于无家、无室的人来说，大街就是他们的家；我是多么艳羡那些行人啊！真的，瞧着他们满抱着大大小小的包裹熙来攘去，我也就算是过圣诞节了。我就打算这样消磨时光，挨过半夜，等一做完圣诞弥撒马上就回住处，躺下睡觉。像我这样的人，除了在许多喜气洋洋的脸上找到节日的快乐之外，又能到哪里去寻觅呢？这一张张的脸好像在向我证明，人们常说的一些老话是有道理的，我就满含辛酸来反复玩味着。比如说，过节无非是俗套而已，倒是准备过节的乐趣比过节本身的乐趣大得多。现在行人抱着成堆的礼品，从围巾上面露出来的眼睛里闪耀着善意的光芒。这使我想到，向别人分送礼品时比接受别人馈赠时的乐趣大得多；还有，一般说来，人只有自己处在幸福的时候才是善良的。当然，这些话也不过是老生常谈。而我当时，几乎对全世界的一切都抱着怨气，尤其是埋怨那位创造了万物的上帝……

但是，使我更加恼火的是，就在那天夜里遇见了这么一个矮老头子。他抱着各式各样、五颜六色的礼品包，差不多整个身体都被盖住了；他穿着只有在礼节庄严隆重的场合才穿的礼服，显出是个地道的阔绰人物，好像正急急忙忙地赶回那漂亮的府邸过团圆节。说真的，我又羡慕又嫉妒，真想往他礼帽上扔几个雪团。

幸亏我及时想起自己已经不是十岁的孩子，我有这样的念头不仅愚蠢，更属恶劣。嘿，好家伙！这慈祥的老头儿为他所疼爱的每一个人都挑了一份礼品，而且一心要使礼品件件都能适合每个人的口味。那么，这不是正好相反，说明他很可爱吗？我一阵后悔，几乎想走上前去，自告奋勇帮他拿东西了，然而我纵然心里难过，却仍要保持尊严，于是我没有那样做。我把自己比做一头离群的野兽，或是一个穷光蛋，贫困使我变得孤傲而又沉默寡言。唉！这又是老生常谈了……

我居住的那个城市不大。事情凑巧，四个月以后，也就是复活节的早晨，我又遇见了那个老头儿。这一回，他是在一家甜食店里，兴致勃勃地选购大量各式糕饼。他带着那种讲究吃喝的人的眼光，不慌不忙地挑选着。看到他这副神情，我心里很感动，我想：显然，春天到了，春天也影响到了他……我想象着他的一家人，想象着他们一会儿将会多么欢乐。望着他，我这个孤独的苦命人也不禁微笑起来。他可能透过橱窗瞥见了我，刹那间，他的脸色竟然变了，变得像个极度不幸、走投无路的人。我赶紧走开，心里迷惑不解。

后来，我把这个买糕饼的老人忘却了。这座城市对我来说，仍然陌生而又充满敌意，但是，圣诞节又给这座城市带来了雪花、钟声、欢乐、匆忙奔走的行人、白雾般呼出的气息，以及怀中用各色彩带捆扎的包和盒。而我呢？我倒只替他们高兴，并没有为自己着想，这证明我的心已经变得温厚了。

事情或许出于偶然，或许出于我要刨根问底的潜在愿望，我又一次遇见了这个老人，他正在礼品商店的门口，两手还是空空的。

“好极了！”我想，“我不妨来玩一场侦探游戏，对这家伙跟踪一个晚上，至少，我可以学到怎样做一个慈祥可亲和慷慨大度的人。假如将来有朝一日，我也成了一家之主，那么从经历中，我就可以知道怎样筹备一个成功的圣诞节了。”

这样，我就尾随着他。直到今天，我一回忆起他当时如何反复思考、精心选择礼品的情景，仍不由得热泪盈眶！他是这么说的：“这是我要给一个九岁的小女孩儿买的礼品，您要知道，她的性格比男孩子还强……”，他又说，“巧克力，对于孩子们来说，吃得稍多一些才算正好，对吧？……”在他的怀里，大小礼品包越堆越高。我清楚地记得，他让人在一块蛋糕上用奶油挤出一个人的名字。他还闭上了眼睛，心里是在盘算有多少客人，需要买多少糕点才够。我想象着那桌筵席，但今年我对他已不再抱嫉妒的意思了。我只希望能在筵席的末位有个专留给“穷人”的座儿。那天晚上我就是个穷人哪！这样想着，我的心情渐渐沉静下来。

我跟着老人一直到了圣·维艾奈街他的住所。大门在我眼前关上了，窗户里灯火通明，我在那里伫立了许久许久……至今我认为，就是在那个圣诞节的夜里，我产生了想要结婚的念头。岂但要结婚，而且是迫切要结婚，还想生儿育女，总之，想尝一尝过节的温暖和赠送礼品的乐趣。

当我再度想起那个老头儿时，已是很久以后的事了。有一天，我在一张无聊小报上读到了这样一个标题《圣·维艾奈街之谜》。于是我就把这段文字抄录了下来：

“……大约已身死多日，但因该老者孤身独处，故尸体昨日始发现。D先生早年丧妻，儿女相继亡故，多年不与亲朋往来。在他的住宅中，发现数量惊人的礼品、玩具、食物和瓶酒以及未经开拆的各式包裹。警方曾怀疑凡此种种或属来路不明，但经多方调查，似仅出于一种难以解释的癖好……”

与你共品

没有人从远方来，也没有人到远方去，而彼此间的亲情却得到了最大限度的诠释与最远距离的传递，老头儿一定能听到天国里妻子儿女们欣慰的笑声。

每逢过节老头儿都希望把礼品送到天堂里去，与家人共享节日的温暖。当“我”极度想尝一尝过节的温暖和赠送礼品的乐趣时，老头儿却并不愿意与陌生人分享他的礼物，想想看这不正是透露了人性的弊端吗？爱得自私。作者的文字洗尽铅华，近乎白描，平实的叙述中，蕴含了淡淡的哀怨和感伤，运用对比的手法，把“富人”老头儿与“穷人”“我”安排了多次的相遇，形成了“我”对老头儿的感觉与评价前后鲜明的对比，结局耐人寻味。

自私的爱无法把礼品送到天堂里去，唯博爱才能体验到过节送礼品的乐趣与亲情的温暖。

（罗惠兰）

你别从我的话中找岔子了。我还可以给你举出别的例子，甚至可以举出成千上万的例子来说明。不过，这没必要，因为公理是不用证明的。

公　理

［前苏联］库·海特/著　佚　名/译

老师离开黑板，抖了抖手上的粉笔灰说：

“现在请大家做笔记：平行的两条直线，任意加以延长，永不相交。”

学生们低下头在本子上写着。

“平行的两条直线……永不……相交……西多罗夫，你为什么不记呢?”

“我在想。”

“想什么呢?”

“为什么它们不会相交呢?”

“为什么？我不是已经讲过，因为它们是平行的呀。”

“那么，要是把它们延长到一公里。也不会相交吗?”

“当然啦。”

“要是延长到两公里呢?”

“也不会相交的。”

“要是延长到五千公里，它们就会相交了吧?”

“不会的。”

“有人试验过吗?”

“这道理本来就很清楚，用不着试验，因为这是一条公理。谢苗诺夫，你说说，什么叫公理?”

一个戴着眼镜、态度认真的男孩子从旁边位子上站起来答道：

“公理就是不需要证明的真理。”

“对，谢苗诺夫，”老师说，“坐下吧……现在你明白了吧?”

“这我懂得，就是不懂为什么它们不会相交。”

“就因为这是一条公理，是不需要证明的真理呀。”

“那么，无论什么定理都可以叫做公理，就也都用不着加以证明了。”

“不是任何一条定理都可以叫做公理。”

“那为什么这一条定理就可以叫做公理呢?”

“嗨，你多固执啊……喂，西多罗夫，听我说，你今年多大了?”

“十一岁。

“明年是多少岁?”

“十二岁。”

“再过一年呢?”

“十三岁。”

“你瞧，每个人每年都要长一岁，这也是一条公理。”

“要是这个人突然一下子死掉了呢?”

“那又怎么样?”

“一年后他不就长不了一岁了吗?”

“这是例外情况。你别从我的话中找岔子了。我还可以给你举出别的例子，甚至可以举出成千上万的例子来说明。不过，这没必要，因为公理是不用证明的。”

“那要不是公理呢?”

“那是什么?”

“要是定理，就需要证明了吧?”

“那是需要的。可我们现在说的是公理。”

“为什么是公理呢?”

“因为这是欧几里得说的。”

“要是他说错了呢?”

“你大概以为欧几里得比你还要蠢吧?”

“不，我并不这样认为。”

“那为什么你还要强辩呢?”

“我没有强辩。我只是在想：为什么两条平行直线不能相交?”

“因为他们不会相交，也不可能相交。整个几何学就是建立在这个基础上的。”

“这么说，只要两条平行直线一相交，整个几何学就不能成立了?”

“那当然，但它们终究不会相交……你瞧，我在黑板上画给你看……怎么样，相交了没有?”

“暂时没有。”

“好，你再看，我在墙上接着画……相交了没有?”

“没有。”

“你还要怎样呢?”

“要是再延长，延长到墙的背面去呢?”

“现在我全明白了，你简直是个无赖，你心里很明白，但就是存心要跟我扯皮。”

“可我确实是不懂嘛。”

“嗯，好吧，你不相信欧几里得，也不知道他是什么人。但我，你总该知道，总该相信吧？我对你说，它们是不会相交的……喂，你怎么不说话了呢?”

“我在想。”

“西多罗夫，那就这么办吧。要么你立刻承认它们不会相交，要么我把你撵出教室，怎么样?”

“我实在弄不明白这是怎么回事。”西多罗夫哽咽着说。

“出去!”老师喊了起来，“收拾起你的书包见你的父母去吧。”

西多罗夫收拾起书包，抽泣着走出教室。

老师疲惫地坐在椅子上，大家默默地坐了几秒，然后老师站起来又走近了黑板。

“好吧，同学们，我们继续上课，请你们再记下一条公理：两点间只能画一条直线。”

与你共品

学生西多罗夫不明白一条公理，与老师争论，结果却被老师撵出教室。

小说以对话为主要表达方式，运用白描手法，用平实的语言进行描述。学生的话体现了不懂就问、寻根究底的求知态度，他的行为体现了宁可受罚也不屈服的求实精神。而老师则表现得缺乏耐心、蛮横粗野。面对学生的质问，他的回答显得苍白无力，只会用大道理来压服学生，最后甚至威胁学生。他的教学是失败的，他的教育思想陈腐、固陋，要弄权威，扼杀学生探求真理的欲望，这反映了教育中普遍存在的问题。

小说揭示了这样一个道理：在探求真理面前，人人平等，要以理服人，不要用权威压人。教师不能违背教育原则，要保护学生探求真理的积极性，以平等耐心的态度帮助学生解答疑问。

（谢敏婷）

伯母为了表示并无责怪大伯之意，还亲自做了年糕，要我带回来。她交代，要我别说是她做的，看大伯是否吃得出来。

年糕的味道

［新加坡］梁文福/著

那天去，大伯来开门。一开口，就问我："年糕——年糕带来了吗？"

"带来了。"这几年，这样的提问，这样的回答，仿佛已成了过年前必须完成的仪式。

我是去拜年的，代表的是爸妈。每年这个时候，我都从广州回到新加坡来过春节。有人问我，为何不在中国过年，那儿的春节比较有气氛。我说过年总是要回家的嘛，我的家，毕竟在新加坡。这几年，我被公司派驻中国，常年住在异乡，只能等春节放长假时，我才有机会回来见见家人。

大伯年纪大了，和单身的堂姐住在一起。堂姐白天工作。大伯的日子过得很寂寞，看得出，他在数着日子，盼望着我这个后辈一年一次的探访。

当然，我也看得出，他最盼望的，是我从广州带回来的年糕。

一年不见了，大伯苍老了许多。听爸妈说，今年大伯动了两次手术之后，身体更加衰弱了。

我刚坐下来，就听到大伯重复老话："大伯老了，快要回老家了。"

"大伯，别这么说。"

"一整年，我不断告诉自己，要等到你把年糕带回来，吃了年糕，过了年，才甘愿走。"

"大伯，你年年都会吃到我带回来的年糕。"

"你伯母还好吗？"

进入正题了。我想，我每年来拜年，对大伯的最大意义，就是为他报告住在广州的伯母的近况。

"伯母身体很好。她要我对你说，你一定要好好照顾自己，明年，再吃她托我带回来的年糕。"

"年糕，你伯母做的年糕，真的是口味不同。我几十年来，吃遍了各种年糕，都没有她做的好吃……"

我耐心地听着伯父的叙述，虽然已经不知是第几次的重复了。老年人都喜欢回忆，关于年糕，关于当年他南来讨生活，把年轻的伯母留在家乡；关于伯母赶做了年糕，让他带到南洋来度过在异乡的第一个春节；关于战争、和平；关于两地离乱，音讯断绝。

"我对不起你的伯母，我在这里又娶了另一个女人。老天爷要保佑她身体健康、老来安乐呀。"

"伯母没有怪你。"事实的确如此，几年前，当我在广州通过远亲辗转找到伯母时，伯母的确没有怪大伯的意思。她的晚年，过得还不错。伯母为了表示并无责怪大伯之意，还亲自做了年糕，要我带回来。她交代，要我别说是她做的，看大伯是否吃得出来。

大伯吃一口，就流下了眼泪："这年糕，是你伯母做的。"

那天，说着说着，大伯就从我带来的年货礼袋里掏出年糕，迫不及待地切了一小片。我想阻止："大伯，你不能吃太多甜的食物。"

大伯不管我，径自把那一片年糕放在口中。

算了，他迟早要吃的。

大伯尝了一下，满足地说："你伯母做的年糕，味道就是不同。"

临走时，我对大伯说："你真的要保重哦。"

"看看明年，吃不吃得到你带回来的年糕。"大伯语气消沉，但我看得出，他眼中那股等着吃来年年糕的意志。

当天晚上，堂姐打电话来致谢，我们谈起大伯的身体。堂姐说，几年前医生就对大伯的病情不乐观，没想到大伯能撑到今天。不过，最近大伯的视力衰退得很厉害，甚至连味觉也渐渐消失了。

“失去味觉?”

“是的。”

我明白了，随即转了话题，告诉堂姐，她的大妈——我那住在广州的伯母，其实已经在半年前过世了。伯母临终时，嘱咐家人，一定要保守秘密，不让新加坡的大伯知道她的死讯，直到大伯老去。

“所以，你千万别让大伯知道。”

“那么，你带回来的年糕……”

“伯母不在了，当然没年糕了。今年的年糕，是我回到新加坡后，在附近商店买的。”

与你共品

一个平常的年糕，寄托的不只是伯母对丈夫的真情，还有远居异乡的大伯对妻子浓浓的思念之情。

唐代诗人王维说过：“独在异乡为异客，每逢佳节倍思亲。”吃着年糕时的大伯，想必也在回忆以往与妻子共度的点点滴滴的生活情景吧。然而，是什么把这对恩爱的夫妇分异两地？是什么摧毁了原本美满的家庭？对，是战争。它给人们带来的是生死离别的伤害，给人们留下的是一生的遗憾。

让战争远离人间吧，让人们过一些安宁快乐的日子！让我们携手共同努力构建一个和谐的世界！

（刘小雯）

我哭出声来。我伸出我那又老又瘦的手，握着他的手使劲地摇着。

在签支票的时候，我不得不把眼睛费劲地眯成一道缝。

没有兑现的承诺

［美］洛林·M·格里高/著　关　月/译

“给我一点时间，让我自己支配!”我对我那脾气古怪的丈夫厉声说。当我们经过商业街的一家写着“即将停业”的体育器材商店时，我想停下来看看，但我的丈夫却说：“这里没有我们需要的东西。”这是我那脾气暴躁的、大男子主义的丈夫惯常发表的评论。“这里都是一些标价过高的没有实用价值的东西。如果他们有什么好东西，他们就不会停业了。”

“但是，这里卖的是体育用品，”我用一种哄骗的语气说，“也许里面有一些孙儿们喜欢的东西呢。而且，你喜欢小船和垂钓。你那幅‘梦之船’的照片已经在浴室里的镜子上贴了很多年了，还是我亲手贴上去的。我们只到里面逛一逛，也许你会喜欢呢。”

“你疯了吗?”他的眼睛里露出好笑的神色，说出的话里也带着戏谑的语气。“我想要的那艘船名叫‘乌诺一号’，是小船里面最棒的，价值6000美元，等我攒够那么多钱，我就会从厂家直接订购的，船身要镀银的，是的，要镀银的。这个经营失败的商店里是不会有那样的高档商品的。我也不喜欢在那些容易受骗的傻子堆里挤来挤去。”

“你怎么这么武断、这么令人讨厌呢!”我反驳说，“我偏偏就喜欢人多。他们让我觉得自己是生活的一部分。我答应你我不买任何东西，但是我要进去转一转，从中寻找些乐趣。你去喝杯咖啡，半小时后我们还在这儿见面。”

“不要承诺你做不到的事情，老姑娘。”他带着那种常常会激怒我的自负吃吃笑起来。“我知道你不买些没用的东西是不会从那里出来的。你总是这样。”

他的话气得我快要发疯了。他怎么敢指责我买东西轻率呢！我一向认为自己是一个很理智的消费者，并且因此很得意。我很善于探听到哪里有便宜货卖，并且毫不犹豫地把我们的养老金掏出来。“哼，我会让你看看的。”我暗自发誓什么东西都不买，不管买它有多划算。哈！我绝不会给那个自作聪明的老先生任何让他心满意足的把柄的。

我高高地昂起下巴，径直走进了人群拥挤的商店。走廊里摆满了曲棍球器材、篮球、高尔夫球棒、训练设备、钓鱼用具等。商店里面到处悬挂着大幅醒目的标语：“抛售商品一律八折出售。售出商品概不退换。”

我沿着走廊到处走着、看着，不时地闪避着别人，自得其乐地哼着歌曲。

突然，在那里，在商店的最里面，有一样东西在闪着银光，那是一艘和我丈夫的图片上的小船一模一样的小船，里面摆满了救生衣、短桨和钓鱼器具。我霎时屏住了呼吸，使劲地眨了眨眼睛。是的，它仍然摆在那儿。正是那艘“乌诺一号”。我的心剧烈地跳动着。我用胳膊肘开道向前挤着，走到小船近旁去寻找它的价格标签。

在那儿，一张小小的破纸片，上面有制造商注明的零售价格：6750美元外加交易税；旁边还有一行手写的字迹：现价750美元。肯定是弄错了。去掉6000美元?我要跟售货员谈谈。

我看见一个身上别着“嗨，我是马休”身份标牌的年轻人正在抢购的人群中退让着。我抓住他的衣袖。“马休，请给我讲讲这艘‘乌诺一号’。它有什么缺陷？为什么只值750美元。”

“噢。它什么问题也没有。它是全新的。只是因为我们的店快要关门了，它像其他商品一样正在被清仓处理。我想那还包括救生衣、短桨和钓鱼器具。我去查一查。”

几分钟后，他回来了，说：“我很抱歉，夫人。价格标签填错了。那些东西的价格应该是4750美元。我刚刚跟我的父亲谈过了，他正忙着主持商店的抛售业务。他说它的正常价格要高于8000美元，因此，这个价格仍然很便宜。”

我觉得眼泪涌入了我的眼睛。“噢，”我悲哀地说。“当然，这个价格的确很便宜，便宜得就像做梦一般。而且，这艘船正和我丈夫梦想中的船一模一样。我想，当我一看见那个价格标签的时候，我就开始在编织美梦了。星期五就是他的62岁生日。由于他的身体不好，所以他早早地退休了。虽然对我们这样只能依靠退休金生活的人来说很困难，但是多年以来，这个固执的老傻瓜坚持每个星期节约10美元，就为了买一艘和这船一模一样的小船。你知道，这只是一个老人的愚蠢的梦想。他总是说他希望退休以后，能够驾着一艘小船，悠闲自在地去钓鱼。”我的声音变得很微弱，然后就转身离开了。

我已经走到了商店门口，马休追上来，“你有750美元外加25美元的送货上门服务费和税费吗，夫人?”我激动得几乎透不过气来。“是的，是的，那差不多是我所有的积蓄。”我说，同时脑子里飞快地掠过一个念头，那是我节省下来准备做白内障摘除手术的费用。

“那么好吧，你只需让你的丈夫在星期五早晨10点钟左右坐在你家走廊上，到时候，我和我爸爸会去为他安装他的新船的。为了庆祝他的生日，我们还会在上面安放一个大大的蝴蝶结。”

我哭出声来。我伸出我那又老又瘦的手，握着他的手使劲地摇着。在签支票的时候，我不得不把眼睛费劲地眯成一道缝。

“夫人，有件事必须让您知道。这个店是我祖父的。他经营三十多年了。他答应有一天会退休，并且说退休以后想过轻松悠闲的日子，想经常驾船出去钓钓鱼。他订购了这艘船，是为他自己订做的，在他生命的最后一年。但是……好吧，请不要等来不及了才想到要去使用它。”

他更加费力地咽了一口气。“我祖父去世了，很突然的，就在上个星期。他只有68岁。我想，他知道您的丈夫从我们这里得到这艘船，一定会很高兴的。我爸爸也这么认为。您只须保证他会经常使用它，好吗，夫人？您答应吗?”

“我答应。”我注视着他的眼睛，声音有点哽咽。说完我就冲出商店，寻找我那亲爱的丈夫去了。

与你共品

作者意外地在商店里看到了丈夫梦寐以求的“乌诺一号”。虽曾向丈夫承诺不买东西，但是，在听到她的故事后，马休给了她一个合适的价格，她坚定地买下了这艘船作为丈夫的生日礼物。

作者没有兑现自己的承诺，是因为她深爱着丈夫，特别想为丈夫做点什么。现实生活中，有很多人同样为自己的爱人默默地付出。比如，在爱人因为意外昏迷不醒时，他们日夜守候在病床旁边，等待着爱人的苏醒。爱，其实不在于更多华丽的语言，而是时时刻刻地为爱人着想。

遵守承诺，或许是爱的一种体现。然而有的时候，没有兑现的承诺同样也是爱的另一种方式。

（刘小雯）

杰克向来少言寡语，3年来他说话从没超过100个字。所以，接下来发生的一切令人目瞪口呆。

杰克的微笑

佚　名/著　刘宇婷/编译

我年轻的时候在一个小厂工作，那阵子我刚认识迈克，他是个风趣的大块头，总爱开玩笑，搞些小恶作剧。迈克是头儿，有个叫皮特的总跟在迈克的屁股后头，工厂里还有个叫杰克的人，年纪比我们都大一些，他平时沉默寡言，从不凑热闹，也不惹是生非，3年来他一直穿着同一条打了补丁的裤子——他总是独自吃午饭，也不参与我们午休时的游戏。他似乎对什么都不感兴趣，只是一个人静静地坐在树下。自然而然的，杰克成了迈克捉弄的对象。

有时候，杰克会在饭盒里发现一只活青蛙，或是在帽子里发现一只死老鼠，不过他往往好脾气地一笑了之。

后来，有一年秋天，厂子里没什么活儿，迈克请了几天假去打猎，当然，皮特也跟去了。他们答应大家，只要捉到东西，人人都有份。所以，当我们听说迈克真的捉到一只大牡鹿时都兴奋不已。我们听说的还不止于此。皮特向来是个守不住秘密的人，他说他们要借此机会好好捉弄杰克一把。

迈克把牡鹿切成块，为每个人包了一包肉。不过，他特意留下了耳朵、尾巴和蹄子——当杰克打开这份特别的包裹时，那情景一定很好笑。

迈克在午休时分发了礼物，每个人都从他手里接过包裹，打开看看，然后道声谢。他把最大的包裹留到了最后，那是专为杰克准备的。迈克的表情看起来颇有些扬扬自得。而皮特简直忍不住要笑出声来。像往常一样，杰克独自远远地坐在大方桌的一角。迈克把包裹推到他伸手可及的地方。所有人都坐在那里拭目以待。

杰克向来少言寡语，3 年来他说话从没超过 100 个字。所以，接下来发生的一切令人目瞪口呆。只见他把包裹紧紧抓在手里，慢慢站起身，对迈克露出了灿烂的笑容——这时我们才注意到他的眼里已泪光闪闪，他的喉结上下嚅动着，过了好一会儿，他才控制住自己。

“我知道你不会忘了我，”他感激地说，“我知道你会这么做的！虽然你爱开玩笑，但是我从一开始就知道你是个好心人。”

他说着又哽咽起来，接着他环视我们道：“我知道我显得不太合群，可我从没有故意无礼，你看，我有 9 个孩子——还有一个患病的老婆，卧床不起已经 4 年了，而且永远都不会好了。有时候她病得厉害，我就不得不整夜照顾她。我的工资大部分都给她买药看病了，孩子们尽力帮我做事，但是有时候真的很难让他们填饱肚子。也许你们觉得我一个人偷偷吃饭挺可笑，其实，我想我是有点不好意思，因为我的三明治里不是总有东西可夹。就像今天，我的饭盒里只有一根生萝卜……我只是想让你们知道这包肉对我来说真的很重要，可能比在这里的任何人都重要，因为今晚我的孩子们……”他用手背抹去泪水，“我的孩子们能吃上一顿真正的……”

他极力控制着自己的情绪。我们始终全神贯注地看着杰克，谁也没有注意迈克和皮特。不过这会儿，我们都瞧见了他们，因为他俩不约而同地伸出手，想夺过那个包裹。但是太迟了，杰克已经打开了包，开始检视他的礼物。他查看了每一只蹄子，每一只耳朵，最后拎起那只尾巴，那只软弱无力地晃来晃去的尾巴。这情景本应很好笑，却没有人发笑——一个人也没有。

最让人难受的时刻是杰克抬起头，勉强挤出一个微笑，说谢谢的时候，在场的人谁也没有说话，只是一个接一个地站起来，走上前去，默默地把自己的包裹放在杰克面前。我们忽然意识到，和杰克比起来，这包肉对自己而言是多么微不足道……

与你共品

厂里的人们在分鹿肉时企图捉弄杰克。当他们得知杰克的艰难处境后，面对着被玩弄的杰克却再也笑不出来，并且人们纷纷把肉包送给了他。

现实中有些人像杰克那样，饱受生活的艰辛，为了避免困窘而选择独处，独自偷偷忍受着一切。另外有一些人习惯地把自己的快乐建立在别人的痛苦之上。于是随便地愚弄他人，不尊重他人。

每个人都是平等的，都应该得到最起码的尊重。我们应该给予困窘的人们一个微笑、一份尊重，而不是恶意的嘲笑、捉弄。

（刘小雯）

"个人的善举",听上去多么高贵、多么动听!可是,在眼前这一家三口的命运面前,这样的字眼又是多么苍白无力……

个人的善举

[美] 杰米·温希普/著　汪新华/编译

"企业对发展中国家的经济固然重要,但不要忘了,只有个人的善举才能发挥改变他人命运的巨大潜力!"台上的演讲者以这句冠冕堂皇的话结束了题为"东南亚的商机"的演讲。

说实话,演讲者渊博的学识以及对国际市场的透彻把握令我深深折服。然而他最后所讲的这句话,听上去未免有些不着边际,感觉是在装腔作势。

他只是一名穿着笔挺西装的西方人,来到这个贫穷国家的五星级饭店滔滔不绝地发表一番演讲而已,能懂得什么"个人的善举"呢?从与会者漠然的表情来判断,持这种怀疑态度的远不止我一人。

第二天,我搭乘一辆出租车在这个东南亚城市游览。车子经过一个破破烂烂的街区,所见几乎都是一堆堆的垃圾。我摇下车窗,想多停留一会儿,好看清楚这只有在电视上才能见到的悲惨场景,但扑鼻而来的臭气让我不得不赶紧离开。在经过一处情况略好点的路段时,我发现不远处有一个垃圾堆成的小山,一名衣衫褴褛的妇女带着两个孩子,在苍蝇飞舞的垃圾里翻寻着什么,口里嚼着刚刚找到的食物。

这名可怜的妇女和她孩子的形象让我生出一种莫名的无助情绪。"'个人的善举',听上去多么高贵、多么动听!可是,在眼前这一家三口的命运面前,这样的字眼又是多么苍白无力……"我在车里一边看着车外,一边这样想着,愈加感到头天晚上那名演讲者所说的话荒诞可笑。

18个月以后,我重返这个东南亚城市。在西方的舒适环境中度过一年半的逍遥日子后,我几乎完全忘记了那名妇女和她的孩子。只是在出租车路过同一个地点的时候,我才猛然记起那可怜的一家三口。眼前的这块场地依稀就是我当初见到过的,但看上去比以前干净了一些。

我告诉出租车司机,18个月前我在这里看见一名妇女和她的两个孩子在垃圾里找东西吃。"哦,你说的是依布·拉妮。"司机回答。

于是,我向这位司机打探她现在的境况。

“我领你去看看。”

车在堆积如山的废弃纸盒和旧报纸之间穿行了一段路，然后停在一间小木屋旁边，屋子后面堆满了空瓶子和生锈的铁罐。

“这就是她平时住的地方？”我犹豫不决地走出车子，问道。

“不，”司机笑着说，“那是她的办公室。她另外有一套房子，就在她的孩子所在学校的附近。”

“办公室？”我非常惊讶，“我以为她穷得没东西吃，才在垃圾堆里找食物。”

“那是以前。有一个外国人指点她捡废品卖给回收公司。他还带人来跟她见面，让她熟悉他们想要的东西。这些事我一清二楚，因为那个外国人头一次看到依布·拉妮在垃圾堆里找东西的时候，正好在我的车子里……瞧，他们在那儿。”

顺着司机手指的方向望去，我顿时愣住了。不远处站着的正是我在一年半前见过的那名妇女。只不过，如今她穿着考究，洋溢着一种优雅的自信——完全是另外一个人了。而站在她的旁边、穿一件脏兮兮的外套、手里拎着一只塞满旧报纸的废品袋的不是别人，正是那名我曾以为装腔作势的演讲者！

一时间，我为自己感到深深的惭愧，甚至无颜打搅他们，匆匆地离开了。

此后，我在这个东南亚国家一待就是7年。这7年当中，作为一名来自西方的志愿者，我时刻铭记着那位演讲者的教诲，并且一直身体力行。我不敢揣测自己小小的善举曾改变了多少人的命运，但我确信自己已被改变了很多，至少我再也不会认为“个人的善举”是荒唐可笑的话了。

与你共品

在短短的18个月里，贫穷妇人上升为优雅富人，而高高在上的演讲者却成为了拾荒人。巨大的反差足以可见个人善举的巨大影响，也讽刺了那些只会对善举大放厥词而不身体力行的虚伪行为。

善举，是一个动人的字眼。一个人的小小善举便可以改变另一个人甚至更多人的命运；善举，也不仅仅只是一个动人的字眼，而是要落实到实处的行为。在这个社会上，呼吁善举的人往往很多，但真正行动的人又有多少？

古人说“勿以善小而不为”。因为也许就是一句贴心的话，一个温暖的微笑这么细微的善行也能把一个人从命运的泥沼里拉出来。举手之劳便可改变别人的一生，何乐而不为呢？

（苏琳琳）

但是，蜘蛛——产后身体瘦弱的蜘蛛，躺在洁白的大厅中间，月季花也好，太阳也好，蜜蜂振翅音也好，好像全忘记了，只是专心致志地在沉思着。

母 性

［日］芥川龙之介/著　佚　名/译

雌蜘蛛沐浴盛夏的阳光，在红月季花下凝神想着什么。

这时空中响起振翅的声音，突然一只蜜蜂好像摔下来似的落在月季花上。蜘蛛猛地举目望去。寂静的白昼的空气里，蜜蜂振翅的余音，仍然在微微地颤动着。

雌蜘蛛不知什么时候蹑手蹑脚地从月季花下边爬出来。蜜蜂这时身上沾着花粉，把嘴向藏在花心里的蜜插了进去。

残酷的沉闷的几秒钟过去了。

在红色月季花瓣上，几乎陶醉在花蜜里的蜜蜂后边，慢慢地露出雌蜘蛛的身子，就在这一刹那蜘蛛猛地跳到蜜蜂头上。蜜蜂一边拼命地振响着翅膀，一边狠狠地螫敌人。花粉由于蜜蜂的扑打，在阳光中纷纷飞舞。但是，蜘蛛死死咬住不松口。

斗争是短暂的。

不久蜜蜂的翅膀不灵了，接着脚也麻痹起来。长长的嘴最后痉挛着向天空刺了两三次，这就是悲剧的结束，是和人的死并无不同的残酷的悲剧的结束。——一瞬间之后，蜜蜂在红月季花下，伸着嘴倒下去了。翅膀上，脚上，沾满了喷香的花粉……雌蜘蛛的身子一动不动，开始静静地吸吮蜜蜂的血。

不知羞耻的太阳光，透过月季花，在重新恢复起来的白昼的寂静中，照着这个在屠杀和掠夺中取胜的蜘蛛的身子。灰色缎子似的肚子，黑玻璃一般的眼睛，以及好像害了麻风病的、丑恶的硬邦邦的节足——蜘蛛几乎是“恶”的化身一般，使人毛骨悚然地抓在死蜂身上。

这种极其残酷的悲剧，以后不知发生了多少次。然而，红月季花在喘不过气的阳光和灼热中，每天仍在斗艳盛开。……过了不久，蜘蛛在一个大白天，忽然想起什么似的钻到月季的叶和花朵之间的空隙，爬上一个枝头。枝头上的花苞，被地面酷热的空气烤得将要枯萎，花瓣一边在酷热中抽缩着，一边喷放着微小的香味儿。雌蜘蛛爬出这里之后，就在花苞和花枝之间不断地往还。这时洁白的、富有光泽的无数蛛丝，缠住半枯萎的花蕾，渐渐又缠向枝头。

不一会儿工夫，这里出现了一个好像绢丝结成的圆锥体的蛛囊，白得耀眼，反射着盛夏的阳光。

蜘蛛做完了巢，就在这华丽的巢里产下无数的卵，接着又在囊口织了个厚厚的丝垫儿，自己坐在上面，然后张起类似顶棚的像丝一样的幕。幕完全像圆屋顶，只是留一个窗子，从白昼的天空把凶猛的灰色的蜘蛛遮盖起来。但是，蜘蛛——产后身体瘦弱的蜘蛛，躺在洁白的大厅中间，月季花也好，太阳也好，蜜蜂振翅音也好，好像全忘记了，只是专心致志地在沉思着。

几周过去了。

这时蜘蛛囊巢里，在无数蛛卵中沉睡着的新生命苏醒了。对这件事最先注意到的是在那白色大厅中间断食静卧的、现在已经老了的母蜘蛛。蜘蛛感觉到丝垫下面不知不觉地蠢动着的新生命、于是慢慢移动着软弱无力的脚，咬开把母和子隔离开的囊巢顶端。无数的小蜘蛛不断地从这儿跑到大厅里来。或者不如说，是丝垫变成了百十个微粒子在活动着。

小蜘蛛马上钻过圆屋顶的窗子，一哄拥上通风透光的红月季的花枝。它们的一部分拥挤在忍着酷暑的月季的叶子上，还有一部分好奇地爬进喷着蜜香的层层花瓣的月季花里去，另有一部分已经纵横交错于晴空之中的月季花和月季枝之间，开始张起肉眼看不清的细丝。如果它们能叫的话，在这白昼的红月季花上，一定会像挂在枝头的小提琴在风中歌唱那样，鸣叫轰响。

然而，在这圆屋顶的窗前边，瘦得像影子似的母蜘蛛，寂寞地独自蹲在那儿。

不只这样，而且过了好久，连脚也一动不动了。那洁白大厅的寂寞，那枯萎的月季花苞的味儿，生了无数小蜘蛛的母蜘蛛，就在这既是产房又是墓地的纱幕般的顶棚之下，尽到了做母亲的天职，怀着无限的喜悦，在不知不觉之间死去了——这就是那个生于酷暑的大自然之中，咬死蜜蜂，几乎是“恶”的化身的女性。

与你共品

文中被称为“恶”的化身的母蜘蛛，为了生存可以残杀其他生物，得到一个“恶”的化身的称谓也在所不惜，但为了孕育后代竟然可以牺牲自己宝贵的生命。这是人世间最伟大、最无私、最高尚的母爱。

作者运用欲扬先抑的手法大篇幅描写母蜘蛛残杀蜜蜂的场景以及其残忍的习性，为后文描写她为后代无私奉献生命作铺垫，强化震撼效果，加深对比强度，深深触动了读者的心弦。母蜘蛛是所有母亲的缩影，她的爱就是母亲对儿女绵绵无尽的爱。儿女的快乐是母亲用双手搭建的；儿女的幸福是母亲用血汗维护的；儿女的成长是母亲用生命换来的！

我们在成长，母亲却在一步步迈向衰老，她的黑发似枫叶上的寒霜，星星点点闪着银光。作为儿女的我们，应该为母亲的爱说一声：谢谢！

（张春花）

如果就这样保持沉默，一个无辜的人就将冤死，这会使他良心不安。但是要打破教规，这对于发誓将一生献给上帝的他来说，无论如何做不到。他陷入了进退两难之中。

忏 悔

［日］佐佐木大善/著 佚 名/译

他很苦恼，事情的起因是由于一个男人到他这个神甫面前忏悔。

“实话相告，我是个杀人犯。”

那男人坦白说他是一个杀人案中真正的凶手，而该案的嫌疑犯已被逮捕并判处死刑。他当然应该向警察局报告这件事的真相，可是他的宗教严禁将忏悔的内容泄漏他人。

他不知如何是好。如果就这样保持沉默，一个无辜的人就将冤死，这会使他良心不安。但是要打破教规，这对于发誓将一生献给上帝的他来说，无论如何做不到。他陷入了进退两难之中。

最后，他决定保持沉默，于是他来到同为神甫的朋友面前忏悔。

“我将眼看着一个无辜的人被处死。”

他陈述了事情的来龙去脉。

这位神甫朋友也为难了。想来想去，他也决定保持沉默。为了逃避良心的谴责，他又向另一个神甫忏悔。

“你还有什么要说的吗？”神甫问死囚。

“我没有罪！”死囚叫道。

“这我知道。”神甫回答，“你是无辜的，这全国的神甫都知道。但是，谁也不能把事情的真相说出来。”

与你共品

有时候，沉默是一种逃避，是一种纵容，是一种对真相的掩饰。在自己的原则和他人的利益间摇摆不定时，人们往往会用沉默的方式来维护自己的原则，而牺牲他人的利益。这样的沉默只会给人带来更多的伤害，甚至是葬送了他人的宝贵的生命。

这种方式固然能够掩饰你内心的虚伪，你虽逃得过一时的忏悔，但你能逃过一生的忏悔么？

（夏青）

他面容憔悴，目光呆滞地望了望我，似乎要谁分担他内心的焦虑似的，然后说："那只猫没有问题，我心中有数，不必为它担心。但另外的几只，你说它们该怎么办呢？"

桥畔的老人

［美］海明威/著　佚　名/译

一个满身尘土、戴着一副钢边眼镜的老人坐在桥畔。

这是一座浮桥。桥上车水马龙，汽车、卡车、男人、女人，还有小孩，蜂拥地渡过河去。一辆辆骡拉的车子靠着士兵推转车轮，在浮桥陡岸上摇摇晃晃地爬动着。而这个老人却一直坐在那里，木然不动。他已经筋疲力尽，无法再迈动脚步了。

我的任务是过桥了解桥头周围的情况，摸清敌人的动向。这项任务完成以后，我又回到了桥畔。这时，桥上的车辆已经不多了，行人寥寥无几；而这个老人还是坐在那里。

"你是哪里来的？"我上去问他。

"从桑·卡洛斯来的。"他说时，脸上露出了一丝笑意。

桑·卡洛斯是他的家乡，所以一提到家乡的名字，他感到快慰，露出了笑容。

"我一直在照管家畜。"他解释着。

"喔。"我对他这句话似懂非懂。

"是呀，"他继续说，"你要知道，我在那里一直照管家畜。我是最后一个离开桑·卡洛斯的呢。"

他看上去既不像放牧的，也不像管理家畜的。我看了看他那满是尘土的黑衣服，看了看他那满面泥灰的脸颊，和他那副钢边眼镜，问道：

"是些什么家畜呢？"

"好几种，"他一边说一边摇着头，"没有办法，我是不得不和它们分开的。"

我注视着这座浮桥和这块看上去像是非洲土地的埃布罗三角洲，心理揣摩着还有多久敌人会出现在眼前，也一直留神地听着是否有不测事件发生的联络信号声。而这个老头仍然坐在那里。

“是些什么家畜呢？”我又问他。

“共有十一头家畜，”他解释说，“两只山羊，一只猫，还有四对鸽子。”

“你一定要同它们分开吗？”

“是呀，因为炮火呀！队长通知我离开，因为炮火呀！”

“你没有家吗？”我问的时候，举眼望着浮桥的尽头，现在只有最后几辆车子正沿着河岸的下坡，疾驰而去。

“我没有家，”他回答说，“我只有我刚才说过的那些家畜。当然，那只猫没有问题，它会照管自己的，可是，其他的牲畜怎么办呢？”

“你的政见怎样？”我问他。

“我毫无政见，”他说，“我今年 76 岁，刚才走了 12 公里，现在已经寸步难行了呀。”

“这里可不是歇脚的好地方，”我说，“要是你还能走的话，你就到去托尔萨的叉路口公路上，那里还有卡车。”

“我等会再去。那些卡车往哪里去呀？”

“朝巴塞罗那方向去的。”我告诉他。

“那个方向我没有熟人，”他说，“谢谢你，非常感谢你。”

他面容憔悴，目光呆滞地望了望我，似乎要谁分担他内心的焦虑似的，然后说：“那只猫没有问题，我心中有数，不必为它担心。但另外的几只，你说它们该怎么办呢？”

“嗯，它们可能会安然脱险的。”

“你这样想吗？”

“当然啰，”我说时，又举目眺望远处的河岸，现在连车影也没有了。

“我是因为炮火，才不得不离开的。而它们，在炮火中怎么办呢？”

“你有没有打开鸽子笼？”我问。

“打开了。”

“那它们会飞出去的。”

“对，对，它们会飞的。……但另外的牲畜呢？唉，最好还是不去想它们吧。”他说。

“要是你已经歇得差不多了的话，应该走了。”我劝着他，“站起来，走走试试吧！”

“谢谢，”他边说边挣扎着站起来，但身子一个摇晃，朝后一仰，又跌倒在尘土中了。

“我一直在照管那些家畜，”这时，他说话的声音单调、刻板，也不是在对我说，

“我一直就是照管家畜的。”

此时此刻，我对他已经无能为力了。那是复活节后的星期天，法西斯军队正朝埃布罗推进。阴霾的天空中，云幕低垂，一片灰暗，连敌人的飞机也无法上天。

猫儿会照管自己，飞机没有上天，这就是那个老人能碰上的全部好运了。

与你共品

读完这个故事的第一感觉便是为那些生活在战争动荡中的可怜人而感到无能为力。老人连家都没了，一心牵挂的只有那仅剩的几只朝夕与共的家畜。这是对战争的一种无声的控诉，控诉战争的无尽罪孽。

作者用白描的手法，通过朴实无华的文字和浅淡的景色描写，烘托出一个孤身老人在战火纷飞的场景下的浓浓情愁，以最直接朴素的方式告诉读者在乱战中人们的内心世界是如何的彷徨失措，以平实简明而含蓄深沉的语言悄无声息地触动读者的心灵。

战争，到底给人民带来了什么？是重生，还是毁灭？这是一个引人深思的问题。

（张春花）

年轻人似乎已横下心不说任何恭维的话，但也没有流露出丝毫烦躁的神色，虽然他一直考虑如何将谈话引到有意义的话题上去。他太固执了，怎么也不肯逢迎。

选　择

［英］库　克/著　佚　名/译

“有钱是多么快活！”坐在茶几旁的肖夫人，当她拿起古色古香的精细的银茶壶倒茶时，心里也许是这样想的。她身上的穿戴，屋里的陈设，无不显示出家财万贯的气派。她满面春风，得意之情溢于言表。然而，由此认定她是个轻浮的人，则是不公平的。

“你喜欢这幅画，我很高兴。”她对面前那位正襟危坐的年轻艺术家说，“我一直想得到一幅布吕高尔的名作，这是我丈夫上星期给我买的。”

“美极了！”年轻人赞许它说，“你真幸运。”

肖夫人笑了，那两条动人的柳眉扬了扬。她双手细嫩而白皙，犹如用粉红色的蜡铸成似的，把那只金光灿灿的戒指衬得更加耀人眼目。她举止娴静，既不抚发整衣，也不摆弄小狗或者茶杯。她深深地懂得，文雅给予人一种感染力。

“幸运?”她说，“我并不相信这套东西。选择才是决定一切的。”

年轻人大概觉得，她将富有归于“选择”两字，未免过于牵强。但他什么也没说，只是很有分寸地点点头，让肖夫人继续说下去。

“我的情况就是个证明。”

“你是自己选择当有钱人的?”年轻人多少带点揶揄的口吻。

“你也可以这样说。15 年前，我还是一个笨拙的学生……”

肖夫人略为停顿，故意给对方说点恭维话的机会。但年轻人正在暗暗计算她在学校里待的时间。

“你看，”肖夫人继续说，“我那时只知道玩，身上又有一种叫什么自然美的东西，于是有两个年轻人同时爱上了我。到现在我也搞不清楚他们为什么会爱上我。”

年轻人似乎已横下心不说任何恭维的话，但也没有流露出丝毫烦躁的神色，虽然他一直考虑如何将谈话引到有意义的话题上去。他太固执了，怎么也不肯逢迎。

“两人当中，一个是穷得叮当响的学艺术的学生，”肖夫人说，“他是个浪漫可爱的青年。他没有从商的本领，也没有亲戚的接济。但他爱我，我也爱他。另外一个是一位财力显赫的商人的儿子。他处事精明，看来前程不可限量。如果从体格这个角度去衡量，也可称得上健美。他也像那位学艺术的学生一样倾心于我。”

靠在扶手椅上的年轻人赶忙接住话茬，免得自己打哈欠。

“这选择是够难的。”他说。

“是的，要么是家中一贫如洗，生活凄苦，接触的尽是些蓬头垢面的人。但这是罗曼蒂克的爱情。要么是住宅富丽堂皇，生活无忧无虑，服饰时髦，嘉宾盈门，还可到世界各地旅游，一切都应有尽有……要是能两全其美就好了。”

肖夫人的声调渐渐变得有点伤感。

“我在犹豫不决的痛苦中煎熬了一年，始终想不出其他办法。很清楚，我必须在两人当中作出选择，但不管怎样，都难免使人感到惋惜，最后……”肖夫人环视了一下那曾为一家名叫《雅致居室》的杂志提供过不少照片的华丽的客厅，“最后，我决定了。”

就在肖夫人要说出她如何选择的这相当戏剧性的时刻，外面进来一位仪表堂堂的先生，谈话被打断了。这位先生，不但像一位时装展览的模特儿，而且像一幅名画里的人物，他同这里的环境十分协调。他吻了一下肖夫人，肖夫人又将年轻人介绍给她的丈夫。

他们在友好的气氛中谈了 15 分钟。肖先生说，他今天碰见了“可怜的老迪克·罗杰斯”，还借给他一些钱。

“你真好，亲爱的。”肖夫人漫不经心地说。

肖先生稍坐一会儿就出去了。

“可怜的老迪克·罗杰斯，”肖夫人叹道，“我想你猜到了，那就是另外一个。我丈夫经常周济他。”

“令人钦佩。”年轻人略略地说，他想不出更好的回答。他该走了。

“我丈夫经常关照他的朋友，我不明白他哪来这么多时间。他工作够忙的。他给海军上将画的那幅肖像……” “肖像?”年轻人十分惊讶，猛然从扶手椅上坐直了身子。

“是的，肖像。”肖夫人说，“哦，我没有说清楚吧? 我丈夫就是那位原来学艺术的穷学生。我们现在喝点东西，怎么样?”

年轻人点点头，似乎不知该说什么才好。

与你共品

本是一次无意的对话交谈，最后成了一堂心照不宣的人生教育课。

小说以旁观者的视角，对话式的语言，细细地记录下肖夫人和年轻人之间关于爱情的选择这个话题的谈话片段。和小说的语言一样，情节对话表面看似宁静平淡，内里却波澜起伏。肖夫人是因为十五年前做的正确选择，选择了一个适合自己过一辈子的人，而不是年轻人所说的幸运成就了她今天的幸福。这教育了年轻人无论现在处境多么困难，都不要放弃选择一种积极进取，勇于克服困难的人生态度，敢于付出，乐于面对，那么一切都会苦尽甘来的。

人生会面临无数次选择。命运掌握在我们的手里，幸福与否，成功与否，就看我们的选择。决定一切的，是选择而不是运气。既然选择了远方，便只顾风雨兼程。请记住人生没有对错，成功永远属于奋斗者。

（罗惠兰）

萨拉叹口气。有时她真想使劲晃晃他，让他吐出一些美丽动听的悄悄话，但她知道，那是徒劳的。他深深地爱着她，可并不溢于言表。

旧屋

［俄］佛罗伦斯·简·索曼/著　佚　名/译

萨拉聚精会神地看着房地产广告，她的眼睛被一行字吸引住了“幽静的凉台。一种渴望之情油然而生，她一直向往着有一个凉台。她这会儿把广告从头至尾读了一遍：出售房屋。8个宽敞的房间，两间浴室。树荫掩映的草坪。幽静的凉台，安谧而迷人。价格从优，情愿牺牲。后面是经纪人的姓名。

听上去真不错！她心想。这对我们太理想了！她抬起头，凝望着丈夫。乔正坐在对面埋头看书，他把一天中的这个时间称之为“缓冲时刻”，因为两个孩子终于睡着了，他也能够松弛一下，换上舒适的旧衣服，看看书。看到乔神色倦怠，萨拉心中一阵触痛，“我亲爱的。”她心里默念着。

她把目光从他身上移开，环视着这间宽大的起居室。这座老式房屋的所有房间都很宽敞，也就是这一点，还有那间巨大而不实用的厨房，常常成为她和乔之间争执的话题。他喜欢它啊——这幢老宅从他祖上到他这辈子传了三代了。但她不喜欢，因为没有帮手要管理这么大个家的确是件操心费力的苦差事，每逢她谈及搬家，他就会把它称做“妙不可言的老房子”，眼里闪着光；而她则称它为“旧仓库”。

现在，她要把这条广告念给他听听，可他那瘦削的脸上泛起的倦容，使得她把到嘴边的话又咽了下去。

她改口说：“我爱你，乔。”

“我也一样。”他咕哝着。

萨拉叹口气。有时她真想使劲晃晃他，让他吐出一些美丽动听的悄悄话，但她知道，那是徒劳的。他深深地爱着她，可并不溢于言表。这是他的天性，他生来就认为满口华丽辞藻的表白是愚蠢的。

可萨拉的内心一直期待着，她生性温柔多情，渴望丈夫能给她缠绵悱恻的情爱，让她享受一下这种幸福，哪怕只是偶尔为之。

她努力使自己从这种臆想中摆脱出来，重新研究着广告。“情愿牺牲。”这意味着是桩好买卖。如果那房子像广告上说的那样而且价格公道的话，乔看了或许会……她被突如其来的兴奋攫住了。她想，明天得找人来照看一下孩子，我要去看看那所房子。

第二天在房地产办公室里，办事麻利的西姆斯太太向她道歉说，这条广告“被搞错了”，她说，“它本应该下星期才刊登出来。但我可以带你去看看别的房子。”

在后来的一个小时里，萨拉情绪低落，在一个新区，她看了3幢由设计师构思布局的“摩登之家”。房子还漂亮，可房间给它的印象似乎是太……太窄了，她想，仿佛一位吝啬的建筑师一寸一寸地算计着，好把这些方块都挤在一起。在一间被称之为“大师卧房”的屋子，她不由得感叹道：“他真的是一个矮子大师。”

“我带你去另一处。”西姆斯太太说。

但在开车前往另一处新住宅区之后，萨拉更泄气了。一幢幢房屋紧挨在一起，前面一棵树佝偻着身子，房间的天花板低矮得给她一种强烈的压迫感。

见到她离去时的沮丧表情，西姆斯太太突然说：“我可以带你去看看你感兴趣的那座房子，不过，只能在外面看。”

“哦，太好了！”萨拉说。当她们驱车向城市另一方向驶去时，她陷入了沉思，直到车开上一条宽宽的林荫路时，她才回过神来。车靠近路边，她坐直了身子。

“瞧，就是它，”西姆斯太太说，“很可爱，不是吗？”萨拉望着这座漂亮的红砖小楼，它前面是一大片草坪和两株悦人的古树。一股说不出的滋味涌上心头。

“不错，很可爱。”她说，并缓慢地然而依旧向前望着。下了车，“多谢您啦，西姆斯太太。我住得离这儿不远，我可以走回去。”

车开走了，她茫然若失地站在人行道上。过了一会儿。她迈步踏上了门前长长的甬道，拿出钥匙，打开房门，静静地站着，环视着四周，听着后院传来的孩子们欢快的笑声。

一种新奇之感悄悄地袭遍全身。还是老房子高大、宽敞、空气畅通！她看到宽大的门厅，雅致的楼梯，起居室里可爱的窗户——从中望去，一幅树影婆娑、枝叶依依的景色映入眼帘。一切似乎都是以前没有见过的。

“安谧而迷人。”她想着广告上的词儿，心里好像被什么触动了，眼中放出异样的光彩。

晚上乔回到家，她给了他一个吻。

“我今天干了件荒唐事，”她说，“我去应征出售自己房子的广告了。”

他默默地凝视着她，然后脱口说道：“那应该在下星期登出来！在你生日那天！”“经纪人已经道了歉，”她扬起眉，“告诉我，咱们的凉台在哪儿?”他脸红了，说：“就是爱米房间外面的那个。”

她吃了一惊，大叫起来：“你是说那个小木头平台？”“是啊，它算是一种凉台。我是想吸引买主。”他嗫嚅着，“我知道你十分讨厌这个旧仓库。”

“它不是旧仓库！”蓦地，她喉头一阵刺痛，“它有很多地方让人依依难舍！”她颤声说，“那篇广告一定费了你很多心思。”

一阵突然的沉默，他们目光相遇了。房子那一边传来一阵孩子们的尖叫声，随后又远去了。

他嚅动着嘴唇：“我是想让你高兴。”“情愿牺牲。”她想起来了。她被深深地震撼了。走上前去搂住他的脖子，把脸颊和他的脸颊贴在一起，低语着：“我就待在这里，真的，哦，乔——我真爱你。”

他把她紧紧地揽在怀里，低声说：“我也一样。”

多美啊，她想。从今以后我再也不要他跟我说甜言蜜语，永远，永远。她闭上眼睛，嘴角漾起一丝微笑。不错，那天她看过的几所漂亮木楼和她的梦想大相径庭。如果她的“梦中之屋”只是一个梦——一座海市蜃楼——那么它似乎再也无关紧要了。

她将拥有她的天地——吱嘎作响的地板，不合时宜的厨房，所有额外的活计——一切。

“情愿牺牲”又浮现在她脑海里。

这言简意赅的话似乎很奇妙，将他俩包容在一片温馨的爱情之中。

与你共品

看完小说我已经被乔“情愿牺牲”的举动深深感动了，可以想象，知道真相的妻子萨拉会为自己有个这样懂得包容、理解自己的丈夫而感到自豪和骄傲。

和萨拉一样，许许多多的妻子以为活在丈夫甜言蜜语里，就享有浪漫的爱情；以为拥有了新房子，就拥有幸福的婚姻。她们忘记了经营爱情靠的是生活的点点滴滴，小说的叙述如剥葱头，很自然地层层推进，渐渐呈现出呛人的核，让读者百味杂陈。很显然，小说写的是一出买房记，更是一曲婚姻奏鸣曲。乔氏夫妇的房子里的一切起初都是新鲜的，一如他们曾经鲜活的爱情和婚姻，然而，当房子的角角落落堆满了琐碎而乏味的日子，他们的婚姻也走向了平淡。

当爱情因为时间久远成为一种奢望时，人拥有再漂亮的房子，又有什么意义呢?缺少家人之间的相互理解与包容，无论生活多么优越，也会与幸福擦边而过。

（罗惠兰）

楼上楼下、前后左右的邻居都开始敲墙，谢尔盖站在那儿早就捂上了耳朵，但电脑前那个男人的身影连动都没动一下。

电脑病毒

［俄］维·马克西姆科夫/著　佚　名/译

谢尔盖和列娜已经交往一个多月了，今天这是她第一次允许他送她回家。他们在门洞口热吻了好长时间，后来列娜邀请谢尔盖上楼去喝一杯咖啡。他们进门后就去了厨房，列娜马上煮了一壶咖啡，他们喝完后，你看着我，我看着你，坐在那儿吸烟。他们虽然什么也没说，但彼此都感觉到今天一定会发生他们从相识那一天起就希望发生的事。

咖啡已经喝完了，他们又继续沉默了一会，两个人都感到有些尴尬。这时列娜笑了笑，抓起谢尔盖的手，领他朝房间里走去。谢尔盖顺从地跟在后面。但走到屋门口的时候，谢尔盖被吓得全身一哆嗦。

“这是谁？”谢尔盖看着房间角落里的一个男人的背影问。那个男人一动也不动地坐在电脑前，两眼盯着眼前闪闪烁烁的画面。

“你问的是那个家伙儿吗？我丈夫。”列娜鄙夷地往那个角落看了一眼，不屑地回答。

“你结婚了？”谢尔盖更吃惊了，“你怎么可以这样？”

“我以前是结婚了。但自从买了这台电脑后，我就没丈夫了。我听说电脑里有病毒，我丈夫可能是感染了这种病毒。我睡觉的时候，他在玩电脑；我起床去上班的时候，他还在电脑前坐着。我甚至都不知道他睡没睡觉，吃没吃饭，上没上班……人家说有单身女人，我是单身妻子。现在只是在身份证明上，我是已婚，这样已经半年了。”

“是这样啊！可不管怎么说，当着他的面……”

“反正他什么也看不见，什么也听不见。你想不想确认一下？”

说完，列娜打开了电视，把音量调到了最大，又从橱柜上拿下一个玻璃花瓶摔到了地板上，接着又把一个金属托盘扔到了那堆碎玻璃上，然后就双脚上去踩，同时还左手拿着打开的电吹风，右手举着猎枪朝棚顶射击。楼上楼下、前后左右的邻居都开始敲墙，谢尔盖站在那儿早就捂上了耳朵，但电脑前那个男人的身影连动都没动一下。

最后，列娜终于停了下来，站在那儿喘着粗气、擦着汗问：

“怎么样？现在你相信了吧？”

“是啊，”谢尔盖摇着头说，“我以前从来不相信会有这样的事。”

“算了，亲爱的，”列娜温柔地一笑说，“我去收拾一下，你在这儿等我，我一会儿就来。”

“好，你去吧。”谢尔盖回答，“我看看到底什么让他这么着迷。”

天快亮了，新的一天就要开始了。列娜一个人坐在仍旧还罩着床罩的床上一支接一支地吸着烟，神经质地往已经装得满满的烟灰缸里磕着烟灰，尽力控制自己不去看角落里那两个一动也不动地盯在电脑前的男人。

与你共品

如此神奇的电脑病毒，竟能使两个男人放弃美色，而选择寸步不离地坐在电脑前。这令人感到十分吃惊。

生活中只影响电脑工作的电脑病毒，在小说中，却被视为生物病毒。它能够破坏人的正常生活，并且在人与人之间传播蔓延，其传播速度叫人始料不及、瞠目结舌。实际上，文章里暗指的是社会上普遍存在的网络成瘾的现象。

事物具有两面性，网络作为人类智慧的产物，自然也不例外。它在给现代人的生活带来了方便的同时，也引发了诸多棘手的问题。社会各界要积极开展各种活动，引导人们形成正确的“网络观”，健康上网。

（谢敏婷）

他开不了枪。两个人都赤裸着。两个裸体的人，脱掉了衣服，脱掉了国籍，脱掉了姓名，脱掉了军人的身份。

河

［希腊］安东尼斯·萨马拉基斯/著　胡　超/译

命令很明确。禁止下河洗澡，而且沿岸200米以内任何人不得擅入。因此丝毫没有可以误解之处。任何违令者将受到军法处置。

这命令是几天前由少校亲自向他们宣读了的。他下令全营集合向他们宣布了这一命令。这是司令部的命令，可不是开玩笑的。

大约3周前，他们来到河的这一岸，停止前进。对岸就是敌人，通常称其“敌方”。

3周来，毫无战事。当然，这种状态会持续很久，但眼下很平静。

河两岸的纵深处都是茂密的森林，双方的部队就各自驻扎在自己一边的森林中。

据情报，“对方”有两个营。但是他们并没有发起进攻。谁知道他们的意图是什么？同时，双方都派出哨兵隐蔽在本岸的森林中，戒备着可能出现的情况。

3个星期。真的已经过去3个星期了吗？自从两年半以前的这次战争开始以来，他们不记得曾有过类似的间歇。

他们刚来到河边时，天气还很冷，然而几天以前天气放晴了。现在春天来了。

第一个潜下河的是个中士。一天早晨他悄悄溜了出去，跳入水中。不久他肋下中了两颗枪弹，爬了回来，他只活了几小时。

第二天，两个二等兵去了，没人再见到过他们。只听到几阵机枪扫射声，然后是一片沉寂。

于是司令部就下了这道命令。

但是，河仍十分诱人。他们听到哗哗的流水声，焦渴难忍。两年半来，他们一直过着邋遢的生活，忘掉了一切玩乐滋味。现在他们碰上了这条河。然而，来自司令部的命令……“滚他的司令部命令！”那天夜里他从牙齿缝里低语说。

他辗转反侧不能入睡。远处潺潺的河水依稀可闻，不让他休息。

明天他要去。是的，他一定要去。司令部的命令见鬼去吧！其他的士兵都在酣睡，最后他也睡着了。他做了一个梦，一个恶梦。起初他看见的是河，照它本来的那样。河就在他的面前，在等待着他。而他光着身子站在河岸，没有跳下去，似乎有一只无形的手在拉住他。后来河变成一个女人，一个身体结实丰腴、肤色黝黑的女人。她赤裸着身体躺在草地上，正在等着他。而赤裸着站在她面前的自己并没有扑向她。一只无形的手似乎在阻拦着他。

他醒来时感到精疲力竭。天还没有亮……他来到岸边，站住了，开始凝视河水。河啊！这条河果然存在，他曾经一连几小时地怀疑冥想，这条河是否存在，或者只是他们大家的一种幻想。

他已找到机会，来到河边。天气多好啊！如果他运气、没有被人发现……只要他能够跳进河中，泡进水里，无论发生什么他都不在乎。

他把衣服留在岸上的一棵树旁，枪立靠在树干旁。他转头扫了一眼身后是否有自己人，又朝对岸瞄了最后一眼，看是否有对方的人，然后纵身跳入了水中。

他那赤裸的、经过两年半折磨和已有两处伤痕的身体一进入水中，他就立刻觉得自己变成了一个新人，好像有一只拿着海绵的手擦去了那两年半的岁月。

他时而仰泳，时而俯泳。他顺流漂浮，接着又长时间地潜入水中。

战士的他变成了一个孩子。他只有 23 岁，但过去的两年半已在他内心留下了深深的创痕。

左右两岸都有鸟群在来回飞翔，有时它们掠过他的头顶向他打招呼。

一条被水流卷裹的树枝漂到他的前方，他扎了一个深猛子想一次就到达那里。

他成功了，他钻出水面时正在树枝旁边。他高兴极了！但是就在此时，他看前面大约 30 米处有一个脑袋。

他停下来，想看得清楚些。那另一个游泳者也看见了他，同时也停了下来。他们彼此默默地注视着。

他立刻回过神来，恢复到原来的自我——一个经历过两年半战争、荣获十字勋章、把步枪留在了树旁的军人。

他不知道对面的家伙是自己人还是对方的人。他怎么认得出来呢？他只一个脑袋。他可能是自己人，也可能是对方的人。

有几分钟时间两人都待在水里没动。一个喷嚏打破了静寂。是他自己打的喷嚏，而且像往常一样大声咒骂了一句。那个人开始很快地游向对岸。他自己也没浪费时间，拼命向岸边游回。他先出水，冲到放枪的地方，一把抓起了枪。对方的那人刚从水里出来，这时，他也跑去拿自己的枪了。

他举起枪，瞄准。要击中对方那人的脑袋太简单了。只有20米外奔跑着的那一丝不挂的人体，是一个很容易击中的靶子。

不，他没有扣扳机。对方那人在彼岸，赤条条的像刚从娘胎里出来时一般。而自己在岸这边，同样赤条条。

他开不了枪。两个人都赤裸着。两个裸体的人，脱掉了衣服，脱掉了国籍，脱掉了姓名，脱掉了军人的身份。

他开不了枪。现在河不是把他们隔开，相反把他们联结在一起。他开不了枪。

对方现在已成了一个普通的人，不再是专门名词“敌方”，比他自己不多也不少。

他放下了枪，垂下了头。直到最后，他什么也没见到，在眼角瞥见的群鸟，因听见对岸枪响而惊飞。他应声倒下了，先是膝盖跪下，随后平扑在地。

与你共品

河，温和可人。对于久经战火、焦渴难忍的士兵们来说，无疑有着非同一般的诱惑力。然而，无情的战场却使它转变成一道残酷的生死分界线，不少士兵就死于此“温柔之乡”。

小说中主人公为求放松自己，返璞归真，毅然冒险违背军令，夜里私闯禁地，犹如飞蛾扑火般偷偷潜入了自己朝思暮想的河……是的，脱掉军装、脱掉国籍、脱掉束缚，大家都不过是赤裸裸的自由人而已，又何忍相互残杀？然而，战场上，敌我双方不可能达成这种默契，动了善良与恻隐之心的一方只能成为悲剧的牺牲品！

残酷的战争扼杀掉的岂止是士兵们的生命？更是人性中那最原始、最纯洁、最善良的灵魂。战争无情人有情，呼吁和平，远离战火，人类以博爱的胸怀和谐共处才不会是一句空话。

（骆海静）

我后悔不已。稀里糊涂凭自己的感觉把对尼泊尔孩子来说简直难以相信的一笔巨款交给了他，误了那么好的孩子的一生。

尼泊尔的啤酒

［日］吉田直哉/著　朱新华/译

那是4年前的事了，准确地说不是“最近”了，然而对我来说，却比昨天发生的事还要鲜明得多。

那年夏天，为了摄影我在喜马拉雅山麓、尼泊尔的一个叫多拉卡的村庄待了十多天。在这个家家户户散布在海拔 1500 米斜坡上的村庄，像水、电、煤气之类所谓现代的生命线还没有延伸到这里。

这个村庄虽有 4500 口人，却没有一条能与别的村落往来的车道。不用说汽车，就是有轮子的普通交通工具也用不起来。而只能靠两条腿步行的山路崎岖不平，到处都被山涧急流截成一段一段的。

由于手推车都不能用，村民只能在体力允许的范围内背一些东西在这条路上行走。每当我惊奇于草垛何以移动时，定睛一看，下面有一双双小脚在走路。原来是孩童背着堆得高高的当燃料用的玉米秸。

以前在日本去村庄的公有山林砍柴时，禁止用马车拉柴，只允许背多少砍多少。当时人们认为背多少砍多少的话就能得到天神的原谅。

时代不同了，可正因为没有车道，多拉卡村的人们至今过着一种既能保护环境又能被天神原谅的生活。我不知道以前的情况，反正现在村民们完全知道他们的生活无法和世界上其他的地方相比。因此，他们是以一种苦楚的心情，在旅游者看来像世外桃源般美丽的风景中过着日子的。

特别是年轻人、小孩子都渴望离开村子去有电有车的城市。这也是理所当然的。就是我们，在没法用汽车的这里，也深感不便，每时每刻都是全副武装登山。从汽车的终点站到村庄，我们竟雇了 15 个人搬运器材和食品，多余的东西不得不放弃。

首先放弃的就是啤酒，啤酒比什么都重。想过酒瘾，威士忌更有效果。我们 4 人带了 6 瓶，每人一瓶半，估计能对付着喝 10 天。

然而威士忌和啤酒，其作用是不同的。

当汗淋淋地结束了一天的拍摄，面对眼前流淌着的清冽的小河时，我情不自禁地说："啊，如果把啤酒在这小河中镇一下的话，该有多好喝呀。"

现在再提经过大家协商放弃的啤酒真是没有道理。这时有人追问我说出来的这句忌语。他不是我的同僚，而是村里的少年切特里。

他问翻译："刚才那人说了什么？"当他弄清什么意思时，两眼放光地说道："要啤酒的话，我去给你们买来。"

"……去什么地方买？"

"恰里科特。"

恰里科特是我们丢了车子雇人的那个山岭所在地，即使是大人也要走一个半小时。

"是不是太远了？""没问题。天黑之前回来。"

他劲头十足地要去，我就把小帆布包和钱交给了他。"那么，辛苦你了，可以的话买 4 瓶来。”

切特里兴高采烈地跑了出去，到 8 点左右背了 5 瓶啤酒回来。大家兴奋地鼓掌庆祝。

第二天午后，来摄影现场看热闹的切特里问道：“今天不要啤酒吗?”“要当然是要的，只是你太辛苦了。”

“没问题。今天是星期六，已经放学了，明天也休息，我给你买许多‘星’牌啤酒。”

“星”牌啤酒是尼泊尔当地的啤酒。我一高兴，给了他一个比昨天更大的帆布包和能买一打啤酒以上的钱。切特里更起劲了，蹦蹦跳跳地跑了出去。

可是到了晚上他还没回来。到了临近午夜还是没有消息。我向村民打问会不会出事了，他们异口同声地说：“如果给了他那么多钱，肯定是跑了。有那么一笔钱，就是到首都加德满都也没问题。”

15 岁的切特里是越过一座山从一个更小的村子来到这里的，平时就寄住在这里去上学。土屋里放一张床，铺上只有一张席子。因为我拍过他住的地方并问了许多问题，所以对他的情况是了解的。

在那间土屋里，切特里每天吃着自己做的咖喱饭发奋学习。咖喱是他把两种香料和辣椒放在一起夹在石头里磨了以后和蔬菜一起煮出来的。由于土屋很暗，白天在家学习也得点着油灯。

切特里还是没有回来。第二天也没有回来。到第三天也就是星期一还没有回来。我到学校向老师说明情况、道歉并商量对策，可是连老师都说：“不必担心，不会出事的。拿了那么一笔钱，大概跑了吧。”

我后悔不已。稀里糊涂凭自己的感觉把对尼泊尔孩子来说简直难以相信的一笔巨款交给了他，误了那么好的孩子的一生。

然而我想还是事故吧。但愿别发生他们说的事。

这样坐立不安地过了三天，到了第三天深夜，有人猛敲我宿舍的门。唉呀，打开门一看，切特里站在外面。

他浑身泥浆，衣服弄得皱皱巴巴的。听他说由于恰里科特只有 4 瓶啤酒，就爬了四座山直到另一个山岭。

一共买了 10 瓶，路上跌倒打碎了 3 瓶，切特里哭着拿出所有玻璃碎片给我看，并拿出了找的钱。

我抱住他的肩膀哭了。很久了，我不曾那样哭过，也不曾那样深刻全面地反省过。

与你共品

小说以记叙体的形式，成功地塑造了小男孩这一美好人物形象。故事情节迂回曲折，由最初的误会到最后的涣然冰释，让人震撼、发人深省。

小男孩帮忙买啤酒，纯粹出于助人为乐、热情好客的初衷，而久久未归的他却备受质疑。可见，当今社会，诚信缺失的现象早已渗透人心，导致人们变得敏感、猜疑。当事情的真相翩然而至时，主人公才恍若大梦初醒，忏悔不已。相比之下，更加突显出了小男孩洁身自好、诚信自重、淳朴可贵的人格魅力。

其实，人与人之间相处，最可贵的莫过于发自内心的真诚与信任。而只有少一点猜疑，多一点真诚，世界才会变得更加可爱。

（骆海静）

深暗的浓雾里吹着雪风，从建筑的深处透出来一股冷气，同时还有一个缓慢的、重浊的声音。

门　槛

［俄］屠格涅夫/著　佚　名/译

我看见一所大的建筑，正面的一道窄门大大的开着，门里是浓密的暗雾。高高的门槛前面站着一个女郎……一个俄罗斯的女郎。深暗的浓雾里吹着雪风，从建筑的深处透出来一股冷气，同时还有一个缓慢的、重浊的声音。

“啊，你想跨进门槛来做什么？你知道里面有什么东西在等着你？”

“我知道。”女郎这样回答。

“寒冷，饥饿，憎恨，嘲笑，轻视，侮辱，监狱，疾病，甚至于死亡。”

“我知道。”

“和人疏远，完全的孤独。”

“我知道，我准备好了。我愿意忍受一切的痛苦，一切的打击。”

“不仅是你的敌人，而且你的亲戚，你的朋友都给你这些痛苦，这些打击。”

“是……便是他们给我这些，我也要忍受。”

“好。你准备牺牲吗?”

“是。”

“这是无名的牺牲！你会灭亡，甚至没有人……没有人知道，也没有人尊崇地纪念你。”

“我不要人感激，我不要人怜悯，我也不要声名。”

“你还准备去犯罪?”女郎低下了她的头。

“我也准备去犯罪……”里面的声音暂时停住了。

过后又说出这样的话语：“你知道将来在困苦中你会否认你现在有的这信仰，你会以为你是白白地浪费了你的年轻的生命?”

“这一层我也知道。我只求你放我进去。”

“进来吧。”

女郎跨进了门槛。一副厚的帘子立刻放了下来。

“傻瓜!”有人在后面这样嘲骂。

“一个怪人。”不知从什么地方来了这个回答。

与你共品

俄罗斯女郎历经拷问仍坚持要踏进门槛里去，反映她对信仰的坚定追求和无畏的献身精神，给人一种灵魂的震撼。

文章通过十七个问答、简洁有力的话语描绘了一个沉重庄严的梦境，把真切、具体的形象呈现在读者眼前，让人有身临其境之感。而象征手法的运用更使这短短的五百多字蕴涵着无可限量的内涵。

“门槛”是一个寓含深厚的符号，激起人们无限的想象和思考。门槛内外即是不同的世界。进与不进，看到的风景，到达的终点也将不一样。门槛也是一个考验，只有那些无惧艰险、坚毅果敢的勇者才能经受考验走进门内。人生一路上总会遇见很多很多、各种各样的门槛，而你的选择决定了你将成为什么样的人。

（苏琳琳）